建设卓越学校

领导层· 管理层· 教师的职业发展

第 2 版

**Building Excellent Schools: A Leadership Handbook
for Principals, Heads of Department, and Teachers**

张延明　编著

北京大学出版社
PEKING UNIVERSITY PRESS

图书在版编目（CIP）数据

建设卓越学校：领导层·管理层·教师的职业发展/张延明编著．—2版．
—北京：北京大学出版社，2008.10
ISBN 978 - 7 - 301 - 14296 - 7

Ⅰ. 建…　Ⅱ. 张…　Ⅲ. 学校管理—研究　Ⅳ. G47

中国版本图书馆 CIP 数据核字（2008）第 149683 号

书　　　名：建设卓越学校：领导层·管理层·教师的职业发展（第 2 版）
著作责任者：张延明　编著
责 任 编 辑：郭　莉　邢亚超
标 准 书 号：ISBN 978 - 7 - 301 - 14296 - 7/G·2455
出 版 发 行：北京大学出版社
地　　　址：北京市海淀区成府路 205 号　100871
网　　　址：http：//www. jycb. org，http：//www. pup. cn
电 子 信 箱：zyl@ pup. pku. edu. cn
电　　　话：邮购部 62752015　发行部 62750672　编辑部 62767346
　　　　　　出版部 62754962
印 刷 者：涿州市星河印刷有限公司
经 销 者：新华书店
　　　　　　787 毫米×980 毫米　16 开本　40.75 印张　734 千字
　　　　　　2004 年 5 月第 1 版
　　　　　　2008 年 10 月第 2 版　2008 年 10 月第 1 次印刷
定　　　价：98.00 元

目录

附　　录

绪　　论

校长职业发展的范围和方向

社会发展突飞猛进,变化日新月异,要跟上形势,驾驭时代潮流,作为学校校长需要拥有一套全新的技能。许多校长曾接受过专门训练,学过管理方面的课程,但那是在高科技、信息技术还未广泛应用于学校教学和管理,知识经济对学校培养什么样的人才还没有明确指标的年代。因此,对校长而言,需要时刻意识到:只有武装自己,才能适应时代的发展,满足角色的要求。

几乎所有的学校行政管理人员都时常有这样一个问题萦绕脑际:怎样才能不断地提高自己以适应工作中愈来愈多的挑战? 对校长来说,更是首当其冲,因为他们处在众目睽睽的第一线。

究竟校长需要在哪些方面提升自己? 首先,要看校长的角色和多变的社会环境带来的对学校及学校领导的新要求。其次,不管是自我提升,还是通过参加学习来提升,都需要有一个适于当时客观环境的恰当要求范围。十几年来,美国有许多关于学校领导职业发展范围的研究,相信这些研究对现任学校领导、管理人员和有志担任学校领导职位的人来说,将会有很大的启发。

以下是目前公认的学校校长职业发展过程中最需要专注的技能范围。

1. 指导教学技能

- 有效地督导和评估教学进程的能力;
- 领导课程设置方面的规划和发展以及确保教学资源的充足。

2. 管理技能

- 确立工作目标和确定员工需求的能力;
- 发现问题并有效地解决问题的技能;
- 分块制订预算,确定首要任务,以便有效地使用资源。

3. 人际关系技能

- 建立公开的、双向交流系统的能力,以便保持与学生、教师、家长及其他成员畅通的交流渠道;
- 制订可行的措施,让学生、教师、家长及其他成员参与有关学校事务的重

要决定的决策程序;

● 开创并保持相互信任的学校氛围,以便鼓励员工和学生心情舒畅地工作和学习。

4. 创立学校文化的能力

● 能够在学校管理体制内物色具有潜质的人员,通过让他们参与重要决策对他们进行培养;

● 采用富于正面意义的方式,解决可能出现的学校与所在社区的争端;

● 通过学校提供的课程和服务项目,满足各方客户的需求。

5. 领导技能

● 通过自身发展或参加系统学习的计划,熟悉教育发展的趋势,以便与同行业的专业人士一道,走在形势的前列。

6. 自知之明

● 了解自己,不断纠正对自己的看法,以便对自己的能量有准确的认识;

● 明确地定向,让学校的全体员工对自己进行评价,以便制订进一步计划。

校长职业发展的课程类型

有两类课程可以满足校长们的职业发展需要:

一是传统的方式,包括参加工作坊、学术讨论会和专题报告会。这种形式往往聚焦于一项专题或就一个问题提供信息。

二是个性化方式。这些年来,美国有越来越多的校区采取更富有个性化的方式进行校长的职业发展培训。个性化的方式强调获得和提升技能,以帮助校长更好地开展工作,扩充潜能,为担任更高和更有挑战意义的职位铺路。这样的课程专注于校长的个人成长,侧重于口头表达和书写能力,应付压力和合理分配时间的能力。由于校长们的资历和现有能力迥异,他们的个人自身发展需求范围也会不同。因此,他们需要明确自己的需求范围,要有意向、精力和时间的投入,并制订行动计划。

校长职业发展课程的未来方向

比之传统的方式,通过更富有个性化的方式以求达到校长们的个人成长和职业发展,这样的课程正被广泛认可。如前所述,社会的发展和变化要求学校校长们拥有一套全新的技能。为了满足这些要求,有效的校长职业发展课程应具备以下三个特点。

（**1**）**系统化**。既具体又切合校长工作实际，不仅说明校长的工作是什么，也要解释校长的工作应该是什么。

（**2**）**个性化**。迎合校长个人成长的需要。

（**3**）**灵活性**。持续更新型，不是一蹴而就的，不是在校长劳累过度之时仍像赶任务似的那样去学习。

把参加职业发展课程作为校长个人成长的有机组成部分，以及作为培养未来校长的必由之路，这些都代表了在可预见的将来训练职业校长的方向。

第一部分

校 长 职 位

第一章

纵览校长职位和校长的工作

校长职位和校长工作的定义随着时间的变化也在不断变化。传统意义上的校长职位和校长工作注重的是管理程序和工作职能。例如,办事高效的校长要负责计划、组织、领导和控制学校的各方面的工作。计划,是指为学校的建设制订目标、确定方向,为学校的发展勾勒蓝图、提出策略或可行性方案;组织,是指把所需的人员、资金和固定资产集中起来达到学校的发展目标;领导,是指引导和督导下属;控制,涉及校长的评估职责,包括对下属表现的审查和评价,提供反馈。

那么,管理程序是如何定义的呢?卢瑟·古里克曾提出一个以英文首写字母组合而成的定义列表,即 POSDCORB。它们分别代表:计划(Planning)、组织(Organizing)、配备人员(Staffing)、指令(Directing)、协调(Coordinating)、汇报(Reporting)和预算(Budgeting)。管理程序的定义仍在不断完善。早在 1955 年,美国校长联合会就把激励员工和评估业绩两项职责加入到了 POSDCORB 的列表之中。

逐渐地,强调能力和经验的运用成为绘制教育管理蓝图的主要方式,从而取代了强调管理程序和工作职能相结合的观点。例如 1997 年,美国小学校长协会发表文章《中、小学校长的资格》,其中包含 8 大类、96 条标准,用以定义校长中的行家里手。值得留意的是,在此之前的 1986 年,有 74 条标准用以确定校长的专业化。时隔 11 年,就增加了 22 条。如今是不是需要更多的标准呢?或者,运用能力和经验的领导行为是否更为普遍呢?在接下来的分类中将做解释。

校 长 职 责

领导行为。拥有一名优秀校长的学校的权利应当掌握在员工手中,并且大家拥有共同目标。在领导学的实践中,校长应做到:

——表达自己的观点,领导全局,融入学校各个群体之中,共同创造坚定的信念和正确的价值观;

——做符合道德和伦理的判断;

——具有创造力和创新思想。

交往技巧。校长能够影响学生、员工、家长以及社会对学校的看法。在使用交往技巧时,校长应做到:

——表现出坚定的信念,有效地解释观点,确认理解正确以及把这种信念和观点运用在工作之中;

——行文、说话要简洁明了,能够使对方正确理解;

——在交谈时,传达观点要简洁,要分清事实和个人观点。

团队精神。一位优秀的校长能够感召他的员工,使他们团结协作,共同解决问题、实现学校的目标。在建立团队的过程中,有经验的校长会做到:

——清楚团队的驱动力,并具有有效培养和组织团队的技巧;

——建立一种协作办事的体制,使全体员工都积极投入到发展以及完善学校信念、价值、使命和目标等方面的建设之中;

——适当使用团队建设技巧。

课程及教学。校长为了确定教育和学习的方向,需要建立合理的课程结构。在完善和落实课程及教学工作时,校长要做到:

——在教室里保持良好的学习气氛;

——与教师和学生代表共同商讨课程安排,确保学习的核心内容符合教学目标;

——向全体师生汇报课程安排和学习内容。

融合教学经验,不断改善学校教育制度。校长要做到:

——组织一支高素质的教师队伍;

——提供各种支持政策,如顾问、研究和团队合作;

——多渠道获取信息和建议。

评估。有经验的校长会使用评估工作来改善学校现有的运作体制。在评估工作成效、学生成绩和员工表现的过程中,校长要做到:

——确定所有员工和学生都明确评估的标准和步骤;

——鼓励所有人员提出建议和意见;

——从各个部门收集富有建设性的意见。

组织管理。学校组织源于它的信念、使命和目标。在管理和组织学校的日常工作中,校长要做到:

——对学校的过去、现在和将来具有准确的认识;

——制订协同合作的计划以确定学校的教育目标;

——最大限度地开发教师潜力,选择、分配和组织他们的工作,以明确和树立学校的教育使命。

财务管理。对于有经验的校长来说,学校目标的建立是理财务校的源头。在财务管理中,校长要做到:

——明确政府教育政策及其与本校未来发展的关系；

——领导全校师生以学校教育使命和目标为出发点，达到预期目标；

——依据预算规程，筹划本校的预算。

政治管理。校长要清楚地了解当地政府及国家的政策法规。在政治管理中，校长要做到：

——完善学校发展策略以争取社会支持；

——与上级领导积极沟通，使他们支持和改进学校建设；

——使用有效的策略处理影响学校运作的政治力量。

近些年来，人们更关注的是校长在学校建设中的成果，并以此作为评价其工作的主要方式，却很少重视校长的具体工作过程。也许，人们惯常以校长做出的成果多少来评价其称职与否。

用工作业绩来评价校长的工作，避免了把过程和结果合并而论所产生的弊端。把这两者分开是一种大胆的尝试，可能在学校建设中引起波澜。例如，很难预先指出所有重要的成果。这种用业绩来评定工作的方式一直被人们忽视。此外，高效率的工作和干好工作之间是有区别的。评定绩效的方法趋向于判断做了哪些工作而不是做对了什么，这种趋势诚然是伦理上需要斟酌的问题。

价 值 基 础

价值基础方法吸取了业绩基础方法的优点来评断校长工作，同时避免了许多不足。当使用这种方法时，设想和信念就作为建议校长和其他人应该做什么的一种基础。设想和信念是判断好与坏、高效与低效、合理与不合理的一种标准。这种标准有时是以深入的研究为前提，有时是以广博的专业知识为依托，有时是以哲学观念、设想和判断为依据。使用一种价值基础方式来判定校长的工作，不仅能够确定校长如何达到这一标准，还能够检验学校在教育和德育方面的正确性。

1996 年，美国中学校长联合会与卡耐基基金会合作研究关于教育振兴的课题，发表了一篇报告，名为《打破等级：改变美国教育评定惯例》。这篇报告提供了一个关于使用价值基础方法评判教育水平的实例，并且列举出 80 多种改变美国中学的可行性建议。它的核心内容是："21 世纪的高中要以学生为中心，更重要的是在课程设置、后勤保障和智力开发等方面更加人性化。"以下列举出其中7 条建议。

1. 每一位学生应有自己的独立人格；

2. 卡耐基理论将被改写；

3. 学校不能出现没有反馈的现象；

4. 教师每天最多能见到 90 名学生；

5. 每位学生都应该有自己的学习计划;

6. 每位学生每天都有富有想象力的、灵活的时间安排;

7. 每位校长和教师都要有个人的教学研究计划。

报告中的建议被划分为13大类,我们现在分别进行具体介绍。

课 程

1. 每一所中学都要建立一系列基础课程,尤其是语言文学、数学、社会科学及艺术方面的课程。为了能够合格毕业,学生在学习这些课程的过程中必须努力,获得良好成绩。

2. 教师要使用一套高质量、高效率的教育方法,使学生对学习产生浓厚的兴趣,培养他们坚忍不拔、刻苦勤奋的学习精神,使他们对自己已掌握的社会知识、技术和能力充满信心。

3. 所学科目必须要与知识和技能的实际操作紧密结合,帮助学生把所学的知识与未来的实际运用密切联系起来。

4. 所教授的知识决定了学生的进步速度和学习成绩,它们可以直接反映出课程设置的合理性。

5. 每位学生都应该有适合自己的学习计划,学校要充分考虑到他们的个人要求,督促、引导他们形成自己的学习方法,争取更好成绩。

教育策略

1. 每位教师都要在至少一门学科中具有深厚广博的知识。

2. 教师作为学生的良师益友,要随时激发他们对学习的积极性。

3. 教师要有目的地培养学生解决、判断和思考问题的能力。

4. 教师要与学生进行经常性的感情交流,要在各个方面关心他们,使学生感到教师就是他们最可信赖的人,是他们学习和生活的指南。

5. 教师要把测验与授课结合起来,使测验不仅仅是检测学生学习情况的手段,也是学生学习过程的一部分。

学校环境

1. 学生不能没有价值观,在一个民主与法制的社会中,学校要提倡学生拥有所必需的自身价值。

2. 学校应该开发学生的天分,鼓励他们使用各种学习方法,并帮助他们取得成功,使未来的成就水到渠成。

3. 每一位学生都应该有一名经验丰富的导师来指导他们的学习,或改进教学方式,正所谓教学相长。

4. 学校应该让学生、家长及员工共同参与学校重大问题的决定,使学校管理呈现出一种积极参与、共同承担责任和维护学校利益的良好风气。

5. 学校应保护学生在校期间的权利和利益。

技　术

1. 学校应该在课程设置、教师授课和定期评比方面形成一套完整的工作体系,并为教师提供各种学习方式帮助他们完善自身素质。

2. 学校应该配备先进的教学设备,为学生毕业后工作和生活在 21 世纪做好充分的准备。

3. 技术设备是教师授课的关键,它能够为教师提供巨大帮助。教师需要把它们巧妙地融到教学之中,让设备充分发挥作用,完成授课计划。

结构和时间

1. 把学校这个整体划分为几个部分,有助于信息的反馈。

2. 每位教师在授课过程中可以与近 90 名学生进行交流,所以他们更应该关注每位学生的需求。

3. 学校可以不受课程和学习经验的限制,分班教学或进行分组授课。

4. 教学大纲要为学生创造更多的学习和实践的机会,而不是仅仅局限在课堂上或书本内的知识。

评估与责任感

1. 学校应该检查学生的学习计划并限定计划范围以帮助学生顺利毕业。

2. 学校应该确保学生有能力完成一些初级工作,近些年的毕业生因不具备这些基本能力而返回到学校重新进行进修。

3. 学校应该每年都向全体师生做年终总结,公布教师与学生的成绩调查结果及其他相关信息。

4. 学校应该至少五年召集一次专门评估小组会议,结合国家和本地区的情况提供一个学校现况陈述。

5. 学生要通过多种方式对教师及其授课进行评定,提供信息反馈,使教师清楚学生的学习目标和要求。

专业化发展

1. 学校应该成为一个学习型组织。

2. 每位教师都要创建个人的研究计划,强化专业知识和技巧与提高学生的成绩紧密联系。

3. 校长要不断提高自己的专业知识,以领导学校向专业化方向发展。

多元化

1. 校长、师生和学校领导班子要使学校的规章制度与民主法制社会的制度相一致,与学校的教育和学习目标相结合。

2. 课程的设置应该帮助展示学生丰富的想象力。

3. 教师、教辅人员和其他服务人员等学校工作人员应该完全代表学校的观点。

管理方式

学校应该设立一个以校长为核心的常务委员会为学生学习情况提供建议。

标　准

1. 学校的教学目的应该符合国家政策,与国家发展目标相一致。

2. 教学目标和员工配备要与学校水平相一致。

师生及员工间关系

1. 学校应该激励员工同心协力改进和实现学校的教学目标。

2. 学校应该联合家长对学生进行教育。

3. 学校应要求学生参与一些为学校或师生服务的活动。

领导行为

1. 校长要行使领导权力,使学生确定学习方向,树立学习目标。

2. 校长的选拔要以学识广博和领导能力为基础,要以献身于教育事业为前提。

3. 教师要善于把领导学理论用于与其他教师的合作中。

4. 学生、家长和学校其他人员的领导能力有助于校长的工作,校长应该支持这种潜在的领导能力。

标准基础方式

标准基础方式是一种用来定义校领导工作内容的最新尝试。研究者制订了客观的、科学的"金科玉律"。但是如果把它作为一种言听计从的最高标准,那就有欠客观了。这一标准是由教育和法律专家组成的委员会审定得出的,它是以校长的领导行为做基础,来促进学校的发展。

1996 年,美国校长会议上,校长认证协会正式批准使用这一校长职责标准。这一标准是由美国 24 个国家级的教育研究机构的研究人员编纂而成,凝聚了教育领导学的精髓和专家们的智慧,体现出领导学理论、领导工作和教育成果的核心内容。尽管这一标准会被用于不同的学校建设中,但它都会与学校管理相一致,提高校长的领导能力,形成高效的教育程序,取得卓越的工作成果。

这一研究成果的独特之处在于,每一条标准不仅是从学校管理理念与经验中提炼出来,也是源自于"性情"。"性情"是指价值观和信念的结合体,是校长赖以把学识应用于实际的关键所在。

管理工作的复杂性

亨利·汶茨博格于 1973 年在其《管理工作特征》一书中,详细地对教育领域中的管理学进行了剖析,着重针对学校领导者的工作和职责做了具体说明。

汶茨博格对五位学校领导者的工作进行了研究。他在一定时间范围内,对他们的工作行为进行了详细观察。他的研究成果已经成为许多从事教育管理的人的行为指南。在类似的研究中,斯波罗尔提出:一位管理者每天要执行 56 项管理工作,平均每项需要 9 分钟;此外,还要处理 65 件小事,平均每件需要 6 分钟。这些小事指的是在几分钟之内通过电话、交谈或记录等方式处理的事情。

同样,汶茨博格的研究表明,管理者的工作可以用短促、繁杂来形容,并且大多数都属于短期管理行为,仅仅需要几分钟时间。这些工作不仅繁多,而且多是各不相关、分散的琐事。所以,管理者常会因此影响情绪和理智。这些研究表明管理工作存在着表面性。他进一步提出,由于管理工作业绩的公开化,就迫使管理者在一种紧张的节奏下完成大量的工作。这种情况就更使得工作肤浅、没有深度。对于管理者而言,闲暇的时间少之又少,但是工作责任却是纷至沓来。

研究还表明,管理者更乐于处理现场指挥工作。与那些技术性、常规性强的工作相比,他们更偏爱具有挑战和灵活性的工作,更愿意出去走访、电话交谈或主持会议,而不是把想要表达的意思写出来。因此,大多数管理机构都没有文字记录,而是把事情都储存在管理者的记忆里。长此以往,就使委派和执行工作变得十分困难。并且,管理者很难以一个高水平来处理问题,没有一种办事程序帮他们免除不必要的琐事,使得他们几乎要亲自处理每一件事情,这就产生了一种肤浅、不深入的工作态度。

学校领导者也同样要处理许多琐事。一名校长对自己的工作做了如下评述:

"校长对几乎所有发生在学校的事情都要负最终责任。我们要对全体员工负责——确保他们正常出勤,并使他们在工作中显现才能;制订教学大纲——确定教师教授课程及学生学习内容;对家长负责——为他们创造质疑、提问的机会,并处理那些问题;保证学生的人身安全——确保几百名学生在校期间不出意外。

"此外,还要保证学生上学放学路上的交通安全;确保冬天校园内的积雪被清除干净;对学生进行生理卫生教育、性教育及思想品德教育;制订食谱、购置运动器械以满足学生身体发育的需要;有责任使学生在每学年中成绩合格等。总之,校长要提供教育、饮食、医疗、娱乐和交通等全方位的服务。"

那么,校长应该如何做才能改变管理工作的肤浅性呢?就校长的职位而言,他拥有选择优先处理某事的权利,应该灵活运用选择权。完美的决策艺术包括以下四点:不处理不相干的问题、不做不成熟的决定、不做别人该做的决定、不做无用之功。

校长的工作有别于其他行业的领导工作,它是一种口述的谈话式工作。校长管理学校主要通过口授指令的方式,工作时间的50%都是在校长室外与教师和学生进行面对面的交流。校长的脚步会遍布学校的各个角落,他们四处巡视、到各办公室了解情况,调查潜在的问题隐患、及时解决处理,他们已成为随叫随到的救星。

校长工作应该业绩公开化。尽管有严密的结构规程,校长仍有许多自主权力可以使自己的价值观和好恶融入工作之中。这种业绩公开的工作方式不是建议校长随意去做想做的事情,而是要他们灵活处理工作中的束缚。

需求、约束和选择

管理工作被形象地比作由内心需求、外界约束和双向选择所组成。需求是校长必须去满足的。如果他们没能满足这些需求,足以危及其职位的事情就会接踵而至。需求是由学校的业绩标准、法律要求、政策条例,以及教师、家长的期待所决定。约束是由学校的行为规范、人力物力资源的可用性及空间局限性来决定的。与需求一样,如果校长忽视了约束力就会危及到工作的安全性。

也许两位校长会面对同样的需求和约束,但他们实际的领导行为肯定各不相同。在需求和约束的束缚之下,仍旧有机会去做未被要求或禁止的事情。成功的校长有能力扩大选择的余地并减少需求和约束的限制。这种行为能够有效地推动学校的发展。

美国中学校长协会曾做过一项调查,让被调查者从三道表述校长工作的题目中分别选出一种最理想的。

第一题:有75%的人选择"依靠自身职业判断力,主动发展和改善学校政策",另外25%的人选择了"从根本上代表家长、上级领导和赞助商的利益"。

第二题:有65%选择"依靠自身判断力,领导学校向一种新的教育方向发展",另外35%的人选择"有效地管理学校日常工作"。

第三题:有82%的人选择"在重要的问题上,与全体员工共同商讨决策",另外18%选择了"在拟定议程和决定学校重大问题上要行使校长的决策权"。

这项调查表明,校长对于自身工作应该具有清晰的认识。那么,成功的校长比那些普通校长更接近这种理想状态吗? 在日常工作中,他们该如何去做? 美国中学校长协会的研究表明,成功的校长把自己的时间分配得非常合理。表1.1 显示出"成功的校长"与"普通的校长"之间时间分配的差别。成功的校长实际工作时间与计划时间的差值是8,普通的校长的差值则是18。

表1.1 "成功的校长"与"普通的校长"时间分配上的比较

校长任务	成功的校长			普通的校长		
	计划时间安排(双周计划)	实际时间安排(双周计划)	差值	计划时间安排(双周计划)	实际时间安排(双周计划)	差值
课程发展(课程实施、领导教学)	1	3	2	1	5	4
人事管理(评估、咨询、会谈、招聘)	2	1	1	2	2	0
学校管理(周例会、预算、联络、备忘录等)	3	2	1	3	1	2
学生活动(开会、管理、计划)	4	4	0	4	3	1
政府教育部门(开会、座谈会、报告等)	5	5	0	9	6	3
社区关系(家长组织、咨询团)	6	6	0	8	8	0
制订计划(周、月、学年计划、长期规划)	7	9	2	5	7	2

续表

校长任务	成功的校长			普通的校长		
	计划时间安排（双周计划）	实际时间安排（双周计划）	差值	计划时间安排（双周计划）	实际时间安排（双周计划）	差值
自身职业发展（学习、学术讨论会等）	8	8	0	6	9	3
学生管理（纪律、开会）	9	7	2	7	4	3
总　和			8			18

通过此表可以看出，在课程发展和校长自身的职业发展两项内容中，校长实际投入的时间要比计划的时间多；在处理学生问题和与领导小组工作的项目中，他们实际投入的时间要比计划的时间少。成功的校长具有良好的委派工作能力，拥有得力助手，对员工的能力充满信心，能够抓住工作重点，这就使他们能按计划合理调配时间。他们会把大量的时间和精力用于处理紧要的工作上，忽视一些不重要的工作，并且他们会经常给予下级关心和爱护。

角色的演变

校长的角色近年来正在发生着变化。在如下方面，校长的责任正急剧增长。

职权范围	增长额度（%）
1. 市场经济/政治等有利于学校教育方面	70.0
2. 社会合作办学	66.0
3. 提高青年教师专业素质	65.5
4. 提高教学水平	63.5
5. 改进课程设置	62.4

此表列出了校长投入时间最多的工作。领导的责任与日俱增，他们必须处理学校经营、选择机会、学校基础管理、课程和授课等方面的问题，他们还要与所有员工及学生进行交流，获得信息反馈。有些交流行为是与校长与日俱增的责任相一致的，但有些不是。不变的是领导必须提高和改善员工素质。

针对美国加州中、小学校长的一项调查表明，校长喜欢把更多的时间用于教学工作，而计划使用在预算、与家长沟通和学生工作上的时间就少得很。总的来看，加州的中、小学校长在教学上花费的时间要多于总工作时间的16.8%，而在预算、家长沟通和学生工作上使用的时间要少于总工作时间的15.4%（见表1.2）。

表 1.2	美国加州校长如何使用时间：实际和理想		
名　　称	实际使用时间（%）	计划使用时间（%）	差额（%）
教学			
授课/课程	14.5	25.9	−11.4
校外计划、评估和改革	11.3	16.7	−5.4
总数	25.8	42.6	−16.8
预算、家长和学生工作			
预算、管理、维护	15.4	7.5	+7.9
家长会/联络	13.3	10.3	+3.0
与学生的交流和学生纪律	18.5	14.0	+4.5
总数	47.2	31.8	+15.4
监督与社区关系(包括员工监督、评估和增进社区关系)	27.0	25.6	+1.4

　　表 1.2 中数据表明,校长的工作是由教学内容来决定的,它包括选聘教师、评估业绩并与他们并肩工作促进教育的发展。但是,当校长在行使职权时能有多少威信呢? 权力能与责任相匹配吗?

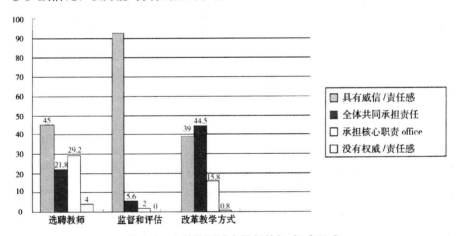

图 1.1　在某些区域中校长的权威/责任感

　　图 1.1 回答了以上问题。从表中可以看到,与教师共同承担责任出现在教育改革一栏中。在选聘教师一栏,也出现了承担责任一项。但是,在监督和评估一栏中,承担责任的比率几乎为零。这表明尽管计划是由校长制订的,但领导的重担仍旧架在校长的肩头。一个重要的问题:如果教师不能与校长共同分担责任,那么新制订的职责能否存在? 如果教师承担更多监督和评估的责任,校长就

不必把更多的时间浪费在寻找学校的需求上。分摊责任不仅有效地促进学校建设,也使教师职业化和教师素质有了很大提高。

展　　望

校长怎样才能在提高教学质量上做出不同凡响的成果呢?一项研究表明:精力充沛且管理有道的校长会带给员工无限动力、创造力、幽默感、分析能力和良好的生活态度。在校长和教师间相互影响的战略角色可以分为四大部分:(1)资源提供者;(2)授课资源;(3)交流者;(4)依靠对象。研究表明,通过运用这种角色尺度,教师队伍变得更加强大且水平均衡,而校长渐渐显得低姿态。管理有道的校长与那些水平一般的校长相比,更能让下属敬仰(见表1.3)。这项研究表明了校长把主要精力放在学校技术和教学上的重要性。

表1.3　　　　　　　　教师如何评价他们的校长(百分比额度)

	高水平校长 (总和:800)	中等水平校长 (总和:2,146)	低水平校长 (总和:300)
校长作为资源的提供者	95	68	41
1. 校长积极地提高教师素质	90	54	33
2. 校长在授课方面知识渊博	90	52	33
3. 校长积极调动资源,帮助学校实现 发展目标	79	35	8
4. 在学校中,校长被作为重要的授课 资源	89	78	75
校长作为授课资源			
1. 校长鼓励使用不同的授课方法	72	47	25
2. 校长能够解答教师在授课方面的 问题	78	46	17
3. 校长评估教师工作业绩,改进教师 的教学水平	54	35	9
4. 校长能够分析业绩评估的结果	54	35	9
校长作为交流者			
1. 通过交流,校长可以影响教师改进 教学水平	80	49	25
2. 校长召开正式会议,研究教学水平 和学生成绩	85	41	17

续表

	高水平校长 （总和：800）	中等水平校长 （总和：2,146）	低水平校长 （总和：300）
校长作为交流者			
3. 校长通过交流可以清晰地判断出员工表现	90	63	17
4. 校长能够对学校的各项工作和发展方向有一个清晰的认识	90	49	17
5. 校长与教师谈论关于教学方面的问题	92	50	17
6. 对于教师课上的表现，校长要经常提供反馈	68	29	18
校长作为依靠对象			
1. 校长经常听课，了解上课情况	72	31	17
2. 校长商讨与授课有关的事项	94	68	66
3. 校长在员工和学生之间建立一种无所不在的形象	93	75	46
4. 校长应该积极地参与到提高员工素质的工作中	97	64	50

　　另一项研究表明，成功的校长经常冲破等级的限制，跨越传统的管理理念，把自己的工作当作是一种分内的责任，充满热情地去完成。办学不成功的学校，领导力薄弱，教师和学生没有士气，这样的学校被传统和形式化的教学模式所钳制，缺少工作、学习的热情，而校长实际上就是在打发时间。许多成功的学校，士气高涨，充满热情，适应能力强。这些学校的校长不仅能够及早发现问题，而且可以灵活运用领导科学来解决它们。成功学校校长们的特点，将在表1.7中做详细说明。

　　1. 成为校长并不是他们的本来意图，他们原本更倾向于去教学，但他们因水平出众而被推选为校长。

　　2. 大多数校长对学生们表现出诚挚的信心。学生犯了错误，他们不会去责备他们，而是考虑在引导学生方面是否出了问题。这样的领导者更强调自己对于学生的责任。

　　3. 他们具备与员工团结协作的能力，并对教师的献身精神和工作能力予以肯定，激发鼓励他们，使他们坚定信心、充满工作热情。校长可以有效地使用团队程序，采纳家长、教师和学生的建议，与员工分享他的学识和技能。

4. 他们能够果断地判断出学校的需求,并对核心领导层制订的阻碍学校发展的不利因素提出批评。他们发现等级制度的羁绊使他们很难开展工作,他们常会解脱命令的枷锁,寻求可以解决问题的方式。

5. 他们能够辨别分清长期教育目标和短期教育目标。最终,他们会建立一种因地制宜的教育工作体系。

6. 他们的适应性很强。如果发现有哪个环节脱节,他们就会去更换或调整,或另辟新径。

7. 他们是战略家。制订目标并去实现它们。

虽然所处的教育体制不一样,社会、文化背景不同,但是成功学校的校长能够打破常规,探索和使用新的学校管理理念,在校长的角色演变、任务逐年增加的情况下,能够把主要精力放在核心任务上,把理想的时间分配与实际花费时间的差别压缩到最低限度,准确判断,高适应力,专注个人的职业发展,这些素质特点和能力特征对我们不无启迪。

第二章

校长的主要工作

　　校长的主要工作是创新并把创新应用在学生、教师、家长等一切与学校相关的工作中。校长的工作是以学校为核心、以学校为首位,他要不断地学习以提高工作和生活的质量。在良好的环境中做到创新绝非易事,而在一种希望不大,或是资金匮乏的情况下做到工作创新可谓空中建楼阁。

　　校长要帮助学校企划远景,提高员工素质,壮大师资力量,提供工作方法,并且完全投入到学校建设当中,监督学校管理工作圆满完成。如果说有一种事物严重妨碍了这些工作的执行,那么它就是时间。

　　若换个称呼,校长应该被叫做主导教师更为确切。这不是指除了完成大量分内工作外,他每天还要用一部分时间给学生上课,而是指改进和提高教学质量应该占他工作时间的主要部分,是他工作的重点。在一些工作中,人们要求校长尽到教师的责任或领导责任。除非环境非同寻常,否则校长的实际工作几乎是每天重复同样事情的一种服务性工作,并且提高教学水平的职责被转移到了委派工作和限定时间的工作上。

　　提高教学水平对不同的人意味着不同的事情。对于那些愿意把时间用在清算账目和收入的人来说,它就意味着一种平稳运转的财务系统,这包括对所有资产、供给、教学设备,以及教师改进教学方式所需资金和设备的财务管理。对于那些视自己为调解纷争专家的人来说,它就意味着把时间用于使教师远离烦恼、全心投入教学之中,以此提高学生学习质量。这些工作都是用以改善学校的教育事业。但是,改进教学的开支会直接影响学校的财政,校长应该把更多的精力集中在改进教学上吗?

　　领导工作毫无疑问包括组织和管理,这些工作中有些是琐碎、重复甚至是旧辙重蹈的工作。但这并不意味着这些工作不重要,相反,有效地处理这些工作可以产生领导可信度。如果资金没有结算清楚,如果教师没有教学设备,如果员工没有生活保障,那么就算教育领导工作计划得再周详也会失去它的作用。创新必须要有行之有效的策略予以支持才能产生持久的效果。即使这种支持已经过周详考虑,但只要它有一点缺陷就可能制造工作障碍,使工作不能按计划继续进行。问题不是出在是否用心工作,而是出在工作的管理上。校长行使领导职能,那他是否也应该承担起贯彻实行的责任呢？家长们对这个问题的答案口径一致,统统是否定的。

校长的首要职能

权威的也是普遍认可的观点是,校长的首要职能包括:

1. 促进教学技术和方法的完善;
2. 确定课程的设置适应学生需要;
3. 指导教师去激励学生努力学习达到他们的最佳标准;
4. 向教师提供个性化教学的机会;
5. 指导教师根据各年级的水平调整课程,使课程体系化。

校长的次要工作职能

1. 与学生和员工打成一片;
2. 维持学校正常运作;
3. 安排学校活动;
4. 保持学校纪录;
5. 履行由上级部门分配的其他管理工作。

家长们主张校长应该把工作重心放在改进教育的基本问题上,而不是放在管理条目上。

有价值地使用时间

评论家们告诫,知道时间如何使用并不等于在时间的使用上建立了因果关系或性质上的改变。尽管如此,一些研究确实给了我们一个参考的基本原则。依此原则,一般的问题能够被解决,校长各项工作使用时间的进一步研究也能够被构思出来。

通过对16位校长工作的调查表明,校长每天要处理50到100件各不相关的事情和高达400次的交际。80%的时间用于与员工、学生和其他人的面对面交流;8%用于打电话;12%用在办公桌前。有趣的是校长用于沟通的时间达到了总工作时间的66%,其中,超过75%的沟通是未经安排的。相比之下,企业领导仅有10%的沟通未经安排。

一项对于校长的观察研究表明,校长80%的时间是用来做两件事:训导人和要求服从。在这种情况下,无需质疑一件小事就可以改变教室内的情形。这不是说领导工作不努力,它仅仅是指时间大都被耗费在非生产、甚至是反生产的工作中。

如果时间的分配与教育领导行为的重要性成比例的话，那么改革就势在必行了。第一步，要制作一个首要工作列表。时间如何被用于行使领导权力？应该把更多时间投入到哪些工作中？是管理食堂、制订课余活动、支持授课、开发想象力？还是为继续改革寻求技术和方法的支援？

第二步实际上就是在记录第一步——首要工作——如何使用时间。工作日志可以被分为若干个固定的时间段，但时间段应该足够短，以显示出每个工作行为。一小时或半小时通常已经是个太大的单位，因为在这一时间内能够处理太多工作，就会漏记或记录不准确。一个时间段15分钟是最常用的。作为一个开始，校长一周的工作行为记录就可以说明问题。

记录中所包括的就是工作行为的特征。它可以帮助分辨出工作中的死胡同或漫无目的的行为。首要工作列表可以与实际工作相对照，如果有差异，就需要查找出是什么阻碍了工作进展。

评论家对上述方法持何种态度？如果校长打断其他人的工作会使自己的时间自由吗？不起作用的领导行为有多少？无论每天还是每周，有多少工作是重复的？有人能够授命去做这些工作吗？想象一下，校长每天花一小时在餐厅，按一周50个小时计算，一学年就花去四个半周。学校董事会不可能让他们雇用的人在餐厅耗去这么长时间。事实上，极少有校长察觉到他们的时间是这样花掉的。

许多潜在的浪费时间的行为能够很容易被避免，例如，杂乱无章的档案管理系统、主次不清、放任自流的政策、电话干扰、工作委派不到位、秘书培训不充分，等等，俯拾即是。此外，其他一些浪费时间的行为可能很难消除，例如，相互仇视的工作环境、人员流动频繁或短时间处理太多问题。遇到有的问题，校长想要回避，或者问题能被高层领导解决而无需校长介入时，高层领导就需要立即回应，或出现在现场。如此投入时间解决问题会得到长期良好的回报。

在处理相似问题时校长可以通过一次做一件来节省时间，也可以使自己从不重要、不紧急的工作中解脱出来节省时间。显然，拥有高效率、高素质的助手是必不可少的。

校长也可以通过其他途径腾出时间去做重要的事情，他们应该把时间用于教师培训、提高教学和学校发展，以及使员工相信自己能够做好工作上。

避免把过程当目的

经常地，校长行使必须的管理工作和支持工作导致了员工对于校长工作的曲解，使管理工作成为了主要目标，而教学工作的完善只是在有时间时才做，或是记录下来交由助手处理。员工把次要目标变成了首要的，致使严密、强力度的领导权力变成了教育的目标。另一方面,作为过程的管理系统和管理方式却成了工作目的。校长必须防止其教育领导的工作职责变成次要目标。处在这样一个职位上的人需要一种方法使他把工作的重心保持在教育领导工作上,不做无用之功。

很显然,学校的规模是一个影响支持工作与领导工作平衡的因素。一所拥有 11 名教师、250 名学生的小学与一所拥有 26 名教师、600 名学生的初中或拥有 2,000 名学生的高中相比,对支持工作的需求量各不相同。在众多学校中,小规模的学校的工作规则是已设计好或沿用传统的。人们期待校长能够把管理与领导同样地处理好。事实表明这不大可能,一段时间之后工作就会倾向于管理。

助理校长就是答案吗?

关于雇用助理校长,学校规模不是唯一的决定因素。如果一所学校需要把工作集中在师资力量、工作成果、改进教学计划等方面,那么临时性的帮助可能适用,直到学校阶段性工作完成为止。但是除非处于适当的情况下,否则这种额外资源不会长久。必须要在布置工作之前,使这些额外资源清楚地了解工作目的和时间长短。但是增加这些职位不像安排处理首要工作那么重要。

如果聘用助理、合作者或合作校长,使他们长期参与学校工作,就需要进行仔细的分析,使他们的工作职能和其职位联系起来。关于助理校长的职责内容,依次为:学生纪律管理、教师评估、出席会议、学校规章制度,以及上级领导的日程安排。

对于助理校长职位的一部分合理解释是,助理校长所获取的经验是今后成为校长的准备。有一种观点认为,若一个人为了高学位或证书而需要工作,愿意花费多年时间用在从事支持工作,何不顺水推舟雇他做助理校长呢?这一观点站不住脚。领导能力不是用琐事打磨出来的。未来校长的选择过程应以展现思想、充分运用、激发和创新的行为为中心。

1984 年有一项研究,指导校长使实际使用时间和预期使用时间相一致。资料显示,助理校长数量的多少与校长在使用时间上的多少不是直接的反比关系。研究表明,没有助理的校长与有一个助理或两个助理的校长在时间的使用上差异不大。当校长对助理或其他管理成员做工作陈述时,助理或管理人员要维护校长的最高教育领导者的地位。校长时间的使用应该依照委派工作的多少而变化。节省下来的时间应该直接用于提高教学和发展学校文化的工作上。

许多学校都授命助理和合作者承担监督教学和改进课程的责任。校长需要明白,人们对于校长职位固有的权力范围的界定和对校长工作业绩的期待,使校长与中心领导层、教师、特别是授命人员之间有必要进行清晰的交流。

合作领导

合作领导能够突出校长作为一名教学领导的职能来行使工作。校长责任被分担,一部分责任放在课程的完善上,另一部分放在授课和员工成长或其他工作上。通过走访两位实行合作领导的校长,我们得知他们根据各自的背景优势分担了课程发展和评估的责任。与校长职能相关的重要问题,他们会抽时间彼此交流。这种方法同样可以使用在由校长和助手组成的团队成员身上。

校长合作领导可以在两个或多个专业人员之间既提供相互支持,又强调学校的办学目的,使这个团队完全投入到提高教学质量和教育工作的领导上来。校长合作领导是指两个或多个校长组成一个校长团队,发挥各自的优势,取长补短,合力领导学校各方面建设。这种方法使决策更加成熟、更有力度。

校长永远不可能一人包揽全部工作,应该探索新的认识,尝试新的方法和手段。要把工夫充分用在学校员工身上,使他们在调查、创新、改进甚至哪怕是在维持学校运转方面尽职尽责。无论是大规模的学校还是小规模的学校,操作规程各异,相同点是校长的支持,以保障学校工作每天顺利进行。

第三章

新管理理论的建立

高效率校长对学校的教育和领导工作理解深刻,他们理论联系实际,工作起来事半功倍。在实际工作中,校长会面对两个重要的选择,一是在面对与基础理论和技术息息相关的问题时他们选择预先制订的解决方案;二是在遇到尚未制订对策的艰难工作时,他们选择在实践中制订出解决方案。选择后者的校长认识到第一种情况仅适用于稳定、问题较少的工作环境,而他们遇到的大多是泾渭不明,紊乱无序的局面。

学校管理状况分析

校长做选择几乎完全凭借他们的理论知识和工作理念。专家对于学校教育管理的状况持有三种看法,他们准确、恰当地描述了真实情况。这三种看法是:

神秘。教育管理不像一门科学,尽管校长知识丰富、信息量巨大,但其中却少有能与实际工作相联系的内容。取而代之,工作的处理实际上是依靠学识、经验、直觉等其他因素。

有序。教育管理是一门理论与实际紧密结合的应用科学。管理者决定了学校的发展。同时,知识对管理者至关重要,它限定了实际工作。

混乱。教育管理像一门航天科学,具有相互作用、彼此联系的工作特点。理论和研究仅仅是知识来源的一部分。对于校长而言,学识并不是最重要的,它仅是用来掌握工作而不能限定工作。

尽管校长的工作确有其神秘、难料之处,但神秘的教育管理的观点并不是把学识应用于校长领导工作的争论焦点。有序的教育管理的观点也并不完全实用于实际工作。学校工作的模式实际上具有不确定、不稳定、复杂多样的特点。

在实际学校教育中,校长通过增进了解和交流在混乱的状况中进行有效的工作。实际情况的典型特征是事情相互独立,因此,以相同方式处理问题的方法并不奏效。教师、领导和学生把信念、设想、价值、观点和喜好带到了教室中。所以,客观的管理策略就不像处理问题那么重要。不确定性和复杂性是学校教育工作所常见的情况。对于不知如何处理的问题就由直觉来决定,但无根据的直觉不会起到作用。直觉必须一方面基于理论知识,另一方面基于对情况的熟悉。

另一种观点认为校长的领导行为十分拖沓,这一观点来自一门行为科学。这门科学源于实际工作理论,并向校长提供实践建议和理论观点。它主张校长工作要深思熟虑,这是以不同于科学知识的职业知识为基础。职业知识是从含糊、独特、多变的实际工作中创造得来的。此外,能够把科学知识有效地应用于实际的关键是要具有富于创造力的头脑。

工作深思熟虑是一种比较新的观点,还需要更多的思想来完善,并应用于教育工作中。具有这种观念的校长清楚地控制着他们的工作,不会消极地接受或机械地提供解决方案。他们对于复杂问题具有简单答案这一观点持有怀疑;他们深刻了解内容和环境如何变化;知晓教师和学生在许多方面如何不同;明晰学校目标和客观实际如何复杂;认识到处理问题必须依照规则。同时,深思熟虑的专业性工作要求校长具有良好的声望、完整的信息渠道,使用最为有效的理论和累积的工作智慧。所有这些信息资源有利于加强对实际工作的理解。但是,校长如此三思而后行,如果仍以传统管理理论为基础,工作效率还是难以提高,工作成果仍旧难以控制。管理理论自身需要革新。

观念的改变

传统的管理观念就是坐在政府大楼里审批公文、就是学校管理者按照所谓的常规运作体制来处理事情、就是把文献中大量的理论用于实际工作之中。不容置疑,这种观念在校长的头脑中仍然根深蒂固、难以改变。

例如,一位小学校长把她三分之一甚至一半的时间用在努力成为一名教学领导的工作上。按照要求,她每年要进行两次教师评估,评估手段包括50种授课行为标准。同时,全市统一考试的学生成绩也属于评估内容的一部分。

这位校长要求教师制订计划。每位教师的计划包括如何改进自己的教学、如何获得更高的评估分数。她一年要用去180小时完成上级规定的评估工作,还要挤出大量时间收集、研究和评注教师们的计划,并引导他们如期施行。但是,这些计划经常敷衍了事,深深困扰着她。

该校长作为教学领导的另一项责任是监督教师们按照政府教学大纲上要求的课程和课时来教课。她记录下教师的授课进程,但仅凭这种记录还不能向上级证明她的学校符合规定。为确保评估成绩合格,她要求教师汇报每日的课程进度和所用课时。每周五她收齐这些汇报材料并检查授课是否按计划进行。在时间允许的情况下,她会在这些汇报稿上标注评语,促使教师提高授课水平。

这位校长的学校最注重的是政府检查。学校核心领导必须服从教育部门的测评结果,并且各学校的测评分数都将公布在报纸上,因此每所学校都感到压力极大。如果她的学校测评未合格,她就不得不向上级汇报本年的测评分数,并与前两年的结果进行比较。一旦获悉她的上级想要提高学校测评分数,她就只能对教师施压,使学生取得更好的考试成绩。一直努力这样做的教师们已经江郎才尽、黔驴技穷,他们极需要一种具体的模式来指导授课的每一步骤。因而校长就要抽出另一些时间来培训教师,提高他们的授课能力。

该学校使用严谨的授课管理系统,与教学目标、课程设置和课时安排紧密结合,确保教师的工作按计划完成,但其结果却不尽如人意。不仅测评结果分数平平,而且还出现了其他问题。课程知识面日渐狭窄,学生缺勤率日益增加,而且教师们几乎越来越少地使用到他们的天分和技能。

在使用这种授课管理系统的过程中产生的结果始料未及。教师的授课渐渐变为以测评为目的,而当校长听课评估授课水平时他们就会表现出以提高教学质量、学生成绩为目的,为了取得更高的评估分数而展示自己似乎为之付出了辛勤努力。高分就是教师得以晋升的重要条件之一。

校长想要知道哪里出了问题。虽然以传统的管理观点,她可以明确自己的工作内容,可以确保授课管理系统准确地运作,也可以知晓教师们在做什么,但还是感到这些工作与实际严重脱节,并非卓有成效。在经过痛苦艰难的探索之后,她认识到唯一的出路就是进行改革。

她时刻提醒自己要明确目标,做一名客观的管理者。传统管理理论的内容萦绕在她的脑中,她把什么是管理、学校如何运作以及校长领导行为与之结合起来,得到的观点是:传统管理理论越多地应用于实践,就有越少的工作被成功地完成。毫无疑问,这一工作理念起不到更好的效果。改变一个人的观念就好比改变一个人的信仰那么难。

接着,她开始认为学校需要更加牢固的组织结构,还要具备准确的预知能力。人员要更加服从管理,步调一致。起初,面对千篇一律的相同工作她会努力把它们做得更好。但是逐渐地她接受了现实:当世界不能改变以适应你的理论,你就最好改变自己的理论来适应世界。当她触及管理和领导的区别时,这种感觉尤为深刻。管理行为是指正确地做事,而领导行为是指做正确的事。

她认识到成功的校长既是有效的管理者又是有效的领导者。但是如果必须选择其一,那答案一定是后者。拥有了这一观点简直可以说是她心路历程上一个重要的里程碑。虽然举步维艰,但现在她已经适应了这种观点。当官僚权力和伦理意识相抵触时,伦理意识必然永远是首要的。

的确,人们认为她做事的风格十分保守和传统,不是那种鲁莽武断之人。因此,她通过解释条款的精神而不强调个别词句的方式,违反规定地建立了松散的教学框架。如果上级展开严密的监督检查,她就会倒向另一边转而强调词句而非精神。敷衍了事变成她管理工作的一部分。她发现教师们在陷入同样的困境时也会使用这种方式。

她在教师评估中使用常规的标准系统,她给予教师自由选择教学行为的权力。教师仅选择了教授课程、制订目标和获知学生需求三项。她和教师们讨论如何完成课程,敏锐地察觉他们的差别,决定他们的授课方式。她与教师共同浏览了四页长的必需授课行为,最终确定了10种行为可以应对评估工作。评估一般就是以这几种行为为基础。

无论上级领导何时来校视察,她只需改变策略应付评估人员,尽可能节省更多时间去做其他事情。只要评估结束、文件归档,她和教师们就又开始从事改善教学等其他更有意义的工作。她很快学会了在复杂、混乱、非线性的环境中使用领导艺术。她的管理和领导观念正在变得与实际工作状况相衔接。

传统管理理论的局限

前边提到的这位校长认为传统管理理论毫无效用是错误的,她不应该遗弃它而应该学习如何更好地使用它。传统管理理论具有局限性但也有其自身价值。校长明确这种区别是至关重要的。

- 传统管理理论仅仅适用于直线性的工作情况。
- 传统管理理论仅仅适用于没有意外的不利影响、组织结构牢固的工作情况。
- 传统管理理论仅仅适用于普通的工作承诺和实践。

线性和非线性环境

当决定管理和领导策略时,重要的是辨别哪种情况是线性、哪种情况是非线性。

线性环境的特点是:
- 稳定、可预知的环境;
- 缜密的管理关系;
- 疏松的文化联系;
- 各自独立的目标;
- 有条理的工作;
- 单一的处理方法;
- 容易估量的结果;
- 明确的运作程序;
- 必然的行为结果;
- 清晰的权力脉络。

线性环境简洁、明确、规范、可预知结果,像班车行程、购买课本、安排会议等简单次要的工作都适用于线性管理工作。但这些工作也可能很快变为非线性工作。比如,班车时刻表被突袭的暴风雪打乱等。

非线性环境的特点是:

- 动态环境;
- 宽松的管理关系;
- 紧密的文化纽带;
- 多重目标;
- 无特定规则的工作;
- 多种处理方法;
- 不易估量的结果;
- 无定式的运作程序;
- 不预先设定的行为结果;
- 模糊的权力脉络。

大部分学校工作都属于非线性工作。非线性工作就是通过改变规定来处理问题的行为。每一时间段所做出的决定都在改变着这一时间的工作环境,因此,情况总是在变化着。校长如果依据最初的设想制订工作计划、安排工作程序或做出决策都将举步维艰,因为没有人能预知情况会如何变化。

在非线性环境中,管理就像指南针,它指向哪里你就要跟到哪里。每一个工作步骤之间虽然有着紧密的因果关系,但却不可能借此预测事情的结果。此外,如果工作情况改变,单凭常规的管理、领导和教学模式,会使校长一筹莫展。

例如,使用激励手段鼓励教师的工作。奖励可能会在第一时间段产生效用,这种关系是线性的。随着激励效果成比例的增加,假如在第二时间段、第三时间段中也不断地对教师给予奖励,这时,过多的奖励就会失去预期功能,甚至被看成是一种操作手段,那它就不能产生良好的激励效果。此外,奖励授予不同的人员产生的效果也不同。甲可能比乙更快地厌烦相同的奖励。当甲对获奖不屑一顾时,乙却有可能欢欣鼓舞。关于奖励的类型和功效,我们将在后边的酬劳制度章节里详细分析。

对不同人员、在不同情况下使用相同的激励策略所产生的结果孰未能料。人员和结果的联系是非线性的。这种情况也同样存在于领导行为、解决冲突和其他类别的管理工作上。它们全都以非线性的方式与人员、事物相联系。事实上,在管理和领导行为中,相同的情况和策略也会产生不同的成效和结果。

非线性管理工作的内容可以被形象的比做是"翻涌的浪花"。一位管理者谈到自己的感受时说:"大多数管理者被教导要独立思考,就如在平静的湖面上从容地划着他们的独木舟。他们被引导要相信自己完全有能力在任何时间去任何他们想去的地方,情况尽在掌握之中……但是我的经验是你永远无法划出急流……许多事情瞬息万变。你的感觉是持续不断的不安和混乱。"

管理工作仅有一部分在控制之中。但有经验的急流探险家不会做无计划、无目的的探险。换言之，非线性情况与线性情况的区别就在于它像"翻涌的浪花"一样具有动感特征。成功的工作要求校长和教师有能力经常把他们所知与所发生的事情相比较。

严谨的组织结构，松散的组织结构

学校看似是个结构松散的组织，尽管外表看来学校的各项工作彼此间相互影响。但这种联系只能说是一种有力、直接的影响，因为它经常被其他联系所破坏。松散的结合并不意味着决定、行为和程序的松懈，而是指他们彼此疏松地连接在一起。

学校的发展目标和方向提供了一个很好的例子。普遍认为，一个组织的政策、决定和行为与政府目标紧密联系。但是问题在于学校具有多重目标，并且要尽力实现它们。有时这些目标彼此冲突，实现一个目标可能意味着放弃另一个。逐一实现目标、甚至是多重目标的方法不适于学校独特价值系统的特性。在非线性、结构松散的情况下，学校实现的目标不可能像创造的价值、完成的工作那样多。

为了实现目标，学校管理者会把"模式合理性"带到工作中。成功校长变成了冲浪者，熟练地驰骋在这种模式的浪尖上。如果目标彼此冲突，他就使用价值模式。这一模式的重点在于校长更关心的是他所做工作的付出和回报。

教师也有类似反应。尽管文献资料有理有据地表明教学工作是合理、线性的工作，具有客观、预期的结果，但事实上从始至终的联系非常松散。教学工作和方式决定了客观情况，同时客观情况也反作用于教学工作和方式。结果变成了目标，同时目标也决定了结果。教学如管理一样十分松散、含糊。教学工作一旦开始就不能有半刻停滞，但是政府目标和客观环境却会不断变化、甚至被其他目标所取代。老实说，教师大多会在教学工作之中和之后树立目标，而不是在之前就确定下来。

也许最说明问题的例子要数教师与校规之间的关系。前边案例中那位校长就是在实施授课评估的过程中发掘这一事实的。当她听课时，教师们就会按她预想的去教课。一旦她离开教室，教师们又会以他们自己的方式授课。比起授课管理系统，他们更受个人价值、信念和标准所左右。

普通的承诺和履行，特殊的承诺和履行

管理和领导行为需要使工作创造价值、获得灵感，这与学校特殊的承诺和履行有所不同。传统的管理理论和实际工作只能提供前者。使用传统管理方式能使教师们做他们预期的事情，但不能取得持久、特别的效果。

　　为什么传统的管理理论只能使实际工作收效甚微？这里有两个原因。一是传统理论是以官僚等级和个人权力为基础。通过制度、命令、程序和强制使人工作。对教师使用这种官僚权力极易产生负面影响。当校长通过个人关系使教师服从时，他们也会使用个人权力。这种方式更能使校长成功地满足教师的需要，换取他们诚心地顺从。官僚等级和个人权力都属于外在因素。能够有效激励教师的是外在权力而非内在的。一个明显的趋势是，官僚等级的效用每况愈下，而对正面使用个人权力的期待却日渐上升。

　　外在的权力对大多数教师和学生能够产生效果。但校长也该觉察到，外在的权力趋势是使人们变为下属。好下属永远只做他们该做的，其他事情绝不问津。如果人们想超越普通能力去承担重要的任务和工作，就需要从下属变为追随者，这就需要一种不同的理论和实践。下属只对外在权力做出反应，而对追随者产生效用的是观念、价值、信赖和目标。传统理论可以实现前者而非后者。

　　第二个原因是，传统管理理论因其官僚根基在标准化和常规化的标准上有严重的偏差。对于教师和管理者的测评是要求他们具备使学生成功实现更高的学科、社会和个人目标的能力。但是组织管理、设置课程、从事教学的工作没有捷径可行。常规化和标准化可以作为稳定环境下简单工作的公式，却不能作为衡量人们特殊的承诺和履行的标准。

　　校长们都有他们自己的经验之谈，无论是用人之道还是治校之理。他们的观念制约着信念和对不同理论的接受或排斥。值得一提的是，“大部分学校工作都属于非线性工作”，这一论点正在被越来越多的校长所接受，提醒他们动态地看问题。变“缜密的管理关系”为“宽松的管理关系”，换“疏松的文化联系”为“紧密的文化纽带”不啻为新理论醍醐之作。

第二部分

校长领导行为

第四章

领导者特质、领导方式

众所周知,校长具有明显的特质才能被称为领导者。人们关注的问题首先不在于校长的领导行为如何,而在于怎样成为一名高效率的领导。校长肩负着教师、社区、学生以及学校董事会的热切期待,这就决定了校长的工作与众不同。

领导行为的使用机会很多,从工作决策、发展技术到增加学校项目的实际收效等,都需要有力的领导行为。领导工作要替那些由于经济力量差,不具语言优势而在现实中被认为是没有什么价值的年轻人说话,也要为那些从未发现自己具有天分和潜能的学生创造发挥他们的天赋和潜能的机会。

陈旧的校长工作模式将不能充分提供领导工作的新机遇。校长再也不能把时间浪费在组织管理上来说明她正在完全履行着工作职责。实践证明,这种做法反倒会产生负面作用。这并非是指管理的细节不重要,忽视管理细节领导者将不能清楚确定她期望的其他成果。校长必须遵循特定的工作程序和规律,没有优先选择的权力。此外,许多学校可能处于"过度管理、缺乏领导"的状况之中。但是,有力的领导、薄弱的管理也同样不好。在学校工作中,有效地平衡管理与领导的力度是必要的。

当今以及未来的校长必须做好思想准备,明智而果敢地参与到冲突与变革并存,且日益相互依托的社会大潮中。通过新技术获取、分析和沟通,信息必将成为交流的主导方式。将来,学校陈旧的工作方式将被取代,那些尽职制订学校规定、做出管理命令的校长将发现他的职责不再适用于 21 世纪,甚至其工作也许是多余的。因此,校长们需要一种应该做什么、能做什么的指导观念。如果没有这一观念,改变领导行为将无济于事。这里涉及管理和领导两个概念。管理和领导的区别在于,一个是要去做一项工作,而另一个是要考虑这项工作是否需要去做。管理者趋向于依仗自身权力开展工作,而领导者则帮助目标的实现,设定标准,并通过各种直接或间接的方式使社区指导学校的发展方向和意图得以落实。

纵观领导行为方式

领导特质

关于领导学的概念已经探讨了一个世纪,分析领导特质为何的书籍比比皆是。上百项研究试图明确解释领导和非领导的性质特点以区分他们。研究表明,一些领导特质似乎源自天分,如身体特点或智慧;另一些属于后天技能,如恪守法律或谈吐有力。但是,大多数这样的研究并没有指出究竟什么是领导的真正特质。

斯托基尔在对领导学近30年的研究以后肯定地指出领导特点本身对预测或调查领导行为没有多大意义。他把领导特质归列为三类:(1)自身特质,包括智力、生理、社会和人格特征;(2)工作特质,如工作成果、事业心和责任心;(3)社会特质,如协作能力、个人威望、交际手段和能力。

领导的个人魅力

普遍的观念认为领导是极具个人魅力和领袖气质的人,他们吸引下属忠诚地追随自己。一项有趣的个人魅力讨论认为,个人魅力是可以培养的,人的信任、尊敬甚至爱好都能够发展成为有效的领导气质。个人魅力的核心要素有诚实、仪表、善良、自信、睿智、胆识、求索、和蔼、自制,等等,而校长的个人魅力则包括目光长远、风格新颖和自信。

校长应该明确他需要保持的适当距离,这种距离受到学校文化的影响。但是首先要弄清个人魅力是否确实对实际工作有效果,因为据记录,具有个人魅力和领袖气质的领导是可为工作牺牲一切的。通常,有魅力的领导在扭转危机的时刻能够显露出高效率的工作作风。一旦危机平息,若想继续保持这种作风,领导最终会依据专家的意见作为行为指南。费舍认为:集领导气质和专业理论于一身,并且审时度势,不用高压政策的领导者必会取得巨大成功。

领导行为分析

莱文等人早年的一项关于领导学的研究非常引人瞩目。研究要求三组9岁到20岁的男孩各自在一个成人的带领下完成一项木工活。这三个成人分别表现出民主(委托被实验者做具体工作,并予以帮助、提出建议)、专制(接连不断蛮横任意地分配工作)和放任自流(仅提供要求和样图,始终保持消极的态度)

的领导方式。研究结果请参见表4.1。

表4.1　　　　　　　　　　不同领导风格产生的结果

领导风格	领导者离开	领导者回来	工作结果
放任	被调查者离开	调查地点空无一人	未完成
专制	一片混乱	恢复秩序、工作继续	完成
民主	工作继续	工作继续	完成

　　领导风格从专制到民主所体现的领导行为极为不同。此类关于本性的研究确实大大鼓舞了人们更进一步地研究和解释团队或个人对不同领导方式的反应。

其他研究

　　鲍尔斯和希绍尔对不同领导者的领导特质和方式进行了调查研究,然后提出一项卓越的调查结论。即以下四种领导工作特征:(1)支持,(2)互助共勉,(3)强调目标,(4)协作。如果结合领导工作实际特点,可以清晰地将这一调查结论表明为,领导肯定会涉及两种核心工作特征:人的需求、目标和工作情况以及组织的需求、目标和工作情况。

　　美国俄亥俄州立大学对于学校管理者的一系列领导行为的研究的主要贡献,是一项关于领导行为发展的问卷调查(下一章将做更具体的描述)。这项调查没有沿袭上面所说,把领导行为归结为某一种特性,也不是仅仅阐明某一项分析结果,而是试图把所有对领导者行为的分析浓缩为精华。领导行为发展调查问卷已经被大量使用在各种关于学校管理者领导行为分析的研究中。调查结果一致表明,领导行为分为两个主要部分:按职权行事和关怀员工。其他的调查者已经证实了他们的调查结果。

　　这些研究第一次强调了工作方向和关怀员工对于评估领导行为的重要性。明晰工作的方向以及明确组织内员工的关系和他们需求的领导风格,是一种计划周详,工作目标、评价标准和办事程序脉络清楚的领导方式,对工作产生正面的推动作用。关怀员工可以建立友好和睦、团结合作的团队关系。领导应为员工着想,更重要的是公正地对待他们。

　　在俄亥俄州政府进行研究的同时,密西根大学也正在进行一项关于领导方式的研究。这项严谨的研究表明,高产出的领导者可以做到:(1)以雇员为中心;(2)把更多的时间用在工作之中,其中大部分时间用于对雇员的管理和监督;(3)得到上级的指导;(4)把工作权力和责任联系起来。在进一步的研究中,通过对几百项其他的研究成果的分析,他们证实,如果一个组织的领导程序是以团队协作、坚定信念和积极参与决策为基础,那它的工作成果就会不断提高或保持高水平。

瑟日瓦尼、麦兹卡斯和伯顿研究了教师的需求与他们心中的理想校长形象之间的关系。研究表明,需求受到忽视的教师认为理想的校长是以组织系统为重、以人为本。他们进一步指出领导风格具有"优化工作效率"和"控制全局"两个特点。并且他们还发现需求受到忽视的教师普遍对其领导的"优化工作效率"比"控制全局"的满意度高。

现在的研究表明,高效率领导者会尽可能满足需求、帮助实现组织(学校)和员工的目标。许多领导学专业的学生实践验证了这一点。这些研究对于在某种情况下确认领导工作重点和挖掘潜在工作效率大有裨益。

情景领导方式

情景领导理论指在不同情况下使用哪种工作方式和风格最为有效。情景的最大特点是变化不定,如:组织风气、团队任务的类型和工作细节,以及领导权力范围等,这些就成了情景研究中的特殊领域。这个理论认为组织的工作受到两种变化因素的交互影响:(1)领导者的激励系统——他的领导风格对组织的影响;(2)组织状态的优势——情况允许领导控制组织的权力范围。情景领导关注三种变量,按照顺序依次是:(1)领导与成员的关系——决定了组织成员的支持、尊重和喜欢领导的程度;(2)工作框架——决定了组织工作被合理分配、圆满完成的效率;(3)职位权力——由组织赋予的领导者权力,或者意味着领导职位使领导者能够让团队接受他的领导。

按照此理论,领导者不是以工作为主体就是以人际关系为主体。他的这一理论在800多项研究中得到了进一步验证。研究分析表明:(1)对工作情况使用激励手段的领导者在控制力强和控制力弱的形势中工作最为有效;(2)对人际关系使用激励手段的领导者控制局势最为有效。

同时,这样的研究和发现也引起了争论,因为研究者认为领导者的管理风格不可能被改变,一些人在缜密地研究领导方式之后,仍旧认为领导者在混乱的环境中能够并且应该改变他们的领导风格以更好地适应情况变化的需要。因此后来的研究者建议领导者应该适当调整领导行为以使团队达到成熟的水平。他们使用"成熟"一词形容团队获得高目标的技能和意志力。如果一个团队的技能不成熟,领导者就必须指导如何去工作,这是一种工作难度大、缺少关联的情况。如果一个领导者判断错误,认为团队能力薄弱,需要有人来控制指导,那他就会误使这个团队行为不成熟。这是一种肤浅的管理方式。

另外,一个领导者可能几乎不需要指导来评估局势,并且他会蒙骗团队使其承担超出自身能力很多的责任。接下来，工作的效率会变得非常低。领导者可能认为每一名团队成员都达到了同样的成熟水平，但这一观点显然是错误的。如果领导者以这种模式进行工作，则员工薪酬的分配岂不就成了根据每个人的工作量来确定了。

领导行为是实现统一意志的过程

在领导特质的讨论中，研究者曾经提出了三种概括性的领导工作类型：(1)职位特性；(2)人的性格特点；(3)行为方式。尽管每一种关于领导工作的观点可能都有它的价值，但是在实际操作当中却没有一条能够有效地确定使用领导行为的途径。尽管如此，许多人把研究领导学作为个人职责和人生使命，它的前景是乐观的。

威恩和古蒂提斯两位研究者把领导方式当作一种实现统一意志亦即取得一致的过程。他们如此定义"取得一致"一词：一个共同思考的团队中的员工同意履行管理决定。当一个团队的成员感到他们明白了彼此的职位，并且支撑起团队的地位，然后就会形成一种统一的状态。在这一过程中，表决就变得无关紧要，因为表决貌似民主，却仅仅是一种多胜寡败的程序。形成统一意志的过程非常重要。

权力基础的萎缩

许多关于领导学的文献都是以领导力或控制力为核心内容。尽管缺少控制力工作几乎就没有进展，但是等级控制能够演变成为僵硬的独裁主义，集权的、过度的控制会导致团队混乱。这些看来确实令人左右为难！在对校长的正当权力基础进行分析时发现，校长权力与普遍认为的管理者权力相比确实非常小。结果，一位典型的校长可能会非常羡慕并痴迷地去捍卫这种无足轻重的领导权力。

权力基础

权力是无懈可击的吗？在下属面前变得脆弱的领导者会失去他们的权力吗？一名领导者能够与他的下属平起平坐地学习且仍旧保持领导权力吗？权力的含义是什么？

富兰克和雷温罗列了以下五种权力基础：

1. 奖赏权力——掌握资金分配；
2. 强制权力——具有威胁或处罚的能力；

3. 合法权力——组织根据员工的价值观给予领导职务的权力或威信；

4. 参议权力——确认自己是否需要咨询，以使别人的感觉或期待与其拥有的权利相一致；

5. 专家权力——专业知识形成的学术和职业权威。

对于当今的学校和教职人员来说，以上五项中没有一种能够提供一个全面衡量权力的尺度。集体性的讨价还价削弱了发放奖赏的权力。很少有学校价值增值。无论教学经验的好与坏，薪金的标准都是在谈判桌上讨价还价后确定的。在学校中，奖金和特殊的奖励已经成为了这一权力的主要部分。

领导者的任期以及校区委员会的抱怨和不满使得强制的权力受到轻视和制约。事实上，校长具有评估教师的责任，但是往往这项工作仅能影响到水平低的教师。几乎没有教师惧怕受到处罚，尽管他们对评估这一专业性建议的反应是，评估有益于帮助提高他们的教学水平。

合法权力的行使受到教师普遍的专业工作的影响。学校组织不同于其他组织，学校的主要功能是教师以教室为工作地点开展教学，教师就是教室中的首席执行官。很少有教师会敬畏校长的合法权力。教师可能要比校长更了解自己所教科目，更清楚如何去教。教师就是"教室城堡里的帝王"。

参议权力与那种讨价还价的程序的目的是相反的。许多教师不愿意听命于管理者的合法权力，尤其是那些独裁专横、官僚主义十足的领导。

专家权力在学校工作中起到了很大的作用，但前提是校长需要明确他所提供的专业性意见将有助于员工发展成长、化解矛盾、创造机会和利用资源来面对挑战。这种权力会帮助校长完善其领导工作，并使将来的工作锦上添花。一项研究表明，校长对于教师的道德思想和工作方法都提出了大量的行之有效的专业意见，这类校长普遍在这一方面获得了很高的评估分数。但是，研究还表明，低效率学校的校长可能会更加强调人际关系而不是个人的专业性建议。

权力的分享

有一种观点认为，权力是一种不变的量、是有限的。如果某人获得权力，那组织中的其他人就肯定会失去这种权力。近年来，研究证明这一观点是不正确的。事实上，权力既是可扩张又是互补的，并且具有协同的特性。

校长可以通过分担权力或委派工作培养下属接受这种责任。如果校长把自己的权力分摊给教师、社区和学生，并且给予专业性建议，树立一种真正的学校团队精神，那么来自于教师、社区和学生的支持就会增加校长的权力。这种综合的力量能够为实现学校目标提供一个强有力的基础。在那些实行全员决策的学校中，这一观点得到了验证。校长削弱自己的权力，反而会获得更强的权力基础。

参与决策

鼓励参与和分享权力并不意味着全体学校教职员每次都一起制定决策。它的真正含义是建立一种程序，给予员工提出建议的机会，这似乎对他们更为重要。下面的内容可能会是校长鼓励员工参与决策工作的一个向导。

1. 在各种类型的决策中，教职员工赞同参与决策的方法是向校长提供所有对其做决定有用的指导。

2. 一些决定仅仅影响到某些员工或某个部门。如果一个决定将会连带一个学校部门，就不需要把其他部门的员工扯入制定决策的程序之中。

3. 校长在做一些决策时最好参照部门领导或代表的反馈意见。

4. 一些决策需要发通知或简报给教职员工，询问每一个人对于决定的深切感受并反馈给校长，建立一个回执期限。

5. 一些决策可能仅需要员工参与意见。

6. 教职员工可能对一些决策并不感兴趣。

7. 一些项目，尤其是涉及课程改革或教学程序的项目，如果其很可能被实行就需要教职员工的深入参与。在这样的决策类型中，校长应该使员工的参与成为一种有计划的程序。

8. 员工必须清楚，某些决策必须由领导者自己制定。

9. 一些决策必须即刻制定，并且管理者必须要有足够的勇气去完成。危机一旦产生，行动就是必要的。

10. 对于一些决策，员工参与可能会拖延时间。在迫在眉睫的时刻，校长必须具有足够胆量做出最后决定。

11. 大多数员工不想卷入那些与他们无关的决策中，如那些与教学或教师待遇相去甚远的学术性工作。事实上，迫使教师卷入那些他们漠不关心的决策中会产生反作用。

参与领导

参与领导和分享权力的观念经常使组织莫名其妙地变得笨重、动作迟缓、似乎没做任何实质性工作，因为在这种观念下，每个人都不得不对每一件事情发表看法。这与按职权行事的管理风格相比真是天壤之别。日本式管理的大多数案例表明，在这种观念下组织的工作成果与日俱增，团队精神进一步上升。教师已经视按职权行事为领导方式的必备条件。

此外，应该认识到，按职权行事是一种组织内部澄清关系的领导行为方式。它表现了一种计划周详、协同运作的思想，能够清晰地确认工作目标和标准，这种工作程序有助于组织获得巨大成就。

分享权力和参与领导并不矛盾。校长的首要工作是要与教职员及校区中心管理层理清学校关系的结构。校长还应该研究法律法规、董事会政策和中心管理层的指令,这些对于学校结构来说都是最基本的需求,然后带领教职员工尽可能全面地弥补缺口。下面的内容是针对校长协同员工进行这项工作的警示:

1. 重视确认来自上层领导的基本需求,需求无论好坏都囊括其中。如果需求需要改变,就让其各自为政。不要因为对此过多的争论使工作程序陷入混乱。

2. 使人们知道你希望事物应该被建造成适于你的管理风格,并且你愿意对此进行讨论。与教职人员共同融入这项工作中对你来说也尤为重要,向他们解释原因并给予他们反馈的机会。

3. 明确并制订一个组建结构的工作计划以使员工有足够的时间参与决策,并且使每个人清楚地了解工作进程。领导者的责任是确保在合理的时间内通过员工的讨论产生一个符合逻辑的结论,以使学校工作继续进行。

4. 提前明确工作事项对员工投票表决有利,并且这就等于是使无投票权的管理者具有了优先投票权。

5. 不要尝试用暗箱操作控制员工的参与,那会导致雏形管理阶段比演变和发展阶段更加提早到来。

斯万尼认为领导者的行为毫无疑问与学校业绩息息相关。他在关于领导行为和学校业绩的八项研究中,第七项提及“提供一种井然有序的工作氛围”,第八项引用了“强调业绩”和“设置教学策略”。这些行为需要在学校技术技巧方面获得专家建议,而且需要技能帮助设置课程,以建设卓越的学校。

熟悉管理者类型的领导者完全依靠法律资源或职务地位行使权力和控制。有许多典型的领导行为是这种倾向的代表:仔细检查员工是否遵守规定和领导指示,注重法规里的每一个字胜过它的含义,或者一发生特殊情况就推迟决策。校长很容易发现他自己正处在这样的情况之中。的确,这种工作方式可能更为“舒适”。

这种典型的官僚模式很快进入人的头脑,使管理者死握规定、政策不放,表现得如上文所描述的那样。如果一种特殊情况出现在特定权力之外,领导者会把它揽入权力之内做出决定。他会尽力理解上级意图,以使他的工作符合上级的标准。但这并不是教师和学生们的主要事务,除非他们是上级领导优先考虑的部分。

几乎所有的校长都没有为在社区中的学校氛围做出足够的努力。对于这种研究结论的理解是校长凭借“校区的印象”选举而产生的。许多校长曾是教师、副校长或曾担任学校中的其他职务。他们有准备地以理性、肯定和学校可以接受的方式开展工作。并且,他们在学校系统中工作的时间越长,就越久地保留了学校传统、越好地表现得如校区中心管理层期待的那样。这样的领导只能是中心管理系统的支持者,而不是名副其实的领导者。

计划:领导工作中的一个重要因素

　　能够通过情景领导改进工作的实在是太少了。一些人或团队需要计划未来的发展和如何去实现。员工总觉得没有什么比出席会议研究一个重要问题更失望的了。领导者有责任洞察和发现教职员中有准备参与一个重要问题的决策。这需要进一步提供必要的背景信息——但大部分是员工个人的责任。下文中的问题对校长和那些正在制订计划的员工都非常有用。

　　1. 在对手头问题做出决定时重要的有效背景资料是什么? 如果程序改变,这些相关信息可能包括通过描述或者实际的例子、现有资料、专家评估、其他学校的经验和合理的课程安排、他们的授课目标等方面对学生成绩进行分析。

　　2. 将需要什么样的新信息? 从哪里获取?

　　3. 组织中的个人和组织,谁将受到影响? 组织之外的人是谁? 例如,如果要计划新的班车行程路线,那么第一个问题就可能有许多答案。把受到影响的人集合起来称为一个组织,在这个组织中至少有司机、学生、校长和教师;组织之外涉及的是家长、交通控制或街区、财产所有者和保险公司。

　　4. 真正的问题被弄清了吗? 问题的替代部分是什么? 新部分被认为是程序的发展计划。避免把问题搅在一起。

实行计划

　　实行一个计划的第一步是确定完成计划必不可少的步骤,然后把它们按顺序排列好。明确地罗列工作步骤,用适当的时间完成每一步的工作。如果一个计划含有多个时间段和相互依赖的部分,那么一种更为精密的处理方法可能更为有效,如网络分析工具等。其中两种最常涉及的部分是:危机途径方法(CPM)和程序评估复查技巧(PERT)。CPM 和 PERT 集合了工作行为、工作要点以及工作完成限定的时间,适用于评估的程序模式。

　　工作程序中持久定量、定性的评估工作和其他工作也都应该制订计划。评估对于制订计划工序是不可或缺的,它能够提供意见反馈,允许人们反复斟酌,使工作进程向期待的目标推进。

　　研究表明,人们对教育表示不满的原因之一是认为技术监督力度不够。明晰这一工作是校长必须要做到的。制订一个精心计划的评估程序作为一项完整工作计划的一部分,就是迈出了减少这类不满的一步。(评估工作将在第九部分做详细说明)

领导者形象

领导学继续受到关注并被研究,但是近来更多地是以比喻的方式表达领导者丰富的形象特点。我们已经使用了"预言家、管家、促进者、学习者"等词汇来讨论对一些领导者的印象,用英雄,船长或其他简单的描述形容领导者处于权力金字塔的顶端。当追随者有着广泛、各种各样的意图或是未成年人时,这样的比喻似乎非常有用。

学校的领导者不会独自操作、脱离学校组织的文化。除非他拥有一个天衣无缝的计划要建立一所新的学校、招聘和雇用新的员工并要发展一种新的文化,否则校长就必须在一种具有根深蒂固的观念、价值观和传统的学校文化中开展工作。

文化环境中的领导艺术

每所学校,甚至每个校区、每个组织都有其自己的文化。因此,领导工作是产生在一种文化氛围当中的。

任何社会组织的文化都不能脱离庞大的文化体系而独立存在。尽管如此,受同一文化影响的组织文化也各不相同。

组织文化包括了信念、价值观,以及一系列关于如何工作的规范标准。它产生了传统、象征、仪式和一系列关于人们面对某种情况时判断它是否是机会、挑战或学校自身的问题,以及应如何做出反应的标准。从发生的事情中创造意义的过程就是文化形成的过程。正如威廉姆斯所说的那样:"文化可以是一种想法或习惯方式,以此构成行动的基础。"

另外,一项关于领导学和组织文化的研究认为:(1)学校可能被认为是旧文化的产物,也就是未来文化的创造者;(2)许多学校冲突仍旧存在;(3)对于管理问题的技术革新是有限的。

威尔在高效率系统的研究中确认了领导者角色是"目标事业"——是一项必须要通过建立、澄清和修改目标而工作的事业。在高效率系统中,威尔说明了一名领导者代表了什么和他要传达些什么,这非常重要。学校领导实际上就是学校文化或亚文化的翻译家和提倡者。

如果校长要使学校产生意义重大、持久的改变,或者甚至是在改变环境和文化结构时保持对于卓越水平的那份追求和探索,保留其中一些也是必要的。领导者受到了挑战去追寻学校信念的真正核心和听取参与者五花八门的反应。正确地认清现有的信念和通常的解决办法(如处罚问题学生,如果发生问题就要改变原本的出行计划,等等)是必要的,但是同样重要的是校长也要认清自己的价值观和信念。矛盾的领导行为如同南辕北辙的努力，会因失去方向的反作用力而不能建立和保持组织文化。校长日复一日的工作行为需要与学校的价值观和信念相一致，经过写、说和非正式交谈等一切机会阐述这些价值观。校长竭力在宣讲学校应该是一个学习型组织，而不是热衷于他本人的学识或仅仅言不由衷地向教师说明学习的价值。关于建立学校文化和学习型组织，我们将在第三和第五部分详细论述。

瑟日瓦尼把领导工作的范围扩展到了更为广阔的社区中，这增加了领导工作影响团队的潜能。随着范围的扩大，工作的复杂性也加大，领导者的工作仍要保持不变。换言之，领导者应该与下属建立一种共同分担的关系，不在于谁追随谁，而在于追随什么。其中的暗示显而易见——领导者有必要去雕琢组织的文化。其中一些观点前面提到过——特质、个人魅力、独立的行为——可能至少在某一时刻的某种情况下会有用处，这些继而影响着学生的动机和学习。

领导者是预言家

尽管预言家通过某种方式获得超越我们所知的智慧和力量，但他不是神秘之人。实际的预言家是一个明白应该做什么、是什么和应该改变什么的人。他仅仅能够解读一系列事物发展走势的特征，比如，他能够精确地预报暴风雨的来临，却不能想象出制造诺亚方舟的需要。

更重要的是，即将成为领导者的人应该对他坚持去建立的优秀的教学和卓越的学校具有一个清晰的认识。虽然校长对于什么是好的、什么是理想的、什么是不良的工作形象的认识这一观点不是最新的，但它仍旧没能被广泛接受，甚至包括校长们在内。这一观点鼓励领导者坐在一个安静的地方，罗列出那些他们坚信建设一所卓越学校所需的个人观点和策略。

巴斯列出了他认为建立一所学校的个人观点：

1. 学校是一个学习者的社区；
2. 学校的特点是同僚共享权力；
3. 冒风险是有价值的；
4. 人们已经选择在学校中工作；
5. 尊重差别；
6. 学校是一个欢迎问"为什么"的地方；
7. 幽默诙谐的关怀；
8. 每个人都有可能成为领导者；
9. 学校处在低忧虑高渴望的状况。

如果校长能够有明确目标和发展方向并且其行为与他的思想相一致，绘制出一幅卓越学校的蓝图也是必要的。

这种预言家似的领导者不用地图就能够有效地为他人指明道路。事实上，这样的领导者必须在头脑中装有一份地图，但是仅仅制订从 A 地到 B 地的计划对那些必须走过去而最终耗尽气力的行者和领导者而言事倍功半。

领导者是管家

如果一个人承担起了团队或组织福利的责任，一种道德上的义务就会随之建立。学校是一个富有潜能的社区，在其中道德契约被锤炼成为思想而共同承担。领导工作包括了满足教学需求的道德义务。领导者像管家一样捍卫、保护学校的目标，关心学校、家长、学生和社区。

领导者既是陶艺家又是诗人

学校文化是被雕琢而成，校长就如陶艺家一样使用价值观、仪式、庆典、神话、常规这些原料塑造学校的文化。更早的研究表明，分享价值、承担目标就是文化。这一观点需要一个诗人的角色，通过辞藻、箴言或故事以明确解释这种目标和价值。组织故事和目标的力量所产生的结果是强有力的。校长具有创造强大形象和重要意义的潜能，这就是领导和员工的区别所在。

领导者是学习者

前面我们提到校长以前曾经是教师或校长助理。在一个学校变成学习者社区的情况中，校长可能会被认为是由年轻人和成年人组成的学习型组织的学习者的很好的领导者。这种情况表明校长具备了寻找和创造知识的条件，使他与那些走过同样路途的同事产生了很大的区别。通过技术的发展使这种模式迅速扩展，在我们的大脑中建立起这种世界范围内相互学习的思想，交织成为教师与教师、学生、专家相互学习，使同事之间更容易交流。

校长是领导者

校长必须具有积极的领导力量。我们面对着一个在教育管理方面不断变化的世界，我们的工作程序必须为变化着的社会和变化着的教育组织而做好准备。我们需要明确领导行为和管理程序的新定义以适应现在和未来的教育情况。

领导工作是复杂的、动态的、相互作用的一个过程。研究发现，领导工作的效率在于我们如何定义它、我们使用什么样的评估标准、组织和员工的类型、工作的熟练程度、所面对的局面和学校文化。领导者最有可能培养和改变人们对于自身及其工作的认识,并不断提高和改善他们共同努力得来的工作成果。

"变化的领导学"这一术语继续被推敲提炼。变化的领导者应该追求的目标是:

1. 帮助员工发展和保持一种合作、专业化的学校文化;

2. 培养教师发展;

3. 帮助他们更有效地解决问题。

尽管许多领导学课程讲到的工作方法已经证明是行之有效的,但是没有一种工作方法或方式是包治百病的灵丹妙药。而且,有效的结果对于旁观者来说可能是事情的主体,但是对于结果的观点是会随着时间的推移而改变的。领导者需要掌控一个工作处理方法的储备库以备情况变化应对不时之需。他应该具备高度敏感性,准确地判断出情况的变化以改变领导行为。

我们相信行使领导权利的机会越来越多,因此,应该充分理解教育领导工作的定义才能够清楚地认识到在激励的环境中教师的能力正在增长、教师和学生的学习和成长几率的增加以及产生的社会效应。

定义领导工作

定义领导工作是一个审慎的过程,它会导致学校社区产生以下结果:

1. 协同努力,朝着卓越的理想远景不断迈进,以实现个人和组织的共同目标;

2. 创造一种和谐的成长环境使每个人的创造天分最大限度地发挥出来;

3. 鼓励建立一种使个人与组织在实现各自目标时彼此满意的工作关系;

4. 充分运用现有人力物力资源。

领导行为可能迸发自一个学生、教师、员工、家长、董事会成员或其他与学校有联系的人。校长的领导工作是在任何可以促进学校目标实现的地方培养人才、发展建设和加强领导。

结　　语

领导工作的特性很复杂。领导的特质、个人魅力、态度、行为、职位等相关内容都成为研究的对象。如果没有人、没有目标,领导工作就如同空中楼阁——它不能脱离社会而独立存在。帕克斯和沃那记录了四种领导行为特性:(1)领导者知道他们想要完成什么;(2)领导者知道如何获得支持和帮助;(3)领导者知道使用所需能量;(4)领导者知道事物可能的局限性。

总而言之,领导工作不是即时发生的。它是一种适用于社会环境计划周详的程序,它的目标是使学校组织和个人都感到满意。下表列出了前面提及的领导实际工作内容,注意,这并不是领导工作的公式定理。

1. 明确自己对于学校、教师和社区的信念、价值观和偏好。

2. 清楚地认识卓越、成就和社区的含义。

3. 发展和保持一种有利于学生、员工、校长成长的环境。

4. 尽量有效地利用环境,满足组织和人员的需要。

5. 发展员工和学生的领导能力,使学校成为一个领导者社区。

6. 知晓多个领导基础和方向。

7. 与你所领导的员工共同分享你的权利和责任。

8. 认清并接受分担责任的员工具有局限性的事实。

9. 清楚了解专业能力这种最为有效的领导基础。

10. 做好触礁沉船的准备。

高效率校长需要基于一个比其职位、控制力和可支配资源更强有力的基础行使领导权力,亦即上边第 9 所列,"……专业能力这种最为有效的领导基础"。这样他才能够对实现学校目标、行业和技术发展做出重要的、计划性的贡献,并使员工分担他的领导权力。行使领导权力的机会在学校数不胜数,在某种意义上来说,这也是校长领导能力的衡量标准。

行为领导学理论认为,个人特质和性格与行为有关;情景领导学认为,在一种情形中一部分领导特质促进领导效力,而在另一种情形中这一部分特质并不具有促进效力。有关更多的领导行为将在下一章中表述。

第五章

校长的领导技能

前一章论述领导特质和领导方式,本章试图更具体地回答与学校组织领导有关的问题。我们先来看以下焦点问题。

1. 什么是领导?
2. 领导者和非领导者,或成功的领导者与不成功的领导者之间,他们的能力和个性特点有没有区别?
3. 比较而言,什么样的领导行为更有效?
4. 在何种情况下,一个领导者会成功,而另一个领导者却会失败?
5. 在特定的情况下,哪些重要的环境因素会决定和影响领导方式?
6. 为什么对于管理者来说,培养诊断环境的能力那么重要?

我们从探究组织中领导的本质开始讨论。首先探讨影响力或权力这一作为领导基石的概念,然后探讨形成领导力需要的个性特点、行为方式和其他可能因素。最后,我们呈现并分析不同的领导方式,还包括对支持以上观点的研究结果的概括。

领导的本质

自 20 世纪初开始,领导这一主题已经成为广泛研究的对象。在这段时间里,研究者试图分析领导一词并为其定义。如今,研究过这一概念的人和对有效领导的定义几乎一样多。不过,这些定义大同小异,这样,我们可以将领导概念进行大致的分类。以下是一些有代表性的关于领导的定义。

领导是——

- "超过预期,影响团体活动的过程。"
- "影响和指导方向、过程、行动及观点。"
- "有效的影响。"
- "构建团结的,有共同目标的团队。"
- "说服其他人将个人的兴趣升华,接受团队的目标,并使之成为自己的目标。"

- "说服其他人将个人利益放到一边,并追求对于集体利益来说重要的共同目标。"

在回顾了1,000多次研究过程后,专家发现,这些研究产生了350多个关于有效领导的定义,而这些定义对于如何区别领导者和非领导者都没有给出明确的解释。但是,他们却划分了经理和领导者的不同,即"经理正确地做事;领导者做正确的事。"前者执行政策;而后者制定政策。前者想到的是树;而后者对生活有更广阔的视野,想到的是整个森林。

有力的领导者不会做很多决定。他们更注重那些会给组织带来更大影响的事情。他们试图思考那些普遍的、有战略意义的事情,而不是解决日常问题。他们试图少做代表组织最高意志的重要决定。一个组织中,有力的领导者致力于分权和分担决定。分权,就是把责任和权力赋予中级管理层;分担决定,就是由一个委员会或团体做出决定。这样,一个有力的领导者将组织内外的人都变成了团队的一部分。

管理者负责形成组织结构,推动达到预期目标,而领导者有自己的观念,并使人们围绕着他们的观念活动。像约翰·肯尼迪和马丁·路德·金就很成功地以他们的意念和热情影响了周围的人们。他们激励了其他人,并将这些人团结过来,共同支持他们的梦想。由于学校负责人的工作本质,他们为了按政策完成工作,而被迫成为管理者。负责人应该是像约翰·肯尼迪和马丁·路德·金这样的组织者,而不是高能力的独立管理者。这些大人物特殊的动机、风险和回报的观点,对人民的完全信任,如何组织这些人,以及实施一个想法的勇气与学校领导都有一定的关系。

虽然前面提到的定义有细微的差别,但是它们都包括两个重要的概念。第一,领导是存在与势力和权力分配不均衡的两个或更多人之间的一种关系。这个定义有正式领导者和非正式领导者之分。所谓正式领导者,是指在团体中有权威并能对该团体产生影响的人;所谓非正式领导者,是指作为团体的成员,行使领导职能的人。比如说,人事主管是由教育董事会指派去跟教师商谈教学的人;但是教师团体的代表(雇员),作为谈判委员会的一个成员,可能会对达成一个董事会和教师共同接受的结果产生更大的影响。本章重点讨论的是正式领导者。

第二个概念是,领导者并不是孤立存在的。一个人会成为领导者吗? 回答这个问题的一种方式就是看看这个人的后面有谁在跟随着。在大部分情况下,一个人并不能强迫别人按照特定的方式做事。也就是说,领导能力意味着追随者必须愿意被影响。正如伯纳德所说,下属必须愿意服从管理者的命令:

"只有在四种条件同时出现的情况下,一个人才会并且愿意将一种信息当成是命令。这四种条件是:1、他能够并且确实理解这个信息;2、在做出决定的时候,他相信这个决定不与组织的目标相悖;3、在做出决定的时候,他相信这个决定与自己的兴趣完全一致;4、从精神上和体力上,他都能够执行这一决定。"

一个真正的领导者,必须要了解不同的人和团体,尤其是那些董事会成员和有着自己的教学观念的专业员工队伍的态度、评价和动机。就是说要将其他人的观点与自己的融合,或者服从于其他人的观点,达到观念上的一致。而在董事会的成员和员工能够独立思考的情况下,这件事并不容易做到。因此,负责人和学校管理者在适应其他人的观点和需要时,应该声明他们自己的想法、目标和兴趣。

对于负责人来说,要说出这句话很容易:"我是老板,这件事应该这样做。"在短时间内,这种方式可能有效,但是在政治花招、特殊利益团体和民主程序能推翻强势管理的学校里,这种方式不会长期奏效。结果,这个"老板"使学校董事会、团体和专业员工中的反对者渐渐与其分离,至少在思想上如此,导致合作的因素和共同的计划不复存在。

领导者影响力的来源

领导者的影响力必须为被领导者所接受和认可。在组织中,存在很多使某些人领导别人的基础。换句话说,什么是对下属的领导力的来源?目前所知的有五个特殊的领导力,或者说影响力的来源。

合法的权力

合法的权力是指在组织层级中,原本属于领导者职位范畴的权力。这种权力是双方都接受的,双方都认为领导者有权力影响下属。比如说,在一个校区,督学有权让校长们完成特定的工作,校长可以让教师完成某一项任务等。

奖励的权力

在组织中,领导者通常有依下属能力给予其奖励的权力。这种权力产生的影响会因领导者所掌握的奖励数量和下属对奖励的期望值而不同。一些奖励的权力的例子包括加薪、升职、分配好工作和表扬等。

强制的权力

强制的权力与奖励的权力相反。是指下属不服从领导时,领导者掌握并行使处罚的权力。一些强制的权力的例子包括降职、停止加薪、批评、分配差工作和给以处罚警告等。

专家的权力

专家的权力是以领导者具有本团体正需要的特殊能力和知识为基础的。具有这一权力的领导者被看做是拥有分析、完成和控制本团体被分配任务的能力的人。专家的权力依赖于教育、培训和经验,因此,在管理复杂的现代学校组织过程中,这一权力举足轻重。

旁通的权力

旁通的权力是领导者靠自己的人格魅力赢得追随者的能力。从某种意义上讲,这是一种超凡的魅力,它为领导者赢得了尊重,并吸引其他人到他们身边来。举个明显的例子。当一个领导人做出的决定下属不乐意接受时,下属因为喜欢领导的性格而愿意执行其决定,这就叫旁通的权力。另一层面上的意思是,因某人与组织层级中的另一强势个体的联系而产生旁通权力。比如说,"××助理"头衔被授予那些在大学系主任、校长或学校负责人身边工作的职员。虽然"负责人的助理"既没有奖励的权力也没有强制的权力,但是其他员工会感觉这个人代表学校负责人在行使权力,最后导致他有影响其他人的权力。

权力、影响和领导

权力的来源分为个人的和组织的。合法的、奖励的和强制的权力是组织性的,是管理者工作的一部分。政策和程序为它们做出了规定。专家的和旁通的权力是个人的,是从领导者的人格中体现出来的。领导,作为影响的过程,是领导者权力来源、下属接受程度和需要程度诸因素的综合功能。

关于领导者影响力来源的研究

回顾一些关于权力来源的研究,我们得出以下结论。

1. 在开始的时候,可以依靠合法的权力。如果持续依赖它的话,在雇员中就可能产生不满、排斥和阻碍。这是因为如果合法的权力不能和专家的权力相辅相成,对影响力就会产生负作用。所以领导者自己对合法权力的依赖会导致愈来愈少的服从和日渐增多的排斥。

2. 短期内,奖励的权力可以直接影响雇员的表现。然而长时间行使这种权力则会导致一种依赖心理。更有甚者,奖励方式如果不能满足员工的期望,反而不能达到预期效果。关于奖励机制和类型,在后面的章节里专门论述。

3. 强制的权力虽然可以使下属暂时服从领导,但是,它同样会产生难以想象的后果,如阻碍、恐惧、报复和疏远等。随之则会产生表现不佳、不满意、推翻领导等后果。

4. 专家的权力与信任是密切联系的。一个领导者的影响力可以被下属接纳,产生向心力,也就是说,当领导者行使专家的权力时,下属的个人内在动机被激发,并与领导者的动机保持一致。因此,领导者行使这一权力时,可大大减少对雇员的监督,以及行使奖励和强制权力的机会。

5. 旁通的权力可以导致下属热情的、毫无保留的信任、服从、忠诚和执行。与专家的权力一样,行使这一权力时,也不必依赖于监督。

一项研究调查了在五种不同的组织结构中,领导者权力的来源、下属的满意度和表现。结果表明,专家和旁通的权力对下属的满意度和表现有正面影响;而强制的权力却有负面的影响。另一项研究发现,专家的权力对说服员工接受变化是最有效的,合法的和强制的权力反而是最无效的。

在这些研究中,与学校组织有直接联系的有两项,它们研究了校长的权力与员工满意度和表现的关系。其中一项研究在美国的一些中学进行,另外一项以加拿大的一所小学为例。在第一项研究中,当教师认为校长是个专家,而同时校长对教师产生影响时,教师对校长和学校制度的满意度最高。反之,当教师感到校长在行使强制权力时,就对校长和学校产生不满。而且,这种校长和教师之间的关系,与校长和学生之间的关系是相同的——当学生感觉校长行使专家的权力时,满意度提高;而当他们感觉校长行使强制的权力时,满意度降低。在第二项研究中,当教师认为校长行使专家权力时,校长更容易赢得教师的支持,教师对校长的表现也更满意。于是校长更能促进教师进行更有效的教学,尝试新的技术,并为学校的发展提出更多建议。反之,教师认为校长行使强制权力时,校长在所有测评中的分数都是最少。

一个新的关于权力的概念

一位管理顾问提出了一个新的关于权力的概念,这个概念在教育文献中被解释为"分权"。新的建议是,把权力赋予为你工作的人,你将获得最终的权力。这位顾问说,权力其实跟爱一样:你付出的越多,得到的就越多。她还建议说,通过推动员工获得自己的成功和权力感,领导者可以最大限度地获得自己的权力和成功的机会。

如今,很多学校的管理者看到了让员工参与决定和解决问题的重要性。真正的权力是从底层向上产生的,而不是从高层向下。如果你成功地赋予权力给你的员工,他们一定会心甘情愿地服从你的权力,并帮你获得从未想到过的成功。

该顾问提出了十个分权的原则：

1. 告诉员工他们的责任是什么；
2. 给他们与承担的责任相等的权力；
3. 制定优异表现的标准；
4. 给他们提供必要的培训；
5. 给他们提供知识和信息；
6. 给他们提供有关他们表现的反馈信息；
7. 肯定他们取得的成绩；
8. 信任他们；
9. 允许他们失败；
10. 尊重他们，维护他们的尊严。

管理者的特点

人们普遍认为管理者不同于其他人。如果他们没什么不同，那么研究者就不会对领导这一概念的研究投入这么多精力。我们强调过，领导者会影响下属共同实现目标。很自然，人们会问，领导的秘密是否存在于领导者的性格特点之中呢？领导者和非领导者的性格特点、身体特征、动机和需要是否有区别呢？有没有将成功的和不成功的领导者区分开的特点和技能呢？我们试图在下一部分回答这些问题。

领导者和非领导者特点的比较

大量研究表明，领导者拥有一些非领导者不具备的特点和技能。但是，在不同的情况下，表现又不尽相同。有人将这些特点和技能分为以下五大类。

1. 能力：智力，应变力，口头表达力，创造力和判断力；
2. 成就：学问，知识和运用技巧；
3. 责任感：可靠性，主动性，毅力，竞争力，自信和超越的意念；
4. 参与感：活动性，社会性，合作性，适应性和幽默感；
5. 身份：社会经济地位和声望。

但是，这些研究都没有找到描述领导者性格特点的统一方式。部分研究结果表明，不同的情景可能对领导者有不同的要求。比如说，研究足球教练和法人经理的性格特点，可能就会得出不同的结论。

有力领导者的特点

近期关于领导者特点的研究中，研究者采用了不同的方式，即不再比较不同情况下领导者和非领导者的表现,取而代之的是比较相同情况下,有力领导者和不力领导者的表现,或者比较领导者的特点与效力之间的关系。这比早期的研究获得了更有说服力、更一致的结果。

有关有力领导者特点的研究可以划分为三类。第一类,评价领导者在组织中的实际表现。由于领导者的效力受到诸多因素的影响,因此,只有少数的研究评价了组织中领导表现的影响。这些研究表明,当检查到效力的适当组成部分时,某些领导特点与团队的表现有关。

比如有关民航机组成员表现的研究就很重要,因为导致飞机失事的主要原因就是他们关系的破裂。研究者指出,机组成员的表现,主要是他们所犯错误的多少和严重程度,与机长的领导特点有密切关系。与热情、友善、自信并能勇敢抵抗压力的机长一起工作的成员极少犯错。相反,那些与傲慢、自大、自我、好斗且专治的机长一起工作的成员犯错最多。至于说到美国总统,研究者说,那些有魅力的总统都有很强的权力欲,精力旺盛。他们在交际中果断、有成功欲、自信、情绪稳定、有教养并且渴望改变。

在第二类研究中,下属、督学和自我评估这些概念被用于评价领导效力。哪些是下属觉得最重要的领导特点? 研究表明,在下属看来,信任度是最重要的因素。可是,督学对领导者总体效力的评价大大受到技术能力的影响;而下属对领导者总体效力的评价则在很大程度上受到信任度的影响。另外,领导者的自我评价和其他人对他的评价是无关的。但是,有一种领导者,他们总是过高评价自己的表现,这种倾向与领导不力有关。

四个独立的标准被用来衡量校长的效力,它们是:督学的评价,与其他校长交叉对比评估,同级评估及教师的评价,最后得出总分。研究结果说明,因素 E (独立)、M(想象力)、Q2(自信)和 A(热情)都预示着出色的表现。

有关领导的著作这样描述出色的领导者:他们有诸如果断、自信和独立(因素 M 单指处理动态的、基本的状况,而不是琐碎的、边缘的问题。而且,想象力丰富的人更加开放,愿意与不同的人交流,这种交流并不是出于友好的目的,而是因为个人的好奇心和自信,而交流的同时,也减少了不熟悉的人对他的恐惧和怀疑。因素 Q2 说明的是,那些能自己做决定的人,都自信并且足智多谋。最后,因素 A 水平高的人,本质好、容易相处、善于表达、乐于合作、对人专心、心地善良、友善而且适应力强。这些性格特点使得一个校长可以与不同人合作、处理基本情况并相互影响。

在第三类研究中,按照不好的表现来评价效力,也就是说,按照对那些被解雇或未被升职的人的评估来评价效力。这种研究一般在事后进行,可以运用如多次评估手段和心理测试等多种评估技术来识别不力领导者的特点。可能最重要的是下属对不称职的领导者的反应:反抗、反对、怠工和装病。这项研究表明,领导不力与傲慢、不值得信任、过度控制、自私自利、情绪不稳、孤僻和不能做出好决定等有关。

下面列出有代表性的成功领导者应具有的特点和技能。

特点：

- 应变能力强
- 对社会环境关注
- 有雄心和成功的欲望
- 果断
- 乐于合作
- 肯定地表达己见
- 可以依靠
- 有支配欲(想影响他人)
- 有活力
- 有毅力
- 自信
- 能够承受压力
- 愿意承担责任

技能：

- 聪明
- 善于构思
- 有创造力
- 老练
- 善言辞
- 对组织的工作充分了解
- 组织能力强
- 有说服力
- 善于社交

列出的领导特点与现代心理学家认可的五大性格结构很容易对照。因此，可由下面五个方面来描述：泰然，合拍，责任心，情绪稳定和智能。

衡量性格特点的五大标准

- **泰然**：泰然衡量的是一个人是善于交际、果断的，还是安静、保守、有礼貌、孤僻的。与这一标准有关的性格特点包括支配欲、社会地位、权力欲、交际能力和果断。

- **合拍**：合拍衡量的是一个人是有同情心、有合作性、本质好、热情的，还是脾气暴躁、让人讨厌、冷漠的。与这一标准有关的性格特点包括友好的顺从和关爱之心。

- **责任心**：责任心把那些工作努力、坚忍、有组织能力、负责任的人与那些冲动、不负责任、不可靠、懒惰的人区别开来。归类于这一标准下的性格特点包括谨慎和雄心、争取成功的愿望、获得成功的需要、可依靠性和约束力。
- **情绪稳定**：这一标准涉及的是一个人是沉着、稳定、冷静、自信的，还是焦急、无安全感、闷闷不乐、情绪化的。与情绪稳定有关的性格特点包括神经质和负面情感。
- **智能**：这一标准涉及的是一个人是有想象力、有教养、思维开阔、有好奇心的，还是思路狭窄、经验主义、兴趣少的。与这一标准有关的性格特点包括修养和对实践经验的开放性。

评估中心

美国教育系统里设有评估中心，主要任务是用大量的特点和技能信息分析来评价一个人是否适合被雇用或升职，主要目的是用来选择未来领导。美国国家中学校长联合会（NASSP）依此创建了一套详细的标准，明确说明了评估中心的职能。这些标准概括为：

1. 使用多种评估技术，其中必须包括至少一种模拟练习。
2. 必须用经过培训的评估官。
3. 必须在评估官获得评估技术信息的基础上做出选择或提升决定。
4. 在实际观察后，必须由评估官在另一时间做出整体的测评。
5. 必须优先进行模拟练习测试，以确保它们为正在被讨论的组织提供可靠、有目的性的相关信息。
6. 对不同标准、品性、性格和品质的评估必须来自于对相关工作表现的分析。
7. 运用技术的目的是为先前鉴定的标准、品性和品质的评估提供信息。
8. 评估中心的位置必须按照中心设计说明和 NASSP 的推荐来选择。
9. 每个评估中心都有一位委任的主管（除了必需的评估官以外），他的任务是对中心的每个人、评估结果的准确性、总体运行的效率进行专业化的管理。这个主管是受过培训的评估官。
10. 每个评估中心的所有文件都被作为档案至少保留七年，这样做的目的是为了以后的研究和被评估者的查询。

了解以上标准以后，就能知道仅仅提供一次模拟练习或小组面试是不能成为评估中心的。更需要明确的是，最常用的技术包括无领导的小组练习、单项模拟练习、演讲、案例分析和写作练习。

　　美国电话电报公司(AT&T)曾对超过 400 个年轻的执行官进行管理发展研究。他们使用了评估标准的因素分析,综合所有因素指标中分数最高的人,选择他们作为未来的经理。这些因素是:

　　1. **总体效力**:总体预见性、决定性、组织和计划能力、创造性、提高的需要、承受压力的能力和人际交往技能。

　　2. **管理技能**:组织、计划和做出决定的能力。

　　3. **人际交往能力**:机动灵活,个人影响力。

　　4. **情绪控制能力**:忍受不确定的变化,承受压力。

　　5. **智能**:聪明,兴趣广泛。

　　6. **工作能动性**:是否将工作放在首位,内在的工作标准。

　　7. **推移能力**:延迟满意的能力,安全感的需要,发展的需要。

　　8. **可靠性**:获得上级和同级认可的需要,目标的灵活性。

　　这项研究是以后大部分有关评估中心工作发展的基础。而这八项评估领导潜质的标准与先前有关领导特点及技能的研究结果非常相似。

NASSP 校长评估中心的 12 个技能标准

　　管理技能

　　1. 问题分析。找到有关资料、分析复杂信息,辨别问题状况重要因素的能力;有目的地寻找信息。

　　2. 判断。得出合理结论和在有价值的信息基础上做出高质量决定的能力;辨别教育需要和优先的技能;准确评价书面信息的能力。

　　3. 组织能力。计划、确定时间和控制他人工作的能力;最佳利用资源的技能;处理大量文书和按时完成大量工作的能力。

　　4. 果断。适时做出决定(无论决定的质量好坏)并迅速做出反应的能力。

　　人际交往技能

　　5. 领导能力。凝聚其他人共同解决问题的能力;适时、有效地引导一个团队完成任务的能力。

　　6. 敏感性。察觉他人需要、利益和个人问题的能力;化解冲突的技能;与不同背景的人打交道的技巧;有效处理其他人情感问题的能力;知道该与什么人交流什么样的信息。

　　7. 承受压力的能力。在压力和反对中完成任务的能力;正常思考的能力。

　　沟通

　　8. 口头沟通。清楚地用语言呈现事实和观点的能力。

　　9. 书面沟通。清楚的书面表达能力;写出适合不同读者——学生、教师、家长和其他人的东西。

其他标准

10. 兴趣范围。能够讨论不同的话题——教育、政治、时事、经济等;有积极参加活动的欲望。

11. 个人能动性。有在参与的所有活动中获得成功的需要;表明工作是个人满意的重要因素;有自制力。

12. 教育评价。拥有一套详尽充分的教育理念;愿意接受新的观念和改变。

评估中心运作程序

确认技能标准

1. 列出特点和技能。

设计评估手段

2. 选择模拟练习。

3. 建立完整的、结构化的面试程序。

观察和报告

4. 进行练习和面试。

5. 观察过程中,准备出系统的记录。

评估

6. 分析练习和面试的结果。

7. 由每位评估官做出综合判断。

提供反馈

8. 给每位被评估者写出评价。

领 导 行 为

另外一种了解领导的方法就是将有力的领导者和不力的领导者进行对比,从而发现成功领导者如何做事。问题的焦点从试图判定什么是有力的领导者转变到判定有力的领导者在做什么。我们要探究的问题包括:领导者以什么风格领导? 领导者要推动下属有多困难? 他们听取多少下属的意见,又采用多少? 特点和行为方式之间的联系不像我们想得那么少。领导者的个人性格特点可能影响到他们的领导行为或风格。比如说,一个自我满足、人际关系融洽的人会很自然地采用人性化的行为或风格。相反,一个我行我素、人际关系糟糕的人可能会采用非人性化的行为或风格。

在爱荷华大学、俄亥俄州立大学和密西根大学进行了三项广为人知的有关传统的领导行为理论的研究。我们描述在每种理论中生成的领导行为结构并将它们分类。然后,检查与每个理论有关的研究,也就是领导行为对组织成果产生的影响,如工作满意度、民心和工作成果等。

爱荷华研究:专治、民主和放任自流

在爱荷华大学进行了最早的关于不同领导行为方式对团队影响的分类和研究。在一系列的实验中,爱荷华的研究者用了三种领导风格来检查它们对下属的态度和工作成果产生的影响。在实验中,根据领导者如何应付一些需要做决定的状况,将领导分为三种不同的类型。

- **专制的领导**。领导者指挥所有事情,不允许其他人参与做决定。他们为下属安排好全面的工作,从开始到完成工作,掌控一切并担负所有责任。

- **民主的领导**。领导者鼓励团队讨论和做决定,使下属了解影响他们工作的状况,并鼓励他们表达自己的想法,提出建议。

- **放任自流**。领导者给团队完全的自由,让下属自己做决定。从本质上讲,领导者根本就没有履行领导的职责。

表5.1列出在不同情况下,三种领导风格表现的全面描述。

表5.1   三种领导风格

行 为	专制的领导	民主的领导	放任自流
决定政策	只依靠领导	靠团队决定	没有政策,完全自由,由个人决定
工作技术确立和活动实施	只依靠领导	领导者建议,团队选择	由个人决定
工作的分配	由领导指定	由团队决定	领导者不参与
评 估	领导者个人表扬和批评	按照目标标准评估	没有表扬——其他团队成员的自发评估

爱荷华领导研究的一些结果包括下面的内容。

1. 在三种领导风格中,凭直觉,下属最喜欢民主风格。现在的总趋势是朝着参与式管理的方向发展,因为这种风格与现代组织的支持性和组织性模式一致。

2. 放任自流和专制的领导风格比起来,下属更倾向于前者。对下属来讲,"无政府"毕竟比刻板强。

3. 专治的领导者会引起过激行为或怠工,而这些行为被认为是下属对专制领导让他们遭受的挫折做出的正常反应。

4. 当专制的领导转变为放任自流时,怠工会变成过激行为;放任自流会导致难以收拾的局面。

5. 在专制领导下的工作成果稍微高于民主领导下的工作成果,而放任自流工作成果最低。

然而,密西根大学的研究表明,在开始阶段,专制领导下团队的工作成果明显升高,但在随后的长期运转中,却急速下降;而在民主领导下团队的工作成果却超过了专制领导下团队的工作成果。

爱荷华研究的可信度　其他研究行为科学的人对爱荷华关于领导的研究提出了大量的批评。主要是针对其方法:很多爱荷华的研究是不受控制的。尽管如此,这些研究在关于领导者的行为对团队的态度和工作成果的影响这一领域已经成为一座丰碑。

总之,爱荷华研究是重要的,因为它将人们的注意力集中到研究领导行为这一中心上来。而且,它们为鉴定和划分不同的领导行为方式提供了有用的基础。事实上,爱荷华的研究者早年鉴定的三种领导风格如今还在普遍应用于教育管理行业的著作中。

俄亥俄州立大学研究:长官意志和善解人意

俄亥俄州立大学的研究针对的是辨别对达到团队和组织目标的重要的领导行为。明确的是,研究者寻求到以下问题的答案:领导者展示的是什么风格的行为? 这些领导风格对团队的表现和满意度有怎样的影响?

在这些研究中,来自心理学、社会学和经济学领域的研究者开发并使用了领导者行为描述问卷(LBDQ)来研究不同团队和情况下的领导。研究由以下人员构成:空军司令和轰炸机队;海军部军官、未经任命的人员和非军人的管理者;地方合作公司的执行官;制造业主管;各专业的学生和民间组织的领导者;教师、校长和学校管理者。

这些组别对 LBDQ 做出的回答被用来进行要素分析,即一种在大量问卷回答的基础上鉴别出少量统一标准的数学技巧。在分析中他们得出两个描述大量组别和情况下领导者行为的标准:长官意志和善解人意。

长官意志　长官意志指领导者直接专注于组织目标、组织和确定任务、分派工作、建立控制渠道和与下属的关系、评估工作组的表现等(即第四章所提"按职权行事")。这种领导分配特殊的工作给员工,保持固定的工作标准,强调期限,鼓励使用统一的程序,让员工了解领导者对他们的期望,并确保员工满负荷工作。

善解人意　善解人意指领导者表示信任、尊重、热情、支持和对下属福利的关心。这种领导听取员工的意见、友善、平易近人,平等对待每个员工,并经常采纳员工的想法。这一标准的高分数表明领导者和下属的心理距离小;低分数表明他们之间心理距离大,下属难以接近领导者。

关于长官意志和善解人意的研究

我们简要回顾几个更重要的有关教育领导学的研究,包括董事会、校长和教师的作用。

被员工和学校董事会都认为是有力领导者的管理者在长官意志和善解人意两方面都受到了很高的评价。另一位研究者的报告说,有力的校长比不力的校长在这两方面都获得了更高的评价。

在一所加拿大的公立学校里进行的关于校长领导与学生表现之间关系的研究中,教师们说,校长长官意志和善解人意的能力与学生在省统考中的成绩有很大的关系。另外一项加拿大的研究发现学生的表现与校长 LBDQ 的分数有关。用 872 位教师对 53 位校长的描述,另一位研究者发现,长官意志和善解人意的能力与两个有代表性的功能都有很大联系:(1)表现出教师对上级的兴趣;(2)表现出教师对学校客户的兴趣。报告总结说,长官意志和善解人意的能力不单单与内部领导有关,还在领导者与外界和高层人士打交道的风格中反映出来。

总的来说,俄亥俄州立大学关于领导的研究得出的两项标准理论代表了被广泛接受的研究和实践领导的手段。这种方法的重要价值在于它清楚地证实这两种领导行为的标准都是真实可见的,而且其中还包括了大量现实中领导者的行为。我们可以把长官意志和善解人意的能力看成是领导力发展和培训课程中的独立部分。我们假设可以让领导力朝着我们想象的方向从低到高发展。

密西根大学研究:以工作为中心和以人际关系为中心

在俄亥俄州立大学关于领导的研究正在进行之时,一系列关于领导的研究也在密西根社会科学研究院进行着。密西根的研究者用一种手段来鉴别那些被评价为既非有力又非不力的领导者,然后,使这些领导者尝试发展成为有力或不力的领导者并研究他们行为方式的区别。

密西根的研究结果产生了两种类似于长官意志和善解人意的标准。这两个标准被称为以工作为中心的领导和以人际关系为中心的领导。下面将谈到有关概念的描述和与之有关的领导行为。

以工作为中心的领导行为和长官意志的领导行为非常相似,这种行为强调雇员的任务和他们完成任务的方式。这样的领导者订立严密的工作标准,认真地组织工作,要求员工运用一定的工作方法,并密切注视下属的工作。

以人际关系为中心的领导行为和善解人意的领导行为非常相似,这种行为强调领导关心雇员的个人需要和人际关系的发展。这样的领导者注意与下属间保持相互支持的关系,在决策时采取团队而不是个人的决定,鼓励下属订立并实现更高的目标,并努力以敏感、考虑周全的风格对待下属。

在商业、医院、政府和其他组织中进行的大量研究,最初的结果表明,那些拥有以人际关系为中心的领导的团体比拥有以工作为中心的领导的团体业绩更好。然而,随后的研究总结出业绩最好的领导者是既以工作为中心,又以人际关系为中心。

领导行为理论

领导行为的理论研究显示出大量的相似之处。首先,三种理论试图用领导者的行为来解释领导,就是说,领导者做什么,而不是他个人的特点和技能。一旦确定了领导者的行为,研究者就衡量领导者行为对工作成果和满意度的影响。爱荷华的研究揭示了三种领导行为,俄亥俄和密歇根的研究产生了以任务为导向和以人为导向的独立的领导行为标准。第二,到目前为止,我们讨论的研究还没有考虑到环境因素,即完成的任务、形成的团队和外部环境的不同对领导的影响。所有这些因素都与领导者行使的职能有关,也对特定情况下采用正确的领导方式有一定影响。

人们努力探索在所有情况下最好的领导者特点和最好的领导行为,但是失败了。当代的研究者和学校管理者更相信领导太复杂,不能仅仅由一些特点和行为来代表。取而代之,如今更流行的是这样的看法:有力的领导行为是在某一情况下发生的。

关于视情形而决定领导行为的研究比关于领导的特点和行为的研究复杂得多。根据情形理论,有力的领导依赖于领导者个人特点、领导者的行为以及领导的环境因素的共同作用。这种领导者主张要考虑到在领导者必须领导的环境里所有有关的因素。我们提出情形决定领导行为的问题是想搞清楚:专制的、长官意志的、以工作为中心的领导是否比民主的、善解人意的、以人际关系为中心的领导更有效;或者在什么情况下,以工作为中心的领导是有效的;而又在什么情况下,以人际关系为中心的领导是有效的?

表5.2 领导行为理论总览

来　源	领导行为	研究方法	结果总结
爱荷华大学的研究	专制的 民主的 放任自流的	实验:利用几个做决定的情况,检验不同领导风格,来衡量这些风格对结果的影响	总的来说,民主的领导是最好的。专制的领导会导致过激行为和怠工,还有较低的下属满意度。放任自流产生最多的过激行为。专制的领导最初增加工作效率,但是在长期运转中,效率在低处徘徊。
俄亥俄州立大学的研究	长官意志和善解人意	调查:由领导者、督学、下属和同级的人完成的问卷	总体来讲,较高的长官意志和善解人意的能力会提升工作效率和满意度。但是研究发现的结果不尽相同。
密西根大学的研究	以工作为中心 以人际关系为中心	调查:由领导者、督学、下属和同级的人完成的问卷	最初的研究发现以人际关系为中心的领导最好,但是之后的研究发现以工作为中心与以人际关系为中心的领导的结合最提升工作效率和满意度。

情形领导理论

　　费德勒和他的合作者们曾用了20年的时间来发展和提炼情形领导理论。根据这个理论,领导者获取团体的高水准表现因领导者的能动机制及领导者控制和影响环境的程度而具有偶然性。这三个环境因素包括领导者和成员间的关系,任务的结构和领导者的职权。我们讨论费德勒理论的三个部分:领导风格,环境因素和偶然情况,以及能证明理论有可信度的实例。

　　领导风格　费德勒发明了一种独特的衡量领导风格的技术。测量结果从一个最不愿共事的同事(LPC)量表中获得。表5.3是LPC量表的一个样本。

表5.3 LPC 量表的样本

										分数
受欢迎的	8	7	6	5	4	3	2	1	不受欢迎的	
友善的	8	7	6	5	4	3	2	1	不友善的	

续表

									分数
排斥的	8	7	6	5	4	3	2	1	接受的	
紧张的	8	7	6	5	4	3	2	1	放松的	
疏远的	8	7	6	5	4	3	2	1	亲密的	
冷淡的	8	7	6	5	4	3	2	1	热情的	
有支持性的	8	7	6	5	4	3	2	1	敌对的	
无趣的	8	7	6	5	4	3	2	1	有趣的	

　　量表中通常有24对可形容人的形容词,以两极方式排列。完成这个量表的领导者被要求在每一对形容词之间选择适当的分数并在分数上划钩来描述在完成某一任务时与其合作最差的一个人。每对形容词最正面的回答分配的分数是8,最负面的回答分数是1。把每项的分数加起来,得到的就是领导者的LPC分数。高分证明领导者用有促进作用的方式来评价他那个同事。而低分证明领导者用一种非常消极、反对的态度来评价那个人。

　　怎样来解释领导者的LPC分数呢?费德勒将领导者的LPC分数解释为一个人的性格特点,反映出领导者的能动机制和优先行为。LPC分数高的领导者最基本的目标就是维持与下属间的人际关系并以为他们着想和支持的方式对待他们。如果领导者达到这个目的,他就会实现更进一步的目标,获得地位和尊重。作为报答,这些领导者希望他们的下属崇拜并认同他们。LPC分数低的领导有一种完全不同的能动结构,他们最基本的目的就是完成任务。像尊重和地位这样的需要是通过完成任务来满足的,而不是直接通过与下属的关系。因此,高的LPC分数象征以关系为动机(即以人际关系为中心)的领导者,他们把对人际关系的需要放在首位。低的LPC分数象征以任务为动机(以工作为中心)的领导者,把完成任务的需要放在首位。

　　环境因素　在根据LPC分数将领导者分类后,费德勒开始探究哪种领导者更有力。他的理论中基本的论述就是在某些情况下,LPC分数高(以关系为动机)的领导者会更有力,而在另一些情况下,LPC分数低(以任务为能动性)的领导者会更有力。因此,费德勒总结出,领导风格和效力之间的关系依赖于环境当中的一些因素。譬如,领导者与成员的关系,任务结构和职权。

　　领导者与成员的关系指领导者和团队成员之间关系的质量。下属对领导者的信心、信任和尊重程度对此做出评估。领导者和成员的关系分为好或坏。假设下属尊重并信任领导者,领导者就更容易在完成任务的过程中产生影响。例如,如果下属因领导者的旁通权力而愿意追随他,他们就是因为他的人格和可靠等愿意服从他。另一方面,当领导者和下属间的关系不好时,领导者可能要借助其他手段(如奖励的权力)来使下属表现好。

任务结构指下属工作任务的本质——是常规的(有结构的)还是复杂的(无结构的)。任务结构可解释为:(1)目标的透明度,(2)实现目标方法的多样性,(3)决定的可实现性,(4)方法的特异性。当要完成的任务结构性强的时候,领导者要能对下属产生相当大的影响。明确的目标和实现目标的过程、客观的表现标准使领导者做出榜样并让下属跟随。另一方面,当任务无结构时,领导者可能处于一种无法评估下属表现的境地,因为目标不明确,且实现它的方法有很多,而且领导者可能不比下属知道得多。

职权指领导者有通过合法的、奖励的和强制的权力影响下属的能力。最常见的例子就是雇用和解雇,加薪和升职,指挥下属完成任务。领导者拥有的职权越多,他的领导情况就越有利。总的说来,委员会的主席和职员组织中的领导者的职权比较弱。学校董事会、管理者和学校组织的校长有很强的职权。

突发情况　领导者与员工的关系,任务结构和职权决定着情况是否对领导者有利。为了把这些因素以最简单的方式结合起来,费德勒把每一项分成两类,这样就产生了八种可能的组合(见表5.4)。

表5.4　　　　　　　　　　　领导者与员工关系的八种组合

领导者与员工的关系	好				差			
任务结构	有结构的		无结构的		有结构的		无结构的	
职　权	强	弱	强	弱	强	弱	强	弱
情　况	Ⅰ	Ⅱ	Ⅲ	Ⅳ	Ⅴ	Ⅵ	Ⅶ	Ⅷ

八种情况按照对领导的总体有利程度多少而变化。如表5.4显示,最有利的一种情况(领导者有更大的影响力)是当领导者与员工的关系很好,任务有很高的结构性,并且领导者有很强的职权时产生的。而最不利的情况(领导者有最小的影响力)是当领导者与员工关系很差,任务不具备结构性,并且领导者的职权很弱时产生的。

费德勒假设领导风格所在的情况是否有利决定了效力。他回顾了在800多个不同的组别中进行的研究,来调查在每一种情况下,哪种领导风格最有效。最后总的结论是,在大部分领导者或有很大影响或有非常小的权力和影响的情况下,以任务为动机的领导是最有效的。以关系为动机(LPC分数高)的领导者在他们有适当的权力和影响的时候是最有力的。

以关系为动机(LPC分数高)的领导者在中等有利的情况范围内是最有力的。这种情况的一个典型例子就是拥有专业成员的大学委员会。在这种情况下,领导者可能不会被团队完全接受,任务可能不明确,领导者拥有的权力可能也很小。在这样的环境中,费德勒的理论预测以关系为动机的领导者将会是最有力的。

关于突发情况的研究　费德勒关于偶然情况的研究对领导学研究做出了重大的贡献。首先,这是第一次尝试调查与领导有关的情况——人、任务和组织。另外,很多研究都予以支持,研究者继续调查、提炼并将这一理论延伸。其次,这个理论意味着领导不应该以好坏来划分。而更实际的做法是应该看到一个领导者的领导风格在一种情况下有效,在另一种情况下可能就无效。最后,领导是领导风格和组织中情况相结合的一种功能。这种关系至少可以有两种含义。领导者可以改变环境以使之更适应自己的领导风格,或者改变他们的领导风格,使之更适应环境。下面,让我们讨论另外一种情形理论。

途径—目标理论

另一个广为人知的关于领导的情形理论就是领导效力的途径—目标理论。途径—目标理论以动机期望理论为基础,强调领导者对下属目标的影响和实现目标的途径。领导者对下属实现目标的能力、与实现目标有关的奖励及目标的重要性是有影响的。

现代途径—目标理论的发展通常归功于马丁·艾文斯和罗勃特·豪斯及他的同事们。从本质上讲,途径—目标理论试图解释领导行为对下属能动性、满意度、努力程度、工作表现和工作环境的影响。豪斯的研究由下面几个部分组成。

豪斯的途径—目标理论包含四种截然不同的领导行为。

指令型领导　一个指令型领导者让下属知道他希望他们做什么,对他们要完成的事情及如何完成提出明确的指示,订立表现的标准,需要下属遵守规则,安排好时间,指挥工作,并让下属知道他作为领导的作用。这种领导方式与俄亥俄州立大学研究者的长官意志型领导很相像。

支持型领导　一个支持型的领导者友善、平易近人,关心下属的需要和福利。这样的领导者平等对待下属,并经常将环境营造得更舒适。这种领导风格与俄亥俄州立大学研究者的善解人意型领导很相似。

参与型领导　一个参与型的领导者与下属讨论有关工作的事情,征求他们的意见,并常在做决定前考虑采纳下属的想法。

以升迁为导向的领导　一个以升迁为导向的领导者为下属设立有挑战性的目标,强调出色的表现,对下属达到高标准的能力表示出信心。

大量有关途径—目标理论的研究建议同一个领导者可以在不同的情况下采用这四种领导风格。不像费德勒的突发情形认为领导行为是单一的,途径—目标理论将领导行为看做是在多变的环境中锦囊有妙计、适应有对策,也就是"领导有方"。

环境因素 每种领导行为都会在一些情况中有效,而在另外的情况下无效。两种环境因素缓解领导行为和下属之间的关系。这两种因素是下属的特点和环境的力量。

有关下属的特点,这一理论认为,当下属对领导者的行为立刻感到满意或认为将来会感到满意时,他们就会接受这一领导行为。下属的特点部分决定着他们对一个领导者的行为是否能够接受和满意。这些特点分为三种。

能力 下属的一个重要性格特点是他们认为自己有能力完成工作。比如说,认为自己能力低的下属更喜欢指令型领导,而认为自己有能力完成任务的下属则认为指令型领导没必要,甚至还会讨厌这种方式。

控制点 控制点指的是一个人把环境看做是有系统地适应他人行为的机缘。有内在控制点的人相信成果是他们自己行为的作用。有外在控制点的人相信成果是运气的作用。研究提出有内在控制点的人对参与型的领导更满意,而有外在控制点的人对指令型领导风格更满意。

需要和能动性 下属的支配需要、能动性和性格特点可能会影响他们对不同领导风格的接受度和满意度。例如,对尊敬和人际关系有更高需要的下属会对支持型的领导者更满意。而那些对安全有更高需要的下属则会对指令型领导者更满意。此外,那些对自治、责任和自我实现有更高需要的下属可能会更容易被参与型的领导者所推动,而那些要实现高需要的人可能对以升迁为导向的领导者更满意。

就第二个情况因素——环境的力量来讲,途径—目标理论提出,领导行为在以下情况是有推动力的:(1)它偶然满足了下属对有力表现的需要;(2)它提供给下属他们的环境中缺少的、而有力表现所必需的训练、指导、支持和奖励等条件,从而改善下属的工作环境。环境的力量包括三个广义的情况因素:下属的任务,主要的工作组和正式的管理体制。

任务 领导行为对下属工作成果有重要影响的一个环境力量是下属的任务。总的来说,研究者把任务分为结构性强和结构性弱的。研究表明,在完成结构性强的任务时,参与型和支持型的领导更容易提升下属的满意度。这是因为任务都是常规性的,不需要更多的指导。在完成结构性弱的任务时,下属对指令型领导更满意,因为这样的领导行为会使本来模糊的任务变得清晰起来。

工作组 工作组的特点可能也会影响下属对某种领导风格的接受程度。比如说,途径—目标理论提出,"当目标和实现目标的途径由于清晰的标准显而易见时,领导者要阐明途径和目标的努力就显得多余,下属会认为他们在被强迫接受一些不必要的严密控制。"

正式的管理体制 最后的这个环境力量与下面这些因素有关:(1)对规则、规章、政策和完成任务的程序的强调;(2)存在巨大的压力;(3)存在很大的不确定性。比如说,对那些机械化、标准化和程序化的任务来说,指令型领导可能会导致下属的不满意。研究提出,在某些压力大的情况下,指令型和支持型的领导会提升下属的满意度。在不确定的情况下,领导者开始可能会用参与型的方式来征求意见并做出决定,而做出决定之后就会转向指令型的方式。

由下属的特点和环境的力量融合的领导行为产生的结果是下属的动力、满意、努力和表现。

关于途径—目标理论的研究

一些研究的证据对途径—目标理论来说很有价值。因为在不同的范例中,同时测试所有可能的关系很困难。指令型的、支持型的、参与型的和以升迁为导向的领导风格与这些范例中的环境因素一样,似乎都有直接的意义。可是,近期的研究只关注了有限的一些领导行为,并且只在几种情况下对这些行为进行了测试。特别指出的是,有明确证据证明在管理模糊的、无结构的任务时,指令型领导行为最有效;而对于常规的、有结构的任务来讲,支持型的领导行为最有力。相当多的证据还显示,支持型的领导行为在下属完成压力大、困难或不满意的工作时,会提升他们的工作能动性和满意度。此外,途径—目标理论在预测下属的能动性和满意度方面比预测他们的行为更有效。总之,途径—目标理论对学校的领导者和研究者来说都很重要,因为它提供了一种更好地理解领导这一概念的方法。

领 导 风 格

传统的关于领导的研究(特点和行为)和情景领导理论都与领导者管理人力资源的风格有直接关系。风格一词的大概意思是领导者以何种方式影响下属。

领导风格的连续性

专家详细说明了在早先关于领导特点和行为的研究中发现的两种领导风格。他们想象在一种极端情况下以老板为中心的领导和另一种极端情况下以下属为中心的领导之间存在着连续性。这两种极端之间是代表着管理的权威和下属的自由的不同结合的五个观点。

从范例中,作者确定出四种典型的领导行为方式。

1. **专断型**　领导者分析问题,考虑各种解决办法,从中选出一个,然后告诉下属该做什么。他可能考虑到成员,但是成员并不直接参与做决定。

2. 兜售型　领导者做决定,但是试图说服团队的成员接受它。他指出自己是如何考虑组织的目标和成员的利益,同时也会告诉成员实施这一决定将要获得的利益。

3. 咨询型　团队成员从一开始就有机会影响决定。领导者将问题和相关背景呈现出来,并邀请团队成员想出多种可能采取的行动。然后,领导者从中选择他认为最有效的办法。

4. 参与型　领导者作为一个成员参与讨论,并同意实施团队做出的任何决定。

对领导者的影响

领导学专家指出,大量的因素决定以领导者为中心的领导、以下属为中心的领导、或两者之间的某一种,哪一种最好。这些因素分为四大类:领导者的力量,团队的力量,环境的力量和长期的目标和策略。

1. 领导者的力量

(1) 他的评估系统:他觉得下属应该参与决策的想法有多强烈? 或者,他有多相信那些拿了薪水被选来负责的人就应该承担做决定的重任? 还有,他认为,组织的效率和下属的个人发展,哪一个更重要?

(2) 他对团队成员的信心:总的来说,领导者对其他人的信任有很大不同。当考虑过团队成员针对某一问题的知识和能力时,领导者可能对自己比对那些成员有更多的信心。

(3) 他的个人领导倾向:领导者行使职权的舒服自然程度和方式不同。

(4) 在不确定的状况中,他的安全感:失控状态下做决定的领导者会减少对结果的预见性。那些对预见性和稳定性有更多需要的领导者更可能"专断"或"兜售",而不是"参与"。

2. 团队成员的力量

在决定如何领导一个团队时,领导者也需要记住,就像他自己一样,每个成员都受到很多不同性格和期望的影响。如果下面的基本条件存在,领导者可以给团队更多的自由。

(1) 成员对独立性有很大需要。

(2) 成员乐于履行责任。

(3) 成员对不确定因素有很强的承受力。

(4) 成员对问题感兴趣,并认为它很重要。

(5) 成员理解并认同组织的目标。

(6) 成员有处理问题的知识和经验。

(7) 成员愿意参与决策,分担责任。

3. 环境的力量

一些对领导者来说严重的环境压力包括：

（1）问题本身：成员是否有必要的能力？问题的复杂性是否需要特殊的经验或一个人来解决？

（2）时间压力：领导者越想尽快做出决定，让其他人参与的可能性就越小。

4. 长期的目标和策略

由于领导者处理的都是日常问题，他选择的领导方式通常很有限。但是，在需要掌握和考虑长远目标的时候，他也可能会想到那些多变的情况。

（1）提升成员的能动性水平。

（2）提高所有决定的质量。

（3）提高团队士气。

（4）促进成员个人的发展。

（5）更乐于接受改变。

总之，高度以人际关系为中心的行为更有可能达到这些长远的目标。但是，成功的管理者不会是强权的或放任自流的领导者。更有可能是他对某种情况下影响他的力量保持敏感，并能准确判断出会影响他的因素和人。

三维领导模式

这是一种有用的辨别学校领导风格的方法。当领导风格适合环境时，就有效；当领导风格不适合环境时，就无效。四种基本的领导风格是关联的、一体的、分离的和专一的。随着环境不同，任何一种都有可能是有效或无效的。它们产生了 8 种操作中的领导风格，简要总结如下。

1. **开发者**。这种风格的领导者对关系很注重，对任务不关心。他们对下属绝对信任，主要关心他们的个人发展。

2. **执行者**。这种风格的领导者对任务和关系都很关心。他们是优秀的推动者，订立高标准，认识到个体的不同，并用团队管理方式。

3. **官僚主义者**。这种风格的领导者对任务和关系都很少关心。他们尽职尽责，主要对规则感兴趣，并想用规则来维持和控制局面。

4. **慈善独裁者**。这种风格的领导者对任务很关心，对关系不关心。他们确切地知道自己需要什么，并知道如何得到它而不引起任何不满。

无效领导的例子有下面这些。

1. **说教者**。这种风格的领导者对人和关系很关心，对某一环境里完成任务的行为的恰当性不关心。他们是不实际的改良者，只想与人保持融洽。

2. **折中主义者**。这种风格的领导者在只需要强调任务和关系当中的一个或都不需要的情况下，还对两者非常关心。他们是不擅长做决定的人，容易受压力的影响。

3. **逃避者**。这种风格的领导者在该关心任务和关系的情况下却逃避责任。他们好像与任务无关,表现得很被动。

4. **独裁者**。这种风格的领导者在该关心任务和关系的情况下却独断专行。他们对别人没有信心,不受欢迎,只对即时的工作感兴趣。

这种方法成为一种在许多组织中流行的训练管理者的方法。他们会了解到有很多种不同的领导风格,并学会在特定的环境中改变风格来获得最好的效果。

任务行为和关系行为

像三维框架一样,情景领导理论确定了两种主要的领导行为:任务行为和关系行为。

- 任务行为。领导者与下属单向沟通,告诉他们该做什么,何时、何地以及如何完成等。
- 关系行为。领导者与下属双向沟通,给他们提供情感支持和心理安慰,并帮助他们。

追随者的成熟程度

两种成熟尤其重要:工作成熟和心理成熟。

- 工作成熟　指的是一个人是否具备完成工作的能力,这受到教育程度和经验的影响。比如说,在公立学校工作了很多年的教师已经具备了所有的工作能力,因此,具有很高的工作成熟性。
- 心理成熟　指的是一个人的能动性,这些反映在对成就的需要和是否愿意承担责任上。一个很好的例子就是,大学教授为出版和教学进行独立的研究和备课。

追随者的成熟程度尤其体现在任务上。例如,一个校长可能在校区环境中表现得成熟,而在学校篮球队的前锋位置上表现就不成熟。这两种成熟性一起产生四个成熟度,从而创造了产生任务和关系行为相结合的四种领导风格的环境。

领导风格

四种基本的领导风格是:指令的、指导的、支持的和指派的。

- 指令的风格　给出详细指令,密切管理员工。这种领导风格主要用来管理第一年的教师,他们需要很多的指示和管理。这是一种高任务、低关系的风格,在下属能动性和能力都差的时候有效。
- 指导的风格　解释决定并征求下属意见,但继续指导任务的完成。这种领导风格适合刚过试用期的教师。他们正在积累信心和能力,但是还需要脚踏实地。这是一种高任务、高关系的风格,在下属有足够的能动性但能力低的时候有效。

- 支持的风格　与员工一起做决定,支持他们完成任务。这种风格适合创造力强的教师。用这种方式,可以支持教师产生出色的想法并帮助他们使之成为现实。这是一种低任务、高关系的风格,在下属有足够能力但能动性差的时候有效。
- 指派的风格　将决定权和责任都交给员工。这种领导风格对超过领导者本人水平的员工有效。这是一种低任务、低关系的风格,在下属能力和能动性都强的时候有效。

第六章

决策与决策程序

　　每个组织对于处理决策方法的每一个基本理解都需要考虑到思考问题的方式。我们在决策时倾向于使用并接受逻辑、合理、科学的处理方式。这普遍影响了我们的文化中设想关于决策应该如何发展的途径。这些假设已经成为我们思想和行为的核心。

逻辑、合理性决策

　　西方思想和文化的历史早已完全被科技和工业的发展所左右。科学的观点，凭借其逻辑合理性的有力分析，在我们的文化中已经根深蒂固。因此，我们在对所经历的事物寻求解释时，就习惯于尊崇逻辑的实证哲学的合理性。简言之，我们在考虑所有问题的解决方法时都需要应用"工程师"处理方法。

　　这种观点深刻地影响了麦克斯·威伯对于具有官僚作风的组织的分析。福莱德理克·泰勒对此做出了归纳总结，他把科学原理和方法转变为工作场所中的一种"人类工程师"形式，试图创造一种能够解决组织内日常工作的管理科学。泰勒称其为"科学的管理"，同时唐纳德·施恩指出："泰勒把管理者视为工作的设计师、执行的控制者和监督人员，产生出最理想的工作效率。"

　　管理学的观点随着科学的发展在上个世纪前50年中稳步发展，但是第二次世界大战也大大刺激了这种发展。原因有三：

- 为了取得战争胜利，非常注重科学技术。
- 实地研究和系统理论的发展。把逻辑性的数学模式应用于解决诸多复杂问题，其范围从如何降低潜水艇攻击舰船的损失到如何提高航空导弹的准确度。
- 史无前例的组织规模用以管理全球范围的冲突斗争。

　　二战之后是一个态势稳定、能量充沛的时期，工业和商业发展迅速，战争期间匮乏的市场得到良好开发。人们对科学和技术的信心逐渐增强，对科学的逻辑方法普遍接受，并赋予极高声誉。曾经非常普遍地把战争时期的曼哈顿计划作为把问题概念化和解决问题的一种模式："别忘了，如果我们能够建造一枚原子弹,我们就有能力解决这个问题。"政府用于研究的费用"以新科技产品能够创造财富、实现国家目标、改善人类生活、解决社会问题"的主张为基础掀起了新的高潮。

随着苏联在 1957 年秋天成功发射人造卫星一号,证明对这一主张的重视没有落后。美国对运用数学和科学解决问题极为重视。在肯尼迪总统的领导下,美国开始了一项发展新的太空技术的大规模行动。不久前,科学家和数学家的太空教育计划如管理者的培训,一样提供了解决复杂的组织挑战的训练。新的振奋气势的标语变为:"如果我们能够使人类登上月球,为什么我们不能解决这个问题呢?"其中的暗示当然是指自从美国国家航空及太空总署从德瓦特·艾森豪威尔任职期间开始,已经发展并示范了一种做出各种各样复杂问题决策的高效率典范。

二战之后,医学领域提出另一种简单的模式——广泛赞美和竞争。它注重的是把临床实验研究作为知识的基础。医学研究中心及其医学院使它变为一种其他行业所追求的学习模式。它具有基础科学的坚固基础和自身自由交换研究成果的行业特点。那些希望获得医学组织高效率和威望的其他行业,试图赶上医学界与其研究、教学机构的联系,实现其研究和临床工作的等级制度,并具备其基础联系和研究用于实践的体系。医学界的声望和其具有的成功及管理模式对社会科学具有巨大魅力,其衡量、控制试验,提供科学、实验室和医疗中心等方面对许多领域如教育具有非常丰富和重要的参考价值。

合理决策模式

学习决策方法的人层出不穷,通过协助管理者对决策的分析从而产生一种高质量的决策科学就是水到渠成的事。一位早期对此具有重要贡献的人是赫伯特·西蒙。

西蒙的研究确认决策程序具有三个主要方面。第一,具备智能行为。观察第二次世界大战对战后思想的影响,西蒙使用"智能"一词定位军人的行为:对环境的调查需要决策。第二个方面是设计行为:选择行动方向的预想和分析的过程。西蒙分析得出的第三个方面是选择行为:通过考虑在自由选择的范围之中,实际选择行动方向的过程。

西蒙作为学者的高深造诣和他作为各大知名公司顾问的知名度广泛地提高了人们对其创新的决策方法的接受,使这种方法成为现今的经典之作。许多同意其观点的人通常通过苦心记录决策过程所产生的每一步骤,把西蒙的分析结果编为文献使其概念化。因此,人们会发现文献中汇集了无数种决策模式。西蒙的两种基本设想实际上集合为两点:1. 决策是一种程序化、合理性的过程,它具有内在的逻辑性;2. 决策步骤是一步接一步有序、连续和逻辑进行的(直线型逻辑）。基于这两种设想,决策模式在管理者培训中变得非常重要,并被广泛而系统地应用在希望改善工作的现实世界的组织中。

彼特·卓克是领导组织学学者,他的思想从20世纪60年代到80年代期间对公司企业具有深远影响。他列出了如下决策步骤:

1. 确认问题。

2. 分析问题。

3. 提出各种解决方法。

4. 选择最佳解决方法。

5. 把决策变为有效的行动。

作为一种直觉的选择,这一简洁的陈述被认为能够帮助管理者决策,使决策更加系统化,但它可能仅仅是组织繁忙的环境中事情流程的偶然反应或"膝跳反射"。卓克的模式更加复杂和详细,被广泛地应用在美国的公司和政府组织,并被许多具有必要逻辑管理思想的人所接受。

尽管如此,随着模式数量的增长,甚至随着其在组织中所做努力的增加,学者的理论观念和管理者的实际行为之间仍旧产生了一种普遍的不平衡现象。因此,进一步深入地改善决策模式的工作在继续进行。例如,决策通常不会以一个决定或履行决定的行为为终止。在现实世界中,决策通常是反复、不间断的过程,由此可认为决议的结果是以其他决议为基础提供新的信息。如此,"反馈圈"被加入一些程序模式,通过对决策的成果评定去考虑将来的决策内容。

最终承认决策程序的周期性使得此专业一些学生放弃了决策步骤的常规列表和线形图表从而支持循环图表。决策程序的反馈圈观点和循环观点显示出两种在决策书籍中普遍存在的更进一步的设想。

1. 决策是一种多次进行的反复循环的程序,提供连续的理想行为。

2. 寻求理想的决定是决策的中心目标。

尽管如此,很显然组织内部人员不可能追根究底地寻找实现目标的最佳途径。在决策程序中只有当组织工作质量下降时,他们才会忙于找寻各种提高质量的方法。人们心中的这种质量标准通常不是工作所能达到的最高水平,其仅仅是符合组织实际及其价值观的一种较好水平。而且,一旦人们感觉到需要去寻找一些工作途径,他们也会趋于寻找行为的过程。就是说,他们趋向于做出解决问题的决定而不可能把握理想工作水平的原因。组织中普遍存在的这种倾向被称为"满足感"。

决策的限制合理性

许多关于决策的学术文献——包括组织的决策和个人的决策——都陈述了研究院院士对于揭露和描述决策程序的内在逻辑的努力。在这些努力的基础上,大量的决策程序模式被创造出来。这些模式常常被采用,它有助于管理者学习这种逻辑并把它应用于工作。许多人,包括教育实践管理者、立法者和学校董事会成员,坚持更加准确地应用这些成果,作为改进组织工作的必要条件。

尽管如此,含糊和不确定是教育领导者真实世界中的主要特点。组织,以及他们的目标、技术和环境变得如此复杂,很难把他们的努力和行动与工作成果联系起来。近些年来这种情况引起研究者们重新更加细致地审视组织生活,并且在此过程中通过决策合理性质疑以前的设想。

理论与实际的隔阂

学者们通常会使管理者应用合理逻辑的决策模式来改进他们的工作。教育领域中的一个例子成果夺目。一本名为《决定如何决定:学校中的决策问题》的手册,被用于一个管理人员在职培训的基本教材,教授他们何时并如何使他人进入决策程序中。此书基本上是耶鲁大学教授威克多·沃卢姆和飞利浦·耶顿的偶发事件处理模式的代表,清晰地指出当代领导学在决策程序中的中心问题。

在使用中,实践者会发现理论和实际之间有时存在着隔阂。这意味着管理人员和经理人即使经过培训,还是不能有效地使用决策模式。一个看似合理的解释是学术文献归纳的决策模式源自于不能完全反映管理工作真实情况和特点的假设。

决策模式

沃卢姆和耶顿试图证明在特殊的偶然情况下领导者应该如何有效地做出反应。他们的模式可以被称为一种标准模式,因为他们将最佳领导行为和特殊偶然情况联系在一起。沃卢姆和耶顿所分类的五种决策方式如下。

独断方式

1. 领导者(经理、管理人员)参照所有可用信息做出决定。

2. 领导者从团队成员那里获得必要信息,然后做出决定。在寻求信息时,领导者可能会告诉下属出了什么问题,也可能不告诉。

咨询方式

3. 领导者与有关组织成员一对一地摆出问题进行商讨,征求他们个人的意见和建议,而不是把他们集合为一个小组。然后,领导者做出决定。

4. 领导者召集所有组织成员开会商榷,然后决定。

团队方式

5. 领导者主持全体会议,与员工共同分析存在的问题,达成一致意见共同决定。领导者可能给出信息并表达观点,但并非是在"推销"一种特殊意见或操纵团队的思想。

沃卢姆和耶顿没有暗示哪种方式最为有价值,因为它必须依工作情况而定。

七种工作情况

通过回答问题分析情况,回答"是"或"否"。

1. 问题存在的特性是什么? 这种特性可能是时间:是现在必须做出决定而没有时间咨询他人吗?

2. 领导者具有充足的信息做出正确决策吗?

3. 问题是有条理的吗?

4. 有必要为了履行决策让他人接受这样的决定吗?

5. 如果领导独自决策,是否能够确定其他人会接受这个决策?

6. 通过解决问题可以实现组织的共同目标吗?

7. 最好的解决办法是否可能在组织成员中产生矛盾?

领导者通过回答"是"或"否"就可很快地判断出偶然情况,使其具体化,并相应使用适当的决策方式。这样的决策就有了逻辑基础。

经理工作的特性

亨利·敏滋博格对多家企业的首席执行官的工作进行了详细研究。研究表明,行政工作内容繁多需要领导者具备广泛的技能,并且工作中出现压力是必然的。此外,敏滋博格根据他的调查归纳出以下五种建议。

1. 管理者和经理人的工作量巨大,并且是以一种毫不松懈的步调进行。每天他们要出席许多预先安排的会议,同样也要参加许多未及计划的讨论会和交流活动,处理大量信件和案头工作,无数次接听电话。

2. 管理人员会投入大量的时间用于做决定,这些工作是以具体、明确的问题为中心。

3. 管理者更乐于处理易于定义并且不循惯例的活跃的问题。

4. 文件交流更受到管理者的喜欢。

5. 经理人与三个主要的小组保持工作关系,他们是:上级领导、下级和局外人。

这项研究提出了大量管理者制定决策的方式,尤其是体现出他们为什么几乎不使用正式的决策模式。管理者每天的工作节奏产生了一种行为驱动力,这是学者们不可能通过深思而发现的。

敏滋博格指出:管理工作可以用费力繁重来形容。管理者在一天当中有大量的实质性工作要做,思想不能有丝毫松懈,所以很有可能出现下面这种情况:

几小时之后,首席执行者表现出了逃避,即逃避去承认他的权力和地位,也逃避他自己受过良好培训的思想。

为什么经理人要保持这种步调和这种工作负荷呢?敏滋博格认为那是因为工作本身是开放式的,也是模棱两可的。

经理人必须永远坚持前行,不能确定何时会成功,不能确定何时他的企业可能因为某些误算变得不景气。他从来没有自由,永远不能忘却他的工作,并且他从来没有过认知的快乐,哪怕是暂时的,他们无其他事情可做。无论他从事何种管理工作,他永远保持着挑剔和怀疑的态度。

敏滋博格在观察研究管理者的过程中,创造了一种技巧,用代号、象征、标志频繁地记录下领导者一天的琐碎事情。最终,这些代号经过统计排列下来以便做出一个详细的通过数量表示的行为描述。

许多研究都使用"敏滋博格技巧"检验教育领导者的工作。这明确地表明敏滋博格的主张同样也适用于学校管理者的工作。这些管理者以不可松懈的步调长时间工作,简短的交流和大部分的案头工作是他们的工作特点。从他们早晨进入办公室到晚上离开,会议、电话和文件占据了他们工作的每一分钟。

对于教师而言,临界时间限制(如学年、学期、课时,同时还有像班车时刻、午饭时间)严格限定其能做什么不能做什么。另一方面,管理者能够有相当多的自由时间改变工作步调,他们能够利用额外的时间细致地考虑,甚至是那些不重要的问题。如果他们愿意,也会通过在其他事情上做出快速的决定来节省时间。或者想要这么做的领导者可以改变时间的使用资源,把白天的工作放到晚上,或把平时的工作放到周末,再或者把工作放到寒暑假去完成。当然这就是许多教育管理者通常做的。因此,"不能松懈的步调"并不等于不可变化的步调。

教育系统中的管理工作具有模棱两可的特征,这是由于学校和学校系统的目标不明确、评估管理者工作的方法不确定而产生的,使得教育管理者肩负着相当大的压力。像其他领域的领导者一样,这种额外的压力使他们从未停止思考他们的工作。

管理者如何思考

近年来研究组织及其管理者行为的学者发现,校内人员和管理者们存在着用不同的方式思考管理工作的现象。决策模式是那些极度信赖逻辑、合理、线性思想的人的产物,有时这被称为"科学思想",它是在决策过程中唯一的、也是最佳的解决问题和选择的方式。大量的调查者都期待看到管理者的行为以同样的方式反复出现,就是管理者本身也是如此。他们仍旧保持着这种观点:思想是由长时间、独自的、排除一切干扰、停止一切工作的思考而形成的,从而试图从事实中产生合乎逻辑的推理。因为调查者们实际上没有看到上述情况的大量出现,所以他们断定管理者们很少过多地思考。的确,许多管理者的在职培训都在强调所谓的决策模式,这仅仅比培训管理者产生推理思考的正常方法多一点点功效。这些培训潜在的设想是通过提高领导者在逻辑推理思考方面的技巧来完善他们的决策行为。

为什么研究者对于调查管理者的报告如此之少,而针对科学家的却如此之多?卡尔·威克提出了三种可能的解释。一、管理者思考,但不是在工作中。他们会在家中、在飞机上、在周末进行思考。因此研究者没有看到管理人员思考的原因就是研究者在身边的时候他们不思考。二、管理者不思考是因为他们想要减少对未来的不确定因素,以至于他们在许多情况下表现出迷茫或困惑。三、管理者每一刻都在思考,但是研究者错过了这一事实,因为当研究者寻找管理者推理思考的证据时,管理者的思考过程就已经完全不同了。所以说,思考与领导行为不可分离地迂回进行着,并且与领导行为同时发生。

因此,当管理者巡视、阅读、谈话、监督和会见他人时,所有的这些行为都包含了思考。的确,他们就是以此方式思考的。"与想法结合是思考的基本,"威克解释说,"这可以形成于头脑之外,并与头脑有一点联系。这就是管理者工作的方式,也是为什么当我们在观察他们如何在工作中思考时受到了误导的原因。"因此管理者的大多数思考都是与他们的行为同时进行的。

提及管理者的思考方式,他们能够在杂乱、无序的组织环境中思考是极为重要的。要做决定时的工作状况通常是飘忽不定、难以分析的。在日常工作程序中,管理者们忙于与别人短暂、面对面地口头交流。换句话说,他们在不断地"救火"。

以下观念包含着一个重要问题:在传统观念中,无论管理是否是一门科学,它都是一种艺术。在上个世纪初,许多人都在不断探索管理观念,把其作为解决组织问题的应用科学。持有这种观点的管理人员趋向于重视技术合理性在组织决策中的发展。此外,对人类组织复杂性及其不确定、不稳定和独特性的特点的认知普遍建立在承认直觉判断和技巧的重要性、承认传统观念中的占有和分摊,以及承认组织文化的价值基础上。施恩(schon)发现管理者们的思想与他们在工作中的需求紧密缠绕在一起。他认为:

管理者在活动中做出反应。有时,当产生不确定因素时,管理者实际上会说:"这真是莫名其妙,我如何能搞懂它?"有时,当感觉机会来临时,管理者会问:"通过它我可以获得什么?"有时,当一位经理对他的直觉的准确表示惊讶时,他会问自己:"我真正在做什么?"

因此施恩明确了"艺术"这个词在描述管理学上具有双重意思:既是解决问题的直觉处理方法,也是人的反应。

在这个讨论中,读者应该注意我们正在谈论训练出来的直觉。从这一点我们可以学到——通过正式的教育和组织文化的社会化——把复杂的系统视为一个有机整体,同样我们也能够被培养成为整体的一部分。这至关重要的一点对于一些调查者来说很难接受,其原因有二。一是长期以来西方文化一直强调的技术合理性传统,变复杂为简单的逻辑,这些可以列举的观念在我们许多人的头脑中根深蒂固。它看上去是如此明智、如此正确,这种对复杂问题的整体解决方法的效果却令人怀疑。二是近来关于人脑左半球和右半球的研究对我们这里的理解也可能非常重要。大脑左半球所产生的意识模式是善于分析、合理化、连续的、集合性的、逻辑的、客观的、线性的,而右脑是直觉的、整体的、艺术性的和无逻辑的。毫无疑问,教育的重点被放在了训练人的左脑的功能在决策中做出逻辑、积极的判断。如果我们要提高右脑的功能用于我们的决策,可能我们还必须要提高我们的培训策略。

因此,管理者随时在思考,他们的思想与他们的实际工作紧密地结合在一起,并且他们每天所思考的几乎从未按工作步骤进行。结论是决策的正常模式几乎不太适合每天的管理思想,并且试图完善这些思想使它们能够在管理工作的现实世界中收到良好效果。在这个世界中,情况是整体出现的,并且通常的决策模式步骤被认为是同时发生而不是连续发生的。这一观点建议应该把重点放在全局思考上——全局思考可以探明复杂、互联、含糊、不明确的教育组织——在决策中可能比过去的线性、逐步的决策模式更加富有成效。

决策中企业文化的影响

企业文化同决策一样被认为是理解组织行为的核心。企业文化包含着组织的工作标准,代表着企业的主要价值观,引导着组织对其员工和客户的政策,明显地表现出组织内人与人交流的方式。因此,需要清晰地处理与组织成员息息相关的基础设想和信念。综合而论,组织通过这些以一种至关重要的方式定义自己:它为什么存在? 它如何幸存? 它怎样成功? 在发展成为组织生活方式的过程中,这种价值观和基本信念趋于根深蒂固,变成了他们的行为方式。这种方式形成了他们发现问题和决策的世界观。组织的信念和组织成员的认可构成企业文化的基本要素。这是由于通过常年的工作投入,组织内人员普遍使组织的价值观和中心信念极为社会化。

考虑到在学校和高等教育环境中专业人员的受教育程度和工作背景,大多数人入学都是在五岁或六岁,并且继续留在学校中,信念实际上不断地贯穿着他们格式化的岁月,直到他们被塑造成完全成熟的社会成员。结果,他们强烈地趋向于塑造教育及教育组织的价值观,作为这些组织中的专业人士,他们极度强调自己的核心价值观、中心信念和目标。在这种使组织完全社会化的过程中——首先作为小学生,然后是中学生、大学生,最终成为专业人士——这些在组织中工作的人更加强烈地趋向于接受生活的"游戏规则"和成为社会成员所必须学会的方式方法。

另一方面,这些人变成那些具有丰富历史经验的人。这些分享的经验,随着时间的推移,引导他们创造共同的世界观。这种共有的观点使组织中的人有能力使平凡之事产生重大意义,就如不寻常的工作事务、描述象征性事务的意义以及分享如何开展工作的最佳方式。卡尔·威克认为这些是理解组织内部人员把可信度归因于解释说明的核心。这种观点在参与者忙于大量交流和考察的时候产生出来,最终它被认为长期以来如此之有效,并被承认。这奠定了一种组织文化的发展基础。这是理论文献如何认识和理解世界的一种文化。这是一种概念,它猎取微妙、难以捉摸、无形、无意识的力量以形成工作场所中的思想。

敏滋博格的分析受到众多教育组织的支持,它揭示了管理者几乎不花时间在沉思上:他们很活跃,他们把更多的时间用于交流,相互影响在频繁地发生,他们几乎没有机会生活在单独、平静之中。但是,施恩和威克指出,这并不意味着管理者们不去思考。实际上他们的思想是与他们的工作紧紧地结合在一起的。

企业文化对于形成和塑造思想担当着重要角色,具有重大力量。因此,组织内人员的决策无论如何不是一个新概念。尽管如此,仅仅在近几年中它受到了从组织分析者到管理从业者的广泛重视,把它作为改进组织决策的一种方法。

弥合理论和实践之间的隔阂

这些提供给管理者的理论和研究文献,试图把这些新观念用于决策之中,这究竟起到了什么指导作用? 一个答案是,在选择一种管理方式时把其用于实践,一个人需要检验其设想,确定什么是解决实际管理工作问题的最有效方式。

管理学被定义为通过人与人共同工作获得组织的目标。长期以来,人们认为管理的职责是计划、组织、领导、协调和控制。但是上个世纪以来,这种使人迷惑的问题变成了什么是行使职责的最有效方式? 在解决实际的管理问题中产生了许多冲突,传统的解决方法和人力资源解决方法变成了当前通过管理实践进行分析的竞争系统的对手。除了那些在他们的专业工作中选择使用不用大脑的折中派思想的管理者以外,管理者必须在分析他的工作如何进行的竞争系统中选择。他们大部分会选择设想中关于组织特性和人员的那部分。

实践理论

设想形成了一个人的工作职责,构成了一种实践理论。但是,我们不是永远实行我们所鼓吹的事务。一个人用于决定做什么的实践理论是永远模糊不清、不可理喻的。人类的确有许多弱点,我们常常赞成一个理论但实际的工作却是以另一个为基础,可能这两个理论间还互相冲突。因此我们见证了管理者们支持改进组织的工作质量,并对这一价值观所承担着义务,同时认识到他们的工作与这些改进是对立的。因此作为组织的一员,我们将组织的对立思想和形成组织理论的人之间的冲突表现了出来。

分担决策权

大多数决策是围绕着参与解决和做出决定的问题循环出现的。参与被定义为:在一个团队环境中,一个人精神和感情的综合;参与鼓励这个人为团队目标而奉献并且与他人共同承担责任。

参与在这种意义上是"精神与感情的综合";它是决定所有权的观念。它是真正的自我,不仅现在是这样以后也如此。这种综合激发了参与,并因此释放出他自己的能量、创造力和主动性。这就是参与和同意之间的区别,也是选举或批准建议的主要特点。这种自我的综合,这种所有权的意义,也能够鼓励人们承担组织效益的更大责任。要强调团队的发展也就是要强调高效组织的特征。

使用参与决策具有两大潜在优点:1. 可以做出最佳决策;2. 增进了组织参与者的成长和发展。作为教育组织中的一名实施参与过程的实际引导者,应该特别记住三点:1. 清楚的决策程序的需要;2. 将要被解决或决定的问题的特性;3. 程序中人员的标准。

参与决策和授权

参与决策需要权力和影响的相互作用。这来源于两个因素:管理者的权力和影响,以及组织内其他人的权力和影响。在教育组织中,这些"其他人"普遍是教职员工、学生或者社区成员。当组织的概念变为强调组织管理严密的传统官僚阶层时,管理者的权力常被视为是与其他人的利益相冲突的。的确,持有这种观点的管理者趋于认为权力非常重要,如果可能就会扩张其权力,并且限制别人的权力和影响。成立教师工会,换句话说,就是为了抵抗管理者权力的扩张,并且要扩大别人的权力。这是当参与者对传统价值观和信念做出反应时,在组织中建立和保持决策的控制力的重要因素。

拥有这些传统组织和管理学观点的领导者们可能把参与决策的管理视为需要一种冲突管理解决办法。在传统的组织中,老板和员工间的关系所形成的特点,使我们可以与陈词滥调的"工厂模式"联系起来,管理者的权力和影响支配决策程序并且下属几乎没有能力影响决策过程。但是你会注意到它仅仅是一个可能的行为尺度的出发点,管理者可能选择承认其他人的影响决策过程的权力。这是以授权给学校中其他人的观念为基础的。

当管理者向下属寻求赞同并做出决定时,当宣布这个决定被实施时,赋予下属更多影响决策的自由的这一步就可能发生。这常常需要向下属"出售"新思想。由于下属在决策过程中的职责可能被扩大，他们决策的权力可能增加，所以管理者拥有一个选择范围。例如，涉及图表，我们能够看到一种可能的级数。

1. 允许下属在决策制定之后提问。

2. 在管理者最终的决定之前，提出一个暂定题目，在与下属商讨之后可能改变它。

3. 向下属介绍问题内容，并只能在与他们商讨并获得他们意见之后做出决定。

4. 等等，直到最终，组织以协作的方式具备做出最重要决策的可能性。

传统组织的等级分明，决定如何决策的过程几乎完全掌控在管理者手中。这种情况下，从独断决策到合作决策的组织程序普遍存在于一个范围中，这个范围是管理者们把分享权力视为双赢、处理事务的最佳情形，而不是对管理者霸权的恐吓。尽管许多当今的教育组织仍旧等级分明，他们已经发展出一种合作文化以回应这个更加原始的专制模式，但是可能很难抵御。

一种清晰的决策程序

参与意味着很多事情。通常，当不可能参与时，过程会被参与者认为是含糊或错误的定义。在这种情况下，人们不确定何时参与决策程序或他们可能扮演什么角色。

一个团队所做出的最重要的决策是决定如何制定决策。这常常是组织活动中最不清晰的因素，此种情形一点也不罕见。人们不知道谁在做决定，更不知道如何决定，也不知道他们如何参与到决策过程中。因此，一个组织要发展一套能被参与者接受的、清晰、公开的决策程序是非常重要的。

最佳解决问题的时间是在做出决定之前。在这段时间内以回顾团队近来的表现为目的召集学校员工（或其他组织）开会。在挑选众多详细的决策情节之后，组织能够通过提问做出决策。这些问题包括"决定的过程是什么？""解决问题的方式是什么？""下次我们应该使用简单的程序或者变个方式吗？""对于以下这些有何建议：1. 明确和定义问题；2. 决定如何处理问题；3. 告知每个人问题的发展？"

这样的简单步骤是能够开始把重点放在问题被定义、被处理的方式上，也就是注重团队程序。要成功就必须注重组织的发展环境，要支持畅所欲言，强调利用组织成员各自的优势进行工作的技巧。

谁确定了问题？

假如一个人企图联合别人创造一种清晰的组织决策程序，必须要面对一个最基本的问题:是谁决定了它是需要合作解决的问题? 在制定一个决策中最重要的步骤是定义问题。定义问题的无论是谁,他都得能够控制决策程序。

尽管如此,当一个人加大了自由的范围,使别人参与到决策程序中,就是说,当一个人放宽了团队授权范围的时候,那么,中心因素就是谁定义问题? 在参与的最低水平上,管理者不仅想要定义问题,同时也想制定出解决的方案。给别人更宽的授权范围的这种倾向是由于管理者趋于确定问题,而不是想要把解决问题的选项留给其他人来决定。在参与的最高水平,管理者和其他参与者变得融入一种更加真诚的合作程序中,这种程序包括:1. 在定义问题上相互赞同;2. 共同决定如何处理。

紧急和离散的问题

参与决策在根本上具有卓越特点,因为通过合作能够制定出高质量的决策,就算是具有极高能力的个人也不可能做到这一点。但是一些问题由专家个人来解决是最好的,反之另一些问题由团队合作解决的效果更好。想要获得最高质量的决策,就必须分析解决办法。的确,高智能组织的特点之一是组织成员能够做出这样的分析,因此要明确团队要处理的问题是什么,以及这个问题所要涉及的专家。

有些问题具有如下特点:1. 问题的各部分是明确的、间隔分明的,并且可以计量的;2. 问题的各部分确实是分离的;3. 解决问题的方法需要一系列具有逻辑顺序的工作,这有可能由一个人来完成;4. 整个问题的分界线易于辨别。这种问题被称为离散,它可能最好由一位专家来独自解决。

另有一些问题却十分不同:1. 问题的各部分是模糊、不确定、不可计量的;2. 问题的各部分是相互缠绕的,很难以客观标准分离开;3. 问题的解决办法需要许多人连续的调和与相互影响;4. 问题尺度和特性在决策时不能被完全弄懂,但可能在处理问题的反复过程中展现出来。这种问题被称为紧急。这种问题的最佳解决方法可能来自组织中的人员:1. 他们处于适当位置,拥有解决问题的必要知识;2. 他们也会把这些知识用于决策之后的执行阶段。

处理学校的补给属于一种典型的离散问题。在固定的购买、仓库和向学校分发供应的种种问题是相互明确分离的,并且能够被专家制定成一种逻辑顺序。的确,与熟练的商业经理人相比(这些人在预算、合同法、购买程序和反复无常的学校供应市场方面具有密切联系的知识),试图通过合理价格、在正确地点获得正当供应的校区管理者组织可能出现盲人领导盲人的问题。同样,为了巨大的经济效益安排学校班车路线是一个平常的离散问题。现在应用广泛的数学模式和计算机模拟的使用需要具备必要技术的专家来操作,并且需要掌握问题的全部内容。

公共教育的政策条款是一种经常出现的紧急问题。例如,进行能力基础教育显然符合紧急问题概念的描述。通常这些条款与校区管理者的能力基于一个水平:"我们应该如何执行由我们宣布的决定?"而不是"我们应该做吗?"

每个教育家都清楚,能力基础教育的观念在相互联系上包含了学校企业的许多层面,并且在这一系统中许多专业人员必须以调和方式承担问题甚至是理解问题。因此承担决策将需要通过许多人员持续的紧密协调、自由交流,并且认可决策程序来进行委派。

像紧急问题一样的许多问题促使每天管理工作的进行。的确,随着教育朝着更加复杂化方向的发展,人们越来越不确信许多重要问题能够被专家通过让别人执行他们制定的处理办法来解决。最佳的解决方法需要员工之间自由开放的交流,相互提出并分享信息。紧密协作是在产生一种最佳意见的过程中进行衡量和评估信息的必要条件。解决方案执行工作的委派是为了保持协作的必备工作,它是建立在反复的决策程序的基础上的。

谁应该参与?

在参与决策中常常出现的一种错误设想是让每个人参与到每一项决策之中。显然,这样并不实际也不是人们想要的。如下是判断教师是否需要参与决策的三条识别规则。

1. 中肯的测试。当教师的利害关系与决策联系紧密时,他们会有也应该有参与的兴趣。满足这一测试的问题是关于教学模式、教材、纪律、课程和组织的指示。

2. 专家意见的测试。教师与决策事务之间并无太大利害关系,如果教师的参与是有意义的,那他必须有能力有效地在会议上有所贡献。在处理体育发展日程上,例如在英国,可能通过培训使教师们符合标准,而参与决策时贡献却很少或者几乎没有。

3. 权限的测试。学校以一种官僚基础组建而成;学校和员工的权限仅仅在于这些分配给他们的决策工作,这是一种非常冗长的谋划过程。问题对于教师而言可能是中肯的,并且教师可能具有必要的专家意见,但是对于"对或错"他们不可能拥有判定权限。参与制定组织不能履行的决策即使是简单的参与,也会导致教师产生挫败感。

员工渴望参与

另一需要考虑的事项是员工们希望参与到决策中来。时间和个人兴趣的需求不可避免地要求组织中的每一个人首先选择关于自己的时间和精力的项目。

有许多事情员工对参与到其中完全没有兴趣,因为这些事情是在员工的不关心地带范围之内。想要教师们参与决定他们漠不关心的事情,势必产生各种各样的反感。例如,学校校长想让教师们参与决定一个限制机制,例如,限制参与表达观点和意见,就会导致这样的反感。教师们对这样的参与几乎没有一点兴趣。

在一段时间内,存在着教师极为感兴趣的决策。实际上,这一部分被形容为敏感地带。这些事情代表了"个人的利害关系",像教学任务和专业化工作评估等。当处理敏感地带范围内的问题时,在决策的组织程序模式中当然需要高度的参与,校长也能够以此提高自己的权威。

这里还存在着第三类问题,就是关系到教师自身但并非与其有极为密切的利害关系的问题。这属于正反感情并存地带。例如,每一位员工对准备专业会议的议程或安排集会程序的关心程度各有不同。因此,要有选择性地让教师参与解决问题,以避免他们产生不必要的消极抵触,因为他们已经感觉到过多地负担着来自领导者没有必要的官僚需求。为了更为有效地工作,一些参与活动应该被限制。

尽管对于教师的敏感、正反感情或者漠不关心无疑存在着一系列问题,但是这不可能简单概括为:在每种情况中,评估都是诊断的一部分。小团队也许能够通过讨论来进行评估。而大型的组织,经常会填写一份详细清单作为诊断帮助。这种技术被使用在大型高中,并在某些问题上显示出教师参与的兴趣,这可能与其特点相关。例如,同一所学校中的老练的教师和缺乏经验的教师对于参与可能具有截然不同的态度。因此,我们可以得出结论:试用期的教师对学习学校政策和规定、课程内容和工作评估程序等事情具有极高的热情。老教师更关心的是保持学校传统,以及他们能否参与学校的关键决定。

团队管理

在给予学校协调工作许多重视的同时,也应该同样注重学校的管理工作,这常常被称为团队管理。定义团队管理的概念就是参与决策。罗博特·邓肯这样简洁地陈述团队管理:"各种水平的管理工作者在制订目标、决策和解决问题过程中真正地参与合作。"同样,美国国家校长协会这样表示:

需要一个团队解决决策问题,为所有的监督管理人员提供一个做贡献的机会。作为参与决策的报答,主管必须乐于证明他对团队程序的信心;他必须使员工融为一体以使他们感觉到成为决策的一部分。如果校长认为他自己是一个管理队伍的成员,他就必须明白折中参与的类型是强制的。

哈罗德·麦克那利认为:

"管理队伍是一个形式上由教育董事会和主管人员组成的团队,既包括校区中心办公室也包括学校中层管理人员,并且在学校决策系统中拥有正式的责任和权威。"

管理队伍把不同技巧用于参与决策之中。这里有五种技巧经常被使用。

1. 讨论。这可能是最简单的参与。问题的讨论被广泛使用在加强团队成员对问题的理解，以及做出决定的过程中。参与活动被限制在仅仅做讨论，然后由管理者做决定。管理者希望团队成员能够更加乐意接受经过这一程序做出的决定。

2. 寻求信息。这种参与技巧比讨论多出的一点是：它包括了管理者获得的信息和参与者的意见，以此促进制定更加合理更加合乎逻辑的决定。

这种参与类型在参与者漠不关心的情况下是最为有用的，因为这些决定大概不能引起教师的兴趣，实际上每个决定都是由管理者制定的。在这种情况下，使他人参与进来的主要目的是：(1)帮助管理者做出最佳决定；(2)增加决定在团队中被接受的可能性。

3. 民主集权。这无疑是最为普通的程序。这种方法是由领导者现有的问题组成，这些问题包括员工的建议、反应和思想。管理者会做出决定，但他们会尽力影响员工在决策中的参与。

4. 议会制度。当团队成员想要做出的决定不是全体或大多数人的意见时，常常使用议会制技巧。这对于少数意见、冲突思想和价值观，以及随时变换的形势提供了巨大优势。它对于创造胜者和败者具有明显的制约因素。

5. 参与决定。这一程序的特点是需要团队的一致意见。在下列情况下可以用到：(1)问题对于团队成员而言非常重要；(2)一旦形成决议并实施，所有成员都会受其影响。因为全体意见可能被视为压力，参与决定的模式可能不会经常使用。尽管如此，当成功地使用它时，就会产生一个强有力的决策程序。更重要的是参与者对决定有"拥有"感，决定的执行就不会遇到阻力。

参与需要高水平的技巧

在实行参与决策的过程中，一个一直以来私下承认的问题是需要向参与者提供在组织程序技能方面的培训，这可以使协调工作更有效地进行。在决策中合作的紧张激烈程度不是很高。此外，管理者在参与方法上的熟练程度也显得不够：对于所有的参与者而言，明白如何有效地行使职责是十分必要的。

每个受过教育的成年人都知道如何参加一个会议并尽力有所表现。这可能是个谬误，尤其是如果一个人寻求在组织决策中发展一种合作参与模式。当决策的重要性增加、决策的结果影响范围扩大时，这个谬误变得更加严重。教育组织中的参与决策使用的是合作团队方法，但同时学校外的社会力量却普遍强调使用竞争团队方法。例如，无论何时我们召开会议，不用思考就认为决策的最好方式是投票选择。实际上，投票是一种竞争的程序，由此产生一些人为赢家，而另一些为败者。这在民主政治体系中极为适用,但是它不适合组织决策,因为决策的目标不是胜利或妥协而是全体同意,不是一赢一输而是双赢。

结　语

我们不得不承认这样的现实,就是到目前为止,教师和管理者对于学校运作体制中实际上仍旧缺少合作组织技巧的现实认识不足。因此,需要从事并发展教育领域中的参与决策概念,帮助在职培训人员雕琢和确定他们作为高效组织成员的技能。组织管理、冲突管理、解决问题、开放式的交流和决策方式在诸多重要的技能之中需要得到不断的提高。

读者一定注意到,本章中的五种决策模式实际上分为三类,即独断、咨询和团队方式。没有哪种模式为最佳,这要取决于领导者对情势的研读和判断。然而,采用哪种方式,还是有赖于领导者的"独断"。所谓弥合理论与实践的隔阂,提高领导的分析和判断技巧,道理正在于此。

决策模式

1. 你使用一切可用信息独自解决问题或做出决定。

2. 你从下属那里获得必要信息,然后独自决定解决问题的方法。你可能会也可能不会告诉下属问题是什么。你的下属在制定决策中的职责是向你提供必要信息,而不是参与选择解决办法。

3. 你与有关组织成员一对一地商讨问题,获得他们个人的意见和建议,而不是把他们集合为一个小组。然后做出决定,可能会也可能不会受到下属思想的影响。

4. 你召集所有组织成员开会商榷问题,收集他们的思想和建议。然后你做出决定,可能会也可能不会受到下属的影响。

5. 你召集所有组织成员开会商榷问题。你提出并评价各种解决问题的方法,并使全体达成一致意见。你的角色像是一名主持人。你不用尽力去影响团队采纳你的解决办法,你喜欢接受并实施任何对组织起作用的建议。

第七章

学校领导的交流方式

沟通的过程

沟通的过程包括发送者和接收者之间的信息交换。这个过程的重要部分包括一系列的步骤:产生想法、编码、传递、接收、解码和反应。简单来说,发送者将想法编成信息并传递给接收者,接收者再把信息解码并做出反应(见图7.1)。沟通障碍可能会出现在过程中的每一个环节,但是最常出现在传递和接收以及接收和解码之间。这一章会讨论到沟通障碍以及克服它们的技巧。虽然不是在所有情况下都会有反馈,但是必须要确定沟通的有效性。

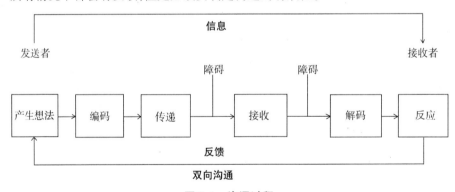

图7.1 沟通过程

产生想法

校区中的发送者可以是中心办公室管理者、建筑管理者、教师、学校中的部门、一所学校或者是校区本身。管理者与其他管理者、下属、学生、董事会和社团成员沟通。教师和管理者、员工、学生、家长和社团沟通。校区内的沟通是调整督学、助理、主任、主管、校长和教师之间任务的重要途径。校区在各方面与雇员沟通：联合会、社团、校董事会和地方、州及联邦政府。第一步就是产生想法——形成一个想法或信息来传递给某个人或团体。

编　码

　　编码是把发送者要传递的想法符号化。符号(词汇、非语言的暗示、甚至是图画和表格)是为沟通唯一的信息所设计的。含义不能被传递,因为它存在于编码者赋予符号的意义中。信息的接收者也会赋予符号含义。发送者和接收者对符号意义的共识越多,双方互相理解的可能性就越大。因此,学校的管理者选择自己和目标接收者都懂得的符号非常重要。

传　递

　　一旦信息形成,下一步就是传递,一些方法包括:备忘录、电话、闭路电视、电脑、董事会政策声明和面对面的交流。在特殊问题上,像沉默或无动作这样的无意识信息不很明显。像手势、身体语言、面部表情和声调这样的非语言暗示也可以沟通信息。

接　收

　　如果是口头信息,就需要接收者是个好的倾听者。如果是书面信息,接收者必须注意它所陈述和传达的含义。

解　码

　　解码就是把接收到的信息破译成可理解的意思。由于含义不能被传递,它就不能被接收。因此,接收者必须赋予发送过来的信息含义。沟通障碍会发生在沟通的每个环节中,但是在解码这一步发生最频繁。

反　应

　　反应是沟通过程中的最后一步。接收者可以将这次交流放在一边,以后再做出可能的反应,或者做点别的。但是,接收者应该对发送者做出反馈——他已经收到并理解该信息。

　　与员工沟通的效果受到发送者和接收者双方认知方式的影响。理解并接纳这些认知方式会减少沟通中的误解和冲突。

认知方式分为四种,其中的两种尺度对发送和接收信息具有重大意义。

认知方式对沟通的影响

理解和决定是认知过程中的两种尺度。理解——一个人看待世界的方式是一种直觉和感受的双极连续性。做决定,处理信息的不同方式,是一种思想和感觉的双极连续性。

四种认知方式

每个人都会对两种尺度中的一种有偏好。这些偏好共同形成了四中截然不同的认知方式,因此,每个人会以自己独特的方式在沟通中观察、解释和反应。

- 传感思考者。这样的人对建立在逻辑合理的资料基础上的详细、实际、有序的信息能很好做出回应。传感思考者用实际的方式表达自己。
- 传感感受者。这样的人对注重个人感情、表示热心与同情和包含有个人感觉的交流反应很好。传感感受者用特别的和人文的方式表达自己。
- 直觉感受者。这样的人对热心和同情的感觉有反应,直觉使他们对交流的内容有自己的理解。直觉感受者重视个人成长、自我发展和自我观点,注重用清楚的,富于感染情绪的方式表达自己。
- 直觉思考者。这样的人对详细的信息不感兴趣,更喜欢思考者的理论、逻辑和合理的资料。直觉思考者以合理、科学和大众的方式表达自己。

非语言沟通

我们进行的非语言沟通和语言沟通一样多。非语言沟通包括:我们站立的方式、所保持的与他人的距离、走路的方式、抱臂和皱眉的方式、目光交流、开会迟到等,都给其他人传递着信息。但是,我们不必为了非语言沟通而做什么。我们用穿着和外表、我们开的车和使用的办公室来进行沟通。

非语言沟通的形式包括:不随意运动(身体运动),辅助语言(声音质量),空间关系(距离)和时间关系(考虑和确定的时间)。

不随意运动是指面部表情,手、臂和腿的使用,以及手势影响沟通的方式。你跟别人说话的时候面部表情是怎样的?身体姿势又如何?甚至一个人的衣服也很重要。比如说,最具权威性的款式是细条纹的,按顺序随后是纯色的、有白色条纹的和格子花呢的。如果你想更具权威性,就穿深色条纹的衣服吧。

除真正的像身体运动这样的非语言沟通外,人们还用另外一种非语言沟通方式来说事情。有时候指的就是辅助语言,这些包括声音的质量、音量、语速、音调、不流利(啊、嗯、哦)、大笑、打哈欠等。而且,谁、在什么场合说这些话都会产生不同。

空间关系指的是沟通的自然环境,与空间位置有关。比如说,在正式的谈话中,你站得与某人有多接近?

人类学家爱德华·霍尔提出了人和人之间的空间区域概念:

1. **亲密区域**(0~2 **英尺**)。要与人这么接近,我们必须与其他人有亲密关系或者极高的社会地位。

2. **个人区域**(2~4 **英尺**)。在这个区域里,我们应该与另外的人相当熟识。

3. **社会区域**(4~12 **英尺**)。在这一区域中,我们应该至少与其他人认识,并且有明确地寻求沟通的目的。业务行为大多发生在这个区域中。

4. **公众区域**(12 **英尺以上**)。当人们之间距离在 12 英尺以上时,我们就可以当那些人不存在。我们可以在这个距离观察别人,盯着别人看也不会显得不礼貌。

与个人空间区域概念有关的,是自然空间概念。例如,职位高的雇员比职位低的拥有更好的办公室。而且,他们的办公室也受到更好的保护。最高领导的办公室都被封闭起来,进入时,需要经过几道门、很多助理和秘书。而且,职位越高,进入低职位员工的自然空间就越容易。上级可以随意进入下属的办公室,而下属要很谨慎,获得允许或预约后才能拜访上级。

时间关系,或时间的利用是另一种非语言沟通。例如,开会迟到可能传达了包括粗心、缺乏上进心等不同的信息。然而,地位高的人迟到重申了他们对下属的权威性。他们的缓慢意味着权力或时间安排紧张。

你不能不沟通。你做的每一件事都是一种形式的沟通,无论是语言的还是非语言的。你走路的方式、你的面部表情和你的沉默都被他人认为具有某种含义,因此,你应该注意这种非常语言的沟通方式。

沟通的方向

沟通与校区中发生的很多事情都有关系,比如计划、组织、安置、指导、协调和报告等。组织间沟通的目的,是提供传递实现目标的基本信息的手段。很多沟通流向四个不同的方向:向下沟通、向上沟通、横向沟通和交叉沟通。另外的重要沟通流向就是小道消息。

向下的沟通

大校区中,等级制度的趋势是向下的沟通,职位高的人向职位低的人传递信息。沟通会发生在不同的发送者和接收者当中,包括督学对助理、助理对校长、校长对系主任、系主任对教师等。

例如,校区的督学可能会指示助理准备一套新的人事评估制度。助理会对校长做出详细指示,校长又会照章通知教师。向下的沟通在帮助阐明校区的目标、提供使命感、协助新员工了解管理制度、通知员工影响校区的教育变化以及提供给下属与他们表现有关的资料等方面是很必要的。

向下的沟通容易产生,但是通常是不完善的。一个问题是下属会根据他们所认为的老板的性格、特点、动机和风格来从不同的指示中做出选择。另一个问题是对于上面传达下来的信息是否被接收和理解,有没有投入足够的时间和努力来研究。第三个问题是,上级在对待某些问题时,会截断这个渠道,就是说,将信息保持在需要了解的范围内。最后,向下的沟通支配着具有有机联系的组织系统,而非那些更加开放和信息无直接流向的边际系统。

这里有三种供管理者加强向下沟通的方法。

1. 校区应该对所有管理人员提供沟通培训。大部分管理者都会从中获益,掌握更好的沟通方式和更有效的倾听能力。

2. 学校管理者应该走出办公室与一线员工交谈。有人把这种技巧称为巡视式的管理(MBWA)。这使管理者更能直接了解下属的需要。

3. 学校管理者应该定期举办上级和下属间的讨论。这种互相参与的方式会帮助管理者与下属对存在的问题形成共识、一道分析和解决问题。

向上的沟通

向上的沟通同样遵循等级制度,信息由下级传递至上级。例如,教社会学的教师可能构思出社会学的新课程。他把这个信息传递给系主任,系主任再传递给他的直接领导,然后这个领导又传递给督学。向上的沟通对于管理者获得向下沟通的反馈、掌控决定的有效性、衡量组织氛围、迅速处理问题和了解需要的信息来说是必要的。

由于一些原因,向上的沟通很难完成。向上的沟通通常会被过滤和曲解,因为下属不想让上级了解任何对他们的职业生涯有破坏性的事。当下属不信任管理者时,这种趋势会上升。而且,凝聚力高的团队会保留可能对整个团队造成损害的来自上级的反馈信息。然而,在参与性的管理体制下,下属会比在权威性的体制下较少误解向上的沟通。其他的研究表明,水平低的下属比水平高的较少接受向上的沟通。事实上,高水平的管理者比低水平的管理者让下属更多参与决定过程,也就期望更多向上的沟通。在教育系统的安排中也有类似的发现。

其他的研究推荐了四个提高向上沟通的办法:员工会议,开放政策,员工信访和参与社团。

员工会议　这样的会议试图探索工作问题、需要和对员工的工作表现有帮助或阻碍的管理方式。这些有时被称为质量循环的会议为管理者提供反馈，并鼓励下属对上级说出自己的想法。结果是，下属体会到了自己的个人价值和重要性，因为领导愿意倾听他们说话。通过打开向上的渠道，管理者帮助向下的沟通。而且，下属的态度转变，反对情绪就会减少。

开放政策　开放政策是鼓励下属直接与高级领导层交谈。但是，总的来说，鼓励下属先去见他的直接领导。如果这样还无法解决问题，他们可以继续去见更高层的领导。如果下属直接去见最高层领导，那些被越过的中间层领导不应为此感到生气。开放政策的目的是为了推动向上的沟通，这是种有益的方法，但是由于管理者和下属之间的心理距离始终难以拉近，有些下属不想被看成是有问题或缺乏信心的人。更有效的一种开放政策是，领导者走出办公室去，首先观察组织中发生的一切。这就是先前提到的"巡视式管理"。

员工信访　推行员工的信访或建议起到了书面开放政策的作用。这种直接的个人方法给下属提供向管理者陈述自己想法的机会。为了提高这一程序的效率，信件可以是匿名的，所有的信件都要有及时的回复。回复可以直接发给相应的下级管理者，或者，如果信件是匿名的，可以将回复放在"回复箱"中，这就像员工与上级沟通的建议箱的作用一样。

参与社团　这种方法为无计划的向上沟通提供了绝好的机会。在这些活动中，上级和下属间以非正式的方式交流信息。一些例子包括联欢会、运动会、野餐、高尔夫球赛和其他由老板发起活动。这种活动的主要问题是参加的人少。就是说，那些最需要分享信息的人可能不会参加活动。尽管这些活动的首要目的并不是向上的沟通，但它肯定是种重要的副产品。这种活动同样是提升士气的手段。其他的方法包括工作满意度调查、申诉、协商、与工会代表的讨论、咨询监督和建议机制等。

横向沟通

横向沟通发生在同级别的雇员中间。在很多组织安排中，这种沟通经常被忽视。组织内部小团体的融合和协调都要横向沟通来推动。例如，在校区的高层中，主管教育、业务和人事的助理会调整自己来形成校区的同一战略计划。在高中里，系主任们会一起工作为整个学校开发课程。同样，在大学里会很普遍地看到各个系共同努力来确保学校的每个部门都为实现同样的总目标而工作。横向沟通通常在功能交叉的委员会、将各部门紧密结合的团组和非正式的人际交流中产生。

除提供任务协调性外，横向沟通还为同级别的人提供情感和社会支持。结果是，它成为组织社会化的过程。组织中的不同功能越相互依赖，就越需要横向沟通。

交叉沟通

交叉沟通在参与者以其他方式不能有效沟通的情况下很重要。比如,一个大校区的业务助理可能要执行一项需要对每所高中进行分析的教育计划。分析的一部分就是让每所高中的校长直接向业务助理提交一份特殊的报告,而不是按照传统模式,由教育助理找到中等教育的主管,他们再去找校长,最后反馈回来。这样,沟通的流向是交叉的,而不是垂直的(向下或向上)。在这个例子中,交叉沟通使获得相关资料的时间间隔减缩到最少。

小道消息

当这四种组织沟通方式的缺点变得明显时,雇员建立了他们自己的沟通渠道,即小道消息。与沟通流向无关,小道消息存在于所有大型组织当中。这种沟通流向不会出现在任何组织结构图中,但却是组织中最多使用的沟通方式。小道消息指的是包括雇员和社团内部的人交流的制度信息在内的所有非正式信息。它与管理者的正式沟通机制并存。因此,学校的管理者应该学会将这种沟通与正式沟通结合起来。

由于小道消息的灵活性,并且通常是面对面的交流,它能迅速地传递信息。而且,六个信息中有五个就是通过这种方式传递的,而非官方渠道。在正式工作场合,超过75%的小道消息是准确的。

小道消息有其正面和负面的特点。正面的包括:

- 使下属了解组织事务。
- 使学校管理者了解下属的态度。
- 为下属提供控制情绪的安全空间。
- 不用通过正式执行,就可以试验下属对一种新的政策或程序变化的反应。
- 通过传播对校区的正面评价来帮助建立士气。

小道消息的一个负面特点,谣言,给它带来很坏的名声。谣言是未经证实而流传的消息。由于消息不能得到证实,谣言在从组织中的一个人传给另一个人的过程中容易造成对事实的严重误解。一种减少谣言的方式就是扩大其他沟通渠道。如果学校的管理者为下属提供政策相关的信息,破坏性的谣言就很少产生。

沟通网络

组织沟通会向很多方向传递:向下、向上、横向、交叉和小道消息。这些沟通可以是正式和非正式的,不管是正式或非正式的,连接发送者和接收者的实际形式和沟通的流向都被称为沟通网络。由于这个系统包含组织中所有的沟通,这些网络对其中起作用的人有深刻的影响。

网络形式

沟通形式 图7.2描述了五种最常见的形式(轮形、链形、Y形、环形和星形)。这些网络的主要区别是它们集中和分散的程度。下面依次讨论每个网络形式。

轮形网络,只有两级,是所有形式中结构性最强,最集中的,因为每个成员都可以只与一个人沟通。比如,一个督学和他的直接下属可能就会形成轮形网络。督学是A,他的助理们分别是B,C,D和E。四个下属将信息发送给督学,督学通常以决定的方式把信息反馈给他们。

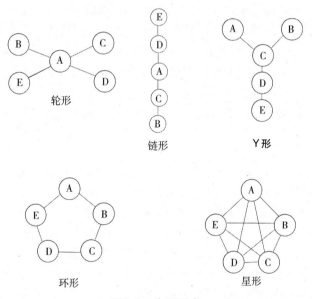

轮形

链形

Y形

环形

星形

图7.2 沟通形式

链形网络是集中度第二高的形式。只有两个人互相沟通,他们各自也都只和另一个人沟通。信息是以接力的方式在网络中传递的。一种典型的链形网络可能是这样的,教师(B)向系主任(C)报告,系主任又向校长(A)报告,校长向教育助理(D)报告,助理最后报告给督学(E)。另一个例子是在一座教学楼里和校区的不同系和组织级别间小道消息的传播。

Y形网络除了有两个成员在链外,其他与链形网络相似。例如,在这个网络里,成员A和B可以向C传递信息,但是他们之间不能互相接收信息。C和D

可以交换信息;E能接受到D的信息,但不能发送信息。比如说,两个校长助理(A和B)向校长(C)报告,校长向督学助理(D)报告,助理最后向督学(E)报告。

环形网络里有三个级别,与轮形、链形和Y形网络完全不同。它是横向和集中沟通的标志。这个圆圈给每个成员平等的沟通机会,每个人都可以跟左右的人沟通。成员们有同样的限制,但是相对于前面三种形式来讲,限制少得多。例如,这种形式有更多双向解决问题的渠道。在环形网络中,每个人都成为做决定者。

星形网络是环形网络的延伸。将网络中的每个人连接起来,就产生了星形,或者说是全渠道的网络。这种网络允许每个成员自由与所有人沟通(分散沟通)。星形网络没有中心位置,对每个成员都没有任何限制。一个没有任何正式或非正式领导的委员会就是星形网络的范例。

沟通网络的重要性在于它对速度、准确度、士气、领导、稳定性、组织和灵活性的潜在影响。有关沟通网络的研究表明,网络的效果依赖于环境因素。例如,集中的网络对完成简单的任务更有效,而分散的方式对完成复杂的任务更有效。另外,分散网络中成员的士气要高于集中网络的。这个发现证明了那些表明雇员在能够参与决定的时候,对自己的工作最满意的研究。而且,研究表明,一个成员在网络中的位置能影响个人满意度。越靠中心位置的成员越满意。

网络分析

除网络形式外,另一个帮助学校管理者分析沟通流向和方式的办法就是网络分析。在网络分析中,沟通流向和方式的分析在部门和级别间进行。

为了帮助说明,我们假设一个校区间的沟通网络。图7.3显示的是一个正式的组织架构,校区的三个部分中的22个人在不同的级别位置上,格里的数字代表在校区中的人。最上面的1是所有学校的督学,他下面的3个人是三个部门的督学助理:人事、教育和业务,剩下的是每一部门的雇员。这个图表显示了校区中正式的沟通结构。通过网络分析,图7.4显示,1经常分别与2、3、4沟通,他与更低级别成员的沟通就少得多,或者根本就没有。图表还显示了在互相交流基础上,22个成员的沟通网络。直线标明沟通的方向。有些沟通是双向的,有些是单向的。双向的箭头连接1和4、1和3,还有2和4。而单向沟通存在于2和3、4和17等人之间。

校区中有四个小圈子:A,B,C和D。圈子是一个分支系统,在这个系统中,元素间的沟通远远比与沟通系统中其他成员的沟通频繁。圈子A由4、17、18、19和20组成;圈子B由3、12、13、14和15组成;等等。网络中大部分圈子的成员通常在正式的组织级别中关系相当密切。可是,一个校区的实际沟通网络可能和它的正式组织结构形成的形式完全不同。网络分析中产生了四中重要的沟通角色:看门者、联络者、搭桥者和孤立者。

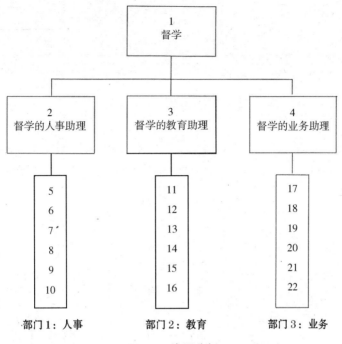

图7.3 沟通分析

1 依靠 2、3、4 进入沟通流。这三个助理是看门者,有控制信息在督学和校区其他部分间流动的能力。1 是联络者(一个不属于任何圈子、与系统中的两三个圈子保持联系的人),联系着圈子 A,B 和 D。如果把联络者从网络中去除,网络就会变成一个缺少联系的系统。7 是个搭桥者,他是某一圈子的成员,通过双方沟通,与其他圈子建立联系。这样,7 是圈子 D 的一员,与圈子 C 的成员 9 沟通。11 是个孤立者(一个很少与系统中其他人沟通的人),实际上被切断了与他人的联系。21 和 22 是同组中的两个孤立者。

专家在五所中学中的孤立式沟通研究结果表明,孤立式的沟通与可察觉的控制、学校的控制结构、受尊敬的同事和朋友是分离的。在随后的小学关于孤立式沟通的研究中报告了相似的发现。另外一项在一所高中和五所小学进行的关于沟通网络的研究中使用了社会人际学和频繁的沟通调查,结果显示小学中的沟通比高中要多。根据这项研究,三个因素影响着学校中横向沟通的方式:学校的级别和规模、专业化程度和邻近程度。

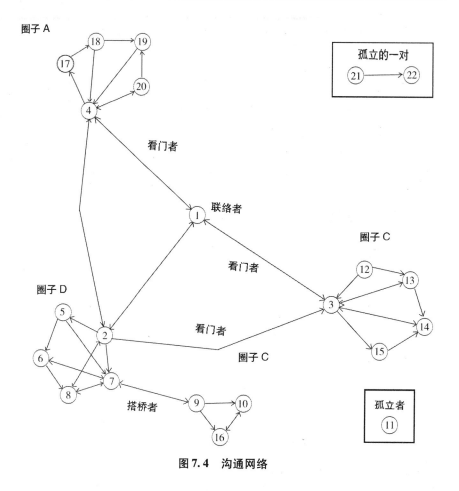

图7.4   沟通网络

我们识别并描述了在非正式沟通网络中有潜在影响力的人和他们在校区人际沟通中的作用。建议进入校区的学校管理者与看门者、联络者和搭桥者建立良好的人际关系。而且,也要认识到,那些孤立者对校区的潜在危害是致命的。沟通网络的知识会成为人际沟通的有用来源。更重要的是,这方面的知识可以决定一个学校管理者工作的成功或失败。

学校领导者的沟通小技巧

有效沟通的潜在利益很大程度表现在管理成果和家长、员工和学生的态度上。学校的管理者可以用以下的方式来提高沟通的效率。

- 小范围谈话。这个概念有很多种形式,包括巡视式管理(MBWA)。每天早上和下午在学校里的一次散步会增加你和学生和教师之间的个人沟通。

- 书面交流。不管对个人还是集体,校内还是校外,书面交流都至关重要。学校管理者可以采取以下的书面交流工具:表扬的便笺、注释、生日卡片、每日公告、给社团伙伴的每月时事通讯、社团报纸和地方出版物上的文章和宣言、日历和给每一年级学生家长的手册。
- 教职工团组。建立委员会,并承认存在的团组是加强沟通的有力工具。这些团组同样是分享权力的工具。一些团组包括:教育委员会、职工管理委员会和特别委员会等。
- 与学生沟通。与学生的沟通不能只限于公众讲话。有组织的学生团体应该能与校长沟通,并影响一部分校长的决定。校长应该沟通的团体包括:学生代表委员会、荣誉团体、学生俱乐部、报社成员和关键年级的学生。
- 与家长沟通。与积极配合的家长沟通很容易,与那些不配合的和没有孩子在学校上学的家长沟通是个挑战,这些家长通过在大众传媒中看到和听到的来形成自己的意见。与他们沟通的方法包括:有目的性的报纸、参观学校、为房地产代理提供的特殊信息包、家长委员会参与的计划、积极招聘志愿者和在学校外的社区与家长见面等。

沟 通 障 碍

有效的沟通在达到校区目标的过程中起到至关重要的作用。但是,包括思维方式、忽略、结构、超负荷、语义和地位的不同都会影响沟通的有效性。

思维方式

人们会把同样的信息理解成为不同的含义,这与他们的知识、修养和经历有关。这种沟通障碍与前面讨论过的沟通过程中的编码和解码部分有关。如果发送者和接收者有相同的思维方式,即对信息编码和解码相似,沟通就可能是有效的。相反,如果交流的双方有不同的思维方式,沟通的信息可能就会被误解。比如,在不同文化背景下成长的人可能会对同样的信息有完全不同的反应。其他在校区中不同思维方式的例子包括督学和校长、校长和教师、教师和学生,以及管理层和工会。这些团组没有对与错,他们都有独特的经历,各自的作用也不同,这就在他们沟通时,导致了无意识的误解。

忽　略

另一个影响有效沟通的障碍是忽略,这个过程可能发生在信息的传递中,包括发送者传递部分信息。忽略可以发生在向上或向下任何方向的沟通中。

向下沟通中,在对信息编码和解码时可能产生无意识的忽略。知识、修养和经历的不同可能导致无意识的忽略。当发送者认为接收者不需要某部分信息时,就会产生故意的忽略。这可以导致对信息原意的误解。研究表明,管理者在向下传达消极的信息时会觉得很勉强。例如,受到高评价的下属比受到低评价的下属更能了解对自己的评价。管理者可能也会觉得传达正面的信息很困难,因为他们认为有一天,下属会利用它来抱怨或反对管理。

根据这个发现,对于下属的表现,管理者和下属会有不同的看法,这也就不足为奇了。学校管理者的忽略也可能是吸收不确定因素的建设性手段。管理者会故意保留他们认为会引起下属焦虑、导致成果降低的信息。

在校区内,向上的沟通会比向下的沟通产生更多的忽略问题。由于管理者掌握奖励的权力,下属会控制不利的消息向上流通。产生这种忽略的原因是显而易见的,管理者根据从下属那里获得的信息进行业绩评估、决定加薪和升职。研究表明,越想向上发展的下属越有可能在向上沟通中忽略信息。而且,不相信领导和缺乏安全感的下属也会忽略信息。那些想要得到提升的人会控制对自己不利的信息。

校区结构的影响

校区的结构会影响沟通的质量。多层次结构有很多管理级别。总的来说,在信息到达目标接收者之前,随着需要通过的层级的数量增多,它的有效性逐渐减少。原因很简单:信息传递时需要通过的管理层越多,它被修改、缩短、误解或截流的危险性就越大。多层次结构对于横向沟通非常有用。人们更愿意与同一级别、而不是顶层和底层的人沟通。这样,同事间的沟通良好,但是向上和向下的沟通通常很差,互相形成误解。

扁平结构,即高层和底层间的级别很少,底层的人很多。在扁平结构中,信息从下到上的传递相当容易。小校区和大校区相比,面对面的沟通更有效,就是这个道理。因为不需要越过很多层级,就可以用直接的渠道进行沟通。例如,在非常小的校区,董事会成员通常越过督学,直接与校长或教师交流。与之相似,在小校区中,教师通常越过正式层级,直接与董事会成员沟通。而且,在扁平结构中,因为没有过多的阻碍,上下级之间的垂直沟通更好。一个不好之处就是,由于控制范围广,最高管理者会感到信息超负荷的压力。

超负荷现象

在现代复杂的学校组织中,管理者通常会无法有效处理过量的信息。超负荷现象产生的原因有三。首先,由于内部环境的混乱持续增长,如今校区面临着更多的不确定性。校区的反应是靠获得更多信息来减少这种不确定性。第二,任务专业化和复杂性的增长需要更多的信息。例如,校区聘任顾问、社工、校区心理辅导员、业务经理、人事主任、教授谈判代表和课程指导。仅就特殊教育领域来说,就有几种专门的教师。众多不同的专家提供了完成复杂任务的信息。第三,沟通技术的发展,如电脑的应用,增加了有价值的信息和资料。结果是,管理者陷在信息中,他们无法吸收所有的信息,也不能做出反应。这样,他们只能选择其中的一部分,也就导致在做决定时信息的不完全和不准确。现在的问题不是信息缺乏,而是信息过剩,无法有效处理。

一个研究小组确定了七种信息超负荷的表现:遗漏(没能处理一些信息);错误(处理信息不当);等待(用推迟来平衡压力,直到平静下来);忽略(把无关紧要的信息忽略掉);概略(将输入的信息分类,对每一类做出大致回答);运用多种渠道(使信息流通的渠道多样化)和逃避(回避信息)。

语 义

同样的词对不同的人来说,可能具有不同的意义。这样,学校的管理者和他的下属可能讲同一种语言,却表达不同的意思。沟通是发送者用普通符号将信息传递给接收者的过程。但是,人不能传递理解,我们只能用词这种表达思想、事实和感情的普通符号来传递信息。语义会因对词义的误解而成为沟通的障碍。意思不在词汇中,而存在于接受它们的人的思想中。

对于发送者和接收者来说,具体词汇的意思差别并不大。当我们谈到打字机、电脑、纸和书这些东西时,只会产生小小的误解。由于像爱、幸福和价值这些词是抽象的,可能会产生更多的误解。与之相似,像解放和保守这样能引起情绪波动的词更容易被误解。

语义不同的一个原因与众多专家发展的专业术语有关。这种特殊的语言可以在集团内部的成员中产生归属感、凝聚力,甚至自尊。但是,使用内部语言也会造成与外界的沟通障碍。

地位差异

另外一个沟通障碍就是地位差异,这在每个校区中都存在。校区通过头衔、办公室的大小、地毯、办公家具、文具、私人秘书、单独停车场、薪水和正式的组织架构来创造地位的差异。不管使用何种符号,地位影响着不同级别的人之间的有效沟通。比如,上级和下级的关系,抑制垂直的沟通。

一个人在校区中的地位越高,他与低级别的人进行有效沟通的可能性就越小。总体来讲,地位越高的人,别人对他们提供信息的需求就越多。没必要的是,他们必须限制与那些对他们有直接影响的人,即他们的直接上级和下级的沟通。例如,督学需要与他的直接下属(助理)和他的直接上级(董事会)建立联系。督学经常与助理沟通,但是,他并不常与低级别的人沟通,甚至根本就不沟通。

这样,正如网络分析表明,地位高和地位低的人之间的沟通受到人为的限制,下属向上传递的信息是正面的(忽略)。而且,下属可能不愿意对管理者提出反对意见。一个原因就是,管理者有颁发和保留诸如评优、加薪、升职和分配更好工作之类奖励的权力。因为约束、漠视或傲慢,由于对反馈和向上沟通的方式不够开放,学校的管理者实际上拉大了地位的距离。而当地位差异过大,下属跟上级的沟通开始减少。

克服沟通障碍

有效的沟通需要学校管理者和员工持续努力来克服沟通障碍,达到互相理解的目的。虽然双方都有责任,但是成功的沟通似乎更依赖于领导者,因为是他们创造双向沟通的氛围。在尝试克服沟通障碍的实验里,我们检测了五种沟通技能——重复、换位思考、理解、反馈和倾听,这些是改善校区沟通的手段。

重　复

最常用的一种有效沟通的技巧是重复。重复就是通过多种渠道(打电话、面对面讨论、备忘录或信件),把同一个信息一遍又一遍地发送出去。大部分的交流遭到误解。通过使用两种或更多的沟通渠道,失败的可能性减少。比如,讨论后就跟着备忘录或信件。这样使用了书面和口头两种途径。通过面对面的交流,发送者获得了接收者的注意,发送者和接收者又有谈话的书面记录以备将来查询谈话的细节。与之相似,给参会者分发会议备忘录也是运用重复手段和多种渠道来保证理解。在大校区中,学校的管理者通常会使用多种渠道与下属沟通业绩评估的状况。下属首先收到口头解释,随后是由上级和下属共同签名的书面说明,表示双方都已读过并理解其中的内容。

换位思考

有效沟通的意思是发送者可以预料到接收者会做出怎样的反应,发送者会通过了解接收者的思维方式来完成这一过程。换句话说,学校管理者应该把自己放在下属的位置上,试着考虑到影响下属对信息理解的个人和环境因素。对于督学和助理、助理和校长、校长和教职工、教师和学生的有效沟通来说,换位思考是一个重要因素,可以减少很多前面提到的沟通障碍。换位思考是一种理解他人思维方式的技巧。发送者和接收者之间知识、修养和经历的差别越大,寻求共识要付出的努力就越大。

理　解

前面我们说在发送者和接收者对传递的信息达到高度共识的时候,沟通是有效的。学校管理者必须记住有效的沟通包括传递理解和信息。不管使用何种沟通渠道,信息都应该包含简单易懂的语言。学校管理者必须用接收者懂得的词汇和符号来给信息编码。

理解不能被交流,只有信息能,这就是可读性概念背后的思想。可读性试图将书面作品和语言变得更易理解。一些研究发现很多与雇员的书面沟通超过了成年人满意的阅读水平。

反　馈

反馈确保有效的沟通,并决定信息被接受和理解的程度。这种发送者和接收者达成互相理解的双向沟通,与出现在大部分向下沟通中的单向沟通形成鲜明的对照。在向下沟通中,由于接收者没有足够的反馈机会,经常出现误解。例如,当督学向校区的所有专业人员发放董事会重要政策的备忘录时,这种单独行为并不能被看做沟通的开始。他可能期望以向上沟通的方式进行的反馈,并鼓励在校区中推行更多的参与性管理、以学校为基础的管理实践。如果想获得有效的向下沟通,校区就需要有效的向上沟通。一些研究报告表明大量双向沟通(反馈)优越于单向沟通。比如,尽管双向沟通比单向沟通更费时间,但是它可以提升满意度,因而建议在最简单的、日常的沟通中使用。

书面信息比面对面的沟通提供的反馈机会少。在可能的时候,学校管理者应该用面对面交流的方式,因为这种方法可以使交流的双方获得语言和非语言的反馈。简单来说,像以下这些直接的问题可以帮助引出下属对接收到的信息的反馈:"你觉得我的陈述怎样?""你怎么看?""你明白我的意思不?""在我们的谈话中,你看出什么问题?"等等。这些方法可以避免发送者和接收者之间的误会。

一些学校管理者可以用来引出下属反馈的方法包括:
- 推动并培养反馈,但不强迫。
- 奖励那些提供反馈的人,并采用接收到的反馈。
- 在任何可能的时候,直接去寻找结果,不要等待反馈。

- 反馈给下属他们的反馈产生的成果。这样,学校领导者就会引导反馈、使用它并将它的结果反馈给下属。

倾听技能

前面我们提到,学校管理者用超过 70% 的时间进行沟通。此外,评估显示领导者一天当中超过 30% 的时间用来倾听。更重要的是,关于听力理解的试验指出这些人的收听效率仅为 25%。倾听的技能影响到学校中同事和上下级之间关系的质量。

倾听方式

一种观察倾听的办法是看倾听方式。有六种倾听方式对学校领导者提高自己的倾听技能有很大帮助。

- 悠闲的倾听者。这个倾听者很放松,最关心让人愉快的内容。为了更有效,悠闲的倾听者要避免跑题,不能无休止地听下去,要关注手边的任务。还应该愿意倾听重要的信息,尽管它可能让人感到不愉快。
- 包容的倾听者。这个倾听者接纳所有东西,想要了解说话人的主要意思。为了更有效,包容的倾听者应该避免对漫谈者感到不耐烦,停止接纳一切,并把注意力集中到分析和衡量信息上来。
- 风格的倾听者。这个倾听者关注说话人的特殊习惯和着装,想要了解说话人的背景。他还把说话人分为有利的和不利的。为了更有效,风格的倾听者需要避免陈词滥调,并对谈话的内容给予更多关注。
- 技巧的倾听者。这个倾听者擅长在狭窄但是有深度的收听范围内,处理信息和收集详细资料。为了更有效,技巧的倾听者需要避免选择式的倾听,应更有包容性。如果他对非语言的暗示和说话人的情绪更关注的话,将大大获益。
- 强势的倾听者。这个倾听者寻找未说出的信息,要先了解说话人的情绪才能对沟通感到舒服。为了更有效,强势的倾听者需要关心手边的任务,并意识到信息的内容和情绪一样重要。
- 反叛的倾听者。这个倾听者迅速分析、评价,并表示赞同或反对。他还对说话人提出挑战,并在收听的过程中寻找支持他的赞同或反对的资料。为了更有效,反叛的倾听者需要避免草率的判断,并寻找说话人之前的信息中相同的观点。

成功的沟通需要发送者和接收者的有效倾听。接收者必须倾听来接收并理解发送者的信息;发送者必须倾听来接受和理解接收者的反馈。倾听通常是双向沟通中的一个薄弱环节。很多人并不积极地去倾听。有人强调倾听是一个需要大量注意和努力的过程。近来,有些组织安排了开发提高倾听技能的训练。比如,下面的方法对学校管理者可能会有帮助。

- 停止谈话。
- 让谈话者放松。
- 向谈话者表示你愿意倾听。
- 排除分散注意力的障碍。
- 与谈话者有精神交流。
- 耐心。
- 忍住气。
- 从容地讨论和批评。
- 提问。
- 停止谈话。

有效倾听规则的第一条和最后一条都是"停止谈话"。有些研究者发现领导者名曰"沟通",实际上在用85%的"沟通"时间进行单向谈话。这并没有给倾听和反馈留下太多时间。学校管理者必须意识到有效沟通包括理解别人和被别人理解。

交流渠道及效果

无论是教师还是学生每天都被成百上千个信息所包围,交流存在于校园生活的每一个角落。它是复杂、微妙且无所不在的。

教育工作者必须清楚地了解交流的涵义,因为它构成或充斥于学校的人际、组织及行政过程和结构之中。因此,一个有效率的行政人员应具备很好的交流技能。但是,交流能否为教育行政人员提供所有解决难题的答案? 在下定论之前,有以下四点需要说明。

1. 交流很难与其他行政过程分离,如决定、激励和领导。

2. 并非所有学校内的问题都与不成功的交流有关。导致互动关系差强人意的问题可能是校园生活其他基本因素出现问题的反应。

3. 交流可以显示、隐藏及消除问题。它可以平息教师、学生和行政人员之间的冲突,也可以通过空洞的修辞手法掩饰或模糊已经存在的问题。

4. 交流是一种引发行动的过程,而不是有效管理的实质,更不是错误理念和失败的教学计划的借口。

尽管有上述四点的限制,交流仍在学校中具有普遍综合的功能。若断言交流是影响一切的问题,则问题的解决者会过度简化和限制对教育问题的分析和解决。

交流的理论性方法

在每天的使用过程中,交流是人们用于交换有用信息,互相分享彼此的想法和感受的一种过程。从另一个方面来说,交流是以在两者或多个人之间产生一定程度的理解的方式分享信息、想法或态度。通过使用直接或技术媒体的方式交流,个体之间达到相互作用和影响。实际上,交流的所有概念之中都明确或含蓄地指出至少在两人之间才存在有意义的相互作用。例如,教育者不能在真空的环境下交流,而是和其他教育者、市民或学生进行交流。实际上所有与交流过程有关的观点都意识到并且使用相同的概念。

信息传送、渠道和效果

- 传送是指通过指定的渠道或媒体切实地发送和接收信息。
- 渠道是信息传达过程中的运载工具、媒体或形式。它可以表现为非言语线索的光线变化,直接对话的声音波动以及电话和电子邮件的电子信号。
- 交流效果是信息交换过程的结果,如新知识、不同的态度和满意度。

因此,对于人类交流更精确的定义是指交流是一种过程,在此过程之中个体通过使用符号、示意动作和与上下文有关的线索传达信息来表达含义使接受个体产生相近的理解。这一定义结合了上述概念并产生一个总体模型,如图7.5所示。

在图7.5中,发出者对一个信息进行有意识地编码,并通过某渠道传送至接受者,后者对信息进行解码并回馈给原发出者。在此过程中,发出者和接受者都是交流者。两者经常同时说话或一说一听并用非言语线索回馈。该过程是复杂的,动态的,且无需开始或结束。事实上,明确参与者是发出者或接受者是主观的,但有时却是有用的。

我们将在下文中先描述总体模型的重要组成部分(图7.5),然后运用一个网络框架去分析在学校中有组织的交流。这两种方法是很多模型和观点的混合体。

交流过程的总体模型

交流可以被视为一个交易过程,在此过程中人们对即将发生在他们周围的事通过符号的变化表达意见及期望。在表达意见时,人们用符号(如用于表达想法、感情、意图和其他事物的物体或文字)来描述他们的经历,并发展一套通用符号系统以和他人分享。个体不仅学习表达出与他们周围的人合理的类似的意思,还要对人们将要做或想的事做出期望或预见。每天在学校之中的个体通过不同的言语或非言语形式(如讲课、告诫、解释、拜访、辩论、谈判、讨论、训斥等)交换符号。这种获得分享信息的交易可被概念化为单向至双向的连续统一体。

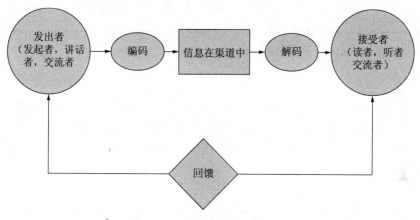

图 7.5　交流过程的总体模型

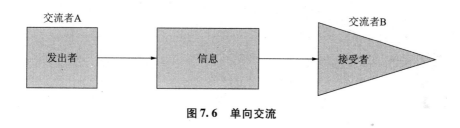

图 7.6　单向交流

单向交流

如图 7.6 所示,单向交流发生在当一个人告诉另一个人某事时。这种交流方式是单向的,起于讲话者而止于听讲者。在学校中这种交流方式广泛存在,如课堂上教师对某一主题的讲解,校长办公室内的告诫,通过校内宣传系统或开会来发布消息等。

单向交流的优势有两方面。第一,它强调了信息发送者的技巧,激励行政人员和教师认真思考,精确表达他们的想法,并提供准确的建议、解释和描述。第二,单向策略意味着交流行为和动作之间的联系。它着重强调权威(自上而下)、功效(贯彻实施)和达成目标(完成指令要求的任务)。

由于在学校中有分享理解的需求,单向交流在很多时候是不合适的。这种方法的一个基本错误在于它相信有效地表达等于有效地交流。即使信息发送者清楚地表达了想法,也不能完全保证该想法会被如其所料地理解。有两个错误假设解释了对单向交流的持续性依赖。其一,接受者被视为被动信息处理者。但是除了作为被动信息处理器以外,人们会主动建立信息并产生自己的理解。其二,文字被视为含义的载体。但语言和此假设相抵触。例如,所要表达的含义依赖于文字如何运用,所处环境背景,和参与人群。因此在学校中还需要有其他形式的交流来达成目标。

双向交流

双向交流是一个互补的、相互影响的过程,在此过程中,所有参与者都在发起并接收信息。与单向交流相反,双向交流需要持续性交换和相互作用。如图7.7所示,每一个参与者都在发出信息,该信息又会影响下一个参与者。这种相互作用的交换可以通过减少在以收到的和所期待的消息或想法之间的主要矛盾来改善交流过程。

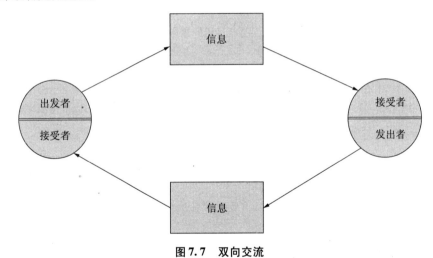

图7.7　双向交流

自我交流是个特例,包括记日记,写自传,独白,沉思等。这些例子可出现在一个人需要平静理清思路时。当一个人在写备忘录时,也是个体在告知他人并与其认知结构进行交流的过程。

从对话的角度来说,双向交流同时也是一种直接涉及发现和新的理解的活动,它促进了知识、洞察力和感受性的发展。从另一方面讲,双向作用帮助参与者学习和改变。这个过程是一个持续的、不断发展的过程,在此过程之中,参与者对教育、个体本人以及两者之间产生足够的认识。

双向交流是一个互补的,相互影响的过程,通过说和听直接作用于发现和新的理解。在学习的信息处理模型中的一个重要推论就是在没有充分注意到现有纲要的情况下单纯推行新信息实际上会导致新事物被忘记或曲解。在交流对象中,我们不能改变人群;而是人群改变自身。换句话讲,人群建立他们自己的理解,改变他们自己的想法,决定其他作用过程,和定义他们自己的目标。

双向交流的原则

- 参与原则:开展对话关系的所有参与者必须自愿公开地积极参与到活动之中,努力创造新的想法并倾听不同的观点。
- 承担义务原则:要保证交谈的持续性及在所关心范围内的广泛性,即使是在遇到困难和做决定的时候。
- 互惠原则:双向交流的约定必须建立在相互尊敬和关心的基础上,绝对不能自以为是地认为拥有特权或专长。

这三点原则为发展和使用双向交流策略及建立有创造性的、自发性的和理解性的交流提供指导方针。

双向交流的种类

以下将阐述四种双向交流模式:会谈,调查,辩论,建议。

会谈有两个特质——合作容忍精神和相互理解的大方向。这种形式的使用发生在个体之间有意于相互理解对方的观念和经历的时候。例如两个学生之间谈论他们如何度过暑假及假期所获。

调查指共同调查研究以回答问题,处理意见,或产生所有人都同意的妥协办法。其中的对话征询了所有的可能性,并在广泛引发对问题的看法和解决方法的构架中检查所有可能的答案。例如一组教师聚在一起探索使用新的教学方案时,学生表现不一的情况。

辩论显示了尖锐的提问,一种怀疑精神,和无需在参与者之间获得一致性。辩论的潜在优势在于参与者可以看到其他想法和见解,有可能受到最激烈的挑战。其目的在于通过这样的交换,其他见解可以被明确和强化。

建议包含一个有意的过程,在此过程中教师引导学生产生特定的答案或理解。它通常使用关键性问题和其他陈述给讨论得出一个明确的结论。例如教师和学生进行一种高度相互作用过程,其中参与者轮流扮演教师的角色。

总之,多数形式的单/双向交流清楚地表明没有一个模型(如图7.5,7.6,7.7所示)是单一的技术。一个有丰富交流经验的行政人员应具备全部交流策略,以便在人群、环境和内容发生改变的时候能够找到并灵活运用各种方式。

交流渠道:改变符号的方法

符号系统包括言语和非言语两部分。前者包括:

讲话——直接面对面的交谈或通过电话、收音机或电视的电交换。

写作媒体——备忘录,信,电子邮件,和报纸。

后者包括:

身体语言或手势——面部表情,姿势,和肢体运动。

有符号意义的物体——办公用品,衣物,和珠宝。

空间——地域和个人空间。

触摸——拥抱

时间

其他非言语符号——音调,声音强度,讲话速度,语调。

因此,信息可以以各种各样的渠道来交流。

言语性渠道

多样化使媒体拥有承载信息、处理混淆的潜力。定义媒体多样化有四个标准:回馈速度,交流渠道多样化,个体资源和语言资源。多样化媒体以高度灵敏和高质的数据为特点。以上述四点为依据,学者们将交流媒体和交流多样化列表,如图7.8所示。

面对面媒体是最多样化的形式,因为它通过言语和视觉线索提供直接回馈;而电话媒体缺乏视觉线索。书面媒体在多样化上被定义为中度或低度,因为回

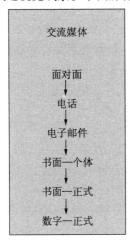

图7.8

馈慢,且仅有书面信息可以传达。电子信息在表中介于电话和书面个人媒体之间。正式数字文件传达信息最少,因为数字没有对自然语言的承载能力。

当书面和口述媒体就多样化而言进行比较时,交流者面临一个问题,即书面形式的理解力高,而面对面交流时意见可变或有说服力。媒体运用是否适当取决于目的:理解或说服。

媒体的冗长可以增加信息多样化和信息传送的精确性。通常而言,最有效精确的交流方式是书面和口述的结合;其次是口述;最后是书面。书面交流在两种情况下有效——信息要求将来行为或普遍行为。口述媒体在需要迅速回馈(谴责和解决争端)时也有效。

交流的非言语渠道

非言语符号和言语符号一样重要。非言语交流是在不能使用语言的情况下所能运用的一切有交流价值的行为。提眉毛,握手,和不耐烦地敲打桌面都是用来表达含义的非言语媒体中的动作。即使沉默、没有表情也可能表示生气、烦恼、抑郁或恐惧。言语和非言语形式之间有重叠——辅助语言。它发声但并不是严格的口语,包括应急、沉思、语速和非语言性发声如嘟哝、笑、叹息和咳嗽。

在非言语交流的研究中经常探索辅助语言、动作和空间线索的含义。例如微笑,触摸,肯定地点头,目光和身体倾斜这五种非言语行为的结合,表达了个体希望和他人建立联系的强烈愿望。这些行为在表达温暖、热情和兴趣时很重要。

面部表情是情感最明确的非言语传达载体。观察者没有正式训练也可以从面部表情上分辨多种人类情感,如激动、屈辱和恐惧。目光接触是另一种最直接而有效的非言语交流方法。在美国主流文化中,社会规则显示在大多数情况下短时间的目光接触是必要的。长时间的目光接触通常发生在威胁或情爱时。演讲者知道提高演讲效果的一个方法是直接注视听众之中的个体成员,建立目光交流。

就工作环境而言,有学者认为办公室代表私人领域。若想组织建议性讨论,强调等级和权威,或指明方向,上级应将开会地点定在自己的办公室内。办公室的布置本身也有其特定的含义。许多行政人员将办公室分为两个不同的区域,其中之一是办公桌两侧,以强调行政人员的权威和地位;另一个是环行桌区域,显示行政领导愿意降低或不显示等级,进行自由讨论的意愿。因此,办公室布置中的谈话中心,个人收藏装饰的展示,桌椅摆放都为非言语符号给来访者送去强烈的信息。

言语信息和非言语信息的一致性

言语和非言语信息必须在有效理解上获得一致。一个典型的例子见于新上司和职员的见面。新上司的语言声明是："如果有任何问题请来我办公室,我们可以一起讨论,我的门永远敞开着。"当职员单纯翻译该文字且确实去找上司时,非言语信息就会决定言语信息的真实含义。若职员被领进办公室,就座,获得一个有建设性的结果,则该言语信息被加强,含义明确。若上司仍坐在原位,未让职员进门,或隔着办公桌就座,且继续自己的事情,则言语信息与实际意义相反。

新兴技术

大量不断发展的信息技术进入社会和教育领域。信息技术包括各种类型的计算机软硬件。个人电脑,互联网,传真,电子邮件,语音信箱,数码相机等结合运用构成多媒体交互单位,已经对学校的交流形式造成显著的影响。目前的变革已经远不只是以电脑屏幕或其他技术革新代替传统的纸上媒体。新交流技术的改变产生了对个人、社会、和教师三方面的影响。新技术的广泛采用改变交流过程本身。就教学而言,新兴媒体的潜力是无限的。教师和学生可以瞬息得到大量信息,通过电脑或远程会议和同事进行交流,在很多不同的媒体上产生新知识。新技术可以将被动学习改为主动学习;也可用远程教学代替常规教学。

可信度

信息发出者的可信度影响信息的有效性。影响可信度的两个特点是熟练度和可靠性。可信度包括接受者在言语之中和发送者在行为之中表现出来的信任和自信。同样,可信度水平也影响接受者对信息的反映和交流者的行为。有些情况下,发送者的身份和名誉与所发出信息不符造成接受者完全误解或忽视信息。

准备发送信息的过程显示专业能力,它开始于用一系列符号如用来交流意图的文字或图案来组织想法,这些符号按照传送或媒体的方法被合理、连贯、一致地安排在一起。例如,一封电子邮件写法通常和正式信件有所差别,且两者和面对面交谈又有所不同。换句话说,一个信息通过很好地组织、研究、书写或表达将有效地增加接受者对发送者能力和可信度的评估。

第八章

解决组织成员之间的纠纷

在官僚政治的理论中,冲突的存在被看做组织内的失败:管理部门没有做出充分的计划或者没有进行充分的管理。在人际关系观点中,把冲突看得特别负面,认为它是在团体中没有适当规范的证明。

因此,有人对传统的行政管理理论怀有很大偏见,他们主张一个以和谐、团结、协调、效率和秩序为特征的管理平稳的组织。人际关系支持者也许设法通过愉快、志趣相投的工作团体达到这个目的,而那些经典的支持者则试图通过管理和有力的组织结构来实现这个目标。但是,两者都倾向于一致:冲突是破坏性的,是必须避免的事。

关于组织团体文献中一个更为戏剧性的发展是,对这些立场进行了重新审视,结果产生了一些更为有用的观点。

冲突的定义

在浩瀚的科学文献中,对于"冲突"一词的定义没有一致的看法。然而,大家认为,对冲突而言,有两点是必须具备的:(1)观点相悖,(2)这些观点互不兼容。

因此,莫顿·多伊奇直率地说,"只要有互不兼容的活动,就有冲突。"但是,这种互不兼容性产生了一个进退两难的局面:冲突成为"对互不兼容的目标,或者至少看来是互不兼容的目标的追求,因此,一方得利的结果,就是另一方的牺牲。"我们面临这种经典的、一方得利使另一方受损或一方胜利使另一方失败的局面,而这种局面对于组织生活是潜在的、非常有害的;人人千方百计地避免失败,失败者又千方百计地想成为胜利者。虽然冲突可能起源于独立的实体,但是冲突可以成为感情性的东西,即"冲突产生于人际关系的感情、情绪方面"。这种感情牵连是组织团体中产生冲突的中心特征,这也许可以被定义为"积极争取自己喜欢的结果,如果获得了,就会阻碍别人获得他们喜欢的结果,因此产生敌意"。

在组织团体内管理冲突,目的是使组织成员之间或者组织成员与团体之间的敌意能够得到避免或减低。这不是对敌意的管理,而是通过对冲突的管理以减少或消除由冲突引发的敌意。

冲突有别于攻击

组织性的冲突及其伴随而来的敌意和破坏性的攻击有明显区别,把它们看成相同可能是一个严重的错误。肯尼思·博尔丁建议说,我们要区别恶意的敌意和非恶意的敌意。恶意的敌意是为了伤害或恶化另一个个人或团体的地位,根本不顾及其他,包括对攻击者产生的后果。另一方面,非恶意的敌意也许会恶化别人的地位,但是其目的是为了改善攻击者的地位。恶意的敌意的特征常常是利用争端作为攻击的根据,而事实上,这些争端除了作为破坏反对方的工具以外,对于攻击者并不重要。

恶意的敌意转过来可以引起"恶毒的攻击"。这些攻击的特点是:(1)针对的是人,而不是争端;(2)使用有敌意的语言;(3)使用教条式的陈述,而不是提问;(4)固执成见,不顾新的情况和争论;(5)使用带情绪的语句。这种攻击(不管是恶意的、恶毒的、还是别的)和对冲突的正当表达之间的关键区别在于它们背后的动机,常常不容易分辨。虽然大量的、且常常是激烈的冲突是由关于提高学校的业绩、取消学校制度中的某些措施、或把孩子分组接受教育等问题引起的,冲突各方也许都是出于建设性目标的动机。问题的关键是,有关各方是否愿意和制度合作,还是一心要摧毁制度。

例如,沃伦·本尼思描述了在布法罗纽约州立大学的学生骚动期间,他如何作为第三方长时间费劲地处理学生接管校园的事件。但是,一切努力都是徒然。回顾这件事,他终于认识到,自己始终都没有进入冲突—管理两方的局面。学生们,他们是有组织的,致力于一系列与校方提出的教育目标毫不相关的政治目标。在这种情况下,冲突大都是用以实现经过精心掩饰的目标的工具。事实上,学生们的对抗和善辩巧言是恶意的,根本没有一点达成协议的打算。

任何公共教育的行政官员必须对这种问题具有敏感性,意识到为了破坏的攻击和本质上是建设性的——虽然意见相悖,也许是不受欢迎的——观点的有力表达之间的重大区别。

现代冲突观

组织内部的冲突现在被认为是必然的、流行的,而且常常是合法的。这是因为人类社会制度内的个人和团体是相互依存的,并且经常处在对他们的相互依存的性质和范围下定义和再定义的动态过程中。对于这种社会过程的动态学,重要的是产生动态过程的环境本身是在经常不断地变化的。因此,正如切斯特

·巴纳德所指出的,处在变化的环境中的自由意志概念所固有的东西就是以谈判、强调和冲突为特征的社会模式。

其次,在任何领导有方的组织中都会有冲突,因为领导人在与别人的冲突中掌握资源,组织资源。根据定义,领导人掌握资源,包括人力、财力、时间、设施和物力,以便实现新的目标。假如一个教育机构拥有有限的资源,对于如何处理这些资源,如怎么利用时间,怎么使用人力,怎么使用财力,怎么安排设施等问题就一定会有各种不同的意见。因此,在校方领导在场时,组织里的人就得经历冲突,把它当成组织生活的一个正常部分。那么,中心的问题既不是组织冲突是否存在,也不是这种冲突存在的程度,而是冲突怎样在组织里得到妥善处理。

组织冲突的影响

这是一个重大问题,因为由冲突引起的经常性的、强烈的敌意可能对组织里人们的行为产生破坏性的影响。敌意的心理撤退,如疏远、冷淡和漠然,是强烈影响组织运行的共同征兆。敌意的物质撤退,如不上班、怠工、跳槽,是学校中广泛发生的对冲突的回应。明显有敌意和放肆的行为,包括集体罢工、损坏财产、小偷小摸等,远非是老师们对冲突局面所做出的未知回应,而这些冲突显得"过于烫手,不好处理",或者完全令人心灰意冷。

确实,教育机构里的冲突行为后果,说得轻一点,可能是令人不快。对冲突的无效管理,例如对"违规行为"惩罚的强硬政策、强调教师和行政当局之间的对立关系,能够经常制造一种加剧局势的气候,并可能演变成一种下滑的局面,越来越令人不快,使组织气氛不断地恶化,破坏不断地增加,如图8.1所示。显然,一个陷在这种综合症里的组织的健康必然趋向衰退。另一方面,对冲突的有效管理,例如,把它作为一个问题加以处理,强调组织生活的合作本质,能够导致有成效的结果,并促进组织的健康,如图8.2所示。

要强调的一点是,冲突本身既不好也不坏,它在价值量上是中性的。它对组织和人们行为的影响在很大程度上决定于处理冲突的方法。

标准:组织业绩

说到组织冲突是好抑或坏,是有用的抑或无用的,需要你规定进行判断的标准。许多人具有"人道主义"的偏见,因此索性认为冲突是水火不相容的,试图在哪里发现就在哪里消灭它。另外一些人则关心内部的应对能力,认为冲突常常影响个人。而这些人本身在组织意义上并不是关心的中心。人们不妨记住:毕竟有人乐于搞冲突,觉得它饶有兴味,竭力寻求。那么,问题就是冲突对组织作为一个制度的行为能力的影响。

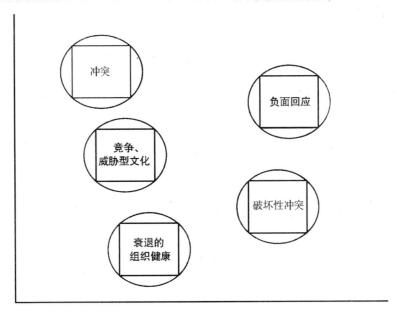

图 8.1　无效的冲突管理综合症

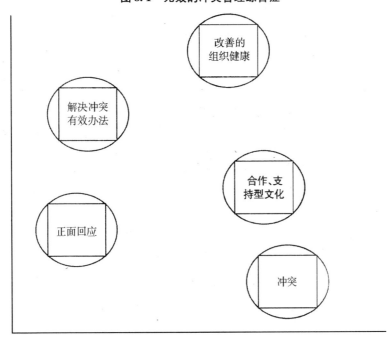

图 8.2　有效的冲突管理

　　其次,衡量教育机构的生产率和讨论学校制度或学校的内部情况,即组织文化、互动、影响等的关联等问题就出现了。因此,冲突对于教育机构的有用或无用的后果,从组织机构的健康、适应性和稳定性中得到最好的理解。正如大家所看到的,现代动力理论清楚地表明,挑战、重要性、解决问题的需要,是人们认为有意义、有乐趣的,使人有动力的工作的重要特性。再者,正如大家所看到的,能干的领导人的概念建筑在如下信念之上:单位内的许多人都有好主意和高质量的信息,这些有助于单位内做出更好的决定。关于这一点,肯尼思·托马斯认为:相悖的观点的对抗,常常产生高质量的主意。相悖的观点易于建立在不同的证据、不同的考虑、不同的洞察、不同的观点的基础上。观点的分歧也许因此使个人面临一些他过去不予理会的因素,帮助他得出一个更为全面的、综合了他自己和别人立场的因素的观点。

根据研究者和专家的意见,有越来越多的观点认为,冲突使人们寻求处理冲突的有效方法,结果使组织的运作得到提高,例如凝聚力更强、关系更加清晰、解决问题的办法更为明确。说到社会,多伊奇认为:

一个团体内的冲突经常有助于使现存的规范恢复活力,并有助于产生新的动力。在这个意义上,社会冲突是调整规范适应新的条件的机制。一个灵活的社会从冲突中得益,因为这种行为,通过帮助创造和修改规范,保证了社会在变化了的条件下继续存在。

因此压制冲突只能导致灾难性后果。我们接二连三地从国内和国际上各种事件中看到了这些观察的智慧。美国的教育家们也看到了身边一些他们认为已经压制了或巧妙地避免了一触即发的冲突的单位所引起的长时期失意以后,积蓄已久的敌意可怕地爆发了,这种情况并不少见。虽然真正懂得冲突的人很少会在组织生活中有意鼓吹使用冲突,而更少的人会鼓吹寻求消灭和避免冲突。相反,他们应用冲突管理的概念,其意图是,一方面最大限度地减少破坏性的潜在因素;另一方面,尽可能地使冲突产生效益和有创造性。

组织冲突的动力学

敌　意

许多人说,他们不喜欢冲突,随时避免冲突,甚至害怕冲突。承认这一点很重要,因为它导致了一种最无效、最普通的管理冲突方法:拒绝和避免。因此,指出下面的这一点并不是在做无谓的分析:一场冲突的后果,通常要比冲突本身带来更多麻烦。管理不好的组织冲突可以在双方之间引起敌意,还可以导致憎恨、报复和对抗。

任何管理冲突方法的一个关键目标就是消灭或减少由冲突引起的敌意。但是,干预的时间和地点是在冲突能够发生之前,而不是之后。组织的成员必须学会早在需要之前公开交谈冲突,讨论什么是冲突,讨论可能用于对人人都有好处和有帮助的方法鼓励冲突(是的,鼓励冲突)的战略和战术。

虽然许多作者编写了许多有关组织冲突的原因的著作,路易斯·庞迪把大多数潜在的冲突分成三个基本类型。

1. 当该组织的资源不足以满足下属单位进行工作的要求时,大家就要为不足的资源进行竞争(例如,预算拨款、指派的执教岗位、场所和设施等)。

2. 当一方试图控制"属于"另一部门的活动而另一部门试图排除这种"干扰"时,问题就是自治,例如,保护自己的"地盘"。

3. 当一个组织内的两个部门必须一起合作,但是在怎么合作的问题上不能取得一致意见时,冲突的根源就是目标相悖,例如,学校校长和特别教育主任对如何解决主流问题的看法不一。

从情势看冲突

这些潜在的冲突来源是不可能从组织生活中消失的。因此,必须发展一种支持处理冲突的有效方法的文化。因为冲突有多种原因,即使如以上分类、分组的那样,显然其中没有一个最好的管理冲突的办法。正如约翰·托马斯和沃伦·本尼思所写的那样:

一个为大多数人所接受的是"根据情势对待冲突"这个有效概念,反映在组织理论的许多理论和经验主义的著作中的一个观点。首要强调的是判断和假设:采用一套可以"普遍"应用的原则和指导方针去实现改变或管理冲突简直可以说是自我拆台。

作为必要的组织判断的根据,关于冲突的两种概念均被使用:一种是试图了解在冲突过程中产生的事件的内在动力学;另一种是试图分析趋于构造冲突的外在影响。

冲突的过程

除非有别的东西干预,两方的冲突看来是在相对的有序的一系列事件中展开的,顺序在事件中趋于不断重复。每一事件有高度的动感,使每方的行为成为引起另一方回应的刺激因素。其次,每一新的事件的出现都受到先前的事件的部分影响。

在这一过程中,有一个事件是一方的行为招致另一方失意所引起的,例如拒绝对方的请求、降低身份、意见不合、或者侮辱。这使参加者形成了对冲突的性质的概念,而且常常是一个十分主观的过程,它提出给在冲突中察觉的问题下定义和加以处理的办法。确实,正如罗伯特·布莱克、赫伯特·谢泼特和简·穆顿报告的实验研究清楚表明的那样,这一给问题下定义和寻找可选择的回应的步骤,常常被冲突双方看成胜利或失败那样简单。取胜或失败以外的选择容易被忽视。接着就是试图处理冲突的行为。理解这种行为的基础是一件复杂的事。但是,关键的因素当然包括(1)参加者满足别人的关心的愿望(合作或不合作);和(2)参加者满足他自己的关心(肯定或不肯定)的混合。当然,接着就是有关各方的互动,这是十分动态的阶段。它可能涉及冲突的升级和降级,取决于这样一些因素,即:已经建立的信任水平,挡在路上的偏见和自我实现的预言,参加者之间的竞争水平以及相互之间的公开性和敏感性。所有这些结果,即一个冲突事件的最后阶段,不仅仅是在实质性的问题上取得某些一致,而且包括一些残留情绪,例如失意、敌意、信任。这些残留情绪往往不是增加就是减少。这样的结果有潜在的长期影响,特别是它们为后来事件的发生搭好了舞台。

路易斯·庞迪在评论这种后果作为一系列事件的一部分时指出:如果冲突的解决真正使得参与冲突的各方满意,可能为建立更为合作的关系奠定了基础;要不然,冲突的参与者,在为建立一个更为有序的关系的努力中,可能把注意力集中在过去没有察觉完全处理的潜在冲突上。另一方面,如果冲突是被压制下去,而不是得到解决,冲突的潜在条件可能被恶化,并以更为严重的形式爆发。

冲突的结构观

虽然解决冲突的方法把它看做是一系列事件,但是结构观却趋于把冲突看成影响行为的条件。每一个组织都有规章制度(书面的和非书面的,正式的和非正式的)来调节行为,例如,谁和谁就什么进行谈话。规章制度常常通过澄清像如何进行、什么时候由谁负什么责任这样的问题去避免或处理冲突。当然,它们也可以由于机能失调引起或者加剧冲突,如什么时候他们导致僵硬的、重复的、没有想到的例外的行为,就是我们常听到的典型的官僚主义式的“类型硬化”。

同时我们也应该注意到,规章制度也能使通过直接谈判解决相对简单的冲突的过程复杂化,因而在事实上制造了冲突。例如,在某所小学,校长发现一项某种纸张的订货被校务行政助理大幅度削减了。当校长和行政助理联系把事情弄清楚时,行政助理提醒她说,她的意见应该通过负责初级教育的副主任提出,后者可以和校务办公室副主任商量解决,等等。不难想象,大量的冲突接着就出现了,许多时间浪费掉了。需要的纸张最后送到了学校,及时为下个年度做了准备。问题是,进行简单的重新安排,做个小小的决定,也会影响通过谈判解决分歧,可见造成冲突的也不尽是人,而是人为的规章制度。

另一个结构因素则是组织里各种各样的人,特别是他们的人品、性格,如他们对待领导的态度,他们对别人的回应程度和灵活性。引起一个单位内冲突发生的另一个结构因素是组织的社会标准。例如，"站起来进行斗争"或者"不要挑战当局"的社会压力。消除摩擦、不赞许公开挑战和责问的机构文化的创建使其很难识别和面临冲突。同样地，秘密和内部通讯代表组织规范，就难以知道潜在冲突的存在，更不用说规划处理冲突的方法了。许多教育机构的行政官员本能地理解这一点，并且把尽量少用书面通讯，尽量少开会作为一条规定。如果必须开会，务必紧紧掌握会议进程，以便把可能"造成麻烦"的问题公开化的风险减到最低程度。因此，在组织内解决冲突的结构因素受组织本身结构的强烈影响。用利克尔兹的话说，就是：

组织的成功很大程度上受其获得合作协调的能力的影响，而不是受其功能部门之间的敌对冲突的影响，同时也受促进分歧、然后通过有效的解决问题的手段的影响。这些具有创造性和可接受的解决办法能够把分歧转化成合作的动力。建立在传统组织理论基础上的机构缺乏成功处理由新的要求制造的冲突的能力，而最近合法化的价值观念正在向这些机构提出这种新的要求。高压手段则带来代价高昂的反弹。

开放制度观

我们提倡通过"制度领导"开发更快反应的互动——影响制度，开发一种相互配合的氛围，降低权力地位的重要性，利用意见一致以及使用有效的（双赢）解决问题的手段。

我们一直是完全从教育机构内部运行的角度在讨论冲突。不容忽视的是，内部机构与它们的环境是互动的，外部环境的变化使得互动更为剧烈。法律也到处引起冲突，不论在华盛顿还是最遥远的学校。例如，它试图重新规定教师掌握教学和做出有关决定的特权，下令把学生家长参加制订个别学生的教学计划包括在正式化的申诉过程中。学生的家长，过去是学校的局外人，仅限于起咨询的作用，现在突然间成为学校的局内人，在与教师的关系中具有新的权威。

学校有效地对付大环境给学校带来的冲突压力的能力直到新世纪开始还不是很明显，因为外界对教师的课堂教学进行越来越多的控制。但是，它清楚地说明了，外部环境的迅速变化能够干扰学校内部机制的正常操作。如何应对这种局面是学校管理者在实行开放制度过程中面临的课题。

强制与冲突

杰拉尔德·格里芬和戴维·罗斯特关于处理强制力和冲突的强制手段的五大假设，值得引起注意。

1. 强制力导致为避免被强制所做的巨大努力。

2. 如果有反击的条件,使用的强制力愈大,反击的力量也愈大。

3. 如果没有反击的条件,但是有逃避的机会,强制力愈大,离异的倾向性愈大。

4. 如果没有反击的条件和逃避的机会,有其他使其留下的激励手段(如物质奖励),那么使用的强制力愈大,为避免被强制所必需的那些要求的倾向性愈大。

5. 如果没有反击的条件和逃避的机会,勉强的依从和消极的反抗就会增加。

根据这种观点,强制力导致组织内的冲突—敌意—反抗综合症,完全不像那种显示有效组织的特征的合作、创造性、解决问题的文化。只有时间会告诉这种建立在作为组织的学校的传统概念上的主动性最终会产生什么影响。

解决组织冲突

当冲突发生时,冲突各方几乎本能的反应是采取果断措施以取得胜利。对大部分人来说,这意味着另一方会因此失败。

僵持、没有回旋余地的要求以及最后通牒成为解决根深蒂固的差别的流程。一方汇集所有力量迫使另一方去做前者已决定并想要做的事情。僵持来自一个固定立场,寻求动员取胜的力量。胜败策略用在多种形式中,比如学生抗议和室内静坐,管理方面的争执,为下一财政年度预算的激辩,部门之间或者专业人士与董事会之间的争吵,等等。

冲突管理的焦点是胜败取向以及如何应付冲突。首先,重要的是理解解决冲突的胜败的动力学和后果,其次是看到有什么其他方法可供选择。

冲突的胜败取向

冲突胜败动力学和对于组织行为的结果是众所周知的。群组动力学者对群组冲突现象进行了广泛研究,包括实验工作和现场观察。他们所了解到的是,一个冲突的胜败取向以一个基本元素为特征。争论双方看到他们的利益是相互排斥的,没有可能折中。一方成功是以另一方的失败为代价的。人们不再怀有在理性基础上相互请求的希望。冲突双方相信事情的解决可有三种方式:(1)一种力量的斗争;(2)具有比双方任何一方更强大力量的第三方的介入;(3)听凭命运。

这些解决方法的结果是双重的。

1. 冲突双方之间。对抗加深,敌意升级,没有希望可以找到一个能够互相接受的解决办法,从而不再寻求做这样的尝试。

2. 有关群组内部。随着成员们紧密团结为战斗做准备,群组内群情激昂。不同意见,怀疑论点和对领导(或集体政策)的挑战是不受赞同的;成员们受到压力去支持已经做出的决定,必须遵守、赞同和忠诚于这个集体,否则离开集体;领导权快速地集中到极少数人,这些人通常是强悍好斗的。于是集体内的不同意见,寻求有价值的建议,群策群力的广泛参与都被扼杀。这不仅恶化了这个集体在冲突中的位置,而且更要命的是为冲突平息后集体内的低效率运作埋下了祸根。

关于冲突的实验性研究表明个人和群组的感觉在冲突中涉足很深而且随着事态的发展常常被扭曲。当然,"感觉是行为的关键",通常人们看问题的方式决定了他们的行动。如果他们的感觉受到了扭曲,这种扭曲势必反映到他们的行为里。因此,判断反而受冲突经历的影响:人变得盲从,对其他群组的成员怀有敌意,不光反对他们的意见而且诋毁他们作为人的价值。敌对方的领导们从前被看做成熟和有能力的人,而现在却被看成不负责任和无能之辈。甚至认识也真的受到影响:在研究冲突解决方案的建议时很难或者不可能看到"另一方"提出的建议的优点,即使这些建议实质上跟自己的想法是一致的。因此,协议变得不可捉摸。任何对本群组地位的疑问或对于由另一方提出的建议的赞同的迹象都会被合作者看成是背弃前言。取胜成为一切。"看到"其他选项,保持客观,在寻求了解所有方案时延缓判断,这样的能力都一一被严重扭曲,因为人越来越多地被群组求胜的同心协力的动力所驱使。

根据冲突的处理模型,胜败是将冲突概念化的一种方式,并且随着事态发展给出冲突双方相互作用的可预测的行为模式。但要清楚地看到,冲突的后果并不局限于冲突自身的形式和特征,卷入冲突的每个群组都受到结果的极大的影响。通常在获胜群组和失败群组之间的敌意被强化,随后的事态是可以预料的。

一般来说,失败群组将撤换领导人,它也很可能及时开始重新评估出错的地方,并为下一次做得更好开始准备。强烈的情绪化反应(怨恨,甚至仇视和焦虑)可能继续扭曲这个群组的功能,使其更少可能形成有助自新及创造性地解决问题的氛围。于是,胜败这种冲突解决方法趋向于建立长期的、功能紊乱的行为,导致组织氛围、运作和全面性组织健康的每况愈下。在这种情况下,冲突管理的中心要点是寻找定义冲突的更有效的方式以便作为更有效行为的基础。

可能性解决方案

管理的可能性解决方案是从以下概念里预测出的,即对形势的诊断是行动的必要基础。在处理冲突时,可能性观点认为没有一种在所有条件下管理冲突的最好方法,只有在一定条件下管理冲突的几种最优化方法。于是,冲突管理的一个重要方面是考虑:(1)管理冲突的可供选择的方法;以及(2)多种形式,每一种可供选择的不同方法可能分别在某种形势下是最有效的,不单单是在解决重大事件时,也在以一种方法加强组织的努力的时候。

诊断冲突

　　首先,确定冲突是否真的存在于双方或只是对双方来说看起来存在。标准是双方寻求的目标是否真的互不相容。在很多情况下看起来在双方之间酝酿的冲突,实际上不过是误解。如果认识到前面讨论过的感觉扭曲问题,我们就可能用制订清晰的目标和改善沟通来消除误解。这常常需要训练个体和群组,使其具有群组目标制订和优化排序的技能,以及沟通技巧,例如主动聆听,寻找反馈以检查接收者的感觉和利用多种渠道等。

　　然而,如果冲突的确存在,就是说双方真的有互不相容的目标,就必须从很多可用的选择中挑出一个尽可能富有成效的方法。普遍原则是,胜败之解决方法趋向于最少成效的,而双赢之方法才是最有成效的,即冲突双方均有所得,尽管不一定对等。协作是一个过程,双方在其中共同工作来确定各自问题并随之参与双方问题的解决。作为处理冲突的一个模式,这个过程首先需要相关双方必须积极地试图使用协作这个过程,也将为参加这个协作付出时间和努力。这个过程也需要相关人员具有:(1)沟通和在群组工作的必要的技巧;(2)支持公开、信任和坦白氛围的态度,用以识别和解决问题。

　　当存在协作的意愿但缺乏协作的技巧时,可以引入一个促进器来帮助群组学会必要的技巧并投入到协作中,虽然此促进器与决定的实质无关,仅仅关系到做决定的过程。这就是最高水平的双赢冲突管理,因为它留给这些群组新技巧和新知识,使他们可用以解决今后的问题。它当然是一种组织发展形式,叫做组织自新。协作解决问题的一个重要属性就是健康的"主人翁"感觉,或者找到与其他方法不相匹配的出路的使命感。

　　讨价还价、折中和其他分化差异的形式与协作解决问题的方法有一些相同元素:(1)冲突双方必须想要投入到这个过程中;(2)有朝向协作的动向(虽然这被限定在谈判中决定);(3)这个过程基本上是调和的,而不是与组织的公然对抗。如果讨价还价逐步增强了调解或者仲裁,则外部"第三方"扮演了一个与在协作过程中的促进器相当不同的角色:这个第三方的确拥有做判断和把决定施加到冲突双方的能力。讨价还价的确寻求在冲突双方之间发展长期关系并提供给他们解决今后问题的机制。但是讨价还价并不是一种协作解决方法,因为它认识到冲突双方是实质性对手,可以将信息当作一种能量用于策略目的。冲突双方都不能在典型的讨价还价或折中形势中获胜,但也没人失败。虽然"讨价还价"这个词汇明显与劳资关系有关,谈判过程实际上被广泛用于解决组织机构内部的冲突。例如,当两个管理者协商解决他们的决定之间的问题时,最常见的是他们系统地运用谈判和折中的技术。如果谈判陷入困境,他们可以立即将问题置于首位以便调停解决,这就是冲突管理的所谓官僚政治模式的一个普通特性。

避免(撤回,和平共处,不关心)是在解决冲突时常用的战术。避免战术在以下情形是很有用的:(1)当潜在的冲突不可能真的被解决,那就"与其共存";或者(2)当事件对于双方没有重要到非要花时间和资源来解决它不可。避免战术可以是一种"停火"的方式,使涉及长期斗争的双方决定保持接触,尽管还各自坚守阵地,但不把自己锁定在与对方的战斗中。对于潜在冲突的多种避免的反应有一个有趣的结果,即尽管冲突并非不可避免,但协议亦不可能达成。于是,虽然避免了敌对的后果,潜在的问题并未解决:潜在的冲突带着所有潜伏的危险一并保留下来并准备在任何时间浮出水面。

力量斗争当然是每一方的求胜努力,而不顾给对方造成的后果。虽然冲突可被看成对组织有某些潜在的好处或至少是无破坏性的,但解决冲突的模型显示它几乎普遍地具有破坏性。它是传统的胜败情形。

冲突诊断的可能性解决方案

对冲突的管理者而言,冲突诊断的一个重要方面是确定冲突各方定义形势的方式。研究者认为在冲突形势下人们通常强调冲突一方在多大程度上愿意与另一方合作,但忽视第二个关键因素,即一方满足他自身利害关系的愿望。这样,在他的观点里,两个关键行为尺度描述了人们定义冲突的方式。

1. 协作性,它是一个人希望满足他人关切点的程度。

2. 独断性,它是一个人希望满足自身关切点的程度。

这些被看成独立的尺度。在诊断冲突时由于双方已经把冲突概念化,整个事情就变得不像仅仅是合作或"职业地行动"那样简单。合作可被看成是一个人自身需求的一种牺牲。这一分析形成五种主要观点,可用来定义冲突和通常与这些观点相关的行为。

1. 竞争的行为是寻求满足自己的关切点而在需要时以牺牲他人为代价。它是一个高竞争,极不合作的取向。结果就是形势的支配,比如在艰苦的合同谈判中,不做任何屈服让步,用尽自己所有长处。这是传统的对冲突的胜败观点。

2. 避免的(不断定,不合作)行为常被表达为冷漠、撤回和不关心。这并不意味着冲突不存在,而是说冲突已经被定义为不要去处理的某件事。然而,潜在的冲突依然存在并可在另一时间重现。

3. 容纳性(高合作,低判断)被表达为缓和:一个人注意他人的关切点而忽视自身的利益。这种取向可能与即使牺牲个人利益也要维持工作关系的愿望有关。

4. 分享的取向(中等合作,中等判断)经常导致折中、平衡和分化差异。

5. 协作的冲突解决取向(高判断性,高合作性)导致用解决双方问题的途径努力满足双方关切点。冲突的解决方法是真诚地达成双方的愿望。其概念是双赢。

以上对于冲突分析的尝试,有助于评估多种有可能在管理冲突时最有用的策略,例如,讨价还价,力量和协作。我们的目的当然是以一种尽可能对组织富有成效的方法管理冲突,同时将破坏性的后果减到最小。因此,重要的是考虑到冲突后引发的潜在的长期的后果。避免或缓和可能是很多人愿意做出的反应,因为短期来看这些反应阻挡了寻找真正解决方法的困难,并有节省组织能量、时间和资源的额外优点。但是它们并未解决触发冲突的问题,也没有提高组织富有成效地应付冲突的能力。

讨价还价无助于发展组织处理冲突的内部能力,也不能用来产生最优解决方法。在这个过程中,任何一方都不会完全满意,而很可能是更有技巧更顽强的一方比其对手获利更多。讨价还价本质上就是一种对抗的程序,使用"不可告人的伎俩"和智慧策略来获得优势。这些常常造成怨恨和猜疑,是组织生活中功能紊乱的罪魁祸首。

竞争的胜败角力和协作的问题解决方案需要很多能量、时间和资源。每种模式的后果的实质差别已经叙述过。众所周知,胜败角力解决冲突的后果是功能紊乱,而协作的后果却使功能正常,只要是实际可行,几乎所有关心加强组织成效的人都会选择协作作为解决冲突的最合意的方法,而竞争是最不合意的方法。

因为避免和缓和事实上是对冲突不加管理,我们就剩下三种解决冲突的基本策略:协作,讨价还价或角力。讨价还价是作为角力和协作之间的桥梁,促使组织过程随时间流逝从胜败角力向双赢协作的问题解决方案运动,尽管这一运动远非不可避免。

结　　语

在这一章我们主要以组织中双方冲突的形式讨论了组织冲突的问题。尽管冲突曾被看成组织失败的信号,现在却正在越来越多地被认为是人类社会体系中正常和合理的现象。因而,冲突是不可避免的,此外,与早期的观点相反,冲突还作为一种有用的功能激励出对问题的富有创造性的解决办法。

组织冲突是具破坏性还是具建设性,在很大程度上取决于我们如何管理冲突。老谋深算的校长可以巧用计谋或迅速地使用权力就可以阻止或终止冲突。健全的组织有着完善的解决问题的机制和协作的风气,能识别冲突以及运用协作方式来处理它,使得组织在经历冲突后更加强大和完善而不是被削弱或破坏。

　　校区内或学校内解决冲突的方式深受顾问们以及第三方干涉的影响。尤其是随着集体讨价还价模式的扩散,校区在咨询意见时越来越多地转向那些被训练和被塑造得用敌对和斗争的角度看待冲突的人们,如律师、专业谈判人员和仲裁人等,而不是转向那些被训练和被塑造得将冲突看成一种组织行为现象的人们,即应用社会学家、组织心理学者等。这就经常导致本质上具有破坏性的胜败角力策略,还常常导致将寻求更多解决方法的建议诋毁为"不切实际"。

　　我们推荐了在给定形势下诊断冲突的一种方法,作为选择适当的管理策略的基础。显而易见,管理组织中的冲突并没有一种最好的方式,而是有许多的方式,每一种都在某个特定形势下才适应于环境。然而,选择一种冲突管理方式的基本原则是使用这样的解决冲突的方式,它最有可能将破坏性方面最小化,比如敌意,而将组织成长和发展的机会最大化,例如获得更大的信任。

　　最后,冲突管理的最关键部分是对于形势的诊断。定义或分析冲突的过程常常把结果和原因相互混淆。例如,学校的一个主管问一个顾问:"有哪些我可以在本校区处理冲突的方式呢?"当被问到他在谈论何种冲突时,这个主管答道:"哦,你知道,那个教师曾经罢工,而这在本地是很坏的。现在这个教师回来上班了,可是我们处处都觉得他不对劲。你知道——敌意。我们必须为此做点什么,可我们能做什么呢?"如前所述,虽然敌意是冲突的一个重要方面,但重要的是要搞清楚敌意并没有描述冲突本身,而是一种情绪化的反应,它常常是冲突的一个阶段的产物或后果。试图改善敌意情感也许是在处理症状而不是病因,如果我们不能准确地诊断冲突并且解决其原因,那么冲突将以潜伏的形式继续存在并在以后随时显现。

第三部分

建立学校文化

第九章

学校组织

在美国,教育是州政府的功能,而不是和其他国家一样是中央政府的责任。这种价值观被全美五十个州的不同教育系统所接受。再进一步看,其不同点就是各个州都有各自的立法将学校的操作权利授权给各个地方社区。

虽然学校系统之间有共同点,但并是所有的系统都完全相同。所有的校区都有教育董事会或者地方管理董事会;所有的学校都有校长、主管或班主任;所有的公立学校系统都有类似于州政府一样的联合基金;所有的州已经认识到当地学校组织和学校课程的特征;所有的工作都有一个最低标准;所有的学校提供最少 12 年的基础学校教育。这些相似点的存在是因为政策的规定和法律的约束。同时,校区之间的差别越来越大,学校的特点也越来越明显。这是发展和变革的缘故,因为各校区董事会成员和教育者已经认识到发展和变革已经遍布他们周围的社区和学校系统内部。

什么是组织?

学校的组织结构是供学校运行的一个框架或平台,它也是决策者在思考组织如何运作时的潜在想法变成实际存在的过程。对于学生和管理者来说,组织的观点十分重要。根据凯普罗(Caplow)的观点,"一个组织就是可以清晰地区分已有的特征,一个关于成员的准确登记表,一个关于活动的程序和成员之间相互替换的处理方法。"

哈尔(Hall)提供了一个大概的组织发展历史的定义,这些加强了关于组织是一个包含社会关系和合作活动从而达到目标的概念:"一个组织是一个聚集在一起的相对可以区分的个体的组合,一个规范性的顺序;权力的等级化、沟通系统和成员合作系统;这个聚集的群体能够持续地在一个环境中存在并产生大量的活动,是因为有一个相对的目标的存在;无论是对于组织还是社会来说,组织成员的行为都应是有结果的。"关于组织的定义很多,大都从"系统"的观点来看,如"沟通系统","合作系统","控制系统",等等。发展组织就是一个系统化的建立合适的组织关系并将组织朝着完成设定方向努力的程序。

当学校的管理层被很好地组织以后,事情的一半已经完成,只是按照设定的过程来进行就可以了。这就是说组织任务事半功倍的责任就落在强有力的管理者肩上。在一个有效率的组织内部,一件事情会在合适的时间段内妥善地完成。在一个没有效率的组织内部,不重要的事情大家都积极去完成,相反重要的事情被互相推诿或干脆被忽略掉;决策过程或结果往往是与解决问题没有关系的;最终决策的通过也是含糊了事,而为最后决策所承担的责任也十分不明确。

现在有不少学校系统给人的印象通常是乱七八糟的,就像在建造一所陈旧的新英格兰农舍一样,没有一点总体的规划。偶尔,不知名的授权会对学校的结构来进行挽救或补充。持续地使用这种思维方式的组织面临的危险是容易失去工作的重心,并很有可能去完成一些与学校发展毫无关系的目标。真正的组织是一个反应式的团体而不是一个专注的保护性质的实体。

组织的观点

组织会被定义成为机器,大脑,器官和社会文化。其他对组织的特征描述包括:理性的官僚,有组织的无政府主义,开放或闭塞的系统,松散的组合,社团的和政治的,关于学生的经营、工业和军事组织等。非学校背景的理论经常影响到学校的组织理论。

现实中没有与学校类似的组织或机构。但是,如果有人想强迫所有的学校转变成理论化的组织形态特征即工业生产的模式,那么必定会徒劳无功。因为学校独有的功能不是一般的容纳性模式所能够接受的。重要的因素往往容易被人忽视。学校不是一个独立的社会系统,因为它是依赖于社会这个大系统而存在的。

机械型组织

官僚主义是一个普遍的现象。机械型的组织是一个权力按金字塔型从上到下的分配模式,编写条例和规范,假设理性的行为,专业化和阶层型授权的形式。机器型的组织表现就像一个封闭的系统,自己选择什么时间、怎样与环境进行相互影响。这些观点解释了学校没有能力控制自己的"原材料"和外部的力量,如州立法机关和法庭规定等可以突然地改变其形式。在机器型组织内,员工的角色就像是一部机器上可以被换掉的某一部分零件一样,按照指令完成预先设计好的任务。当这种理论被应用到学校组织时,教师就会很容易地被换掉,并且所教的课程也是机械地编制好的。

罗万(Rowan)将低效率的机械性组织的课程作为一个典型的例子。他指出无论一个教师使传达的指令改变与否,既没有奖励也没有惩罚,这就意味该组织结构失灵。机械型的观点假设各个阶层都清楚地知道如何能够最好地完成工作,无论是工勤,学生事务,还是课程管理。

功能型组织

功能型组织的观点认为组织作为一个独立的系统与个人、政府机关和其他外部机构进行沟通。在20世纪80年代,功能型组织的代表就是学校。给出功能型组织的观点就是为了与其环境进行相互作用,满足内部与外部的要求。教师通常被看做是决策层的角色,因为他们一直与一些不确定性的事情合作。这样的观点与专家型的组织类似,因为专家通常拥有更多的决策权。专家型组织功能的发挥依赖于标准化的技巧与组织一起完成组织目标,权威来自专业技术而不是职位。

学习型或思考型组织

学习型组织通过系统化的学习和重组来不断满足变化的需求。学习型组织就像人的大脑一样,想象的东西都会比实际做的东西多。这样的组织善于思考,明确摆出问题,而不是回避或躲藏。

对于校长来说,发挥学习型组织的功能是个不小的挑战。随着问题的不断出现和解决,学校中的工作性质也在不断地改变着,权力随着组织的变革在不断地减少。由于工作描述或职位权力的概念根深蒂固,结构的改变相对来说很不容易。

组 织 文 化

最近几年关于组织的文献中,不断有对组织文化的描述。这些不仅涉及本行业的组织而且也牵涉到其他组织环境的历史和传统。对组织文化的分析帮助人们理解人们的行为和反应方式。在组织中的个人共同建设了组织当前的文化,但是他们受到他人以及传统的影响。理解动态的权力和文化的影响对于组织的改革起到关键作用。

什么是组织文化?组织文化是成员对其所在组织的氛围的感觉,它包含人们的价值观和信念,思考方式以及对环境的反应方式。文化对于组织有很强的作用力。一个组织的文化反映对于组织来说什么是重要的,有意义的。有志成为领导者的人不能回避学习组织文化,学习可以成为领导者获得新经验的机会。

设计组织结构

组织结构建立人与人及事物之间的关系,包括组织的目标和资源,还有通过策略性的行为达到促进管理的目的。组织的建立应当将以下的利益考虑在内:专业化、职务或权力的局限、沟通问题、领导方式和评估。首先,它应该提供一个合适的平衡标准来满足人际关系和协调机制。

组织模式的建立促使个人和团体遵守行为准则,同时规范了工作的方法和提供了基本的工作关系的框架。我们必须注意,尽管组织结构是一个铅笔和纸的问题,它的准确操作对于人际关系相当重要。具体操作的模式是一个实际的行为,但却是组织和人际关系的基本理论。因此,由于处理的是人与人的事情这个过程的,组织和执行者都必须有一定的灵活性,而不是死板的。这是在一个学校系统中最重要的一点。任何的学校组织如果将工作关系制度化,死板地处理人际关系,并建立一套孤立的权力结构的话,那么即使校长竭尽全力也无法发挥自己的潜能。

目标与任务

在设计一个组织结构的时候,一个比较有逻辑性的开端是制订组织的目标与任务。一旦这些制订完之后就尽量不要再做出大的改动。如何将人与责任最有效地组织在一起呢?什么样的组织和机构能够最好地利用人力资源去为所有的校区制订共同的精准的组织结构模式呢?社区的许多因素可以影响到组织结构的特性:(1)风俗、传统和地方文化;(2)宪法准则;(3)在多大程度上是学校影响权力和责任,还是权力和责任反过来影响学校;(4)地方解释联邦宪法、州宪法和具体法律地位的方法;(5)组织内部人员的数目、竞争力和综合能力;(6)组织运作的经济实力;(7)社区对教育的需求程度;(8)教育对于当地社区的重要程度;和(9)受教育学生的背景和基本能力。上述的特性或许是可以变化的,这就要求组织为适应当地的条件要有足够的灵活性。

检验信仰和价值观

我们的信仰和价值观会指导我们的行为。对我们来说可以解释行为产生的原因往往是那些对我们自身十分重要的东西。在组织结构中被承认和继承的东西已经存在很长的时间了,有时可以影响到组织的价值观的形成。希望看到组织不断前进的领导者必须理解组织成员的价值观和信仰。在工作面试中,唯一有机会能够得到这份工作的,就是个人价值观和信仰与组织价值观念相吻合的人。这对于学生来说仍然需要很多的努力才可以达到,但是教师可以成为帮助他们完成改变的媒介,而且这也是每个人在学校中要学的。当一个人的信仰和价值观进行自我影响之后,这个人应当自我检查一下组织及其工作程序,试着发现到底是什么样的价值形成现在的局面,然后就要考虑一个自我调整的合作性策略。

组织原则的思考

下面的一些原理为学校建立一个合适的组织结构提供了建设性意见。

1. 学校最基本的任务就是积极地完成学习任务;因此,所有组织的形式、组织人员和一切活动都应当为完成任务而努力。

2. 组织的计划应当促进学习的过程并使他们达到最好的教育成果。

3. 组织领导应当清楚组织内部所有部门的情况,争取达到用最有效的方法和最合适的人选去完成某一任务。

4. 组织应当成为最有竞争力的团队,为成员提供很强的凝聚力和培训的机会,从而促使他们不断用自己最好的状态来完成组织的任务。

5. 学校应当将各个团队或实体有效地组织起来,用更强的实力协同完成最终的教育目标。

6. 组织结构应当越简单越好,只要能达到合作为学校工作的目的就可以。

7. 在整个组织结构中的每个单元都应该清楚地理解自己在本小组或整个组织中的任务和责任。

8. 组织中每个成员都应当清晰地了解到自己的本职工作、功能、表现和责任,还应该知道自己归属于哪个授权机构。一旦在一个组织中的小组得到授权,那么这个小组中应当有一个人来为小组的决策负责。

9. 直接对一个人负责的小组人员数量的确定,应该以可以有效地合作为基础。小组活动应当以成员的最小的可行数为基准,避免再次出现权力的划分。

10. 学校组织应当考虑如何进行完全的服务,而且应当尽可能地对不同的个人和关系进行分类处理。

11. 所有在学校中的人员都应当感到他们属于一个特殊的组织并且拥有一个基地。学校的管理层应当用兼容性的组织方法来对待下级团队,从而使这些团队成为具有真正意义上的组织。

12. 尽管组织必须有一个基本的稳定性,但其内部也应当有一定的灵活性,以应对未来可能出现的任何形式的变化。

检验组织运行的原则

一个组织自身离开运行就是一个没有升级前景和存在意义的群体。下面列举的几点对于一个成功的组织建立有效的组织结构有重大意义。

1. 一个学校如果不能普遍地理解自身的功能,就不能有效地超越自身的局限性。组织需要不断地将自身的信息传递给社会。

2. 教育的过程是一个复杂的过程,因此它不能简单通过几个机构来贯通。合作、协作和配合对于教育机构的任何操作都至关重要。

3. 一个有效的组织将会不断地关注如何平衡内部构成元素和管理活动的关系:计划、组织、人员配备、领导方式、沟通、评估和鉴定。

4. 个人可以受到政策的影响,无论是组织结构内部还是外部,都有形成这些政策因素的原因。一个人行为得到承认的程度取决于个人的能力和道德水平。

5. 管理的目的是为了完成学习和教育程序。管理人才应当通过学习来改进领导能力,并且应当明白员工需要有必要的时间、充足的资源和恰当的工作环境才能够在工作表现中有好的表现。

6. 组织应当有一定的结构性,才能够让参与者如老师、管理者和学生等分享他们的知识,以便提高学校的总体效能。

7. 为了很好地达到目标,员工必须有表现自己能力的机会。一个学校的突出贡献是这个行业以及在行业中的个人和团体都有一定的收获。

8. 一个学校组织应当有足够的灵活性和包容性来满足不断发展的需求,不断更新变化的科技从而达到改进效能的目标。组织的机构、政策和运作方式都应当持续不断地进行自我革新。同时,组织还得有持续性,其工作方式要有一定的稳定性。

9. 学校的主要目的是为了帮助传承现存文化的精髓。同时,它的基本责任是在组织进步的同时给成员指明方向。

10. 对于学校组织来说,管理者有责任使每个成员对目标和任务有清醒的认识。

11. 学校组织中要有畅通的沟通和反馈通道,可以让组织的每个下属及部门都能正式与其他部门和上级管理层进行双向交流。

学校系统的主要管理区分

学校组织系统准确来说是将组织目的和组织原则转化成一个完善的管理计划。这样,计划可以将实施的工作和活动组合到合适的领域。

校区管理学校组织,一般将管理职能分为三个部分:规范,教育服务和经营管理。规范处理的是在每个学校教育过程自身,包括帮助完成某一特殊教育功能的专业教育人才、咨询人才和专家人才。教育服务由那些在教育领域受过训练并帮助教师直接完成特殊教育任务的人才完成。这些包括媒体应用,指导和咨询,心理辅导,儿童照顾和看护,教师出访服务和调查。经营管理扮演的是为其他两个功能服务的支持角色。它可以被简单地定义为学校的管理者处理财务,以及为完成学校系统运行的非教育服务。

过去,在组织的这些功能中差异很大。如今,对于全国范围内学校的研究发现,几乎每种可以想到的组织类型都存在,包括那些多管理层,双层机构,高度集权等组织结构。在学校系统中主要的活动是学习,同时还有其他辅助性或促进性的活动形式。然而,管理理论倡导在学校领导或董事会领导下的一种控制和专业的教育。教育责任就是在这样的管理理念的指导下制定的。学校组织的现代模式和管理理念有其历史渊源,我们可以从《圣经·旧约》,古罗马,中国秦汉时期……到现代工业、商业组织和美国军事结构中追寻其沿革轨迹。

中间人

地方小学、中学和高中的校长是在管理层的中段。作为学校名义上的领导者,他们和老师与家长、社区之间的联系最频繁。同时,校长的办公室就像电话总机一样,将当地社区与学校的管理层联系起来。除了这些,在组织结构和运行过程中的许多情况下都使校长成为学校的管理者,虽然每天重复几乎一样的工作,但总有一点不同的事情发生。校长经常迁回于地方压力组织之间,尤其是他们试图影响到学校的活动或政策的时候。教师往往不会参与中央管理层对学校有影响的主要政策和操作程序的制订,而且这些压力组织没有教师的参与,因此当校长们要为协商做出决定时往往忽视教师的存在。

学校适应需求

与其让学生、老师和家长试图去适应已经存在的组织,不如学校组织结构根据需要进行根本性的改革来适应和满足他们的需求。可以通过一些特殊的手段,如家长教师联合会,地方家长管理委员会和家长特别小组,学校需要经常克服组织结构或操作程序中的一些弊病。学校属于人民大众,如果要继续存在和发展,学校需要不断的支持。学校组织结构必须发展才能将学校与社区有效地结合起来,只是对组织结构修修补补是解决不了问题的。近几年来,学校自身的确进行了一些对学校结构的改变,他们已经与美国生活的典型范畴没有什么大的联系了,比如价值观,职业,家庭,需求和科技等。如果学校没有全面性的结构改革,任何的所谓进步都没有实在意义。

许多研究报告中一谈到改革,就会出现"结构重组"的提法,这就意味着权力的转换。学校组织反映在操作水平,即教室,就是在学校的最前线的决策制定。在一个学校中,从教学本身到教育学生的改变正在发生。教师对学生的教育负有更大的责任,而且教师也期望有更多的责任。学生被认为是学习的造就者,像这样的观点将会主动有效地改变学校的教育结构。

　　学校虽说并不是唯一认识到需要进行结构改革的机构,但已将改进和创新的责任和中心放在了一个更为实际的水平。制造业已经朝着解决问题型团队的方向努力。在一些服务行业也在进行改革。医院发现他们通过转变传统的金字塔模式的权力结构,开始听取病人和内部人员的建议,自身的服务质量和来自公众的信心也在不断的增强。沃尔玛(Wal Mart)的创始人也是通过专注于这种理念而发家的。类似的经历在教育组织中也有出现。教育机构需要清晰地知道"生产者"和"顾客"的需求,建立回应式的组织结构去满足他们的需求,同时给予一定的指导。如果学校还是将"学习"作为自己的"产品",而不是他们培养的学生的话,如果社会的个体不是"顾客"的话,那么还有真正的专家在学校里吗?

学校需要更贴近大众

　　如果不考虑上层管理的有效程度,一个动态的组织就没有活跃局面的出现,就没有智慧的参与和结果可言。同时,这些组织应当有足够的勇气去影响更大的组织,一直延伸到政府机构。一个组织性的改变需要政府教育部门政策的指导,也需要同一个校区内的所有学校建立一个更贴近市民的关系。这种联系必须超越只是简单地知道学校名称的范围。人们已经清楚地意识到重要的决策都需要大家来参与制定,家长和普通市民有责任参与其中,同时校区应该有自我确定的能力。

第十章

校长领导五大动力资源

校长的职责重大,在保持和改进教学质量上,他比学校任何其他成员都更具有潜能。许多针对成功学校的调查研究结果证实了这一点。当学校在运作过程中,尤其是获得显著成就时,荣誉通常是属于校长的。美国政府的一项最新研究得出如下结论:

在任何学校中,校长在许多方面都扮演着最重要和最具影响力的角色,诸如树立学校风气、创造学习氛围、提高职业化水平、激发教师士气和关心学生的成长,等等。如果一个学校富有活力、勇于创新、以学生为核心;如果它优质的教学水平声名远扬;如果学生的能力得到充分展现,那么校长就几乎可以永远把领导行为作为成功的关键。

尽管校长的角色重要,但是他们的工作不会自动提供所需的领导行为。环境常常阻碍校长成为他们想要成为的领导者。例如,一名校长不得不如下描述压抑的环境:

我几乎每年都要参加校长联合会会议,每次总会有一篇报告告诉我们应该成为教育领导者而非管理者。这是个很好的想法,但是系统不允许你那样做。每个人都想通过某种方式或通过高层领导、工会、董事会、家长、特殊利益团体等途径获得控制学校的权力。留给校长做决定的事情少之又少,留下可以控制的空间小得可怜。

尽管如此,许多校长还是有能力克服这些困难。挖掘校长领导力的潜能非常重要,它能够使人认识到学校为建立独特领导模式提供了机会。博拉波哥(Blumberg)的研究认为:"善于领导的校长目标定位很高,并且对明确目标具有敏锐的判断力。"成功的校长善于发现和创造适于自身能力的机会以影响学校的发展。尽管校长对长期的奋斗目标极为重视,但是他们也非常注重每天的工作内容。作为校长,他们自我感觉良好、工作得心应手,就算失败他们也能够理性地接受,不会把一次工作的失败当作是人生道路的尽头。这些校长具有宽广的包容心怀,有能力在宽松的组织环境中开展工作。带着对权威的尊重,他们检测所面对的权力界限,对他们能做和不能做的事情不会轻易做出草率的假设。他们对存在于校区和社区内的权力变化非常敏感,在建立联盟和互利合作方面具有得天独厚的才能,并使自己有能力代表学校使用这种权力。他们以分析的方法解决问题,有能力使自己摆脱那种被问题耗尽精力的窘况。

但是研究人员仍然对标准、课程、教师发展、考试和创造独特的管理理念表示忧虑。有能力的校长还是有对应之策。必要时,大多数成功的校长会告诉你两条创建高效学校普遍接受的规则:1. 抓住文化的权力;2. 关心家长、教师、学生如何判断其含义。只要权力文化还在,只要家长、教师和学生与学校之间通过富有意义的方式相互影响,这些担心就不是非常要紧。

本章的主要目的是通过描述一系列应用于保持和提高教学质量的领导动力资源来检测校长的领导行为,并针对校长如何使用这些动力资源提出建议。

领导的能动资源范围

领导行为可以被形象地分解为一系列能动资源,例如校长在管理技巧方面的能量称为技术动力资源,每种能动资源作用于学校建设的效果各有不同,但都能够有效地推动学校的发展。

领导的能动资源范围包括五种:技术动力资源、人力动力资源、教育动力资源、象征动力资源和文化动力资源。技术、人力和教育动力资源是确保学校正常运作的基础。象征和文化动力资源是为了提高学校在处理特殊事件或任务时的水平,是动力资源进一步的拓展和延伸。

技术动力资源

应用于学校管理的第一种动力资源叫做"技术动力资源"。它是一种由健全的管理手段衍生而来的领导能力。校长在使用这一资源时,注重计划和时间的管理、情景领导理论的应用和组织结构的安排。具有这方面明显特征的校长成为"管理工程师"。作为管理者,校长不仅要制订学校的发展计划、组织协调内部工作、安排学校活动日程,而且要熟练地使用控制策略、掌握各种情况,以确保其管理工作达到预期的效果。技术动力资源给予学校一种适宜的管理方式,因其清楚的表达力而显得尤为重要。

一切组织若想有效地行使管理权力,并获得员工的持久支持,适宜的管理方式是一个至关重要的基本条件。学校董事会或上级领导部门不能容忍学校效率低下、缺乏管理。研究表明,缺乏管理的组织会对其员工产生消极的影响,使他们有挫败感、焦虑,甚至拒绝交流。很显然,任何组织都需要有完善、可靠的规程,为员工提供人身保障,使他们全身心地投入到自己的工作当中。技术动力资源就满足了这一重要需求。

人力动力资源

第二种动力资源是通过利用学校的公共关系和人际关系，即"人力动力资源"而产生的一种领导能力。校长在应用这一资源时，应注重人际关系、交往能力和交往技巧，给予教师和其他员工支持和鼓励，并为他们提供晋升的机会。善于发挥这种专长的校长称为"人文工程师"。

此外，教师和学生间的沟通也十分重要，如果忽视这点，学校的教育问题就会随之出现。学生的学习目的和教师的教学目的是提高学校教育质量的先决条件。

教育动力资源

第三种动力资源来源于有关教学工作的专业知识，是关于领导工作中的教育工作部分。以前，教育督导管理文献曾经要求校长以教育工作为主导，他们担当的角色仅仅是教学领导者，是"首席教师"。这就是"校长"的由来。在诸多校长培训课程中也曾把此作为培训重点。随着管理的进步和教育监导领域中的社会科学理论的发展，领导动力资源中的技术和人力部分登上了中心舞台。的确，教育动力资源经常受到忽视，这导致人们认为校长就是一个学校的管理职位，与教学毫不相干。在这一时期，校长已经失去了他"首席教师"的本来意思。谷赖德（Goodlad）是一位对于技术和人力动力资源取代教育动力资源问题的坚持不懈的批评家。他认为，如果仅仅为了获得残存的和权宜的办法，基于可理解的原因把技术和人力放在中心位置，那就犯了一个最基本的错误，这会使教育及校长自身职业遭受双重负面影响。我们将对自己的工作持有责任感，要去保持和证明学生授课系统的健全和广泛。

谷赖德进一步指出："现在是把正确的动力资源再次放到中心位置上的时候了。必须通过教育动力资源确保我们辖区中的每一所学校都具备综合的、高质量的教学体系。"

教育教学工作再次占据首要位置。这种注重教育动力资源的新局面是近来针对学校效率和教学效率的研究报告的乐观结果。许多针对当今教育现状及未来发展的政策研究，如卡耐基基金会关于中学教学发展的美国中学研究报告也对教育动力资源重新受到重视大加赞赏。下文是关于培养校长方面当今思想的代表，摘自波依尔（Boyer）的著作。

新的培养和选择机制是有必要的。校长如果没有授课经验就不能开展领导工作。我们尤其认为校长的培养模式应与培养教师的模式相仿。没有在教室中真实彻底的基本训练，校长会在教育领导者的角色中继续感到不适应和不自在。

此外,在和教师讨论授课事宜时,他们会继续没有威信可言。

最近,美国州际学校认证协会指出:"高效率的学校领导者是名副其实的教育家,他们把工作重心放在学习、教学和学校发展上"。曾经引导认证水平发展的七条准则中的第一条写道:"准则应该反映出学生学习的主旨"。很明显,教育动力资源正日渐受到关注和肯定。

在运用教育动力资源时,校长担当了把专家专业性知识和建议带入教学工作、教育体制发展和教育督导的"临床实践者"的角色。他善于判断教育问题,给教师提供咨询,进行评估,提供发展机会和完善课程体系。

有时教育动力资源使校长既像有力的授课带头人,又像博学的同事、在教学和学习工作中赋予教师力量的领导。在实际工作中,教育动力资源可能更适合于那些新教师、发展潜力不够大的教师们。但是对那些更加成熟、更有能力的教师也是适用的。尽管教学领导行为可能适合于一种特定的课程体系或者是一段限定的时间,但是对校长来说所有这种临床实践者的目的就是成为领导者们的领导。

校长领导的技术、人力和教育动力资源能够共同促进和保持教学质量,为学校的基本运作提供决定性因素。这三种资源缺乏任何其中一种都会耽误学校的正常运作,并且很可能产生低效率的教学水平。然而,对于诸多卓越组织的研究表明,技术、人力和教育动力资源与基础能力、现有的动力资源之间的联系不会保证组织的卓越特征。卓越组织,包括学校,还具有象征和文化动力资源的领导特性。

象征动力资源

第四种动力资源来源于校长从事的学校里最能够引起别人注意的重要事物,即领导工作中的象征部分。当使用这一资源时,校长要扮演"酋长"的角色,注重有选择性地关注重要目标,用信号告知别人在学校中什么是最重要和最有价值的。校长在这一方面的行为包括:巡视学校;视察教室;抽出时间和学生们在一起;使教育替代管理成为主导;主持典礼仪式及其他重要场合的会议;并通过适当的措辞和行为提出一种与实际相一致的对学校未来的展望等。

提出学校目标是领导工作象征意义的主要部分。威尔(Vaill)认为目标是"一个组织的正规领导工作所表现出的持续不断的行为,它能够有效地促进组织基本意图的澄清、商榷和委任"。他所研究的高产出组织的领导者都具备提出目标的能力。

校长的象征动力资源大部分来源于工作中人们对某种重要事物的感觉以及对某种有价值的事物所产生的信息。学生和教师们的表现极为相似,他们都想要知道对于学校和它的领导来说什么是最有价值的;他们都渴望一种对于规定和方向的判断,并乐于与他人分享这种感觉。他们在这些情况下的反映是更多的工作引导和委派。

要理解象征动力资源,我们需要看到校长在做什么并弄清这种行为意味着什么。在象征性的领导工作中,校长代表了什么、用他的行为和语言与别人交流了什么是非常重要的。此外,向教师、学生和家长解释含义,集合他们参加公共课学习也是高效率的特征。在这一方面,路易斯·邦迪(Louis Pondy)建议道:

"如果我们说一个领导者的高效率在于他圆满完成工作的能力,即不是改变行为而是要给他人一种理解性的感觉让别人知晓他们正在做什么,特别是要使这成为一种体系以使他们可以在行为的定义上进行良好的交流,那么校长行为的感染力不就昭然若揭了吗?"

下文中詹姆斯·马奇(James March)的理论与邦迪的思想相同。

管理者的管理方式涉及其个人与组织相关的情感、期望、投入和信心,把组织的生命力融入到了社会信念之中。管理理论可能低估了这种信念意义对于高效组织的价值,从而忽视了象征性管理是形成高效组织必不可少的原因之一。通过帮助形成组织的世界观,对组织和管理工作的仪式和象征性的强调,管理者成功地影响了组织。无论我们是要维持这种体系还是要改变它,管理都是一种创造象征性内涵的途径。

管理学讲的技术动力资源偏重于建立组织结构、处理工作事务;人力动力资源偏重于调节员工需求等心理因素;教育动力资源偏重于控制着我们工作的实质。同样地,象征动力资源支配着组织的情绪、期盼、投入和信心。因为象征动力资源影响着学校内部人员信念,它使校长拥有强大的力量影响着学校工作和发展,帮助人们更容易理解行为的内涵,比如本章的五大动力资源,每种都有一个具有象征意义的词汇,"管理工程师"、"人文工程师"、"临床实践者"、"酋长",还有接下来讲到文化动力资源时用到的"大牧师",就是表达象征意义的例子。

文化动力资源

第五种动力资源来源于建立一种独特的学校文化,是领导工作的文化部分。成功学校的文献记载清晰地表明文化的建立是促进和保持学校成功观念的关键。当使用这种文化动力资源时,校长扮演着"大牧师"的角色,职责是判断、巩固和整合这些持久的价值、信念等文化因素,赋予学校独特的内涵。作为"牧师",校长有能力培养和教育员工、创造组织的传奇故事,把学校定义为一个具有明确教学特点的实体。

领导行为要与学校的文化有机地结合起来,包括:明确学校目标和使命;使学校的新成员社会化;讲述学校历史;保持或深化学校的传统和信仰;解释学校事务运作方式;发展和展示学校的象征事物;奖励为学校创造文化的人员。文化动力资源的最终影响是使学生、教师及其他相关人员凝聚起来,使学校成为他们事业的归宿,使学校及其目标受到尊重,甚至在某些事务上这更像是一种献身于宗教使命的思想体系。作为建立和巩固学校文化的人员,他们有机会享受实现人生价值和意义所带来的特殊感觉。他们的工作和生活具有新的重要意义,被赋予了丰富的内涵、深入的感觉、特殊的归属感——所有这些都能够大大促进学校的发展。

文化可以被形容为思想的集合,能够使一个学校的成员与另一个学校区分开来。学校文化是被创造出来的实体,校长担当着建立这一实体的关键任务。学校文化包括价值、象征、信念和与家长、学生、教师等人员共享的所从事事业的含义。文化蕴涵着团队的价值,左右着成员应该如何思考、感觉和工作。文化的内容还包括对规范的理解、习惯、标准、期待和共同的设想。校长运用文化领导资源的目的是把学校从一个以"我"为集合的组织转变成为一个精神上的社区。

象征和文化动力资源的应用

建立学校文化和实践目标艺术是象征动力资源和文化动力资源的根本。使用好这两种动力资源需要对日常工作的内涵有正确的理解。

象征动力资源的表达

当校长表达领导学中的象征动力资源时,他们透过工作中事务和行为的表层,深入推敲其意义和价值。正如罗伯特·斯德拉特(Robert Starratt)所言,领导者们试图挖掘意义的根源,探求每日学校生活的潮起潮落,以使他们能够向学生、教师和社区成员传递重要性、信念和目标的观念。的确,他们尽力带给学校一种人生如戏的感觉,允许人们超越日常惯例,这也正是他们每日忙碌的目的。善于使用"象征"的领导者能够看到团队所做之事的重大意义。在大多数情况下他们都表现出一种天生的、戏剧的、预知的感觉,并能够激励人们跨越惯例、打破模式,使事物更加生动、富有活力。象征性的领导者能够通过语言或事例表达他们的感觉。他们使用容易理解的语言符号传递使人兴奋、富有创意和新鲜的事物。这些影响为学校其他人员提供体验这种洞察力、获得目标判断力和产生学校主人翁精神的机会。

莱伯蒙(Lieberman)和米勒(Miller)发现校长经常抓住机会、不期而至地施行象征性领导。他们这样描绘:

当为一个结构合理、教学优秀的课程增添一名教师时,管理者需要说明这名教师公认的优点。当遇到一名教师在教室中出现逆反情绪,校长会关上教室的门表现出对所发生之事的关心，并会改变以前的管理者给这个教师打出的晋职高分。当出席各部门关于教务的会议时，校长会提出支持意见并采取有见地的行动。所有的这些事项和行为可能被定义成教育领导行为，虽然不够理性，是非线性的，却是回应及时和现实的。

班尼斯（Bennis）在他研究的极为成功的组织中发现有驱动力的远景是领导行为的主要部分。远景是指创造所期望的将来所处的景象。交流对这个景象的看法，其功能是促使组织成员对工作的投入感。远景变成领导者使用象征动力资源时交流的实质载体。校长汤姆·戴维斯（Tom Davis）如此谈论远景：

我认为我应该做的第一件事就是对应该成为什么样的学校和其特色是什么要有一个远景。我想这对许多事情都是必要的。我认为重要的是有感情、有智慧地鼓舞员工。我的任务就是要重新给员工更高的境界，更宽阔的视野。我正努力使这些付诸实施。所以，由于我已经拥有了这些有真才实学的员工，我的一个主要职责就是确保他们向同一个方向发展。

所以设想的远景必须让董事会、家长、员工们及所有相关人员知道。这是一个完整的社区，学校的远景也必须是其中的一部分。

从这个意义上来说，莱伯蒙和米勒把校长的力量称为学校的"精神支柱"，校长通过措施、声明和行动进行象征的表述。他们如下描述这种力量：

校长能够保持中立，让事情按他们所预期的发展。或者他们可能采取一种积极的姿态，不管是宽恕或谴责某种行为和态度，都是为了带领学校向一个更加进步——不然就是相反的——方向发展。

无论校长喜欢与否，他们都必须担任这项效用极大的象征性工作。

文化领导的内涵

理解和使用象征和文化领导，需要注重的是这种领导的内涵而不是表象。领导做了什么是表象。领导的行动和工作对于他人的意义是其涵义。注重涵义能够帮助理解那些司空见惯的事。简单的惯例和行为可能传递出非常重要的信息和高深的思想。

象征和文化领导的内容并非与技术、人力和教育领导格格不入。文化是在学校每天的事务中产生的，处理事务的方式反过来形成并影响了文化。人们通过使用教育、人力和技术技巧处理日常工作就创造了文化。研究人员对一组校长的领导行为进行分析后发现，这些校长的一个基本特点是他们行为的惯例性。与大规模地或者大刀阔斧地进行改革的领导方式相比，这些校长，不论男女，都无一例外地格外关注细节，也把注意力放到学校环境中的物理成分和情感因素、学校与社区关系、教职员工、学生成绩和学生个人发展等方面。他们最不可少的行为包括检查、信息控制、计划、与学生交流、雇用人员、员工发展和监督学校设施的维护。

通过这些惯例校长们注意力集中、投入感十足,要不就是带领员工缓慢但是平稳地进行改变,在价值和信念的认同上大致统一。

结　　语

在学校管理实践上,新校长或能力一般的校长只能动用"技术"、"人力"和"教育"动力资源,也就是说这三方面是他们的强项。有经验和能力的校长既善于动用这三方面的资源,也在象征和文化两方面技高一筹。前三者解决管理问题,后两者才凸显领导技能。要领导好学校,一般的校长就需要拓展潜能,学习使用象征手法和建立学校文化,既会当"工程师",又学会当"酋长"和"牧师"。

第十一章

学校文化：校长怎样影响、建立学校文化

在触及组织文化这个概念之前，我们先来看一下几个焦点问题。

1. 什么是组织文化？
2. 什么会影响组织文化的创造？
3. 怎样维护一种组织文化？
4. 组织文化可以被改变吗？
5. 组织文化和氛围有什么相似之处？
6. 组织氛围是什么意思？
7. 怎样使组织氛围概念化？
8. 文化和氛围怎样与学校的表现相联系？

本章试图回答这些与学校组织文化有关的问题。我们从探讨组织文化的本质和特点开始讨论。下一步探讨怎样创造、维护和改变组织文化。然后探讨卓越企业文化的特点以及它们与学校组织的关系。我们检验美国各种组织文化类型以及其中不同的管理风格，分析他们对学校管理的意义，然后探讨组织文化和氛围的差别，最后展示并分析四种组织氛围概念对学校文化建设和提高管理效率的意义。

组织文化的本质

近年来，一些销售量高的书籍使得组织文化这一概念普及起来。尽管人们写了很多关于组织文化的书，却几乎没有支持这一概念的研究。

定义和特点

一个组织中的文化包括组织特有的所有信念、感情、行为和象征符号。更详细地说，组织文化的定义就是：共有的观念、意识、信念、感情、工作方式、期望、态度、规范和价值观。

虽然有关组织文化的概念有很多变化，但是大部分都包含以下的特点：

- 遵守的行为规则。当组织成员互相影响时,他们用同样的语言、术语和与尊重和风度有关的礼仪和礼节。
- 规范。工作中形成的行为规范,如"按劳取酬"。工作组的规范影响行为、生产标准和尺度。
- 支配价值观。一个组织支持并期望它的成员分享主要的价值观。学校中典型的例子是教职工和学生的高水平表现、低缺席率、低退学率以及高效率。
- 观念。政策指导一个组织关于如何对待雇员和客户的信念。例如,大部分校区有观念和任务的声明。
- 规则。在组织中存在并贯彻的指导方针,或一个新来的人为了成为被接受的成员必须学会的东西。
- 感情。这是从组织的自然规划和成员与客户或外界交往的方式中表现出来的总体氛围。

上面提到的特点本身并不能代表组织结构的本质。但是,这些特点共同反映了组织文化并赋予其概念。

一个组织的文化与大部分其他教育管理的概念有关,包括组织结构、能动性、领导、决定、沟通和变化。为了更好理解这一概念,图 11.1 描述了社会系统理论和开放系统理论关联中的组织文化,特色是输入、转化过程、输出、外部环境和反馈。

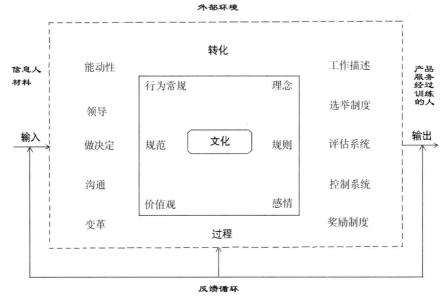

图 11.1　组织文化:输入、转化过程、输出、外部环境和反馈

组织以信息、人和物质的形式从环境中输入能量。输入的能量经过转化,成

为实现组织目标和满足员工需要的行为。管理过程(能动性、决定、沟通和变化)和组织结构(工作描述、评估制度、控制系统和奖励机制)对组织文化有很大的影响,反之亦然。这些管理过程和组织文化向外界环境输出一种产品。在学校里,输出的可能是学生的知识、技能、态度或出席率、退学率和更精确的表现标准,如学院奖。图11.1还显示组织不只影响外界环境,也受到外界环境的影响。社会系统用反馈来尝试检验它现存的文化或创造一种新的文化。

文化的统一性

图11.1显示组织文化与大部分其他教育管理概念的相互关系。这样,如组织结构、人、管理过程和外部环境中反映出来的一样,文化代表着组织积累的知识。信念和行为永远存在,并存的是组织的目标、价值观和使命,以及衡量组织成功的标准。

亚文化　结构复杂的大型组织并不单独表现出某种典型的信念、价值观和行为方式。换句话说,在一个组织中可能存在不只一种文化。首先,正式的文化间存在包括组织理想观念和成员行为方式的差别;非正式的文化间存在包括实际表现出的理想观念和组织成员日常行为的差别。第二,组织的不同功能团体中可能存在不同的文化,如一个大型校区中主管教育、业务、人事和研发的各个部门的不同;学生、教师和管理团队的不同;小学、初中和高中的不同。无论何时何地,当任务的需要产生独特的人、结构和功能的结合,对实现这个团队目标的需要就会产生独特的文化。

主文化　除组织中存在的亚文化外,大型组织可能还有一种使之与其他系统区别开来的文化。例如,一个大型校区高度支持创新。这种观念使它进行了各种实践,包括:分组教学、灵活的课表、教师—辅导员项目、成绩研讨会、与商业公司合作和实习等。由此产生强调学生和教师、教师和管理者、教师和家长以及学校和社区之间良好人际关系的价值观。

这样,中心管理者按照全体校区的创新观念来制定政策和做决定,大部分主要管理者都依此执行。他们表现出出色的人际交往技能和语言技能,努力使自己在学生、教师、家长和社区中平易近人。他们把一部分时间用于参与商业社区的会员活动,从而与它们建立联系。这个例子表明,即使是相当不同的大型校区,只要拥有自己的主文化,就能改进它们的教育目标。

创造、维护和改变组织文化

组织文化在相似的过程中被创造、维护和改变。但是产生了下列问题:组织文化如何产生? 如何维护组织文化? 组织文化能被管理行为改变吗? 这一部分,我们探究这些问题的答案。

创造组织文化

创造一种组织文化的过程是复杂的。组织的英雄人物、惯例、礼节和沟通网络在这个过程中发挥重要的作用。

英雄人物　大部分成功的组织都有其英雄人物。英雄人物有天生的和创造的。天生的英雄人物是那些梦想家园的建造者,如福特汽车公司的亨利·福特和梅琳·凯化妆品公司的创立者梅琳·凯·阿什。从另一方面来讲,创造出的英雄人物,是在组织的日常生活中那些值得注意和庆贺的纪念时刻中创造出来的。IBM 的托马斯·沃森就是一个创造出来的英雄人物的例子。其他著名的英雄人物包括克莱斯勒的李·爱尔克卡和沃尔玛的山姆·沃尔顿。英雄人物体现组织潜在的价值观,树立榜样,成为组织的象征,并为推动参与性的成就订立了标准。

很多学校本身的英雄人物为每个人树立了应该追求的核心价值观的榜样。这些绝对忠诚的员工经常早到,总是愿意与学生攀谈学习,并不断提升自己的技能。

惯例和礼节　另外一个创造组织文化的重要方面就是体现组织特点的日常活动和庆典。大部分成功组织认为这些惯例和标志性的行动应该受到控制。通过惯例和礼节,就有可能认识到成就。获得年度奖的教师和优秀称号的学校都是很好的例子。与之相似,很多正式惯例,包括出版物和其他宣布方式、宴会、会议和演讲等,可能伴随着对学校新督学的任命。

一些组织甚至创造了自己的奖励惯例。在有的小学,惯例和礼节促进了学生的学习。在校长领导和教职工的共同努力下,学校建立了创造专业文化的传统并培养出大量的不断进步的学生。例如,教职工会议成了专业对话和有关实践和出版研究的讨论的温床。他们创造了"神奇的星期五"来给学生提供各类广泛的课程和活动。"家长—学校"提供课程和材料,同时建立学校与所在社区间的相互信任。共同管理、改进和联系的规范促进并代表着学校的特点。

沟通网络　英雄人物的故事是通过沟通网络传播的。这个网络的特点是不同人在组织文化中发挥不同的作用。每个部门都有讲故事的人传达组织中发生的事情,他们对信息的解释影响别人的感觉。领导担当牧师的角色,是为组织担忧的人,维护组织的价值观。领导总有时间倾听并提供多种解决问题的方式。闲聊在沟通网络中传递组织中的日常琐事。它对塑造和维护英雄人物形象有重要作用。他们粉饰英雄人物过去的业绩,并夸大他们最近的成就。

强大的文化如何产生?学校领导者、教师、通常还有家长和社区成员发展并维护了正确的价值观和共同的理念。

各个级别的学校领导者对创建组织文化都是重要的。校长在学校结构中交流核心价值观。教师用他们的语言和行动强化价值观。家长在参观学校的时候增加热情,参与管理,并庆贺成功。在最强大的学校文化中,领导来源于很多层面。

领导者怎样影响学校的文化

- 他们用他们说的和做的传达核心价值观。
- 他们发现并表扬那些为学生和学校的目标工作的人。
- 他们观察支持学校灵魂的惯例和传统。
- 他们发现英雄人物和这些人完成的工作。
- 他们雄辩地说出学校更深层的使命。
- 他们为员工、学生和社区的成就而庆祝。
- 他们靠讲述成功的故事来吸引学生的注意。

维护组织文化

一旦组织文化被建立起来,大量的机制就帮助巩固对价值观的接受和保证维持或加强这种文化(组织的社会化)。这些机制就是下面这些使雇员社会化的步骤。

第一步:选择入门的候选人。社会化的过程从仔细选择入门的候选人开始。经过训练的应聘者使用标准化的程序,并关注在组织文化中很重要的价值观。那些个人价值观与组织内在价值观不相符的人有足够的机会选择离开。

第二步:修正原有的信念。选择出来的候选人被雇佣后,紧跟着就会进行大量的培训使他们了解组织的文化。其中安排了回顾以往经历中所形成的信念和价值观等,并对其提出质疑,这样,他们就更能接受新文化的价值观。很多组织给新雇员安排超过他们能力水平的工作。例如,一位新的大学教师可能会被安排预想不到的任务,这些任务是那些高级教授不愿意做的,如:教授基础课程,校外工作和一些委员会的工作等。这些传递给新雇员的信息就是:"你必须做你该做的。"让新雇员走这一步的目的是培养其对新文化知识的认知。

第三步:对工作的把握。这一步用来增加雇员的技术知识。当雇员在他们的职业道路上前进时,组织会评估他们的表现,并在他们进步的基础上安排他们负责其他的事情。通常组织会有按部就班的职业计划。比如说,有人推荐一种教师三步发展的阶梯式职业模式:(1)教师;(2)专业教师;(3)职业的专业人员。卡耐基的理论提出了另外一种四步的模式:(1)许可教师;(2)认证教师;(3)高级认证教师;(4)特级教师。

第四步：奖励和控制机制。组织对衡量运行结果和奖励个人表现很注意。奖励机制复杂、一致，并聚焦在与文化的成功和价值观有关的那些方面。比如，一个校区会强调那些对成功有重要意义的因素。对运行结果的测量用来评估这些因素，而且对雇员的评价也依赖于这些因素成功与否。升职和奖励都以先前确定的决定因素是否成功为基础。比如说，那些违反组织文化的管理者通常在中心办公室里处于一种无关紧要的位置。这些管理者"脱离了他们的职业轨道"，限制了他们在组织中的发展。这是在大型的官僚社区中准备解雇管理者的典型手段。

第五步：坚持价值观。随着这些人持续为组织工作，他们的行为与内在的文化紧密结合。对内在价值观的认同是雇员因为是组织的成员而甘愿做出牺牲。员工学着接受组织的价值观，并相信组织不会伤害他们。比如，学校的管理者每天为很多事情长时间工作，却不一定得到他们上级和社区的承认。有时候，他们不得不忍受无能的董事会和顶头上司以及那些不愿接受的、有困难的工作安排。对组织共同价值观的认同使这些管理者认为这种个人牺牲是可以忍受的。

第六步：巩固传说。通过社会化的过程，组织使成员了解它的惯例和礼节、故事和传说以及体现并加强组织文化的英雄人物。例如，在一个教育部门流传关于解雇一个对下属不好的管理者的故事。那位管理者错误地以为对下属强硬会提升他在上级眼中的形象，而组织认为这种管理行为与组织的在雇员中创建良好人际关系、鼓舞士气和较高工作满意度的观念相悖。

第七步：共同的行为榜样。那些在组织中表现出色的人成为新员工的行为榜样。通过确认这些雇员的成功，组织鼓励其他人也这样做。文化氛围强的组织里的行为榜样可以被看做是所有组织成员发展的一种风格。

改变组织文化

有时候，组织决定要改变它的文化。这种变化包括以下部分。

- **外部启动条件**。如果存在的话，启动条件表示环境会支持文化的改变。这样的条件存在于外部环境中，并影响着组织。在学校结构中，一些例子包括学生数量的不足或充足、外部环境的稳定或动荡以及资源的集中或分散。这些外部启动条件的结合决定组织输入的资源（信息、人和材料）的潜在威胁。

- **内部允许条件**。为了增加组织文化改变的可能性，四个内部允许条件必须存在：(1)过多的变化资源（管理时间和精力、财力资源和正常运转不需要的人）；(2)系统准备（大部分成员是否愿意忍受对改变的不确定性的焦虑）；(3)最佳结合（系统资源的协调和整合）；(4)改变带头人的权力和领导（管理者预见组织将来变化的能力）。

- **推动力**。促成组织文化改变的四个因素包括：(1)非典型的表现；(2)管理者施加的压力；(3)组织的发展或规模缩小、成员的变化、或结构的复杂性；(4)与环境不确定性有关的现实危机。
- **触发事件**。文化改变通常开始于对触发事件的反应。一些例子包括：(1)环境灾难或自然灾难、经济衰退、改革或新市场的发现等机会；(2)像管理高层变动这样的管理危机、一个错误的战略决定或一笔不当的支出；(3)外界变革；(4)像在组织中形成新的管理层这样的内部变革。
- **文化的观点**。创造一种更受欢迎的新组织文化的视野是形成文化的一个必须步骤。领导者传达现有组织文化中的信念、价值观和行为。然后，他们预测将来的状况，并预见将来组织的形象。
- **文化改变策略**。一旦存在新的文化观点，一个组织就需要一种策略来获得这种文化。这样的战略大致描述了将现有文化转变为新文化的过程。
- **文化改变行动计划**。一系列清晰的关于改变的动机、管理和稳定的行动计划使组织成员都了解到改变策略。动机行动计划包括激励组织成员接受或反对改变。管理行动计划包括描述切入点和动员执行人。稳定行动计划注重文化改变的习惯化，即使新文化被接受。
- **执行的切入点**。一个组织以特定组织中每个行动计划的环境背景和改变执行人的能力为基础选择切入点。
- **文化的再生**。执行后，切入点催化，形成新文化。

任何复杂的组织变革都包括改变组织文化。

改变组织文化的关键

尝试改变一种组织文化可能很困难。大部分人反对改变，而且当改变影响工作的基本特点时，很多人会觉得失落。有几个管理者找到了成功的关键。

- 首先了解你的旧文化。了解自己的处境后，你才能制订课程计划。
- 鼓励雇员。支持那些想改变旧文化的雇员，并形成更好的想法。
- 找到组织中最好的亚文化。将它作为一种其他人学习的榜样。
- 不要正面攻击这种文化。帮助雇员找到他们自己的新办法来完成工作，最后就会产生更好的文化。
- 允许花费时间。用几年的时间来进行重要的、组织范围的发展。
- 经历你想要的文化。行动永远比语言有说服力。

组织文化的影响

组织文化影响着动机、领导、决定、沟通和改变等许多管理过程。文化还影响一个组织的结构进程。选举过程、评估机制、控制机制和奖励机制必须与组织文化相符。另外,文化影响雇员的表现和组织的成果。管理者拿出他们的成绩接受评估。

何为卓越

研究中,专家确认了以下卓越公司的特点。

- **对行动的偏好**。公司持续做实验和尝试。
- **接近客户**。公司注意从客户那里获得形成新产品、质量和服务的指导。与学生和家长保持紧密联系的校区就"接近客户"。一项复杂的研究表明,家长的高度参与是区别高成就学校和一般学校的一个主要因素。
- **自治和自主**。公司重视并培养冒险和创新精神。那些鼓励创新和冒险并允许有失败的校区贯彻"自治和自主"的理念。这个机制的特点是他们不断尝试完成校区目标的新办法。
- **靠人产生成果**。公司靠分享决定和鼓励新想法来证明组织的信念。这个信念反映在公司使用的语言上。公司把雇员看做家庭成员,不向他们发号施令。那些对下属高度信任、让员工参与决定、倾听并采纳成员意见和对所有雇员福利表示关心的学校就是在"靠人产生成果"。
- **核心价值观为驱动器,亲自动手而非指手画脚**。公司注重文化的价值并努力向雇员阐明核心价值观。文化氛围强的学校强调学生的高水平表现和员工的实际操作能力。
- **公司坚持做他们擅长的业务**。这也适用于公立学校。公众强加给教育者的一种说法是学校能纠正所有社会中存在的错误:家庭的破裂、犯罪、种族冲突、贫穷、吸毒、虐待儿童、未成年人怀孕,等等。更准确的说法应该是学校承担了能力范围之外的很多责任;人们对它们的期望过高;而且在很多情况下,学校做了很多超过它们能力的事。换句话说,这样规划学校就错了,就像那些扩张到能力范围之外的公司一定失败一样。
- **形式简单,人员精简**。公司没有复杂的结构,人员规模也小。在教育领域,这种方法与以场地为基础的管理相似。
- **有张有弛**。公司表现得有节奏变化。在文化价值观上表现得紧张,而在给所有员工发展的空间上表现得松弛。在遵从共同目标的前提下,学校在给员工发展机会和灵活发挥作用机会的同时,促进了文化价值观的发展。

专家发现,很多组织被过分管理。他们断言,领导者应该关心组织的基本目的和大方向。应该花时间做正确的事:创造新理念、新政策和新方法。在被采访的 90 位领导者中,他们发现了以下的领导策略:(1)靠观点引起注意;(2)靠沟通来了解;(3)靠安排获得信任;(4)靠正确的自我评价和正面思考获得自我发展。简言之，有力的领导者传达他们对公司的看法，并通过可靠、坚韧和致力于实现这一观点来体现它。他们知道自己的强势和弱势。他们依赖自己的强势，并弥补自己的弱势。他们的目的是成功。失败一词很少被用到；不成功的尝试被看做是获得经验的过程。

Z 理 论

威廉·吾奇调查了高产的公司，想发现他们之间的共同之处。为了解释这些公司的成功，他提出了 Z 理论。这个理论与个体管理者的态度和行为方式无关，而与在整个组织管理的过程中，组织文化造成的不同有关。Z 理论的文化包括：长期的雇佣、双方的决定、个人责任、缓慢评估和提升、衡量表现的正式控制系统、适当地专业化职业发展道路和对员工生活各个方面的关心。

适用于学校的特点包括：信任、心照不宣和默契；分担和分享决定；有关规划、组织进程、预算系统和人际交往技能的培训；对个人兴趣的推动；长期运转中的奖励；和高水准的教育。图 11.2 说明了这些概念。

信任、心照不宣和默契　如果没有这些，任何部门都不会存在长久。学校中的信任只存在于那些认为他们的目标长期一致的人当中。如果你不理解别人做的，如果你不理解他们的语言、技术和问题，那么你就不可能信任他们。信任只能在与他人紧密的、职业的共同经历中建立起来，这些经历包括：学生和学生之间、教师和学生之间、教师和教师之间、管理者和教师之间以及管理者和学生之间的亲密关系。

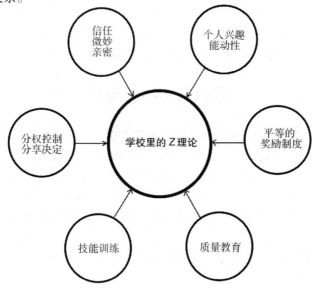

图 11.2　学校系统特点

分担和分享决定 学校管理者必须用足够的时间与学生、教师、家长和社区讨论学校的目标和运行状况。他们必须了解激励机制并使员工认为其合理并信任这个机制。然后,管理者可以邀请下属共同参与管理和决定,这会影响他们的工作表现。

培训 员工团组定期开会讨论他们的工作方式并提出改进建议。目的是发展以小组为基础的建议机制,用来解决问题和提高运作系统的质量。这需要一段时间的培训来提高参与度、决定的一致性和分权。培训的目的是为了了解组织:它的目标、问题和全部资源。这里需要特别指出,教师和其他非管理人员接受规划、组织进程(促进、领导、决定、沟通和改变)、组织的预算系统、团队动力和其他教师很少了解的有关学校管理者日常活动的培训。培训的目的是形成一种开放、信任和员工参与的文化。

对个人兴趣的推动 吾奇相信只有一种兴趣,那就是个人兴趣。如果你不能给人们创造做满足个人兴趣事情的环境,你就总在斗争、限制和阻止,这样,就决不可能有高水平的表现或成果。在实践 Z 理论的组织中,因为人们参与了形成系统目标的过程,你可以对他们说:"做自然而来的事;做你愿意做的事,因为我们已经达成共识——你们选择做的事情对组织也有益。"

奖励 一份组织记录是最基本的。关键人物必须记住谁忠诚、谁加班、谁工作努力等;这个人必须确保这些人的努力被承认并且奖励。如果有这类的组织记录,那么人们就会有这样的信心:只要他们做得对,就会被公平对待。因此,他们就会克服自私、心胸狭窄和短视的毛病。在学校中,不应再效仿那些官僚主义的评估、提升和报酬方式。

高水准教育的重要性 任何一个国家在发展社会和经济健康状况时最有用的东西就是它的学校系统。高水准的教育会产生有教养的工作团队,这样培育出来的文明公民,既能增加国家的经济资本,又能对国家的安定起中坚作用。

组织文化的类型学

专家提出四种截然不同的公立学校文化类型。

一个组织的文化不只描述组织是什么,还描述组织的精华所在。以这个概念为基础,研究者发展了组织文化的分类结构。结果产生了六个紧密联系的定义学校文化的概念:(1)组织的历史;(2)组织的价值观和信念;(3)关于组织的故事和传说;(4)组织的文化标准;(5)组织的传统、礼节和庆典的特点;和(6)组织中的英雄人物。

学校文化类型 对研究资料的分析产生四种不同的学校文化类型,我们用比喻的方式来描述每一种类型。

家庭文化 这样的学校可以被比喻为家庭或团队。校长可被比喻为家长

(强势或弱势的)、养育者、朋友、同胞或教练。在这样的学校里,"关心每个人和让学生履行职责同样重要"。每个人都应该愿意成为家庭的一分子并尽职尽责。家庭式的学校通常是友好、有合作性和保护性的,成员们会在顺从和反叛间转换,依赖那个他们认为最了解他们利益的人。

机器文化　这样的学校可以被比喻为机器。对它的描述有运转良好的机器、政治机器和生锈的机器。对校长的比喻有工作狂和懒虫等。像机器的学校就要纯粹以机械的方式来看待。驱动力来自于组织结构本身,管理者用各种方式的能力来维持这个结构。不像家庭文化,它的任务是保护而不是温暖。学校是教师用来完成工作的机器。

酒店文化　这样的学校可以被比喻为马戏团、百老汇表演或宴会。校长被看做是庆典的主人和走钢索的人。这些学校的教师经历很多和家庭文化的学校中相同的集体活动。基本的区别是,在这种文化中,关系的中心是听众的表现和反应。教学的质量和艺术性都很高,因为有很多双眼睛在注视着。要知道,在酒店里,演出必须要继续!

小型恐怖商店文化　这样的学校可以被描述为不可预知的、充满紧张感的噩梦,特点是有战争区域。"人们永远不知道下一个掉脑袋的会是谁"。教师们说他们的学校是封闭的盒子或监狱。校长是一座自洁式的雕塑,为了保住位置,愿意做出任何牺牲。总的来说,这样的学校中的管理者的主要功能就是使事情进展顺利。不像家庭和酒店文化那样,这样学校里的教师过着孤独的生活,几乎没有社会活动。比如说,要想举行任何社会活动都要提交书面申请,即使是像感恩节这样的特殊情况。管理者期望每个人保持一致,并在恰当的时候微笑。教师们经常抱怨,亲密感似乎消失掉了。这种文化是冷漠、敌对和偏执的。"几乎所有的事情都能打击你,而事实也是这样。"

组 织 氛 围

组织氛围是一个组织内部的总体环境质量。它可能指一个学校部门、一座学校建筑或一个校区内的环境。组织文化可以用像开放的、忙乱的、温暖的、随和的、非正式的、冷漠的、非个人的、敌对的、强硬的和封闭的来描述。

理论家认为组织文化和氛围是交叉的概念。组织文化有其社会学和人类学的根源,而组织氛围的根源是心理学。近期关于学校业绩和组织文化的研究重新强调了组织氛围的重要性。关于组织氛围的研究表明它包括领导、动机和工作满意度等因素。

我们讨论三个著名的结构来定义学校中的组织氛围:开放和封闭的氛围;健康和病态的氛围;和美国全国中学校长协会(NASSP)对学校环境的综合评价。

开放的、封闭的氛围

安德鲁·哈尔频和道恩·克劳夫特假设了从开放到封闭的氛围的连续性概念。他们对学校如何不同的观察推动了他们对组织氛围的研究。

他们设计了一份组织氛围描述问卷（OCDQ）来进行调查研究。问卷包括64个项目，用因素分析的方法，分成8个子测验。4个子测验适用于小组作为一个团队的特点；另外4个子测验适用于校长作为一个领导者的特点。通过这8项子测验的分数，他们为每所学校建立了一份档案，这些档案决定了学校从开放到封闭的程度。下表显示了8项子测验和从开放到封闭的程度。

表 11.2 　　　　　　　　　　　　　　OCDQ 子测验

特　　点	程度衡量	
	开放	封闭
教 师 行 为		
脱离　代表教师们不能在一起好好工作。他们把任务引向不同方向；他们互相不满、争吵。	－	＋＋
障碍　代表教师感觉校长施加给他们日常工作、完成命令和其他需求的重担，他们认为这些都是不必要的工作。	－	＋
才智　代表士气。教师们在完成工作的同时感觉他们的社会需要得到满足。	＋＋	－－
亲密　代表教师对和谐的社会关系感到满意。	＋	＋
校 长 行 为		
冷淡　代表正式的、非个人的校长行为；校长照章行事，与教师保持距离。	－	＋
强调结果　代表对员工的严密管理行为。他的指导性很强，是以任务为中心的。	－	＋
促进　代表校长以为教师树立榜样的形式推动学校发展的行为。	＋＋	－
全面考虑　代表人性化对待教师，尝试为教师多做点什么的行为。	＋	－

利用表中的信息，我们能大致了解每种氛围中的行为方式。

开放氛围　这种组织是积极活跃的。它一直向目标前进，同时使成员满足个人社会需要。领导行为轻松恰当地出现在团队和领导者中。成员关心的既不是任务成就也不是满足社会需要；双方的满意似乎很容易达到，而且几乎不费什么力气。这种氛围的主要特点是所有成员行为的"真实性"。

封闭氛围　这种组织中的所有成员都是极度冷漠的。组织不是在前进；由于成员对社会需要和完成任务的满足感都不能受到保护,士气很低落。成员的行为可以被描述为不真实的。组织似乎停滞不前。

OCDQ 具有重要意义,推动了对小学和中学学校氛围的研究。

大部分关于学校氛围的研究关注的是教师间和教师与校长间关系的问题。事实上,很少有关于学校氛围对学生成绩影响的研究。近年来,研究重点从管理转向了学生。

健康的、病态的氛围

另外一个评价学校氛围的手段就是韦恩·霍伊和约翰·塔特发明的组织健康度量表(OHI)。OHI 检查学校中学生、教师、管理者和社区成员间人际关系的健康程度。

他们从三个层面上定义组织健康程度:制度、管理和教师。制度层面将学校和环境联系起来。管理层面控制着组织的内部管理功能。教师层面与教师和学习过程有关。一个健康的学校保持制度、管理和教师的和谐,满足功能需要,成功处理外界分裂因素并将能量用于实现目标。

这个量表有三个版本:小学(OHI – E)、初中(OHI – M)和高中(OHI – S)。分别包含五、六、七个子测试,37、45、44 个项目。下面就是 OHI – M 的总结。

OHI – M 子测试

特　点

制度层面
制度的完整性指的是学校以维护教育程序完整性的方式来应对环境的程度。教师们被保护不受到来自社区和家长可能的无理要求的干扰。

管理层面
同事同道式领导　奉行这种领导方式的校长有这样的行为:友好、支持、开放和平等。同时,校长通过让员工了解领导对他们的期望来创造良好表现的气氛。

校长的影响指校长影响上级行为的能力。有影响力的校长擅长说服上级。

资源支持是教室和教具已经具备;如果需要的话,还有多余的材料。

教师层面
教师联系是对学校的亲切感和与学校的紧密联系。教师们对彼此、他们的工作和学生都感觉良好。他们对学生和同事都很真诚,以极大的热情完成工作。

学术重点是学校靠对优秀学术成果的需求来推动。为学生们订立可实现的高层学术目标,学习环境有序而严肃,教师相信学生有完成任务的能力,而且学生努力学习并尊敬那些成绩好的人。

健康的学校　健康学校的特点是学生、教师和校长的行为和谐一致,共同为教育成功而努力。教师们喜欢他们的同事、学校、工作和学生,而且他们被对优秀学术成果的需求所推动。教师们相信他们自己和他们的学生;结果是,他们订立了可实现的高目标。学习环境严肃有序,学生努力学习并尊敬那些成绩好的人。校长的行为也很健康:友好、开放、平等并有支持性。校长为教师准备他们完成工作需要的资源,而且对上级有影响;他们为教师说话。最后,健康的学校有高度完整的制度;教师被保护不受无理和敌对势力干扰。

病态的学校　病态学校容易受到外界破坏性因素的打击。教师和管理者受到家长无理要求的攻击,学校也受到公众看法的攻击。学校缺少一个有力的校长。校长几乎不指导,对教师没有足够的鼓励,而且对上级的反应根本不予以重视。教师不喜欢他们的同事或工作。他们表现出冷漠、怀疑和自我防卫。在需要的时候,没有教具等辅助材料。最后,几乎没有对优秀学术成果的需求。教师和学生对此都不重视;事实上,在学术上有成就的学生被他们的同学嘲笑,被他们的教师看成是一种威胁。

对学校环境的综合评价

美国全国中学校长协会的一个任务小组发展出一个描述学校环境的关联、输入、媒介和成果不同的总模式,见图11.3,其要点是:

- 氛围和满意度是不同的、却有联系的概念。
- 氛围不代表效力;它只预测效力。
- 学生的成果(认知、情感和精神)和效率资料(成本)是衡量学校成果最适用的手段。

这一模式只简单考虑学校氛围包含学校发展过程中大范围的输入、输出行为。如图11.3所示,有控制权的人(学生、教师和家长)对氛围的理解是不同的媒介和有影响力的因素,而不是成果的衡量尺度。教师和家长的满意是不同的输入。学生的满意既是不同的媒介又是衡量成果的尺度;它既影响又巩固学校的成功。

手段　对学校环境的综合评价包括四个调查手段:学校氛围调查,用来得到学生、教师和家长回答;和其他三个单独的满意度调查,每一个都单独为前面三组人中的一组而设。

每个调查都有八到十个有关学校环境所有重要方面的副标准。电脑记分系统为每所学校建立了单独的氛围和满意度调查档案。

调查按照以下的标准来收集并衡量资料。

- 师生关系:学生和教师之间的人际关系和职业关系;
- 安全:人们在学校的安全感;
- 管理:管理者能与不同部门的人进行有效沟通,并对教师和学生提出高水平表现的期望;
- 学生学术导向:学生对任务关注,并关心在学校取得成就;
- 学生的行为价值观:学生自律、忍让;
- 指导:对学生有益的学术、职业指导和个人咨询服务的质量;
- 同学间关系:学生关心并尊重他人,以及他们的合作;
- 家长、社区和学校的关系:家长和其他社区成员参与学校事务的数量和质量;
- 教育管理:教师课堂组织和课堂时间利用的效率和效果;
- 学生活动:学生参加学校活动的机会和实际的参与。

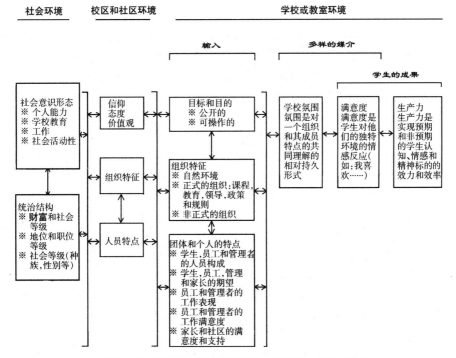

图 11.3 学校环境的关联、输入、媒介和成果总模式

这些手段可以单独或结合使用,但是任务组鼓励在整个模式的关联中使用这些手段。它的主要目的就是促进学校发展。

开放和健康的概念意味着大部分学校并不像我们认为的那么有效。因为效果有连续性,学校可以一直改进它们的表现。不幸的是,学校很难被改变。那些超过社会预期完成目标的学校被看成是例外。如果很容易变成开放健康的学校,这样的学校就会成为主流而不是非典型的。不管怎样,还有许多其他特点可以用来衡量学校质量。

衡量学校质量的特点

学校的质量是很多因素共同作用的结果。任何拥有下列特点中大部分的学校都可以被称作做高质量的学校。

- **混合型编班**。学校将不同能力等级的学生混合编排在一个班,而不是按能力进行分组,像所谓的快慢班。
- **合作的学习**。学生不再注重竞争性的学习。在混合型组合里,他们以民主合作的方式学习。
- **对所有人的高期望**。学校的观念是,如果有足够的机会和动力,所有的学生都能学会重要的、有挑战性的和有趣的内容。重要的知识不再是为尖子生准备的。不管学生的社会环境和职业理想如何,这些知识是为所有人准备的。
- **对学生差异的反应**。教育者将持续增长的学生文化、语言和社会经济学的差异看做是机会和挑战。课程内容和教法都照应这种差异。
- **强调积极学习**。学生用更少时间被动接受知识。他们用更多时间,有时独立、通常集体做实验和探索知识,并自己理解。
- **基础课程**。学校选择强调最重要的概念和技能,这样,它们更注重理解的质量而不是呈现信息的数量。学生掌握独立增加知识的能力。
- **可信的评估**。评估方式由知识决定。意思是会有多种方法用来进行评估。教育者和学生都可以解释学生会做什么,而不单纯依赖标准化考试的结果。
- **把技术作为工具**。电脑、VCD、卫星电视和其他艺术性的技术被看做是增加知识的来源,而不是优秀或创新的标志。
- **把时间作为知识来源**。学校时间按照知识来安排,而不是其他方式。教师和管理者的需要对学习者来说是第二需要。典型的课程表可能需要改变以适应课程内容。
- **多样化教学**。教育者以更多样和更平衡的手段来进行教和学。这会需要新的教师培训和教师及管理者的个人及专业发展。

第十二章

领 导 变 革

学校是一个系统,这个系统中有老师个体、部门、董事会等单位,系统运作中这些单位相互作用。当说到"系统"时读者脑海里浮现一张你学校的平面图或结构图,那么我们想问:"在计划学校发展时,你若要实施变革并使之更制度化,你打算采取什么样的变革模式?是从整个系统着手,还是从'单位'入手?如果按单位,校长应该做些什么?怎样的校长行为才有利于学校顺利地进行改革和发展?"

促进变革的模式

我们可以从概括一个校长的行为开始讨论。当然我们很难把校长专门利于变革的工作方式的各个方面同他们的总体工作方式分离开来,因此,在我们分析的时候你会想同时注重总体工作方式和为变革制定的工作方式。校长应该怎样在学校里发挥领导能力?领导代表什么?他们是如何有效地把这种标准传达给老师们?什么样的领导才能成为校长?校长怎样工作才能使变革有利于学校的发展?

在深入探讨之前,我们不妨先了解一下一项关于校长行为和成功学校发展的关系的调查研究项目,然后看一下有利于变革的工作模式。这个研究结果是得克萨斯大学针对教师的研究和发展中心得出的。调查将校长领导行为分成三种普遍的有利于变革发展的模式:反应型,管理型,和主动型。这三种模式分别描述如下。

1. 反应型的校长把重点放在给老师和其他职员领导的机会。他们认为他们首要的任务就是通过注重传统的管理任务,保持老师满意和善待学生来保持学校正常运作。

校长把教师看做是扮演教育角色同时有一定的指导能力的职业人士。反应者强调他们与老师和其他人的人际关系的一面。在做决定以前,他们通常给其他人机会发表意见,考虑他们的感觉,或者允许其他人做决定。但是这样一来会形成一种做出的决定只注意短期利益而不注重长远利益的趋势。部分原因是他们喜欢讨好别人,还有就是因为他们不知道他们的学校和职员以后要怎样发展。

2. 管理型的校长代表着一种很大范围内的行为。他们不仅能够处理不同的人和事,还能提出一些促进改革的措施。他们行为的多样性与他们跟老师和办公室职员的友好关系以及他们对特定的变革理解的透彻是分不开的。管理型校长总是提供给老师在实施变革时足够的便利而且从不夸口。他们总是让老师了解他们的决定并且时刻注意他们的需要。他们会让老师知道什么样的要求是过分的。当他们知道职员们非常想要什么时,他们会和老师站在一起满足他们的要求。不过,他们还是不能超越那种影响自己发挥创意的限制。

3. 主动型的校长有着很清楚的、准确的、远见的政策和目标,这些政策和目标都是超越现实而又包括目前可实施的改革。他们总是有着一种关于如何办优秀的学校和教学的信念并且总是很热情地为了这个信念而工作。他们往往是考虑了如何有利于学校和怎样对学生最好之后才做决定,而这些都是基于目前的在教室实践的经验。主动型校长对学生、老师和他们自己都有很强的期望。他们通过频繁与老师联系,对学校如何运作,老师如何教学等有很清楚的了解,并且经常传达这些期望。当他们认为变革能给学校带来利益尤其是对学生有益时,他们会在管理区域或者政策中寻求变革甚至重新定义变革来满足学校的发展需要。主动型的校长非常执著但绝不是无情,他们征求员工的意见然后才制订学校的新目标,即使一些目标不符合他们的高期望值。

上面这些普遍的利于变革进行的模式是否与你的模式相似呢?你能判断出这些模式中哪个能或多或少地与成功的学校发展有联系呢?研究发现,主动型校长比其他两种类型的校长更成功一些。反应型的校长最不易成功。当你以这三种模式来回想你所熟悉的校长们时,你会注意到主动型的校长有着很清晰的使命感,他们知道需要完成什么并且在实施计划的过程中做哪些工作,例如计划,激励,鼓励,建议,参与,检查,鞭策,监督和评估等方面。此外,他们在获得和提供成功进行改革所必需的教材和心理支持上起着很大的作用。主动型校长能够通过鼓励教师在进行改革时尽心尽力从而加强改革的效果。需要强调的是,他们既不支持自由放任,也不是那种只注意细枝末叶的管理者。

领导行为的水平

蒙哥马利(Montgomery)等研究者在对现任校长的研究中确定了四个领导行为水平,每一个水平都有不同的重点和工作方式,每一个都会给校长的工作带来不同的结果。他们发现校长的行为水平越高,学校的收益越大。这种收益表现在学生基本的学习成果和学生的自律能力及解决问题的能力是否得到了提高。不同级别的水平在复杂性和有效的校长领导行为方面都有不同。领导行为水平从低到高依此为"管理者","人文主义者","教育经理"和"解决问题能手"。

第一个水平的校长,叫"管理者",只是认为老师的工作就是教学而他们的工作就是管理学校。第二个水平的校长,称为"人文主义者",他们认为最好的教育环境就是有一种好的人际氛围。第三个水平的校长,称为"教育经理",他们认为他们的工作就是提供给学生最好的课程。第四个水平的校长,称为"解决问题能手",他们能够从各个方面进行创新从而给学生最好的学习机会。后两个类型的校长都把重点放在学生上,但是教育经理型的校长更擅长于执行经过许可的目标和科目。他们更多地依赖已经建立好的行动纲领、现有的资源和固定的办事程序。

解决问题能手型的校长事实上可以说是"保住底线"。底线就是学校为学生而设立发展目标。他们工作中不受已有经验的约束,他们以顾客为中心的理念使得他们总是能为了实现学校以学生为本而设立的目标,做出创新工作等。

这些关于"水平"的概念给校长们很有启发。第一个水平的管理者所做的事并不是没有效果的,只是在他的这种行为占主导地位时会比后三个的效果差一些。第二个水平的人文主义者已经具备第一水平的管理型素质,但是他们更加注意人际关系方面的复杂行为。尽管他已经比第一水平的管理者有工作效果,但是还是没有在第三水平的教育经理的工作效果好,因为教育经理具备了前两个水平的各方面素质,同时更加注重教育项目发展和运行方面的复杂事务。最高水平的策略性问题解决者则最注意学生是否成功。他鼓励用一种企业家的态度来做事,并主动地通过人际关系和项目管理的技能来进行工作。

蒙哥马利的研究表明,当校长们能够从各个复杂的方面来考虑工作,他们在进行更高水平的实践时便会更加有效率。他们会认识到在工作中管理是很重要的,同时也需要提供一个能够支持和加强人际关系的环境。然而,不管是管理还是人际关系的过程都不是工作的结束,这个过程都是为一个具体主旨服务的。学校的主旨就是教育项目和提高教与学的水平。然而,不管是过程还是主旨都不是静止的,而是在追求一些由不同需要、不同约束条件和不同选择决定的境界。第四个水平的校长由于认识到了大范围的选择会带来更好的办学情况,因此他们通过解决问题甚至用企业家的方法领导学校来扩展这种选择的范围。

个体是变革的单位

当把老师个人作为变革的单位时,需要、价值观、信念及意愿的水平就是非常重要的了。变化总是令人感到恐惧的。当目前的情况、工作准则和运作的方式受到威胁时有很多事情会处于危险中。在很多老师能够对提出的关于改进教学的新思想判断其价值之前,他们往往会考虑这个变化对于自己的影响是什么。第一反应可能是:"别人提议的这个变化会怎么影响我?"例如重新分组的前景,团队教学,或是新的组织形式,这些都会引起老师们的揣测。例如:"我和其他老师之间的关系会怎么变化?""我自己会怎么变化?""我在学生中的威望和在学校的影响会怎么变化?""我的工作量会怎么变化?""我与家长和管理人员的关系会怎么样?""我会有机会成为一个成功的老师吗?""谁会成为领导?""其他老师认为我是一个什么样的老师和什么样的人?"

所有这些问题反映了老师的担心和不安,而这些问题是很常见和应该引起注意的。除非完全的解决这些问题,否则不断地强调教育和与工作相关的其他方面的改革将会带来更多的疑虑。当面对变化的前景时,校长、教师和各级主管的反应都是相似的。健康的个人很自然地考虑到这些变化会怎样改变他们自己,他们的工作和他们与别人的关系。

有一段时间,研究人员已经注意到了教师的担心和这些担心是如何让他们关注因变革引起的一定范围的问题,并得出了一个"以担心为基础的表达模式",描述了当人们在了解一种新提出的变革,准备利用它,而且为了利用它而修改它时,他们的感觉上的变化。此模式给出了教师的担心的七个阶段。

1. 意识　　　　我不担心此变革
2. 了解信息　　我想了解更多一些
3. 个人利益　　它会怎样影响我
4. 管理　　　　我似乎要花上我所有的时间去准备材料
5. 结果　　　　我应用这种变革对学生的效果怎么样
6. 合作　　　　我担心我所做的与其他老师所做的是否相关
7. 重点强调　　我有一些想法也许会让我的工作效果更好

这个模式的开发者并没有指出每一个经过这些阶段的老师都是以意识开始以重复强调作为结束的,而且这些阶段是相互独立的,每一次只能以一个作为趋势。这些阶段确实是代表了普遍的一种发展结果,这种结果主要发生在当变化被采用并且被长期使用的时候。因此它们是自然发展的而不是刻意制造的。

这一系列的担心是可以理解的。在实施改革的初级阶段教师们有一些自我担心,往往是以了解这个变革的内容为中心,同时会关注这个变革将如何影响到他们个人。一旦这些担心被化解了,他们马上就会转到下一个阶段——当他们开始执行这个改革时他们面临的管理的问题。接下来他们就会转到注意这些变化对他的学生的影响。因为每个教师的情况不同,所以应根据情况选择不同的方式进行变革以达到最好的效果。

那些对促进改革感兴趣的校长或是其他一些人,可以应用这种以担心为依据的模式作为一种广泛应用的框架,用以评价教师们的反应并帮助他们调整自己的策略。他们是否能够成功地接受改革取决于他们的担心能否被化解。非常担心管理和结果的问题,就反映出老师们非常关注这个改革会怎样影响他们的个人利益。

当一个人的基本工作需要受到威胁时,变革的阻力也就产生了。尽管在具体工作需要的重要性中存在着教师们个体的不同,还是可以确定出四种相当普遍的需要。

1. 对明确的期望的需要。我们中的大部分人为了能够有效率地工作,都需要有自己工作的具体信息。我们需要知道我们被要求做什么,我们怎样去适应这个工作,我们的责任是什么,我们怎样被评估,我们与其他人的关系是什么样的。没有这些信息,我们的工作效率会降低,工作满意度也会减少。变革会影响角色定位和工作期望之间的平衡关系。

2. 对稳定的工作的前景的需要。能够预测未来与我怎样去适应工作是有着很直接的关系的。工作中我们需要一些实在和可靠的东西给我们安全感,让我们能够为以后打算。变革往往会带来不确定性,这威胁到我们相对稳定的、平衡的和可预测的工作环境。

3. 对社会合作的需要。我们大部分人都很珍惜和需要与别人合作的机会。这种合作可以帮助我们建立和定义我们的自我概念,还可以减少我们在工作环境中经历的恐惧。在工作中我们总是希望得到别人的支持和接受。变革总是会给人一种威胁这种重要的社会合作模式的感觉,而建立一个新的模式会带来安全感方面的问题。合作文化是以学校为社区的基调,这种文化能给老师们更多的在学习中所需要的支持和指导。就是说,学习是变革的前提条件。

4. 对于能够控制我们的工作环境和日常事务方面的需要。我们很大一部分人都希望能够对自己的工作有一定程度的掌握和控制,而不是反过来完全受制于客观情况。这样一种想法就是佐证:当做出的决定将会影响到我们的工作的时候,我们想成为焦点而不是变成无足轻重的人。当这种控制受到威胁或减少的时候,对老师的最终影响不仅是失去工作满意感还会认为自己的工作没有意义,而这种认为工作没有意义的想法会使他们对工作无所谓甚至不想再干下去。如果变革的过程中不考虑老师的需要或是这些变革会威胁到他们对教学、学习和教育的其他方面的过程的控制,将对学校的工作成果带来严重的后果。

这四个普遍的需要在不同的教师身上有强度的不同。强度越大,感觉被变革威胁的可能程度越大。确实,对于所有的老师来说,变革都会给他们目前的生活带来干扰。校长应该通过提供给老师们尽量多的与变革和变革如何影响教学工作方面的相关信息,来帮助他们回到那种舒适而稳定的生活状态。老师们需要知道当变革开始进行的时候他们需要做些什么。当在工作中考虑到要变革的时候,就会考虑到这个问题了。真正做到允许和鼓励老师们参与学校变革的计划和提议,将会有利于满足他们的这些需要而且可能会得到一些更好的想法。保持变革方案的简单化和逐步的实施方案的每一步,会增加老师们在作为改革的实施者时对自己的信心。

有一种建议值得考虑采纳:变革伊始,设一段不进行评估的时期,在这段时期里教师们的表现不会对收入、升职程序或学校的其他利益产生负面的影响。

重点应该放在仅仅为教师提供反馈意见来帮助他们更多地了解变革的内容,并且帮助他们更熟练地运作。在变革开始时要首先把重点放在能够作为榜样人物和可能成为最佳的变革接受者的老师,这有助于使学校成功地发展。如果那些广泛受到其他老师尊重的老师能够理解并接受变革,那么其他老师就会更有信心接受,同时阻力也就减少了。

把学校作为变革的单位

把教师个人作为变化的单位并且特别注意是很重要的,但是很多专家指出这样做的缺陷。著名社会心理学家丹尼尔·凯茨(Daniel Katz)曾经指出,"试图通过改变个人而对组织进行变革,这方面的理论不充分,而且在实践中不乏失败的教训。"凯茨相信在考虑变革的时候个体和个体行为是很重要的,但是在观察了一个集体的情况之后就会有不同的质量和意义。仔细想想,你和你的督导在最近的一对一或是在一个组中合作的情况。从很多方面你们都是不同的人。例如很多人会觉得在一个组中与督导合作会比一对一的合作感觉更平等一些。

因此许多研究者和实践者建议把学校当作一个社区一样,作为很重要的变革单位。学校里有很多文化,这些文化都是教师们创造出来的校风、习惯和其他的一些生活方式组成的。一种文化很显然会成为一个一般的准则决定着人们的所想所做。每个学校都有自己的文化以使自己与其他学校分开。在学校里,有着很多复杂人际关系网络,一套不成文规定,夹杂一些不合理的约束,还有在这些基础之上的道德准则。学校还有很多传统,维护这些传统的人时刻开展和那些改革者的斗争。研究者识别出学校文化中的四个主题——"节奏"、"规则"、"合作"和"感觉"。这些在老师们每天的生活中都出现。例如,一个教学日分为很多阶段,还有一些包含课程的考试时间。在每一个时间段里,都有一个普遍的例行程序:查出勤,介绍新教材和布置第二天的家庭作业。这个固定的做法要一天重复多次,一星期重复五天,一个月重复四个星期,一年重复九个月。很快,老师就习惯了这种工作和生活节奏,而改革要改变这些就很难接受。在很多方面,老师变成了这种日复一日,年复一年的节奏的受害者。尽管他们很想摆脱这种生活套路,可是很显然他们做不到。

教学本身有自己的规则,而且是经过整理的。整理好的规则往往是非正式的,也是心照不宣的。例如,老师必须和学生保持一定的距离以保持他们工作的客观性,这种客观性能使他们在处理事情时更加公平和公正。对于老师来说第一应注意的规则就是要讲究实用性和个人创新性。

学校里的实用知识是根据其对立面来定义的。注重实用性就是注重理论的对立面,也是总爱空想的对立面。那些研究实用性知识的新老师们,一定反对那些总是用他们自己的方式去培训他们寻找理想的解决困难问题的方法的大学教授们。实用性强的知识来自于老师的经验和在班里的工作实践。当想法是可以立即应用的,是一些有实践经验的人提出的想法,能够帮助提出如原则、出勤、命令和工作成果等方面的问题,就是实用性强的想法。

利己主义的行为标准深藏在学校的文化中。例如新教师很快就会确定他们在学校的位置以及学习如何保持他们自己注重实践的一面。何为私人的? 那就是不与别人分享任何关于教学的经验,关于班级、学生和感知的观念。

实用性和利己主义的行为准则限制了教师间相互合作的深度和范围。教师们只有很少的机会互相拜访,大部分时间用于和学生的合作。这些节奏、规则和相互作用,日积月累,影响着教师们的日常生活,使他们有着不同的感觉。这些感觉有:冲突,挫折,满意,高兴,自我怀疑,脆弱和动荡不安。

考虑到这些文化内涵,以及领导要通过变革追求最大的学校发展目标,研究者提出了以下几个新教学社会现实的发展方向。

现状	变革
个人主义	职业团队
在中心教学	在中心学习
以技术为中心地工作	多在实践中询问的工作
需要别人控制地工作	对工作更有责任心
需要对工作进行管理	自己具有领导意识
只关心自己的班级	关心整个学校的利益
基础知识薄弱	开阔的知识结构

只有在学校职员认识到他们的工作和工作环境的时候,这样的转变才会发生。校长领导权转变的关键在于从一种在官僚机构权威和专业权威的基础上转变为每一个人共有的想法和价值观,在共同承诺和探索基础上的领导权。

哈佛教授迪尔(Deal)曾指出,在文化与变革之间存在着一个基本的矛盾。文化是人们为了发现某种意义而发明的东西。文化的目的在于使生活和工作都趋于稳定、确定和可以预测。它的意义就在于对事情能够充分地控制。变革对这些来说都是一种挑战,它威胁到文化给人们带来的各个方面的那种稳定的感觉。从某种意义上来说,变革需要人们去创造一种新文化,而这是很难的一件事。为了能够建立一种新文化,我们必须同旧文化的残余作斗争。这些需要重新创造一个学校的历史和清楚说明新的大家共有的价值观和概念,与此同时要给旧的文化开欢送会,让它们能够顺利地被替代。如果没有把学校作为变革的单位,那么在处理文化变革的时候,校长们就会遇到很大的困难。

根据情况选择合适的变革单位

指望把个人和学校都作为变革的单位并把注意力集中在上面,可以成功地促进学校的发展,这样的想法能够被接受,但是却不能很好地运用于变革。一方面要使员工接受新的目标需要一定的推销技巧;另一方面需要对他们进行心理安慰。一旦他们采纳了这个目标就会很愿意参与改革并且会充满热情地去工作。然而,在改革运行的过程中教师们有时会受到挫折,或者丧失热情。仅仅把重点放在个人或是学校或者两者的合并都无法取得预期的效果,甚至无法持续下去。我们需要考虑的是如何根据不同的情况采取不同的变革方式。这就要求我们把工作重点放在如何根据工作情况选择合适的变革单位。

工作流程的重点要放在老师们已经开始进行新的实践期间和之后建立的承诺,给他们一种保证。当老师们对他们所做的事情有信心的时候,变革就会容易很多。同时,当变革顺利地运行时,对变革的投入程度也会增加。这就是在进行改革时不管是自上而下,还是自下而上,都要稳步、谨慎的原因。这是校长在进行变革前不得不深思的。

注重工作流程比较容易,程序也很简单和直接。就是要知道需要完成什么;怎样去完成;教师们要做的事情是哪些;给他们提供必须的教学器材、设备、和教材;提供相应的培训课程;帮助、监督、还有评估以确保教师们能够顺利地实施所制订的变革方案。有时,变革会有一些意料不到的结果,例如由于强制执行而导致事与愿违。

工作流程要求注意以下几个方面。

1. 变革的目标。说明学校想要完成的是什么样的问题。

2. 变革的对象。目标的可操作性和实用性强的描述。

3. 变革的协议书。对变革中的安排和行为进行具体描述的文字。

4. 课程教学的要求。给不同的老师提供不同的教材使他们都能顺利地完成工作。

5. 对职员进行管理和对他们的发展提供支持。这些都是教师在开始实施变革并且将其持续下去所不可缺少的。

关于动力的期望理论会帮助我们更加了解对工作流程的范围的重要性。根据这一理论,在变革的动力产生之前,需要向教师们解答以下问题。

1. 我需要完成的任务是什么?

2. 完成这个任务以后所得的利益是我所需要的吗?对我重要吗?

3. 我是否清晰地知道为了完成任务我应该做什么?

4. 我是否应该努力去完成?我会成功吗?

以上的问题,只要有一个答案是否定的话,就意味着教师没有动力为了学校的发展去努力实施这个变革。能促进动力产生的肯定的答案,依靠校长们是否能给予变革单位中的工作流程足够的重视。特别关键的一点是带有管理性质的支持和后勤保障,能让教师们相信领导的诚意,进而参与变革。

把政治系统作为变革的单位

采纳和实施变革与变革的制度化还是有一段距离的。当变革不再被当作改革的时候它就变成了制度化。此时,它被看做是学校和整个校区的正常事务的一部分。当变革已经深入到校区的政策、规范和程序中,深入到实际预算分配中,深入到学校的结构和管理计划中,以及深入到正式给老师的奖酬系统中的时候,它就成为了制度化的东西。然而在学校中一个能达到制度化水平的变革是很难建立的,这也说明了为什么变革很难坚持下去。

在提出和实施变革目标的过程中,校长是主要的角色。无论变革是以个人为单位,以学校为单位,还是采取一种以合适的变革单位为基础的工作流程来进行,校长都扮演着重要的计划和领导的角色。变革逐步达到制度化的过程中,校长还没有足够大的影响力。因此在这个时候,校长需要很多的帮助,例如学校教务部门,行政主管部门,办公室职员,以及学校董事会和教师会的支持。除此之外没有别的方法。在学校的范围里即使是最好的想法和最热情的回应也不足以给学校带来长久的发展状态。

要想使变革被采纳必须有一个倡导者,而最强有力的倡导者就是学校的领导,因为他们与职员和学校董事会紧密相连。很多研究都证明了这一点。

伦理方面的问题

在发起变革、校长总被认为要承担相当重要的责任时,他们经常会觉得不舒服。变革毕竟是以一个"社会工程"的形式进行。而且,当一个人在引进变革方面已经具备了一定的技巧时,随之而产生的就是关于伦理方面的问题。比如,我们在讨论领导能力还是真的在讨论如何进行领导? 这个问题的答案是不容易的。但是有一点是肯定的——校长有责任领导一个学校,同时需要采取一系列的行动来促进学校的发展。因此校长作为变革的行动人和带头人是理所当然的。

有人提出应该给校长提供一套行为规则,以确保他们在实施变革时的行为是合乎伦理规范的。这是因为变革的工程技术,群组的压力,还有执行变革的部门应是互相合作的关系。这种合作要求校长与教师们建立平等的伙伴关系,互相了解对方的意图。变革的理念应该是诚实的和率直的。比如校长不必为了以后的改革而奉承他的教师们。

首先,应该先对将要被改革的工程技术涉及的员工进行培训。也就是让他们尽快熟悉解决问题和变革的程序,使他们能够独立工作。给教师们解决问题不如帮助他们学会解决问题的方法。其次,改革的工程技术要经过实验。"实验"就意味着改革并不是为了改革而盲目地实施改革,而应从实验性的实施开始,直到证明它是值得实施的或是从中产生灵感,有了更好的改革措施。

改革的工程性技术应该是以任务为中心的。也就是说,改革时要以解决问题的方法和需要为中心,而不是以维护主张改革的校长或其他倡导改革人的声望为中心。以任务为中心需要人对改革有动力。校长应该把与工作相关的客观条件放在第一位,这些客观条件就是注意提高教与学的水平。如果一个学校的发展很成功,那么校长和其他的变革负责人都会满足自己的个人成功同时获得一定的声望。这些可以算是艰苦工作的回报,但是仍然以进行变革利于学校发展为首要任务。那些只是注重得到上司的更多注意,想以改革提高自己的地位或是在学校的影响的校长将会违背伦理规范。

一个利于变革的团队

我们聚焦在校长身上,自然要强调校长的任务和在学校发展过程中的重要作用。当然,校长是不能单独工作的。校长不能忍受单独承担学校领导重任的事实早已非常确定和清楚。尽管校长是很重要的,但是校长不应被当作学校发展的唯一的关键。教师、督导、部门主管和专家都是很重要的。研究表明把校长作为一个最佳变革团队的领导同时又和其他改革实施者合作,这样会更加有效果。在学校管理团队中工作的校长更加有效率。因此,应该建立一个有利于让整个团队共同计划、推行改革的组织系统。

调查发现,在一些学校里,他们每个星期都碰面并且回顾最近学校的发展,讨论最近的想法和计划在下一周里每人都应该做些什么。当他们再次开会的时候,他们互相询问最近工作的进展情况和需要再注意些什么。在另外一些学校,则存在一种等级式的结构:第一级是校长,只与第二级即副校长交流,而第二级只与第三级即部门主管进行交流。这样的流程本身无可非议,最重要的是他们要形成一个团体。

组织变革:克服阻力

要了解组织变革这个概念,我们需要先看以下几个焦点问题。

1. 为什么开放的系统模式能够帮助理解组织变化的特点?

2. 对于学校来说,进行变革的主要推动力是什么?

3. 为什么学校员工有反对变化的心理倾向?

4. 学校的管理者可以用哪些方法来减少对变化的抵制？

5. 对动力领域的分析如何帮助管理者理解变化的进程？

6. 什么办法可以用来改善学校机能？

我们从探讨开放的系统模式来讨论与学校组织变革有关的问题，这种模式为理解学校变化的进程提供了有用的框架。我们研究学校变化的内在和外在推动力、对变化抵制的主要来源以及如何克服它们。动力领域的分析成为探究变化的复杂本质的有用范例。最后，我们展示分析不同的变化手段，包括个人和集体策略。

近年来，创建组织理论的主要思路已经转移到"组织框架的创新"这一重点上来，而这种变化以组织人力资源管理的战略和外在及内在环境决定论为基础。这个新的组织变化途径与当代关于组织管理的看法有部分不同。商业和教育开始都遵从 Z 理论管理原则。这样的管理可能与教师的权力、工作生活质量的改善和学校和社区的有力联系有关。当学校引进这样的原则时，他们可能代表了对现存惯例的变化。但是，什么导致了这样的变化发生？

我们用社会系统这一说法来代表人际关系总称，如学校、校区和社区间的关系。我们指出了外部环境对每个社会系统的影响。换句话说，几乎所有的社会系统都是开放的系统。我们将仔细阐述开放的系统这一概念，因为它对理解学校组织中的组织变化有很大作用。

作为开放系统的学校

我们可以把学校组织这样的社会系统看做是从外界环境输入（材料、信息和人）的连接、加工过程（技术——人文组织）和输出（产品和服务）。这个系统可能包括一个或多个控制的反馈循环。比如，从内部和外部环境中获得的反馈认为输出的成果低于标准，这可以导致加工过程和输入中的某一环节或同时的改变。组织的效力就是这样建立在对内部和外部因素的反应和调整上（见图12.1）。

专家提供了一种对开放系统最综合性的描述。他们提出了所有开放系统都具备的九个特点。

1. **能量的输入**。开放的系统以人、材料和信息的方式从外界环境中输入能量。

2. **生产能力**。开放的系统传送输入的能量。组织建立产品，培训人员，提供服务并加工材料。

3. **输出**。开放的系统向外界环境输出一种产品。在学校里，所输出的是学生的知识、技能、能力和看法。

4. **过程的循环**。在开放的系统中，活动的方式是循环的。产品的输出为重复循环提供了能量。在学校系统中,资源(人、材料和信息)的输入被用来教授学生,之后学生又被输出到外部环境中去。这些毕业生继续以资源(资金、人或材料)的方式为学校系统提供能量,向系统输入新能量引起新的循环。

5. **能量散失**。能量的散失是自然法则,确定所有形式的组织都会走向灭亡和解体。由于开放的系统能输入超过所需的能量,它就能生存并不断壮大。但是,不是所有的组织都持续输入超过他们消费的能量。结果是,每年都有很多组织停业。

公立学校是一种特殊的组织形式,被归类于"移植的"组织。换句话说,公立学校在很多方面受到保护。比如说,他们的客户(学生)必须参与到组织中来,而不管组织如何表现,它总是会受到保护。而且,尽管公立学校必须为公共投资而竞争,事实上,它们却受到法律保护,根本不会停业。

6. **反馈**。进入组织的信息是被编码和选择过的,这样,组织就不会接收到超过它处理能力的信息。信息提供环境的信号和负面的反馈——背离环境的需要。这是一种控制技术。

7. **自我平衡**。从环境中持续流入,但是比率却保持相对的平等。这个过程维持系统的特点和平衡。但是,这种平衡并不稳定。比如说,随着组织目标的改变,就会产生一种新的特点来成为自我平衡的基础。

8. **差异**。开放的系统往往趋向于功能的细化和专业化。学校中的作用,包括督学、校长、教师和其他专业人事的作用都在这个趋势中体现出来。

9. **相同结果**。在开放的系统中存在多种产生相同结果的手段。

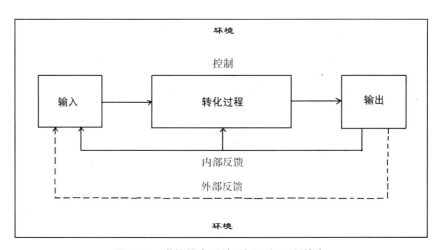

图 12.1　学校社会系统:输入、加工和输出

图 12.1 显示开放的系统与外部环境的相互作用,并强调开放系统的特点。作为开放的系统,组织内部的每个部分都相互依赖和影响。

为了保证组织有效运转,每个部分(输入、加工过程、输出和外部及内部环境)必须被成功地管理并结合起来,比如说,过分关注技术——人文组织(加工过程)和忽视组织的产品及服务对外部环境的影响可以导致严重的后果。与之相似,过分关注输入或输出,却忽略技术——人文组织也会产生可想而知的后果。

我们都曾看到,管理者把所有精力用于输入和输出,却不关心员工动机、领导质量、决策方法和内部沟通时,就破坏了校区的环境。结果是,学校教师的士气和工作满意度很低,产生人际冲突以及对学校和校区领导的失望。这些都是对社会系统中的反馈和人际关系处理不够重视的例子。

组织变化的推动力

什么导致学校组织中变化的产生?总的来说,推动力来自于内部和外部环境。这些推动力包括政府对教育的干涉、社会价值观、新技术和知识的爆发以及管理者和员工需要的实现。

政府对学校的干涉

很多年来,美国联邦政府持续增加对教育事务的干涉。这种干涉很多体现在对公民权利和平等教育机会、校区废除种族歧视以及残疾和贫困学生教育的立法上。在这些干涉依然存在时,总统已经不再强调联邦政府对教育事务的作用,他已经给了州和地方的教育领导者更多制定政策的自主权。

不过,1983年发表的《在危险中的国家》和1986年发表的另外两份著名报告中,立法机构颁布了700多条有关教育的条例。这些条例侵犯了教师、管理者和地方社区的权利。由这后两份报告发起的第二次学校变革浪潮把地方学校看做变化的中心。不应该从上到下进行变革,而是从最基层的地方学校和社区开始。

社会价值观

社会价值观的改变也显示了外部环境对组织变化的影响。社会价值观体现在员工的态度和期望上。比如说,我们注意到在现在的学校当中,一些因素(工资、工作保障、工作条件、管理、组织政策和地位)被认为是应该具备的。就是说,缺乏这些因素会导致员工对工作不满意。

最近又提出工作生活质量这一概念。通过这个概念,我们要传达的意思是员工通过参与组织活动能够满足自己的需要。最近,在影响提高工作生活质量的组织变化上,管理部门和工会都起到积极的作用。

社会价值观同样影响政府的立法,这也会给校区的变化带来外部推动力。比如,60年代和70年代早期,平等、高效的价值观凌驾于国家政策考虑之上,而教育政策的决定就是以这个高于一切的价值观为基础的。从70年代末开始,政府对平等的迫切需要导致了美国学校中的"优化运动"。到80年代和90年代初期,里根和布什的管理方式继续强调学校的优化并弱化了平等和联邦政府在教育政策决定方面的作用。这种对优化和州及地方政府对教育政策决定的介入的强调在现存的管理中延续下来,中间进行了一些修改。但是,21世纪教育变化的政策考虑可能要把焦点同时集中在优化和平等上。在后一种情况下,会注意持续增长的少数群体的教育需要,招聘少数民族的教师和管理者,以及在吸毒、青少年自杀和艾滋病泛滥的国家中的青年人的思想健康。

技术变化和知识爆炸

另一个外部推动力的来源就是每个组织都在经历的技术爆炸。这种推动力一部分是由于组织内部的研究和发展。比如说,很多大的校区现在都有研发部门。但是,大量的技术发展是在组织外部产生的。这种发展是政府发动的研究和大量教育组织研究的共同产物。

与技术发展同时产生的还有知识爆炸。愈来愈多的人在上大学,大部分人都有本科学历,高等教育不再只是为尖子生而设。对继续教育的强调持续增加,一些年龄较大的学生开始重返校园。新技术需要知识的发展来实现。这样,新技术和知识之间的相互影响和组织中产生新技术所需的知识构成了进行技术变化的因素。

进程和人

组织中的内部环境推动力同样导致变化。两个最重要的内部推动力来自于进程和人。进程的推动力包括沟通、决策、领导和能动战略等。这些环节中的任何一个出问题都可能产生变化的推动力。沟通可能不够;决策质量可能差;领导可能不适应新情况;员工可能根本就没有动力。这样的进程反映开放系统模式中加工环节的问题,也可能反映变化的需要。

人的问题的征兆有教师和学生表现差、缺席率高、退学率高、教师反对率高、学校与社区关系差、管理部门和工会关系差,还有教师士气和工作满意度低。教师罢工、许多员工的抱怨和不满都是内部环境问题的表现。这些因素为学校管理者发出信号——必须进行变化。另外,内部推动力在应对外在推动力导致的变化时产生。

如今,由于许多学校的管理者转向了以学校为基础的决定形式以寻求课程和教育的改善,变化的计划就变得重要起来。从研究中,我们得到提高变化成功率的基本条件。

实施变化及其条件

以下是四种对实施变化有帮助的条件。

- **条件一**:**参与者的加入**。近期的管理理论直接提到参与者在做影响他们工作生活的决定时的参与性。很多人认为在学校引进变化时采用大多数人的意见很重要。
- **条件二**:**高层管理者的支持**。督学不是典型意义上的变化代理人,但是他的支持对变化的成功至关重要。经济支持,在董事会上对倡导变革者的表扬和参观学校会对员工有积极的影响。
- **条件三**:**不增加教师的工作负荷**。典型的教师都有过重的工作负担和很少的业余时间。变化不该再给教师增加沉重的负担。需要更多时间执行的变化应该包括减轻他人责任的计划。
- **条件四**:**变化代理人的积极参与**。变化的代理人可能是学校或校区中的任何人。这个对变化负有直接责任的人应该对变化的监察起到积极支持的作用。这样就会保证变化的日常进展并给所有相关的人提供信息来源。

抵消对变化的抵制

目前出现了让学校组织进行变化的推动力并需要员工做出反应。但是,很多变化中的问题与抵制力量有关,即维持现状或平衡的力量。两个问题与变化的反对因素有关:产生抵制的原因和减少抵制的办法。

产生抵制的原因

组织变革是学校领导者尝试提高学校效力的努力。这些尝试自然引起成员的不同反应。一种对任何变化的典型反应是抵制。学校管理者需要了解产生抵制的普遍原因。这些原因包括对实现需要的干涉、对未知性的恐惧、对权力和影响力的威胁、知识和技能的退步、组织结构、有限的资源和集体劳动合同。

对实现需要的干涉 干涉个人经济、社会、地位或其他需要的变化可能会遇到抵制。人们通常拒绝那些将会减少他们收入或降低工作职位的改变,比如终止合同或降职。除满足经济和地位需要外,人还为社会原因工作。组织中形成的社会关系对成员来说通常比认为的重要。比如说,即使是重新安置同一大楼或校区里的员工这样的小变化也会影响到社会关系,从而导致抵制。

对未知性的恐惧　人都喜欢稳定。他们对现有的系统可能投入了大量的时间和努力。他们已经建立并习惯了工作常规,了解了自己的职责范围和领导的期望。他们也知道自己的工作表现会出现什么样的问题。就是说,他们已经学会怎样完成工作,怎样从领导那里获得好的评价,怎样与同事联系等。换句话说,现存的系统有很高的确定性。

对成形的工作常规和责任的改变会产生一些潜在的不确定性。例如,员工会害怕他们不能按以前的标准完成工作。他们可能要学习一项新工作,学会适应一个新领导的期望,调整与新同事的关系,交新朋友等。当产生变化时,常规被破坏了,员工必须开始寻找新的不同的方法来在环境里发挥自己的作用。

对权力和影响力的威胁　反对情绪可能会因变化可能削弱某人在组织中的权力和影响而产生。一种权力来源是控制着别人需要的东西,如信息或资源。在组织中已经建立起权力位置的个人或集体会对可能减少他们权力的改变提出反对。比如说,一个自己学校面临着与其他学校合并的危险的督学就会反对这种变化来维持他现在的职位。与之相似,现今校区里的管理信息系统可能会被高层管理者反对,因为它让更多校区成员了解更多信息。如果执行该系统的话,这些管理者就会失去这种影响力和权力的来源。

知识和技能的相对退步　与对权力和影响力的威胁有点关系的是知识和技能的退步。前者适用于管理者,后者适用于组织中的任何成员。员工会抵制使他们的知识和技能相对退步的变化。拿已经工作很多年、掌握复杂的会计系统的簿记员为例,督学宣布要推行更简单、有效的计算机会计系统,簿记员就会感到受到威胁,可能就抵制这项变化。

组织结构　像所有现代的组织一样,学校也有很多一个理想的官僚机构具备的特点:权力的分级、劳动和专业化分工、规则和规章、人际关系和职业方向。事实上,组织的真正概念是必须给集体一些结构级别,这样他们才能实现组织的目标。但是,这种对结构的合理需求可能会使组织机能混乱,并成为主要的抵制因素。比如说,典型的学校有明确的职责分工,清楚的权力、责任和义务划分,以及有限的上传下达的渠道。

过分强调权力级别导致员工只向领导反馈对他们工作有利的信息。避免负面的反馈阻碍了管理者了解下属需求和辨别组织变化的需要。组织结构越高,信息传递的过程中需要经过的层级就越多。这就增加了一个新想法在由下到上的传递过程中被忽略的可能性,因为它与学校和校区的现状相冲突。

有限的资源　一些校区更愿意维持现状,而另外一些更愿意改变,如果它们有足够资源的话。总的来说,变化需要这样的资源:资金和有恰当技能和适当时间的人力。一个校区可能发现了很多能够改善校区运行效率的新办法。但是,由于没有足够的资源,它可能必须要放弃这种变化。我们确信,你会发现大量这种由于资源缺乏而被放弃的变化。

集体劳动合同　在教育政策事务方面最普遍的变化就是与教工联合会和其他员工联合会签订劳动合同。合同通常规定了出勤的义务,这可能限制了员工的行为。集体劳动合同是个很好的范例。就是说,做事的方式等这些曾经被认为是管理者特权的事情在集体合同中被确定下来。一些例子包括工资、生活费调整、班级规模、教师调动、校历、课时、评估和提升等。这样的合同限制了学校管理者随意进行改变的行为。

减少对变化的抵制

为了更好理解对变化的抵制力,科特·李文发展了动力领域分析这一概念。他把组织内部的行为看做是相反因素共同作用的动态平衡,而不是静态习惯。他相信我们应该想到任何改变都是由驱动力(变化的推动力)和阻力(变化的抵制力)共同作用产生的。这些力量可能来自组织的内部或外部环境,或者来源于变化代理人的行为。

学校管理者在推动变化和努力减少抵制力方面起到积极的作用。他们可以把组织的现状看做是驱动力和抵制力互相作用的结果。代理人必须估计出变化的潜力和抵制力并努力改变力量的平衡,这样才能朝着理想的方向发展。有三种方法:增加驱动力、减少抵制力和考虑新的驱动力。

李文指出,增加一种力量而不减少另一种会导致组织中的气氛紧张甚至是冲突。减少另一种力量会减少紧张程度。虽然增加驱动力有时很有效,但是同时也减少抵制力会更好,因为增加的驱动力会被增加的抵制力所抵消。换句话说,当我们推别人,他们可能会向后推。图 12.2 显示了这两种力量——推动力和抵制力。这是学校管理者面临的一种形势,同时也是他们必须在尝试进行变化时要解决的日常问题。

如图 12.2 所示,当驱动力和抵抗力不平衡的时候就产生改变。这种不平衡性将现状——管理者决定方向——转向一种新的、理想的状况。当达到新的、理想的状况时,反对力又开始与驱动力达到平衡。变化中的不平衡会出现在这样一些情况下:任何一种力量的强弱变化、某种力量方向的改变或引进一个新的力量。

而且,随着时间的推移,变化包括一系列的组织进程。李文提出这个进程需要三个步骤:解冻、前进和再冰冻。

1. **解冻**。这一步的意思是减少维持组织现状的力量。解冻可以靠引进新的指出现状不足的信息或减少现在的价值观、看法和行为的影响来完成。危机通常引起解冻。危机的例子包括学生退学率的急速增长、严重下降的入学率、校

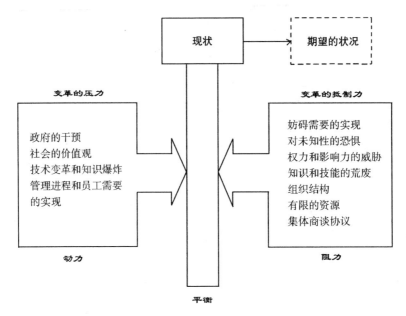

图 12.2 变革的推动力和抵制力

区中人数的改变、教师和中层管理人员反对的突然增加、一场花费巨大的诉讼或其他突如其来的事件。没有危机也会产生解冻。气氛调查、财政资料和注册公报可以用来决定校区中的问题和在危机爆发之前推行变化来解决问题。

2. **前进**。一旦现状被解冻,它就能被改变。这一步通常包括通过内化、识别或结构改变来形成新的价值观、看法和行为。有些变化很微小,只涉及少部分人,比如招聘和选拔程序的改变;另外一些变化是主要的,涉及很多人。后者的例子包括一个新的评估系统、工作职责的重新分配或校区的重新安排——把教师安排到系统中不同的学校里去。

3. **再冰冻**。最后这一步是以一种新的类似平衡的状态稳定这个变化。组织文化、团队惯例、组织政策的变化或组织结构的修改通常完成这一步。

图 12.2 中动力领域分析显示了学校中变化的推动力和抵制力。管理者可以用六个方法来减少抵制力:参与、沟通、支持、奖励、计划和强制。

参与 一种最好的减少抵制力的办法就是邀请那些可能受到变化影响的人共同参与计划、设计和执行。这样做的效果至少有三个:(1)那些受变化影响的人在参与计划、设计和执行的过程中,可能会产生新的想法。这些想法可能会促成更有效的变化;(2)参与者成为变化的一分子,这样他们更愿意看到变化的成功;和(3)通过提供有关变化本质和结果的信息,减少了对未知性的焦虑,谣言不攻自破。

沟通 另外一个办法就是沟通,并对员工解释变化的本质和必要性。在解释必要性的过程中,建议管理者解释变化会对员工产生的作用。这同样也会减少员工对未知性的恐惧。了解管理决定本质的员工更可能支持新的观点。

支持 变化的有效执行需要像学校督学这样的高层管理者的支持。督学的支持通常意味着组织中低级别的管理者会支持变化。在执行变化的过程中,对校长来说尤其重要的是要采用支持性和善解人意的领导行为方式。这种领导包括倾听下属的看法、平易近人并采纳下属有益的意见。有支持性的领导者努力使工作环境变得舒服融洽。例如,困难的变化需要通过对人员的培训来使他们获得执行变化所必需的技能。管理者需要提供这种培训。简单说来,当执行变化的程序顺利时,就会遇到更少的抵制力。

奖励 当变化到来时,大部分人会说:"这对我有什么好处?"下属不会反对对他们有直接利益的变化。例如,在董事会与教师商谈集体合同时,为了让教师支持一项新计划可以适当向他们做出让步。这种让步可以包括加薪、奖金或让教师参与更多的决定。管理者还可以用标准的奖励,像认可、更高的责任、表扬和社会地位等。这样,运用奖励可以帮助减少下属对变化的抵制力。

计划 预期的变化应该事先做好计划。变化不可避免地会导致下属对新期望的焦虑和未知性的恐惧。提出的变化可能需要新的表现标准。因此,管理者在做变革计划时,需要仔细考虑表现的标准。过低的标准会对表现产生负面影响。反之,过高的标准会导致"低水平"的表现。而且,逐步引进变化可以减少变化对下属的影响,并给他们时间调整自己,适应新的期望和状况。

强制 在其他办法失败的时候,最后的选择就是强制。有些变化需要立即执行。高层管理者可能有相当大的权力,这使他们可以使用强制手段来实施变化。下属如果不执行变化,会面临失业、提升机会的减少、不加薪(这种方法不常用于公立学校)或工作调动的威胁。但是,强制手段也有负面影响,包括挫败感、恐惧、报复、疏远以至离开。这可能会导致不好的表现、不满意和混乱。

在为因变化抵制力做准备的时候,应该问两个问题"谁在发动变革?""怎样实施?"这两个问题会帮助代理人认识到变化的来源、类型和方法。

减少对变化的抵制力

● 发动变革时需遵守以下原则。

——使主要的教师、家长、董事会成员和社区领导感觉这项计划是他们自己的。

——获得高层对变化的支持。

——采用以学校为基础的管理方式。鼓励共同做决定。

——愿意做变化的代理人。作为指导者,你不需要在所有变化中都是最有力的领导者。

- 实施变化时遵守以下原则。

——让变化的参与者看到,它减轻而不是加重工作负担。

——向参与者一再保证变化是具有长远意义的。

——向那些最可能参与变化的人展示变化是有吸引力、有意义的。

——要灵活。对实施变化的不同方法要开放。

——在误解出现时,马上就澄清。帮助参与者理解变化是一个进程,而不是一个事件。

——在参与者中建立信任和和谐。

变化的个体手段

一个提高组织效力的办法是提高组织中个体的功能。这包括两种基本的方法:第一种针对的是改变工作或个人对工作的理解,目的是使员工对工作更满意;第二种方法针对的是改变人。我们探讨的手段是工作丰富性、实验室训练、行为修正和交叉分析。这些变化策略都很重要,但并不是在每一项变化中都能用到。代理人有必要了解这些策略及何时使用它们。

工作丰富性

工作丰富性依靠使工作更有意义、有趣和有挑战性来完成组织变化。以研究为基础,专家发展了工作特点模式图(见图12.3)。如图所示,五种核心的工作特点创造出三种对雇员表现有决定性的心理状态。雇员的知识和技能、发展的需要和对相关因素的满意度调和工作特点、心理状态和成果之间的联系。对工作丰富性来说重要的五个工作特点是:

1. **技能多样性**　指的是工作需要不同的活动来开展,包括使用大量雇员的技能和才干。

2. **任务同一性**　指的是工作需要作为一个整体来完成,而且在从开始到最后进行工作的过程中都可以预见到结果。

3. **任务意义性**　指的是工作对他人的生活有实质的影响,不管是在组织中还是外界环境中的人。

4. **执行自主性**　指的是工作给执行的人和决定程序提供实质的自由、独立和判断力。

5. **反馈指导性**　指的是进行工作需要的活动给个人提供有关他表现成果的指导和信息。

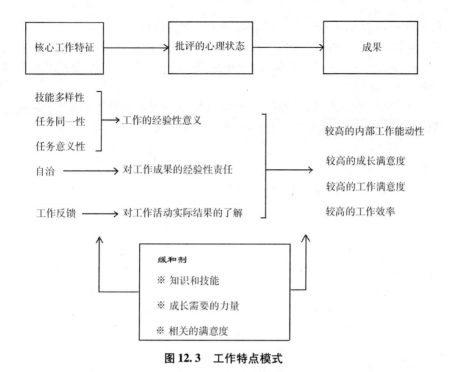

图 12.3　工作特点模式

技能多样性、任务同一性和任务的意义共同影响工作的意义。执行自主和反馈的指导功能各自影响另外两个心理状态：对工作成果的责任感和对工作实际结果的了解。只有那些拥有与工作相关的知识和技能，对发展有较高要求和对有关因素有较高满意度的员工才可能会被丰富的工作所影响。

专家发展了工作诊断调查表来诊断模式中的工作分支并决定工作改变对员工的影响。这样，工作丰富模式中的工作分支可以用下面的数学公式（动机潜力分数 MPS）来表述，这个公式解释了模式中每个分支改变产生的影响：

$$MPS = \frac{技能多样性 + 任务同一性 + 任务意义性}{3} \times 自治 \times 反馈$$

动机潜力分数（MPS）把技能多样性、任务同一性和任务意义性相加后再除以 3。这三种工作特点被平均衡量，单独考虑自治和反馈，其结果就是对工作丰富性的总体评估。

实验室训练

美国国家训练实验室研发了精确的实验室训练，使训练成为广泛采用的针对个体改变的组织战略,而这种训练通常在小组里进行。

实验室训练的目标　研究者描述了六种大部分实验室训练的共同目标。

1. 增加对个人行为及对他人影响的理解、洞察和自我意识,包括别人如何理解一个人的行为。

2. 增加对他人行为的理解和反应灵敏度,包括对语言和非语言暗示的更好理解,这会使人更好地意识并理解别人的想法和感受。

3. 提高对小组和小组间进程的理解和意识,包括推动和抑制小组机能的因素。

4. 提高对人与人之间和组与组之间形势的诊断技能,这在实现前三个目标后获得。

5. 增加将知识转化为行动的能力,这样现实生活的介入会更成功地用于提升成员的效力、满意度和成果上。

6. 提高分析人际交往行为的个人能力,同时,提高学习如何帮助自己和与自己共同获得更满意的、有益的和有效的人际关系的其他人的能力。

这些目标指出,实验室训练对组织变化来说是很有用的策略。在沟通、协作和人际关系方面有问题的校区会从实验室训练中获益,从而提高个人和组织的效力。

实验室训练的设计　典型的实验室训练小组包括10到15个成员和一个专业的教官。T小组训练可能会用上几天到几星期的时间。这些训练通常在组织外进行,但是有些在大学校园内或大型商业组织中进行。训练强调过程而不是内容,集中于个人态度而不是概念性的训练。

四种基本的训练小组类型是陌生人、表亲、兄弟和家庭实验室。在陌生人T小组中,成员来自不同组织,因此,在训练之前,互相都不了解。一个范例就是来自不同校区的督学们。表亲实验室包括一些来自同一组织不同部门的成员,他们的垂直级别有两三个交叉点,在同组中,没有上下级之分。一个范例就是来自同一校区的高中管理者和小学校长。兄弟实验室包括在一个组织中职位相似的成员,没有上下级之分。比如来自同一校区的校长就是兄弟。在家庭实验室里,所有的成员属于一个组织中的某一部门。校区的督学和他的管理班子或者学校的校长和他的系主任就是家庭训练小组的范例。

教官会运用大量的练习、管理游戏,或按照一种无固定结构的格式由小组形成自己的日程来安排实验室训练。

在实验室训练的最初阶段,陌生人实验小组是最典型的一种T小组模式。但是,困难在于当参加者将在这个组织中学到的人际交往技能用在以家庭为基础的组织中时,他们采用了表亲和家庭小组的模式。事实上,近来有脱离实验室训练向创建团队靠近的趋势。实验室训练现在通常被作为更复杂的组织变化战略中的一部分。

行为修正

行为修正强调环境对行为影响的效果。组织行为的修正是通过管理雇员工作行为产生的结果来改变他们行为的过程。在社会学手段的基础上,行为修正是下面四个部分的相互作用:S(促进因素)、O(有机体或雇员)、B(行为)和C(结果),见图12.4。

促进因素　包括内部和外部因素,由知识产生,决定员工的行为。外部因素包括组织结构和与结构相适应的组织和管理进程:决定、控制、沟通、权力和目标的订立。内部因素包括计划、个人目标、自我观察的资料、促进因素的消失、选择的促进因素的暴露和自我约束。

有机体或雇员　环境中的内部和外部因素构成了雇员工作的组织环境。学校的员工要有一个感知的心理过程。比如说,我们讨论的需要理论、期望理论、平等理论、目标订立和目标管理的能动行为都适用于这一模式。

行为　对组织环境和雇员的研究使我们更好地理解学校雇员对组织环境明显和隐蔽的反应行为。行为包括语言和非语言的沟通、行动等。在学校里,我们尤其对像表现、出勤、参与、上下级关系、同事间影响或离开组织等这样的工作行为感兴趣。

结果　代表雇员行为产生的结果。对行为结果的研究能帮助提高对雇员行为的预见和控制。在解释工作行为时,社会学理论家比那些激进的行为主义者更注重内在的状态和进程。但是,在进行组织行为修正的过程中,像自我管理这样的方法还是远远不够的。如模式中显示,行为是内在和外在因素以及随后产生的结果的功能。有些后果加强行为,而另外一些却削弱它。

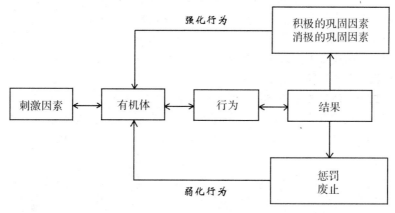

图12.4　促进因素、有机体或雇员、行为和结果

巩固的流体效应　改变组织环境、雇员、行为和后果之间的相互联系会形成流体效应。如图12.4显示,加强行为的结果可能是正面的巩固或负面的巩固;削弱行为的结果是废除和惩罚。

正面的巩固是靠使人愉快的刺激因素来增加一种理想行为的可能性。学校中的例子包括加薪、表扬、更理想的工作安排、奖励或只是个微笑。但是,所有的巩固策略都对某个人或某一情况有效。

负面的巩固是靠消除不良刺激来增加理想行为的可能性。比如说,大学中的足球教练在球队参赛战绩下降的时候,都需要所有球员参加星期天早上的练习。球员会通过在下一场比赛中的高水平表现来避免他们厌烦的星期天早上的练习。

废除是消除某种维护不受欢迎的行为的刺激因素。如果这个行为不被改正,就会渐渐消失。比如说,你有这样一个助理,她喜欢在你每次走进办公室的时候,用15或20分钟谈论她的个人生活。过去,你一直很礼貌,认真听她讲她的个人经历。实际上,你消极地助长了她的行为,为了让她停止这种不受欢迎的行为,你必须在简单问候之后,不理会所有谈话,转身走出办公室。这将会有助于停止这种影响她工作的行为。

惩罚是用一些不愉快的刺激来遵循一种不想要的行为。理论上,这会减少不受欢迎的行为的可能性。惩罚的例子有口头警告、书面警告、停职、降职和解雇。在短期过程中,惩罚会消除不受欢迎的雇员行为,但在长期运转中,经常使用惩罚对组织弊大于利。

组织行为修正的步骤

专家提出五个修正组织行为以改变雇员行为方式的步骤。

第一步　识别与重要表现有关的行为。校长和教师从描述他们要进行的变化开始。分析包括识别与重要表现有关的行为,这些行为可以被观察、量化和明确解释。教师或校长可以执行识别的过程。在任何情况下,为了使用巩固战略,都要进行必要的训练。

第二步　测量与表现有关的行为。在先前知识基础上,获得对目标行为频率的测量。用记分表和时间样本来收集资料。在学校里,选择评估可观察的课堂表现、工作完成情况、对活动的参与、学生成绩、建议、出版、缺席率、对社区的服务、有关课程的进展和投诉等,把基本的评估时间作为底线。

第三步　分析行为的前因后果。要被改变的行为通常受到以前发生的事情(前因)的影响,也有一些可预见的后果。例如,一个特别不力的教师可以作为研究的案例。这个教师缺乏有效的教学技巧,与学生关系不好,并且对同事的表现和态度起到负面影响,却经常抱怨管理政策和程序。在这一步,校长用巩固的流体效应来决定这种行为何时出现、原因是什么,以及会产生怎样的后果。对这位教师行为的有效改变需要消除这些巩固的后果。

第四步　实现变化。运用正面巩固、负面巩固、废除和惩罚来改变与重大意义表现有关的教师和其他雇员行为。换句话说,先用干涉策略,然后用正确的巩固效应实施这个策略。最后,用恰当的巩固安排维持这种行为,包括不同的比率、固定的比率、不定的间隔和固定的间隔。

第五步　评估行为变化。在四个领域评估行为变化的效果:教师的反应、对概念的掌握、行为改变的程度和行为变化对实际表现的影响。在评价行为变化的成功和失败时,将初始的底线测量与行为成果测量相对比。如果在这一步中明显表现出第四步中实行的干涉策略没有产生预期的效果,那么从第一步开始重复这个过程。

交叉分析

专家发展了应用与心理治疗的交叉分析。管理者可用交叉分析作为组织变化的手段。

交叉分析包括三种:结构分析(对个人性格的分析)、时间安排(对人们如何安排时间的分析)和生活事迹(分析人们在生活中的角色)。组织变化的重点集中在结构分析和时间安排上。

结构分析

每个人的性格都是由他们的自我状态构成的。自我状态就是与行为方式直接关联的感情和经历。虽然学校管理者不能指导自我状态,但是他们能观察行为,并从中推断在某一时间是这三种自我状态中的哪一种在活动。这能够帮助他们更好了解别人和他们的行为。

这三种自我状态——家长、成人和孩子,对所有人都一样,但是,在个人背景和经历的基础上,每项的内容对每个人来说又是独特的。

- 家长自我状态来自于一个人的家长或其他在这个人的童年中的强大人物。它对别人展示的是培养、批判或订立标准等行为。表现出家长自我状态的学校管理者喜欢指示下属,把他们当作孩子来看待。
- 成人自我状态反映出成熟度、客观性、问题分析、逻辑性和合理性。它发展的趋势是收集信息、仔细分析、引起变化和做出逻辑选择。公平、客观对待下属的学校领导者表现出成人自我状态。
- 孩子自我状态来自于儿时的经历。这种自我状态可以是顺从和服从领导、叛逆、情绪化或可能不满足。

时间安排

另一个重要的交叉分析是人们安排时间的方式。有六种安排时间的基本方法：

1. **躲避**　可以是身体上和精神上的。一些例子包括从争吵中走开（身体）、退出以避免痛苦和惩罚（身体）、退出来思考问题（精神）和做白日梦（精神）。

2. **惯例**　是程式化的事务，像"Good morning, how are you!"这种带修辞色彩的问题的回答是"Fine. And how are you?"这种交流除了证明认出其他人外，没有什么意义。如果信息的接收者真的回答了问题，发送者就会觉得多此一举，因为他根本没期望什么回答。

3. **消遣**　是有重复性的、非程式化的事务。在社交场合讨论天气或政治就是范例。

4. **活动**　包括围绕工作为中心的事务。工作满足人们不同的需要，如认可和成就。我们都知道很多人在退休后不久就去世了。对这一现象的解释包括人失去了安排时间的方法与对社会的价值和重要性。

5. **游戏**　是本质重复的、有明确心理回报的隐蔽性事务。人们用游戏来避免信任或亲密。我们只描述著名的在组织中使用的游戏。领导跟下属经常玩吹毛求疵的小把戏。比如说，校长向督学提交报告，督学迅速浏览一遍，不管报告有多好，督学发现一处或几处瑕疵并向校长指出。用这种方法，督学维护他的权力地位。这个游戏可以在任何层级中进行。另外一个上级维持权力地位的游戏被称为："是，但是……"比如，督学让校长参与做个决定。校长的每个建议都伴随着督学"是，但是……"的回答。最后，还有个诱捕游戏。在这个游戏里，一个员工引诱另外一个进入一种工作状态，而这个被引诱者注定要失败。当出现错误时，督学完全怪罪于校长，结果是困境、训斥甚至解雇。

6. **可信度**　指的是游戏中缺少的和利用人的事务。

可信度的三个基本方面是：责任感、不操纵和超越职位差异。责任感描述的是领导者承担责任并允许犯错误。可信的领导者承担自己行为的责任，并允许犯错。在另一方面，不可信的领导者不愿承担责任，也不允许犯错误。他们责怪别人和造成他们失败的环境。

不操纵下属反映了下属感觉他们的领导不利用他们。可信的领导者避免像使用物品一样利用人，而不可信的领导者像对待东西一样对待下属。

超越职位差异指的是打破陈规，按人和环境需要做事的能力。可信的领导行为不受传统职位要求的限制。不可信的领导者按照他们的职责描述做事，从来不允许自己做出打破常规的事情。

在随后的研究中，研究者报告领导者的可信度与教师对指令的信任和忠诚有关。他们总结信任的气氛推动学校组织的变化。学校变化的主要障碍是下属担心管理层提议的变化有隐含的目的,会对他们有不利影响。开放和可信的行为培养信任,这种信任可能会减少对变化的抵制。

交叉分析怎样与组织变化联系?以上关于时间安排、交叉分析和结构分析的知识会使学校管理者更有效处理与员工和同事的关系。学校人际关系效力的提高对减少对管理者提议的变化的抵制是有帮助的。

重新定义改组学校中的校长

学校改组的过程中,校长的作用随之改变。研究表明,对校长的期望只增加,没减少。

重新定义校长的作用

在改组的学校中,校长作用的改变可以分为下面三类:分权领导、推动教师成功和扩大学校社区。

- **分权领导**。对改组学校中校长作用重新定义的核心是重新形成权力关系。在这些重新安排的权力关系里,包括两个任务:委派责任和发展合作的决定程序。研究表明,组织和社区都经历着分权的难题。对校长来说,另一个难题就是他们在决定过程中想成为一个推动者或平等参与者。
- **推动教师成功**。经历基础变化的校长主要履行五个职能:帮助形成分享和分担的决定;发展内部和外部关系网络;按理念分配资源;提供有效执行变化的信息;和推动教师在准备和整个变化过程中的发展。
- **扩大学校社区**。研究表明学校的变化提高了校长跨越校界的影响力。两个任务是它的基础:推动学校和与校管会一起工作。改组学校校长的大部分时间被用来建立公共关系和提升学校形象。校长更多参与校管会工作:提供资源,维持关系,做决定前与他们商议和形成成员的凝聚力。

变化的集体手段

有效的学校表现依赖于每个个体作为有效集体成员工作的能力。现在,我们集中讨论针对提高集体表现的变化手段:职责分析技巧、解决集体间问题、过程咨询、调查反馈和战略计划。

职责分析技巧

职责分析技巧详细说明职责期望和团队成员的职责。在学校里,人们有不同的专业职责:董事会、督学、校长、教师和其他专业人员。在很多校区中,人们缺乏对自己职责期望的理解,也不知道需要什么样的支持,这阻碍了他们的表现。职责分析技巧可以用在新团队中,用来分析主要作用;或者用在已经建立的团队中,解决职责模糊的问题。在一系列步骤里,团队成员了解并清楚自己的职责。

第一步:定义职责　每个人都为自己的职责、在校区中的位置、存在的合理性和在实现校区总目标中的作用下定义。整个集体开放地讨论这些说明。在团队和承担职责的人对定义满意前,要增加和删减一些行为。

第二步:检查期望　每个承担职责的人列出对他的表现影响最大的其他人的期望。然后全体讨论、修改并达成共识。

然后,集体讨论这个集体对每个职责的期望。最后,集体和每个承担职责的人讨论、修改并对这些对他人的期望达成共识。

第三步:总结职责　每个承担责任的人对定义的职责做出总结。要包括:由职责决定的一套活动;对其他人的责任;和其他人对这个职责的期望。

成员喜欢这个技巧,因为这使他们了解校区中的其他人都在做什么,又与他们的工作有什么联系。而且,由于对每个职责的公开和详细检查,职责分析保证对职责的履行。

解决集体间的问题

学校是很多部门和集体的组合。有时候,这些部门和集体间会产生冲突。集体间的竞争会影响学校或校区的总成果。在竞争中,每个集体变得更加融合。内在的不同被放在一边,成员加强对他们集体的忠诚度和同一性。集体的成员认为互相之间越来越相似,而其他的集体越来越不同。每个集体更有组织性,为了与其他集体竞争而使自己的需要和成员的相一致。每个集体都把其他的看成是敌人,沟通越少,敌意就越多。

这些冲突的负面后果使管理者寻求解决的办法。一种方法就是解决集体间的问题。下面列出了通常会进行的活动。

第一步:双方会面　两个集体的共同管理者询问它们之间的关系是否不好,是否有改进的可能。如果这两个集体确认,这个解决问题的过程就开始。推荐利用一个外部的中间人,因为在这种情况下,一个中间人对创造双方的共同点是必要的。

第二步:找出问题 两个集体在不同的屋子里会面,并列出两份清单。在一份清单上,他们列出对另外一组的看法、态度、感觉和意见。这份清单包括对这些问题的回答:另外一组什么样? 他们做的什么事使我们生气? 在第二份清单上,他们试图预测另外一组会怎样说他们。这份清单包括对这些问题的回答:另外那组不喜欢我们什么? 他们怎么看待我们?

第三步:分享信息 两个集体坐到一起来分享他们清单上的信息。首先,双方都读出自己第一份清单上的内容。在这一步里,中间人并不允许开始讨论,双方只能对问题做出回答。接下来,双方都读出自己第二份清单上的内容。

第四步:分析信息 两个集体分别回到他们的房间去讨论他们所了解的有关自己和另外一组的信息。通常,他们会发现他们之间的敌对和冲突都是因为误解和缺乏沟通,正如清单上列的一样。两个集体之间的问题似乎比起初认为的要少了。在这次讨论之后,要求每组准备一份仍未解决的问题的清单。

第五步:解决问题 两个集体重新坐在一起分享并讨论他们的清单。在这次讨论后,双方共同列出一份未解决问题的清单。他们还要共同找出解决问题的办法并分配责任。这些步骤说明谁要做什么,什么时候做。

第六步:坚持到底 作为对战略的跟踪,最理想的通常是召集两组或他们的领导开会来确认是否已经采取了行动。

过 程 咨 询

过程咨询是由顾问提供的一套活动,它帮助组织成员感知、理解并对工作环境中的过程做出反应。顾问帮助成员洞察组织的过程、过程的结果和改变过程的技术。最终目的是帮助组织发现问题并寻求解决办法。顾问可以是组织内有过程活动能力的成员或者外界经过训练的专业顾问。

过程咨询主要针对五个重要的组织过程:沟通、成员的职责、决定、集体规范与成长和领导。顾问首先通过旁听会议、观察员工和集体间的谈判和观察日常活动来观察组织过程。

沟通 学校管理者必须了解组织中沟通过程的本质和方式。顾问可以帮助管理者理解组织的沟通系统。在观察一种沟通方式的过程中,顾问检查谁和谁沟通、多长时间、频率如何、沟通了什么和信息是如何传递的。通过调查沟通的本质和方式,明显、隐蔽和非语言的沟通方式都是可以传递信息的。顾问把这个信息记录在日志里。用这种方法,顾问为校区提供了关于沟通问题的有价值的、描述性的反馈,这样帮助校区找到解决办法。

成员的职责 学校管理者需要了解成员的职责功能。如果团队想有效率的话,必须发挥三种职能:与自我有关的活动,如认同、影响力和权力;与任务有关的活动,如获得和提供信息、合作、订立标准和评估;和维持集体的活动,包括鼓励、支持、协调和妥协。

顾问观察在成员相互影响的过程中,他们的不同职能,比如说,对自我利益的迫切需要或对权力的争夺可能对校区的效力产生不利影响。过分强调与任务有关的活动,而忽视对集体的维护,同样也会导致组织目标无法实现。顾问会帮助校区发现并避免这些不利因素。

决定 有力组织的一个重要组成部分就是决定。这样的组织发现问题,寻求改变,做决定并执行决定。有集中做决定的方法。一个办法是拒绝讨论,不接受成员的建议。这种办法产生对组织不利的后果。另外一个办法就是将决定权赋予有权威的人。这种决定来自少数人。比如,领导者做个决定,让愿意的人执行。第三种办法是靠大多数人做决定。顾问可以帮助校区了解如何做决定、不同决定办法的后果,以及怎样诊断哪一种决定方法最有效。

集体规范与成长 学校管理者需要了解集体规范和这些规范如何影响集体的功能。一同工作的人会形成自己的行为规范和行为标准。例如,可能会有一种直接的规范,成员可以自由表达自己的想法;但是不直接的规范也表示,成员的想法不能与某些其他成员(有权力的)的想法矛盾。顾问会帮助校区了解集体的规范和这些规范对集体功能的影响。

领导 顾问会帮助集体了解不同的领导风格,并帮助学校管理者调整管理方式,以使之更符合环境。这种理念是使管理者对自己的行为和集体对这种行为的反应有更好的了解。这方面的知识会帮助管理者改变管理方式来适应环境。

过程咨询针对的是靠帮助管理者了解改变过程、过程的结果和技术来推动组织变化。

调 查 反 馈

调查反馈是一种组织变化的方法,包括从一个工作组或整个组织中收集资料(通常用问卷的方式),分析和概括资料,反馈和用资料来诊断问题并形成解决问题的行动计划。

与过程咨询有某些相同,调查反馈更强调收集有用的资料,而不是个别工作组间的人际交往进程。它针对的是所有级别中管理者和下属的关系。

如果正确使用,意见调查可以成为提升学校效力的一种强有力的手段。但是,大部分的意见调查没有被正确使用。最好的是,大部分调查给高层管理者提供变化实践的资料;最坏的是,它们被堆在一边,根本没有对学校的变化产生任何作用。

调查反馈有两个主要方面,收集资料只是其中的一个步骤;向组织成员提供恰当的反馈也同样重要。下面是调查反馈的六个步骤。

　　第一步:初步计划　组织中的高层成员参与初步计划。用于组织变化的调查通常建立在理论模式基础上。这使使用者按照理论来评估自己和组织。当方法中包括理论模式时,必须要执行这种模式。当高层管理者不接受这个支持调查的理论模式时,不管收集资料有多成功,这个方法也可能会失败。

　　第二步:收集资料　一份问卷发放给所有的组织成员。最著名的调查反馈量表是密歇根大学的社会研究院(ISR)设计出来的。问卷对回答者提出的问题包括沟通、目标重点、领导方式、决定、部门合作和员工态度等成员对组织的看法。这个量表允许添加其他对研究的组织有益的问题。但是,很多组织,包括学校,设计出适合他们个人需要的问卷,而不是依赖一份标准化的问卷。

　　第三步:领导者的准备　当从问卷中收集到资料后,一个外界或内部的变化代理人会帮助学校管理者理解资料并指导他们如何将资料呈现给工作组。然后,资料被返回到最高管理层,最后发放到各个职能部门。

　　第四步:反馈会议　每个部门的领导与下属召开会议,讨论这些资料,并要求下属帮助分析并解释它们,会议做出建设性变化的计划,并计划从更低级别的下属中获得信息。

　　第五步:行动计划　组织的实际状态存在差异,理想的理论模式也不存在,这样的显示提供了足够的变化动机。组织成员必须了解变化怎样才能实现。这样,通过反馈会议和系统诊断资料中的信息,就可以根据需要来分配执行变化需要的资源。

　　第六步:监控和评估　变化代理人帮助组织成员提高实现组织目标必需的能力。一些技能包括倾听、发送并接受个人反馈、总体管理技巧、解决问题、订立目标和诊断集体进程。

战 略 计 划

　　不断变化的社会和经济状况影响着组织,必须预先做出计划。组织必须预见到将来的动荡,事先为实现目标的进程做出计划。这些进程中隐含的是组织的环境扫描机制。

　　战略计划包括确认组织的使命;认识影响组织的内部和外部力量;分析那些因素来决定他们对组织完成使命的能力的影响;形成处理这些因素的战略,包括改进的框架和纲要、管理、参与和评估的重组;和制定执行这些战略和完成组织使命的计划。

　　战略计划超出机械性的计划程序。它的力量在于它能造成人的不和、摈弃传统观念和造成新问题。在这种意义上说,战略计划是改变和转化组织的一个管理过程。

　　尽管战略计划和长远计划都与将来有关,但是长远计划由假设开始,它认为一个组织会维持相对的稳定,并在这个假设的基础上,寻求发展内在目标和事业。从另一方面讲,战略计划从认识外部环境开始,它把外部环境看做计划过程中的重要因素,而且,执行计划的行动也是以对环境的分析、综合和评价为基础的。

一项在肯塔基州 127 个校区里进行的研究中,研究者发现了战略计划与不同年级的学生在阅读、语言文化和数学方面的成就之间的关系。但是,这些关系都不强。另外,研究者还发现战略计划与校区的财产和每个学生的支出有关系。就是说,对每个孩子财产支出的估计越高,从地方获得的教育支持越多,校区投入到战略计划的努力就越大。

第四部分

选拔、培养校长

第十三章

培养未来校长

培养未来的领导者

学校的行政管理人员经常要面临和处理一系列的问题和情况,因而需要具备多种能力和技巧。自身能力的提高和新技巧的掌握,要求这些未来的领导者完成专业训练课程或基本的行政管理准备。在这些预备计划之中,培训者应该强调理论和实际并重的原则。在此基础上,行政管理人员教育计划应该包括以下五部分,用以培养未来的领导者。

第一部分 学习理论模型。行政管理和领导行为必须在行政管理理论、行为科学、哲学和经验中寻找基础。

第二部分 学习学校行政管理的技术核心。每一个行业包括学校管理在内都有一个操作者必须拥有或者至少很熟悉技术知识的核心。这个核心部分一般包括财务、法律、人事、信息系统、课程理论及规划和教学法。

第三部分 通过使用现有的灵活的方法发展解决问题的技巧。这一部分可以在学校间的合作之中得到很好的学习。通过处理学校之中的真实问题(如学生成绩不理想,组织变更),解决问题的技巧得以锻炼(如有效的讲话,组织会议,设计研究方案和协商)。

第四部分 在监督下训练领导能力。未来的领导者需要实际操作经验。这一活动应开始于训练初期并在整个训练过程中逐渐增加难度。

第五部分 展示能力。这一部分可以通过电脑模拟,新项目的预演练,或对困难案例的把握来实现。

因为每一部分的目标都可以通过很多方法来完成,这五部分在计划之中所占的比例依据计划不同而不同。将这五部分有机地组合在一起成为一个完整的培训计划,可以帮助培养学校行政管理人员成为有效的领导者。

通过评估中心筛选行政管理人员

对于领导者所应有的特质和技能的一般知识经常被运用在选拔领导者的行

为之中。但是单凭印象评判如一次面试和申请表格，缺乏真实和准确地评估未来领导者的理想特质。更详细的、系统的评估过程如那些在评估中心使用的方法，可以提供相对精确的信息如动机、交流技巧、认知能力和个人特质。

评估中心是指拥有一系列标准化过程和行为的特设机构。它的设计是为了对个体评价以进行选择、分配、发展和优化。评估中心的根本任务就是明确与工作有关的特质和技巧的准则。其关键就是在领导特质理论的基础上，选择与受环境影响的工作有关的个人因素。很多方法都可以用于评估工作，例如小范围的组内讨论、案例分析、协商等。尽管并非所有的方式都会被应用到评估之中，多种方式联合应用仍为首选。例如，作为候选人的参加者可以模拟完成一系列将来作为领导者所要做的工作。在此过程中，经过训练的评估者记录参加者的活动行为，并对其进行评估。评估的方面包括对问题的分析能力，评判能力，领导能力，应急、忍耐能力和语言交流能力。其后，评估小组对每一个参加者的行为和技能进行讨论并提交一个全面的评估报告，指出每个人的优缺点，需要改进的地方，和未来发展方向。

连续性：领导继任

领导者的连续性是在组织中替换关键领导人的过程。这种改换领导人的现象造成组织的不稳定性，同时给个人创造机会。校长或总监的更替往往具有破坏性，因为它改变了交流线路，重新排列权力关系，影响所做的决定，且通常会打乱常规活动的平衡。新的领导者面临维持或提高现有组织运作水平的高期望。在这个接替过程中，有一些重要因素会直接影响被任命的可能性和被任命后的结果。其中三个环境因素尤为重要：挑选过程，接替原因和新领导的来源。

挑选过程　了解谁是参加者和入选标准极其重要。在校区内，竞选校长的参加者一般包括总监，高级行政人员，人事主管和校委会成员。竞选校长的还有教师候选人，通常是在支持校长的工作之中引起总监的注意而被挑选出来的。作为校长应该有意识地激发教师参与行政活动，并提供机会让一些有资质的教师参加校委会，处理一些纪律问题等，使之将来能够被委以重任。在做校长之前，一般先要担当副校长或课程总监之职。当校长的职位空出以后就可竞争上岗或予以任命。评估中心或其他相关机构通过制定严格系统的标准对候选人进行评估。

接替原因　有很多原因造成行政管理人员的更替。这种更替可被环境所控制，如死亡，疾病，或辞职；也可以直接由组织来控制，如升迁，调离，或解职。职位空缺的原因不同，上任者所面临的环境则不同。例如，死亡使前任者无法将已有经验传给继任者，随之而来的是造成领导的不连续性和快速的政策改变。相反，若前任仍在组织中，则他的行为会产生稳定的影响，但也造成继任者很难在短期内发起新的变革。

新领导的来源 领导的来源可以分为两部分:局内人和局外人。人选的决定依情况不同而决定。当组织内冲突明显的时候,候选人来自于局内可能更容易处理纠纷。在这种情况下,局外人由于不熟悉情况而无法察觉问题的起因。但是启用局内人也会造成缺乏竞争性、任人唯亲和旧有模式的维持。从类似机构之中挑选具有相似的社会经验的候选人,这种方法可以促进新领导人融入组织之中。

授　命

新领导人经常被要求维持现有的稳定或发起变革和创新。授命的内容依接替者的来源不同而有所区别。来源于局外的领导人经常被要求打破现有模式,进行结构或人事上的改变。而对于来源于局内的领导人则一般要求在维持现状的基础上做微小的变动。但在教师的眼中,领导的变迁一般意味着校内的改变。

总之,对于挑选过程的了解和充分意识到职位更替的不稳定性使新的领导浮出水面,能够提高竞争并成功地维持一个行政职位的延续性。

新校长的个人素质与资格

学生被锁在餐厅;一个教师正在听一个学生讲他为什么没有完成周末作业的原因——上述的情形或许都是校长在周一的早晨所遇到的。一个校长准备如何去应对这些问题呢? 校长按照怎样的标准来处理事情呢? 对于校长正式开展工作之前他们有足够的适应时间吗? 当一个新任校长在远处看到自己的名字在办公室的门上时,他们要面对的将会是怎样的未来呢?

当校长的回报

当你拿起几乎任何专业期刊或报纸,就会发现校长往往是被赋予极大的期望的。因为一个学校是由校长来管理的,因此所有的学生都应当是超出一般水平的,学校应当是安全的、干净的和井井有条的。如果有一个足球或篮球的冠军球队的话,期望值还会有小幅度的上升。有位校长通过自己的经历感受到"校长的角色对于社会来说有着独一无二的重要性"。她同时还发现这个工作对时间的需求,工作的回报,从事这项工作需要放弃的东西和为了工作好而使自己发展的历程。当学生看到校长时,眼中充满的是作为朋友、拥护的人或者类似于见到父母的那种神情。我们曾经感受到学生的父亲强有力地与我们握手的时候,内心在默默地感谢我们对其子女的培养;也看到过本来没有多大希望的学生跨上台阶接受我们毕业仪式时的激动心情。

高水平校长的定位

从许多专业组织完成的调查报告中看到,校长的领导能力目前比历史上任何一个时期都重要。大部分的报告认为,众多的高水平领导能力的校长才能促成全国范围内教育水平的提高。随着不断地对高水平校长的期望和需要,校长水平高低的定位已经成为一个最主要的问题。考虑到这一点,学校的问题而不是地方或其他问题也更加明朗化了。

什么是高水平的学校?是有一个良好表现历史的学校吗?通过例证对校长进行研究,对校长的主要特征进行剖析,确认出这些学校并学习他们,能够帮助我们发现这些高水平学校所拥有的特征。我们本着"建设好学校的原则"对这些学校进行调查和研究,最终发现的一个共同特征就是"都拥有很强的领导能力"。

社会和教育界注重校长领导能力,为校长提供了一个不寻常的机会,使他们实现自己经常想要成为的角色——一个强有力的领导者。另一方面,对于那些口头上说要成为一个教育领导者却又只注重管理细节的人来说,他们的未来会很艰苦。过去,学校校长(无论是小学、初中、高中或其他学校)的晋升都是令人费解的。校长不得不将其大部分的时间都放在管理的细节上去,而强有力的教育领导角色不容易表现出来,因为每天的管理责任和压力直接或间接地耗去他们大量的时间和精力。

校长应当成为一个教育领导者的信号来自于美国全国教育行政专业标准委员会和美国学校行政领导联合会,还有关于校长领导学的文献中。但是在现实和理论之间,这种力量可以让校长成为一个教育领导者吗?付出一定的时间和必要的支持后可以达到这个高度吗?另外一个问题是:校长他们自己有这样的能力、胆识、说服力和意愿成为这样的领导吗?

校长是教师、教授还是领导?

回顾一下校长领导学发展的历史,校长在管理的压力之下通常是一个矛盾的角色。在早期,选择校长的基础是学识和被认可的教育能力。校长会经常被定位为"教授"是因为同时他们也被认为是社会中最有学问的人。实际上,通常一个人能够被提名为校长的原因是他作为一个最有天赋的教师。在早期的理论中,学生经常被按态度、能力或背景区分为迟钝的或有天分的。大多数情况下校长的工作重心是带领教师让学生从事"书本学习"。但是,同样的领导者在后来对那些性格迥异的学生运用更激进的教育手段,并主张所有的美国青年有权利受到最好环境的教育。因而校长的角色和职能也随之发生变化。

第二次世界大战以后,美国学龄儿童的数量激增。大量的儿童开始涌进学校进行学习,而且本着所有的儿童都应当受到最好的基础教育的原则,学校的"管理"特征开始出现。校长的工作中心在 50 年代和 60 年代变得更加管理化了。资历是主要考虑因素,长期奉职就成了上升到管理者位置的资本。在随后很长的一段时间内,校长的选拔一直遵循着这样的原则来进行。

整个社会也改变了对管理者角色的看法。家长和支持者认为校长应当是有管理能力的,而教师应当是有教学能力的。普通人向往的学校是一个管理有序而整洁的地方,而教师也赞同这样的想法并期望有更丰富的教育资源来实施教育活动。同样的期望也存在于今天,但是有一点不同的是对于校长的观点,认为校长除了有教育和学习结果上的责任,管理学校的责任之外,还有促进教职员工的职业发展和学校发展的领导责任。这就是校长角色和选择校长标准演变的历史脉络——从"最好的教师",到"最好的管理者",到"强有力的领导者"。

理念差异和校长的困扰

另外一个事实是,校长职业化尚未形成普遍的理念。许多人将校长领导作为一个晋升的垫脚石,并且相信如果不能在这方面做得出色的话就没有找到成功的梯子。大学就是这个理念的始作俑者。在许多大学和学院中,校长的准备课程一直包含了大量的管理者预备课程,而重心是监督和管理。事实上,许多学生之所以选择基础水平的管理课程是为了拿到通向主管职位的通行证。这些课程所忽略的,而且恰恰是实践中最主要的,就是教育、课程、规划、评估及知识更新。

还有,来自于地方政府的压力有意识或无意识地促成了校长侧重于管理,以使他们忙于递交报告、执行程序和通过降低风险来减少麻烦。一个基本事实是,当允许在规划和教学实践中出现实验性的东西的时候,一旦不是所有的人都在按照设定的步骤完成工作,当教师和专家在讨论如何最好地完成目标时,就会产生这样或那样的麻烦。校长面临的主要麻烦是校区管理层和校长之间的忠诚关系,以及校长与其学校内的老师和学生之间的忠诚关系,往往会成为困扰校长的隐含问题。校长更加困难地将教师作为工作伙伴来看待,难以解决教师团队之间的问题。"各做各的事情"的态度问题也更普遍了。所有这些都助长了校长的管理者的角色。可以肯定的是,这种管理角色在经济社会中被加强了,在这个社会中经理的角色是声望很高的并且有绝对的控制权。在评估和计算工作活动时与事情打交道要比与人打交道容易很多。去评估一个处理问题的方法要比评估一个想法更容易。不幸的是这种观点如今仍然十分盛行。

然而,我们不能简单地因为可能会为校长的教育领导角色带来麻烦而去悲观地贬低专业协会、校区管理者、大学和董事会成员的作用。我们只是尝试更现实地去发现校长开始会面对的问题,产生的结果以及会带来的后续影响。更何况管理者协会,各个州的国家政策委员会,学校董事联合会,校长联合会和诸多大学正试图通过他们的文献、会议和劝说甚至是政治手段来应对这种情形。

一个解决方法

毫无疑问,校长的行政管理责任需要被表现出来,而且应当有很好的表现。学校必须平稳有效地运行着,在合适的时间提供合适的资源。但是在一个看重测试成绩的学校系统中,通过大量地与校长进行交流,我们感觉到,校长可以成为一个真正的教育领导同时又把总体运行和管理细节放在重要位置的假设是很难成立的。

如果学校设立一个服务协调人角色,职责是减少校长的管理细节的工作量,就可以让校长有更多的时间投入到学校的教育方面。校长仍将是学校主要的管理者和学校正常运作的责任人。通过由服务协调人来分担管理细节方面的工作,校长可以成为一个真正意义上的教育领导者。

政治机构和专业组织已经弄明白了对校长的附加期望值正在成为其优先的期望值。随着决策过程不断地接近于个人,而且教育行为变得更加复杂化,教育科技不断发展,校长可以也应该成为一个决策型的领导,一个领导者的领导。校长的工作核心应该放到教学发生的地方,学校生活的质量上等。

职业描述与现实

回顾一下关于校长的职业描述,我们会发现校长的教育领导功能描述与总体管理职责是平衡的。下面是对 1997 到 1998 之间的校长的一些描述:

"随时与教师、学生和公众保持沟通";

"全面协调家长的关系";

"一个很好的倾听者";

"一个关于学校前景的清楚的缩影";

"参与型的工作方式";等等。

而对于校长的知识的期望的描述如下:

"知识的更新";

"科技、课程和学生的发展";

"校长是学校经济偿付能力的直接责任人";等等。

学生的多文化和多民族性同时也要求校长会使用两种以上的语言。在我们访问到的一所学校中:47% 是西班牙裔,40% 是英裔美国人,7% 是印第安人,5% 来自于非洲,还有 1% 是亚裔。

我们的这个标准着重于沟通、视觉和程序化知识。一个有抱负的校长需要认识到管理的东西经常会变成影响其自身角色进步的因素。

社会背景

校长工作所在的社会系统对他们的角色和行为有主要的影响。社会因素往往影响到对于校长的期望值。一个社会组织的每个角色在其他角色的眼中都有一定的行为或相当的期望值。学生对于教师的期望值和教师对学生的期望值。学生及家长对校长的行为也有期望值。对于校长行为的期望值将会由他的表现来证明。

如果一个新校长是在一个十分复杂的社会组织中并且对自身的角色完全地投入，那么问题的发生就是必然的。有这样一个对于校长的角色和行为的期望如何减弱了校长的热心、行为效果的例子。一位新校长开始的想法是帮助教师，通过频繁的教师走访并给予教师关于经验、肯定和特别建议的书面反馈,他发现下属对上级的不信任和质疑态度有说不完的抱怨。一个社会系统是受控制的。他感受到了约束。校长的想法在那时是不同的。幸运的是这位新校长没有因此而气馁。

校长的工作是这个复杂社会的一部分。随着人们的思维方式和观念的转变,现在校长的角色也正在发生 90 度的转变。校长的角色和功能固然有其脆弱的一面,但目前重要的是将这些期望值进行分类,探讨做事情更有效的方法,以及怎样应对社会的约束和传统带来的持续的影响。

校长的准备

当一个人在一个组织中担任一个职位并担当一定的特殊角色,就会通过与社会系统中的不同元素的交流而形成自己的特色。同时作为一个个体,个人的特征形成来自于自己的需求、动力、天赋、训练和各种其他的能力。一个主要的问题是,我们如何通过教育形成这些性格从而使这些个体能够有精彩的表现。

正如先前提到的,校长过于强调管理和经营是因为过去的校长培训课程的核心内容就是这样。一个针对大学的教育管理毕业生的调查显示,教授和教育管理者相信校长应当在改进教育方面使用更多的时间,而且他们也应当这样被培训。但是,事实上典型的教育管理课程所涉及的大部分内容是关于管理和经营的东西,这个程序从一开始就影响了校长的工作方式。专家同时还认为,过分的强调管理和经营发生在硕士研究生时期而不是博士研究生时期,而这个时期正是一个年轻的有抱负成为校长的人关于教育领导学的知识形成期和职业理解阶段。恰恰在这个阶段,真正的重心应当放在如何研究教育领导方面。

要求改变管理者培训课程的呼声不断,在专业领域内外出现。"非传统"的学校管理培训课程在大学里出现,他们将校长看做是高级教师来进行课程和教育方面的培训,而不仅仅是"经营才智和领导天赋"的挖掘。校长的管理技术必须是随着潮流不断进步的,而他们的教育管理能力应当是以现实工作为根基的。更为重要的是,校长应当领导整个学校的科技的进步,包括如何应用信息技术于课堂教学和行政管理。

校长专业学习的必要性

许多因素可以促进校长领导能力的提高,包括校长准备课程。越来越多的州开始立法来规定校长训课程的一些具体细节,大都是根据国家教育行政管理政策委员会(NPBEA)章程发展而来的。NPBEA 有十个专业协会联合组成,并于 1993 年出版了关于校长技能基础的书籍。许多大学也在开发校长培训项目,为校长提供科技工具和大量的关于真正学校中制定决策的数据和信息。这些项目的主要目的是:(1)将问题和机会的区分作为一个重要技能;(2)通过所有的专家进行联合领导;(3)工作中心放在教和学上;(4)专业知识是由经验、知觉能力和道德反应组成的。尽管这些能力或者领域是重要的,为未来校长提供了一个领导的功能,但是如果将每个因素单独拿出来都不足以保证一个学校或学校领导者的成功。

校长的道德规范

既然要讨论校长作为一个人,那么就必然涉及校长的道德方面。校长代表的是一个管理性质的单位,是一个显著的领导职位,并且他每天所面对的情形可以检验一个人的道德和专业行为。正如在许多文献中提到的那样,日常的决策操作可以涉及许多潜意识的道德影响的行为。忠诚标准的偏差能够很快成倍地反映到下级管理层中,可以让整个组织垮台。对于新校长的很好的建议是建立自己有意义的和道德的行为,这将帮助管理者避免可疑行为的短暂性。随着同事们都开始接受校长的个人道德标准,他可以保护不恰当的管理行为受到讽刺和其他负面影响。这样可以让同事们都知道校长代表的是什么。

在管理中的道德话题已经被足够的重视了,校长协会也已经规定了行为规范。尽管定出规范是一个很好的想法,但是他们无法代替个人的道德行为规范,因为只有自己的东西才能更好地用来去判断事情的对或错。不合道德规范的行为可以由多种形式组成。公开的暴力行为是最容易识别的,其他的像种族歧视,信仰偏见,对学生和员工的不公平待遇,不遵守协议和性骚扰以及虐待等。还有更为微妙的不妥当的行为如偏袒朋友或员工,雇佣配偶或自己的亲属仅仅是为了打击或保护其他人。希望与学校合作的员工或企业,或许会向管理者送一些礼物以达到不公平的好处。送礼者希望自己的子女受到特殊的照顾,往往在节假日将特殊的礼物送给教师或管理者。

专业人员和社会的改变持续地呈现新的涉及伦理规范的问题。给出这些规范、法律和政策对于检验一个人的道德行为只是一个基础。检验和提炼这个过程以达到道德标准要求不断地阅读、学习和思考。

校长的选择

作为一个刚开始学习学校管理的人来说,或许在意识到要面对数不清的争端和压力之后,他会产生新的想法。随着不断的改革和发展,社会的各个方面对于校长如何选择,以什么样的标准来选择校长,都使这个角色变得更加复杂。

校长的选择,最好是在大多数情况下少一点系统化。常常有含糊的词语如"形象"和"适合"会在选择校长的过程中必不可少。这个过程将校长的专业特性放在第二位来考虑,甚至在一些情况下表面印象比教育资格证书更加重要,而"合适"会意味着政治的、文化的、和人际关系等因素。当后者作为主要的考虑因素的时候,要求强有力的领导能力就会成为一种理想化的东西。尽管选择了最好的候选人,但是如果新校长感觉到通过遵守当地的一些标准,自己的表现受到了压抑,那么领导学和主动型的概念就在无形之中不断地衰退。在一个校区的校长选择程序中,优秀的专业表现和实习经历在参加校长应聘时没有被考虑作为一个重要的因素。在38个标准中,拥有一个高学历只是被列在第33位;拥有更高一级学历也不过在第34位。

下面列举的是一些最高的标准:

1. 有效的倾听能力;
2. 有激励他人的能力;
3. 有效的交流能力;
4. 人际关系及其技巧。

关于校长选择的研究有助于选择小学和中学校长。

小学

1. 领导能力;
2. 个人能力;
3. 沟通能力;
4. 清晰的表达能力。

中学

1. 个人能力;
2. 领导能力;

3. 沟通能力；

4. 性格。

学校所在的校区有以上的要求，而所在的社区对于校长的选拔要求是交流技巧，和与各种各样的人群一起在校内外工作的能力。预期的校长需要将这种能力在选择过程中体现出来。这里有在选择过程中一起使用的衡量标准。面试仍然是选择过程最重要的一个方面，因为这时突出反映的正是沟通技巧。即使将来成为了校长，候选人仍然会有大量的机会用到这个技巧。

大量的女性受到鼓励参加到应聘校长的过程中来。在实际情形中，女性占据校长领导职位的比例与男性持平，有的地方甚至超过男性的比例。在小学中，大量女性的教学经历是最好的，而且大多数的校长是女性。有几个因素，包括地理上安排的局限性是造成这种差异的原因。最重要的是沟通技巧，这是女性在争取管理职位时最大的优势，多年的在教室中的教学经验对于妇女成为一个学校领导也有极大的帮助。这个调查或许就是一个女性领导类型的团体，它体现的是相互交流、包容型的领导。因此，校长的选择过程应把对校长的期望表现因素也包含在内。

校长工作的新体验

幸运的是，校长的培训课程越来越多地包括了现实实践的内容，通过人际关系和课程评估，经常性地参加一些教学活动，将受训者自己的某一部分责任授权给他人来执行。同时为了体现课程的实效，还要进行持续的案例学习。虽然如此，头一天走进校长办公室的感觉仍然是十分孤独的经历，尽管不断有人来，电话留言，一叠一叠的文件和一系列的安排列表。

如果某个提供职位的学校没有介绍程序，那么这个新校长应当依赖同事的介绍和阅读相关的文件来弥补这个不足。有些时候一个新校长进到学校时，只是拿到学校的一份员工名单。那么这个校长将要面对的是提前的选择：将来的重点可能就是如何艰难地在教育领域生存下去，或者认真地选择专业改进的途径。边工作边分析工作的来龙去脉所带来的压力可能会带来一定的损失，除非事前有思想准备。比较有帮助的是，拥有检验过的和清晰的信仰，并有关于学校、老师、学生和学习的价值观的支撑。

校长联合会、教育部、大学和独立的校长联合机构以会议、讲座和会话交流的形式都为刚刚成为校长的人提供一定的帮助。校区也可以为新任校长提供一定的精神上的帮助。

小　　结

校长常常会面临与教育领导有关的进退两难的管理问题。这是因为校区和社区对学校校长角色的期望值经常地影响校长的行为,尤其是在支配人和事情的时候。但是,仔细地选择校长候选人,合适的准备和激励可以使新任校长很好地对学校进行经营,还可以始终把有效的教育领导作为其主要职责。

在最近几年,教育部、专业协会、政策制定机构和大学已经做了大量的调查研究和实地测验,他们试图将经营良好、有实力、成果出众的学校的校长的特征总结出来。许多州和联邦机构也建立起不断提高校长能力的研发机构。成为校长的资格,正如以前的由"教学能力"转变为"管理能力"一样,现在正由"管理能力"转变为"领导能力"。

第十四章

新校长的素质培养：专业知识、价值观念、技能

一位中学校长这样描述他上任第一天的第一感觉——

坐在长桌后面，我看到我的办公室门上写着"校长室"。我回想起十年前还是学生的时候进到一个新教室的那种同样的感觉：兴奋，不安，惶恐。八点上课的铃声响起，同学们蜂拥进教室，我马上收拾情绪，告诉自己，从第一天起，就要为期末考试取得优异成绩开个好头。

当我在追忆往事的时候，我潜意识里等待有职员来找我或是有电话打进来。毫无疑问，一个中学校长，自然有很多人来找，很多事要处理，会让你忙得不可开交。然而，我"坐镇"良久，事情却没有按我期望的那样发生。

我在回想，这些年来，我已在学校熟悉的环境里工作了很长时间，也完成了高级教育行政管理课程，获得了学校行政领导专业证书，也使本校区董事会相信我是这个学校校长的最佳人选。这不，上任一个小时了，这么安静。我踌躇满志，想当好这个校长——我的目光又落到办公室门上"校长室"这块牌子上。

读者很可能也是正往校长之路上走，一定会嘀咕，怎么你已经当上校长了还有这么多到职不"到位"的思绪？我给你叙说我的第一感受的目的是校长要主动去设定自己的位置和角色，走马上任前要弄清楚这些问题：

1. 你需要知道什么？
2. 你的知识来源是什么？
3. 你怎样才能完整地理解校长的角色、要求和责任？
4. 你怎样才能学到把行政管理知识在所扮演的角色里运用好？

我们用这个引子告诉读者，从事学校管理这个专业是一个不断学习和应用，对已知的和原有的理念提出疑问以引起思考，不断发展新知和理解的过程。教育管理如同其他类别的管理一样，其专业基础在不断地增长，专业知识所赖以生存和应用的背景也在不断改变。

高素质的学校领导要求校长有一个富有弹性的系列——学业知识，专业知识和技能，对这一行业的兴趣，表现出来的才干，灵活性和幽默感。一个好校长应当会同时学习、教导他人和带领一个团队。他的学业知识和心理学知识使他能够理解学生，教好新一代学生。课程发展、教学理论、创新、科技、法律、校区政

策、社区情况等都要求他不断学习，不仅是更新知识，也是提高能力。如果当了校长就自己关在校长室，或仅仅依靠自己已得到的领导权利，那是没有任何权威可言的。

学校所处的复杂的社会环境，要求校长熟谙教师、学生、员工和社区不同团体的期望、信念和以此为驱动力的各种行为。在所有社会机构中，唯有学校是少儿、青年和成年的汇集地，所有的活动和程序交织在一起，就像是个大"鱼缸"，公共利益、担忧、批评，等等，都在这里翻腾。没有能力、素质、素养，招架得了吗？

作为学校管理者，校长或意欲成为校长的读者，不能只盯着学校技术性的任务和责任，更重要的是掌握学校管理者需要具有的知识和技能，应用到工作的各个环节中。这样，在你的职业生涯中，就能不断地从工作经验中，从同事那里，从继续学习或培训课程里学到新的实践知识，在这样的循环里获得资格的提升。在继续学习的过程中，"同学"带进来的实践认知能让你"长见识"，教授们的学校管理新理论和词汇能使你增加知识基础。但是新的词汇不是新知，不能堆进你的知识库。你要学习的是分析能力，分辨哪些是对你有用的实践的能力，对新理论的吸收能力，对新理念的批判和接收能力，以至是否有习得、心得和获得灵感，形成自己的理念，在将来的管理实践中验证和调整。

通向校长之路

不管你在采用哪种途经学习学校领导，你都在体验一个非同一般学生所走过的成人学习经历，进入一个学校行政管理专业和建立一个全新的专业关系的过程。在这个过程中，你需要学习的不仅是规则、法律、规划、预算、解决纠纷、决策程序以及其他技能，更要紧的是学习这个专业领域里新的有关学校文化建设以及社区、社会知识。这是因为你将领导的学校的管理团队和教师队伍中有越来越多的受过高深教育且具有独立工作能力的专业人士，你的成长和发展速度要高于同业者。你能成为智慧之源才能有众望所归。

学校领导要求有从事具体工作任务的技能，这是基本的。中学校长一定得会制定学校活动安排总表，小学校长一定得会安排放学后的服务活动。但是领导是关于影响人们信念、价值观和启发灵感的，进而鼓励、支持人们，使他们的工作行为和努力都朝向一致的学校目标。这些就意味着仅有做具体事情的技能还远远不够，无法担当校长这个角色，胜任这个正式的学校机构中最高职位，因为只有权力没有威力。

在学校里，核心工作团体是教师。校长的权利基础是这个教师队伍，校长的威力源自于威信，而威信是在教师中间产生的。校长通过自己的专业专长对教师的指导，以及与同样有专长的教师在职业层面上的交流，达到相互促进，就是建立威信的过程。这里所说的校长的专业知识不仅是学术专业，比如数学专业或物理专业,而且是管理专业知识。

美国最好学校的领导有着很强的学术专业背景,管理专业知识积累和运用。管理专业知识来自于他们自己的经验,与同事工作的经历,关于教育机构、学校所开设学科的教和学的研究,还有通过继续学习获得关于教、学理论概念,具备了理论分析能力。

归结起来,校长的专业知识有三个来源:1. 获得经验知识;2. 获得实验知识(即从事专项研究);和 3. 获得理论知识。诚然,虽然这三种知识可分开来阐释,但是在工作实践中这三种知识是融为一体、不可分割,因而是结合为一的。校长或有志成为校长的学习者需要考虑怎样发展你的专业,这三个来源也是校长素质培养的三个方面。

提高学生的学业表现是美国教育改革的目标之一,学校校长在他们所领导的学校里,是为所有学生学业表现的提高而有效领导的核心人物。为达到这个目标,校长需要具备哪些知识? 校长需要做哪些事情来促成这个目标的实现?他们所需要的知识来源之一就是"实验知识",即实地进行研究所获得的知识。在教育行政管理领域,人们认为"实验知识"为"真正的知识",是通过系统地、专业化地对"真实世界"的探索而获得的知识,而且也只有这种经过专业试验和分析所提炼的知识才叫真知,才能作为"素质"和"素养"的成分。

本章的随后部分将分别阐述这三种知识结构和来源。

校长的知识、价值和技巧

校长工作的具体细节在学校与学校之间是不尽相同的,但是校长们享有共同的社会经验和具有普遍性的目标(布莱得森 Bredeson,1991)。这个相似之处包含在不同特色的行政管理技巧之中,虽然各个组织包含具有各种各样资格、经历和期望的人,要求严谨的计划和独特的措施。这个过程在不同的层次上大都通过以上因素而形成。

明茨博格(Mintzberg,1973)指出,管理工作类型是形形色色的,琐碎的,快节奏和及时性的,这种特性会使新上任的校长一时之间难以对其工作进行全面的掌握。在传统学术领域,管理工作被描述为多样性的,零碎的,短期的,口头的和行为趋向性的。同样,在小学和中学校长中的研究证明,学校的工作环境往往会迫使校长的精神一直处于高度紧张的状态。简明扼要的(三分钟或更少)言语交流占据了校长们一天中大部分的时间,还有对一些事情进行深思熟虑或者制定一些战略上的难以理解的目标。

除了杂乱无章的工作环境迫使他们使用与平常完全不同的反应方式之外,新任校长还必须仔细地判断和分析困境和不能预知的情况,并且能够有效地进行处理。还有许多的校长发现他们自己经过一段时间并且采取了一些措施,仍然无法控制自己的影响力。由于不熟悉情况和工作的非常规性，这首先要求校长先进行深思熟虑，然后去完成普遍的组织性和管理性的工作。在处理日常工作的时候，分辨什么是紧急的和什么是重要的事情同样会使校长们伤脑筋。随着不断地吸取经验和从中学习，这些所谓错综复杂的任务不再令人苦恼，因为这些已经变成他们的日常工作，并且不必再付出和刚开始时那么多的精力。介绍和校长社会职业化方面的研究再三强调新任校长普遍感觉过于紧张的经验。仔细推敲过的筹措和计划可以帮助有抱负的校长在出现这种情况的初期就做好准备。

职业入门和社会化

学校领导学研究的第一次繁荣伴随着一套独特的经验，然而这种情况将不会再出现。这里涉及了许多的第一次：第一个正式的学校领导，第一个特殊学校的专业成员，或者知道的话，学校中的第一个领导角色，第一次对领导的经验介绍，第一次将领导社会化。根据经验和上下文的结合，一个新的领导者或许要面对更多的第一次。

最开始的经验给出了未来的轮廓。一个全新领域的入门和社会化是如此的深奥和对社会有持续性影响，以至于社会和管理科学理论、研究的本身在成人事业领域具有排他性和唯一性。杜克（Duke，1987）断言对教育管理专业的引入将会教育那些有理想的职业人"专门知识的重要性和他的价值和道德一样会指导人们去运用这门知识"。格林费尔德（Greenfield，1991）也在同新任校长的"道德社会化"的课程中强调了这门新学科的社会价值和伦理观。他的争论强调了这门学科的重要性在于为新任校长积累经验。

在此期间，职业的社会化已经和其他职业一样鲜明地影响了未来的校长，这在一个教育从业者的工作生活中没有一个明确的时间限定。尽管校长经常将他们领导工作的第一年作为职业社会化的过程，但是这一时间界定的原则往往取决于学校的工作日程安排、个人经历或其他实际情况的不同。实际上，一个校长的领导概念在当他还是一名教师的时候就已经产生了，因为几乎所有的校长在刚开始的时候就是一名教师。他们作为教育工作者，早期的有特点的和精彩的经验来自于课堂，来自于他们和学生的不断的接触。如果你正在如下的阶段：将职业方向定位在对教育管理的不断开创上，我们的初衷就是帮助你将计划逐步变成现实经历。同时我们也希望这本书能够提供一个框架，使之能对你作为一个学校领导者的职业生涯的发展和个人的成长有所帮助。

就职经历在不同的环境中会有显著的变化。就如我们先前指出的一样，教育管理的职业社会化开始于你作为一名教师的时候，并且伴随着你的事业不断地参加管理工作，参与职业培训，第一年的校长职业，并且会在以后的领导实践中不断增长。教育领导学并不见得直接代表着校长的保留课程。领导学和教师的社会化在学校里常会被混淆,在学校里,人们尊敬在专业领域有巨大贡献和能够利用自己丰富的知识和经验来解决教育问题的人。教师领导和启蒙角色的改变也会影响在教育界的领导机会。

因此我们承认许多教育从业者的领导经验。这些为他们在教育管理方面造就了一个很好的开端,同时我们也希望你——未来的学校领导——能够借助于类似的工作经历去学习这本书。你们各自的经历是社会化和发展进程的序曲,它对你们的正式学校领导职位的准备打下基础。教师领导学在学校中的不断成长,有利于将天分和经历融合起来,形成能力,专心于解决教育方面的问题。这种融合也许会促使你成为一个正式的领导者,比如:校长;或者相对你现在的角色,它会激励你产生成为一个教育领导者的欲望。我们的重点是在前者,但是我们深信你们所学的知识和实践的技巧会给你的事业有足够的帮助,无论你做出何种选择。

当教育从业者已经决定通过寻求学校管理的职业培训来准备将来的领导职业之后,他们往往会向同事表明他们有向教育领导方向发展的意图。作为一个行政领导的候选人(准候选人),其领导的洞察力会通过人际交往和社会活动而不断提高,并且这也是前文所提到的格林费尔德观点的结果。根据哈特的观点(Hart,1993),这常常会要求人们逐渐显现出他们作为一名教师领导者的个人特征,或者重新形成他们的自我意识。新任的校长学习一种不熟悉的知识,和现在膨胀的组织和团体的观点有直接的关系,同时他们也会学会如何去适应、去成长和想帮助别人去实现教育的目标一样使自己的新角色更加成熟。

作为一名教育工作者,这种扩展的或逐渐改变的观点或许会强调你个人自我意识,你与同事的关系,和你对于你所追求的总体上关于特定组织角色的理念。校长的职业社会化对于职业专长的发展有着举足轻重的作用。格林费尔德认为道德社会化和科技社会化是导致职业社会化的两个主要因素。道德社会化赋予有抱负的新任校长及其组织内部成员一致的价值观、信念和个人态度,它使新成员对于实际操作的规范具有灵敏性和可接受性;科技的社会化给致力于有所作为的校长人才提供需要的知识、技能和很好的完成工作的技巧。在这个发展的过程中,足够的耐性和毅力会为获得一个令人满意和具有创造性的职业打下牢固的基础。关于这个过程的知识也将会帮助你克服总感觉不够完美的困惑并能将其善加利用。

新任的校长无论如何不应该认为在他们以后的职业生涯中,可以期望通过获取所有的知识和技巧来应对不同的背景从而成为一个成功的领导者。你将会发现许多精彩的科技知识的来源,从管理冲突到以事实为依据的决策制定,到科技革新。科技的社会化是指将基本的科技应用到一个基础的可以被接受的水平。我们想强调的是这样一个假设—— 职业校长持续地获取新的技能和道德知识将会导致科技和道德社会化。

许多重要的研究为新任校长在这一关键的时期提供了指导性观点。杜克和他的同事们曾经访问过一些成功的有资历的校长，和另外一些在任的正在为第一年的工作而烦恼的毫无经验的新任校长。基于这些新任校长的反映，他们将校长的职业社会化形成概括为包含四个因素的模式，分别是：(1)社会化阶段的持续时间；(2)社会化的机制；(3)早期的期望值和工作中的现实遭遇之间的关系；(4)在学校管理的职业生涯中，作为新任领导者正式的和非正式的准备是否被接受。案例调查中，经验丰富的校长认为他们作为教师时期的经历总体上来说是他们教育领导社会化过程中的一个相当重要的部分。因此，研究者认为所预期的社会化是一个着重于许多其他学习者的社会化的时期，并且必须包含在任何去理解校长领导学的框架中。你的专业的思考和行为都或多或少地受到你作为一名教师经历的影响。

研究者当然希望有一套适合所有新任学校领导的经验去帮助新校长们从入门者转变为经验丰富者。调查发现，当他们的能力使他们在第一次正式的领导任务中出现快速的进展或质的飞跃时，这些经验便不再有效。换句话说，当一个新任的校长开始扮演他在学校中的既定角色之后，他们的第一次的经验将会对他们作为一名教育从业者的理念的形成或技术的培养起决定性作用。

对新校长来说，校长职业的社会化不是从任命那一天才开始的。在正式的大学学习阶段，非正式地与教职员工、学校领导者和其他学生接触，都会比书本学习更有利地帮助新校长形成领导意识。

那些经验丰富的校长为我们提供的关于他们自己作为领导者的发展历程和经验积累过程，与其作为一个在职业成长过程中局限的令人气馁的事实，倒不如将其看做是对人类发展的肯定。感到自己是个新手和容易受到责难并不是少数几个新任校长的感受，也不应该伴随着预兆不能胜任或失败的担忧。在学校中领导地位的上升应该是这个所谓规则的例外，除非是因为它涉及成熟教师的满意度和成长的责任，尤其是关于学习和年轻人未来的责任。

正式和非正式的社会化

社会化有正式的和非正式的，但是很少有新任的校长从正式的社会化经历中获益。更为普遍的是，城市和近郊的学校区域有管理启蒙的课程。但是，尽管当那些正式的社会化进程尚不在眼前，有雄心的领导者仍然逐渐领悟到他们已经学过其他正式或非正式角色。许多新任的校长只是简单地收到职责范围内的一些含糊的很少具有指导性的书面报告，或者是收到对校规校纪的总结，或者是学校活动的年度日程安排。缺乏正式的入门和社会化的过程正反映了一些新任校长的传统观点，教育者"知道"他们自己应该怎么做。

　　负责教育行政的国家政策委员会曾就发展全国学校校长标准讨论过提议案,认为入门部分和特殊专业知识的模糊不清会造成对校长的评估问题。总的来说很少有令人接受的和清楚的准则让学校的领导者去评价一个校长。

　　学校领导学入门和社会化的观念对许多刚开始从事校长职业的人来说有着不同的意义。他们很少有系统的、正式的机会与其他新任校长进行经常性的经验交流,或者和那些有丰富经验的同行进行合作的机会。在一个学校里,他们更少有公开的讨论主管或学校董事会想看到的变化,尤其是在组织内的优先权和目标等。他们经常参加一些由所有校长参加的关于短期问题的会议,然而这些给领导团体的新成员提供不了多少有用的帮助。

　　相对于正式的社会化,杜克和他的同事研究发现校长们会从和他们一起工作的其他校长那里、从前任者中、秘书、他们下属的老师和他们负责任的上层管理者那里学到一定的经验和价值规范。这种对于非正式的社会化的普遍性依赖被称为"照单全收"的战略。曾担任过校长的研究者哈特(1993)知道,假如秘书想要一个开放信息和乐于帮助的新校长来接任,那么成功就可能成为现实;如果员工都采取观望或敌对的不友好态度,并且常常保留自己的问题,那么工作中的问题就会此起彼伏。

　　你可能一时之间会想出很多这样类似的发生在你自己身上的经历。例如:利用秘书可以很好帮助新任的校长了解到当地学校的传统。校长可以从被提醒参加学校的毕业典礼上受益匪浅。一位校长清楚地记得,"作为一个第一年的中学校长,在一次毕业典礼上,一切都准备妥当,一切都如预演的那样,颁发文凭证书,整个过程看起来都十分顺利,唯一遗憾的是没有人提醒我给那些毕业生受礼!"

　　照单全收策略的普遍应用或许也说明了新任校长形成的职业社会化的不可低估的力量。大部分新任的校长刚开始工作时所使用的一套经验和现实工作中的实际情况有比较明显的差别。路易斯(Louis,1980)注意到,无论一个教育工作者有多少年作为教师的经历,当其开始正式的领导角色的时候,哪怕是在同一所学校或同一地方,新的期望值和重新造就的个人人际关系都带来惊奇和感想。这种惊奇或许使人气馁抑或使人振奋,的确所有的专业人士在一个全新的环境下开始工作时都会期望去经历并完成它。惊奇是必然的,但是否有所成就依赖于个人的造化了。

　　从这些对入门阶段的描述我们可以看到,新任校长的入门和职业社会化受其他人施加的影响十分巨大。新任校长常会提到那些原本有机会被提名作为校长的老师,在他们作为学校领导的早期往往会施加给他们最重要的影响,其次是副校长和学生。

　　新任的校长还必须认识到,各种影响和满意的根源不尽相同。通过对新任校长的研究表明,教师被认为是对新任校长的满意或不满意认可的最主要来源。

社会科学研究表明最显著的群体可以从好的或不好的方面来影响对幸福的感觉。因此，你的配偶或搭档能比你的朋友或泛泛之交更能在信念、态度和对自我的证明上对你影响更大。你真正在意他们想的是什么。老师对学校校长的影响从某种程度上改变了校长在信念和言行上的原始意图。教师们关于对校长的政策延续性的理解也改变了校长职业社会化的初衷。科斯格罗夫（Cosgrove,1986）解释到,这种现象的出现或许来源于大多数老师认为的"校长可以不断地轮换,但老师永远不会变动"的观点。因此,作为一名教育领导者,校长应该在制定自己的工作计划时时刻注意到是否会影响他人的期望和计划。

培训对于职业社会化的功效

关于社会化之后校长的信念和行为的改变的研究已经证明这个过程的存在。校长们早期的工作经历对目前的教学领导活动没有多大帮助,这个结果也许令人沮丧。只有通过接下来的额外的培训课程,准校长或在职的校长才有能力或渴望公开表达他们对教育领导学方面的价值观,并开始以他们的职业社会化的经历为荣。当所学的知识与他们的日常工作息息相关时,他们都表现出十分珍惜得到的机会。

先前的实践是简单地将他们工作经验的报告作为衡量校长的教育领导效果的标准。研究者调查了为教育领导发展计划工作的一些校长,他们发现正规的关于教育领导社会化的经历相对于技术性的、管理性的和监管性的任务的影响,对教育领导学的重要性和价值观要小很多。换句话说,传统意义上的工作像管理性的工作、预算、做计划安排等为校长的日常工作蒙上了一层阴影。有人或许很直接地从这个结果总结出在早期教育工作中建立的价值观、信念和日常工作的直接需求对校长有很强的影响力,尽管他们还只是教育管理的新人。还有人会认为教育组织不能期望他们的校长的教育领导能力,只有当他们可以公平地评价校长在教育领导方面的表现和他们在日常工作中的预算、公共关系、日常安排和其他管理性工作的表现时才抱有这样的期望。重要的是没有人愿意自己葬送自己的事业。要评价一个校长的工作业绩,就不能将其和他们的日常工作分开。

同僚互助实验室

许多学者和教育家都以改进大学中学校领导入门过程中的结果来促进教育管理学科的正式课程的质量。他们仔细地寻找具有一定技巧校长的同时也会考虑被调查对象是否有发展教育领导的计划、是否有较强的表达能力和实际的工作经验,以至于将来去形成校长的职业素养和价值观。旧金山的加利福尼亚教育调查组织正在致力"同僚互助实验室"（PAL）这方面的研究。PAL 提供经过很好训练的资历相同的一组教师互相之间进行跟踪调查和提问，并针对性地给出有用的反馈意见和机遇使其能够有利于自己实际的管理工作。另外的努力就是在全国范围内增强教育领导实习者的启蒙导师的水平，来提升那些将会成为校长的人的整体水平。达尔瑟（Darseh，1989）专门致力于校长导师的发展职业责任感研究，用来设计和应用系统性的计划和已经实施的措施，以改进学校领导的实际操作能力。

校长启蒙者

　　许多在美国、英国、荷兰以及其他国家的团体正在利用这一新的机遇，即通过提高启蒙者的表现水平来提高未来校长们的领导能力。例如，犹他州教育领导学会和校长学院、学校董事会联合会、小学校长联合会、中学校长联合会、学校督导联合会和其他大学一起合作，来提高学校领导者的整体水平。其他的各州也都在发展类似的合作组织。威斯康辛州教育领导管理学院就是一个很好的例子。

　　这些组织可以较好地调配校长启蒙者、培训和计划的有限时间和资源，使其在全州范围内改善学校领导的培训质量。在其他州和国家同样的教育专业组织，正不断地加强将校长的正式课堂学习的效果和实践工作经验有效地结合起来的功能。

　　周期性的、有机会专门进行入门和专业社会化的学习可以为以后不断发展的事业打下良好的基础。这种周期性的学习是与合理的过程、突出表现时期的情绪反应、调查研究的联系和深层的个人经历联系在一起的。这种理性的和其他方面(不是非理性的)经验的结合从积极的方面影响了教育领导者。

　　同理解其他专业人士所发现的知识相比，你可以代替性的利用你自己的经验、你参加的调查和坚实的社会行为科学的理论基础去扩展你自己的专业和事业。在理性的模式下，科学的理论或实际的调查都是这一过程的重要部分。但是价值观和信念也可以应用到教育事业中去。可是这些传统在西方伦理中既不是"理性的"也不是非理性的。我们不想过多地强调这一点，但是你要做好准备，除了要面对和猜谜语一样的令你左右为难的专业问题和不考虑理性的决策模式之外，也要面对在专业研讨会上像管理著作中提到的那些大多数的失败的管理战略。无论如何，新任校长需要形成一个关于专业成长和学习的长期计划。

新任校长的组织性社会化

　　正如前面陈述预示的那样，一个新任校长影响一个学校的能力只是部分来源于角色本身。除了他本身被授予的权力之外,他在教师和学生中的影响力究竟有多大呢? 许多在职的校长常常感叹权力没有所想象的那么大,仅仅因为所有形成的实际决定性的行为和成果都直接与教师发生联系。

一名校长正式的授权,对于组织学理论和有效地完成组织管理任务来说,就像大海中的一滴水一样微不足道,这只是事业的一个开始而已。为了证明这一观点,假设你自己作为一名教师或其他专业教育者,以一个工作日为例,你的校长到底将多少他的权力影响到你的个人工作上? 你的校长的授权到底多大程度上影响了你的教学和学习? 在这一点上,对于每个新校长来说单纯地依靠行政授权必定会造成这样或那样的问题。

我们不能强迫别人赞同自己,无论我们如何高高在上,因为强迫他人表现出恭维或奉承将会使这些都失去原有的含义。从本质上来说,主动的合作性的领导权力行使方式和凌驾于他人之上的权力所形成的结果是完全不同的两个概念。单纯而直接的上下级关系的弱点是限制了作为主管的关于赞同或不赞同的真正含义。在团队合作型的上下级关系群体内,下级更尊重上级的判断能力;另一方面,这种格局对于发展内部结构有更深远的意义。

当新任校长从简单的参与和准备到正式执行管理使命,学校对其施加的影响更能使他们理解权力的来龙去脉。不错,校长是一个"掌权的人",但是,校长不能用命令强迫别人对专业负责任和协调一致的工作行为。对于校长的早期工作经验的研究突出显示了上述内容的重要性,每一名新任的校长都应该计划并准备应对学校对自己刚出现的专业行为和正在形成的自我意识的强烈的挑战。

学校的合作团队会给新校长最显著的支持和最及时的信息,使他在受鼓励的氛围中应对这一挑战。学校通过给新任的校长列出一系列条件,例如,一套对教育的独特要求、社会的价值观和信念、学生的性格和下属的员工来给出校长职业社会化的大环境。

琼斯认为(Jones,1986),一个校长职业社会化的经验与其角色模式有紧密的联系。受其影响,当校长抛开他自己正在形成的由以前的工作经验或作为教师而产生的职业自我意识时,或多或少会感到一定的压力;或者也会发现其早期的价值和自我形象得到了承认和支持。在每个学校,每个社区,这种力量时常被特殊地混合在一起。因此,那些渴望成功的校长必须意识到它的存在,并在认为他们自己的核心专业价值观是正确的时候,做好准备去衡量和面对这种力量。这将被看做是一个不同寻常的挑战。

我们在关于学校管理学的著作中找到了强有力的证据,证明前文所述综合因素影响了校长在学校中转变为领导角色的过程。领导学是一个社会经历的积累,这将我们引向主题,即校长知识的概念包含"理论知识"、"经验"和"实验(研究)"。

校长专业知识的形式：理论知识，经验，和实验（研究）

当学校管理的培训发生在一个制度化背景之下，并拘泥于某种形式时，不难想象，学习者将理论与心得转化为真正的工作能力会出现问题。当正式的培训提供知识和技巧的时候，和真实的背景相比较而言这些重要的专业知识的效果相对被减弱了。因为现实中直接的作用是面对学生和具体事情如何处理，以及所产生的结果和书本上所讲常有相悖之处。这是因为，花费巨大的资源为校长培训提供全日制和业余的培训课程、常规的证书或学位课程等，很难将专业培训的重点转移到研究如何将受训者已经掌握的知识转换成实际工作的能力。

我们将知识的来源分为经历（经验）、实验和理论学习。这种系统化的格式很容易使我们的专业知识用世界观的方式分为职业社会化、信念和实际操作。尽管这些都不是真正存在的类型，但是这样的描述能够有效地帮助每个校长或想成为并正在准备成为校长的人很好地建立他们专业学习和成长经历的框架。

一、来自于经验的知识

从事教育领导性质工作的专业人士面对一个如何将理论性的知识转化为实际工作能力的挑战。校长们经常会说，在日常工作的压力下，他们更依赖于个人的经验而不是凭借通过正式的课程或培训所学的东西来知道自己的行为。不管他们所学到的课本知识如何的实用，为准备成为一名校长所进行的一切大学课程或正规培训的结果对职业社会化多么有利，仅仅通过依靠在书本上学到的东西很难对实际工作中遇到的情况有所帮助。无论我们的大学花费多大的人力和物力，也无法将现实中可能发生的各种情况编入教科书来帮助将要成为校长的学员在实际中做得更好。有证据表明，我们的校长和其他专业人员一样，很难直接将从书本中获得的知识融会到他们作为学校领导者这一角色的信仰和价值观中去。

人们通过不断积累的经验将知识整理分类为几个方面，同时有积极的和消极的内涵：普通的智慧、隐含的知识、经验性的学习和常识。这里我们所要讲的是通过职业经验获得的具有积极意义的知识。经验性知识直接地从我们每天相似的实际工作中得来，并间接地从和自己有相似经历的同行那里得到。我们所要正确而合适地掌握的，是什么时候经验性的知识可以适当地影响一个人的价值观。经验知识的适当性、细节的准确性和丰富性与学习者是否有开放的和真诚的利用经营来检验已经存在的信仰的能力也有直接关系。

经验是我们在日常生活中稳定的、周期性的知识的源泉。在为专业领导学的准备过程中，能够得到经验并从中学习的机会是有限的；但是人们从经验获得知识的能力是不可估量的。经验性知识是对未知探索的尊重的结果。经验在个人信念和行为上的影响是一个很好的研究课题，并且许多专业人士对这种效应的研究倾注了毕生的精力。尚恩(Schon,1987)认为，对于专业人员有两种模式可以从经验中获得知识，即，在行为中的反应——它是一种和知识同时存在的工具，一种通过在实际做事中不断调整行为的学习手段；和行为之后的反应——在行为发生之后仔细、严谨地进行回顾，看能否从已经产生的结果中学到东西。这两种行为模式给了学校的领导者关于其工作本身丰富的信息。首先，校长必须有所作为。经常会出现的情况是，他们的决定大多都是在事情迫在眉睫并且没有时间来深思熟虑的情况下做出的。在行为中的反应正给了校长们一个尝试将他们的行为和基本知识以及已有的经验联系起来的机会，以形成一个初步概念。其次，学校领导者能够通过他们行为的正面和反面的反应来获得知识。

在行为中反应和在行为之后反应的例证产生于我们对于学校的管理中。校长们经常会发现，每个工作日只要一走进学校里就会面对无数需要做出决策的问题。我们观察一个有经验的校长如何有效地处理一个丢了午餐费的学生，一个因为要赶一个重要的约会而需要提前下班的老师，一个担心在女厕所里墙壁上涂鸦的管理员，还要和正在走廊里边走边看书的学生打招呼。这些都使校长的工作看起来就是这么简单，甚至就像乔丹的单手跳起投篮那样易如反掌。在行为中的反应和在行为之后的反应是专业校长基本知识的一部分。校长们的日常经验和对其反应促使了他们如何安排时间、对日常事物管理的方式、创造一个积极的学习环境，这些在无形中对他们的品行和决策行为发生影响。在这看起来简单的场景中，一个成熟的校长已经做出了关于一件事情的重要性和时间安排、对于整个学校的影响、对于做出决策会有什么影响的预测。

在行为之后的系统化的模式帮助说明了对于校长和其他专业人士的帮助。博德(Boud,1985)为经验性的学习提供了一个三步模式：(1)对以往的经验进行回顾；(2)时刻注意自己的感觉；(3)重新评价自己的经验。通过逐项地完成这三步，学习者就会更合适地和完全地从自己的以往经历中受益。首先，学习者能够彻底了解到底发了什么事情并将自己的经历转告给他人，可以通过说出或认识到产生经历的重要因素来避免做出不成熟的决定。其次，通过刻意地不断地注意自己的情绪，将会帮助学习者在学习的过程中避免错误的决定和主观的情绪。根据理希伍德(Leithwood,1993)的发现，学校领导者的心理状况和他们从经验中学得的东西一样会影响在学校管理中处理问题的质量。最后，学习者还能够避免因为太快得出结论而刻意对经验和问题进行重新的评价和环境定位，从而导致得出难以理解的结果。拜罗(Barrow,1998)这样评论，在结论还没有成熟时就停止进行辩论，经常是行事鲁莽、单纯凭直觉办事和不成熟的表现。一个校长仅仅有经验并不能保证他就能完成任何重要的任务。设想一下，我们在实际工作中有多少不同的新情形不断出现，并隐含着不同的结果。

将已往的经验总结出来是相对比较容易的,往往得出的结论本身就是这种经验的一部分。如果我们不能彻底将经验进行贯通理解,我们所做的事情将只是建立在一成不变的假设和对信息的回应。

西蒙(Simon,1993)注意到在下国际象棋时,有经验的棋手相对于初学者从不尝试性或随便地做出决定,他们具体所做的就是识别出所处的格局并通过以往的训练中积累的经验做出合适的决定。所谓的格局是可以根据以往的经验做出正确判断的概念。同样的,一个有能力的校长可以从被选组群的学生中发现有问题的个体。在这基础之上,校长可以考察学校的整体结构、办事程序和其他会导致问题出现的环节。

那些关于专业知识和特征关系的发现对于教育管理的专业知识有重大影响。对专业经验进行细致和系统化的归类,对于一名校长的职业素养的成长可以从三个方面来促进。第一,随着经验学习的不断积累,不准确的推理和判断会减少,知识会进步;第二,随着知识的不断扩展和校长学习者对过去的问题和对将来新形势的不断重视,进行合理推断的能力也增强了。第三,也是最重要的,是通过不断解决困难的问题加速了学会如何解决困难问题的速度,因为往往困难会迫使我们面对合理的偏差于期望值和习惯的区分,在行为和记忆之间建立了流畅的通道。困难的问题和对未来进行挑战可以带给我们隐含的益处。对于前面提到的忘记给要毕业的学生受礼的案例给了我们很好的启示,有效的计划和对于个别教师的特殊角色的理解对于一名成功的校长尤为重要。

当眼前的现象遮掩了对于知识的真正理解,并呈现出唯一和不稳定的时候,从业者或许已经对于现象的本质认识肤浅化了,并对其重新进行定位。当这种对经验的测试定型以后,它就有了新的含义和价值。每一次经验都有助于专业知识的积累和专业理念的更新。这个过程越仔细和系统化,对于经验的学习效率就越高。

从某种程度上说每个人都会从经验中学到知识。但是,不同的是我们对于挑战已有的信念和事实从而产生经验和知识的思考。一个作为新手的校长对自己经验细节的学习要远远多于那些只是追随主流的人。新校长可以从观察自己的行为、经验以及对事物的反应和判断中受益,尤其是在一个有经验的同行的帮助下。

领导学训练课程经常建议校长们和其他教育领导者要把自己看做是新校长的启蒙老师。然而,当教育管理者尝试去作为导师的角色时面对的是独特的问题。那些经验丰富的专业者有时因为太过于自信和习惯于利用经验作为知识的根本,以至于很难将他们的思考过程合理地解释给新入门者。他们的技术变得如此理所当然的熟练,以至于不能表达出结果的详细步骤。甚至,他们因为过于熟练而将知识作为一种对于一般事情的正常反应、一种人生的体验。

这种现象的发生看起来十分正常,其实是对知识没有一个彻底的、系统化的理解。虽然每一个不同的情形都会产生唯一的具有独特含义的结果,调查研究和理论能够为很好地理解一个校长所做出的行为的提供指导。

二、来自于实验的知识

学生在大学里学习的正规知识大多来自于系统化的实验研究、不断的观察和总结。在这种最严格的要求下,产生了实验型知识。在像教育管理这样的专业领域,实验型知识是建立在对事实的系统化的收集和总结之上的。这种事实既可以来自于有限的经验也可以来自于实际工作当中,但是他们必须是经过严格的专业标准的筛选并尊重事实原有的真实性。经验主义需要对已发生事实的优势、劣势的认定以便决定它是否合适于多个形式并能从不同的角度被认可。在实验室中被严格控制下产生的经验具有很高的可靠性和内部有效性,但是缺乏普遍的适应性和在不受约束下的适应性。即使是成功的实践主义者也承认这一局限性的存在。正如凯根(Kagan,1978)指出的那样,有控制的实践解释了儿童在人为的跟平常在家庭成员的帮助环境下不同的环境中有情绪压力增加的现象;并解释了在不同的压力环境下儿童行为的一些改变。学校的管理者从来没有在这种严格控制的条件下工作,因此他们必须知道在这些可变环境下相互作用的关系。

实地的经验在学校真实的环境中为实验型知识提供了另外一种来源。尽管这种知识更具有普遍性,同时也许会在这种精心提前设想之下使之显得有点不可靠。通过减少在假定环境中的要求,调查者发现所得出的结果具有较低的可靠性。严谨的实践调查为这些会在现实环境出现的现象的来龙去脉做出了解释。

第三种实验型,比如全国统考结果的准确数据,给调查者提供了大量的在不同的组别的人和不同类型学校的真实数据。所有的这些大量的关于人物和事件的举证在大环境中都是微不足道的。比如,关于校长对学校业绩影响的调查研究揭示了校长的工作方法是不同的,但是忽略了他们是如何不同地运作一个学校的。这种黑箱式的学习和研究方式可以让我们从整体上对结果有一个评价,但是具体到一个单独的个体就很难进行分析了,因为他们不能用于对任何单独的个体或在一个特殊的学校中的特殊个体或群体的结果进行预测。校长们可以利用这种知识来改进在特定环境中对事物进行有效估计的期望值的设定。

最后一种实验型知识来自于案例分析和高度独立型的、有效的、生动的经历和细节独立的经历。案例分析又常被称为现象学的研究。人类学家和其他社会学家更愿意将这种形式的调查看做是现实现象的选择而不是概括能力。可比性和对现象的重新识别能力来源于对多重设定环境下的案例分析。杜威指出,实验型的知识在内容、表现形式和应用上都是多形态的,但是相对于本身的特征和专业行为呈现了一个连续性和独特的个人特征。

实验型知识对于管理者的有用程度取决于自身的质量,也取决于特定的环境和对于总结出的结果的理解程度。

三、来自于理论学习的知识

理论型的知识经常在学校的日常工作中受到校长和老师的指责。除了抽象、生僻以外,理论看起来就只有将其单独使用时才显得有用。如果我们能够正确地应用理论,它能够给我们提供说明性的、描述性的、启发式的和偶尔可预见性的关于我们的知识的框架,这样就可以有利于我们对于一般的现象的识别、对比和概括。它包含了概括的、或抽象的事实本身的、科学的和艺术的含义。理论能够作为那些从业者和专业人士调查新发现的研究的基础,将现有的知识之间建立关联,并总体解释观察到的现象。

校长作为学校的管理者会受到许多的压力,对事物的模棱两可、团队内部的争端等这一特殊情形特有的压力会使校长在处理问题时依赖于校长职位本身的要求去寻求对付这些压力的方法。

让我们用地图来说明理论知识、实验型知识和经验型知识之间的关系。美国地理数据调查公司筹备了显示全美重要地貌物理特征的地图,这种地图涵盖了以海拔、地势和植被的形式描述了地图范围内真实的物理特征,并且任何人都能够在当地的体育用品商店或政府部门买到这种地图。这种地图详细地描述了以一种新的形式表达出来的美国地貌,包括公路、铁路、河流、山川、沟壑、和丘陵。这种地图有着暗淡的色调并且在所描述的大量地理元素中很少有视觉上相似的部分。然而,地图只有在使用者将地图上的标识和现实中的地理特征联系起来时才能显现出价值。地图的准确性越高,探险者在经验上越相信自己的位置。

与地图的使用类似,理论也应当不断地对其自身的代表性和价值进行更新和改进以适应不同历史时期的要求。旅行者随着时间的推移会选择捷径而不是一味地按照地图上显示的路径;作图者也许会忽略掉地图的一处细节、错误的坐标读数或利用了不再准确的工具。测量标准和工具可以改进,使测量工作更加准确,而且人造地球卫星也会给作图者一个全新的视角去作图,可是无论多么精准的地图标识也无法保障旅行者不会迷失方向。同样的道理可以用在理论的使用方面,教育领导者对理论的应用在一个合理的范围内要依靠其自身经验的丰富与否。所以个人经验的重要性不容忽视。一个人如果迷失在大山中一两个晚上,那么他对于地图的解释和理解能力必定会有质的提高。每个作者也曾经在现实世界中迷失过,而能够帮助他们被发现并拯救出来的就是他们的个人经历。地图也像理论一样,从来不描述他们所代表的美丽世界的任何细节。

　　尽管它们可以帮助我们找到出路,但是它不能带领我们向该走的、正确的方向前进。理论给我们展示的是一个有利于我们并被理解的景象,但是它们所描述的代表现实的比喻和象征不能代替真实本身。其他形式的知识给我们增加了更详尽的解释。

　　一位探索者在理论(地图),实验型的现实(物理山貌)和经验(在山区的旅行)之间建立了良好的不可分割的关系。她这样描述三者之间的关系和三种知识的统一体。

　　1980 年,我和我的丈夫在 Wind River Mountains(怀俄明州) 等几个在地图上几乎没有标记的地区进行了寻找欧洲大峡谷的实地勘探。欧洲大峡谷位于大陆的植物生长线以上,它曾经是 19 世纪探险者穿越的山道 。我们随身带的美国地理统计地图实际上是由卫星技术参与制作的关于峡谷和山川的描绘,但是那些关于人文和动物以及交通的部分早已过时。我们很难找到有人走过的小道,任何路碑标识,我们必须自己寻找前进的道路,偶尔还能够发现很早以前人类经过留下的路标。在一个可怕的、雷电交加无法入睡的夜晚,我们只好在一个海拔 11, 200 英尺的山顶小湖旁宿营,湖里没有任何藻类和鱼类,看起来即使在夏天也可以从事冰上运动。毫不奇怪,我们没有找到欧洲大峡谷。第二天,在阳光和寒风的照顾下,我们翻过附近的一座山脊继续向我们一生追求的欧洲大峡谷探索。

　　多年以后,通过对我们的地图(理论)和我们曾经宿营的湖泊的地理特征的比较,我们发现它的名字已经被标识在山脉旅行指南中,名字叫 Shoestring Lake。然而由于太在意地图的标识和其他旅行者的建议我们怀疑早期的结论。几年之前,我们和家庭成员一起开始另外一次欧洲大峡谷的行旅。已经形成的信念使我们避免了上次 Shoestring Lake 的笑话再次发生。通过这种全新的视角和不断增长的经验,我们于 1980 年在"长湖"上度过了一个兴奋的夜晚。1993 年,站在 Halls Peak 山巅真正的 Shoestring Lake 之上,我们怀着崇拜和景仰的心情,扩展了自己的知识。这个新的现象表明了位于欧洲大峡谷以南四五英里的长湖的准确位置。Shoestring Lake 和 Halls Lake 就在我们的脚下,我们通过将多种知识的结合和自己的经验、地图、时间和激情终于理解了 Wind River Range 的剖面图。在 1994 年,我们又重新回到了 Halls Lake,沿着位于 Halls Lake 和欧洲大峡谷之间的方向探索,这一次的再探索又一次增加我们对于这一山脉的理解,而且还有更多的知识等待着我们的探索。

　　实验型知识是学习的直接源泉。生物学家、植物学家、地理学家和气象学家通过徒步旅行、骑马旅行和卫星拍摄的照片,给旅行者确定一个山脉是否能够穿越提供丰富和有用的信息,但是相对来说经验能够提供给我们更多的信息。每次徒步的旅行都不会有相同的结果,而会给我们展示生动的、精彩的人生。每条小道、每条河流都会告诉我们新的东西,每一次闪电都会在我们的记忆中永远留下回忆。

领导者的职业素养

校长通过完善自己的角色成为一个正式的领导者,但是完善领导能力和成为一名学校中的典范将会是贯穿校长职业的长期目标。新时期里校长角色的多重化和复杂化伴随着校长领导知识的不断更新和转变。在这种以知识为基础、复杂的社会环境、不断增加的分类和扩展的需求中,校长不但需要更新知识,与时代同步,而且要改进他们的学习习惯和扩展知识的途径。相关的知识可以通过经验、调查和理论来获得。

在校长职业社会化的背景下,校长对处理各种事情的行为、自身拓展知识的方式都将成为自身专业领域内努力的方向。一个校长在一个学校第一年的工作中或许会受到其他不同的影响。不断的学习和进步要求校长不断地解决问题和做出决策,对于新校长来说错误的解决问题方式对他们来说是一种精神上的摧残,尤其是他们期望通过解决问题来提高自己作为校长的威望和实际工作能力。因此,找到一个有效的分析问题特征和职业素养不断增长的方法对一个学校领导从业者尤为重要。

教育实践与成果的关系

沃尔博格(Walberg 1990)提供了一套合时宜的、全面的关于教育实践调查与教育成果的关系的总结报告。通过对2,575例个案的调查研究,论证了关于影响到学生的认知能力、情感方面和有关学习行为结果的九个因素。这些因素被细分为三个类别:学生的天分、教导和心理环境。学生的天分包括:(1)通过标准测试反映出来的能力,(2)按年龄为顺序的个人发展状况,(3)在学习任务方面的关于自我意识和意愿程度的动机的测试;教导可以包含:(4)学生用来学习的总量,(5)学习经历的质量;心理环境分为:(6)家庭教育,(7)教室小环境氛围,(8)在学校外类似于群体的组织,(9)看电视的时间。

沃尔博格这样总结,"总的来说,大量的研究告诉我们前边给出的三组九个因素对于学习的影响是较大的。前五个重要的因素之间有着平等、相互补充的作用。如果在某一次学习的过程中缺乏动力、能力或教育质量,必然会需要大量的时间来进行弥补。因此,没有任何一个因素可以超越其他的,所有的都是同样的重要"。

这些发现为校长们提供了一个像检测影响学生学习效果的影响因素一样有用的实验型的框架。同时,这些发现也区分了分别影响直接控制下的关于教育领域的专业时间和非直接控制下的教师和校长的因素。沃尔博格进一步的总结揭示了教育阶段的分类,例如通过专业活动的教育和反映不同影响范围内的教育成果的教学策略。效应范围(ES)是一个被认为衡量不同点、关系或人口的标准尺度。效应范围帮助调查者和实验者在数据统计时获得有意义的发现。ES的含义取决于衡量的标准、群组之间绝对不同的含义、成绩分配的模式和成为榜样的原因。大的效应范围如:表扬/奖赏能够正确完成任务的学生(1.00);有意识的阅读训练可以调整老师的阅读速度和技巧(0.97);教育性的提示和纠正性的反馈(0.97);合作性的规划(0.76);个性化的教导(0.57);和灵活性的教导(0.45)。小的效应范围和负面的效应范围反映班级的大小(-0.09);程序化的教育(-0.03);和同一类型的组群(0.10)。到底这些对效应范围的统计结果能告诉一个教育领导者什么样的信息呢?

　　为了能够更好地陈述这些结果,我们假设将测试条件下被授予了特殊的奖励和得到了不好的结果的学生进行比较的效应范围系数为1.17。控制范围内的组别如果成绩不好的话就会被给予最少的奖励或没有奖励。如果实验群组的平均成绩为80分而相对应的受控制的群组的成绩为70分,两组的平均成绩差为10分。为了确定这种统计上的差别到底有什么实际意义,我们要先确定控制的组别的平均误差并且用得出的值除以两个组别的平均差值。如果平均误差是8.5,那么效应范围就是10/8.5＝1.176。这些结果都表明了平均测验成绩为80分的学生在控制组别中的排名大约在87位。而在这个假设中效应范围为1.176反映了效应范围对学习成果的巨大影响力。这些所给出的关于学习的纯粹的数据都包含在沃尔博格的关于学习的观点之中,这些概括型的发现对于校长的专业知识来说是非常有利的经验源泉,正如他们在学校里所计划和行使的在教学指导、员工评估和专业发展课程的教育领导责任一样。

　　上边简单地介绍了一下我们的发现,在下一部分将通过对几个理论框架的回顾来陈述理论性知识对教育领导专门知识和应用的贡献。

教育领导知识：理论性知识

　　理论就是一种解释。这可能是所知的最简短的对理论的定义了。对理论的定义还有"一种通过区分构成和规律来解释一个背景下的现象的系统"(博格)。理论帮助我们将某一特殊的现象总结出来,例如,个体获取知识的方法(认知理论)、学生和教师们的特定行为表现的原因(动机理论)、在一个新的单位中的焦虑情绪的产生(角色转变理论)、学校中重新调整的专业工作(工作设计理论)和学校中特殊程序的群体竞争的效果(交换理论)。每一个理论框架都可以帮助我们:(1)定义、分类和组织有关联的特定事实;(2)在某种程度上解释现象的利害关系使之可以总结和概括出许多事实和人为的事件,从而使我们可以解释能超越个体描述的特征和不相关的事件;(3)某些时候,在一定的事实背景下和关系中预测出可能的结果;和(4)为将来的进一步研究给出建议性方向。

对此,让我们回顾一些教育领导者熟悉的对学校教育和学习环境有利的理论。这些理论对于教育领导者的理论性知识都具有说明性。当你通读这些关于教育理论的简短描述时,就会明白校长的教育领导知识和行为是如何形成的。

Piaget 发展认识阶段理论

发展认识阶段理论描述的是个体的脑力、社会和道德容量的发展变化和从幼年到成年阶段的生理成熟期有着密切相关的关系。这个过程一共有四个可区分的过程:感知过程、正式操作之前、正式操作和操作的细节。每一个步骤都有关于发展认识阶段理论的进一步阐述和描述。阶段性理论假定作为个人的发展,由于存在各种各样不同的成熟阶段和成长的环境因素的差异,他们在通过天生的、自发的、有规律的行为来使其自身的世界有意义和通过增加象征性的思考和推理来增加抽象理解的复杂程度之间移动。

校长与老师之间的工作就是为了检验教师的课前准备和作业评估策略的效应,用这个发展认识阶段理论可以作为一个很好的组织规划问题、收集信息和促进变革的工具,从而可以满足个体学生的不同需求。

有意义的语言学习理论:高级组织者(AO)

奥苏贝尔的"有意义的语言学习"理论假定新的和更多的性质不同的学习材料容易被以前的学习材料同化。有两种高级组织者:解释型组织者,适用于当学习材料对于学习者是完全陌生的情况;和比较型组织者,适用于当一些想法或概念对于学习者来说与其以前的知识有一定的共性的情况。高级组织者对于抽象事物的概念性的框架的陈述,对于要学的东西来说更有概括性和总结性,他们用来为更多随后陈述的不同的和详细的材料提供特殊的有关联的想法。沃尔博格的实验型证据的评论很好地支持了这个高级组织者理论。一个校长的指导型行为所带来的是有经验的教师的直接的反馈,有效说明的模拟理论和教育型支持行为的快速形成。

观测型学习理论

观测型学习理论主张的是个人获取新知识和形成经常性行为特征取决于对自己或他人行为的反应和结果的注意程度。班杜拉指出:"认知的过程在探索和保持新的行为特征的进程中扮演了显著的角色。暂时性的经验具有的持续性效果是将其编码和存储作为记忆的重现。"

　　考虑一下你有没有在作为一个课堂老师的时候因为某种争端而表现出愤怒的一面。当你考虑到这个问题的时候，怎样的心情和社会行为特征使你表现出有利的结果，并且避免负面的影响？你可以利用观测型学习理论去区分个性化的、合适的策略来面对这些重要的人际间的争端。

合作型学习理论

　　合作型学习理论的倡导者斯莱风和约翰逊认为，如果在教室中的控制力被分散的话，学生将会有大量的好的结果发生。区分学生工作任务的两个基本类别是小组工作和互助型工作。这两种教学策略要求教育方法有根本性的改变，包括课堂管理和基本的奖励系统。教师将自己的权利让出，并将这些权利随着自己对个认和群体学习的结果而转移到学生群体当中去。斯莱风还解释到，个体学生的成绩是影响小组成绩的最重要的因素，因为整体的成绩是与每个小组成员个人成绩密切相关的。因此，适当的刺激对于驱动同组的成员有很好的表现从而使整个小组达到预期的目标是可行的。为了提高学习的成果，与其促使学生之间的竞争倒不如促使他们之间进行合作，这样或许可以避免个体成员之间的偏见和敌意使之成为共同前进的动力。随着学生群体中各种性格的不断增加，合作性的学习经验使学生在不同的种族、宗教和社会经济背景之间相互交流可以有效地避免争端，并可以促使学生发展重要的群体活动和团队合作技巧，最终形成一个可接受型和宽容型的社会环境。

格式化理论

　　格式化理论解释了个体是如何通过使用特殊的认知结构获取、组织和改进知识的。大量的图式代表了单独的个体从经验的人际关系或其他形式和经验中获取知识。瑟佛罗说过："图式就是人类用于建立相关信息解释的经验的模式原形"。认识理论学家和调查者如哈特等已经做出了大量的不同种类的内部认知模型，用来解释一个人处理新的形式和信息或自我经验的结构。音标、符号、数学标识、专业训练、社会认识和教学策略等，都是个体如何以一种有意义的和可获取的形式保存经验的结果和解释的例证。

　　图式有六个功能，他们提供给学习者的是：（1）吸收信息；（2）通过做出推论来关联信息；（3）将注意力定位到重要的环节上；（4）用系统化的方式搜索信息；（5）总结信息；和（6）使使用者在信息不完全时有能力根据已有的信息推断出原来的信息。通过了解学校中个体之间和特殊专业者或校长之间的不同，可以促使他们的员工重新思考信息的结构、涉及范围和教育活动与学习活动的先后位置。

通过利用图式理论和认知心理学,新领导得以很好地理解管理者如何学到他们的技巧和如何将知识与实际工作联系起来。对于准备成为校长和其他教育领导者的人来说,能够理解认知的过程和结果的含义十分重要。因此,格式化理论和认知心理学给我们很好的、概括型的关于校长如何获取、处理和将知识转化为实际工作能力的解释。另外,这些基本框架能够帮助校长和下属之间形成相互学习和促进的模式。那么这个框架模式是如何与真实的学校的工作环境联系到一起的呢?这就是应用格式化理论,例如,描述个体如何不断地获取信息,这些信息又是如何整理到大脑中去,以及各种各样的认识结构如何促进在特定的形势中获取知识。格式化理论提供了一种将以前的知识、经验和新的信息联系起来的解释。对于校长,他们知识的获取和专业知识都是多元化种类知识的产物。校长将他们从经验、理论和实践中获得的知识穿插在一起,通过对他们的知识、行为和产生的结果的思考,从而达到了发展个性化、有用的图式来洞悉他们的日常工作的意义和内涵。

教育领导学知识:经验型知识

人们最少检验的知识的种类也许就是经验型知识了。这些积累起来的和表面上无法定形的知识在传统意义上被认为没有多少价值,因为它缺乏那些科学经验知识所具有的可证实性和客观性。另外,经验型知识经常由于个人经验经常会被认为缺乏大众普遍的可接受性而不被专业领域所认可。因此,这种类型的知识往往被认为是无代表性的、过分单纯化和有局限性的。尽管如此,就像哈特指出的那样,"经验有许多的好处,像生动性、及时性和相关性"。在给出了经验的局限性和有利的一面的描述之后,从哪些方面可以使经验型知识对于有事业心的校长成为一个有价值的资源呢?

对于经验的看法,它既不是一个人的也不是其他人的,在教育方面的著作中它并不是一个新的话题,被认为是与学习紧密相关的。教育家杜威曾经说过:"为了完成最终目标的教育行为对于个体求学者和整个社会来说都必须以经验为基础,而且这些经验往往来自于某个人的现实生活中"。经验能够作为学习和获取知识的重要基础,但并不代表所有的经验都可以转化为知识。在观测型学习理论的基础上,所有的经验都有潜能成为对于知识的增加有贡献的因素。但是,一些经验经过错误的教导最终会误导一个人的成长并影响其以后受教育的机会。因此杜威建议校长们将这类经验严格地杜绝在教育领域之外。当新的经验和知识与以前的知识有意义地联系在一起的时候,从新的经验中学到的知识将会在以后的新形势下被全面、有效地应用。相互作用是在人与人之间产生的;经验的产生、经验自身的含义和产生的影响都与人及其内、外部环境有关联。

根据经验的个人方面的解释，人们建立起来的唯一的、以传记形式出现的、个人为主题的知识与他们所处的环境有很大关系。这些对环境的反应将会变成后人学习的目标。只要环境相对来说是稳定和可预见的，那么这种对于环境反应的学习就不会出现大问题。但是，随着动态的、不确定性的社会的出现，自动的和有规律的反应或许就是不准确的甚至是失常的。对于校长或任何一个管理者来说，他们的任务就是随时检查学习者反应的正确性。

赛尔描述了三种个人通过他们的经验进行学习的技巧。这些技巧是概括、筛选和整理。概括是我们用于检索我们经验中重复出现的特征的认知过程；筛选是我们如何发现我们所注意的东西；整理是我们如何总结、记录和恢复从我们的经验中分离出来的信息。通过这三个技巧，我们逐渐地创造和改造一套复杂的信念、知识以及对我们自身、我们存在的世界以及对于我们有关的一切的评价。

评价其他人的个人经验是非常有用的，这已成为一个校长增长自己经验的一个重要的手段。描述的事实对于专业知识的增长在多方面具有贡献作用，并且这些知识随后可以对将来校长职业生涯中的教育领导行为有促进作用。个人经验与其他类型的知识并不是孤立的。实际上，他们经常是经验性的发现、正规的理论的解释和理论与实际转化的反映。对于我们每个人，当然也包括你，它是生动、及时和有效地反映我们的经验，并在某种条件下可以通过实践转化为唯一的、传记形式的经验型知识。将经验型知识和理论型知识放在一起，就形成了我们的专业知识，并为我们对于专业知识求知奠定了基础。

案例：仓促雇佣

对于一个高中校长来说，他们一个很重要的教育领导职责就是雇佣老师。从 7 月 1 日起作为一名新的中学校长，我十分期望通过面试、挑选和推荐六名新教师给学校董事会去批准来显示自己的领导技巧。那位曾经将我的名字推荐给学校董事会来批准的主管，在我到任的一周之后调离到其他岗位上去了。在一个狭小的乡村学校的校区内，当主管的位置是空闲的时候，那么高中校长就会成为董事会的行政管理者。为了与全体员工平静地开始这一新的学年，并且让每个董事会成员相信我有能力成为管理者，我尽快熟悉教师空缺职位的名单和候选者，到了 8 月中旬就填补了除了数学老师之外的每个空缺。因为申请者中没有一个有中学数学的教学资格，而且在一半的候选者中只有两名参加了面试。那名前任的主管给我解释到，我应该在他离职的前一星期就面试一名本校员工的丈夫，并且他们就住在校区内。他继续解释到，董事会将不会雇佣这个人，因为董事会本来就想将这位妻子赶出校区，如果学校将他们夫妇两个都雇佣了，那么这位妻子将永远都不能离开这个区域了。

这就意味着只剩下一名在校区之外的候选者作为数学教师的空缺填补者了。在八月份学校开学之前,我面试了这名唯一的候选者,可是我仍然没有雇用他的打算。然而,我担心新学年开始后缺少一两名数学教师的成本远远大于我原本想象的。在新学期开学前一个晚上的十一点,我向校董事会建议雇佣了这个唯一的候选者。我告诉董事会的成员我自己都不满意自己的决定,但是我更担心在新学年开始之后仍然缺少一名重要科目的老师,而且在第一个新学年结束之前我都无法及时找到一个适合这个职位的人。董事会最终雇佣了这名候选者作为数学教师,尽管我对这个人选并不十分热衷。

在新学期不久以后的秋季,这个新雇佣的数学老师的严重问题开始不断地表现出来:在备课、课堂管理和与学生、同组的老师之间关系处理上都不具备最基本的能力。关于对他的表示抱怨的报告开始不断出现在我的面前。我在面试这名教师时最担心的情况终于出现了。作为校长,现在的我甚至有更多的问题。在他教学的第一年中,这名教师需要更多的指导和支持来提高他的工作表现。如果他的课堂表现在第二个学期还没有改进,那么我必须告诉他我们将不会继续雇佣他了。我是一个新任的校长,需要对近 20 个任职的教师进行评估,如果我将多余的精力花费在一名表现较差的数学老师身上,这将意味着我将会有更少的时间去了解学校中整体教育水平的状况。通过多方面的观察、多次的会议讨论和非常具体的改进意见的推出,没有迹象表明在将来的一个学期里这个新雇佣的数学老师的课堂表现会有明显提高。我于是准备向董事会提交下学期不再雇佣他的报告。我曾经在一个学校会议上坦白地跟他说如果他的教学质量没有提高的话,下个学年他将不会被继续雇佣。尽管用真诚的坦率的方式试图同他进行沟通和帮助他,我非但没有发现作为一个老师积极进取的心态,反而遭遇到他抵触的行为和对我教育领导能力的指责。

三月初,正当我准备把解雇这位新老师的建议书提交给学校董事会时,我收到了他的辞职信。在信中他提到了想离开这个领域并希望找到一个更好的工作。他甚至要求我写一封具有积极作用的推荐信。我告诉他说我会给他一封推荐信,但我会把我对他的优点和缺点的个人意见都写在里面。与一个低水平教学质量的老师的问题暂时告一段落了,可是关于仓促地雇佣一名教师的经历作为教育领导者的我仍然记忆犹新,并不断提醒自己避免类似的行为再次发生。

我到底学到了什么呢?为什么这种来自经验的教训会成为一种重要的知识呢?这种特殊的经历告诉我的是将自己逼入一个决策的死角并且放弃了使自己满意的解决问题的选择,即填补一个教师的空缺,进而产生了一系列的负面连锁影响。关于这名教师课堂质量差的抱怨来自学生、父母和学校董事会成员,他在教学质量方面的失败的直接反应是对于改进其教学质量的建议,他在与其他员工合作方面的问题是我所无法想象的。我学到的东西十分简单,除了在新学年有一个全员的学校之外,被迫的选择和在个人决策问题上采取权宜之计,几乎不能真正地解决问题反而会带来更严重的长期性的问题。这里还存在其他方面的教训吗？正直、坦率和丰富的想法,将会是我第一反应下提出的、对于一个有能力的教育领导者处理能力低下的老师时所应具有的能力。实际上,让我吃惊的是,有那么多经验丰富和有能力的老师都在对这个老师的问题上始终保持了沉默,甚至是其中一个素质最好的教师也开始对我的决策保持谨慎的态度。在下一部分的内容里,我们将着重讨论职业特长的定义和职业实际能力之间的关系。

职业特长和职业实际能力的定义

对于校长来说,职业特长就是如何将获取的各种专业知识(实验型的、理论型的和经验型的)最终转换为管理行为。我们将会讨论几种框架来区分校长的职业特长和能力,然后讨论职业准备阶段关于这几种框架定义和策略的区别,以及几种了解和形成职业特长的方法的区别,最后,我们将论述那些对于有事业心的专业人员、经验丰富的实践者和专家的职业性格发展有影响力的过渡性经验。

对于专业人员的定义,是指那些具有特殊知识和技能并能够在特殊的领域里有效地处理问题的个人。区分一个新手和有经验的专家并不是专家的职业判断总是对的而新手一直发生错误。很明显,专家总能够承认和分享他们在工作中的错误和不足,并将这些错误通过系统地理论分析,使之帮助自己用最少的技巧来解决问题。

律师为控告罪犯嫌疑人或为之辩护；医生对病情危急的病人进行治疗；建筑师为客户设计样式和确定地点；老师为阅读有问题的学生进行特别补习；助理校长为减少逃课而执行一定的策略；校长与不热心的专业员工一起工作,讨论重新建立组织评定结构的问题。在每一种实际的工作环境中,专业人员利用特殊的知识、能力、框架和实践的标准来解决问题,并很快能够实施。除了常用的手段、特殊的能力之外,仍然有许多其他可以供考虑的方面。能够认识到不同的职业特长在不同的情景之中具有不同的作用对于教育领导者来说最为重要。同时,理解校长领导特长是如何传递和实现的,如何将专业知识应用到实践中也是同等必要的。我们使用萧特和肯尼迪的理论为依据,来列举如何定义专业特长和训练与如何准备职业特长与实际工作的关系。

萧特给我们描述了四种概念化的能力,即教育优越性、学校的改进能力、专业发展能力和责任心的衡量,其核心是把能力作为一种动态的或静态的实体。作为一个静态的实体,能力被列举为对于特殊行为或动作的精通,在标准程度上、在特殊的领域有应用特殊的知识和实施特殊行为的能力。表14.1列举了校长领导能力被作为静态实体,对于一个无经验的校长来说,应该做的就是获取专业特长,使自己在要求的技术方面成为熟练者并能够认识到自己的主要任务和责任。有能力的校长具有作为校长必需的技巧并清楚地认识到自己的主要任务,但是他们的特长来自于能够清楚地看到实际工作情景、他们的专业知识、所负的责任、他们的行为和目的之间的内在联系。这是一个对于将专业特长作为动态实体的描述;是一个整体性的,相互作用的,综合的有多种方法组成的知识和行为。

肯尼迪在她的关于专业特长的描述中,指责现代培养工程师的课程由太多的"学"构成(约80%):数学、物理学、动力学和电子学,然而工程师的专业要求在实际情况中具有更多的"能力":咨询能力、设计能力、计划能力和评估能力。她提供了四个具有操作性的特长的定义:科学技术应用能力,理论和概念的实际应用能力,为检验和解释实际措施的综合分析技巧,以及在压力的条件下在处理、措施采取和定位方面都能继续正常地表现。任何一个上述的定义对于领导学来说都有特殊的意义。随着你对于下面例子的阅读,考虑一下你个人的专业工作并利用这四个关于特长的定义来套用一下自己的情况。如果你被要求准备一张能够代表你自己四种能力的模型图,哪种能力将可能占据你的主要日常工作呢?

专业特长：获取科学技术

反映四个关于特长的定义的例子在教科书、报告、训练课程和为校长设计的大学准备课程中都经常出现。现实中不断地有新的框架、概念来吸引我们的想象力和注意力。通过熟练的、合适的组合理想化的模型,以及通过完美的培训程序成为未来校长的人,毕竟,在21世纪这些都会掌握在他们的手中。

正如表14.1所说明的,列举的对于学校校长的专业能力的要求是一直持续增加的。美国国家校长职位政策署和教育行政管理委员会均十分明确地列出了作为教育领导者应具有的技术能力。这些表现范围在两本著作中详细地列出。一本是《我们改变中的校长》,由教育工作者,包括校长、教授、专业组织的成员和其他决策者的专家小组完成。21项专业能力被组织成为四个表现领域——功能、计划、人际关系和承上启下。

表14.1　　　　　　　　　　　　　　校长的专业能力

一、功能领域	二、计划领域	三、人际关系领域	四、承上启下领域
领导能力 信息收集 问题分析 判断能力 组织监督 实施 授权	教育计划 课程设计 学生毕业和发展 员工培训 决策和评估 资源分配	激励 灵敏度 口头表达能力 书面表达能力	哲学和文化价值 制度和规范 政策和政治影响 公共关系

当学校领导能力的特长被认定为是几种技术的简单的集合时，教育管理准备课程就会减少从实际的工作经验中得来的技巧，通常他们都是不准确、不稳定、不确定和没有竞争价值的代名词。这种现实往往会使新任校长很难确定在什么样的情况下使用他们已经掌握的技巧。最后，这些准备课程被认为只是将重点放在对知识的收集之上而忽略了对实际经验的学习，从而忘记了学习的最终目的是使之能够应用到实践当中去。另外一个模式是由乔伊思（Joyce，1980）提出的，一个对于特殊技巧、模拟训练和参与到实际工作当中去的学习模式。当我们指出学习校长领导能力特长的定义的弊端的时候，我们并不是说特殊相关的技巧对于实践工作完全没有帮助，实践者没有科技知识或技巧就不能胜任。科技技巧和熟练程度是必需的，但这并不足以使之成为一个成功的教育领导者。例如，一个校长可能在计算机课程设计方面是专家，但是却不能用计算机设计一个日程安排去满足学生的需求和充分利用教师的天赋。一个校长或许在技术上能够成为区域内的以至全国范围内的专家，如法律专家、财政管理专家等，但是，有能力做出一个好的预算与通过有效地进行资源再分配从而使学生和学校的教育成果最优化之间并没有必然的联系。

专业特长：理论的应用

当教育领导能力被当作是理论应用的工具，正如管理总则被认为是"管理之上的管理"那样，在校长的准备课程中主要包括科学有效的模式和框架可以为有事业心的管理者形成合理的专业知识。特长和教育的准备很有可能包含下面两种教学的策略。

他们可以告诉未来校长如何将一个理论应用到特殊的实际环境中去，即如何将个案看做是理论的延伸，或者他们能够帮助未来校长用知识将单独的个体与工作知识整合到一起。对于理论化模式的应用，正如被实践者常常指责的那样影响了对于专业特长的定义。通过学习一般领导学理论，领导者能够开始构造一个学校中最重要的任务，校长要到学校中去发现现实工作是复杂的，并且有时能够减少他们领导才能发挥的效果。校长们认识到学校是被宽松地管理在一起的，教和学的过程与组织结构和本身的制度、程序和权力机构是没有联系的。为了中和结构松散性的效应，校长发现他们的领导能力受协议、社会经济条件和内在的文化形式的约束。例如，一个校长启动一个系统化监视学生成长的计划，却发现在教和学的过程中这个评估计划打破了教师控制的标准。

专业特长：批判性的分析

教育领导能力被认为是批判性的分析，这提供了一个通过阅读、案例分析总结和通过模拟来发现问题的系统化的思路,但对于先前的行为没有给出建议。通过法规、理论和大量总结性图式,教育管理的学习者和实践者面对的是多维形式的实践,其问题的定义和解决方法对于他们来说是已经发生和既成的。但是,多维的眼光并没有指示决策者应如何在众多的选择中采用怎样的措施。案例分析总结是将现实情景引入到校长培训课程中的一个常用的教育策略。在一个场景中:两个老师为了一个有学习能力障碍的学生的安置问题各持己见,你或许能够辨别出哪一个是中心问题,哪一个是辅助问题。深层分析、思考、做出无风险的决策将会为你赢得理解、洞察基本问题的能力。然而,为了使你能够在作为校长方面有足够的经验,在案例学习中获得分析的能力必须超越抽象的练习。真正的特长是当你增长在新形势下解决问题的技巧的时候,只有在真正的环境下并产生真正的结果才能够促使这方面能力的真正提高。

理论性的框架和分析性思维方式可以给我们带来不同的视角,但是他们不能够指导我们去完成一个课程的方法或预测形势的发展方向。最后强调一下,经验性知识、实验知识和理论知识是三位一体,相互影响和密切相关的。

正如杜威所言,我们坚信校长们的探索历程和发现可以像史前希腊人所描绘的那样:

求知是如何成为现实的呢?有些东西是我们已经知道的或以后知道的或那些我们还没有学到的;或者我们不知道并不能去理解的,这才是人类求知的根本目标,即寻求我们不知道的东西。

我们希望学习者能够放弃那种“不能学习我们不知道的东西”的思想禁锢,并希望读者在学会如何发现他们所不知道的事情的时候,能够形成自己的见地、自己特有的求知的方法和自己的理论。

第十五章

培养下属成为跟随者

很多校长都有关于团体的想法,很多学校也把自己定义为关心型团体和学习型团体。当话题转向把学校作为领导者的团体时,很多校长开始感觉不舒服。教育实践者经常鼓励校长在学校的工作中能够起到强有力的领导作用。结果,领导作用就成了相互影响的系统的一部分,在这个系统里领导都是独自工作的,与其他人相互作用是为了影响他们的所想所做。

我们理解这种通过相互作用获得的领导权力的方法。领导也许有很远大的理想和想做正确的事情,但是实行领导权力总是意味着领导用一种他所认为事情应该发生的方式来控制事情和人。进步型的领导不应该是独裁型的。相反,应该鼓励领导和其他人一起分担一些他们的领导能力并且把他们的一部分权力委托给其他人。他们这样做了,就可以相信其他人会有更好的回应以及更愿意做领导,做对学校有利的事情的人就会增加。

共同承担领导任务

要使一个学校成为一个团体,就要进行权力架构。通过交易得来的领导能力也许在初期是很必要的,但是很快重点就应该转向通过造就和约束力来建立起领导能力。在创建团体的时候,要回答清楚的最重要的问题就是整个团体共同分享什么? 共同信仰什么? 共同要完成什么? 这就是共同分享的思想结构,是一个团体的精神,并且会成为人们做事情的最主要的动力来源。校长和老师们一起共同为实现一个理想而努力并保证能使理想成真。从这一点看领导就是一种让理想实现的方法。校长和所有其他的人都有同等的义务体现团体的价值,校长和老师应该共同承担领导方面的任务。

努力使学校成为一个团体是一个毋庸置疑的好想法。毕竟,学校里大部分人都同意学校对领导能力培养的越多,每个人发挥自己才能的机会就越多,每个人就越愿意承担责任。此外,在一个民主的环境里,领导能力共享和展现的更多,那么预期的效果就会越好。进行领导能力的训练已经成为每个公民的责任之一。另外一点值得考虑的是在环境复杂的今天,共同承担领导责任是有利于学校发展的。

课堂的社会现实

研究者在对关于学校发展的文献资料进行研究之后,从老师的生活和工作中受到启示,发现为促进学校发展所采取的每个措施都是建立在课堂的社会现实上的,因此对有效的领导与教师的工作方式提出如下建议:

- 与教师一起工作而不是领导他们工作;
- 认识到教师工作的复杂性和技能的具体要求;
- 理解每个学校文化的不同之处,并了解文化是怎样影响学校发展的;
- 提供足够的时间学习;
- 建立合作关系:为人们共同工作,共同讨论,共同分享关心的话题提供机会;
- 时刻以教职员为中心而不是以自我为中心;
- 改变老师被孤立的格局,鼓励个人专业知识公开化;
- 反对复杂的问题简单化,不厌其烦地认真做一项工作并且更充分地理解它,从中受到更多的启迪;
- 要明白有很多方法可以发展学校,但是没有一个最好的方法;
- 用自己的知识帮助人们成长,而不是仅仅批评他们的不足;
- 可以通过保护想法,表明期望,提供必要的资源来支持学校的发展;
- 以一个重点为中心组织发展的策略;
- 要意识到并且谨慎地对待老师和相关人员的不同之处;
- 与团队一起承担领导责任,使得人们可以取长补短并从中得到经验。

在最近的社会现实主题中,莱伯曼和米勒写道:

> 教学从仅仅限于课堂延伸到了课外;团体变得更加崇尚多样性和差异性。这些都以时刻关注学生的生活为基础,并且和学生的生活衔接得更好。
>
> 新的学习型团体不是排斥别人,不是仅仅应用别人的东西,而是为那些在进行自己各方面的转变(个人,他们的世界,他们的工作)的老师们提供挑战和支持。

这些关于课堂的社会现实,主要是强调把教师们组织成一个学习型团体,而这个团体主要是作为变革的媒介引导老师理解以下八个关于教学的社会现实和他们自己与学校发展的联系。

1. 建立一个周密的关于价值、实践和组织结构的图表;
2. 要有学校生活所必需的职业能力的提高;
3. 鼓励教师从校外多学东西;
4. 把领导和学习作为一种集中在一起的责任;

5. 在竞争中保持平衡；
6. 创造适合新的教学社会现实的条件；
7. 学习和了解变化的过程；
8. 保持并不断加强希望和热情。

莱伯曼和米勒讲到成功的学校发展涉及学校生活的方方面面，主要是充分调动老师的积极性。老师们要主动地工作，要承担责任，并且成为积极的领导。这样，校长和老师就会形成一个领导的团体。

新的领导价值观

要成为一个领导团体，就需要形成一种新的领导价值观，比如要具备以下几个方面：

- 设立目标
- 服从命令
- 授权的权力
- 完成的决心
- 与他人合作
- 主观能动性
- 质量管理
- 朴素
- 反应灵敏
- 自制力

这些价值观通过联合和约束的作用使得领导能力的概念有了具体的含义和内容。接下来分别论述这些价值观。

共同目标和价值

哈佛商学院教授亚伯拉罕·扎勒贞认为管理的失败是只重过程不重主旨。优秀的学校管理过程的重要性是不能低估的，然而这样的过程不能代替主旨。这一点是很重要的。例如，要把 A 与 B 分开，在这方面管理是很有效的方法；而管理型的领导就是注重 B 是否比 A 好以及为什么。此外，当决定了方向目标后，主旨就是要决定通过哪种方法能够同时带来很多效益，例如多样的人才，对员工起到最大的鼓励，以及有超乎一般的表现。

单独的管理过程会让员工认为自己只是下属。相反，主旨能够使员工们主动去跟随。下属的定义会让员工们被动地服从管理规定，在领导者的监督下完成工作。而主旨的定义可以使员工积极主动地思考怎样使工作完成得更好，鼓励他们有自己的想法和目标,这样工作会完成得非常好。

伯纳德在他最优秀的一本著作《高级管理人员的职能》中写到:"不断地向员工灌输一种共同发展的目标的信念是高级管理者必须的职责。灌输这种信念是通过领导者的行为来实现的,而这些行为是为实现目标的具体体现"。他把设立目标定义为"由组织的正式领导采取的一系列的措施,而这个领导一定要注重组织的基本目的,在此基础上对概念进行阐明,跟员工达成共识,在员工对工作的承诺上起到影响作用的领导。"威尔进行了高效率系统的广泛研究,这个系统是来自于广泛的社会大学领域的。他测试了通过这些系统共同建立的特性曲线和在其中建立的领导,然后发现成功的关键在于目标的存在。"高效率系统很清楚地体现了他们由很广泛的目标和在现有的客观条件下实现这些目标的做法。建立这些系统的人知道建立的目的和他们要做些什么。成员们都清楚自己的任务。"他补充道,"员工们对工作的承诺决不是敷衍了事的,领导也在一定时候给他们足够的动力。"

在美国学习过一些成功的学校经验的人往往偏重于建立目标。这个研究表明有共同的目标和期望还有共同认可的榜样会给学校创造一种浓厚的学校文化氛围。一个学校的行为标准和价值观念对于学校的文化是很重要的。而这种标准和价值观会使学校内部有一种凝聚力和利益一致性,并且可以建立一种统一的道德规范。这种道德规范可以让学生和老师明白自己的目的,明白这种目的的意义和重要性。有一个这样的例子,研究者琼·利普思兹在对四个成功的中学的研究中发现,这四个学校都对学校教育的目标很清楚,同时对自己的学生也很了解,他们对怎样设立和实践目标都做了很详细的书面陈述。他们说到的几乎都能做到。

一个学校的文化就是通过建立目标和建立一种共同发展的价值观而产生的。文化的概念是指在社会的总体的生活方式,多年的社会文化告诉我们,文化就是社会成员要有共同的目标和责任,并且把这种目标和责任不断地传达给他人。换句话说,文化就是共同分享一套生活的计划,向上一代学习,了解现在这一代人的想法,传给下一代。

契　约

建立目标需要有领导者的见识和团体成员共同认可的内容。有远见是设立目标的很重要的质量因素,如果没有远见那么领导最重要的作用也就没有了。一个学校的前景是一定要包含学校里的每一个人的希望和理想,需要和利益,价值和信念,这些人包括老师、家长和学生。最后,当然还要包括学校所代表的东西。在成功的学校里,每个相关人员的利益都是一致的。仅仅让人们明白他们的位置和任务还远远不够,需要有一个具有约束力的严肃的协议给生活在一起的人建立一个价值观系统,同时为决定和行动奠定一个基础。这种协议代表了一个学校的契约。

当学校具备了远见和契约时,老师和学生都会有很大的动力,而且他们的表现会比预期的好。在确立价值的同时要注意建立的目标一定要比那些通过官僚作风和心理影响也就是通过交易和苦心经营得来的领导权力要有强得多的鼓励作用。这些价值观念是我们建立现实的基础,从中我们能明白一些意义。正如领导学教授咖德那所说:

"一种文明是深入人们心中的戏剧。它是大家共有的前景;是大家共有的行为准则、期望和目标……看一下一般的人类社会我们便会发现一个同样的事实:一个社团是存在于它的成员心中的,有着共同的假设,信仰,社会习惯,有意义的想法,以及富有鼓励的做法。"

培养跟随者的素质

在工作中,员工的管理行为越多,员工们自己就越有责任心和积极性。工作越像管理性质,就越有自由空间来计划、组织、控制自己的生活,并且可以做决定,承担责任,同时考虑到这种责任而为自己的行为负责。授权给每个员工使其成为管理者是领导的一个目标,因为这有助于调节领导权力的密度。领导权力的密度主要是指领导权力共享的程度和员工是否经常有领导的权力。为了理解领导权力的密度,需要首先了解领导能力和跟随者素质的联系是很紧密的,不同之处在于成为一个好的跟随者还是一个好的下属。凯利指出,优秀的跟随者把自己管理得很好。他们总是在为自己考虑,联系自我控制的能力,能够承担责任和义务,相信并且关心他们正在做的事,有很强的自我驱动能力。因此,他们能够很好地为学校工作,而且能持久地工作,更重要的是他们能够独当一面,不需要特别谨慎的监督。跟随者是一些受到委托的人,委托他们的是一系列目标,一个理想,一个学校的前景,一种关于怎样完善教与学的信念,一套他们坚持的价值观和标准,还有信心。

下　属

与之相反,好的下属做的是他们必须做的,几乎没有额外的。他们想知道他们应该怎么做,要对他们进行合适的监督和监视他们才会有好的工作表现。他们等着领导告诉他们目标是什么,给他们提供客观条件和合适的方法去达到这些目标。他们要知道游戏的规则是什么,才会在玩的时候避免发生问题。他们和领导的上下格局一年到头一成不变。而他们的学校和他们教的学生们几乎不会有优秀的表现而只会是平庸之辈。

只做下属的人不愿知道愿望,价值和想法,他们成天被规则,程序,期望,和其他的管理要求围绕着。这里有一个关键的差别:下属是对上级做出回应;跟随者则是对思想做出回应。标准字典对跟随者的定义是:跟随者是为一种理想而服务,或是为一个代表一种理想的人服务。因为跟随者的素质是与思想相联系的,校长只有通过让员工实践领导权力才能使下属转变为跟随者,否则校长培养跟随者的意图很难实现。

有效的跟随是领导的一种形式。承诺实现一个理想和进行自我管理是好的领导能力的最好证明,同时也是好的跟随素质的体现。成功的领导者能够引导别人承担领导责任,并能成为领导别的领导者的人。成功的领导者也是好的跟随者,他们能够坚持追随一种思想、一种价值和一种信念。当形成了跟随品质后,道德的权威就会代替过去的官僚权威和心理影响的权威。这样,学习就会形成一种新的体系,一个以目标、价值和承诺为最高任务的体系。

员工自主行使职责

校长可以从三个方面给予员工自主的权力:(1)给教师和其他人员所需要的自主权力,让他们在代表学校的目标的前提下自主行使职责;(2)提供给他们自主行使职责的支持和相应的培训;以及(3)为他们推开一些官僚主义设置的障碍。

控制与授权

与其他人合作得很好的领导实行了权力投资的实践。他们把权力分配给其他人是为了得到更多的权力。他们明白真正的权力不是控制着人和事,而是对实现共同的目标和目的可能性的控制。为了能够控制后者,他们认识到需要放弃对前者的控制。在一个关系复杂的社会里,他们认识到代表任命和授权是不可避免的。

除了工作的最主要的例行程序,在目前美国的管理问题中最主要的是存在于能力和权威之间的代沟。那些有职权的人一般不需要有技术上的能力,而那些有能力的人却没有足够的权力。通过授权,领导权可以授给那些具备能力的人,使他们有一定的权力来改善工作。

然而没有目的性的授权是没有意义的。目标和授权,两者一定要时刻结合在一起。目标提供给老师指导,丰富他们的知识,授权则给了他们发展的空间,这不仅提高了老师和其他相关人员的积极性,并且提高了他们的技术能力。他们会变得更聪明,并且发挥他们的指挥才能去更好地做好工作。这样一来,对于领导来说就有了一些问题,第一个问题是"应该如何授权?"他们遵循的授权原则是让每个人都有足够的空间做他们认为有意义的事情,并提供给他们自己决定做什么的机会,不过这些决定要体现他们共同的价值观念。此外,最好的授权策略不是把重点放在老师或是某一群人,而应该考虑学校所有的员工。校长、老师和家长因为一个共同的理想结合在一起,并且有必要的自主权。授权是对责任的一种自然补充。一个校长如果不给老师、家长和学校他们认为最好使用的权力,那么他是管理不好他们的。一定要注意避免把授权和放任自流混为一谈。授权是要承担责任和义务的。授权给别人是让他们在共同价值观的基础上有机会做决定而不是做任何他们想做的事。

领导权:完成工作的力量

成功地领导别人与给别人领导权是不同的。领导权和权力之间的联系在于领导权是权力的一种特殊形式,即一种影响的权力。有两种权力的概念:管别人的权力和赋予权力的权力。管别人的权力是“控制”,主要注意的是“我怎样能控制人和事情向我希望的方向发展?”其目的是要支配、控制和拥有特权的权力。喜欢这种权力的人想要占据支配别人的位置。他们往往采取“胡萝卜加棍棒”的方法,惩罚带奖励。实际上大多数校长没有太多奖励与惩罚的措施。此外,员工一般并不喜欢这种胡萝卜加棍棒的方法,而且抗拒各种形式的只会支配统治员工的领导。因此,这种方法收效不佳。

这种对权力的概念超越了与支配和控制相关的道德问题。虽然权力是一种工具,但它不是机械性的。正式权力可以决定做什么事情,可以完成什么,以及可以帮助去完成一些重要的事情。在权力之下,很少有人去注意人们在做什么和在完成什么样的事情。

联合领导

当目标和领导力度主动融合在一起的时候,联合领导是一个很重要的使学校运作起来并在松散的结构下运作良好的策略。可是人们经常将联合领导视为统一意志。统一意志指的是良好的人际关系,尤其在学校中是指老师之间的关系,包括忠诚、信任和善于对话等,这些都来源于一个亲近有组织的结构。而联合领导是通过相互的尊敬而产生的老师之间和校长与老师之间的合作关系,包括相同的工作价值观,关于教和学的特殊语言交流等。当联合领导达到一个很高的水平的时候,一个强大的专业文化就会在学校组织中潜移默化,形成一种很强的约束力。然而这种约束力不一定总对目标有利。有时这种约束力有利于目标的实现而有些时候则会影响超常发挥和对目标的决心和承诺。相反的,联合领导的目的是在学校里形成一种以大家利益和共同工作的思想为中心的强大的专业文化氛围。这种约束力应和学校的目标一致,并且促使员工有更好的表现和更大的动力。

罗森豪兹在这方面做了独立的研究，发现支持对于联合领导的重要性，以及联合体成员的支持有助于形成一个专业的教学方面的文化，并有助于促进员工表现出积极性。所有的研究者都发现行使这种领导权力的校长能够影响到学校的整个行为标准的结构。研究者还发现，在联合领导程度高的学校，老师们这样描述他们的校长：他们总是以学校整体的利益为中心，并且让所有的人一起参与问题的解决。而在联合领导程度低的学校中，老师和校长们是互相疏远的，各自做自己的工作。如果校长没有跟老师合作的期望，也不清楚地告诉他们，没有为发展学校设定一个模型，却保护那些违反学校规定使之养成惯常行为的老师，这些无为的领导对学校未来的发展势必造成负面影响。

内在激励机制

传统的管理理论是以"重赏之下必有勇夫"为依据的。这就是基本的激励策略；然而，当这个理论被过度地应用到解决如何领导、如何鼓励和奖励表现优秀者时，其结果往往是与期望相反的。从长期看，这种方法多半是没有效果的，因为它的问题是，在它的因素中忽略了环境和人的影响往往可以改变预期的结果这一点。如果没有持续的回报，那么就没有工作结果的产生。工作表现成为一种偶发性的交易行为，而不是一种自我的支持行为。一个较好的基于自身努力结果的策略是"能获益的事情有人做"。有意义和收益时，事情将会被做好，即使没有人在旁边；事情可以很好地被完成，即使没有外在的奖励；事情可以做好不是因为有利可图才去做而是因为事情本身重要。这种内在激励的力量不论从调查中还是在实践上都被认为是员工表现的原动力，因而调动内在激励机制是领导学中重要的部分。

理解质量管理

对于一般的领导者，质量管理被认为是可以通过恰当的控制如计划、编程、测试和检测来解决管理问题的。尽管成功的领导者认识到在他们组织中有这样的质量管理理念存在，他们还是会将这种问题看做主要是文化的差异而不是管理的弊端。质量管理的意识是在工作中不断学习而得到加强的。这是老师和其他学校员工的信仰，对质量的承诺，对荣耀的理解，对所从事事业的拥有权，以及驾驭自己工作的满意程度。这就是质量管理与计划、组织、安排和控制的区别。

简单化

十分成功的校长相信学习，方向调整和不复杂的组织结构。对他们来说，

"小就是美"，"简单就是更好的"。小型的组织有和主要群体的关系，包括学生和老师，可以提供更现实的授权，更能够使员工有归属感。简单化就是关注于什么需要被完成，和如何才能做得更好。

行为反应

作为成功学校的领导者，忌讳草率从事，相信措施和有好的方式开展教学活动、指导和评估。相对的，他们对于教学有更加复杂的观点。比如，他们认为没有一种教学不带教诲性的；没有一种指导和评估的原则对于所有的教师和所有的情形都适合。他们注意"机会成本"，做一件事情，会得到什么同时会失去什么？得到的与失去的价值成比例吗？成功的校长拒绝接受将调查和时间直接联系在一起的想法。相反的，他们认为调查的目的可以增加理解能力和对时间没有规范性。工具型的知识是对行为直接规范的证据，而理论型的知识是形成想法和专业判断的信息。

传统管理理论描述领导应该是冷静的、精准的，并且对他们所做的和说的事情都留有余地。通过对成功的领导者的了解，研究者发现领导形象不尽相同。实际上，成功的领导者有与他人交流的愿望：如果有些东西是值得信仰的，那么他们就对其有强烈的感觉。成功的领导者可以投入大量的时间，关注系统的目的，将他们的全部注意力放到工作的重点上。这些性格对他们在组织中的成功表现有很大帮助。

领导价值观及行为

没有领导的价值观被单独地分析。实际上，他们之中存在着重要的连贯性，实践可以将个人行为促成领导能力，例如，没有实践领导能力容易养成自由放纵的管理行为；还有，通过提供控制和规范，在领导学中的管理期望值会提高。

构成主义领导学

兰姆波特将领导学定义为建立一个能够使学校成员朝着共同目标努力的相互促进机制。相互的关系就是使我们的世界更加有意义，持续地寻找、填补自己的不足并一起成长。它认为这种领导就是构成型领导。构成主义领导学的关键是在大众和学校中建立容纳能力。学校善于帮助人建立工作的含义和一般目的，鼓励更广泛的参与。兰姆波特特别指出，这种容纳能力和鼓励参与能够提高员工的能力，鼓励他们承担更多的学校成功的责任。当领导的目标变成结构性的含义、完成学习和发展选择性的责任，领导学就直接与学校的文化产生了有机的联系。

影响型领导

罗斯特有一个重大的研究建树,就是给领导能力下了一个新定义,它能够帮助将社区与实践联系起来。"领导学是一种在领导之间影响型的关系,同时是希望改变相互目标的反映。"这个定义包含四个主要元素,这四个元素具有呈现人与人之间的关系的功能,即领导能力。如果四个元素中任何一个不具备,那么这些关系最好被认为是一些管理的表现。他们或许有优点,却不能构成领导能力。这四个元素是:

1. 领导能力是建立在影响基础上的;
2. 领导者和下属是这种关系中人的因素;
3. 领导者和下属期望真正的改变;
4. 领导者和下属建立相互型的目标。

罗斯特指出,将领导能力作为影响型的含义是指相互型的关系。如果影响是时好时坏的话,那么领导能力还是不存在的。影响,在它的定义中,意味着压力的应用和没有奖励与惩罚或职别的差异。如果一个人命令、要求、怂恿或威吓他人服从,这绝不是领导能力。

从领导学角度来说,下属和领导者双方必须都有领导能力。他们既不需要在关系中的平等,也不需要每个人时时刻刻都在领导,但是在给定的一段时间内或给定的场景中,必须共享领导的义务和权利。还有,对于领导和下属来说还需要真正的改变,领导行为必须表现出目的性;他们既不需要个人的鼓励也不需要官僚般的要求,但是要有服务目的的欲望。最后,它们的目的必须和领导者与下属共同享有,就是说,他们是一起发展的。

罗斯特的定义中,下属或跟随者和领导者的角色是模糊的。根据这个观点,所有的组织成员都必须先是跟随者,然后当其中任何人发挥领导的主动性时,跟随才能转化成领导能力。只有当领导者和跟随者互相认为可信任时才变得混淆。

领导的五个"C"

跟随者要想成为强有力的领导者,需要磨炼自己的性格,提高个人素质,在领导和其他跟随者中建立可靠的信任度。罗斯特和史密斯(Smith,1992)认为,可靠性可以围绕五个"C"来思考:性格(Character),被人认为是诚实、诚信和忠诚的表现;勇气(Courage),自己期望改变并让人相信会改变;能力(Competence),指工作技能和使用信息咨询技术的能力;沉着(Composure),指在压力之下的冷静、沉稳的精神面貌；和爱心（Caring），指对别人的关爱，愿意帮助他人。有心的跟随者会在这五个"C"上下工夫，在学校工作中充分利用机会来施展，逐步达到满足领导能力的要求。

鼓励教师领导的策略

合格的校长应清楚管理的重要性。如果因为缺乏日程使教师会议混乱，职责不清晰造成纪律很差的话，校长就需要花额外的时间和精力来解决问题。解决问题的结果可以是一劳永逸，也可能是将就和混日子。强有力的管理意味着连贯和稳定。

在高度发达的经济和科技时代，领导术就像安装流水线的负责人的艺术一样。区别只是学校的领导术以学校为基础，而且这种领导术不仅包括校长，也包括教师。校长能用来对教师施加影响力并让教师对未来的领导术做好准备的两个策略是规则的建立和教师团队。

建立游戏规则

规则是指个人发现值得遵守和参照的行为期盼。这些期盼建立在价值观和信念的基础上。规则不是政府或学校制定的政策或条例（好的校长经常不重视）。规则实际上是我们办事的方法。在学校，规则应有道德方面的考虑。它们是校长和教师互动关系的产品，而且经常是自发的和非正式的。

校长被认为是学校的看门人，他们占据着位置的优势来帮助塑造新的角色。对几所学校的研究表明，校长制订规则的途径，在十几种制订规则的行为中，四个最重要的方面分别是：人际关系、资源提供者、职位权威性和模仿模式。

- **人际关系**。校长处事的方式使教师们顺从，他们喜欢校长以及校长对待他们的方式。校长依靠他的人格魅力来赢得教师的尊敬。
- **资源提供者**。教师需要东西的时候，校长负责提供。资源是指校长能用来满足教师需要的东西，包括材料、组织维护、学生纪律、家长要求等。
- **职位权威性**。校长像老板一样行事。教师服从校长的指挥，校长通过施加压力和单边决策来领导学校，因为他全权负责。
- **模仿模式**。有两种。一是自觉的行为，如："看，我在这样做，你们也行。"第二种是不自觉地通过和教师的互相作用使教师也从事相同的行为。

在以上四种行为中，资源提供者在发展教师领导术方面最具潜力。这种技巧和交换系统有关。作为资源提供者，校长满足了教师的职业需求，即心理和工作上的需要，教师为此尽力教学，达到学校预期目标。校长为教师做得越多，作为回报，他从教师那里得到的也越多。有两个校长这样解释：

- "如果你为教师提供帮助,他们也会向你提供帮助。"
- "我发现教师的需要,并尽量满足。接下来教师会与我认可的良好教学行为保持一致。"

例如,一所学校的教师抱怨家长进入课堂干扰正常教学秩序,校长改变了系统使家长只能在学校指定的房间内等候学生。另一个校长善于为教师配备材料和设备。校长的上述行为无疑为学校教学质量的提高铺平了道路。

为符合教师的需要,交换系统可用来构建规则。这和教师需要维持学校的稳定有关。校长仔细分发物品,复印机正常运行等。所有这些都表明学校一切状况正常。教师被采访的时候都没有抱怨学校的情况很糟糕。校长强有力的管理技能是否尽量满足强有力的愿望,并为进行重要的改变而和教师进行交换。一个管理有序的学校能有一个良好的气氛使校长安心处理主要事务。

精明强干的校长通过谨慎的管理以及和教师交换资源来达到改进学校教学环境的目标。实际上,有领导能力的教师经常被看做是"企业项目经理"。

在同事文化中做事

优秀管理和良好领导术之间的活跃角色转换能帮助校长在学校建立一个学习者的社区。学校改建以发展职业环境包括把孤立的教室变成合作的工作场所。教师将完成角色的转变,也就是从向一群学生传播信息转变为促进以学生为中心的学习。学生、家长或监护人、教师将成为扩大学生学习环境的合作伙伴。

如果校长不重视同事文化的话,我们能想象教师创造性地和学生合作吗?改革需要各个层级上的新的自由度。一个人无法创造使别人改变的条件,如果这些条件并不属于你的话。校长必须在他和教师的互动关系中亲身体验新的工作关系。关键的领导战略包括组织发展、员工提升、战略规划和学校改良。

校长如何创造同事文化呢?校长可以通过日程表来提供同事文化的机会:部门内或年级内的合作,教学小组或年级课程规划,合作教学等。通过各种网络,校长能提供机会,让教师们互相帮助,改进课堂教学。教师团队是领导者能用来专业化教师工作场所的另一个战略。

一个关键的加强同事团体的前提是:教师本身是职业变化和成长的优秀资源。教师同事团体使教师通过新的多样化的学习机会尽最大可能改进教学。教师同事团体可采用好几种方式,一般来说,每个教师可以每年参加一系列的会议。小学教师也许希望减少阅读组的时间,增加集体教学组的时间。历史教师则更愿意通过合作学习组的方式帮助学生学会分析历史事件。

教师对老做法的替代方法深思熟虑。作为行为研究者,教师希望发展和执行的规划在两到四周就能执行,以满足全年的需要。每月的教师团体会议上,通过团体分析、批判和鼓励,教师可讨论上月的进展。这种分享又可以形成新的规划。通过这种循环方式,教师成为他们教学风格的分析家、问题解决者和职业批判者。

同事团体的形式和职业化(比如和其他教师交流动机和纪律策略)取代了传统的孤立形式。例如,一个教师的优秀教学法通过在教师会上的讨论被广泛接受。教师们认为,他们是最知道需要为学生和学校做什么的人。有时候教师试图自己解决问题,毫无结果。而教师同事团体能避免这种现象的发生。教师同事团体是增加同事文化的主要战略。

学校可通过建立教师同事团体机制来帮助集体讨论学校目标、制订计划并提升学校。校长和三至五名教师是这种机制的核心。每个月学校应召开一次这样的会议来分享各自的感受。教师们可以集中起来对某个教师的计划进行分析和出谋划策,也可以为学校的发展寻找出路。

教师可首先表明自己面临的问题,其他教师们运用专业技能来找到问题的解决办法。这种办法可以避免耗费宝贵的时间和精力,并使其他教师提前了解以后可能也会遇到的同样或类似问题。

完成事情:同事文化

许多管理课程或在职培训包括"解决问题"。但是很少有人研究如何发现问题。事实上,有两种"问题"的存在,即问题的发生和问题的解决办法。爱因斯坦说过:"问题的形成比问题的解决办法更为重要。"如果两个技术水平相当的飞行员驾驶同样故障的同类型飞机的时候,准确发现飞机故障的飞行员安全着陆的可能性比未能找到故障所在的飞行员(甚至可能采取不当行动使情况变得更糟糕以至于坠毁)要高许多。找到问题症结的人通常也能准确地找到解决办法。领导者的任务是正确地寻找和发现问题。领导者提出问题和发出明确指示后,一个熟练的经理或技术员应该能够解决问题。

问题的情形一般包括三种:展现问题、发现问题和创造问题。展现问题是指某个已经存在和发现的问题有固定的解决办法和答案。解决问题的人只需要知道怎样解决,并不需要运用专业知识去寻找办法。例如,已知正方形的边长是3厘米,求正方形的面积。这道题只需要套用面积公式,就很容易求出答案。发现问题是指问题已经存在,但是必须意识到"有问题"并判定其性质。这个问题有可能有解决的办法和答案,也可能没有。问题的发现者需要询问:"究竟发生了什么事?",然后找到问题所在。例如,为什么小孩一开始喜欢上学,而从小学三年级或四年级开始就不愿意上学了呢? 这样的问题就需要去找到原因(问题)所在,并想办法解决。创造问题是指问题并不存在,除非有人创造问题。艺术家画画,诗人写诗。有人会问"为什么这样?"或"为什么不?"的问题。如,校长告诉教师,课后留校可以改进课堂纪律。这样一种情形就需要问题的发生,然后再去寻找原因。

领导展现问题时,只需要问几个问题,并知道怎样完成工作。发现和创造问题则需要建筑师和艺术家。通过表15.1我们可以看出这三种情况下问题的焦点、解决问题所需要的知识。

表15.1　　　　　　发现问题的方式和解决问题所需要的知识类型

校长角色	问题的本质	问题类型或焦点	使用的知识类型
经理	展现	如何	实践(理论)
建筑师(领导者)	发现	什么	科学(分析或理论测试)
艺术家(领导者)	创造	为什么	艺术(概念的形成或理论的建立)

研究表明,校长和教师在发现问题的情形下积极地运用他们的专业能力。任务的分派不是简单地指职业技能的创造性使用,重要的是指派的内容。在同僚文化中解决问题要求发现问题,而不仅仅是解决问题。

校长怎样实现领导

投入/权力的使用

影响力是权力和权威的结合体,包括对下属的控制,下属的臣服。领导术和影响力几乎是同义词。校长如何运用领导术(影响力)? 影响力的来源或潜力是什么? 影响力的七个来源如下:

- 校长作为专家:宝贵的学识
- 校长作为法定权威:位置特权
- 校长作为规则制定人:将迫切要求的东西模型化
- 校长作为授予者:选择性地嘉奖
- 校长作为压制者:强迫执行
- 校长作为参与者:教师授权
- 校长作为被谈论的对象:人格附加物

在不断改进的学校里,教师们普遍的感觉是他们的校长真正依靠专家、规则制定者和权威作为影响力的来源。教师们也一致认为这三个来源最有潜力来推动学校的变化。相比之下,一般学校的教师则觉得他们的校长主要依赖法定权威、参与者和被谈论的对象作为影响力的来源。他们同意不断改进学校教师的观点,即认为依靠专家、规则制定者和权威是七种影响力来源中最具潜力的。也许我们可以从中得到启发：校长影响力来源的不同是不断改进的学校与表现一般的学校的分水岭。

高效的学校里一个微妙而又重要的区别在于校长运用的权力的来源和这种来源的实际作用。专家和规则的制订给人的感觉更像是促进式的权力，和传统意义上的权力的概念有所不同。校长如何得到和运用影响力与教师对这种影响力对他们的行为的潜在影响应和谐一致。

平凡的学校里，校长投入很多，但投入本身在七种影响力的来源里不是最重要的。这不由使人发出"投入到什么地方去"的疑问。太多精力和时间投入平庸而琐碎的事务可以被看做是浪费时间，做无用功。校长应学会平衡这种投入，即认识到技术人员解决问题的任务和校长发现问题的专长之间的区别。

学识渊博的校长在学校表现的能力和制订的规则并不是权力的炫耀，而是和其他教师一起分享权力。他们能迅速而不唐突地处理日常工作。他们鼓励同事和下属运用专门知识和技能发现和解决问题。

展　望

接下来讲述一些未来校长处理公务的观念。这种未来的学校是指作为社会服务中心并充满知识员工的学校。

我们今天所处的世界是一个变化的社会。多数人没有真正意识到科技的发展程度。《第三次浪潮》的作者托夫勒描述了人类从体力到金钱到脑力的转变，亦即从农业社会到工业社会到今天的信息社会。学校和学校的领导者也因之而变。管理者不但应保存有用的东西，而且对需要改变的东西应进行催化。在努力营造一个安全有序的环境的同时，校长应鼓励教师用自己的智慧和才能不断改进教学工作。具备风险意识的校长应不断寻找大家都感兴趣的问题。在举行公开讨论一些教师们感到困惑和有分歧的问题的时候，校长应从中协调，引导大家。矛盾在于，人们受教育越多，疑问越多，高深的问题也越多。成功教育学生的同时，教师们如果继续以传统的方式教学，他们的疑问也越多。

带其他人一起前进

校长不仅应是改进学校工作团体的拉拉队长，也应是动力提供者和掌舵者。校长是教师和其他成年人的教师。在管理良好的学校里，校长和员工分享领导和管理的要素，员工因此也能担当领导和随的角色。领导者和随从的角色是互为补充的。对管理要素的理解能帮助一个人同时扮演两种角色。虽然校长必须知道教育学的原则来指导教师的教学工作，同时也应领会并运用教学的原理来激励教师的士气。

有效的发展组织理论能改进组织,帮助减少组织内部的冲突,建立一个未来的组织和社会。领导者应有过人的人际关系技能。这种理论的核心是高度的集体忠诚感、互相信任、集体解决问题。所有的这些技巧允许人们对共同面临的问题共同投入,找到出路。领导者必须在技术上胜任并为组织制订很高的目标。这种理论特别适合于学校内部冲突的解决。

研究表明,学校管理者花在冲突解决上的时间大概占百分之四十。建立在传统组织理论基础上的学校通常缺乏成功解决冲突的能力,这些冲突往往由新的需要产生。

在这种模式中,一些人形成矩阵型团体,他们成为联系者。因为他们同时参加几个团体,他们就有可能进行协调,增强交流。有明确目标的团体通过协商一致的办法解决问题,这种双赢局面的出现有助于人们在向奋斗目标迈进的时候和谐地共事。校长能参照这种模式建立小组,并通过协商一致的技巧帮助各组找到解决办法。

有效的校长将成为未来教育的交流中心。校长将通过社会互动的模式来接受、处理和发送大量的信息。校长将领导团队通过合理变化模式达到大家对目标和过程的共识。在这种模式中,作为领导的校长帮助人们从意识到改变的必要性,通过鉴定技能的培养,到最终实现新知识的日常运用。表15.2简单描述了这种变化模式。

表15.2　　　　社会互动模式:变化的各个阶段、目的及相互关系

活动层次	目的	与变化的关系	建议办法
1	理解 概念控制	意识/兴趣 新方法的知识 事情的开始	讲座 单向教导(问题和答案) 传播知识
2	建立技能 扩大知识面	实验/评估 实施、试点调查 确认	双向交流 问题和答案 讨论和批评 案例研究 观察/展示
3	合成 转化技能和知识	使用/适应 合并	实践和反馈 模拟训练 行动计划
4	技能和知识的应用 自我评估	制度化	顾问、咨询 合成 分析实践 反思

在包括美国在内的多数国家里,教育多数情况下一直是母性行为,但教育管理基本上属于男性企业。应用到教育的现场管理模式有潜力增强教师对满意度、方法和资源的决策,并增强女性作为领导者对这一行业的参与。在未来学校的政治世界里,校长必须留意女性对学校的感受,不断增加女职业校长的比例。

第五部分

建立学习型学校

第十六章

学习型学校设计:学校设计描述

在理解组织时,一个较为有用的概念就是:组织是一个系统。系统可以被定义为一系列相互作用的机制为了某个特定的目标而在同一个整体内发挥功能。系统理论是把学校看做学习型组织的一种方法。麻省理工学院教授彼得·圣吉(Peter Senge)建议组织必须作为一个整体被研究,要考虑到各个部分的相互关联和它与外部环境之间的关系。

一个学习型组织是一种为了个人、集体和组织利益而在组织内获得并分享知识的战略承诺。它通过联合和集体能力来感觉和解释变化的环境;通过持续的学习和变化来输入新的知识;把这种知识根植于系统并应用于实践;并将这种知识转化为成果。

圣吉这样定义一个学习型组织:"在组织里,人们不断提高他们的能力来创造他们真正期望的结果;培养出更多新的思维方式;集体的愿望是自由的;人们不断学习怎样一起学习。"他描述一个严肃的学习型组织必备的五项既独立又相互关联的修炼。他把系统思维看做是"第五项修炼",因为他相信在学习和改变的过程中,系统地思考是最关键的一步。下面是关于这五项修炼的简单定义。

- **个人把握**:个人更新观念、争取优异表现和从事终身学习的过程
- **分享远景**:分享你们要一起实现的将来的远景
- **团队学习**:团队成员一起学习的过程;集体创造智慧
- **思维模式**:影响个人及组织观念和行为的根深蒂固的想法
- **系统思维**:一种把所有部分看做是互相关联和影响的概念框架

这五项修炼的实施是创造学习型组织的必由之路。一个对系统理论模式的比喻可能是 DNA 或一张全息图。它们中的每一个都是一个复杂的系统,而且它们的整体比其中各部分的综合更壮观。

通过学习,人们理解他们的经历和获得的信息。学习帮助人们创造并管理由知识建立起来的知识资本系统。卡伦·沃特金斯和维多利亚·马西克从七个提到学习型组织的主动性的行动规则中,发展了一个模式。

学习型组织的七个行动规则

这七个行动规则可以帮助学校明了要成为学习型组织必须要改变什么。

- **创造持续学习的机会**。学习是持续的、工作本身必需的。管理者和教师有很多机会,而且也可以创造机会学习,只要有主动性。他们可以进行改革的实验。他们可以吸引教师担当顾问。他们可以找到更好的运用技术帮助员工获得新技能的方法。学校也会找到为专业发展提供时间、金钱和其他激励的途径。

- **促进咨询和对话**。这个规则的重点是建立一种文化,在这种文化中,人们自由提问,愿意把难题放在桌面上来讨论,并对提供和接受各个级别的反馈持开放态度。执行这个行动规则的战略包括在会议和学习的过程中,运用对话和提问的方法。

- **鼓励集体和团队学习**。相关的行动规则针对的是团队精神和加强对团队有效利用的技能。学校里的人经常形成群组,但是他们通常不会受到将他们所想说出来的鼓励。执行这一行动规则的战略可能包括支持各个级别和群组(学生、教师、管理者和家长)之间的团队的有效活动。其中的一个步骤是扩大一些通常针对几个重要人物的培训范围,并关注完整的以学校为基地的团队建设,这些措施包括教给每个人他们需要的对话、协商、提议和会议管理技能。

- **创造获得和分享学习的系统**。用于这一目的的以技术为基础的战略举措是使用软件来获得不同团队的观点并用电脑处理有关某一特殊领域变化的文件。分享学习的选择包括对学过的课程和集体新观念的发展进行记录,这样所有的成员在使用前都参与共同创造知识的行动。庆典活动可以用来把人召集到一起,以认识成就和分享不同地域、功能、时间和经历的理念。

- **朝集体观念推动成员**。这个行动规则成功的首要标准是整个组织围绕在这个观念周围的程度和每个人参与遵照这个观念创造和执行改革的积极程度。为了让大家接受这个分享的观念,学校可以让任务小组找到并改变与这个观点不符的因素。他们可以让人们参加一个承继旧文化、描述新文化的仪式,还可以让社区的艺术家来表演一个新观念,还可以邀请股东们亲自修改那些体现他们想法的项目。

- **把组织和环境相联系**。学校必须在世界和地方范围内活动。学校可以利用品牌质量标准效应来促进其他学校在做那些能够获得成就的事,并解决相似的问题,还可以利用电脑资料库来浏览周围环境的新趋势。科技咨询技术使学校里的人获得外界的信息。学校通常鼓励学生和教师用互联网来与地球上的其他学生沟通或者设计将教师、学生和社团共同引到特殊兴趣上来的规划。

- **为学习提供战略支持**。模仿学习的领导者对学习型组织来说很重要。他们战略地思考怎样用学习来将组织推向新的方向。学校领导者可以例行公事地与教职员工讨论发展计划和机会,可以提供有用的学习机会信息,并寻找支持员工发展的资源。

基本系统模式

图16.1显示了组织的基本系统理论,有五个部分:输入、传送过程、输出、反馈和环境。输入是用于生产产品和服务的人、材料、资金或信息资源。通过技术和管理功能,输入经过传送过程。在学校里,学生和教师的相互影响就是传送或学习过程的一部分,使学生成为能为社会做贡献的有教养的公民。输出包括组织的产品和服务。一个教育组织产生并散布传播知识。反馈是输回与组织进程有关的信息,影响在下一个循环中对输入的选择。这样的信息可能导致传送过程和将来输出的共同改变。组织周围的环境包括施加给组织的社会、政治和经济压力团体。将组织定义为开放的系统这一概念是系统理论中最重要的概念。大概所有的学校组织都是开放的系统。

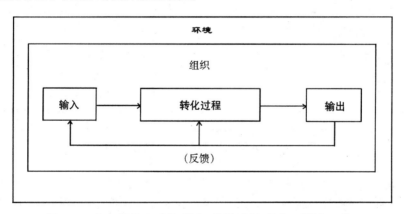

图16.1　组织的基本系统:输入、传送过程、输出、反馈和环境。

学校管理的系统观念

分析教育组织的运转和在开放系统框架下操作的学校管理者的职能是件有意义的事。校区运转的尺度可以被广义地分为输入、传送过程和输出三类。这个框架帮助分析校区的运转,而且更明确地用于分析运营管理的组织系统。它对迅速、准确地诊断问题有很大帮助,而且可以将学校管理者的努力集中在关键区域,从而实现系统的改革。

基本系统模式延伸到针对学校管理者在学校运作或校区中的职能。图16.2 显示运营管理系统中三个尺度的相互联系。这个图尽管使关系过分简单化,却使校区或其他教育机构运营中的相互作用方式清晰化。

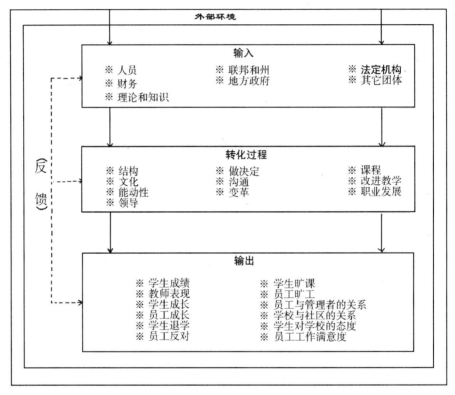

图 16.2　运营管理系统中三个尺度的相互联系

输入　校区的环境为它提供人力、资金和理论/知识。另外,国家、州和地方政府制定规范校区运转的法律。其他组织也对校区有要求。比如说,学生想要相关的有用课程来为他们将来的工作或受更高级的教育做好准备。教师想要更高的薪水、更好的工作环境、额外的利益和工作保障。学校董事会成员想要对他们投资的高回报,也就是在运转预算之内的高品质教育。与之相似,社区希望学校为所有客户提供高品质的教育而不加税。特殊利益团体有不同的议程。每个团体都有自己的目标,这些目标通常互相冲突。学校管理者的工作就是将这些不同的目标融合为可行的行动计划。

传送过程　组织将从外部环境中获得的输入转化为输出的形式。系统中,这类工作被用来创造成果。系统在过程中赋予工作额外的价值。这个传送过程包括组织内部的运转和它的运营管理系统。运营管理系统的一些部分包括学校管理者的技术能力——决定和沟通技巧、他们的运作计划和他们应付变化的能力。组织结构中学校管理者的活动会影响校区的成果。

输出 学校管理者的工作是保护并运用从外部环境获得的输入,并通过诸如提供结构、发展文化、推动、领导、决定、沟通、执行改革、发展课程、管理人事和负担经费等管理活动来将输入转化为输出。在学校组织中,输出包括学生的成绩、教师的表现、教师和学生的提高程度、学生退学率、员工变动、学生和员工的缺席、员工与管理者的关系、学校与社区的关系、学生对学校的态度和员工的工作满意度。

最后,外部环境对这些输出做出反应,并对系统提供反馈。反馈对校区运行的成功有重要作用。比如说,负面的反馈可以用来纠正学校管理者运作计划中的不足,这将会影响到校区的输出。

大部分学校是松散联结的系统,在这个系统中,整体通常不如其中的部分重要。在有规划的学校中,整体是改组的中心。这是针对学校提高的一种系统手段。

规划综述是一套针对 21 世纪的学校的详细说明。这套综述的中心是对现状的改变。它瞄准的是特定环境下对学生的学习和成长有重大意义的整体规划。

学校规划综述

一套学校规划综述包括 11 个部分:3 个基本部分和 8 个系统部分。所有的 11 个部分都很重要,必须由学校而不是外边的人来阐述。

三个基本部分

1. 任务说明。一份简要概括学校目标的说明。

2. 观念、心理和组织设想。关于学习者本质、学习动机、学校教育目标和学校组织及预算的设想。这些对学校规划来说是最基本的。

3. 学生成果说明。在 21 世纪的社会和经济条件下,有效参与的广泛的能力。这些描述来自于学校的课程设置和评估系统。

八个系统部分

1. 教育计划和课程。描述课程内容和学习机会的简短说明。这些说明必须与学生成果说明一致。

2. 教育技巧。关于那些用来成功获得学生预期成果的教育技巧的简短说明。

3. 学校结构和组织。描述为了获得预期的学生成果,学校会如何安排。这一部分可能包括预期的活动时间表和社会结构。

4. 学校文化和氛围。描述积极的学校文化和氛围的重要决定因素。学校文化是"学校和它的社区的特点、规范和传统。"氛围是"对学校和它的成员特点的共同感觉。"氛围是衡量学校文化的尺度。

5. 学校领导、管理和预算。关于如何管理计划、决定和沟通过程的描述。包括对学校如何行使管理功能的描述。

6. 学校员工安置和发展。这部分的描述强调教师的专业角色、教师的工作地点、教师的雇佣和引进政策及员工发展的优势。

7. 学校资源、场地和设备。这里的描述详细说明场地、支持预期课程和教育规划所需要的设备,以及将学校和社区资源结合起来的方案。

8. 评估计划。详细说明学校的评估模式和报告系统。这一计划被用来使所有学校社区的成员了解学校正在执行规划的状况,而且预期的学生成果正在实现。

在接下来的章节我们分别具体地描述建立学习型组织所必修的五项修炼及其在学校的应用。

第十七章

五项修炼的应用

建立学习型学校

李老师教高中已有 25 年了,是一个富有责任心且出色的教育家。一天,她的邻居跟她讲:"我认为现在的高中老师不积极。我曾经试图和他们一起讨论如何帮助我的孩子更喜欢学校,但是这次讨论似乎没有任何意义。他们之中的一些人不愿意管,另一些人似乎认为孩子的问题是我们家长的问题,他们没有责任帮助我们处理它。现在我不知道该如何去做。"

而李老师认为责任不在这些老师。她的女儿在一年前也遇到了同样的问题。她告诉邻居她曾经在几年前在其他两位老师的协助下发起一个重新安排数学课程的项目。当时校长也很支持并提供了一些建议,但也表示这个项目需要得到总监的同意才能够实施。"可是总监否定了她的项目,"李老师告诉邻居,"他告诉我他曾经这样做过,但是教育局不同意,且校董事会也不同意,家长也会反对。当然他也关心孩子在学校内的教育问题,但是他的侧重点在于什么事不能做。没有他的支持,我们的计划就等于零。"此后,李老师和她的同事再也没有试着就教学应如何进行任何变革交换意见。

当然李老师和总监没有再谈论此事,总监本人也早已忘记这次会谈,且类似的事情在他面前发生很多。从本意上他也希望且意识到校区应该进一步发展。但是教育规定僵化;校董事会和一些家长又不让步;工会领导常持怀疑态度;加之学校本身在过去经常否定所提的创意。就总监而言,他的工作意味着和各种困难进行不断的交锋,且只有他才能从总体上看到校区的真正需求。有时他希望能够获得更多的支持,但他从不说明,因为在他的心里他不认为有人能够给他帮助。

同时,校董事会成员也感到来自社区的巨大压力:他们感觉到人们似乎不愿意在学校花更多的钱。社区领袖,校长,职工,社区成员及教师和学生本人都各有说法。他们的视角不同,但有两点是相同的。第一,他们有共同的目标:一个有效率和热情的学校,一个不会让学生陷入和李老师邻居的孩子所面临的同样困境的系统。第二,他们都感到孤独。即使他们都意识到这一点,他们也没想过要在一起合作。

但是假设有一种方法能够使他们不断聚在一起交流,并假设他们都真正地关心学校和孩子们的教育问题,那么学校系统就可以从一个互相抵触且分散的复杂体变成一个一起学习、代表他们共同利益的团体。目前已经有一些地区正在发生这样的显著变化,这种变化不仅仅是表现在政治和实践操作上,还表现在学校内的思想和互动上。这么做并不容易,但值得尝试。就目前的经验而言,有一些通往成功的重要因素需要考虑。

与学习有关的改变

拥有权利之人,如总监、校董事会主席、校长、司法官,或立法官,都不能命令人们喜欢、热爱或致力于改善学校的工作。这种命令最多迫使人们去顺应改变,不情愿地承担义务。当这种命令式的改变随时间推移而淡化以后,人们就不会再注意它。人们只会对他们自己选择的义务维持兴趣,且这种学习定位从小就开始。

但是如果你不能迫使别人去承担义务,你能做什么呢?你可以做和教师类似的工作,即认真培养学生从小做起。你可以一点点地暗示、激励,并提供榜样。最初的影响来源于你所创造的环境,一个可以鼓励自我意识和反思的环境,它可以提供人们进入的工具和人们所要求的训练,同时锻炼人们做选择的能力。

变化应有组织地由小渐大

我们经常听到校区尝试开展某个计划,并成功将其从一个学校推广到另一个学校。在组织之中持续的变革就像任何社会群体有机动态的成长一样。在自然之中,所有的生长都遵循同样的模式:从小开始,逐渐加速,之后速度逐渐减缓,直到完全长成。这种模式反复出现,因为它反映了促进成长的动力和限制它的力量之间的相互作用关系。

如果学校之中的变化能够遵循类似的成长模式,又如何呢?那些希望改变的人应该首先侧重于明白理解他们周围的限速过程。他们不会周旋于学校人事之中,规划他们改变,任何一个花匠都不会盯着他的植物,不断敦促它说:“快点儿长,越快越好。”人们需要在急迫和耐心之间建立平衡,所以做事应该从小开始,适当加速,并在每次进行下一步之前考虑周全,在细致周密的计划下进行创新变革。

实验组合是变革的暖箱

一旦认可所有大事都始于微末,人们就会自然地考虑实验组的事。这种实验组可以小到只有几个教师或大到数百人的社区活动。它们可以由总监和校董事会正式发布,或在一系列没有等级权贵之分,建立在个人信誉和承诺上的非正式午餐之中形成。成功的实验组的一个常数就是有实在的好奇倾向。成员被系统的新方法所吸引,愿意考虑、设计、反思和询问或借鉴其他成功组合的案例。他们知道单靠他们自身的力量很难实现他们的目标,寻找到一群志同道合的伙伴这才是他们首先要做的事。

实验组的存在可以直接或间接地扩大到整个组织之中。当某个学校的某些人看到其他学校的"对手"正在进行实验项目的时候,他们的好奇心会被引发,会对别人的实验项目格外注意。他们会在有意识的基础上,结合自身的意图去学习,并为了学生而努力去尝试。

改变的积极性引发针对组织的现行策略和目的的两个问题:"我们的方向是什么?"和"我们正在做什么?"在成功变革一段时间之后,学校社区内的成员——家长、教师、行政人员、学生和职工——开始意识到他们需要重新思考这次变革的价值,和它对社区的作用。学校官员和社区内的其他人员能够维持这一变革的水平吗?

成功的变革从领导层开始。校领导要实施新政是很困难的。除了要激起大多数人的兴趣以外,还要依靠少数特殊人群,即一些有技术,雄心,远见,领袖魅力和乐观的人来克服困境。一旦新策略难以实施,人们会倾向于固有的模式行为。成功的变革有赖于多层次的包括班级、学校和社区正式和非正式的领导角色的参与。如果环境之中的人群对学生、学校系统或其他产生向心力时,他们会为相应的变革创造环境。

组织变革中挑战的自然形成

就像青少年在成长过程之中所面临的挑战一样。它在成功和满足之中产生,但也可以导致失败、逆境和副作用。有些工作从开展之初就不顺利。还有一些变革者期望得到奖励和提升,但却以失败告终。或者他们才刚开始寻求变革。即使已成功多年,变革后的成果也可能遭受意外的打击。

学习的本质是什么?变革学校的目的是什么?当你的周围充满挑战使你看不到任何变化的时候,挑战本身会提示你,你的所作所为正在产生效果。挑战是你前进的标志。

共享的学校远景

一所高中的视听讲堂里的灯光暗淡下来,学校的乐队停止了演奏,学校的负责人走上舞台,说:"我们无时无刻不在考虑你们的需求,即我们学校的远景。"一面大旗打开,上面绣着大标语。这些词句看起来确实象征着学校和教师的关切。礼堂里的每一个人都鼓掌欢呼。这位负责人满意地看着人群,心想我们已经有了一个远景,我们已经分享。现在是该展示我们所能做什么的时候了。

然而一个简单的过程,如两天的时间或两小时的聚会,绝对很难得出一个真实的共享的远景——一个体现全校所有人远景的承诺。集会后的一年,你或许会听见学校负责人说,"我们又一次只是证明了人们把所有的时间都花在抱怨上。很显然,他们对做任何更多的事已经不感兴趣。从现在开始,我们不得不决定一切。"也许有可能听见家长、教师和职员这样说:"很明显,学校真的除了自己的主意外,对任何事物都不感兴趣。"所有以上这些态度都清楚地表明了一个事实,即没有一个深思熟虑的、战略的远景规划过程发生。

但现在来想象一下一个发生在同一个礼堂的集会,观众也一样,旗帜也没什么区别,有相同的乐队在演奏。然而,这一次台上的时间代表的是一年以来广泛对话的结果。观众中的每一位至少参与了其中的一项,表达他们对孩子的期望。最后达成的远景实际上充分体现了所有人的创造性合成。正如钻石一样,有很多面,每一个成员都能看见他本人观点的反映。

六个月以后,这种进程继续。学校中所有的人继续小范围地会面,有时候在学校里,有时候在别人家中。每一组包括教师、家长、职员、管理者和学校所在社区的成员,许多小组还包括学生。对话集中在为实现学校的远景,个人或小组能做的事情。人们此时感到的自豪、精力和承诺较六个月前在讲堂中更为明显。

这是学校远景共享过程的全方位的力量,一个把所有的人调动起来决定和发展学校系统未来的过程,但并不意味着选其中一些,然后抛弃其余剩下的,而是指建立一系列的论坛,来使人们共同为学校的未来努力。包括学校负责人在内,没有一个人能得到想要的全部成果。但所有的都能得到他们向往的成果并且为之承诺。此外,在一个精心设计的过程中,相关的选择比任何个人,包括最能干的学校负责人单独得出的选择要高明许多。

全部过程的设计

共享远景过程的设计有三个独立但又互相关联的目的。首先,这个过程表达了对现有问题的压抑已久的看法。当组织对他们所关注的问题有所回应时,不管是个人还是集体,都会感到很大的安慰和轻松。其次,共享的远景过程必须有生产力,人们必须能谈论他们对孩子最大的希望。只有这样人们才不仅感到轻松,还会有一种真实的希望感。只有这样人们才能认识到彼此愿望的来源,从而增进互相信任感。

这个过程只有达到第三个目的才是完整的。即行动。人们必须对通过互相帮助,包括那些他们过去不信任的人在内的帮助,来重组学校产生发自内心的满足感。学校实际上是教师、立法者、家长和社区成员的合作形式。因此,学校的共享远景应该从把人们召集在一起,利用他们已经拥有的对他们而言很重要的事物进行思考和行动开始。

如果你是这一行动过程中的领导,无论是正式的领导还是关键的参与者,在共享远景过程开始前,应尽一切可能来鼓励个人远景的工作。心平气和地看待一下自己作为这一过程的领导者的优势和不足之处。你如何最好地表达?你面临何种压力,如何应对?人们对你有何种信心,这种信心来自何处?这需要花费你多少时间,你有多少可以用的时间?你在多大程度上已经了解学校系统的远景、目标和人们的感受,不知道的部分你又打算如何解决?最重要的是,你自己如何看待学校和你的远景?当你开始讲述你对学校远景的看法时,你将被要求真实地表达你的内心感受以及这种感受的来源。

为了达成一致的意见,弥补和掩盖分歧的诱惑力是显而易见的。但我们应力图避免这种做法。我们建议采用以下的做法:

1. 与家长不断地对话
2. 获得思想模式的练习
3. 教育者之间的对话
4. 社区会议
5. 贯彻和跟踪落实的过程

与家长不断地对话

下面是一位校长的记述。

身为一名九年一贯制学校的校长,我总是对新生说:"从现在开始,我们进行九年对话。"如果这些学生有哥哥或姐姐曾经在这所学校就读的话,我们应该早就认识这些家长。教师和学生、家长每年建立关系,但只是代表学校,因此校长也有责任来维持这种关系。因此我每个月总是有一两天的时间花在家访上。在我所在的学校,每年每个年级至少开一次家长会,对那些存在特殊问题的学生还多开一次家长会。

一般说来,家访的效果会比较显著。在家里比在学校能谈及更深层次的问题。一般我会在学生家里呆上两个小时甚至更多。有些家长可能会不太习惯这种方式。因此,据我所知,有的校长就把和家长沟通的地点改在学校的附近,这样一来,家长可能会更自在些。

当然,我们必须遵循一些基本的东西。首先要记住的是在谈论中千万不能谈及任何具体教师的名字。这一点很重要。因为这样做不仅不合适,而且一旦被教师听见他的名字被谈到时,后果就可想而知了。教育工作者共同合作所需要的信任无疑遭到了破坏。我们要给家长一种良好的印象,而不是一种盛气凌人的姿态。我们是来听取家长的意见的。我们的目标是一致的,即使学校的教学工作做得更好。我们千万不能给家长留下这样一个印象:我们比家长更了解怎样做对学生是最合适的。

我在家长会上会让家长们首先自我介绍。教育者通常不能意识到实际上多数家长之间一般是互不相识的。我通常会设计一系列的家长会。因为如果这些学生要在学校呆九年的话,学校和家长之间的对话也将是漫长的。

听取现状

家长总是会有一种忧虑,即他们的心声有可能不受到重视,而这往往也是影响他们出席家长会和重视家长会的重要因素。因此,通常在家长会开始的时候,我会问家长:"你们有什么希望表达的想法吗?"如果他们认为没有什么特别想说的东西的话,我会这样引导他们,"有没有什么关于学校方面的谣言需要我澄清的?"或者"你们难道不想谈谈学校学生篮球队的事情吗? 对我们挑选选手的做法难道没有任何疑问吗?"这样的话,话题慢慢就多了。

三种学校形象

在开学的时候,学校方面需要提前问学生,"今年你们想在学校学习什么内容? 什么样的课程将使今年的学期变得有意义?"学校也可以这样问教师,"你个人希望你的班级今年达到何种成绩?"这样的问题问完后,可以做以下的工作。

1. 家长

问家长的希望:你希望你的孩子今年在学校学习到什么内容? 你希望你的孩子何种经历?

2. 学生

这时候学校可以看一下先前学生对此的愿望。比较可以得出有趣的结论。很明显,家长和学生对学校的期望通常不一致。

3. 教师

接下来再比较一下教师的想法。可以发现一个截然不同的观点。这种观点受学校教师的培训、学校的结构和学校目标的影响。

4. 建立联系

从以上三种观点的比较不难看出,不同目标群体对事物的看法有相似和差异的地方。学校应尽量多地寻找相同点,因为这是建立共同目标的开始点。

接下来不妨注意一下不同的地方。究竟是什么会使学生和教师对成功学校的看法如此大相径庭?

孩子的真实面

对已经说出以上想法的家长来说,给他们做如下的练习或许更有意思。在我们学校,我通常会委派社会工作者来和我们紧密配合,做这样的调查。他通常会提供一系列的卡片,上面印有"孩子的真实面"。如:他们希望对一切事物开展辩论;他们比你认为的还要理解得快;他们做你所做,而不是你所说的事情;他们是自然系统思考者;他们跟你说是的时候往往心里说不;当有人注视的时候,他们做得更好;他们不知道怎样分享。

把上述这些卡片随意分给家长,然后说,"这些是人们对孩子们所做的评价。你们可以把你们手上的评价念一遍然后再讲一下你们的看法吗?"

有个家长或许会读到:"他们不喜欢被独立出来。"这位家长说,"这并不适合我的孩子。他总是试着去登台表演。"但另外一些人会说:"但这符合我孩子的情况。"

这时候学校应该说些什么呢?当你沿着屋子的周围来回踱步的时候,这种对话自然就变成家长怎样看待学校的反应了。最好的办法之一是让家长思索今天学生的不同本质。"你的学生生涯和你孩子的一样吗?"诸如此类这样的问题可以多问一些。

职 员 发 展

我经常用"职员发展驱动"这个词来帮助教育者理解教师选择培训项目来提高教学水平的方法。这种培训绝不应当只是一次性的、孤立的、远离学校核心工作的活动。并且这种活动也应由对工作颇有心得、而且愿意把他们的知识和技能传授给他人的人来完成。教师也不应当一味依赖培训人员,而应当学会在协商一致的基础上共同合作,解决问题。时间就是金钱,因此他们也需要这种昂贵的商品来达到更高层次的效率。他们同时也需要了解儿童、青年和成年人的发展特质来创造一个效果最佳的学习环境。

作为一个学习机构,学校在开展员工发展活动的时候,千万不能忽视教师、管理者及其他员工在教育年轻人的过程中所面临的具体挑战。但来自学校系统外的培训者通常并不了解学校员工已有的知识以及他们所面临的具体问题。他们也不尝试去发现。他们只是一味灌输新的方法,如数学或阅读教学法。这样一来这种培训就成了大杂烩,培训人员不听取参与者的意见,互相之间缺乏沟通,甚至产生抵触情绪。因为没有任何改进学习的技巧,结果所有参加培训的人立即又回到他们原来的做法。培训者只是填鸭式地往前赶培训进度,没有足够的时间让参加者将知识消化。更糟糕的是,校长和关键部门的员工通常不参加这种培训。

与之相反,一种比较切实可行的好办法是紧密地和学校实践的每一方面结合。在从孤立式员工发展向全面系统发展过渡的过程中,我们将学习到五个关键的学习修行:系统思考、个人掌握、思维模式、共享的远景、团队学习。凡是以上五项做得比较成功的学校的教育者要么本身就是这五项修行的追随者,要么自己早就采取类似的做法。下面介绍一下把这些做法用来发展学校中成年人的方法。

思　维　模　式

我们首先从思维模式开始。思维模式,或者思考模式,是指我们对自己、他人、学校以及世界的每一方面的看法。今天为数众多的教师对穷学生抱有下意识的低估。他们自然或不自然地有一种曲线型思维模式,即学生的表现上下分布,有的则是注定在平均线以下。毕竟,有些人属于尖子,而多数人表现平平。我们通常期盼家境富裕的学生表现比家境贫寒的学生表现更出色。这种思维定式影响了教育者对学生的期盼。结果往往对穷学生不够重视,不想办法寻找解决问题的杠杆。对于那些来自于贫穷家庭的教师来说,这种思维模式更加有害。

根据认知科学的现状,一种更为准确的思维模式把孩子看做一个系统,认为他们的学习受种种因素干扰。例如,阅读能力直接和小时候接受的家庭熏陶有关。阅读是视、听和中枢神经系统的功能,同时也是丰富的语言背景和情感经历的结合。也有一些发展是孩子从出生到上学期间经验的产品。社会意识(理解和参与社会的能力)、心理情感发展(气质的发展、和年龄相符的成熟、坚忍不拔)、语言能力(表达和接受方言、普通话及外语的能力)和道德发展(做出公平判断的能力)这几个因素之间实际上互相影响。从长远看,学术表现和道德观对以上几个因素都很依赖。当有精力和时间来满足孩子们需求和互相帮助的时候,许多教育工作者却指责孩子、家长,并把责任推诿给以前的教师。

营养学告诉我们发展的最佳例子。例如,一棵树木的发展取决于他在哪里种植和生长。同样,孩子的潜力来自于成长的社会、情感和物理环境,以及照看他们的成年人树立的例子。每个人成长固然都需要有物质条件,然而非物质因素往往在形成人类行为方面扮演更为重要的角色。人们有时想当然地认为家长只要提供舒适的家、车和冰箱里的美食,孩子就能健康成长。但有时候实际情况却不是这样。我们看到很多家庭贫困的学生表现出色，那些来自富裕家庭的学生却差强人意。

那么我们究竟怎样从一种思维模式变为另外一种思维模式呢？当然不是通过简单的逻辑分析。我们只能与同事公开对话，检讨我们对孩子的态度以及由此产生的影响。这并不是一个简单的任务。人们更愿意走平坦的道路，不愿意对固有的思路花大力气来调整。

在职员发展中，主要有四个方面的问题。

1. 在我们的印象中，孩子们如何学习？我们如何知道孩子们的表现是与生俱来还是后天培训而成的？是什么使我们得出上述结论，有什么可以参照的数据吗？

在一次实验中，学校对六年级学生的行为方式很感兴趣，因此让学生参与校园的美化工作，并付给他们一定的报酬。每周末有一个教师和他们一起工作、进餐和聊天。不久以后，学校的教师们就开始发现这些孩子行为方式的重大变化。他们更懂事了。他们正在向好的公民转变。校园的美化工作对于学生的代数也许没有太多帮助，却教会他们今后无论从事何种工作，自尊自重是最重要的，学生也学会了如何好好工作。

2. 我们认为最佳的教学内容是什么？学生为了在一个技术日新月异的社会生存而必须掌握的技能是什么？今天，如果教学的内容不能满足学生应试的要求的话，学生考试的成绩自然不会理想。实际上，教学的内容应该比考试的要求还要高出许多。但是，如果教师只是实行应试教育，而忽略学生在各种其他发展中的要求的话，学生也许可以通过考试，但在人生的测试中却会失败。

今天多数中国学校里的教育发展项目都是针对考试的。许多学校把升学率作为唯一的指标。更为糟糕的是，各个科目之间互相孤立，语文教师负责语文，数学教师负责数学。与之相反，在我们的职员发展项目中，我们综合考虑所有的内容，试图把要讲授的课程内容串联起来，同时也不忽略那些有利于学生成长的课程。

3. 材料怎样才能最好地发放呢？我们究竟应该设想采取何种方式来教学呢？如果我们希望能够做一些有利于孩子教育的事情的话，到底能做些什么呢？要诀在于教育者、家长和学生应融入到一个不断发展的就关键问题展开的对话中去。

我们通常不主张推销最好的教学方法。我们主张教师研究"有效教学"，并尽可能巧妙地运用这种知识。教师也应尽可能多地了解当代的学生。中国如此之大，方言、地理环境和家庭背景的多元化是一般人所难以想象的。教育者对所有这些不同和差异都应留意。不同的教师与不同的学生相处的方法也不尽然。我们可以采用任何必要的措施教育孩子，只要这些方法合法并符合职业道德。

许多人似乎天真地以为，教师只需要讲解透彻，就能达到较高的水准。但这种想法忽略了人类发展的规律。教学之所以是世界上最复杂的工作是因为学生性格的形成受到了诸多因素的影响。教师的工作常常不得不承认、适应、甚至面对学生在家中或社会上接触到的文化。教师需要培训才能做到这一点。光有好的意愿还远远不够。好的意愿是上世纪70年代的教学方法。教师通常津津乐道地谈论学生的不足之处，然后对他们放松要求，听之任之。实际上这种做法对孩子非但没有帮助，说严重一点，反而是误人子弟。好的教师应该帮助学生学会克服意想不到的困难。

4. 职员发展如何获得组织上的支持？我们需要学校为我们做些什么呢？我们之间有什么不同？当我们进入下一阶段的时候该做些什么呢？

如果在开展职员发展计划的时候，没有让人们做好回家计划的话，最好还是不要搞这样的计划。我们的经验是，如果在一个阶段结束30天后还没有任何具体的事情发生的话，那么就不会有什么事情发生了。而且校长应该了解教师正在学习的内容并确保实施。学校所在的社区也必须大力支持，并推广这种经验。只有在教师想到需要学校提供的帮助，这些才有可能实现。组织对渴望变化的需求实际上对于有效职员的发展非常关键。

个 人 掌 握

个人掌握的要领在于学会保持个人视野的同时，对我们面临的现实有一个清醒的认识。如果你是一名教师的话，你个人能力的掌握对于你班级里学生的发展很关键。孩子们倾向于相信一切关于他们自己的谈论。如果你对你个人的渴望和抱负加以限制的话，你会自然影响你的学生对他们自己的看法。

当我是一名中学校长的时候，有好几名学生面临降级的危险。他们对学校生活不以为然，成天混日子。我和有关教师、家长和学生谈话，以期解决问题。当我见到这些学生的时候，我告诉他们必须更加努力，如果不懂的话，就要提问，并且要认真完成家庭作业。实际上，这些孩子都是绝顶聪明的，只是需要心理辅导，也就是所谓的"问题少年"。实际上过去这些孩子即使成绩不及格，也照样升级。

在他们念初三的时候，我决定让这些孩子们留下来。教师和家长一致同意如果孩子们还没有准备好的话，就不要让他们进入下一年级。我们应该设计一些特别课程，调整教学进度，来帮助这些学生。

第二年开学的时候，这些孩子还在读初三，他们多少感到有些不好意思，感到抬不起头。这时候，有些孩子甚至想放弃。于是我鼓励他们努力，并允诺如果第一学期表现出色，我将允许他们直接读高一。经过艰苦和加倍的努力，这些学生多数过关。教师们也因此改变了对自己和这些学生的看法。他们从实践中看出自己需要改进的地方。

我们职员发展的培训课程包括个人发展这一部分。这一做法让很多教师认识到一个人内心的渴望如果转化为行动的话，能够改变许多人现在的生活。作为回报，这种做法也让教师们重新审视自己的生活，并确立了一条掌握有关技能和知识来帮助学生成功的道路。

团 队 学 习

在人类任何努力中，关系的质量决定成果。正因如此，职员发展和团队学习应该是同义词。一般的说，教师被要求独立工作，因此职员发展应帮助他们学会共同工作。并且这是一个连续的过程，用充足的时间来学习新的教学方法，发展团队精神，抛掉陋习。

当然，团队学习在职员发展之外进行，每天只有几个小时。在学校活动的每一方面，都有全职的团队学习。实际上，有三个队伍很重要。首先，学校的规划和管理队伍，包括家长、教师和支持职员，对整个变化过程和所有学校活动规划和协调。第二，一个家长队伍对学校政策方面的问题提出建议。第三，学生和职员队伍每个星期花一定的时间讨论一些问题。例如一个学生在家里经受了痛苦的经历，但却没有表露。但是教师或同学注意到了他细微的变化。于是学生和有关职员队伍在一起碰头，想出办法来帮助这位学生。

职员发展的过程应该具有流动性，充分迎合一些首要问题。同时也应该帮助家长更多地理解孩子们学习和发展的方法。这也是我们为什么鼓励学校把家长包括进来的原因。

共享的远景

有四种方法可以改变一所学校的做法。首先，你可以说服他人。比如，你可以举其他学校成功的例子。其次，你可以凭你的权威来强制要求人们这样做。第三，你可以把人们放在一个可以引起他们变化的氛围中。第四种方法也很重要。通过吸引人们讨论他们希望生活的方式，你可以帮助他们意识到他们共同工作的能力。

你如何知道你的组织在学习呢？

一个组织学习究竟是什么含义呢？组织在学习实际上是指这个有步骤的发展对现实世界的一个清晰和准确的理解，是指用来产生新的知识，帮助人们对渴望的未来采取有效行动的方法。

学习型组织的领导为他的组织勾画如下的蓝图：可以是一个教师，一个课程队伍,一个现场队伍或者你的团队,不管你选择什么组,通过你或整个组问如下的问题。

组织对自身的现实有清晰和诚实的理解吗?你的组织能忍受多少真相?你在调查中包括了哪些人?你在平衡询问和拥护吗?你避免了潜在尴尬的数据了吗?你测试自己的经历了吗?

对现实的理解得到组织中的广泛理解了吗?从中你创造的新知识也得到共享了吗?是否所有的人都支持成为学习者而不是知道者?是否环境有利于连续学习,还是只是偶然的?你怎样处理信息?你从有关数据中是否发现和发展了共识?你是否只接受支持你判断和假设的数据?

有关知识是否转化为你所向往的未来的实际行动?人们能够充分利用新知识吗?这些新知识相互关联吗?他们应用这些知识吗?你的战略是什么?你的首要任务又是什么?人们有多少时间来分享职业心得?你的精力是否集中在你憧憬的未来,还是背道而驰?你能认识到自己前进中的标尺吗?你的组织是否表现出以前没有的活力?

围绕这些问题,用行动做出正面的肯定的回答,你就可以说,你的组织在学习,朝着建立学习型学校迈进。

第十八章

学习型学校：校长领导课程规划和发展

　　一位新上任的校长在她的日记中写道："完全没有时间来应付很多事情，学校厕所在漏水，家长在不停地抱怨。"这些文字的描述表明校长就像一个救火员。然而，救火的比喻恐怕已经过时，不适用今天的实际情况。应该是时候采用不同的观点来看待校长的职责了。许多研究学者认为校长是空口说话、不连贯、武断的。这种论断也许是源自他们的研究方法。如果我们把校长的生活拆开来看，我们可能更清楚地看清楚细节。但是我们看到问题的全部了吗？这些细节如何结合起来？

　　这些研究者对校长的分析和描述几乎没有涉及校长在课程发展方面的作用。在这一章中将重点论述成功校长的背后的细节。这些细节在校长发展课程的过程中紧密结合，这一过程要求校长通过合作和协调成为一名多面手。

概 念 框 架

　　自从教育改革的春风吹遍中华大地以来，我们一直在讨论有效学校的关键特征，在教学实践中，我们也探讨过有效的教学实践。虽然这些讨论很激烈，但却没有什么太多的成果。正如人不能通过简单地模仿领导而成为领导一样，一所学校纯粹照搬模式也不一定能成为好学校。

　　有研究者描述了领导者建立学习型组织所需要的新技巧。在一个学习型组织中，领导者不断地提供和创造学习的机会。当人们学习的时候，能力自然增强。一个创造学习的组织能在许多方面发展和壮大。多数组织具备适应能力却没有创造性。学校在适应性方面相当熟练：学生某门课程不及格，学校开办校外课程；学生留级，学校开办预防留级的课程。因此，学校只是治标不治本，而忽略了潜在的真实原因。也许学生某门课程不及格的原因是能力很差的教师讲解的是无关的、过时的内容，学生对此毫无动力，不感兴趣。也许学生留级是经济原因：在晚上打工贴补家用后，白天上学自然萎靡不振。多数学校没有能够注意到这一点。学校在对待留级生这一问题上采取的态度多是反应性，而非主动的、预防性的。有目的地创造学习的机会并非是管理者计划的一部分。

学习型组织的原则

学习型组织并非能被简单复制的模板,也不能简单地被移植到别的组织中去,这也是由每所学校自身的独特性决定的。今天许多学校参照模型,但却就此止步,而不是努力开发学习的机会。例如,有的学校计划照搬别的学校的模式,为教师提供许多员工发展的机会。员工开始学会适应他们学校的模型。学校至今扮演的是使用性学习的角色。员工针对学校的规模、教学队伍的大小和所在年级的水平来调整模型。然而,创造性学习的机会是否已经融入到基础中去了呢? 如果一种模型是根据其独特性而不是泛泛地被接受的话,创造性学习出现的机会将大大增加。

一个学习型组织的领导往往并不具备超凡的魔力。领导者是设计者、教员、服务员,换种说法,他们是艺术家、建筑师。一个学习型组织的领导有责任建立一个人们在其中能够不断为未来拓展能力的组织,也就是说,**领导对学习负责**。这些组织创造学习的机会就像细胞随着营养的增长而成倍成长一样。这就需要技巧,包括系统思考,个人能力,思维方式,共享远景的建立和团队学习。当这些技巧集中在一起,将不仅创造一个学习型组织,而是掀起新一轮实验和创新的高潮。一个组织不会自然成为一个学习型组织。只有实践,无论好坏,才是唯一的途径和目标。上述这些技巧结合在一起才能形成学习型组织。

学习型组织的技巧

对学习型组织而言,有五个方面的技能要求。首先是来自行为和社会科学的系统思考和系统理论。学校管理者从组织和行为理论汲取了许多早期的知识营养。系统理论学家把分析放在一个很重要的位置。他们强调统一原则来整合知识,从广泛的领域来加以理解。他们认为社会系统的边界不容易确定,并且在每个系统里面还存在亚系统。如果我们只是注意一块瓷砖的图案的话,那么就看不到地板图案的全部。同样的,在学校的诸多课堂中,如果每一教室都自行其是,没有系统地结合在一起的话,再大的努力也不会形成共同期望的效果。

第二个要素是个人掌握,即个人能力。这种能力不仅包括对人和事的驾驭,也包括一种特别的熟练水平。许多学者都认为个人能力是学习型组织的核心和精神基础。个人能力被定义为不断澄清和加深我们的个人视野、发展耐心和客观观察事物的修行。真正的领导当然具有不懈的精神是因为他们追求最完美的方式和结果。在学习型组织中,集体的承诺固然重要,但是领导对这种承诺的利用和培养对开发未来的潜力的作用不容忽视。

学习型组织的第三个必要的组成部分是思维模式。思维模式是在头脑中形成的根深蒂固的影响我们理解世界和采取行动的推测、概括等。如果我们有某种观念、理论或想法,但却没有提出挑战和质疑,那么很有可能不会有改变。通过与他人的合作,分享观点,我们将被迫对自己的思考方式提出挑战。在某种意义上说,我们的理论决定我们的态度。通常说来,由于我们思考方式的冲突,变化或革新变得迟缓甚至没有可能发生。有学者因此强调了自我审视的重要性。学校领导者应该怎样在学校为此提供机会呢? 这种行为没有被鼓励或培养过。救火式的管理者也没有解决办法。

第四个被要求拥有的技巧是指建立一个共享的远景的能力。今天组织的复杂性决定了相信总裁、总监或校长能独自创造和实施远景的想法是愚蠢的。在教育界,我们经常谈论学校的远景。在写学校使命的时候,我们也包括远景在内。对这种逻辑矛盾我们一定会哑然失笑。作为一个复杂组织的学校,怎么可能由管理者一个人来独自建立远景和使命呢? 个人远景固然很重要,但是在学校里,成员之间的对话和远景共享更加重要。成员不是被迫,而是真心融入的承诺帮助集体远景的形成和出现。

最后一个要素是团队学习。如果我们团队中的人们集体讨论事情的时候,他们会发现和洞察到个人不容易发觉到的东西。历史地来看教育的话,我们发现,从过去的一间教室到今天大规模的学校,过去走进自己的教室,把门一关就能上课的教学方式显然已经不合时宜了。

理解变化

论述我们学校环境变化的报告层出不穷。通常首先讨论人口的变化,接下来就是改革的浪潮。教育者经常为下列问题所困扰:我们怎样面对学校资金的不平等? 什么是为学校教师提供发展机会的最佳途径? 衡量学生成就和其他形式的成长的合理方法是什么?

变化永远存在于教育中。也许只有通过理解变化如何发生,我们才能更好地理解为什么课程发展成功、失败或部分成功。这样一来,学校的管理者能更好地、更有信心地预测和解释变化。

变化是一个难以理解的概念。它不是一个事物,而是一个过程。对变化的研究描述了所有革新形成过程中的不同阶段。校长在变化过程中的任务之一是分析职员在此过程中所处的位置。

我们怎样才能确定变化确实已经发生了呢? 这也是需要我们去探询的问题。

变化的途径

学校变化也许是政治、权威和民主过程的结果。政治变化可以是选举新的学校领导。因此,教育者将能期盼由此带来的变化。权威的变化可以是以校长书面信的形式出现。一个民主变化的过程可以包括一个针对特定课题的志愿者小组。

变化可以渐进式的发生,经过一段时间形成,或者强加于一所学校。渐进式的变化经常在学校发生。例如,假设一所学校的教师想对阅读课采取另一种方法。文章被仔细地阅读、对别的教师的课堂教学的观摩也同时进行。变化慢慢发生。鼓励这种革新的学校系统有容许这些变化的正式机制。系统不仅有一个自上而下的贯彻任务的官僚机构,同时也有一个灵活的接纳不同做法的结构。这种灵活的结构允许组织内的所有参与者参加和发展。在学校,有许多创造成长和发展的机会。

课程发展的一种模式

让我们来看一种课程发展的模式。这种模式包括四种变化的途径:

自上而下、采用模式、变化代理、催生事件

阶　段

开始 —→ 贯彻 —→ 形成

观念、意识、承诺、行动培训、采纳决定、实验、适应、改进、结合、合作、续延、例行化、巩固

自上而下

自从上世纪 70 年代以来,自上而下的变化战略就已成为一种变化的普遍流行模式。自上而下的战略可以被看做是技术性的。可以由中央和地方政府的法令、推荐和其他事件形成。通过向新教师培训、传授新技巧,可以获得改进。自上而下的战略包括学校某些技术方面的变化,如考试项目、电脑、技巧学习等,也是来自于学校外部最有影响力的因素。然而,在此过程中,教师的承诺是关键。技术变化经常由于教师不能贯彻落实而受到重挫。

采用模式

20 世纪 80 年代以来,教育界另外一种流行的变化战略是采用模式。这种模式是通过革新的方式来传播课程。这种课程或项目也许来源于一所大学或研究中心。一些模式在地方适用性方面缺乏灵活性或机会不多,还有一些则建立在原则基础上,而不是作为课程的一揽子部分。针对特定的学校,课程在进行过程中不断改进,开始形成自己的特色。一种特别模式的采用是课程变化通过自上而下的战略如何在学校发生的例子。

变化代理

教师个人扮演革新者或变化代理人是一种自下而上的变化模式。通过教师校内校外的资源网络,这些变化代理人能通过各个课堂来发动革新。例如,参加完一个研讨班后,教师在自己的课堂可能开始采用合作学习战略。在该座教学大楼里的其他教师开始意识到这一点并由此被鼓励来进行实验。也许教师会参加在职的研讨会或请教专家。渐渐地,合作学习成为全校课堂的一种模式。

另外一种变化代理的模式可能来自于行为研究。行为研究是另外一种能启发学习的潜在的强大的变化战略。一名教师反省自身的问题,考虑替代方法,这样一来就可能带来革新。教师首先应发现问题所在,科学地研究,诊断原因,通过这种方式,课程发展就是自然而然的了。

催生事件

催生事件可以直接导致变化。外部压力可以带来变化,或者内部的政治行为也可以造成变化。例如,心存不满的教师可以请求撤换校长,不愿意参加课外活动的教师也可以向有关部门申诉。例如,某学校发生的暴力事件会使教育主管部门和学校对学校安全措施进行调整和加强。

另外一个例子是"非典型肺炎"的发生和传播使多数学校开始在课程设置时考虑讲授这方面的知识和防范措施。

变化的阶段

变化的阶段随着课程的发展而产生。这些阶段是从提议、落实到机制化的统一体。然而,在发展过程中,课程的各个部分处在不同的发展阶段。另外,虽然有不同的变化途径,这些阶段中将存在不同程度的重叠。第一个阶段经常被认为是提议和初始阶段。这个阶段,一种意识开始发展。各种力量被调动起来,参与者努力设想变化的结果最终的可能。这个阶段的问题包括:此项课程是关于什么? 谁将参加课程,他们将扮演何种角色? 我们需要什么样的培训和资源? 这对我们的学生合适吗? 虽然上述问题会贯穿变化发展的各个过程,但是在课程的开始显得更加重要。一个理解变化过程的校长将意识到这些问题虽然不会被全部回答,但还是会被问及。校长通常能知道学校的方向。有一些人虽然感觉到处于某种混乱状态,但是意识到随着项目的出现和落实,以下的问题会被回答:有必要买这些教材吗? 我们能在这个班级或年级而不是那个班级或年级尝试吗? 我们能改动不成功的部分吗? 我们难道不需要那个系、那些教师或那个组参加进来吗？这个课程怎样和别的课程结合起来呢？当学校迈向机制化的时候，许多上述问题将仍然存在，或者部分被解答。一堆新的问题又凸显出来，它们有：我们已经这样做了，但好像不太合适。怎样改变呢？教师们就此问题已经工作一段时间了。我们怎样才能延续并保持他们高水平的精力和热情呢？随着时间的推移，这个项目已经改变许多。我对这部分不是很满意，我们怎样才能回到原来的看法呢？我们希望继续下去，因为它是成功的，我们怎样能保证继续下去呢？

不断发展中的评价

评价并不是一项在课程结束时的工作。相反，和变化一样，它是一个过程。评价伴随着课程的成长和发展而同时出现。

为了评价一项革新，参与项目发展过程者需要集中在关键问题上。课程不同，这些问题也有区别。但是，对任何项目或革新来说，某些问题永远是关键的：我们为何要这样做？（一个目标问题）我们在做什么？（一个过程问题）能够以一种更好的方式来做吗？（一个评价问题）

例如，一所小学设有一门阅读课程。上述三个问题应该成为连续讨论的焦点。针对这项课程的两三个关键问题可以是：阅读课的预期目标是什么？阅读课采用的教学办法怎样才最有效？阅读课对学生的阅读技巧有怎样的长期影响？

就关键的问题达成一致后，接下来的一步就是选择收集数据回答上述问题的技巧了。这时候，如果教师有机会来不断地发现问题，考虑替代方案，那么评价就成为课程发展的不可分割的一部分了。通过领导者和教师不断更新和提炼观点，这个过程也将富有教育和启迪意义。

繁杂的评价技巧和不合理的数据收集方法应该摒弃。丰富的修饰和提炼方面的反馈信息可以通过很多渠道得到，并且不限。其中包括：参与者连续地讨论和思考；使用真实的评估技巧来系统收集学生进度；对学生进度的追踪（可通过记录、调查和访谈进行）。关键的问题是评价不能再被看做是项目结束时的工作。多数情况下，项目不会在某一日突然止步不前。评价不应是复杂的，因为在项目发展过程中，上述几个问题就足以能够表达一切。

校长在领导分配中的角色

成为一名校长就是要成为通才。虽然许多校长在某些领域有所建树，但多数学校领导岗位并不要求校长成为课程专家、评估专家或财务专家。学校的层次、规模和所在社区的期望对校长的角色有影响力，但总的说来，校长这个职位要求的是一个通才。校长可以帮着设计课程,但这不是他们的主要责任。他们的主要职责是管理。因此,校长在领导和管理的时候,他们主要是在安排和协调。

管理项目和课程变化要求娴熟的领导术。具体地说,这方面的能力要求有四大类:技术能力、人力资源管理水平、政治水平、建筑师技艺。

技术能力　包括课程发展、纪律控制、团体过程理解、教育决策下的社会和教育价值知识方面的技能。所在地区和学校不同,对校长在这些领域的要求也有所不同。在多数学校,校长并不书写课程,他们只是负责监管课程的发展。如果他们在一个特定领域有专长,他们写课程的角色可能会强化一些,但是即便如此,过程的协调和课程的实施监督的角色成分更为重要。为在上述角色中成功,校长需要首先了解他人的观点。

人力资源管理水平　这是一个综合性的,包含多种变量的要素。涉及的问题主要有:影响参与者的人力因素是什么? 在发展过程中的各个阶段参与者能接受的变化程度如何? 需要克服的障碍有哪些? 人们怎样才能被激励从他们的观点和能力中得到好处? 参与者的态度和看法如何? 如何调控变化的节奏来平衡这些态度和看法? 在发展阶段中如何创造一个有利于工作的氛围? 由此不难看出人力资源能力的重点放在人际问题的处理上。

政治水平　包括在所有的组织中管理不可避免的资源和能力方面竞争的方法和途径。由于手头资源有限,校长要么争取同样的资源,要么开发合作共享资源的方法。一个老练的校长精于适应学校的权力结构,他知道怎样在系统中工作以及如何使系统运作。校长政治能力的重要性已为越来越多的人所接受。处理政治问题的有效战略和对学校运作施加影响的力量也是关键的能力。

建筑师技艺　包含允许组织顺利运转的角色和关系的塑造。这方面的技巧是指方向和目标定位的决策意识。主要牵涉的问题有:谁将扮演主要角色? 其他成员从哪方面参与进来?

参与者:分配的领导术

许多个人和团体在课程发展过程中扮演着十分重要的角色。项目领导术和课程发展来自于各界人士,包括管理者、专家(课程发展者、评估专家、内容专家等)、教师、学生、社区代表、社区领导和其他个人。在不同方面,参与者发挥不同的作用,当然,教师和管理者还是负有主要责任。因此,就存在一个领导术的分配形式。

教师并不会因为校长告诉他们该怎样做就全盘接受。这时候就需要校长在四方面使用技巧。很有必要处理好以下问题:我作为一名校长应该怎样帮助解决课程需要? (技术方面)教师需要战胜的障碍有哪些? (人力资源)我们怎样

才能得到我们需要的资源？（政治）谁将成为服务委员会的最佳人选,委员会如何改造？（建筑师）

对课程发展产生影响的因素

一所学校采用某种模式获得相当的成功,然而另外一所学校用同样的模式却失败了。为什么？影响这种成功或失败的变量是什么？我们将讨论九个课程发展的关键因素。

1. 课程的规模和学校规模的关系。校长需要了解课程的规模和学校的规模。多少年级和班级将参加这个课程？如果一种模式正在实施,是分阶段还是所有的年级和班级立即参与？

2. 课程的性质。这个课程对学校来说是最为合适的吗？课程可以是针对小学、中学,也可以是针对大学的。

3. 参与者的投入。谁将参与,以什么角色参与？最终需要学校的所有教师的参与和投入吗？如果一些教师不接受该怎么办？

4. 社区期望。如果一个年级中只有一个班级参加,家长会怎么看待？或者健康教育增加了艾滋病和性教育方面的内容,社会将作何反应？

5. 所需资源。项目发展需要新的资源,当然也要求对现有资源进行再分配。现在存在何种资源？如何获取那些需要的、但暂时没有的资源呢？我们需要和谁合作来得到这些资源呢？

6. 社区和学校人口学。学校和社区的人口分布,以及社区的位置是课程发展中需要考虑的因素。迅速变化和发展的人口分布将使学校重新看待课程设计。如果所在的城市在经济程度上和海洋有关,课程设置中是否已经体现？课程安排满足社区的观念和目标吗？

7. 动机的种类。学校之所以采取这种模式是因为希望在社区中建立新的形象吗？作为一名教师,当这种模式对我来说意味着更多的工作负担时,我为什么还要对此表示支持呢？这种模式对我班里的学生能有帮助吗？许多项目经常在没有做充分准备的时候就匆匆上马,原因只是认为听上去似乎那是我们应该做的事。

8. 项目实施的时间表。如果学校需要立即变化,那么学校领导需要讲述这些事情。

9. 监督项目的进度。校长在监督过程中经常扮演一个关键的角色。这种监督包括前面所述的所有四种能力。所有那些参与的人都在做他们应该做的工作吗？连续评估在进行吗？学校得到所需的资源了吗？监督的方法可以包括:参加部门或年级的会议;与贯彻落实者定期沟通;通过公开信与社会沟通,通报项目取得的进度。项目消失或失败的原因经常是管理者没有保持对项目发展的监督。

校长作为编导

　　如果比较校长在学习型组织中的角色的话,他更像一个话剧的编导。一个编导工作的对象很多: 演员、设计者、舞台经理、制片人、作曲者、编舞、剧作者,等等。合作是戏院里的关键要素。然而,参与者投入的程度因时而变。话剧包括剧本写作、改写、试演、选派演员、服装设计、灯光安排、彩排等。有时候,导演也许需要和作曲者合作,而有时候却又要处理舞台安排方面的事宜。有导演这样评价道:"我仍然依赖于一个优秀的舞台经理,我也很幸运能有机会和杰出的员工合作来帮助我避免在彩排和正式演出中可能出现的问题。"导演的职责在于促进和加强不同演员之间的协作。当观众们在戏院里欣赏演出时,导演已经默默无闻地完成了一系列所需的任务。

　　一所学校如果有志于成为一个学习型组织,那么校长的角色就应该像编导一样。校长应该能设想到并能排除一切可能出现的困难,并努力创造一个适宜于学生和教师学习的良好气氛。果真如此的话,错误的出现也可以容忍。校长也应努力为教师学习合作的技巧提供机会。导演们需要自己学习和互相学习合作的艺术,并表达一种合作的意向。校长同样需要找到提供必要的财政、技术和教学方面的资源,而这所有的一切都只能通过与他人的合作才能实现。校长还需要培育校内团队合作、校外个人、集团和组织合作的发展。然而,作为一名编导,导演学校的前提和关键在于理解变化的过程。

项目发展的简单描述

　　如果学校是学习型组织,学校的项目如何实施呢? 在此发展过程中,校长的角色如何? 下面我们将通过对一名小学校长和一名中学校长的讨论来探讨这些问题。这些校长在项目发展过程中成功地实施了领导术。同时,在创造学习型组织方面,他们也扮演了关键的角色。

小学校长

　　王先生是一所小学的校长,当被教育局问到是否对一些先进的理论感兴趣时,他决定对此进行调研。在接受采访时,王校长说:"我认为如果我们的学校要保持领先,我自己需要成为教师们的教育领导。这是一种有连锁反应的兴奋,一种由我开始而后波及到其他教师的催化剂。"终于王校长和他的同事决定进一步探寻多种评估技巧。

教师们经过培训后开始在他们各自的班级中应用这些理论。他们比理论又更进一步,在经过研究后,教师们把有关理论运用到一种实际可行模式中,并设计了课程。王校长在描述课程发展过程中他的角色时说:"毫无疑问,我的工作就是提供教学技能,但更多的是提供道义上的支持,并随时检查。我参加了教师们的许多会议,但不是全部。"

在课程发展的较后阶段,王校长帮助教师们获得更多培训的资源。"现在三名教师已经成为学校所在地区其他小学教师的培训者和课程实施顾问。"王校长也认为其他学校的性质将影响到项目贯彻的不同和区别。他说:"在其他学校实施的课程可能和我校的有所不同,因为一所学校的规模和教师的多寡将自然影响合作的必要性和深度。"因此,在另一所学校里课程的采用和改造将最终出现一个非常不同的局面。王校长也谈到了校长和家长沟通和对话的重要性。他把自己的角色比做一位不停的催化者。无论是新的家长还是新的教师,他都进行鼓励。这是一种合作型的监督。教师们也都把王校长看做一种资源。而王校长最愿意看到的则是对革新的支持。他说:"我能和其他教师一样,产生一些新的想法,但他们的新观念需要我支持。这是一个更为艰苦的抉择。我所做的就是需要支持他们,集中我所能做到的一切来使他们关注自己的职业,不受干扰,这样的话,教师们的实际观念能不受外界政治压力的干扰。"

在某些课程方面,王校长和他的同事们已经进入组织化阶段。他们所关注的问题是:有必要让整个学校投入到项目中去吗? 其他教师何时才能接受培训呢?

中学校长

李先生是一所中学的校长。出于学校管理的需要,李校长所在的学校已经举办了近 10 年的外来学生文化方面的专题研讨会。此论坛的目的是强调外来学生文化对该校学生和教师的重要性。随着社会和经济的发展,李校长学校所在地区的外来人口与日俱增。因此,如何在学校突出外来学生文化也就成了学校必须面对的课题。这种研讨会主要分两类。一类面向学生,另外一类面向教师。这种研讨会通常在校内举行,每次持续三天。每五到七个听众中安排有一个协调员。每次论坛都会形成一些实质性的内容。李校长自从该研讨会举办以来,每场必到。他的感受是:"对我来说,每次研讨会都是一次全新的体验。我欣喜地看到,参加过研讨会的人大都对学校做出的决定表示理解和赞同。"

和王校长一样,李校长把自己的角色看做是保证举办研讨会的资源。在研讨会期间,他说:"我愿意做一名后勤经理。"事实上研讨会也为他提供了和学生接触的良好机会。现在这种研讨会已经扩大到当地所有的中学,每所学校每年有五名学生有机会参加这样的论坛。李校长认为,这样一来效果反而会有所削弱。

这些校长已经认识到在课程发展过程中由于变化和不定因素造成的问题。但他们认为这一切都不是太严重的问题,因为通过建立和发展工作团队、整合资源、排除障碍和提供改过的机会,他们能达到和实现共同目标。

结　　语

一所学校如果想成为一个学习型机构,那么在项目发展过程中校长作为编导的角色应该如何定位? 我们已经讨论了学习型组织以及组织存在的五个必要的技术要素:系统思考、个人技能、思维模式、共享远景的建立和团队学习。接着我们又谈了校长理解发展过程中的变化和阶段的重要性。通过把校长比喻成编导,我们也涉及了可能遇到的困难、合作的技巧、创造容忍犯错误的氛围等一系列使参与者勇于尝试的要素。

校长的责任实际上就是整合和优化各种课程、教师的资源以改进学校课程的质量。每个学校情况不同,校长的角色也有所差异,他们在必要的时候整合资源、建立合作关系等。准确而完整地估计学校当前的形势和推断未来发展的需要则是成功的第一步。

另外,我们还详细研究了四种校长管理问题发展的能力:技术、人力资源、政治和建筑师。创造学习气氛的组织领导的思维方式是万花筒式的,而万花筒里的每一个碎片都是一幅图画。

第六部分

建设卓越学校

第十九章

学校的重新规划

逻辑上来说,引起改变或是落实某些新的事物所付出的努力都应该起始于一份计划。好的计划必须要有远见和目标。本章介绍很多全面的程序和工具,这些都有助于你解决短期的问题,也有助于你达到长期的目标。文中谈到了关于以下几个方面的技术:如何做好的简洁的陈述,建立目标,领域分析,信念的发展程序等。

好的适合的计划应涉及将概念、多种想法、各种信念和价值观转变为有方向的步骤和可测量的结果。而此计划的完成将会引导事先确立的目标的实现。

信念、目标和成果

办学的目的是什么? 你认为什么应该成为教育的主要目标? 教育的优越之处和本质是什么? 90 年代中期,美国教育法案中要求,进入 21 世纪时需要完成六个主要的全国共有的教育目标。他们包括:1. 不断准备学习的状态,2. 毕业率,3. 学生成果,4. 在数学和科学方面成为世界第一,5. 注意培养成年人的书写能力,和 6. 成为安全的学校。如果要不断发展和提高质量就必须拥有一个坚定的发展方向。

决定方向和目的

目前每一个学校都想成为高质量的学校。通常因为学校已理解了质量所代表的含义并且有了一个坚定的发展方向——创建一个质量体系,该学校的质量会提高。这种方向会通过信念的陈述、目标的建立和具体达到的结果而产生。信念、目标和结果这三个水平的每一个部分在计划进行中都有具体的目的,而且在决定方向和表明内部关系中都起着很大的作用。

信念的陈述对于学校来说应该集中体现员工的想法。例如,"每个孩子都能学习和掌握"就是一个信念的陈述。它是一个人关于教育方面的信念。目标陈述是一种与信念陈述相关的趋于某一发展方向的表述。例如,一个学校的目标可以是"每一天都为每一个孩子提供一项成功的学习经验"。这是一个非常明确的趋势的陈述。正如目标应该是一种信念或是信仰之外的产物,成果应该是目标的延伸。成果应该比目标更加具体明确而且通常在一定时间内是可以实现的,比如"今年教育成果将会在阅读和数学课程方面有所提高"。

很多关于有效教育方面的文献都提倡"信念、目标和成果"这三者结合在一起时应注意有张有弛,在一些卓越的学校里都存在着很强的目的性(紧密的结合),同时又有着很大的自由度(松散的结合),这些都给老师们以启发,去了解目的是如何实现的。松散有致的概念同时应用于基于职位管理的重新规划的问题。当这些做到以后,更高的机构应该给此学校建立相当具体的目标(紧密结合),并且能够根据当地的情况制定出最好的实现这些目标的工作方法。

重视目的

需要注意的是,所重视的目的一定要与信念、目标和成果相关。基本上来说应用在教育中的有三种目标:(1)项目目标,(2)员工目标,和(3)学习者的目标。项目目标的重点是放在整个集体对于学校课程和教育项目的共同期望。项目目标的例子有很多,例如,"提高二年级阅读测试分数"或是"增强四五年级的科学方面课程的衔接",等等。

员工目标重点是放在员工个人所要追求的发展上。有很多员工目标的例子,如"为了提高我班老师学生互动教学的数量和质量而改进程序";"使我的提问方式与本班的不同能力水平相适应";"通过使用以学生为中心的教学技巧从而给学生更多的机会加入教学过程。"

学习者目标重点在于学生们明确的预期结果。例如,"在乘法运算中至少有80%的学生应该能够回答至少80%的问题"。

校长的角色

人们会根据学生成果的水平而分出学校的不同,而通常只是评价一个学校好与坏,有无创造力,及学校的领导。在有关有效教育的研究中,重点关注的是校长在建立一个学校目标和目的的过程中的角色。优秀的校长做些什么呢?

优秀的学校校长是强有力的教育领导者,他们知道如何管理时间和财产,重视优先的目标,把掌握基本技巧作为主要目标。优秀的校长给学生带来很高的期望值,而且他们能够在达到共同的目标时得到其他人的支持。校长是一个在学校能够通观整个项目的人,因为他对整个学校和任何一部分都要感兴趣。因此,校长在给学校的方方面面提供必要的方向时扮演了重要的角色。研究表明,办事最有效的校长有着清晰的目的和知道最优先应做的事项,同时可以得到帮助而达到最终目的。

一个学校的内部组织的很多方向问题往往是非常细微的而且不易理清，因为这些需要很多关于课程、教育学和学习的概念和科技方面的知识。校长必须对于这些问题和解决方法有着必要的理解。

信念的建立、陈述及其结构

一个学校的信念应该与社会期望值相关，与需要和想要的东西相关，还要与每一个学生个体的不同相关。有很多方式能把这些概念包括在内并组织起来。我们在这里主要介绍三种结构。

一、学校结构的框架

一个学校项目的结构应该能够给项目中的每一个组织成分提供具体明确的想法，包括：(1)课程组织，(2)教育规划，(3)学生分组实习，(4)员工组织，(5)学习时间表，和(6)设施利用和设计。尽管这六个部分可以分开作为不同的讨论目的，但对任何一个具体的学校项目来说都要求一定要注意每一个部分对学校整体目标的实现的影响，还要注意每一部分的发展是否与其他五个部分协调。例如，一个简洁的陈述可以谈到满足每个学生个人需要的重要性。通过这个陈述，一个个性化的教育目标也许就会被选择出来。这种教育模式应该受到学生分组计划、员工计划和时间表的支持。反过来，如果员工推崇团队教学，那么设施利用和设计部分应该提供合适的工作空间。

组织的各个部分不是同等重要，不应该同等重视，同时他们不是独立的实体。关于课程和教育项目组织的决定应首先制订。按照逻辑，这些应该建立在学校的信念和目标基础之上。其他的部分则为这两部分服务。

二、评估标准的结构

关于什么方法应该用于发展一个信念的陈述，教育部门要求学校参看国家官方机构的评估标准条文进行制订，他们的建议有以下几点：

1. 与关于实现美国民主承诺的信念的陈述相关；

2. 注重智力、精神和社会价值等方面的关系，要满足个人发展的需要；

3. 认识到个体差异；

4. 要注意特殊性格和基础教育是学生的需要；

5. 当把知识和学习过程应用于学习者和他们的整体发展时，应注意知识和学习过程的本质；

6. 坚持信念要和实际操作并重；

7. 确定学生、老师和学校在教育过程中管理的角色和关系；

8. 设计发展认知、情感和精神需求方面的活动，达到三者之间适当的平衡；

9. 学校和信息中心的关系；

10. 学校在社会发展和经济变化方面的责任；

11. 学校对于它所服务的社区的责任。

三、有效的教育结构

关于有效教育的研究多数人建议具体领域应该在信念列表中标出。以下是一些主要的领域。

1. 整个学校范围内的衡量尺度和学术成功意识；

2. 一种强调有秩序和学术氛围浓厚的学校环境，即正面的学习风气；

3. 高度强调课程之间的衔接；

4. 为一套好的方法提供高度支持；

5. 为学生的表现提供高期望值和清晰的目标；

6. 家长对学生教育的支持。

以上三种结构在某种程度上对于确定信念的陈述有着明显的重叠，但是每一种框架相对于自身的结构来说都有一定的含义。一个学校或许会在三个结构中选择一个来用或者将三种以任何形式结合起来使之适用于自身的结构。在整体结构上，每一个领域都可以写出一个或多个关于信念的陈述。

信念的发展

在实际情况中，事物本身包含的信念和目标具有效力才显得重要。只有当人们能够感受到目标和目的与他们的信念有合适的联系时，信念在员工和社区的意识中才能有效地存在，并且才有效力。这里介绍一个发展信念的方法：员工、社区和学生协调合作的模式。

这些参与者被分为三个写作小组，每个小组包含三到五个成员，可以是教职员工。每个小组应该建立起能够发挥最大内部灵活性的结构。这就意味着每个小组都应该有来自于不同年纪、不同领域和经验背景的成员。如果有社区成员和学生，那么每个小组都应该至少有一名这样的成员。

每一个写作小组都应该给出一份列举关于信念主题范围的文件。小组的任务将会是写出关于主题信念的一份或多份报告。例如，如果其中一个主题范围要求列举关于课程的想法，小组成员可能最终写出一份这样的报告："我们认为学校的员工应该有选择地通过审视过去教和学的目标，来衡量现在的课程的目标"。

每个写作小组应该在信念框架的每个方面都进行探讨。这就要求每个小组要提供 6 到 12 份或以上的关于这方面的报告。在完成起初的写作任务之后，每一个写作小组都要派出一个代表与来自其他小组的代表组成一个讨论小组，来共同商量关于如何进行第一个主题报告的综述。在以后的话题中，每个小组都要派出代表以同样的形式组成讨论小组来进行主题综述。

　　这些新成立的讨论小组将对每个小组分配的话题精心挑选、组合和重新修改,直到所确定的一系列的报告与他们所分配到的任务的部分都吻合为止。每个小组的代表将新成立的小组的主题报告带回原来的小组,与其余的成员一起对这份报告进行重新讨论、再次修改并进行表决。

　　如果原来的写作小组感觉到新的讨论小组的报告不能反映该小组的信念,那么小组成员应该对讨论小组的报告进行修改。而讨论小组应该将成员重新召集来考虑修改的建议。如果有必要,这种来往的反复修改会有多次。

制订合适的目标

　　一旦学校的主旨或认识的观点形成的话,那么下一个任务就是决定如何将这些主旨变成现实。主旨给我们呈现的是学校成立的宗旨,但是同时他们又不提供直接的指导方向。基于这个原因,目标的设立有助于组织将中心放在改进方面。而对于组织改进的需求可以利用形成的主旨来促进目标的达成。

需求的评定

　　计划过程中一个最基本的步骤就是对需求的评定。它需要对现有的数据进行分析和对客户的进一步的调查。在需求评定的过程中,总要或多或少地出现一些风险。在不断地对需求的探索过程中,成员或许会产生期望,认为所有被访问对象的考虑都会被一一确认,只是迟早的问题。一个好的策划的基本要求是优先权的设定和中心的确立,因此不是所有的需求都会很快被满足。资源相对来说总是有限和难以满足需求的,因此关于对某些需求的优先权排列就成为了必然。

　　三个类别的人群对于需求评估和计划过程尤为重要:学生与家长、专业员工和教育决策者。

学生和家长

　　一个关于学校系统的报告中关于学生的信息是很多的。标准化测试的成绩、转校报告、出勤报告、学生缺点分析报告等,这些将成为评估一个学生时的重要依据。关于同家长、其他的教授、同事和社区成员一起关于这个学生的讨论将会是另外一种资料的来源,虽然可能缺乏客观性,但是会有所帮助。

　　对于校长来说丰富的关于社区和家长的统计调查报告将非常有用于平常的工作。类似的调查充分考虑了家长和社区的一些期望和态度,同时也包含了对于社区内受教育对象的需求。因为询问对象的选择会影响到调查的结果,而且社区个体成员的广泛的要求有较大的差异性,因此这些调查必须具有一定随机性,这样才能做到尽可能的客观,使收集的信息尽可能的完整。

专业人员

专业人员也是能够反映学校需求的信息的主要来源。他们在教育的认识、课程的缺点和学生的特点方面都有独到的见解。任何一个问题的处理过程都需要需求的评估。好的结果时常是通过将几种方法结合起来而产生的。例如，一个员工会议，包括全校范围、部门或年级，当给出了"我们的学校是一所好学校。可是如果我们…… 这个学校将会变得更好"之类的会议主题，接下来就是对信息进行收集，这也是一种很好的解决问题的调查方式，尤其对于主题的发现有较大的帮助。

教育决策者

在学校的上层工作的人员应该被归入这一类别。学校的董事会成员、地方政府教育部门、立法机构成员或其他教育机构以及一些影响范围较大的学术性组织也都可以归入教育决策者这一类别。

需求评估方法的形成

寻找一个合适的需求评估方法可以以组织的主旨报告为基础。一系列的条件都可以通过下面这个五级式的量表来判断，分类从完全同意（SA）到完全不同意（SD）来表示对主旨陈述的不同理解：

SA	A	N	DA	SD
1	2	3	4	5

大量不同种类的课程和教育手段的提供可以满足不同学生的不同需求。报告可以被分类成为逻辑的、权衡的和区分的，也可以按概念和有效性进行组织，包括时间、气候、基本承诺、员工、课程、领导能力和评估。而对于这些要求做出的回应可能就会被分散到多个类别中去。因此在类别之间进行优先权的区分也成为必然。

尽管形成一个合适的需求评估方法的责任在校长，但是其他学校成员也应该在本职范围内给予大量的支持，以保障这个方法对于学校中的每个部门都能产生效果。在完成寻找需求评估方法的基础之上，它也应该照顾到所有的教职员工和其他与学校密切相关的组织团体，应该包括管理层员工、教师、志愿者和学生家长。当一个信息被反馈回来之后，他们应该被分类和按级排序。对于那些在优先权考虑之外的信息应当作为备用，当作调查的补充材料。

全面系统的计划是进行学校重新规划的第一步。要使一所学校变得更好，这第一步意味着重新审定"信念、目标和成果"，让教职员工、学生和社区参与审定过程，确立信念和目标的有效性，明确方向，这样才能使计划的实施成为可能。

让我们用《艾丽丝游记》里的一句话来结束这一部分：

"如果你不知道你要去哪儿，那么做什么也就显得没意义了。"

第二十章

高效率组织系统和人力资本管理

到目前为止,我们一直在探讨基本组织行为中值得注意的环境因素。现在让我们探讨一些有价值的思维方法,用以研究在动力学概念中人的固有特征与差异。"什么东西使人被吸引或感觉厌烦"是一个常见的有关动机的问题。比如说为什么一个人选择去做一件特殊的事情,并且持之以恒为之废寝忘食地工作,而另一个人却可能对此毫无兴趣呢?心理学家称之为吸引人到某事,激活人类行为,或者激励现象。显然它是某人自身的内质,涉及感知过程,也涉及认知过程,是类似于个性的一种特征。由此可见,个体给集体的社会互动带来特殊的个人内部特征。这些内涵的特殊性在理论上决定了一个人如何感知环境并且做出相应的判断。

对多样性的褒扬

当今的世界,所有的好人都在寻求避免一成不变地看待别人,避免固执地给他人贴上标签。由此,任何将人分门别类的努力都将遇到质疑。然而,事实上人们彼此不同,无法迫使他们改变,也没有任何理由去改变他们,因为差异也许是好的,而不是坏的。人们从本质上是不同的。他们是不同的个体,有不同的动机,意图,目的,价值,需求,驱动力,冲动和欲望,等等。没有什么比这些更具本质性。他们的信仰不同,其思索、认知、归纳、感知、理解、领会和考虑都是不同的。这样的内涵——认知、欲望、价值、感知,等等——决定着我们的言行,你我之间和人们之间的个体差别可以并且的确造成行为方式的千差万别。从这些行为方式中我们可以做出很多有关个体动机的推断,并且创造有用的论述性分类。但是人应该极其谨慎以免误入歧途,将一种行为方式标注为好的而将另外一种标注为坏的。

由于这里正在讨论的是人的内在特征,他们的气质或个性,我们不确定这些特性在什么程度上是后天学习的或者是与生俱来的。因此我们也不确定在什么程度上可以有目的地修改这些特性。一些人对此采取了相当绝对主义的观点,将心理类型与其他与生俱来的特征相提并论。例如,因矮人无法使自己长高,一个人无法改变指纹或眼睛的颜色,就推断一个人无法改变内在驱动力或内在属性。其他人则相信内在属性的某些改变是可能的,但总是要冒着扭曲、摧毁或损害真我的危险,否则不能将其转变为其他新事物。

然而,由此产生的一个问题是,人们常常倾向于将多种觉察、思考、感觉和行为方式混淆为需要纠正的缺点或瑕疵。克赛和贝特斯用希腊神话中的皮格马利翁故事提醒和警告我们,塑造他人使其遵守我们自己的完美标准的努力从一开始就注定要失败。

教育家一直在从事这样一个工作:我们也许明白甚至接受多元智能的概念,然而在我们的学校里存在着的巨大的社会和文化压力对于某些特定的智能尤其是语言和数学逻辑上的智能情有独钟,而对其他智能的价值则存在不同程度的轻视。于是,美国传统文化的逻辑促使学校在校方课程表上对所有学生强调和赞美语言学、数学和科学,而倾向于将音乐、艺术和体育课程边缘化。在很多美国人头脑里,一个"好的"幼儿园课程表强调阅读、语言和算术方面的正规教授,而极少"浪费"时间让孩子们四处活动,与他人共同游戏或是参加体育活动。

我们从假设人们在多方面本质的不同,进而可以理解这些差异,并且学会使这种理解对我们工作富有成效。相反的假设认为人们是或应该是本质上相同的,而我们的目的是使他们行为相同。然而,那个产生于西方世界民主发展中的想法,"如果我们是平等的,则我们必须是相同的",曾经在 20 世纪引起多大的疑惑。随着进入 21 世纪,我们赞美一种新的不同的想法:由于我们是平等的,则我们彼此就可以不同。

用一种非判断的方式理解并接受人们之间的多样性,对于理解并在教育工作中采取组织行为是至关重要的。这实际上意味着教育管理部门和领导者注重在组织中创造环境,使其同时做到:

- 培育和加强参与者按照自身的感知、需求、渴望和自我实现来成长和发展。
- 接受这样的事实,即不光个体间相互区别,而且这种多样性可以成为该组织的巨大的力量源泉。

原 型

我们通常将个体想象成某种原型,从而制造了个体间和群体中的多样性。我们说:"啊,他是那种人!"或者:"你知道她想要什么?那不是法国葡萄酒!"心理学家也做同样的事情。哈佛大学教授哈瓦德·加德纳(Howard Gardner)将个体间和群体中的差异描述为七种智能。基于卡尔·姜的工作,很多心理学家按照人们的气质或个性种类来描述个体。不少心理学家,像卡洛尔·金力干那样把性别当成检验和了解组织生活中个体差异的透镜。

人 类 智 能

很多读者都了解人的差异,而人的智能差异就是其中一种。哈瓦德·加德纳在他的代表作中研究了人的智能性质,或者更确切地说是人类的智能,使我们注意到在 20 世纪的哲学家和心理学家身上发生的转变,即从集中精力用物质世界的外部物体解释人类行为转变为关注人类头脑的沉迷,尤其是极其依赖诸如语言,数学,视觉艺术,肢体语言和其他人类符号的有感知的思想。加德纳在解释人类思想和行为中的伟大贡献是给予我们一种新的方式思考有关智能的问题,不是把它当成单一的甚至不是把它当成一组可以用一种叫做智商的度量来归纳的特性。加德纳解释为存在多种相互独立的智能,而其中每一种都能使一个人用不同方式参与到智力活动中。

加德纳的七元智能说

哈瓦德·加德纳描述了以下七种智能。

- **语言的**:理解词语以及词语如何合成为有用的语言的能力。对于作家、诗人、记者来说,这种智能当然是重要的。
- **逻辑和数学的**:识别图形、秩序以及世界上表面上无关的事件的关系,进行逻辑推理的能力。人们由此会想到科学家和数学家。
- **音乐的**:辨别定调、旋律、音质、节拍和其他音乐符号的声音质量的能力,以及将其整合为音乐作品的智能。音乐家、作曲家和说唱歌手出现在我们的脑海里。
- **空间的**:根据外部世界的视觉性质与其尺度而精确觉察和思索,并创造性地将其处理和转变的能力。这种智能对于建筑师、艺术家、雕塑家和航海家至关重要。
- **身体运动智能**:控制自身运动,技巧地操作物体,并将二者结合为肢体语言的能力。用这种语言一个人可以"运用智慧、时尚和审美才能"表达自我,如同诺曼·美勒谈论拳击手,加德纳列举的笑剧,特别是马赛尔·马西,生动地给出身体运动智能的概念,但是人们还可能联想起舞蹈家、花样滑冰和其他运动选手。
- **内在智能**:接近和理解自我内心情感、反应、渴望的能力。这是自知的个体,他理解自身的特殊情感并为之欣然,能够区分这些情感并运用到对外部世界的思考。人们会想到小说家或戏剧作家,利用自传文体探索世界的作家,还有风格独特的电影导演,以及那些因其睿智而蜚声海外的领袖们。

● **人际间智能**："觉察和区分不同个体特别是他们的情绪、气质、动机和意图的能力"。这种能力使得熟练的成年人能够读出许多其他个体的意图和欲望——即使这些东西已经被隐藏起来,然后随机应变——例如影响一群迥然不同的个体使其行为遵循自己所期望的路线。

加德纳对智力的描述阐明了一些重要的方式,人们用这些方式将不同内涵融入组织的综合行为。千万要记住,这些不同种类的智力存在于我们每个人身上,并形成独特的混合体,造成群体中广泛的差异。这意味着任何动机如未能考虑这些差异则从一开始就是有瑕疵的。

此外也要切记这些智能是人的特性而不是个人选择的意见。正如加德纳所表明的,虽然一个人的智能随着自身生理上的成熟而发展,但这些发展在很大程度上取决于从环境中的学习。这就是说,一个人之所以学会阅读、写作和运算,不光是因为他已经长大,也因为他在成长中看到了其他人在阅读、写作和运算。这就强调了人们相互作用以及个人所处文化氛围对其行为形成的重要性。

在描述他的多元智能说的史学基础时,加德纳叙述了美国第一位世界知名心理学家威廉·詹姆斯(William James)和奥地利心理学家西格曼·弗洛伊德(Sigmund Freud)于1909年在美国的会面。那次是弗洛伊德受当时的克拉克大学校长、心理学家斯坦利·豪尔(Stanley Hall)的邀请,也是他唯一一次造访美国。弗洛伊德当时已经在欧洲成为名人,他与年迈的詹姆斯的会见在历史上被誉为心理学的发展,因为它为以后现代心理学的出现建立了平台,使其能在之后超越了当时在美国居主导地位的基本行为学派。

哈瓦德·加德纳解释道:"信仰个体自身的重要性及向心性,确信心理学必须以人为本,以人的个性、成长和命运为基础,使得弗洛伊德和詹姆斯团结起来,并与在欧洲大陆及美国的心理学主流分道扬镳。此外,两位学者均认为自我成长的能力决定了个体应付环境的可能性,是一种重要的能力。"奇怪的是加德纳没有提到这个历史事件的另一位参与者,而那个参与者在解释人类个性和其自我成长适应环境的能力方面发挥了关键作用,即当时34岁的瑞士心理学研究者卡尔·琼(Carl Jung),弗洛伊德的亲密合作者。在那不久后卡尔·琼就突然背离其年长的研究伙伴,自创了理解个体间和群体中差异性的新方法,后被证明为理解组织行为的极有价值的方法。

气质和组织行为

主导早期心理学的观念是人的动机来自自身内部单纯的本能。学者的挑战是鉴别那个本能。还有学者认为动机本能就是获取权力。其他人认为对社会财富的渴望是主要的动机本能。对存在主义者来说寻找自我才能说明和驱动我们的行为。

　　卡尔·琼有关动机的名著指出以上论断并非事实,个体的动机来源于不同的内力,人与人之间这些动机内力存在广泛不同。但是琼在这些个体差异中识别出一种模式。了解这个模式就能更好地理解别人的行为并且预知他们在不同环境下的可能行为。这是了解个性种类概念的基础。

　　像弗洛伊德一样,作为他的学生,卡尔·琼也是临床心理学家。他在临床实践里观察了很多人,他开始认为多种多样的个体可以根据类型分为几大类。他把自己的观察与文学、神话和宗教研究做比较,并且发现这一想法常被作家和其他人类行为观察者所运用。1920年他出版了关于这一课题的论文,1923年他的一个学生把他的论文译成英文,但这两次出版都遭受冷遇。原因何在?因为在1923年主导欧洲和北美心理学界的是其他流派。弗洛伊德的心理学在欧洲和美国东西海岸流行,而美国民间正处在行为主义的压倒性影响中。当时的科学论文将琼看成神秘的,而把他的学术方向看成在逻辑和事实上与他们自己的趣味背道而驰的。

四种心理学类型

　　企图了解人们之间和之中的本质的个性差异是心理学界的一种混淆,而卡尔·琼的观察另辟蹊径,引导他进行一种简单的分析:人类个性有三种基本尺度,这些尺度的混合从一个人到另一个人是变化的,尽管这些尺度混合在一起形成被称之为心理学类型的模式。后来的心理学研究者迈尔斯(Myers)和布里格斯(Briggs)给以上分析增添了第四种尺度,为识别人类四种心理学类型或者四种气质奠定了基础,这种分析在今日仍然被广泛接受。

　　当我们谈论这四种心理学类型时,我们谈的是人们感知周围世界的方式,他们如何解释这些感知,以及如何对这些感知形成判断——也就是说人们在多大程度上是:(1)内向或外向的;(2)感觉的或直觉的;(3)思考的或感情的;以及(4)感知的或判断的。从心理学类型的观点看,没有被我们称之为环境的客观独立的真实:"真实的"环境在很大程度上取决于一个人如何感知和解释它。对于理解组织行为和后现代思想的一个中心原则来说,这是一个重要观点,即组织生活的真实性很大程度上在于旁观者的眼睛。一个人对自己气质的了解不光使他能更好地理解一个人如何"看到"和处理组织的世界,还给他更大的能力来理解组织中其他人的行为。

人类个性的四个尺度

　　Myers-Briggs型指示器(MBTI)是一种纸张和铅笔组合成的仪器,用来寻求识别人在对特定情况的反应中最有可能出现的16种不同动作模式。这16种动作模式是描述人在处理情况时具有的偏爱的四种尺度的结合体。其中的三种尺度卡尔·琼在早年已做了描述：

- 内向和外向
- 感觉和直觉
- 思考和感性

迈尔斯和布里格斯用这些尺度做刻度创造了 MBTI。如同一个人在制订同样的个性详细目录时都会做的那样，他们设计了代表这些刻度的问题让试验者回答。在他们的工作中，迈尔斯和布里格斯增加了他们认为需要的第四种尺度：

- 感知和判断

MBTI 在美国公司组织中作为自我评估的工具变得流行起来，对于那些想更多地了解作为管理者的自己或了解自己的同事的人们，它无疑是非常有用的工具。它也被用在公司培训计划中使工作团队了解如何才能更有效地与组织中的不同类型的同事打交道。除可用于自我评估工具外，MBTI 所依据的四种生理学尺度为分析和理解组织行为提供了令人感兴趣的方法。

内向与外向

卡尔·琼用态度这个词汇来谈论个体引导他们的精神能量的方式。她描述了两种态度：外向和内向的。一些人从环境中的人、事和物这些外部源泉里极大地汲取精神能量。他们是典型的好交际的人，喜欢与人交谈，与人共同玩耍和工作；他们发现与他人会面和互动不仅有意思，而且可以鼓舞他们并为他们的精神电池充电。他们是外向的人，无论在工作、娱乐还是休假，他们总是被他人吸引而且想在事发之地参与其中。在安静的地方独自工作对外向的人是乏味的，他们往往把像在图书馆研究或为一道难题冥思苦想这样的工作看成是枯燥费神的。

内向的人与此相反，虽然他们通常喜欢他人并乐意呆在他人周围，但却往往认为社交是沉重的负担，枯燥乏味，耗费他们的精力而不是补充精力。内向者偏爱宁静，即使有时孤独也无妨，在这种环境中他们被充电被鼓舞。

内向和外向这种尺度在思考有关动机的问题时非常有用，因为这种尺度揭示了一个人如何实际感知世界，一个人从哪得到有关世界的信息，以及一个人如何对真实世界做出判断这些深层的倾向。两个个体，一个内向另一个外向，趋向对同样的事件体验不同，理解各异，反应相悖。然而我们说，重要的是提醒我们自己不要把人定性为内向的人或是外向的人。这只是描述个性特征强度的尺度；虽然我们每个人都可能倾向于强调或是外向或是内向的态度，然而我们中的大多数都发现自身二者共存。

感觉和直觉、思考和感性

在描述不同类型的人与他们的环境相联系的方式时,卡尔·琼看到有两种理性功能,思考和感性;两种非理性的,感觉和直觉。这暗指一个人如何体验、判断和反应环境的事件。正常情况下一种功能,也许是两种功能,趋向于主导一个个体。这四种功能归纳如下:

理性功能,思考和感性,评估和判断信息。思考使用有原则的推理,逻辑和非人格化的分析来评估信息和形势。做判断的标准是数据充实,有效性及合理性。与此相反,感性使用移情作用或个人价值来做判断。感性的首要问题是判断将对另一个人所发生的影响。感性中的人主观地计算着一个判断是否重要,是否有价值。

非理性功能,感觉和直觉,仅仅接收和处理信息却不加评估和判断。感觉是官能觉察,或受到身体官能调停的觉察。它集中在具体切实的存在中的现实。感觉类的人不相信无法被事实佐证的想法。直觉是通过无意识的觉察。直觉的人可在未知晓对于觉察具体的基本元素情况下直达觉察。直觉类的人可做从过去或从现在到未来可能性的思维跳跃,可以在多种现象中觉察复杂的关联性。

感知和判断

随着迈尔斯和布里格斯开发辨认个性类型的仪器,他们增添了人们在应付周围世界的行为的第四种尺度:感知和判断。一个感知的人倾向于用感觉或直觉来认识这个世界。另一方面,一个倾向于用思考或感性与环境互动的人被称之为一个判断性的人。

重新定义组织特性

我们都熟悉管理的定义,即"与组织中的其他人一同工作以达到组织所定的目标"。这里涉及的是教育组织中人的工作行为的问题,也就是教育管理者面对的核心问题。在实际管理工作中,我们需要处理一个必要的问题:什么是最好、最为有效的工作方式?

这是一个毫不神秘的学术方面的问题。无论你担任系主任、校长、学校主管或其他职位,你如何回答它就意味着你将如何进行学校管理工作。诚然,这不是一个简单的问题。教师们从与学生及其家长接触的工作中知道人是复杂、特殊、含糊、不确定的。这些理解帮助我们认识到学校管理者面对的许多最重要的问题既不是各部分分明,也不是有义务服从。对于学校管理而言,这个问题如同其他组织所面临的一样,不能被明确界定。这是所有职业的所有组织都普遍承认的。

多纳德·施恩形象地描述职业工作的情形:

在各种各样的职业工作情形学中,存在着一个高而坚固的广场俯瞰一片沼泽。在高高的广场上,管理问题驱使他们通过研究基础的理论和技术去解决。在沼泽低地中,混乱的问题公然抵抗技术的解决办法。这种情况讽刺的是高地的问题对于个人和社会而言没有重要联系,尽管如此可能具有高度的技术兴趣;同时在沼泽地中的问题是人们最为关心的。从业者必须选择,他应该保持在高地的位置根据精确苛刻的标准去解决不重要的问题,还是应该下到沼泽地中解决重要的问题呢?

许多年来,教育管理者被催促着集中到通过技术解决教育问题。教育管理者一直得到劝告要使用新技术作为一种解决管理问题的方法,这些问题既包括高地的问题也包括低地那些更加混乱、极受瞩目的事情。这种方法不仅仅包括使用电子计算机、因特网等电子技术,还包括结构技巧,同样也包括课程技术,如新课程系统和形式化的教学技术的创新。学校的远景和学校改革已经被许多倡导各种技术的人所采用,并且它紧紧地限制了学校作为生产组织的想象。如果有可能使官僚控制系统化、客观化,这将会产生人们期待的成果。这种观点的拥护者们相信教师可以通过正常的培训学习到这些技术。而这些培训普遍是在工作场所进行,形式主要包括演讲和讨论。负责培训的都是教育管理专家,因为这些专家知道问题是什么,也知道教师们需要如何有效地处理它们。因此,我们已经见证了一种实质的困扰,这一困扰是源自发展"运作体制"以对付学校所面对的每一种可能想到的问题,坦率地说,就是专家顾问们散播他们的早有准备的智慧,然后扬长而去。

接下来的情形是什么?在专家顾问们身后留下的仍然是一片沼泽地,其中重要的教育问题混乱依旧:非常复杂,难以定义并且难以理解。杂乱的问题要想被理解,一些事情我们要适当注意。我们可能注意什么,主要来自于你自己的背景、价值观和远景。正如施恩所言:

一位发达国家的营养学家对孩子们的营养失调可能产生一种茫然的担心,他们把这种担心转移到选择最佳饮食的问题上。但是农学家可能会以食物的生产来分析这个问题;流行病学家可能会认为是疾病导致了营养的需求增长或阻滞了营养的吸收;人口统计学家会通过人口增长率超过农业负担能力来思考这个问题;工程师们则认为是不充分的食物储备和分配造成的;而经济学家却认为是由于购买力不足或不公正的土地和财产分配造成的。

同样地,管理者寻求解决教育问题的方法。他们的解决方法主要依靠他们如何定义他们的选择,如何认识问题。以孩子们营养失调这个例子来说,存在许多反应方式。但是人们受到他们能力的限制,用他们熟悉的各种各样的认识来理解问题,因而对于杂乱、难以定义的问题给出了各不相同的观点和解决办法。这些问题就是每一种职业在沼泽低地中所遇到的。

上个世纪80年代以来,组织思想开始取代正式的理论获得主导地位。组织思想强调的是机器特征,这是许多学者深信的工作方式,并且对组织的人力尺度的强调有显著增长。这种改变是由许多资源同时联合起来所引起的。这些资源之一是智能,也就是回答"组织的实质是什么?"由此形成新的基本观念和新的分析。

传统组织理论的瓦解

20世纪70年代中期以来在教育管理领域产生了大量理论,这个时期常被称为教育管理理论运动时代。尽管如此,这一时期所应运而生的理论和研究没有完全描述人们在学校中的经历。在那时的主要学术机构中的确设立了研究项目,可是它们被那些接受逻辑实证主义思想、把学校视为组织的人所支配。换句话说,他们设想在学校组织中必然存在着一些逻辑、合理、系统化的规律。更进一步,他们认为发现的方法就是强调尺度、取样、有经验的方法和量的调查。此外,他们还相信这些设想和发现的方法是提高教育从业者培训的唯一方式。威恩·浩伊和希尔·密斯克这样阐明他们的观点:"概括知识的路仅仅能够铺在坚实的科学研究之上,而不是建立在反省和客观经验上。"

尽管如此,巴尔·格林菲尔德清晰地表明,对于当时存在的组织理论的许多关注已经在从业者和许多学者中得到继续发展。关注的焦点是学者们通过他们的研究来理解教育组织以及其中工作人员的行为,已经揭穿了客观、强调数学描述的一厢情愿,他们开始把组织想成是独立地存在并且由系统的法律和政策管理的、切实具体的实体。格林菲尔德认为,"我们在谈论组织时就好像它们是真的一样。但是它们不是真实的,它们是被制造出来的社会事实,仅仅存在于人们的大脑中,而不是切实、独立的事物。"

争论由此开始,当我们把组织说成是对人们施加影响,说成是某种组织系统行为方式时,我们把组织人格化了。组织的基本是组织内的人,是他们的选择、表现和行为,即使在他们的头脑中他们也通过行动把组织具体化。

然而,我们继续面对着一个事实,这就是学者的设想常常和从事学校管理工作的人的经验相对照而产生了差距。在学者的世界观和从业者的世界观之间普遍存在的差异,可能很好地解释了为什么从业者缺乏积极性。例如,在校长领导学文献和校长通过自身实践写出的推理之间具有惊人的不同:

- 校长描述每天具体的经历,然而学者们强调理论和概要关系。
- 校长通过隐喻、举例和故事与人交流,而学者使用模式和科学的语言。
- 校长熟悉合理化的限制,而学者用正式术语强调合理性和定义问题。

- 校长用富有感情的语言描述学校,带有他们对工作的潮起潮落的悲伤或快乐。而学者的描述脱离了个人感情。
- 校长视学校为含糊、甚至是混乱的地方,而学者却形容学校是一片合理有秩序的景象。

提高性质上的研究方法

早在 1964 年,诺贝尔奖得主,哈佛大学前校长,二战期间国家防御研究委员会主席詹姆斯·布莱恩特·科恩特就已经声明当他在 50 年代对美国学校进行研究时,他必须摆脱已经在化学研究中使用多年的假说演绎的思考方式;他必须学会使用诱导推理去替代它,因为教育问题的性质与科学问题的性质大相径庭。在他的一本名为《思考的两种模式:我在科学和教育学方面的遭遇》的书中,他讨论了适用于科学和教育学的各种不同的思考方式。他评述道:"在各类学校中正运行的事务可能被划分为应用社会科学或是社会科学中的实践艺术。"

卡尔·罗杰斯也在那一时期讨论了关于人类行为的"三种认识方式",它们分别是:

1. 主观认识。它是每天生活的基本要素。

2. 客观认识。罗杰斯认为它不是真正的客观,实际上是值得信任、被认为有资格的员工对调查事情的"事实"所做出的判断。

3. 人与人之间的关系、现象的认识。通过这种方法人们能够通过与个人核查推测、或与其他调查者们确认推测,知道人的思想的内在框架。罗杰斯举了一个简单的例子来描述这种情况,这样你就可以感觉到一名同事是忧愁还是沮丧。你如何确定这种推测呢? 一种方式相对简单,你只需以一种投入感情的方式问这个人。如果其他人向你评论他们对这个同事思想状况的个人的观察和看法,你只需坐观其变,这是第二种方式。罗杰斯相信在成熟的行为科学中,这三种认识方式将会得到认可并被联合使用,而不仅仅是用一种方式和忽略其他人。

上个世纪末,奥瑟·布拉姆博格丰富了这种教育组织思考脉络。当他认为学校管理思想就像一门手艺一样比科学有用得多,而知识和理解就像手工艺人一样。他主张手艺在重要的方式中不是一门科学。手艺是日复一日使用工具和材料通过实践学来的,从业者在其中产生出"事物的末梢",对材料特性的一种深刻的感觉,对制定出的可接受结果的感受,对过程几乎直觉感受,对做什么和何时做的理解,以及产生对工作需要的感受。布拉姆博格坚信通过把科学的观念转变为一种手艺的观念,一个人能够发现对教育领域中的组织行为的新的有用的认识方式。尽管如此,像许多提倡使用实效方法解决问题的人,如我们在理解学校行为的研究中涉及的,布拉姆博格没有承认手艺这种比喻方式是另一种理论解决方式,这一方式在罗杰斯、科恩特等一些试图打破逻辑实证主义束缚的研究者的著作中均提到过。

近些年来，许多学习教育学、熟悉矛盾差异的学生开始避开传统理论和传统实验性质的研究方法的限制，而去寻求在学校中学习人类行为的更好途径。他们走进学校，而不是像从前那样发送调查表或编辑统计表。他们亲眼观察正在发生的事并与员工交谈，目的不外一个，就是为了理解他们如何度过在学校的时时刻刻。这些调查的结果得出了在当今学校中真实、丰富的生活描述，说明了学校组织生活的特点的确是混乱、矛盾、含糊和杂乱的。

这样一来，以前学习使用那些被称为定性的或人类学研究的方法，演变成了教育改革的智慧的中枢。剩余的统计学研究，在风格上常常是最佳的，但是产生了"无意义差异"：它们被人在工作中的真实、丰富的文字说明所取代。学习者发现，对智慧和行为的探究更能阐释人们对发生的事情的感受和他们如何凭经验做出反应的观点和理解。

这是在思维方式和研究组织行为方面的一个主要改变，它直接来自于放弃陈旧的逻辑实证主义观点，因此有利于在理解组织行为上产生具有重要意义的新方向。要获得更新的思想，我们现在就要扭转一个随着传统组织理论的瓦解产生出来的关于组织的主要观点。

教育组织好似一个宽松、松散的系统

一般而言，我们很容易去思考和描述一个学校的体系，或一个传统构架的学校。组织学学生已经承认，学校系统和学校的特征实际上是结构松散的：学校拥有充分的自治和言论自由，教师在他们的教室中仅仅在大体上受到校长的指挥和控制。查尔斯·彼格威尔指出这里要有一个基本需要的排列，给出学校任务、客户和技术的特性。卡尔·维克大胆地作了个比喻：

想象在一场非传统的足球赛上，你是一名裁判、教练、运动员或观众；在圆形球场上存在着几个分散的目标；人们能够随心所欲进入或离开比赛；他们能够随时说"那是我的目标"；全部比赛在一个坡型赛场上举行；比赛开始就好像它产生了意义。如果你现在替换，例如校长作为裁判、教师当教练、学生是运动员、家长是观众，教学就是足球，你对学校组织有一个公平而非传统的描写。当这些同样的组织以官僚理论原则来看时，这种描述就能够表现出一系列在教育组织中的不同事实。

我们能够把这种对于事实的形象化的比喻同学校如何运作的传统观点相对照，也就是通过计划、制订目标和提供合理的成本效益分析程序、人力分配程序、工作描述、政府权威、评估和奖赏系统。这样做的唯一问题是很少能发现学校的实际工作和工作方式，通常，在教育组织中的人发现像这样的合理的观点不能完全解释系统运行的方式。因为这么多的教育组织凭借现有的合理观念抵抗解释,所以我们要认真地思考可能引导我们更正确地理解更加脱离传统的观点,比如"松散结合"观点。

一般来说,"松散结合"意味着尽管组织中的子系统与其他系统相关联,但是每一个都保护着自己的身份和个性。例如在高中,领导办公室经常变成一个组织向校长报告的谈话室。联系经常是松散的,很少相互影响。一个人对其他人的反应缓慢。简而言之,相互联系是不牢固、不重要的。

教育组织如同双重系统

结构松散是学校和其他教育组织的独有特点。

20 世纪 80 年代中期,学习者普遍同意教育组织是以一些意义重大的方式松散地连接在一起,或以其他方式表现出官僚作风,这些对于理解组织及组织成员行为是极为重要的。例如,在一项针对美国旧金山 34 个校区的 188 所小学进行的研究表明:

教育行为调查被授权给当地学校,但很少有学校去实行。例如,34 位校区负责人中仅有一位传达了报告要求管区办公室直接评估教师。校长和其他同级领导也没有机会检查和讨论教室的工作。经过对校长的调查,85% 的校长每天不和他们的教师一起工作。更进一步,这里几乎没有迹象表明教师之间在相互影响。大多数校长汇报同一年级的教师之间不存在每天的工作关系,83% 的调查结果表明,在不同年级的教师之间不存在工作关系。教师重申了这种教学观点。有三分之二的教师表明他们的教学工作很少受到其他教师的检查,有二分之一的教师表示他们校长的检查次数更少。

当然,控制学校不仅仅依靠直接的检查。例如,评定学生学习、保持紧密和详细的课程规范以及确定学生掌握好所学知识是学校控制教学工作的多种方式中的一部分。尽管如此,旧金山校区的研究和其他研究表明这些技巧很少被使用。

因此,学校工作的核心——教学——被视为不能被管理者权威直接控制的松散连接。虽然管理者承担着大部分学校教学计划的责任,但是他们控制教师授课行为的权威受到了限制。随着集体评议的出现,这种控制力度明显下降。

尽管如此,管理者仍旧使用官僚方法构建教室的工作,从而通过不直接的方法影响学校授课行为。时间的控制是一种方法:时间表、日程安排、学生被带出上特别的课程或其他活动的频率、教师授课被打断的频率以及教师文书工作的担子等受到管理者的影响。学生作业也受到管理者的影响,并约束着教师的行为。分组是另一种管理者能够影响授课的方式。例如,学生可以因其类别被分组,教师可能独自在设备齐全的教室中或系办公室工作。校长也能够通过资源控制影响教师的工作行为:教学地点、设备、复印机、甚至是如纸笔这样的一些基本供应。尽管这些官僚方法在某些时候可以有效地影响教室的授课行为,但他们日渐学会了通过集体抗议来获得参与控制的权力。因此,校长命令教学安排和班级规模的能力日益受到抑制,甚至在强加给教师的文字工作上也受到了约束。

然而学校的核心技术工作是松散接合的,无框架的工作常常是牢固接合的。薪水问题、班车的配置、资金管理以及学生的出勤率,等等,都属于繁多的无框架工作,这些被管理者紧紧地控制,因此被描述为牢固接合。经调查,82%的校长主张对日程做出决定,75%主张对学生作业做决定,88%主张雇用新的人员。这些行为可能说明了牢固接合,因为它们受到了领导者的悉心的直接控制。

有人可能认为在控制教师行为上松散是错误的,并且强调以传统的官僚思想进行紧密牢固的制约。的确,许多同时代的研究者都持有这种观点。问题并不是学校是否"应该"松散接合或牢固接合,我们的目的是要更好地理解教育组织的特征,以使我们可以更好地理解人的管理。

的确,近来的研究强有力地建议组织通过这些机制发挥对教师授课行为的控制。这些机制与权威的层级线路相反被收录在传统官僚思想之中。然而我们对于组织工作的传统思想通过一些正式的机制,如权威下的管理,进行着控制。在教育组织中,一个有用的更新的远景是通过更加精细和直接的方式来施行有力的控制。这种方式是:发展企业文化。明白了这一点就能够在理解学校和如何有效领导方面具备深远的见识。

建立人力资本

资本如同现金、原材料、房地产、机器设备和智能、思想、创新一样是切实的资产。但是经济学家有很长一段时间把人力资本理解为"人所拥有的知识"。人力资本是他们的技能、态度和社会能力,是任何企业的一部分。人力资源对一个企业而言是人力资本的一种形式。实际上,它是最具潜在价值的部分,凭借如何管理它能够持续不断地增值或贬值。

应用到社会、国家和地区,这一观点能够帮助解释为什么一些国家尽管具有丰富的矿物资源和水利资源,却可能比别的国家产值量小。是因为那些国家的人具备艰苦工作精神,具有高价值的社会传统,受到高水平教育,有高超的工作技巧、工作纪律并善意地实行。

二战之后的欧洲的局势是:许多工厂倒闭、固定资产破产、货币系统破碎、交通运输系统几乎完全瘫痪,没有一个城市得以幸免。结果,失业、暴虐、饥饿和绝望随处可见。乔治·马歇尔向国会建议一个大规模计划,重建货币和银行系统、重建城市、工厂、交通和信息系统,大体上,是要人们回到工作岗位上从事生产。这个计划的关键是人力资本带来了恢复。因为这些人力资本用在了适当的位置,巨大数量的资金注入使欧洲快速地重建,人民迅速获得比战前还要高的生产力水平。

　　建立人力资本的观念在许多历史性的努力之下,通过教育推广和社会基础构造从而改善和发展了社会的命运。今天,许多发达国家正呈现出生活水平持续提高的繁荣景象,表明了人力资本观念的力量。在美国,许多商业领导者认为需要通过人力资本改革美国的教学,涉及把教育改革为一种人力资本的投资。这种观点是人力资源管理的核心。

　　管理者通常对学校的金融和物质部分负有责任,如建筑、设备和资金。做年度预算的过程在每所学校中都是熟悉又重要的工作。上个世纪70年代,组织理论学家开始发现,会计师也是对一个组织的人力资源管理负有不可推卸的责任的。他们错误的管理对组织的效率是非常有害的。一种形式的错误管理显然是不知不觉中消耗过多人力资源;而领导层对其错误管理更为有害,因为在组织中错误地把价值放在技术、能力、动机和人员的委派工作上是不明显、很难观察到的。待到醒悟过来,已经覆水难收。

　　管理者不仅仅对保持人力资源的质量和效率负有责任,他们也必须管理组织内人员,就如管理任何资本那样,以使学校的价值持续增长。人被管理,使他们的技能、动机、态度和学识得到增长和完善,而不是保持在一个平稳或下降的水平。发展和增加组织人力资本的价值,这种管理方式是建立人力资本的程序。

人力资源是资产

　　在建立人力资本的过程中,不可以假设如果雇员实际上没有辞职,组织人力资源的状况是可接受的。研究表明,建立和管理预算的过程经常通过对个人和组织施压的方式被处理,它会导致冲突、冷漠、压力、紧张和普遍的失败感。他们会表现出直接与预算决策相联系的反生产行为,但这些联系不是与预算的实质相关而是与领导者处理预算的程序之间的联系。

　　如果争吵、不信任和冲突变得更加严重,那么企业的价值就会降低。如果建设性地使用差异和进行协作的能力能够改善,那么人力组织就是更有价值的资产。组织的负面环境产生了许多问题,如精神消沉、努力不充分、缺乏合作、抱怨和雇员跳槽,等等。因此有一个印象深刻的迹象表明,能够引起破坏性组织行为的组织内在特点主要来自于管理者如何执行工作的选择。的确,通过对于成功的或失败的组织的调查,管理者的"不善"行为必然引起不良感觉和作对行为。

　　在处理这种问题时,管理者需要费神去熟悉他们的行为、政策和实际之间的密切关系,以及他们与企业中人员的冲突。在处理如金钱或资产等切实的资本的过程中,会计经常可能会以底线数字证明经理们对切实的资本的价值产生了影响。

　　美国会计师协会近来已经做了大量工作,处理在工商业组织中的人力资源问题。这被称为人力资源会计学。人力资源会计学的中心问题在于很难监测和量化管理行为对人的态度、动机和工作行为方面的影响。尽管这样,这项工作还是有助于理解组织行为。

　　人力资本非常有价值。实际上,在教育组织中,人力资源是组织创造和保持最佳业绩的最有价值的途径。如果视其为资本,那么组织中的人员被期待着将来比现在具有更大价值。这是资本的本质特性。因此,一个人可能把招聘人员、培训和支持他们、鼓励他们的专业发展、管理他们认为是人的投资,并且认为他们最后的更高产量是投资的回报。

　　尽管如此,近些年来人力资源在学校中价值下降的现象随处可见。例如,许多教学调查者抱怨学校员工中有许多"枯木",尤其是那些老教师,他们常常被形容为"燃尽之材"。这经常是由于保有任期的结果,使教师们不仅仅满足而且毫不担心自己的前途。作为一种补救,立法频繁地要求可以因为一点实质性原因解雇教师。如果这不是真的,保有任期不仅是昂贵的而且还会阻碍学校的有效发展。但如果这是真的,人们会问它引起了什么? 对于组织行为的研究建议更加有希望在一个支持的组织环境中,帮助人不断发展和履行工作,教师在固定时间内的工作更为高效。一旦这种情况被发现存在于学校中,就会被形容为高效率。

　　我们想强调的是,在学校中建立人力资本是人力资源管理的核心。学校管理者有责任营造这种组织环境,促使人力资本的不断增长。

第二十一章

成功学校的特点

谈到成功学校,常伴随有"高效率学校"、"高质量学校"等概念。在学校按计划朝着设定的目标迈进的过程中,进步快,与自己的以前比,有明显提高,成为"高效率学校",其理论依据在前边第二十章已经阐述,其特点和关键因素见本章下一部分;"高质量学校"主要是关于学校管理系统的运作效能,理论依据是第十九章提到的"全面质量管理",应用在学校管理上,有一系列高效能的学校领导行为,我们接下来表述。

高质量学校

描述一个高效能组织中领导能力的指导性方法就是全面质量管理。这个方法源自在二战后日本经济重建中有重大贡献的经济学家爱德华·德明(Edwards Deming)。他的"十四侧面"对于发展一个高效能的学校领导行为有密切的关联,因为这个理论的基础是一个清晰的容易理解的目标感,包含给组织的每个层次、团队合作和所有工作者的授权,同时还有一个服务于客户的主流导向。客户是任何在组织之内或职位的个体,并且是组织最终提供服务和产品的对象。对于教师们来说,学生、家长、社区等都是他们的客户。

全面质量管理旨在建立综合的、满足客户需求的战略系统,囊括所有的管理者、教师和其他能够为提高学校的服务质量做出贡献的员工。质量意味着所提供的服务在任何时候都可以满足客户的期望和需求。下面分别表述德明的14个侧面怎样适合应用于学校组织。

1. 改进产品和服务,需要刻意建立一个目标。这就意味着工作的核心即通过为学生和老师提供一个共同工作的基础来帮助学生发挥自身最大的潜能。

2. 形成新的理念。持续的改进过程将会给予教师和学生团队更大的发展空间。指导性的决策和通过学习事项的排序和界定范围而共同努力产生的决定将会影响到每个组织成员。

3. 不再通过大量的检查来达到质量的要求。单纯以测试成绩作为评估学生总体成绩和进步程度的标准的方法常常是不可靠的。而且在一个期末才去评估学生往往是不准确的。测试是用来检验学生对于学习事项的掌握程度的方法，不能将其作为短期内达到目标的手段。重要的是，要教会学生如何对自己进行评估。

4. 不要仅仅通过价格标签来选择课本。要使用现有的高质量的教材。免费或者便宜的教材往往不能给学习者提供好的帮助。

5. 不断改进生产和服务系统。"为什么我们做我们正在做的事情？"（目标的问题）"我们在做什么？"（我们做事情的方式的考核问题）和"能有更好的方式吗？"（评估方面的问题）所有学校组织系统都必须历经问答这些问题的过程。

6. 进行在职培训。对所有的员工的内部培训应该根据工作环境的不同而做有针对性的安排。教师应该告诉学生和社区成员一个好的学习者究竟是什么样的。学校组织内的所有成员的技能提高一定要成为一个目标和一种确保工作顺利的机制。

7. 研究学习领导能力。应该鼓励在任何职位上的领导行为。领导应该是能够组织所有成员合作的指导者和监督者。领导行为就是帮助其他成员达到很好的目标。

8. 驱除恐惧的心理。恐惧不利于工作的进行。不管在社会上还是在蒸蒸日上的学校中恐惧都不会带来工作的动力。共同分享责任，分享权力和荣誉会带来正面的机构的变化。

9. 打破各部门和各年级之间的隔阂。这就要求不仅要有集体的力量还要有各部门之间的协作。各部门之间的竞争耗费了本应用来完成最后目标的力量。因此应建立各部门之间的交叉合作和能带来高质量工作的多级的工作队伍。这方面的领导行为表现在执行衔接合作的任务来打破各种由于角色和地位不同而引起的障碍。

10. 不要拟订口号、训诫和标语。教育者、学生和社区成员也许会为了实现拟订好的口号而有动力去完成共同的目标和庆祝胜利。但是这将使他们不再一起合作。表面上强加的口号是很空洞的而且不会有太大的效果。

11. 不要设立数字指标。一个人在学习语言符号的过程中是很难对他的学习成果的方方面面进行总结的。因此，不要用设立数字指标的方式来进行考核。如果等级和分数成为你成功的基本指标的话，那么你要当心将得到的是短期效益而不是长期的学习和发展的成果。

12. 将困难转化为骄傲。通常当人们想做成功一件事时，在做的时候就会有一种成就感。应该帮助他们做这样的事。自我满足感又是一种很强的推动力。运用合作的方式建立的现实可行的目标将会给员工带来满足感和自豪感。

13. 建立一个蓬勃的关于教育和自我发展的项目。教育者和学生都需要不断学习此项目。自我完善一定要确保经过指导，要全面和有规律地进行，而同时优秀的组织会给这种自我完善提供让其发展的空间和机制。

14. 将每个成员都放到组织中去并让他们完成这种理念的转变。老师、管理人员、员工、学生和社区都是主人,都应该充分认识到这种理念。当然,老师、学生和任何管理人员都不能单独去做。

全面质量管理为我们提供了一个关于所有管理人员、老师和其他员工为提高学校的服务和教学质量时在成果满意方面全面综合的策略系统。比如说三年级的老师,他们的服务对象是谁呢? 有学生、家长、社区。成果满意方面指的是什么? 一个重要方面就是帮助学生就四年级的课程进行准备。

质量意味着为顾客提供他们所需要和期望的服务——不是一次,第一次,而是每一次。

高效率学校

高效率学校研究第二次浪潮的出现是在 70 年代第一次浪潮之后。从研究成果来看,此次最新研究与首次研究有着密切联系。一些学者的研究也表明,本次发现与 70 年代高效率学校研究有着明显不同,甚至有一些相反的描述。正如文章所指出的,重新进行的最新研究已经表明它可以与先前的研究成果加以比较。

《学校研究》出版于 1981 年 12 月,作者选出 13 组对象进行了研究,每组各有初级、中级和高级中学学生,他们来自于美国具有代表意义的七个区域。从对 1,350 名教师、1,800 名学生、8,600 位家长和所有这些学校的校长、督导员、校董事会成员以及 5,000 个教室的观察来分析,研究者得出五大特点:

1. 成功学校最伟大的地方是教师、管理者、学生和家长的目标一致;

2. 成功学校的教员与暴力、自律和管理没有什么关联,而与学校教育优先权有关;

3. 高效率学校可理解为其提供自主介入教育决策的工作场所;

4. 成功学校的教师在督导方面管理严格,学生在学业方面勤奋刻苦;

5. 在教学方法与实际操作技能方面,成功与不成功学校没有明显区别。

一种区别高效率学校基础研究特点的方法是从现存研究成果中提炼合成。总结高效率学校、教育改革和学校组织机构的研究文献,我们提炼出高效率学校的 13 大特点:

1. 现场管理;

2. 管理者和教师具备很强的领导才能;

3. 教职员工队伍的稳定(非流动性调职);

4. 课程安排计划周全、协调一致;

5. 不断完善校内教职员工的发展模式;

6. 家长的参与和支持;

7. 研究成果得到校内的承认；

8. 最大限度的学习时间；

9. 来自校区办公室的支持；

10. 合作计划与社会关系；

11. 社会意识；

12. 明确的目标与高期望的共享；

13. 秩序与督导。

这一观点作为结构性组织机构描述的前九大特点优于不同过程分类的后四大特点。

有些研究学者对一个校区50所学校进行了4年纵向研究。学者们发现，学生人数和班级少的、社会经济地位高的、体育锻炼环境好的和教师队伍稳定的学校比不具备上述特点的学校具有一定优势。并且，高效率学校管理有12大关键因素，如下所述：

1. 校长的领导；

2. 副校长参与督导决策；

3. 教师参与督导管理；

4. 教师的齐心协力；

5. 学生自选结构课程；

6. 灵活挑战性的督导；

7. 核心工作环境；

8. 聚焦个别学生需求热门课程的研究项目；

9. 教师与学生的最大限度交流；

10. 保存教师记录，包括有关学生在学习方面循序渐进以及学生研究项目的样本记录；

11. 家长参与，包括有关学生在学习方面循序渐进以及会议参与；

12. 一种积极向上的学校学习氛围。

最后，重新涉及高效率学校研究的"第二次浪潮"在一些国家出现后，有的学者提出了关于高效率学校的12大特征：

1. 现场管理；

2. 领导才能；

3. 教员的稳定性；

4. 课程、督导训话和组织机构；

5. 全体教员职业才能的发展模式；

6. 最大限度的学习时间；

7. 研究成果的广泛认同；

8. 家长的参与和支持；

9. 合作计划与社会关系；

10. 社会意识；

11. 明确的目标与高期望的共享；

12. 秩序与督导。

所有学校必须提供高效率学校研究吗？

第一次高效率学校研究问世后不久，各地的学校开始计划和实施与本校研究相关的研究项目，这一努力一直持续至今。难道所有学校不应该实施高效率学校的研究吗？这一问题已经引起一些教育家对高效率研究的高度重视。最明显的因素就是，尽管不同研究结果有一定的重叠，他们并不同意高效率学校的相互关联。令人感兴趣的是，最近许多的研究倾向于更多的关联。另一个关注是，高效率学校研究是相互关联的；在自身特点和学校高效率之间存在很明显的关联。但是，研究成果并不能显示自身特点导致了与之相关的高效率。

是否归结为各种各样学校和学生的高效率学校已经引起高度重视。有学者指出：早期的高效率学校大部分研究是在市区初级学校和小型的学校进行实施的，他们不会提供给大型学校、高等学校、郊区学校或乡村学校。还有学者主张：高效率学校在中低层经济地位的学生中间没有关闭成功大门。另外有学者提出：在学校寻求高效率研究的同时，普通学生的成功经验已经增加了。但是，接受特殊教育的学生获得成就这一状况正在进行递减。有的学者得出结论：高效率学校研究的实施因素影响了少数民族学生获得优异成绩。事实上，有关"传统"高效率学校的实施关系到他们那些低收入的少数民族特殊需求的研究成果没有能够引起重视。他们最终针对这些组织机构提供了高效率研究。有人把这一研究归纳集中于学校研究已经显示了级别水平。面对低收入学生的几年需求，以及大部分高效率学校研究成果，研究者发现在基本技巧和任务时间加强管理上，他们不具备影响力。同时，取而代之的是，他们总结了有关高效率的9大分类：

1. 重视少数民族和种族；

2. 家长参与；

3. 教师和家长共享管理；

4. 多元化的学术性项目；

5. 教师培训与技巧运用；

6. 学生的个人参与；

7. 学生参与学校事务的责任心；

8. 可接受与可支持的氛围；

9. 防止出现学术问题的教学法。

有的学者重新研究了学生使用少数民族语言的高效率学校,其一般特点是:

1. 文化差异的健康良性的尊重;

2. 擅长处理有语言文化差异的孩子特殊需求的教员的职业才能发展模式;

3. 超出内容技巧统一的基本技能的课程;

4. 教师在课程安排上调动学生的合作能力;

5. 共享教师、家长与学生之间学校的管理资源。

有的学者指出了关于大多数美国籍墨西哥人、非英语语言、移民学生和有限精通英语的高效率学校的三大特点:

1. 学生学习难点是通过经正规教育课程改革的督导提出来的,督导改革是建立在促进学生价值观变化的基础上;

2. 充分利用现有资源,通过咨询、校长的支持和家长的合作来促进教师队伍的职业发展;

3. 加强教师队伍管理和提高其他职业学校专业增长率以及适应能力。

有学者建议:对于高效率学校这一问题研究来说,自从有了不同内容的变化倾向之后,教育家需要脱离狭义解释,强调其不同的关联。还有学者主张原则制定高效率学校研究是校董事会的真正产物。建议和主张有以下四点:

1. 全体学生应该懂得如何学习;

2. 学校应该关注学生研究成果和取得成果所需的积极主动因素;

3. 学校应该设定一个公平的、责任共享的学生知识理解衡量标准;

4. 学校应该有具有一定结构象征性的文化链条,给整个学校社会提供连贯性和协调性。

高效率学校如何运作?

研究内容已经超出了高效率学校的特点的范围,它探索了工作条件的可能性,了解了学校高效率这一问题如何解决。有位学者研究了三所废除种族隔离的初等城镇学校工作条件。在总体研究成果试验三年标准数据记录的基础上,对四所相对成功学校与两所相对不成功学校进行了研究。他又发现成功学校专业发展和教育改革是由持续教育改革规范而来,其包括分析、评估和实验。他进一步得出结论,交流的四种方式对于学校成果规范和持续改革尤为关键。

1. 教师经常参与教学实践具体研讨;

2. 教师经常被调查和提供对教学有用的评判(即使有潜在的威胁);

3. 教师经常一起对教学资料进行计划、研究、评估和准备;

4. 教师一起对教学实践知识进行切磋。

有位学者收集了在美国田纳西州任意选取 1 所初等学校为样本而得来的大量数据。78 所学校的试验表明,65 所被称为"知识匮乏"或"教条",13 所被说成

"知识丰富"或"感动"。被称为知识丰富学校的特点如下：

1. 教师分配的督导目标；

2. 教师的相互协作；

3. 教师继续教育与增长的一种精神寄托；

4. 教师必备的技能和督导实践；

5. 教师得到授权和具有乐观主义态度。

有学者对学校校区和学生成果进行了研究，发现有关三所学校所有系统中，目前学校教育改革如何进行这一问题的三大重要性。

1. 督导对话：教师继续参与讨论、计划、实施、重复课程和督导等领域；

2. 支持的构建：每位督导员都建立了组织性结构，改善督导和学生掌握知识对话的全责；

3. 督导资源：尽管校长们支持督导性的改革并为此做出了努力，但是，他们还是通常被称为中级督导检查员。初级督导检查员来自于不同系统，他们包括校区中心办公室观察员、督导副校长、系主任、年级组长和教师队伍。

通过对中学和中学生，以及学校管理者和教师的观察，有位学者重新研究了500 所学校现存的数据。他们分析：高效率学校特点与在早期高效率学校研究中的许多特点相一致，包括目的认识明确、领导能力强、教师的专业培训和学术研究工作的关注。高效率学校这一特征的具备是学校的管理自主权最不可缺少的，特别是来自于外部的和政府的影响。

有位学者提出在成功领域的高效率学校项目基础上创造性的高效率学校九大指导方针：

1. 全体教员有时间参与职业发展课程，至少在正常教师工作日期间的部分时间；

2. 加入高效率学校项目的全体教员不会等到开始演讲有关督导改革问题才开始参与；

3. 从事高效率学校项目的全体教员应避免陷入精心安排好的计划，培训全体教员在项目初期详细的督导技能和方法；

4. 改革目标应重点放在避免给教师和学生带来沉重负担上面；

5. 重要的技术资助可用于参与高效率学校项目的全体教员；

6. 从某种意义上来说，高效率学校项目应以数据为依据，在实施教育改革计划的过程中有效地利用收集到的信息；

7. 高效率学校项目应避免依赖政府部门的审批过程，强调其组成和投票人数，正如同授权一样的构成要素，严格地提供参与的学校和教室；

8. 高效率学校项目应该寻找和利用资源、方法，以及一些学校和项目的成功经验；

9. 高效率学校项目成功经验依赖于参与教员自主和一种"直接自主"的校

区中心办公室控制的明智结合。

最后,通过对高效率进行再研究,有位学者在从事教育改革方面推论如下:

1. 教育改革的努力应直接针对学生的困难,学校定义的学生进步要高于研究成果试验的数据;

2. 高效率学校特征在某种程度上依赖于特殊学校的文化和氛围,放开对学校教员的限制;

3. 学校教育改革首先应关注可教和可学的,尤其是新技能;

4. 高效率学校教员职业才能发展模式应包括及时提供的研讨会、教室、学校和实施合作培训和改革研究的特点;

5. 学校教育改革应关注课程内容和教学实践这两个关键环节。其他研究表明,成功学校可从学校领导和启蒙变化的其他成功学校考虑各种各样的社会介入。凡是加入到成功学校的人士都表示,他们是通过不同的途径,亲自介入"一场道德意义上的战争",而且是发自于"远离自我的动机"。

成功学校的特点

从美国的教育业兴起开始,就认为学校质量与学生质量之间的关系是教育中很重要的一个标准。在 1994 年本杰明·布鲁木(Benjamin Bloom)的著作《性格的稳定和变化》和 1996 年的詹姆斯·科尔曼(James Coleman)及其同事编著的《教育机会的平等》中都反驳了这种标准背后的理念。很多校长和教师都广泛地接受了布鲁木和科尔曼的新观点。

科尔曼的研究表明,由于社会的不平等,贫穷和种族隔离的办学方式是不能给学生提供最好教育的关键问题,还表明了要改进教学质量必须要从这几个社会因素入手。不管是任何人种,在任何地区,人都希望有一种家的感觉——社会阶层和家庭收入,对书籍的渴望,对成功的期望等。与给人这种感觉相比,给学生解释教学结果不同,学校的设施、老师的薪金甚至课程本身都相对不重要。

布鲁木的经典著作中研究了教育容量的发展问题,发现了决定学生学业程度更多的是那些看起来与学校无关的因素。他写到:根据对 17 岁的孩子进行的智力测评发现,50% 的人的智力具多样性;从出生到 4 岁的时候一个人的智力发展到成熟时期的 50%,4 到 8 岁的时候又发展 30%;8 到 17 岁时继续最后的 20%。我们期望环境的多样性对智商(IQ)有一定的影响。但是 8 岁以后这种影响就很小了。在 8 岁以前最有可能发生这种影响的是在 1 到 5 岁的时候。

当人们接受了这种观念以后,校长和老师们就认为家庭和最基础的教育是决定学生成绩的主要因素而不是学校。一些校长和教师很高兴给他们工作的结果找到了理由,觉得研究已经证明差学生是与一些客观情况有关的,而这些情况很多是学校无法控制的。

还有一种不同的观点是关于办学和教学质量的关系问题,认为办学确实是有所不同的。高质量的办学是会带来高质量的教学质量的,而高质量办学的关键因素就是校长是否能够提供正确的指导,以激励教师和支持员工的工作。

校长与成功学校

对有关学校的成功的很多研究都证明了这些观点。例如在马里兰州的这类研究中,比较了 18 所高绩效的学校和 12 所低绩效的学校,使用的是官方规定的数据记载。所选出来的学校都是考试成绩的突出者。这个研究表明了高绩效学校和低绩效学校的不同在于校长的影响。高绩效学校的校长能够行使有力的领导权,经常和直接参与教育的事务,有很高的成功期望值,并且定出合理的学术目标。从此项研究中可以很清楚地看到学校的质量是和校长的领导有着很重要的关系的。

很多专家指出校长对于学校绩效的影响是直接的。校长的行为对学校的整个风气和教育组织都有很直接的影响,例如班级人数、学校人数、教学时间、课程的协调和衔接、员工发展和评估等。而这些因素又会对学生的成绩和其他绩效指标产生影响。从本质上来看,校长的位置和行为是一对主动变数,并相互影响,它们影响着学校的中间变数,就是学校风气和学习组织,而这些影响着学校的教学效果,比如学生成绩和其他方面的成果。

校长领导权力只是学校成功因素的一部分。很多专家指出一个同等重要或是更重要的因素是学校里的领导权力密度。所谓领导权力密度,就是指所有的老师、员工、家长和其他一些代表学校工作的人是否一同有领导的权力。当然,校长在建立和保持这种领导权力密度的过程中是很重要的。在这一点上,应该把校长领导权力看成一种启动的程序。当校长帮助老师、学生和员工代表学校和学校的目标更好地行使职责使学校的工作有效率并且促使学校有好的成果时,他就在启动这种领导权力。这对于领导权力的分担程度是很重要的。从这一点上,校长也就成了领导的领导者。

效力和学校的成功

有效力的和成功的学校都是一样的吗?很多时候经常用来形容相同的学校和同等水平的学校间进行的交叉比较,但是这很容易让人混淆。有效力包含一般意义和技术上的意义。很容易理解它有一种能够产生希望的效果的能力。因此,任何一个能产生一个群体的预期效果的学校就会被该群体认为是有效力的。然而从技术上来说,在教育界有效力有着特殊和专业的含义。一个有效力的学校应该是一个能使学生具备基本的技能和达到基本的能力标准,并通过成绩测试来对此进行评定的学校。那种对效力的局限性的理解就会把管理、教学和领导放进学校有效力的标准里。

　　到底什么是一个好学校呢？怎样才能知道什么时候算是达到了这个标准呢？学校的优点是如何定义的？也就是说,怎样判定学校正在发展还是后退？下面的描述可以帮助回答这些问题。

- 从好的高中毕业的学生能找到好工作;上大学的人数更多一些。
- 学生的考试分数总是在同样学生的考试分数平均水平或是以上。
- 高中学校老师评价说初中升上来的学生基础都很好。
- 在去年的学校图书馆图书外借率的调查中显示,这些学校的学生比其他的学校的学生阅览的书要多。
- 在此类学校毕业了十年的学生的薪酬都很高。
- 出勤率很高。
- 老师们对办学的目标一致。
- 纪律方面的问题在减少。
- 学生倾向于选择高难度的课程。
- 老师评价学生学习刻苦。
- 学生评价老师工作辛苦。
- 学生对学校满意。
- 家长更愿意把孩子送到这样的学校。
- 学院的老师精心设计课程。
- 投票的事情已经成为过去。
- 官方机构高度赞美此类学校。
- 学院职员时刻为学生服务。
- 每年进行圣诞话剧,或是一些其他的季节性的庆典,而家长们都评价很高。
- 有一个很优秀的球队。
- 学院的员工互相帮助,共同工作,互相交流。
- 优秀的学生越来越多。
- 学习的外语的学生越来越多。
- 更多的学生学习艺术。
- 更多的学生学习物理。
- 师生员工的士气很高。

　　以上这些答案都是可以扩展的。定义一个好学校的问题远比它看上去难得多。教育者和家长们都很难掌握其具体的标准。当这些答案经过一定的发展,不同的人就会有不同的侧重。

　　还有一项对十所高中的 638 位参与者进行的研究,目的是为了寻找优秀学校的评判标准。研究者访问了学生、教师、家长和学校管理层、职员、主管人员和董事会成员,让他们说出他们心目中的优秀学校的标准。

教师们的答案如下:

- 成员之间很好的交流;
- 员工发展计划;
- 舒适的工作环境;
- 开心和备受激励的学生;
- 帮助学生做到他们能做到的事情。

家长的答案如下:

- 友好的氛围;
- 与学生经常沟通;
- 体贴学生;
- 严明的纪律;
- 与孩子相处的时间多一些;
- 教师和家长有着很好的关系。

学生的答案如下:

- 学生友好相处;
- 公平地对待每一个人;
- 友好的气氛;
- 老师控制课堂但不要太严厉;
- 在你不擅长的事情上老师帮助你。

高级主管的答案如下:

- 注意学生的安全;
- 学校的所有员工有着清晰的目标,共同努力工作;
- 为家长和来访者提供高质量的信息;
- 规定要公平和公正;
- 帮助学生做到他们有能力做的事情。

职员的答案如下:

- 搜集最新的资源;
- 明亮、温暖、整洁的教室;
- 发工资的时候给他们信用卡;
- 友好的环境;
- 每个员工都有发展的机会;

董事会成员的答案如下:

- 在当地社区有很高的声誉;
- 高级管理者授予他们较强的领导权;

- 开心舒适的环境；
- 帮助每个学生发展他们的个人潜力；
- 为学生和老师提供一个安全的场所。

学校与家庭的价值观念

决定什么是优秀的，并且将优秀学校和有效力的学校区分开是有些复杂的，事实上很多学校看上去很有效力但是并不优秀。很多根据国家标准评估系统应被评价为一流的学校却没有被评上。有些学校有优秀的教学水平，好的学院和经过发展的教育项目，他们被简单地给予很高的评价，因为学校的价值观念和家的感觉很接近。正如科马（Comer 1993）和他的同事们指出的，"一般来说家长若是社会主流的一部分，那么孩子就会有更多的机会成功，因为他们从家长和监护人那里获得的社交技巧和价值观念是与学校里所需的一致的。"他们讨论到"那些从小生长的环境所需的价值观念和行为方式与学校的环境相似的社会主流的孩子们更能实现学校的期望。"来自社会主流的孩子大多数可以在学校提供的竞争环境中茁壮成长，能适应学校提倡的那种社区化的和合作化的竞争教育模式，能够接受那种教育传递系统，能够按照教师安排的去做，并且学习如何应付测试，为了学校而展示这些即使很枯燥的东西。原因是这些学校的期望是一种家庭文化的反映。而那些倒数三名的学校往往是他们的期望与学生的家庭相差一定距离。

前几年里已经有这样的例子。在1995年的国家教育进展评估的结果中显示考试的分数和家长的收入有关系，高收入的孩子的成绩比低收入家庭的成绩高出一截。尽管贫穷家庭、中心城市、少数民族的孩子的分数有所增加，但是他们的平均成绩还是比较低。

科马认为优秀的学校不必要求学生和他们的家庭和学校保持一致的价值观。相反，学校应该努力地工作，去实现家庭的价值观。他们应该充满热情地为实现这些价值观而努力。

优秀就是质量

全国排名前三名的一般认为是优秀的学校，但是也有很多好学校排得很靠后。直观地看，人们都认为"优秀"就是质量。但是研究也发现许多好学校的校长都不清楚什么使他们的学校成为优秀，或是优秀的量度是什么。最典型的答复是："你到我们的学校来看看"。

当然，我们看到了优秀的学校，就知道他们是优秀的学校，可是我们还没有明确优秀到底是什么样。在优秀的学校里，存在着很强的目的性，激励人们向同一个理想奋斗,工作和生活很有意义,老师和学生们精神上互相支持,明确要完成的事情。就是说,好的学校有很高的士气,或者高成绩或上大学的学生多。总之,优秀是这所有的一切甚至更多。

我们是不是应该对学校期望更多,而不仅仅是满意他们的高标准和学生们的高分数? 很多学校的情况是很差的,他们能达到一个普通的水平就是很值得庆贺的了。很多调查显示在很多家长和老师的心里,基本技巧的学习和基本学术能力的发展是学校的首要任务。但是优秀的学校不能仅仅做到这一点。很多家长和老师对学校的成功有了更广阔的看法。家长表达的教育目标包括对教学工作的热爱,积极思考解决问题的技巧,崇尚美学,好学,又有创造力和竞争。家长希望给孩子们一种竞争的环境。我们的社会确实应该给年轻人一种竞争的环境,这种环境可以促进青年人的成长和发展。我们最需要的是把年轻人培养成有文化的、受教育程度高的公民,能够在发展国家经济中充分地发挥作用,而不仅仅把他们培养成唯唯诺诺的人。不管是城市的、贫困乡村的,还是少数民族的,只要是美国的年轻人就应该同样地培养他们。

有效力学校的九大特点

最近人们总爱讨论什么样的学校是有效力的学校。很多地区甚至在国家范围内的相关人士总结了一份关于这方面的列表,例如:校长授予员工领导权;重点是基本技能的学习;拥有安全和有序的环境;对学生有高期望值;把监视改为指导和测试等,在所有的学校进行推广。然而最近的一些研究认为这些与有效力相关的品质太过于形式化了,所有的学校应用同一个标准也许会对学校的长远发展不利。这些研究和想法提示我们一定要根据自己的情况来选择适合自己发展的方式。

最近的研究表明,成功学校的校长都能主动地在学校该如何发展和能够怎样发展方面开动脑筋,在如何建立学校文化上下工夫,即以共同的目标和期望、共同的行动准则为中心开展工作。这些都是很重要的优秀的特点。这种文化的重要之处在于它是一种约束力和价值观念,能够给团体带来凝聚力和一致的利益;同时这种文化还能引起一种统一的精神意识,从这种意识中老师和学生都能获得方向和理解自己努力的意义和重要性。

总结研究成果,我们得出更翔实的答案,解释有效力和成功学校的特点,揭示如下。

1. **以学生为中心**。有效力的学校全心全意地为学生服务,创建一个有利于帮助学生的网络,让学生参与学校的事务,包容和尊重少数民族以及语言不同的学生,把学生的福利放在第一位。他们利用社团志愿者,家长和老师助手以及同级指导老师,为学生提供一个亲密而又以个人为中心的感觉。学生的需要永远最重要。老师和学生的相互作用到了很高的水平,就产生了一种合作和相互信任的氛围。

2.**提供丰富的学术课程**。学生的发展和提供全面的学术课程是首要目标。这些学校列出由低到高所有的目标,提供多种丰富的课程让学生选择,并且课程形式多样,内容深刻,还对学生进行适当的监督和反馈,帮助他们提高自己的学业水平。

3.**提倡一种促进学生学习的教育**。有效力的学校有一个很标准的利于教育的结构。他们设计一个确保学术教育成功的项目并且把学术的问题放在首位。老师和管理者们认为所有的学生都能学习并且自己有能力影响学生。老师经常和学生交流,同学生进行有重点和有组织的对话,教给学生他们需要的知识,纠正他们的误解,使用多样化的教学手段。总的来说,有效力的学校能设立高标准、严密而规律的监督系统,对员工奖罚分明。

4.**有一个良好的学校文化氛围**。有效力的学校组织性很强,表现在有规定好的任务、目标、价值观和行为标准。他们做事情总是有序、有目的、并且有明确的方向。鼓励学生做事并给予一定的表扬和奖励;以工作为中心的环境;对学生的学习保持高度的乐观的期望。校长和老师一同打破教育和团体中的障碍,尽量地位平等。他们创造了一个开放的、友好的吸收各种文化的学习环境。他们包容任何其他民族和信仰的学生。他们鼓励学生并用一种正面的方法来激励他们而不是责骂他们。管理者们对行为进行规范也是很重要的。

5.**培养相互合作的精神**。有效力的学校尽力创造一种促进老师完成工作的氛围。老师们参与影响他们工作的决定,对自己的工作有充分控制权和自主权,所有人有共同的目的和为团体服务的思想,为组织做出的工作得到认可,充分尊重老师。老师们像同事一样一起完成确定的任务,计划课程,加强授课技巧。

6.**有完整的员工发展计划**。教职员评估系统能够帮助他们提高他们的技能。内部服务是很必要的,对老师进行必要的工作培训以满足他们的工作需要。重点是使用型教学技能的交换和将培训作为教育合作环境的一部分。老师和管理者建立内部服务的项目,同时自己也有很多提高发展的机会。鼓励老师和管理者们多反思自己最近的工作再进行提高。

7.**提倡分担领导权力**。教育的领导权力不仅仅是依靠校长。学校的管理人员应用一种适合专业人员的领导方式;通过合作,团队,集体决定的方式解决问题;了解他们的职员并且分散权力;多交流形成凝聚力,给员工和学生适当的认可和奖励。不应该单独使用一种领导方式,一般领导权力包括为学校指定方向,通过一系列的支持促进老师的工作。做出决定的方式是最关键的因素。学校整个团体里的成员都参与决定程序,尤其要包括那些被决定影响的人。

8.**提倡创造性地解决问题**。有效力的学校的员工不愿意失败和成为平庸的人。他们把面临的问题转化为挑战,设计解决方法,最终解决他们。他们处理问题的时候有信心,有创造力,有持久力还有专业素质。时间、设备、员工专业知识、志愿者的资源等都可以最大限度地加快学校发展的进程。

9. 与家长、社区联系紧密。学校和社区是伙伴的关系。有效力的学校在工作中建立一套方法,和家长、社区进行交流。他们让家长和社区的成员参与学校的教学活动,让他们参与学校的发展决定,他们有利于学校的发展,并依靠他们为学校建立良好的公共关系。他们确保家长了解自己孩子学习的方方面面。有效力的学校是对社区发展有利的伙伴。他们教育学生要对社会负责任,做一些有意义的事情。

学 术 水 平

最近的研究将学术压力和社区作为激励学生学习的重要因素,把目标和满足感作为测定学校组织效力的两个重要方面。正如赛布灵(Sebring,1996)解释的,"这些学生成绩高的学校是安全的、有序的和谦恭的。老师和员工都给学生提供物质上和精神上的帮助和支持"。

学术压力与个人主义

研究者们特别强调"个人主义"和"学术压力"。个人主义是指学生感觉自己被关心的程度有多大。学术压力指对学生学术上的期望与学生交流的程度。这些期望包括完成有挑战的任务,预习功课和完成家庭作业等。学生需要的时候,老师提供帮助;当学生做得好时,就表扬他们。

赛布灵发现,同时重视学术压力和个人主义对学生的正面促进作用大于重视其中任何一个因素。学术压力是学生成功的前提,是勤奋努力和持续不断地学习的程度。

特性和效力的关系

学校的特性和效力是有关系的。研究者研究了纽约和华盛顿的13所高中。这些学校中一些是天主教的学校,一些是公立的学校,当然有一些是公立重点学校。研究者发现成功的学校(天主教学校和一般重点学校)都有清晰的独一无二的目标,这些目标关心的是提高学生学术水平和学业态度以及如何使学校达到最后的目标。这些具有唯一和清楚的任务的天主教学校和公立学校被称为"聚焦学校"。而其他那些效力低的公立学校则相应地被称为"分区学校"。

聚焦学校(天主教学校和公立学校)都很相似,与分区学校的不同之处主要表现在两点。第一,聚焦学校有着清晰而简单的任务,这个任务主要是注重学校为学生提供的经历以及影响学生表现、态度和行为的方式。第二,聚焦学校有足够的能力主动追求自己的目标任务,能够经历时间的考验,能够解决他们自己的问题,能够处理好他们与外部的关系。在聚焦学校的学生和职员会认为他们的学校是特别的,独一无二的,在这样的学校氛围中能够充分体现他们的努力成果,他们的需要得到满足。

相反,分区学校有一个由外部的建立者和管理者根据需要决定的分散的任务目标。他们是一个妥协的组织,而且没有什么能力去主动完成目标,定义自身的特性,或者处理他们与外界的关系。因为这种分区学校实际上是被一些权威机构建立的反映一种标准模式的特权机构,员工和学生几乎不觉得这样的学校是属于他们自己的。

深思熟虑的实践

尽管上面列出的特性很有帮助,但是仍然不能指望很好地应用于管理和领导实践中。增加效力要做什么和不同的情况应该怎么做是两码事。对一所失败的学校有用的措施对于一所成功的学校就没有用。学校效力的权威研究指出,校长具有高指导性的领导能力是很重要的。根据这个观点,校长的首要工作就是建立评估老师的程序,定期视察班级和定期与老师讨论关于如何提高班级水平的事项,以及对优秀老师的奖励。此外,每一个措施和行动都要确保老师的工作,包括教学内容和测试,是与目标相一致的。校长要完成指导方向和监督教学的工作。

以上这些校长的行为和期望在很多的情况下是实用的,但是在有些情况下却不实用。成为一个指导能力很强的领导在那种老师素质不高和缺乏信念的学校也许会很有用,但是在老师素质很高而且信念很强的学校就起不到太大的作用了。例如,在一些学校,老师的教学的能力甚至比校长的还高。在这种情况下校长再用"指导方向"和"监督教学",就禁锢了老师的发展空间,老师反而成了服从命令的下属,这就限制了学校的发展。

领导者的领导

有一些研究者发现由领导老师、校长助理、中心办公室主管、部门主任和老师团队共同行使领导权力是促进教学水平提高的最重要的因素。影响学校发展的最关键的要素不是谁行使这个权力,而是这个权力范围有多大。在一个有能力和高度信念的学校里,校长作为领导者的领导,比只是做一个简单的指导者更合适。

结 语

高效率、高质量、成功和优秀的学校特点罗列了很多,但是,不加选择地应用以上的研究结果,特别是应用一些普遍的指标和标准,会导致负面作用甚至反效果。研究者坦率地指出这一点:"不能盲目地试图把有效力学校的成功经验用到自己的学校里"。有效力的学校的特征普遍来说是很有用的。但是他们毕竟不是放之四海而皆准的真理。很好地理解他们可以帮助校长深思熟虑,整理出适用于自己学校的方略。

第二十二章

学校与社区

很少有学校在列举其目标和任务时会遗漏掉关于如何将学生培养成为一个有价值的和有贡献的公民的内容。回顾我们关于课程和监督的教科书，关于小学和中学的管理，细心的人就会发现一系列关于如何教育成为一个公民并且建议一个成人如何工作的雏形。我们不需要使用迫使人相信的例子、情形和案例学习将生活定位在学校里。学生社会不会造就公民，因为他们本来就是公民而且也是学校社区的成员。从某种意义上说，让学生相信"抽象的公民"的概念相对容易些，因为在父母和学校之间，他们为学生着想的都是为了其最高的利益，所以学生作为公民的权利常常被忽略了。

这里讲的是关于学校运行和解决管理与学生、教师与学生、成人与学生的关系的平衡模式的问题。你也许听到过这样的质问："谁是这里的主管，我还是学生？""你们要让学生来经营这个学校吗？""这里的校长和教师是干什么的！他们甚至不能告诉学生如何控制自己的行为，什么该做，什么不该做！"

让学生完全参加自己的组织将会威胁到一个基本价值观。这种价值观来自于中世纪，一个神圣的权利是成年人的权利，凌驾于未成年人之上，校长的权利可以超越学生："学生应该多听少说。""学生应当遵守教师的意愿。""老师永远知道得最多。""家长知道得最好。"这种学校管理者认为他们和教师必须对学生有绝对的控制权，这样才能完成传统意义上的教学活动。

学生为主体的制度

教育者常常将自己对学校的思考局限在自己建立的组织内，关注学校与学校环境的关系，正式与非正式的学生组织关系，学生社会系统，学校和教师的社会环境，以及学校内和学校外的同等群体的影响，等等。在任何给定的学生实体中，在学生之间相互影响的事件数不胜数，但是教师和管理者倾向于将这种相互反映当作是不合逻辑的，除非涉及他们自己。实际上，教室的社会环境，学校和总体的社会对于学生的行为和学生的最终结果有着重大影响。

每个社会系统，包括学校，都是一个存在的事实。成人的世界创造了自己的现实,并且将这个所谓的事实强加在学生的头上,而且还否认他们的事实有可能不是学生的事实的可能性。一个关于教师行为的影响的研究发现了或者算是重复发现了这个观点。学生对于教师行为的解释清晰地描述了这种现实的差异性。

每一个人,成人或学生,都有自己的目标,每个团队也有自己的目标,其中的一些十分清晰而另外一些模糊不清。在一个学生实体中,当问题摆到台面上的时候,通常学生会感到极大的压力,因为组织没有按照预期的目标前进,或者他们没有受到作为系统一部分应得的尊敬。无论这个问题的本质是什么,第一个合理的行动是要求他们改变。受困于传统的管理等级体制,学生在完全了解这个系统的各个阶层后就会明显地看到这些。接着,如果他们没有成功地说服关键人物去接受这个改变的话,那么他们就只有三个选择:屈服、退出或反抗。每个选项都会在学校中造成特殊的问题。如果学生屈服的话,就是说按照别人说的去做,他的顺从带来的就是不满、失望和不断的抵抗活动。学生也许选择退出,可能是心理上的,通过冷漠的态度或大量的缺席;或者行为上的,通过退学等。最后就是由于系统的强硬和顽固态度而迫使学生采取极端的选项进行抗议、回击和反抗。

作为一个被学校这个"社区"接受的成员,学生无疑对"社区"系统提供了许多支持和一些安全的感觉。如果系统对内部人员的反应迟钝,多年以来聚集起来的越来越大的人群会采取对抗性的策略或者是对系统的反应无动于衷。这些不仅限于在校学生,还包括毕业或退学的人员。因此从内部到外部,不断增长的对抗的力量和缺乏感情的团体,正在形成一种负面的甚至是破坏系统的作用,就好像他们不是学校文化或者社区的一部分。在任何一种情形下,一个反应迟钝的机构会逐渐失去作为一个公共机构所需要的支持。这对于任何学校来说是难以长期承受的。

校内社区

对于教师、管理者和机构里的普通人员,领导者需要接受评估和具有责任感。责任感意味着要有勇气和义务面对公众要求的反应,这些人群主要包括家长和公民。但是,经常需要面对的公众就是学生们。他们忽视的是学生对于学校社区文化的影响。学生会往往是形式上的,因为实际上的公民权利受到剥夺,在许多情况下这种组织都是在学校的学生和管理者的挖苦下运行的。他们知道校长可以随时介入学生会,否决任何一个提议,并且这些没有任何上诉过程,校长的决策也不被一个公平的团体评估。这给学生的信息是他们的投入是不值得的,于是干脆奉行鸵鸟政策。

我们应该相信学生能够控制自己。更合适的是,我们建议在每个学校系统中建立良好的政策,鼓励学生成为学校社区的一部分。学校应当清晰地列出学生的基本权利,一个清晰的教师或校长制定决策的过程。每个学校的管理形式都应当由特殊学校社会系统的成员共同来建立,这些成员包括学生、员工、管理者和非教学人员。这种管理形式上和实际意义上的参与有助于消除敌对情绪的滋生和抵抗形势的出现。对于我们自己的学校的感觉应该弥漫在有归属感的文化中。

自我规范的学校社区

有一项学生与学校社区的研究,发现学生的自我约束对于学校社区是一个关键的影响因素:"有自我约束能力的学生已经建立起一种社会责任感,这种感觉是通过行为标准的相互理解获得的。学生的影响绝对是重要的,如果学生打算衡量学校和监视自己的行为,他们必须相信学校是他们自己的而不是其他人的。"这项研究还归结出对于一个学校社区发展具有积极意义的内容。

1. 建立学生的归属感和责任感。这些学校认识到了每个人在学校社区中的重要性。所有的学生必须经常感觉到他们是有用的、重要的和有价值的。教师和管理者帮助学生认识到他们属于学校并且这种归属是有价值的。

2. 追求更高一层的学校目标。在这些学校中的教师、管理者和学生的合作建立了一套核心价值,并且将这些价值观转变成目标的质性陈述。同时这些学校中的管理者促成了咨询型决策和启发型解决方案。

3. 一致性和卓越性特征的设计。这些学校建立口号和格言是为了建立反映学校社区优势的价值观。口号和格言作为恒定的期望行为的提醒者,已经开始对每个学生达到自己的目标越来越有影响力。

4. 培养持续加强学校正面价值观的领导能力。这种学校将领导能力认为是保持学校目标和价值系统的需求。他们期望校长和教师成为保持和形成目标和价值的领导者。另外,他们建立了奖励系统,从而可以奖励遵守学校规则并成为学生行为楷模的个人。

5. 建立清楚的正式或非正式的规则。这些学校有以合作形式建立的、明确的对学生行为规范的条例。

每个家长都希望自己的子女在与其他人的竞争或争端中占有优势。校长和教师在分辨争端的严重性和对学校中其他学生的影响时往往会遇到一定的困难。学校社区是以信仰、人种、伙伴、家庭甚至是性别取向为基础的。他们可能成为主流或者选项之一。在许多事件中,家长和学生对学校社区的感觉直接影响他们每天的学校生活。当一个校长或教师区分男生或女生时,学生就会下意识或有意识地产生他们是不是学校社区一部分的感觉。这些与学生有着相互影响的人也有自我规范的问题,应当试着区分争端解决的方法,因为学生作为争端中的一方,很容易理解这些对待方式的严重性。

教职员工团体

在任何学校中,教师都可以形成一个社会系统,一个正式或非正式的组织,并且似乎都有一个明确的性格,大量不同的组成部分。人际关系对于整个内部的亲密关系的形成有重要作用,但其间亦充杂着各种从极端到中庸的不同的想法。尽管对于一个典型的教职员工团体来说,没有一个具体的定义或描述,然而真正的定义应该是一个功能型系统,是一个交互型的实体,并且其良好的运行依赖于有效的不同团体之间的工作关系以及个人之间的人际关系。瓦解这个系统的办法就是不断地施加压力,压力可以在无形中对整个系统产生影响。

管理者或许会将教师作为单独的个体来对待。然而,他们承认如果相信这应当在所有的情况下成立,那将是一个严重的错误。每个教师代表的是自己,同时也代表了整个团体,包括的不仅仅是个人,而且也包括许多其他领域的组织或群体,有非常强大的,临时性的,或较弱小的群体。不同的团体形成各自独特的思考和行为模式。

专业组织

许多早期对学校员工的研究倾向于只是描述被学校管理组织授权或管辖的正式组织。这种方法常常忽视了专业协会的作用,而正是这种作用在不断地扩大其对学校的影响力。这些协会的数量和力量不允许别人再将它看做是非正式或不合法的组织。许多国家和地区的专业组织涉及的地域非常广大。所有这些专业团体都意识到他们自身的力量的存在,而且他们面对的事实是教师在各个级别的组织中都得不到足够的重视和资源去更好地完成教育任务。因此,一个老师一般都属于某一个地区、州或者国家的教育协会或工会。另外,一个专业组织一般都涉及一个专长,包括工业科技、英语、阅读、课程或儿童发展等。有了这些专业组织,教师可以通过交流与相互影响,从而改变学校中的教育现状。

每个教师都是会被教育组织所影响的,譬如一个特殊的专业组织,一个地方的初级教育团体,和在教室中的个人专业影响。专业组织的迅猛发展已经促使其开始为教师与政府进行协商。这个压力直接导致区域性的决策,而且直接的结果是学校中的一些改变。从某种意义上说,教师有自己控制自己命运的机会,但不是每个人都将这种授权看做是肯定的结果。例如,底特律教师联合会就反对这个概念并将这种授权理解为是校长的一种管理工具,而且削弱了工会的力量。当一些学校抵制这个理念时,另外一些学校却找到了一种达到肯定结果的处理方法。对于专业协会来说,对于教师和管理者来说,不管新的需求和期望是什么,最终的目标都将是如何更好地服务学生。

合作和网络化

合作和网络化对于改善学生的学习意义重大。学校和家长、商业、政府、大学和其他相关者之间建立联系,意味着所有的参与者结成伙伴关系,共同努力,从而向社会、家长提供更多服务。

学生社区服务

学生提供社区服务是一个为他人服务的绝好机会。一些适合学生服务的机构包括健康中心、养老院、教会、社区保洁,等等。更重要的是,这些社区服务可以帮助学生在学校生活和社区生活中找到真正的意义。代沟或许会从此消失。我们可以这样说,学生的参与就是社区的形成。

伙伴型父母

在某种背景下,让家长参与是一种较为理想的做法。第一步就是让父母们知道无论从任何角度来说他们都是最受欢迎的。可是,许多信息的反馈给我们相反的印象,例如一个简短的询问得到的回答是,家长的介入是在浪费自己的时间:"为什么你们不送给我们已经教育好的学生?"在学校工作的人都有面对家长的问题。欲建立一个以学校为中心,以教育学生为目的的社区,关键就是父母。许多学者认为父母"不想要一个专业型的客户关系;他们希望在教育子女方面与学校是平等的伙伴关系。"

如果学校不能肯定已经广泛存在教育准备和渴望程度上的不一致性,他们就需要积极地使他们服务的社会对象具有多样化特征。一个方法是通过与社区一起工作帮助家长施行学前教育。有证据表明,父母直接的早期教育可以帮助子女在将来有更大的成功几率。

学校工作人员需要使父母或学生的监护人对他们放心。他们在学校与学生进行沟通的语言要贴切,尽量地表达清晰,不要说不合时宜的话。学校在人种、文化和语言方面变得越来越多样化。我们要关心的是尽量避免将这种差异极端化。学校中存在"少数"群体,有的是刚刚迁移到这个地区来的,学校需要了解清楚他们不同的交流和社会需求。

学校与商业的关系

今天的学校与商界有多种多样的伙伴关系,从邀请客户经理到教室里做一小时的演讲,到商业接纳学校并且投入大量的时间和金钱为发展教育合作。尽管很多企业给学校很多支持,小到纸张大到计算机硬盘,学校——商业关系促使很多学校接受了新的东西。企业领导们对在未来的几年中企业的需要有很深的洞察力。管理方面的技术能力和在特殊领域的非教员的指导,两方各有所需。

有了这样的合作关系,企业能够从学校的领导者那里学到很多东西。在学校里可以学到专业计算机知识,提高语言水平,文化洞察力,人际关系技巧,以及很多其他有用的东西。为老师安排的夏日工作项目不仅可以分享在班里得到的经验,还可以为商业提供一些需要的想法和前景。这种互联网式的工作方式不仅可以更好地培养目前的学生,还可以培养出未来的发明家、销售人员和分析师,等等。这种关系可以让学生了解学校工作和社会工作的密切关系。尽管如此,在美国的现行教育系统中,学校的许多工作是不透明的,因此导致了培养的学生大多是被动的学习者。如果不消除这种不透明的因素,相互作用的合作关系就不会很好地发挥作用。

其他的结构

合作关系也许会以几种形式存在。例如,大学、研究机构、企业和学校可以将城市中心地区作为几项综合课题的实验室。智囊团产生想法、方案和媒介、指导设计专家创造视频,激光盘里的材料则提供了各种不同的教学工具。其他合作关系,如商业媒体或服务机构,可以对学生的教育和团体里的公民福利产生很有价值的作用。

同样,学校可以为团体提供很多资源。团体中很多方面的资源可以交换,丰富对方所有。这里需要注意:

1. 面对资源有限的现实,要批判性地考察问题和解决方式之间的关系,要想出一些可能的方法使团体之间能够互利地交换资源。

2. 团体是一种概念或者是过程,要求成员之间互相帮助。一种安全、有回报和丰富的感觉就会代替以前那种没有共同目标、没有合作、孤独和没有希望的感觉。

总　　结

外界力量的影响是很重要的,各机构间和团体之间的合作是实现教育成果所必需的。我们定义团体为一群通过物理的、知觉的和感情的教育关系意识到集体力量的一群人。学校团体就是很多校区的学校一起构成的。这些团体都是由公民、家长和孩子构成的。校长是这些团体的第一线联系。因此,校长需要成为有热情、创新和专注的领导,来创造一个有效力的有活力的学校团体。

　　对于学生来说,他们有着同成年人一样的宪法权力。他们也要加入到团体中去,每个团体都要有竞争的期望。但是教师和管理者一定要谨慎对待这种情况。要让学生好好学习,一定要接受他们。意识到学校可能会影响学生的学习,校长应该成为鼓励并努力创造一种为人人着想的团体文化的重要人物。

第七部分

课程规划与发展

第二十三章

课 程 管 理

　　校长被赋予的一个最为重要的责任就是组织和管理学校里的员工。其中包括了一般的员工责任,即部署所有的雇员和志愿者到教育规划中去将这个学校正常地运作起来。上层管理者和监督者常常会对这种工作部署进行管理,但是当出现具体的管理要求时,这种责任尤其是最后的决策还是取决于校长。

　　对员工的部署必须重视目前的需求和组织成员的功能。同等重要的是,根据需求的改变和学校的长远规划来制订未来计划以及进行人员招募。

　　在学校组织的专业员工中,常常会有一些人具有很好的洞察力和拥有如何帮助学校进步的有质量的想法。同时,他们也有通过与学校其他专业人员交流从而提高个人素质和专业素养的需求。学校组织的工作方式由于教室的存在将老师每天孤立六、七个小时。学校组织环境的发展和活泼性转变也要依靠老师的互相交流的带动。一个学校专业人员与其他人交流的方法,就是参与学校的决策过程并能够影响学校的课程和教育形式。

校长咨询委员会

　　以环境为基础的管理,为了功能的实现,要求在决策的过程中有员工参与。一个能够将大部分的员工纳入到改善学校的课程和教育质量的工作中的很好的方法就是成立类似教师工会之类的组织。如果一个学校有一个多元化的学习团体,员工委员会应当有这个社区学校的校长们来参与其中,或者是有部门主管及年级负责人。对于校长来说,这个指导委员会也叫做校长咨询委员会,关注的主题应当包括可能涉及的员工之间的工作协调,以及需要该委员会出面进行调节的范围。在员工委员会所涉及的工作中,制定必要的质量范围将有利于工作的顺利进行。

矩阵管理

　　特殊的协调委员会与校长的咨询委员会形式相近,用来解决关于课程方面的问题,如:阅读、数学、社会学或其他跨部门的需要协调的组织活动。这些组织可以是临时也可以是永久的,由评估的需要来决定。在功能上,校长的咨询委员会和协调委员会形成交叉的管理,叫做矩阵管理模式。

如果应用多元化的组织架构,这些组织就能够给予老师最大的帮助。校长的咨询委员会如果成立的话,就会对组织中每个团队提供准备性质的工作并从每个团队中得到对组织整体关于课程管理的反馈信息。每个员工也会共享学校内的努力,与其他组织成员一起致力于对课程和教育程序的改进工作。在矩阵中,责任的主线仍然倚重于每个单独的团队。如果学校仍然保持这个组织特征,那么全校范围内的员工功能设计仍然可以应用。

功能模块与授权

对于老师的要求就是高质量的教育和老师与学生之间促进学习的行为。学校组织由许多功能模块组成,它们之间必须被平衡地看待才能发挥最大的效能。管理者对于教室中到底发生了什么事情关注少的话,会导致各个课程之间较差的协调性,教学质量的不稳定性,以及教师较差的工作积极性。可是,过多的控制、对于教师的限制和教室中过于集中的权利可能会产生一致性,同时也削弱了老师的权利,影响了老师的激情,间接地将教师原本较高的教学质量降低了。

我们所追求的就是一种平衡,一种既能够保持老师足够的权利同时也能够将各个课程之间进行有效调节的平衡。给予老师合适的授权必须依据权利单位的数量,确保责任义务的正确应用和组织结构能够在完成任务的同时建立适当的沟通流程。

团队组成和团队教学

传统意义上,人员的分配模式已经被人们简单地记忆在头脑中,即一个老师和若干个学生,一个房间和一些教学工具的模式。人员招聘计划虽然随着时间的迁移已几经改变,但仍然是把教学人员局限在教室之中。这样的程序是有很大局限性的,尤其是当课程、教育手段等需要进行综合交流的时候。

团队组成已经在学校多年的应用之中获得了不同程度上的收获。具有说服力的观点是应用团队组织和教室本身。虽然这方面仍有争论,但是下列论点支持教学团队这样的操作方式。

1. 一个教育团队给学生提供不断的变化,因为学生已经与多个不同专业的老师有联系;

2. 在团队工作方式下,教师效率整体上有提高,因为各个教师之间开始进行协作,来完成整体目标;

3. 在团队合作环境中,团队组成的灵活性成为可能,这使得任务的实施相对容易;

4. 当教师能够在课程和教育手段上成为专家的话,那么这个团队将可以从特殊化和一般化中都受益;

5. 在团队中当所有的老师都将个人成功完成教育任务的经验与其他成员共享时,那么从个人到整体,完成教育任务就会更加容易。

值得注意的是,一些人仍然认为在教室中上课的传统形式更好些。他们的理由如下:

1. 老师大都通过在教室中实习和感受体验来增加自己的教学经验,并且许多老师对此深信不疑;

2. 教室就是用来让老师和学生进行教与学的过程的,不是用来安排团队工作的;

3. 当老师在团队中工作时,老师会发现由于不同的性格、教学风格和价值观造成人际关系的复杂化;

4. 团队教学要求大量的额外时间用于计划。

无论如何,当需要对教育管理进行全局考虑时,以团队形式进行教学的论调始终明显地占优势。

课程设计与发展

课程结构改革

学校中课程的压力会来自于多方面。因此校长必须用积极的姿态来处理这些问题,否则会被铺天盖地而来的需求压力压垮。请看:

"让我们开始一个防止滥用药物的教育课程。"

"我们需要在学校中开设一个非典防范课程。"

"请在你们的健康课程中增加'吸烟与呼吸道疾病'课程。"

"消防队增加了一套新的安全装置。"

"警察部门增设了一门新课程。"

"大学三年级希望能够增设一门关于实际操作能力的经济学社会研究课程。"

"美国能源部为我们提供了一套关于警惕核废料的课程。"

"美国交通运输部正为我们提供一套新的跨学科的'智能运输系统'。"

"我们需要更特殊的课程。"

"不要忘记艺术。"

"我们的新课本与全国测试标准不符合。"

"我们该如何看待新的全国课程标准?"

在学校中设置的课程需要涉及诸多的方面,因此必须由校长来进行调节。校长在课程任务的分配中扮演重要参与者与决策者的角色。课程相关的任务包括如下几个方面:

- 分析什么专业、主题、知识领域、技巧和能力需要。
- 设计、制定和修改课程;选择知识、技巧和能力都可以包含在内的课程;组织包含的轮廓、活动、教学计划、目标和测试。
- 进行课程讲授,决定可能产生课程的列表,对课程进行排序,最终制定出平衡、灵活和可行的课表。
- 通过考虑课程目标、教学内容和学生评估的平衡来评估课程。

很明显的是,设计课程结构的主要参与者将会是教师和专业领域内的专家。另一方面,由于现在的教学活动与实际工作能力都是相关的,因此,校长必须用全局的眼光来考虑对课程进行结构改革的责任。

课程分析

学校在课程设置方面面临众多压力。学校的员工必须用井然有序的逻辑思考能力来决定课程目标的合适设定。通常课程设置的第一个步骤就是确定这门课程是否有必要。许多地方政府都对学校课程设置的内容有一定的规范,通常都是通过政府教育管理机构以法规的形式出台。在其他情况下,大都由当地的教育机构来决定课程的设置内容。在现实中,学校几乎没有确定课程设置的权利,包括内容甚至是上课的时间安排等。

在课程分析中,当地学校的角色一般有两个方面。一个是为课程的设置提供很有限的选择内容。对于大多数的学校来说,这个方面都是被认为无关紧要的。更重要的一个方面是检验学校中每节课的每项教学内容。决策者通常会通过课程的名称来决定课程的内容,但是几乎从来不检验课程中的细节是否能体现知识、技巧和能力。政府通常都会为课程的设置提供指导性意见,一些地方学校都会提供指定的教学大纲,但是教学的具体细节通常都会留给学校来决定。

在学校中确定课程内容的过程一般都是在校长的领导之下通过专业员工来完成的。如果这些员工没有进行合作,那么这个责任将自动转移到直接的授课老师和课本作者的身上。

对于学校提供的课程的每一门课和每一个学科的内容,检验的结果都应该由两个以上的员工提供。课程的要求,就像本章开头提到的那些,应提交到合适的课程设置单位进行审议。

课程委员会

课程委员会的成立可以以一个年级或一个专业为基准。以年级为基准成立的课程委员会为某个特殊的年级设计完整的课程体系。这是一个普通小学的程序,但是在中学和高中这种做法也相当普遍。这个过程以横向的思维来考虑课程的安排,它包括在一段时间内所有可以提供给学生的科目。让学生每天修读英文、科学、数学、健康、艺术、音乐和物理这样的课时安排,体现的就是横向的课程设计。在美国的大部分横向课程结构学校中都是一致的并且教学标准也都是以年级为基准的。基于这种横向的平衡,每一个学年中每一个科目的每一门课所提供的时间都是相同的。

在按部门分类的学校组织中,如初中的高年级和高中,他们对于横向的组织架构可能会产生不同的问题。按部门分类的学校容易产生分割,形成相对分割的知识主体,不利于学生的相互沟通。

一个跨学科的课程设计同各个学科之间进行组合,提供一种将各个学科融会在一起的桥梁。在初中的低年级,这是一种最好的课程安排,称之为整体语言课程。在连续的教和学的分散的技术中,都有教育变动在发生。这个过程包括听、说、读、写和大量的思考。这个整体语言方法是以教学和目标为基础并且以学生的经验教育为主,比传统上以教师为主的授课方式效果明显。

主题化和以学术为主的组织经常是跨学科型的学习组织。以课程为主题的委员会制定出特殊专业领域的课程内容,如社会研究等。这个小组将会为所有组合型的课程进行重新回顾和计划社会研究的内容。这种以学科为主的课程设计为一个有效的垂直的连接提供了有效的基础。

这个关于技巧和主题的过程融合于一个特殊课程的学习,时时刻刻伴随着,每一周、每个学期和每个学年,代表了垂直结构的课程。学校和课程指导组织有许多建议可供参考,包括垂直组织结构的任务目标和考试内容。

美国教育部倡导组织的全国课程标准组织就是一个国家课程指导组织的典型代表。不同学科的全国性管理组织有国际阅读组织(IRD),全国英语教师协会(NCTE),和社会研究全国委员会(NCSS),还有其他许多类似的组织可以作为规范的合作组织。许多地方政府教育机构也为本辖区内的学校提供课程设计标准。例如,在1995年,加利福尼亚州出台了关于9~12年级英语/语言艺术、外语、历史/社会科学、数学和视觉表现艺术的课程标准。课本的出版商提供的课程管理系统包括技巧延续、控制测试和跟踪系统等后续服务来保障所提供教材的质量。许多地方学校从全国广播网提供的课程指南和联邦政府提供的工具来发展自己的课程指导体系。最终,教育目标交换(IOX)组织曾经汇编出一套以科目领域和难度等级划分目标列表和测试内容,这给课程编制者在学习者、学科及考试内容方面提供了丰富的参考资源。考试内容的设定,对于大多数编制者来说,都是通过精彩的测试库来编制试题的。

课程设计和编制

每个学校所服务的社区都是不同的。但是,最终每个学校都对其自己课程的设计和制定负责任。校长担负的责任就是贯穿整个任务通过对员工的领导达到完成任务的目的。员工课程委员会的作用就是对早期的课程分析并在随后的设计和制定中起咨询作用。

有效的学校调查可以显示出一个设计精良的课程结构对于建立一个高效能的学校的重要性。对于每个科目或课程来说,完善的结构包括知识、技巧和能力的提高;特殊学生目标成果的设定;具有教育策略和设计优秀的课程计划、活动和资源(把期望的结果与之相关联);还有能够通过将预期目标与现在的结果进行合理的比较从而进行有效的评估。所有的部分都在课程进行的同时有机地结合在一起共同促成目标的实现。

课 程 结 构

分类系统

多种课程的学习目标与测验项目应该从课程要求的深度出发。一个科学的分类系统为学生的学习期望值的预测提供了基本的判断思路,包括认知目标的分类,领域的分类,包括语言学、理解、应用、分析、综合和评估,这些都保障了通过多门学科发展而来的高级技巧。

课程大纲

课程的大纲、目标和测试应该由所有年级科目中任教的老师来使用。课程结构在一些情况下或许是建立在一个政府批准的标准之上,也有可能是由一个地方性的课程委员会通过对一系列教科书进行汇编而成的,还有可能是在一个或多个有经验的教师提供的结构基础上改编的。指定的课程至少应该有两名以上专业人士的共同努力而形成。

任何关于课程的决定都必须非常注意对于学生的爱好和需求的改变所产生的影响。有几种关于学校组织的想法是非常有意义的。第一,不是所有的学生的个人成熟比例都是相同的;第二,也不是所有的学生都适合于同一门课程;第三,男生和女生之间的成熟差异是相当明显的,不论是生理上还是心理上。相同的变化范围、精神承受能力、爱好和需求在相同性别的相同年龄段的学生中存在,但是仅仅几年之后随着不断的成熟,差异就加大了。这些差异与教育方法和所提供的课程有关系,与所在学生的群体也有一定的关系。

课程的执行

尽管课程的教授看起来应该是教师的重大责任,但是在学校中的课程执行有许多主要任务,包括校长的领导能力,包括确定要提供哪几门课程,课程的连续性以及要考虑到课程整体的平衡性、灵活性和有效性来决定课程时间表。另外,还要考虑到现今的科技变革时代的高质量教育必需的教材和教具。

课程组织

课程组织的一个重要因素来自于学校根据课程合作理论进行的调查。一旦确认好课程的结构,为每个学科领域确定出课程,将要产生的问题会是:"教师能够理解这些课程及其结构吗?""我们所教授的课程与政府规定的相关内容符合吗?"在一个学年中,教师能够严格地按照所规定的教学大纲内容讲授的课程只占原计划的三分之二。授课老师往往会把大量的课堂时间用来说一些自己觉得重要或非常熟悉的话题,而往往忽略了指定教学大纲对课程指定规范的要求。

课程标准

课程标准的概念只有当学习的标准变得重要时才能体现出来。如果学校的评估系统是标准化目标测试或者是规范参考测试,与预计的课程都有一定的关联,一个课程标准的严重问题可能会大大降低受测学生的成绩,而且通过这种测试他们将没有机会参与到衡量教学内容的过程中去。课程标准包括一种标准或通过协调教授内容后的综合标准。

课程标准的使用比单纯将所教的内容与使用的标准进行关联更加合理化。它围绕着学校的价值观与目标、目标与目的、目的与教育和教育与评估之间的连接。比如,如果学校的价值观包括这样的陈述"我们相信中肯的思考和决策技巧对于我们学生的发展是重要的",那么,他们的目标应当是"用所提供的课程来提高学生的中肯思考技巧。"目的的制订也应当包含要发展学生中肯思考技巧的语句。举例说明,"一个学生可以通过以下方式来获得正确的思考技巧:(1)确定问题,(2)区分并判断与问题有关的信息,和(3)解决问题并给出结论。"教育活动按照不同复杂程度的要求将几门学科混合来用,而需要的测试项目就是为了测试学生的中肯思考技巧而设计的。缺少任何一项上述的条件,所有课程标准都是没有实际意义的。

如果好的授课就是一门艺术的话,那么老师是否应该有改变、采纳并利用少有的机会使自己也能够从中收益呢? 教师在课堂上使用教学技巧和策略方面,可以有适度的自由,但不能偏离指定的教学大纲。如果这种情况发生了,那么或许该是重新核准课程的时候了,否则就是教师没有严格按照指定的大纲执行教学计划。

课程的灵活性

大体上,充分地重视学生的性格差异、不同的成熟比率和水平,以及认识到学生的爱好和需求,这些对于教育组织来说是必不可少的举措。学校组织的各项程序必须包括这些需求、爱好和能力,以及利用他们的各种各样的学习经历来鼓励所有的学生。

如果个体差异特征比较明显的话,课程的纵向和横向空间都需要一定的灵活性。图 23.1 列举了这三个关于学习的不同比率。由于大部分的学生都具有一定的特性,因此课程需要考虑每个学生的个人进步情况,正如图中 A、B 和 C表示的那样。学校组织必须允许学生 A 和学生 B 及学生 C 像理解不同学科的概念和解决困难那样获取不同的但又是适合单独个体的信息。学生完成学习目标需要依靠学生学习的能力和花费在这门学科上的时间总量。

在科目中,如阅读和数学,我们假设所有的基本技巧在小学里就已经被教授过了,重要的是我们必须认识到由于学生成熟比率的缓慢,大部分的学生实际上并没有在相应的年级中真正学到所要求的基本知识。因此,这些学科必须在初中直到高中的课程中继续学习。

课程的选择

当一个课程制定出来的时候,对于一个学生来说,因为需求和爱好不同,究竟给多大的自由度呢? 学生应该享有无限制的选择或在统一指导下做出计划? 学校如何安排进步缓慢并需要将重点放在基础技巧上的学生选择课程的机会? 在过去,教育者对于所有的学生都采取同样的教学方法,只是提供给学生基本的课程,而且课程几乎没有什么弹性。这种传统意义上的课程对于学生的基础教育每年都是相近的,没有什么变化。

课程的平衡

学校在执行课程教学计划时会不断地受到来自各方面的压力。尽管对于教育来说所给的时间几乎是恒定不变的,但是学年的长度却随着时代的变迁不断的加长了。相对来说,学生每天在学校受教育的时间还是有限的。困难的和敏感的决策在制定的时候必须考虑到在课程执行过程中受其他因素的影响,如时间和学习环境会导致质量的上下浮动。往往地方政府的法规政策对课程和时间分配有着很大的影响。但是也有许多影响课程结果的因素来自于学校董事会和教育机构内部。

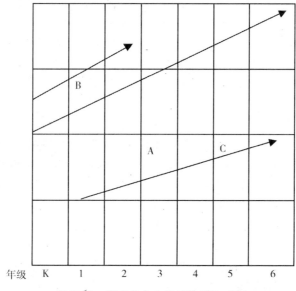

图 23.1　学习者个人差异和学习时间

每个学校都应该有一个关于好的决策制定的指导准则来平衡遇到的关于短暂利益和各种各样的利益团体的不同要求。约翰·固莱德(John Goodlad)在他的《一个叫做学校的地方》书中,建议应该在课程策划中把"五个手指都考虑到"。他的"五个手指"论点来自于哈佛大学出版的《一个自由社会中的教育》(General Education in a Free Society)。这些方面包括数学、科学、文学和语言、社会与社会学科、艺术和职业课程。他向高中学校建议,文学和语言、数学和科学应当各占一个学生课程总量的 18%;其他各个科目各占 15%;体育应当至少占课程总量的 10%,至于其他的时间可以依据个人的爱好来进行安排。

课程分类系统

　　一个课程材料分析系统也是所有学校都希望拥有的。学校资源,如资料、书本、小册子、工作表、幻灯片、磁带、工具包、软件等,在固定的课程结构中的不同的学校之间也会是大不相同的,即使是在相同的区域内。课程项目之多,教师很少能够认识到所有的课程资源中他们所用到的特殊的主题和目标,由于各种原因,他们也很少能够记住难度高的等级或者教育形式。

　　在为课程结构建设的一部分努力当中,需要考虑的是如何通过某种材料分类系统将课程资源组织起来,从而将其与已经采用的课程与教育目标相吻合。安荷斯特(Annehurst)的课程分类就是一个可供选择的合适的系统。这个系统在科目和学生性格不同的基础上进行分类,例如年龄大小,感知类型等,为现存的资料与各个课程、课题和学生提供了一个进行手工和计算机检索的系统。通过这一系统,可以将所有的学校材料规范在各种分类系统下。

测试项目库

　　一个好的科目标准的秘密在于通过评估来见证学校的进步能力。一个测试项目库的形成或项目库的收集反映了课程指导的指定内容是否由学校员工来提供这种能力。这个题库要求对于政府要求的每个目标或课程至少有三到四个考试项目。测试都是按照学生对于每门课程所掌握的大纲来制定的,其中包括一个或一个以上的科目有适当的难度要求。测试项目的状况反映了每个级别的具体要求。

　　教师对于测试题库的建设有着重要的影响力,因为在平时对于学生来说只有任课老师才有能够直接与学生进行交流的机会。在应用时通过拥有多题型的测试题库并从中随机地抽取考试题的做法,有利于在教学过程中避免教学测试的极端现象出现。这个系统的唯一变化就是将这个系统的负责人从可以让任何一名教师都能够为这个题库负责转变为指定有选择的几个人来负责课程和评估。

一个课程模式

　　围绕学术领域来划分课程的重要性比全面考虑所有课程的重要性显得更加务实一些。通过这种方法,每个学生的不同学年可以安排相应不同的课程重点来兼顾到更加全面的知识领域。一个广泛接受的课程划分模式大致可以分为四个重要领域:

1. 基础技巧；

2. 普通学习；

3. 扩展领域；

4. 专项化。

分时间段学习任务模式反映了在有限的时间内学生在一门课程上花费的精力以及所取得的成果。这种专业学习时间(ALT)的方式通常注重对于时间的利用的有效性。尽管所有的分配时间平均来说都是很重要的因素,但是最有效的提高学生对时间利用的效能的方法就是把每个领域的学习时间增加一定的比例,如果学校的总体学习时间加长的话就减少一部分相对不重要的学科的学习时间。换句话说,如果学校正面临提高学生阅读和数学成绩的巨大压力的话,增加这两门课程的日平均学习时间会是一个有效改善预期质量的教育手段。

社会对学生的期望是掌握相当的基本技巧,包括沟通和计算机以及基本的健康护理和体育等。在美国,社会要求学生熟悉更为广泛的领域。一个学校可以通过多种方法来传授这些领域内的知识。在课程组织中一个非常危险的情况是将所有大纲要求的课程都视为十分重要的。在一个学校中,很容易就将许多话题列入大纲的要求之中,因此学生往往为了兼顾所有的课程而忽略了自己的个人爱好的发展。学校要考虑的是基础知识、公共课程和学生的特殊要求之间的关系。

上学初期,学校将工作重点放在基础教育上。这种安排假设大多数的学生在上学的早期都将自己的精力放在学习上。通过学习课程,学生学习一段基本知识。学生的个人爱好将会随着学生本人的不断成熟开始加入到平常的学习当中去。学生的课程广阔度达到最大的时候一般就是学生生涯的中期阶段,因为随着学生的成长在个人要求方面的差异愈加明显,课程的设定也更加注重学生自己的倾向。

时间对于学生的不同课程需求的影响也是不相同的,但是由于学年的固定性,因此学生学习的时间也是定量的。在早年,课程的深度和密度只是集中在基础技巧,所产生的课程大多有一定的局限性。当学生开始进入初中阶段时,在特殊领域上花费的时间可能会多些。在学生学习阶段中期有如此多的可选择课程,学生将会在某些特殊领域上花费更少的时间。学生将只会学到更广泛但是每门都很少的知识,而不是选择少数的几门课程花更多的时间去学得更多些。

考虑到学生的天性,这种扩展性的课程组织只能满足学生在学习的初级阶段的要求,而到了高中以上的学习阶段,学生的爱好和需求就要开始改变了。另一方面,学生在特殊领域的特殊要求和爱好决定了将来其职业的发展领域。因此有必要让学生自己来决定对其将来的职业取向有帮助的课程。学生们也开始进入成年期的试探性决策时期。伴随青春期到来的是感情上和生理上的改变。学校的组织系统应该将这些因素都考虑在内。这些改变对于课程组织有特殊的功效。

在高中时期,每个学生开始在自己倾向的学科中投入更多的精力和时间。学生对于专项课程的选择占了学生课程的绝大部分。这种有目的地选择课程的做法也可以认为是刻意地为以后的大学甚至以后的工作倾向做一定的准备。

提供课程的广度

有天赋的学生

探索领域对于有天赋的学生来说能够提供最好的发挥才智的空间和机会,并且能够让他们继续和普通的学生呆在一起学习其他课程。在自然科学方面,科技、数学和其他领域的特殊课程能够以兴趣或能力为基础与其他课程一起为学生服务。

有学习障碍的学生

在同样条件下,有一处或一处以上障碍的学生也需要在探索领域有较大的机会。平常情况下,当这种学生在基础技巧学习方面有困难时,他们学习探索型课程机会就会降低而且会被更多的基础练习时间所代替。这是一个典型的进退两难的真实情形,尽管这些学生确实需要更多的时间来学习基本技巧。

小型课程

课程的广度在中学阶段也是可能的,有多种科技可以供使用。小型课程经常是那种六到九周的短期课程,在内容的组织上都是非传统的。小型课程是一个将灵活性、开放性和多样性高度融合的尝试。

小型课程的概念为学生提供了一个学习的经验,无论是在一个指定的科目中或是为了满足特殊的需求和爱好的课程中。当各种各样的小型课程在学校中被广泛应用,就表明这个课程的范围扩展了。当小型课程被无序地连续应用,这个课程结构的开放性就实现了。必要的时候,一些特殊领域的小型课程可以被有机地联系起来,但大多数情况下为了满足个别学生的特殊要求和爱好的课程只能在课程结构内部实现。

荣誉课程和大学预科

创造特殊的课程对于一些高素质的学生来说提供了满足他们特殊需求的机

会。荣誉课程只对那些平均成绩高出一般学生很多的学生实用。一般要求学生的各项成绩都在 B 以上才能够参加这个课程。一个荣誉课程的作业既不是为了提前准备一些类似课程,也不是同其他荣誉课程的作业一样的。

预科课程同荣誉课程有相同的地方,但是只能对高年级学生开放。学生如果能够成功地完成这些课程,那么他们的成绩将会与大学中的成绩关联在一起。

我们应当注意的是,任何高级的课程都不应当和其他专业课程完全分离而只为那些有天赋的学生设计。重要的是,特殊性容易让学生在一些班级中特别出众。好成绩的学生能够成为成绩差的学生的榜样。但是,好成绩的学生也能够从与所有水平的学生一起学习中学到更多的东西,无论是社会方面的还是才智方面的。

实践学习

一项调查显示,有将近 400 名即将毕业的中学生在中西部的中学正在完成他们高中最后一年的课程。超过 90% 的学生宁愿选择在社区中服务而不是完成调查报告。那些学生工作的领域涉及政治竞选、选民注册、小学和初中、日托中心、福利园、社区娱乐中心和其他需要他们的地方。唯一的标准是学生们与他人一起工作,而不是为了工作而工作。为这些即将走向社会的学生找到合适的工作岗位将是对社区最大的考验。那些社区中介机构为这些学生提供寻找工作的各种机遇。学生在学校期间或毕业之后仍然会做一些志愿工作。

实践学习令年轻人通过这种方式把学习与实际工作联系在一起,目的是为了让学生能够有与其他学校的学生所学到的不同经验和知识结合起来的机会。其重点可以是服务学习,其中主要包括自我发展。尽管有不同的过程,但是相同的是实践学习使年轻人增加了对社会的认识以及应用学校中学到的知识的机会。实际的学习行为包括志愿服务、工作实习、社区调查和研究、社会和政治行为等。当然好多这些工作类似于我们一些兼职工作,但是在实践中加深对数学、语言、健康、历史和政府等的理解,其出发点和目的与兼职者截然不同。

学校提供的实践学习,不同的课程有不同的领域,包括:

1. 增加一个年轻人的社会经验和他对社会以及他人的责任心;
2. 智力发展,专业课程的学习与现实的应用,加深对理论的理解;
3. 职业教育,能够以个人的经历去体验第一手的职业角色的经验;
4. 对学校的贡献,将学校和更广阔的社会之间的壁垒打破;
5. 对社会的贡献,没有学生的志愿服务就没有社会上如此多的社区服务。

第二十四章

课程发展与创新

课程发展的重要意义是显而易见的,而且我们也知道有很多种进行课程发展的方法。理想的是,那些受课程影响的人应该参与到计划、执行和评估的过程中来。参与课程决定的管理者应该愿意与相关董事会成员和专业教师队伍探讨这些问题。

课程发展的步骤

计划课程

1. 谁指派委员会成员?
2. 委员会内有什么样的团体?
3. 谁决定优先权、标准、资格等?
4. 我们怎样发现需要、问题、论点等?
5. 谁陈述目标和目的? 什么样的目标、目的?

执行课程

1. 谁说明什么知识最重要?
2. 谁决定课程材料和媒介语言?
3. 谁评估教师? 用什么样的衡量标准?
4. 谁决定教师如何为计划做出必要的准备,如何培训?
5. 谁决定有多少资金/资源可用?

评估课程

1. 谁决定如何评估课程?

2. 谁决定评估程序、测验和怎样使用这些手段？

3. 在评估中是否强调我们的目标和目的？

4. 计划是否有效？在什么程度上？怎样改进？

5. 谁负责报告结果？向谁报告？

6. 我们希望对计划做出对比或判断吗？为什么希望？为什么不希望？

泰勒：行为模式

通常，泰勒被看做是上半世纪和下半世纪关于课程领域研究的桥梁，因为他将早期课程设置的最好理念融合在一起，并为现代的研究搭建了平台。泰勒提出了计划课程的步骤，这些步骤从学校的目标开始。这些目标是在这样一些基础上选择出来的：被泰勒称为有关当代生活的重要方面、主题和学习者的兴趣需要的信息来源。通过分析改革的社会，可以决定什么目标（还有什么主题）最重要。通过咨询学科专家（还有教师），可以帮助决定概念、技能和不同科目（阅读、数学、科学等）的教学任务。通过辨别学生的需要和兴趣，可以决定内容、方法和材料的出发点。

然后，泰勒建议学校员工（可能被组织成一个课程委员会）根据学校（或校区）关于学习心理（或学习理论）的观念和信仰来挑选这个目标。

这个过程产生的结果就是教育目标，它比学校的目标更具体，为课堂教学而设计。

随后，泰勒继续选择学习经历，这使目标得以实现。学习经历包括学习者的发展空间，如他们的年龄和能力。考虑学习者的背景和现在的水平，外部环境，即教室和学校，以及学习者在学习过程中的行为。接下来，泰勒谈到组织学习经历是一种产生最大积极作用的系统方法。在这里，他详细说明了课程的垂直关系——重复的主题，如从一个年级到另一个年级的社会学课程和水平关系——同一年级中不同科目的结合。

泰勒详细说明了评估的需要，以此来确定是否达到了预期的目标或学习经历是否产生了预期的效果。而且，对于确定课程是有效还是无效，是否需要改变或使用新课程来说，也是必要的。

虽然泰勒从来都没以图画的方式解释他的课程发展模式，但是他希望课程专家向教师展示要发展的理念，管理者或监督或指派人监督以确保在教室中贯彻这种理念。

课程发展方针

下面是帮助阐明课程发展中的一些步骤的指导说明。这些说明以学校实践为基础,适用于所有课程模式。

- 课程设计委员会应该包括教师、家长和管理者;有些学校可能还包括学生。
- 在早期阶段或会议中,委员会应该形成一种使命感或目标感。
- 应当强调与学校和社会有关的需要,并优先考虑。
- 应该回顾学校的目标和目的,但是它们不应成为课程改革的指导标准。这样的标准通常意味着指导课程发展的广义的教育理念。
- 应当对比不同课程设计的优点和不足,比如:成本、时间安排、班级规模、设施和人员要求、与现存课程的联系等。
- 为了帮助教师了解新的或经过修改的课程设计,需要展示出预期的可知性和有效的技能、概念和成果。
- 校长通过对学校氛围的影响和对课程进程的支持而对课程发展有重大影响。
- 校区管理者,尤其是督学,只对课程发展有外围影响,因为他们关注的是管理活动。他们对课程的作用很小,但是他们的支持和同意亦很重要。
- 尽管不同的部门发表提供信息的指导、通报和报告等,政府教育官员对课程发展的影响不大。但是,这些教育者订立影响教育和课程的政策、规则和规章。
- 特殊利益团体和地方政治团体的影响不可低估。分化和冲突通常掩盖了合理的改革行为和教育者与家长间关于教育事务的有意义的对话。

管理模式

　　州政府和地方校区的管理者通过课程指导和教材选择来管理课程,而学校的管理者通过按照年级确定学习科目来管理课程。赛勒把课程看做总体计划,这就是为什么在学校和校区中,很多集体和个人都在使用特殊的教学大纲、学科、单元计划和手册等。课程必须被那些经营学校的人看做一个整体或课程计划。

　　如图24.1所示,在课程发展中很多因素要考虑。目标和目的受到:(1)如法律要求、当前研究、专业知识、兴趣团体和州政府等外部力量;(2)如社会、学习者和知识等课程基础的重大影响。

　　达成一致的目标和目的为课程设计提供基础,即教和学的观点。调查五个不同的设计:主题、能力、人格特点和过程、社会功能和活动以及个人需要和活动。主题设计强调知识的作用和解决问题的活动。明确的能力强调表现目的、任务分析和可衡量的结果。人格特点和过程与学习者的感情、情绪、价值观以及有效的学习领域有关。社会功能和活动的设计强调社会的需要,或者更小范围的,学生的需要。个人需要和兴趣的设计包括什么与学习者有关并推动他们的学习,以及什么样的学习经历会发挥他们的潜力。根据管理的本质,设计可以是有选择性的,由教师选择,或者可以是由学校课程委员会和中央校区推荐的。但是,学校的权力机关很少需要设计,因为课程与教师和学生以及家长有关。

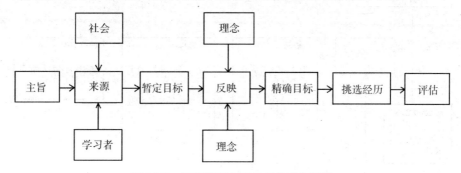

图 24.1　课程发展中要考虑的诸多因素

　　课程落实主要与推进或实践设计的教育活动有关。它包括教育方法、材料和资源,通常在学科、单元计划和课程计划中列出来,而且通常在展开教学的过程中可观察到。课程落实包括对教育的管理、教师与管理者的计划和会议以及员工发展计划。教师从人力、指导和管理等方面获得的帮助是落实课程的基础。

　　课程评估包括评估学生成果和课程计划的过程。评估资料成为管理者做决定和计划的依据。管理者很少参与这种评估;他们通常指派指导者或外边的顾问来报告他们的发现,然后,管理者有选择地把这些发现与教师、家长或社区沟通。

麦克唐纳:系统模式

　　理论发展趋向于把课程和教育与教学分离开来。詹姆斯·麦克唐纳的经典模式表明了这四个系统之间的关系(见图 24.2)。他把课程定义成为行动做出的计划,教育是实施行动的计划。教被定义为教师的主要行为;学是学习者的改变。

　　另一种解释麦克唐纳模式的方法是:课程是发生在教育之前的计划;教育处理教师和学生之间的相互关系(通常发生在教室、图书馆或实验室里);教是呈现变量和线索的行为;而学是学生的反应。当教育和教都正确时,就会产生预期的反应。当教育和教不正确时,就会产生破坏性或非预期的反应。

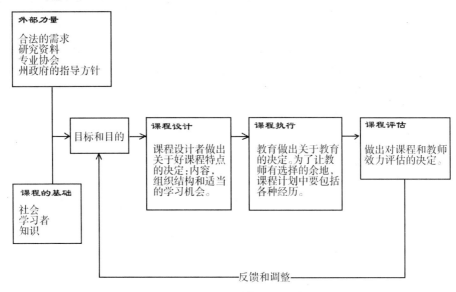

图 24. 2   课程、教育与教学之间的关系

当今的大部分课程领导者赞同麦克唐纳模式:课程被看做是计划;教育被看做落实;教包括行为、方法和教育;而学意味着预期的反应或学生的行动。这个理论很好理解,并有助于表明该系统中这四个变量间的联系。与先前通过联系这四个变量形成的直线模式脱离开,麦克唐纳主张,课程是教育事业的核心,一部分因为随后的理论都以这个计划为基础,另一部分是因为他是个课程理论家,而不是教育学或哲学教授。如果当过教育心理学教授,麦克唐纳就很可能把教和学看做最重要的部分。与之相似,如果当过管理学教授,他可能就把管理看得比课程重要,或者把课程看成是教育领导中的一个次要部分或方面。事实上,一个人的专业背景和知识基础决定着他如何看待教育中的主要和次要因素,什么是大系统和子系统。

韦恩斯坦和凡蒂尼:人文主义模式

韦恩斯坦和凡蒂尼将社会心理学因素与认知联系起来,这样学习者就能处理问题和关系。由于这些原因,这些作者把他们的模式看做是"感应的课程"。在观察这个模式的时候,一些读者会认为它是行为或管理方法的一部分,但实际上这一模式是从一种推断的课程组织转移到一种感知的趋势并从传统的内容转移到相关内容上来。

如图 24. 3 所示,第一步是识别学习者,他们的年龄、年级和共同的文化和种族特点。韦恩斯坦和凡蒂尼关注的是集体,而不是个人,因为大部分学生是在集体中受教育的。因此,关于共同特点和兴趣的知识就被看做是区别和诊断个体问题的先决条件。

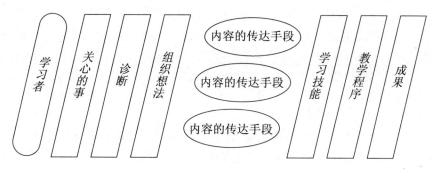

图 24.3 学习者特点

第二步,学校确定学习者需要,并找出他们关心这些需要的原因。学生需要包括学习者的需要和兴趣、自我观念和自我形象。由于他们的需要围绕在主要的、长期的问题上,随着时间推移,它们与课程有了一致性。通过诊断,教师试图形成满足学习者需要的教育策略。重点是学生怎样才能更好掌握自己的生活,并感到自由自在。下一步,在组织观点时,教师应该挑选那些围绕学习者需要的主题,而不是根据学科需要来挑选。要教授的概念和技能应该帮助学习者适应自己的需要。

内容是按照三个主要原则组织的,也就是韦恩斯坦和凡蒂尼所说的"媒介":学习者的生活经历、学习者的态度和感受以及他们的社会关系。这三个内容影响着教学中的概念、技能和价值观,而且,它们形成了"感应课程"的基础。

根据这些作者的说法,学习技能包括学习如何学习的基本技能,而这个技能会增加学习者运用活动和力量应付环境的能力。学习技能还帮助学生处理不同学科中的内容媒介和问题。自我意识能力和个人能力也是被重视的,它们可以帮助学生处理自己的感受和与他人的关系。

教学过程为学习技能、内容媒介和组织观念而设计。教学过程应该与学生的学习方式一致,学生的学习方式与他们共同的特点和需要有关。在最后一步中,教师评估课程的成果:感知和情感目的。这种评估方式与上一种方法有些相似;但是,它更强调学习者的需要、兴趣和自我观念,也就是感情成果。

非技术模式

一种模式是系统化、合理或技术性的,而另一种是非系统化、不合理和非技术性的,这样说的危险是,大部分依赖有序、合理世界的管理者会认为后者是打了折扣和无序的。后一种模式的提倡者支持有关传统模式的设想和后果。他们反对高目的性、秩序性和逻辑性；他们还反对事实可以用符号（框格、箭头或曲线图）反映出来的设想。最后，他们认为教育的目标和目的不能预先知道，不能被明确阐述，并不能用直线或渐进的方法表现出来。

对那些需要做出计划，而且只有固定时间的管理者来说，上面的说法可能没有什么实际意义。但是，世界是复杂的，充满了主观的、个人的、审美的、启发的、交叉的和直觉的思维和行为方式。围绕"课程"有这样的争论：一种观点认为课程是不能被精确计划的，它是一个真实的有机体；而另外一种观点却认为，课程是一部精确、有序的机器。

提倡非技术模式的人都相信应该把重点放在学生，而不是内容或主题上。只有当学生认为主题对自己有意义的时候，它才是重要的。主题不会提供反映和个人成长的机会。与大部分教师和管理者认为课程是计划、蓝图或包含一系列合理步骤和成果的产品的想法相对照，非技术模式的支持者认为课程更像一场戏剧或者谈话。人们不会发展或计划谈话；他们只是创造谈话的机会。如果我们接受课程包括谈话这一说法，那么它对课程决定中反映出来的社会、政治和道德思维和声音就具有意义。这样的看法引起对技术方法中忽略的一些概念的关注，这些概念有意识形态、价值观、信仰和权力。沟通、联合和舆论是必须要考虑的过程或社会活动。通过谈话创造课程依赖于对话、争论和深思熟虑——意识和看法的消长。

更现代和非传统的课程范例质疑科学的合理逻辑思维范例。从理论上讲，这些人提倡我们从遵守预先订立规则的合理、科学的模式程序中脱离出来，他们提出，我们创造课程的行动不可以根据先前决定的标准、没特点的发现或合理的判断来判定。

根据这一模式，旧的标准不能用来评价新课程。技术合理性理论认为世界是我们可以研究、观察和用标准评估的机器，而非技术模式则向它提出了挑战。非技术模式质疑关于事实、原因和结果的设想。我们从测验和评估程序中获得的资料同样也受到质疑。简短来说，管理者所依赖的所有关于课程发展的设想都受到了那些认为自己是后现代思想家的人的挑战。

这些非技术的当代教育者说课程决定代表了一个不确定的系统和一套不确定的程序。一些人喜欢争论审美合理性和实现技术合理性的艺术形式。作为教育领导者，我们该做的是将教育的形象和渴望转化为课程计划。

这个过程按照开放、不可预期和自由的方式发展。它甚至允许出现混乱的状态，这样可能会产生没计划到的系统。同样，艺术性被看做是了解和构造现实的一种特殊方式。现实存在于循环中，是由互相交叉并影响的系统构成的，而不只是简单的框架或流程图。现实包括决定和行动的循环、混乱和相互作用。目标和成果不再是结果，而是开始，这是关于改革和课程改革的新理论的一部分。当然，要让那些学校的校长或者督学接受这个新的理念很难，因为他们负责达到目标和获得某种成果,而且必须要应付社会、政治和教育的现实——高水平的测验、政府的标准和那些面临就业和升学的学生们。

课程发展的组成部分

课程发展主导者必须始终关心应该包括什么和怎样呈现或安排选择的东西。换句话说,他们必须首先处理内容或主题,然后是学习经历。不管使用何种课程手段或发展模式,主导者都不能忽视这两个组成部分。

负责课程设计的小组有选择内容和经历的权利,这两个因素部分由委员会成员和学校的哲学和心理观念决定。毫无疑问,有太多内容和学习经历,委员会成员必须决定要包括什么内容和经历。

选择内容的标准

课程设计者应该按照一定的标准选择课程内容。虽然以下的标准是中立的,而且适用于任何课程方法或模式,不同的哲学领域可能会更多强调特定的标准。例如,希尔达·塔巴在一篇经典的关于课程的文章中指出,内容应该包括以下的功能。

1. **知识的四个层次**。这些层次包括详细的事实、技能和过程;像概括、规则和主题内的随意关系等基本理念;与抽象理念、复杂系统、多重因果和相对独立有关的概念;解决问题、质询和探索的思维系统或方法。

2. **需要掌握的新原理**。由于知识爆炸,很多科目的内容已经渐渐失去意义。课程必须经常更新以包括要学的新知识。

3. **范围**。范围是内容的宽度、深度和广度,包括要覆盖科目的边缘知识。

4. **顺序**。通过排序,对区别知识的级别有了认识和需要。学习是在有限的知识基础上进行的,课程应该是积累和连续的。

5. **综合**。综合强调不同内容主题、题目或单元的联系;它有助于解释一个科目的内容怎样与其他科目相联系。

塔巴在她的五个标准中强调认知学习理论,这些特殊的标准把认知和人文心理学结合在一起,建立了七个有关合适选择和安排内容的标准:

1. **自我满足**。一个选择内容的指导原则是它应该帮助学习者在学习过程中获得学习技能和自我满足。

2. **意义**。内容应该为学习特殊的概念、技能或价值观做出贡献;要传送给学生的知识应该有意义。

3. **有效性**。随着新的知识被发掘,那些关联少的、起误导作用或不正确的旧知识必须被剔除。只有相关的、精确的知识才应该成为课程内容的一部分。

内容还应该能合理地解释目标和目的。

4. **兴趣**。当内容有意义时,就更容易学习。兴趣标准是一个进步的概念,所有的内容都应该在学生兴趣的基础上选择。

5. **效用**。内容应该在学校内外都有用。被认为有用的东西也会反映哲学观点。

6. **可学性**。内容必须在学习者的经历和理解范围内;应该在对学生来说学习更容易,至少不那么难的基础上选择内容。

7. **可行性**。内容必须要考虑到时间分配、可用的人力和资源,有时候还有现存的法律、政治氛围和资金。虽然有些教育者可能会认为他们对选择有绝对的决定权,但是他们的行动还是会受到一些限制。

选择学习经历的标准

泰勒描述了选择学习经历的五个总原则。这些经历可能发生在教室里、教室外或学校外。

1. **学习者必须有机会实践目标暗示的行动的经历**。如果目标是提高解决问题的能力,那么学生必须有机会解决问题。换句话说,学生必须有实践所学的经历。

2. **学生必须从实践或完成学习经历的过程中获得满足**。学生需要让他们满意的经历来提高和维持对学习的兴趣;让人不满意的经历阻碍学习。

3. **学习经历必须适合学生现有的水平**。这一点基本的意思是教师必须从学生的水平出发,以前的知识是学习新知识的出发点。

4. **几个经历可以获得同样的目标**。学习同一种东西有很多种方法;只要这些方法是有效和有意义的,广泛的经历就比有限的经历对学习更有益。

5. **同样的学习经历通常产生几个成果**。当学生获得一个科目或观点的知识时,他们通常发展了在其他科目上的观点和对原来科目的某种态度。

学习经历会按照大纲的总体目标和课程的特殊目标来发展吗? 下面是对这个问题的具体延伸。

1. 适用于在校外环境中使用知识和技能的方式吗?

2. 在时间、教师意见、学校内外可用的设施和社区期望等方面有可行性吗?

3. 是学生学习内容的最佳方法吗?

4. 使学生发展他们的思维能力和推理能力吗?

5. 促进学生更好地理解他们作为个体和集体成员的存在吗?

6. 培养对新经历的开放性和对改革的承受力吗?

7. 促进学习并推动学生继续学习吗?

8. 使学生强调自己的需要吗?

9. 使学生扩大兴趣范围吗?

10. 促进学生在认知、情感、思维、社会和精神方面的全面发展吗?

内容和经历是相互作用的。如果学生参加教室中的一些经历,比如读书,他们在把经历与内容结合在一起。学生不可能不经历一些活动和内容而进行学习。同样,学生不可能不参加一些经历或活动而进行学习。内容和经历包含在课程中。

教 育 环 境

正如我们不能把内容从经历中分离出来一样,我们也不能把经历从经历和内容产生的空间中分离出来。直到最近,课程发展主导者还没有注意到确保学生有足够的灯光、热量、椅子、桌子和挂衣服的地方之外的学校教育环境。

教育空间对教育经历有重要意义,它是展开课程的场所。空间帮助形成课堂气氛和学校氛围;它创造一种风格或气质。经历创造性或低限制环境的学生更容易被激励,意识到他们的潜力和对学习感到兴奋。经历结构性强或高限制环境的学生更容易变得消极、顺从和依赖教师的指导。

管理者对课程和教育考虑得越多,他们对学习中心或学习潜力等教育环境考虑得就越多。管理者对管理决定越感兴趣,他们对安排时间、预算和合法性等教育环境考虑得就越多。

处理环境的自然和健康因素

直到现在,领导者还没太注意教育环境。一种看待环境的方法就是看它影响学生学习的自然和健康因素。下面的因素代表一种具体的观点,对一个管理者处理真实世界里的教室和学校而不是理论世界里的环境来说,具有典型意义。

- **安排**。确认要进行的活动和安排自然环境的最好方法。必须在安排讲课、演示和实验等的基础上进行不同的安排。其他因素包括储藏空间、电源/电话插座、教师工作空间、学生学习空间(开放/封闭)和分组形式(全体、小组或独立学习)或空间。
- **地板**、**天棚和窗户**。要考虑地毯和瓷砖的成本、寿命和美观性。人和设备的用电负荷也很重要。天棚的材料和窗户影响声音和采光。
- **温度**。研究资料建议学生在华氏 70 到 74 度(摄氏 21～24 度)的温度条件下学习最好,因为他们都坐在那儿,对大部分教室情况无法做出行动。在相对湿度处于 40% 和 60% 之间时,他们的学习效果也最好。
- **电源**。电线应该贴墙走,如果在地面上,应该卷起来,以防事故发生。设备和配件不用的时候要收起来,使用的时候不能挡了任何人的道路。为了避免一些电路失效,一个教室里应该有不止一条电路。学校里应该装有变压器,以防用电高峰时发生资料丢失的危险。

- **照明**。在大部分情况下,窗户适合用来采光,与日光灯比起来也更经济。
- **声音**。当学生活跃或在开着门的教室里可以说话或做其他活动时,会形成噪音。可以用合适的地板、天棚和窗户来减弱噪音,这些都是最基本的考虑;一些学校尝试用柔和的背景音乐,另外一些学校安装特殊的窗格来减少噪音。
- **安全**。人身安全是在入口、走廊和操场上都要考虑的问题,尤其是要预防未经允许进入学校的外来人员。这也是存放教学仪器、学生和教师储物柜的一个重要因素。学校越来越多地安装特殊的门锁和门闩、电子跟踪器、闭路电视和与警察局相联结的报警系统。
- **灰尘**。消除灰尘一直是要关心的事。在改造和设计一所新学校时,所有的粉笔黑板都应该换成白板。还应该特别考虑纸和光盘的储藏。
- **保险**。为了保护学生(或教师)不受伤、学校不负债,聪明的管理者学习鉴别并尽可能消除不利因素。实验室、体育馆、餐厅和操场是事故多发的场所,在教室、走廊和视听室也会有人受伤。

喜欢课程的人在进行设计的时候用以下四个标准来看待环境。

1. **足够**。足够指的是诸如足够的光线和热量这样的环境控制,这样学生就能舒服地学习。它还包括对学生学习风格和需要合适的声音和设备。

2. **适当**。在计划一项活动时,需要考虑环境的形状和尺寸。要安排开放式的座位形式,教室是否够大,教室安排的是否能让每个人都很容易看到白板。

3. **效率**。这包括教室空间的特点是否能提高教育的效率,教师和学生是否能用最少的努力来完成教学。如果学生的桌上要放电脑,有没有足够的电源;学生们是否会很容易地看到他们的老师。

4. **经济**。为了一门特殊的课程,设计或修改一间现有的教室的支出费用是否与实际成本和预期的节约相符。

校长是课程领导的核心

不管我们如何看待内容、经历和环境间的关系,课程发展的中心还是学校,这与校长和他的助理的能力和表现有关。课程领导的重点人物不是督学,而是校长;督学会更关注管理决定。督学把管理课程事务的职权分配给校长。督学通常更清楚如何把中心管理层的职责分配给业务经理或公共信息部主任。在这些情况下,督学看起来似乎更关心业务或社区事务,即校区的表现,而不是学校提供给学生的课程。关于督学的职责,我们将在附录里详细介绍。

另一个问题似乎是学校人员(教师、委员会成员和校长)与中心办公室的管理者的冲突,这些管理者有时会忽略了课程领导者在他们自己学校中的特权。另一方面,有的领导者会把自己的学校当成一个小王国来经营,而忽略了中心办公室的帮助。当然,必须明确在课程事务上学校里每个人的不同职责,从而避免冲突。

在大型校区里,中心办公室通常会有一个课程部门,它的职责是发展课程材料并进行指导,从而把教师和校长的作用减少到最小。学校的课程发展是集中的,通常也是刻板的。

然而,在小型校区中,教师、校长甚至是家长都希望用大量时间和努力来决定课程。在校长的领导下,学校要做好任务综述,包括:课程内容、学习方法、评估方式以及社区的参与形式。很多教师和校长根据专业常规参与到课程发展中来。

小学和中学的校长之间也存在不同。比之中学校长,大部分小学校长把更多时间用于课程和教学事务。他们通常把自己看做是课程或教育的领导者而不是管理者。中学校长通常抱怨他们用在课程和教育上的时间太少了,并且更经常把自己看做总经理。大部分中学校长都学过一些科学的或合理的管理模式,但是小学校长被强迫扔掉他们的管理理论,并在学校门口处理学生、家长和社区的需要和要求。

这些不同与学校规模也有关系。在同样的校区里,中学通常是小学的 2 到 4 倍大。在拥有超过 1,000 个学生的中学,校长通常有处理不完的事情,他们没法离开办公室,他们更关心管理层面和正式的结构,而不是人。另外一个产生不同的原因是在中等规模的中学(750 到 1,000 人)和大型中学(超过 1,000 个学生)里,经常会有负责特殊主题领域的主任,他们与教师一起做计划,并指导课程和教育。

在大型校区里,中心层的课程领导者应该给学校员工更多参与课程的机会。在小型校区里,学校管理者应该认识到教师已经在课程发展之外的其他方面发挥着重要作用,同时要对那些参与课程发展的教师给予物质奖励。

课程工作者的作用

关于课程工作者作用和责任的著作有很多。课程工作者是一个总的说法,包括从教师到督学的不同教育者,可以指课程督导、课程领导者、课程协调员和课程专家。任何参与某种形式的课程发展、落实或评估的人都是课程工作者。课程督导通常是委员会主席、校长助理或校长,他通常负责学校层面的工作。课程领导者是督导或管理者——不只是主席或校长,还可以是课程相关的主管或督学。课程协调员通常领导校、地区或政府的一项计划;这项计划可以是有政府投资的或关于数学、英语这样的传统科目的。课程专家是来自校区、地区或政府教育部门或大学的技术顾问。他提供建议和协助,有时候在教室里,但是通常在各种会议中。大部分说法,还有这些人相关的责任和功能,都依赖于校区中的观念和组织形式、个人优势和管理观念。

课程工作者的责任

课程工作者的责任有哪些? 学校中分配的职责很重要,但是也存在灰色地带,因为不同的人(教师、督导、校长、校区人员和其他人)被期望来履行课程工作者的职责。每个位置上的人都有不同的职业责任、需要和期望。他们必须做出调整。比如说,通常期望教师提供教育,但对校长来说,则期望他管理学校并为教师提供帮助。

课程工作者有很多不同的头衔;但是,教师是课程团队中的一员,并且与作为团队一部分的督导和管理者一起工作。较早确认教师是课程工作者,对教师的成长和学校的生命力都是很重要的。在需要阐明课程工作者的责任时,要考虑到以下这些方面。

1. 为了在学校推行课程计划,要发展技术手段和工具。

2. 理论与实践相结合;获取课程知识,并将其应用于实际课堂教学中。

3. 关于课程发展和设计的内容,包括课程内部因素之间的联系等,要达成共识。

4. 关于课程、教育和督导,包括每一领域的外在语言和它们怎样辅助相互的工作等,要达成共识。

5. 把自己作为改革执行人,考虑学校与社会的关系;在地方利益与国家利益之间取得平衡。

6. 确立使命和目标,以便在组织内部提供行动的方向和重点。

7. 对新的课程趋势和想法保持开放;审查不同的建议并提出修改,同时不要成为某一专爱施加特殊压力团体的受害者。

8. 与不同的家长、社区和专业团体进行协商;具有处理人际关系以及与团队和个人一起工作的技巧。

9. 鼓励同事和其他专业人士创新,解决专业问题,并采纳新的计划和看法。

10. 发展一套持续课程发展、落实和评估的纲要。

11. 在总体课程设计中,平衡并融合不同科目和年级的需要;密切关注范围和科目及年级的次序。

12. 了解当前关于教和学的研究,还要了解与以学生为主题的教学有关的新计划。

另外,其他理论家也提出一些课程领导者的职责。比如说,罗纳德·道尔认为课程领导者应该参与协调指导活动、设施、材料和专业人员,并一起工作,向实施者解释课程,重在过程。艾兰·格莱桑更加以任务为中心,以成果为基础。约翰·麦克尼尔关注教师在发展课程中的作用,并鼓励教师发展后现代思想且看到这些思想对他们自己的实践意味着什么。占主流的观点是课程工作者可以是在学校、校区或州政府工作的教师、督导、主席或校长助理、协调员或指导员。

教师与课程

尽管道尔认为课程专家首先是主席或校长,他还是在三个方面注重教师在计划和落实课程中的作用:教室、学校和校区。他认为,教师应当参与课程设计的每一个阶段,包括计划"详细目标、材料、内容和方法。"教师们应该有一个课程"协调体"来统一他们的工作,并发展与课程有关的"督导和其他教师"的关系。

彼得·奥利弗采用更广义、更理想的关于教师作用的看法。对他来说,教师是"课程发展中的主要团体。"他们成为"课程委员会的大部分成员。"他们的作用是发展、落实并评估课程。用他的话说,教师在委员会里工作,并"提出建议、收集资料、进行研究、与家长和其他人联系、写出并创造课程材料、从学习者那里获得反馈并评估计划。"

道尔和奥利弗的看法以及麦克尼尔的看法共同提出了从下到上的课程发展方法,教师发挥主要作用。这跟塔巴在她的经典文章中关于课程发展的看法一致,她认为教师需要从教室中解放出来,"着手准备课程、整合材料并形成整个课程的轮廓。"

在关于社会组织和开放系统的传统理论和我们最近了解的有效学校的基础上,我们认为教师在创造课程中起着核心作用。他们是专业团队的一部分,在所有层面上与督导和管理者一起工作。在小型和中等规模的校区中,教师还与家长一起工作,因为课程委员会中经常有外人参与。大城市和大校区通常有中心的课程委员会,这就是一个从上到下模式,教师的输入很小。

我们认为,教师将课程看做一个整体,将自己看做是一种资源和改革执行人:在委员会中发展课程、在教室中落实,并将它作为技术团体的一部分进行评估。为了保证不同学科和年级课程内部和之间的连续、融合和意见一致,教师必须积极参与课程,更理想的是成为课程团队的一部分。有经验的教师才有对教学、学生需要和兴趣以及现实的内容、方法和材料的广泛深入了解。因此,教师才有最好的机会来接受来自理论领域或判断的课程,并将它在实践中加以利用。

因此,学校管理必须注意到每个被安排到团队里分担同样任务的教师。这个团队应该在同意基础上计划目标和目的,删除和更新内容,重审教育材料、媒介和评估方法,并评估课程成果。与之相似,教师需要致力于接收和了解来自同事们的反馈。这可能包括在固定基础上新的、有经验的研究团体,他们可以分享看法、提出问题、讨论问题并实践。管理需要鼓励教师成为研究行动的一部分，负责课程和教育的改善。

如果一所学校愿意从传统的把学校看成资源、把教师看做"资料提取"转向把教师看做研究者和教育实践者，这个集体或团队的方法就可以得到实践。这样，所有的老师都会在他们的整个职业生涯中参与到课程执行、员工发展团队、学校改革和发展中去。重点是合作、共同把握和教师的参与，都是为了改进学校氛围，有利于职业成长和学生学习。

无论何时，当课程领导者试图落实课程，改革的原则便开始发生作用。很多计划和发展的东西没有被落实，很多创新的东西很少被执行。创新需要时间、人的作用和联系、在职培训和其他以人为基础的支持方式。

渐 进 主 义

人们想要改变；然而他们也害怕改变，当改变迅速到来或他们觉得自己几乎不能控制或影响它的时候，尤其是这样。人们习惯现状，更愿意逐步改变他们的行为。

教师的专业性不允许有太多改革。很多教育者这样描述教师的日常生活：他们几乎没有机会与同事互相交流。这种孤独的产生一部分是因为学校对独立教室的安排，另一部分是因为教学时间表。学校的现实使教师感觉在专业上，他们靠自己：解决自己的问题是他们自己单独的责任。这种心态使教师认为改变是一种个人活动。由于认为自己在单独努力，教师通常会形成心理孤独感，原因是他们对那些不关心教师状况的管理者和外来改革执行人的反对情绪。事实上，很多因素对教师接受改革的能力有不利影响："教师对改革一定会抵制，因为他们相信他们的工作环境从来就没允许他们表现出他们真正会做什么。"很多改革的建议打击他们，因为这些建议是盲目的，根本就没强调如何处理与学生纪律、阅读、管理支持等相关的问题。

课程领导者必须创造这样一种环境：鼓励开放、信任和提供反馈，使教师意识到他们的努力被赏识，而且他们的才能是有用的。教师需要时间来"尝试"要落实的新计划。他们需要时间来反映新目标，考虑新内容、学习经历和环境，并试验新任务。他们需要时间制订迎接新的课程挑战的策略。而且他们需要时间与同事交流。如果能做到让教师的态度、行为和知识需要的改变在管理过程中获得提升的话，教师就能应付新课程。

不是所有教师都需要立刻执行新课程。理想的是，一个落实过程允许某一团体有足够的时间来试验它。研究者发现，教师往往仔细检查对新课程的使用。首先，他们先来适应材料，并且为教授课程做准备。最开始，他们机械地使用新课程，基本不脱离指导。他们的授课变得相当循规蹈矩，而且他们不主动改变课程。随着对新课程感到更舒服,他们可能开始修改它,或者将它调整得更适合自己的教育理念,或者更好地满足学生需要。

成功的执行者欣赏的是:教师需要时间来买新课程的账并变得擅长教授这个课程。课程领导者应该预料到教师的问题和需要,并筹划解决这些问题的基本策略。

在计划改革或创新的过程中,那些将受到影响的人会关心不同的事情,有不同的焦虑。首先,考虑自己;第二,关心新课程的操作;第三,关心学生,还有同事或社区等。对于学校领导者,尤其是那些负责课程改革落实的领导者来说,认识到这些需要是很重要的。有力的领导者应该首先准备应付个人问题,然后是专业和技术问题,最后是客户的问题。

沟　通

不论何时,设计一个新的计划时,必须保持沟通渠道的开放,以确保这个计划不会成为一个意外,这几乎已经成为一个公理。教师、校长和课程工作者之间对新课程的经常讨论已经成为成功落实的关键。

但是,沟通是一种复杂的现象。它曾被定义为事实、思想、价值观、感情和态度从一个人或团体传送到另一个人或团体的过程。课程专家必须清楚沟通网络是复杂的,信息发送的渠道存在于学校系统的每个层面中。有效的系统不是严格限制型的而应该是包容型的,给持有不同观点的成员传递信息的机会。

如果课程领导者只想沟通新计划的话,他们可以用信笺、备忘、文章、研究报告或演讲的方式来进行沟通。有时候,他们需要与员工沟通新课程中潜在的设想、价值观和观点。如果新课程包含主要改变,那么课程领导者可能希望使用像现场、会议、角色表演和演示等手段来进行沟通。

计划课程中用到的步骤

大部分技术——科学和自上而下的课程计划手段都有相同性。罗纳德·道尔列出两种方法共有的课程计划建议的纲要。

- **调查情况**。认识我们要创造计划的环境是合乎逻辑的。这个调查行动使校区的人确知是什么使他们的学校系统与其他的相同或不同。
- **评估需要**。主要是个人需要,通常是学生,有时是教师的需要。在关于需要的评估中很少考虑到学校组织的需要。
- **鉴别并说明问题**。一旦确定了需要,我们需要了解问题的本质。不是所有需要都出现在计划过程的开始;很多需要是在进行过程中产生的。
- **取消已接受的目标**。需要和问题一部分是由计划中的目标和校区中现有的目标形成的。通过对目标的分析,课程设计者能够产生课程大纲目标或教育目标。

- **记录建议并评估它们**。在这一步,我们考虑基本问题和解决的办法。在适应学校目标的基础上考虑建议。
- **准备计划**。形成设计的组成部分,推荐教育材料和方法。
- **组织工作组**。校区在推行过程中考虑工作组在建立和落实课程中的努力。
- **监督计划过程**。为了计划顺利进行,不只要管理,也要监督,以确保一切都按预期进行。可以由中心政策进行监督,但通常是由学校中直接参与课程计划和发展的那些人来进行的。
- **利用计划的成果**。这一步基本由教师完成。对新材料的接受程度依赖于教师是否参与了计划过程以及是否提供了使教师对新材料和课程感觉更舒服的在职培训。
- **采用评估手段**。这指的是提出问题:计划和落实是否真的产生出有效解决课程目标的大纲。关键问题是:"计划有用吗? 在什么程度上? 怎样来提高?"

不管有多少种不同的沟通手段,关键是人。沟通是人而非软件之间的信息传递。这样,课程领导者需要创建一种员工和社区可以有效沟通的氛围。他需要让所有人知道沟通的渠道,还需要让所有人知道他们的看法是受欢迎的,而且他们都有参与发送和处理信息的义务。

合 作

要想使改革成功并成为习惯,就必须有执行计划的人之间的合作。研究支持让教师参与那些会在教师中用到的新想法和计划。在很多方面,教师是专家,因此,他们参与新课程是必要的。这种参与很大程度上依赖于他们有多积极地构思和发展这个新计划。

研究表明,如果教师积极参与课程发展和落实,成功的可能性就提高,因为情绪和合理性都是改革的习染因素。如果要接受、忍受或支持改革,人们需要考虑他们的感情、情绪和价值观。合乎理性的感觉是很关键的,因为参与者试图将一种看法解释为可操作的计划。教师小组可以根据科目、年级和特殊课程来形成。开会时,鼓励教师把新计划看做是对他们已经做的事情的延伸。

以前的很多改革实际上是把教师置于教育过程之外。创新者管设计,教师要做的全部事情就是把材料发下去,学生就会学习。教师把计划看成是他们无法控制的一种干扰,这就是计划无法按预期落实的关键原因。领导者反而怪罪教师拒绝改革。

教育者渐渐知道,要想改革有效,教师必须参与,而且他们必须看到它对自己有专业价值。教师通常通过改革如何影响他们日常工作中的即时需要来判断它。那么,泛言之,成功的改革更多依赖的是人和组织的作用,而不是技术或钱的作用。即使教师表示他们愿意参与,他们中大部分人真正需要的是自己对决定起作用。他们想要的是反映他们教育观点和理念的计划。

组织中进行的一切都由一种文化支配,包括行为和生存方式。学校文化不反对改革或创新,而且学校在政治、计划和职能方面也产生相当大的作用,并对社会的改革需要做出回应。但是,学校也有生存机制,即社会学家所说的"维护"和"稳定"功能,这些生存机制是自我加强的,比改革机制更稳固。学校文化对教师和管理者有一定的限制和规定;为了有效进行改革,改革者不能侵犯组织中已经建立的规范和行为。

支　持

落实花费时间和材料。课程设计者需要为他们推荐的课程或修改提供必要的支持,以推动它们的落实。他们还必须提供支持,使受到影响的人建立自信。教育者通常需要员工发展、在职培训和时间来适应新计划。

没有足够的财力支持,新计划的落实就要失败。当政府资金注入,很多校区就改革,但是他们并没有把改革资金算到日常预算中去。当政府资金用完以后,由于缺乏必要资金,校区不再继续他们的新计划。如今,如果校区靠政府资金来进行新计划,他们需要改变方式,用那些他们日常预算中的钱来进行。

推行新计划所需的材料和设备都需要钱。对为计划的落实提供通常被忽视的人力支持来说,钱也是必要的。教育领域充满了需要大量资金的改革和新计划,这些计划由专家领头,但是都失败了。缺少的正是信任——人们对自己和帮助他们的支持系统的信任。专家、外来的顾问和改革执行人必须多投入人力和财力,以获得创新的成功。他们必须对那些参与设计和改变自己工作地点的人的愿望和能力有更多信心;他们必须了解新计划必须在系统内变得合法化,就是说,人们必须接受这个改革,他们有按自己想法决定成功或失败的权利。

落实是一种集体和情绪的努力。要想成功,同事的支持至关重要。教师把大部分时间花在教室里和学生在一起;这样,他们与同事的沟通非常少。基本上,他们依靠自己,除非灾难发生,他们几乎得不到同事和督导的帮助。增加教师一起工作、分享看法、共同解决问题和合作创造新材料的机会,将提高课程成功落实的可能性。

改革过程的落实

落实,作为课程发展的一个基础部分,给现实带来预期的改变。简单说,课程活动是改革活动。

人们能预测改革的结果吗？人们能控制那些直接影响他们的改革吗？管理者可以对改革的过程加以控制,但是这需要他们了解这个改革。理解改革的概念和不同的改革方式是一个人决定改革的前提。它还帮助人们意识到,即使他们不能预测改革的结果,他们却能对结果进行最好的猜测。

根据研究,为了成功执行课程改革,必须遵守五个原则来避免以前的错误。

1. **为学生成绩做出的改革必须有技术合理性**。改革应该反映有关什么有用、什么没用的研究,而不是为提高而进行的设计恰好是现在或以前流行的。

2. **成功的改革需要传统学校结构的改变**。结构的改变是指对学生和教师在教室里的安排或互相影响方式的主要修改。

3. **对普通教师来说,改革必须是可管理和可行的**。当学生尚不能掌握读和写的基本技能或拒绝在课上表现时,我们不能改变关于批判思维和问题解决的看法。

4. **成功改革的落实必须是有机的而不是机械的**。严格地遵守监控程序和规则对改革无益;这种官僚的、机械的做法需要被有机的或适宜的方法所代替,即使这将意味着落实过程可能脱离最初的计划。

5. **避免"做一些事,做任何事"综合征**。对于一项确定的课程计划来说,集中一个人的精力、时间和金钱在合理的内容和活动上,而不是朝秦暮楚。

资料显示这五个原则系统地相互作用,而且可能除了结构改革那个原则以外,它们适用于所有的教育层面。如果教育者在特定的学校和校区中考虑采用这些原则,他们将大大获益。

改革类型

负责课程活动,尤其是改革或落实的人,需要了解改革的本质。下面是几个有用的改革类型。

1. **有计划的改革**。指那些与改革过程有关的人有预先描述的同样权力和作用。人们鉴别并遵守精确的程序来处理手中的事务。有计划的改革是最理想的。

2. **强制的改革**。指的是一个团体决定目标,并故意拒绝其他人参加。控制的团体有主要权力,努力维持这种不平等的权力。

3. **互相作用的改革**。指共同订立目标和团体权力的平等的分配。但是那些参与者通常缺乏对事件的考虑;他们对如何进行发展和落实计划并不确定。几乎没有仔细形成的程序。人们或多或少都依靠自己。

与有计划的改革相反的是自然的或放任自流的改革。这种改革是在参与者没有明确思想和目标的情况下进行的。自然的改革在学校经常发生。课程不是在仔细分析后被调整、修改或落实的,而是对未预料到的事件的一种反应。

虽然并不能把学校中的改革确切分类,但是管理者需要意识到确实存在不同类型的改革,而且有计划的改革是最理想的。

1. **代替**。一种因素可以被另一个代替。比如,教师可以用一本教材代替另一本。迄今为止,这是最简单、普遍的一种改革。

2. **改造**。当有人给现存的材料和课程注入新内容、材料或过程时,就产生这种改革。但是,新内容只是一少部分,这样就可能更容易被采纳。

3. **修订**。这种改变开始可能会打乱一个计划,但是,短时间内,它就会与正在进行的计划保持一致。一个例子就是,校长调整教学时间表,这会影响教授某一科目的时间。

4. **改组**。这种改革导致对系统本身的修改。诸如员工或团队在教学中的作用的新概念属于这样的改革。

5. **以价值观为导向的改革**。这是参与者基本观念或课程导向的改革。学校的主要权力人或课程参与者必须接受并使这种改革实现。但是,如果教师不调整他们的价值观,任何改革都可能是昙花一现。

我们知道,改革与提高不是同义词。教育是一种标准化活动。一个人提倡并完成改革意味着他成功地证明他所想的是有用的。这就是为什么人们可以使用同样的改革过程,却产生不同课程。他们有不同的价值观,对教育也有不同的看法。

对改革的抵制

人是课程活动和落实成功的关键。接受这个理念的课程领导者能够认识到人们设立在他们和改革之间的障碍。最大的阻碍可能是员工、管理或社区中存在的惯例。很多人认为将事情保持原样更容易。如果我们把自己看做系统,就会意识到我们喜欢维持稳定的状态。我们有可以遵守的传统和珍惜的制度,而且我们不希望改变它们。难怪很多人觉得现在的官僚制学校没什么不好。

想要维持现状通常与相信事情不需要被改变的观念有关,或者是与要进行的改革是轻率的、无法满足学校目标有关。教育者本身争论这个观点。有些人说学校很好,只需要继续维持下去,而其他人却抱怨学校跟不上时代,需要大的改变。如果那些提议改革的人并没有提出精确的目标,也就是他们没有充分计划新的想法或没有解释新计划为什么比现在的好,那么现状就会被维持下去。

通常,教师不能或不愿意跟上学术的发展。他们并没有与知识经济同步而行,而知识经济的发展迫使他们接受课程改革和新计划的落实。教师认为改革仅仅代表了更多的工作——在过重的负担上又加上其他事情,使他们几乎没有时间可分配。通常,对额外的工作也没有额外的奖励或工资。他们经常认为新课程计划需要他们学习新的教学技巧、发展新的课程和学习资源管理能力或获得新的人际关系能力。这些往往使教师不能成为创新的积极参与者。

管理者很难让教师接受创新的另外一个原因是,进行教学工作的人本质是服从,而不是创新。这些人在现存的学校系统中已经获得了成功。他们已经学会可靠地执行并在那些不喜欢"波澜"出现的管理者控制的官僚系统中保持低调。他们首先发现了系统中作为学生的成功和实现,然后是教师的,因此,很多人认为没有改变的理由。对很多新教师来说,这种已经存在的官僚主义受到欢迎,并成为支持系统。

教育者能应付对更多改革或发挥改革执行人作用的要求吗？不确定性促使不安全感的产生。通常对现状感到舒适的教育者不愿意接受那种他们无法预见到将来的改变。人们通常更愿意保持已知的不足,而不愿为不确定的将来冒险,即使改革可能是改善。让新学生或家长参与到课程领域或用新方法安排课程使很多教师不舒服。

另一个导致人们抵制改革的因素是改革的速度。很多人感觉如果今年执行一件事,来年其他创新出现的时候,它就很有可能被放弃,这样,他们大部分的努力就白费了。实际上,教育中有很多流行的事使教育者害怕改革。

有时候,人们抵制创新和它的落实,因为他们不了解情况。他们既不知道创新本身,又没有人关于此事通知他们。课程领导者必须让所有受影响的人,包括教师、学生、家长和社区成员都了解计划的本质和合理性。理想的是,所有学校代表应该直接或间接让受影响的人知道落实新计划的原因。

为什么人们抵制改革

1. **缺乏所有权**。如果认为改革来自组织外部或是强加给他们的,人们就不会接受这个改革。

2. **缺少利益**。如果教师觉得新计划不会使学生或自己的情况变好的话,他们就可能抵制这个改革。

3. **更多的负担**。通常改革只意味着更多工作和负担。教师对那些打着创新的幌子而不了解他们工作状况的外来者通常都很反感。

4. **缺少管理支持**。除非领导者真正支持改革,否则人们不会跟着上。

5. **孤独**。很少有人愿意独自创新。对新计划的成功落实来说,合作和集体行动是必要的。

6. **不安全感**。当改革威胁到资历、资格和工作地位时,人们抵制改革。

7. **规范的矛盾**。新计划的作用和设想必须与组织的规范和期望保持一致。

8. **混乱**。如果人们认为改革会带来混乱或混淆,可能就会反对它。

9. **知识差异**。如果人们感觉那些提倡改革的人比他们了解得多,觉得这些人有额外的权力,可能就会有抵触情绪。

10. **突然的大规模改革**。人们抵制大扫荡式的或始料不及的改革,尤其是需要完全转向的那一种。

管理者似乎面临着难以克服的问题。殊不知,对改革的抵制是好事,因为它要求改革执行人仔细思考这个改革,并考虑执行计划中人的力量。必须为改革做出努力,这保护了系统免受随意提出改革意见的人或机构的别出心裁却华而不实的新招的损害。

落实课程改革或创新的信息清单

参与课程落实的管理者会考虑改革将在教师中产生什么样的反应。这个考虑清单包括大量有关学校领导者向员工呈现的信息的问题。重点主要是教师个人和技术方面。

- 创新会怎样改变教师的个人生活?
- 创新需要多少额外的准备时间?
- 在落实和监控创新的过程中需要多少书面工作?
- 创新如何与学习者已经接受的信息相配合?
- 会提供什么样的教师资源材料?
- 资源材料会给每个教师吗?
- 会为学习者提供什么样的新学习材料?
- 材料的阅读级别和其他特点完全适用于学习者吗?
- 会有制度程序帮助教师掌握新教学技巧吗?
- 会提供什么样的在职培训?
- 创新与学习者必须进行的标准化考试有什么联系?
- 新计划对课堂管理有什么意义?
- 校区中心管理层支持新计划的力度有多大?
- 如果在落实的过程中出现问题,可以找谁来帮忙?
- 什么样的学校图书馆和媒体资源能支持新计划?
- 家长对新计划了解多少? 又有多支持?

提高对改革的接受程度

课程活动包括人的思考和行动。发展、尤其是执行课程领导者意识的人是极为重要的因素,因此他们必须了解人们如何对改革做出反应。通常人们说,他们愿意改变,但是做出来的却是他们不愿意进行调整。成功的改革执行人知道人们会对改革产生什么反应和怎样鼓励他们接受这个改革。明智的管理者了解这一点:由于习惯、传统或懒惰,教师通常不愿意改变自己的行为,但是总觉得他们的同事需要改变。聪明的管理者了解这一点:人们经常说想改变,但是不是他们自己,他们必须把语言和行动分离开。为了让那些真不想改变的人参与到改革过程中来,改革执行人必须仔细倾听,并慢慢渗透。

课程创新和落实需要面对面的交流和人与人之间的联系。负责落实的人必须了解人际关系的领导尺度。课程创新和落实是包含很多人共同的工作的团体过程。这个团体不仅使行动产生,而且改变个体成员。

当然,如果一个团体要改变个人,它必须对成员有吸引力。团体表达出的理念和价值观必须为其中的每个人所接受。这就是为什么课程领导者需要确定成员对建立课程的平台了解的原因。当团队谈论改革的需要和落实的策略时,他们为教育系统内的改革创造了推动力。创造一个组织良好的团队,有清楚的使命感和进行改革的信心,是一种使个体接受改革理念的方式。

若想使人们更加了解改革或创新是有重大意义和深远影响的事,可采取以下一些步骤。

1. **适应问题的解决**。改革或创新必须以员工能合理落实的方式提出。

2. **学校层面的重点**。改革的重点必须集中在学校;教学发生在学校,而不是校区层面上。

3. **兼容性**。成功的改革依靠改革的可行性,即教师是否认为他们能应用这项改革。

4. **校长的领导**。成功的落实需要制度结构的改革;校长是做决定的关键人物。

5. **教师的参与**。要完全合作,教师必须参与设计和落实改革的过程。他们必须有时间、资源和机会来合作和做决定。

6. **从上到下或从下到上的方法**。两种方法对改革来说都很重要。从下到上的方法肯定教师的主人身份。从上到下的方法,即与教师沟通:"我们正在尝试一种新方法,我们将要执行,并且我们将会互相帮助。"

7. **员工发展**。员工不断的参与、反馈并支持,同时也提升了自己。

8. **学校与商业的合作**。一些最有前途的改革和创新包括学校和商业的合作关系,这是对从前私人工作概念的复兴和重新发现。

课程领导者还可以通过把个人的需要和期望与组织的需要和期望结合起来的方式,来增加教育者对改革接受的程度。每个人都有自己要在学校组织中得到满足的需要和兴趣。每个进入系统的人发挥不同的作用;每个专业也使他们的性格不同。但是,对制度的期望很少能完全适应个人需要。这种错位可能导致冲突。管理者需要认识到他们不能总是回避这种冲突;他们必须要处理它。他们处理的方式就反映出他们的个人性格和领导行为。

在学校里,校长是把个人需要和制度期望结合在一起的关键人物;他对靠提升信任和团队工作来创造学校精神和接受性来说,是至关重要的。然而,他也可以通过增加不信任和士气消沉来破坏精神和改变。对校长来说最重要的是价值观和态度,以及员工在理念上的认同。

改革的指导方针

关于改革的本质及推动改革的方法,已经阐述了很多。在对《财富》500强企业研究的基础上,十个本质相同的原则影响了大部分组织,包括学校。领导者确实各有千秋,那些想推行改革的人应该——

1. 用非强制手段将大家推向同一方向。

2. 将大家推向与他们长久利益一致的方向。

3. 建立一套将个人和团体的需要和价值观与组织使命和目标相结合的程序或战略。

4. 发展一套推动组织完成使命或目标的战略。

5. 在组织中灌输合作和团队的理念,目的是达到共同的目标。

6. 允许参与者参加决定,而不是指示或命令。

7. 激励一群支持组织使命和目标的重点人物。

8. 保持一致,并实践提倡的东西。

9. 兑现承诺,而且只承诺那些切实可行或在自己职责范围内的东西。

10. 创造并维护专业的工作条件、有吸引力的工作环境、有挑战性的工作机会和职业发展机会。

两个重要的特点似乎可以概括这样的领导者的品质。首先,他是值得信任的,并且想获得雇员在数量上和质量上都最好的工作。当管理者被信任时,工作者的情绪更稳定,对工作更满意,有更多新创意,更愿意冒险,并更适应改革。第二,领导者更以人为中心,而不是以任务为中心。当管理者关心人的时候,人们就对完成组织目标投入更多努力。底线也很重要,而且它的改善是由于人们愿意付出努力来完成工作,而不是因为他们被指挥或强制。正面评价、真诚的表扬和细小的控制都比仅仅分配任务并期待按时完成更有效。后者是军事或机械模式的代表,在专业化组织或现代机构中,尤其是在劳动权利和教育专业化程度增长的情况下,是不起作用的。

领导和改革

要落实一项新计划,即推行改革,我们必须获得对新计划的支持,或至少有大部分人接受并采纳这个改革。在一个传统模式中,克服对改革的抵制(ORC),尼尔·格劳斯坚持认为改革的成败在很大程度上要看领导者怎样克服员工的抵制情绪。有谋略的领导者会发展一批对课程改革的支持者。为了实施一项计划,需要人们愿意做新事情,打破界限,花额外的时间开会和监控创新的人。这些人的提倡必须能吸引同事。

要建立一个支持新计划的团体,领导者必须注意到执行者的恐惧、疑虑和其他影响改革过程的因素。在这种情况下,一种克服对改革的抵制的战略就是平衡管理者和组织成员,也就是学校领导和教师之间的权力。学校领导者大多接受这样的说法:下属开始可能会抵制改革。如果员工参与最初制订计划的讨论,这种抵制就可以避免或减少。对事事留心的课程领导者通过允许下属参与改革决定的方式来与下属分享权力。当领导者采用这种战略的时候,下属就会接受创新并愿意参与。这样,权力平衡成为一些组织改革理论中的重要概念。

采用 ORC 模式或它的派生模式的课程领导者意识到,他们必须认识到并处理员工关心的问题。事实上,有人把 ORC 模式归类于以利益为中心的改革方法。以改革为基础的相关性可以分为四种:(1)无关:教师没有感觉到建议的改革和他们自己之间的关系;(2)与个人有关:个体对与他个人情况有关的创新做出反应,提出大量问题;(3)与任务有关:与创新的实际应用和计划的参与有关,通常需要帮助或指导;(4)与影响有关:教师更关心创新会怎样影响其他人和组织。

领导者可以靠让所有员工了解创新和让那些会受到直接影响的人在早期就参与创新的办法来解决这些相关问题。通常,将教师召集到一起来,把问题摊开讨论,并形成处理这些问题的战略。当这些问题公开说明后,通常那些感觉不安全或开始抵制的人会觉得他们没什么可担心的了。这并不意味着他们不需要改变,甚至花额外的准备时间或工作时间。但是通过分担问题,人们意识到为了推行新计划,他们有能力做出改变。

一个关于改革和落实的关键设想是专业人员关心自己的工作,当然还有他们的客户。他们想要参与计划、执行和评估教育系统的过程。他们想改进课程,使学生和教师能实现他们的目标,并能激励管理者采用新的能够提升学校和社会的观念和任务。

由于有一个安全、洁净和运行良好的学校至关重要,督学和董事会先聘用经理,然后是教育领导者,第三是改革带头人就不足为奇了。换句话说,学校的日常运行和管理是最重要的;只有在这时,人们才会想到领导或改革。但是对那些关心改革或改革的学校来说,选择正确的领导者也很重要。这就是为什么美国中学校长联合会(NASSP)关于 21 世纪学校改革的报告中将校长作为执行改革和提升学校的关键人物。

NASSP 的报告强调可信的领导者。这吸引了那些教育领导者,尤其是那些必须处理日常事务,告诉人们他们想听的东西或满足员工中权力团体需要的校长们。人们对令人尊敬和崇拜的领导者有绝对的信任;结果是个人感觉更好,愿意更努力地工作。还有一种叫精神领导的说法,就是学校领导者获得成功所需要的品质:行为的连贯性、可预见性、诚实和忠诚。这些都是建立信任和落实改革所需要的重要的领导特点。

改革和协作

最后,协作的概念已经在参与学校改革和改革进程的教育者中间具有独占鳌头的地位。督导和管理者的作用现在包括协作基础上的说法,比如改革带头人、问题解决人和教育领导者等。协作反映这样的理念:学校是一个统一、有机的组织,重视专业作用,并为同事提供见面和共同工作的机会。

协作需要专业团体或委员会在互相尊重和开放沟通的基础上相互影响,共同考虑问题,分享决定,并共同拥有计划的目标。教师、督导和课程领导者之间的协作包括分享满足共同目标的信息或资源,就是落实改革和创新。学校内部的合作交流应该跨越年级、部门和课程的界限,要包括员工间更广泛的沟通和合作,并避免部门分片割据的问题。

每个组织都有自己的文化,学校文化是决定教师与管理者之间协作或缺乏协作的最有力因素。学校的文化决定什么是重要的:怎样做才是,谁做什么和什么样的教学、课程和教育可以受到奖励。协作必须受到管理层的评估、认可和支持。员工间不同的合作关系应该用校讯、备忘录、电子邮件、流程图、日程表和学校政策的方式加以清楚说明。

第二十五章

合作式课程文化,复合型学生素质

学校产品(School products)的质量,即毕业生的素质,在 21 世纪的最初几年,引起教育工作者和研究人员的关注。毕业生素质在发达国家和发展中国家是个共同的课题,因为大家都处在全球化和市场经济的大潮中,既要满足家长的新期望,也得迎合就业的新要求。每所学校,不管是向高一级学校以至大学还是向社会、就业单位输送人才,要考虑的问题,不是"毕业生们准备好了吗?"而是"我们为学生准备了什么?"然而,当学校领导和老师们有针对性地改进课程设置的时候,他们面临一个更直接、更紧迫的情况:学生获取知识的渠道比以前多了(如通过因特网),老师不再是唯一的权威,甚至其权威受到挑战,学校和老师对他们的影响力在下降。吊诡的是,学生毕业就业时却面临来自社会的许多压力和雇主的种种抱怨。

在这样的情况下,学校还是要有所作为。好的学校能够做的主要是:1)营造教师的工作氛围,建立合作课程文化;2)从塑造复合型人才入手,提高学生素质。这一章的主要内容,就是围绕这两个方面,讨论学校领导为教师营造正面的工作氛围所要注意的元素,探讨复合型人才的模式,即"PRISE 模式"(心理 Psychology,思维 Reasoning,智力 Intelligence,技能 Skills,以及合适的职场行为 Work ethics)。在学校领导层面上,有效的为教师营造工作氛围的努力表现在转换型领导方式(Transformative leadership)。在教师和学生层面上,是根据个体学生的特点,他们在社会新要求下相对显得薄弱的素质侧面,设计课程和课外活动的内容。这两个层面的共同目的就是提高学生的学习能力(Learning capacity)和进入社会后的适应能力(Adaptability)。

从就学到就业:21 世纪的新要求

进入 21 世纪,发达国家的职业生涯、教育方式和对学生的评估模式都跟上个世纪末有很大不同。赫内(Honey)在 2005 年有个研究报告,列出了这几个方面在世纪交替前后的差别(见表 25.1)以及雇主对学校产品的新要求。

表 25.1　　　　　　　校园环境和工作环境:21 世纪与 20 世纪的不同

	20 世纪	21 世纪
变换工作次数	1 ~ 2	10 ~ 15
工作要求	一个专长(专业)	专长加适应(调整)能力
教学方式	分科目教学	科目 + 相应的动手能力培养
评估教学模式	考试	应试能力 + 智力 + 性格

从上表可以看出,新的工作环境中对新就业者的要求已不再是"专长",而是更强调适应或调整能力。这就要求学校不能仅仅是教师教好,学生考好,而要有培养学生动手能力的课程内容以及将"智力"和"性格"纳入评估模式,目的由让学生看自己的成绩转为让教师看他们使学生进步的阶段性效果如何,进而加以改进。很明显,教学方式和评估内容的增加是在要求把培养学生的目标与工作环境的要求挂钩。赫内的研究报告还列出两项调查结果:当被问及"你招聘大学毕业生时,哪些应用型技能和基本知识是你决定雇佣的首要考虑?"雇主的回应如下:

口头交流能力（Oral communication）　　　　　　　　　95.4 %

合作意识（Collaboration）　　　　　　　　　　　　　94.4 %

适当的职业行为(Professional/Work ethic)　　　　　　93.8 %

书面交流能力（Written communication）　　　　　　　93.1 %

创意思考/解决问题(Critical thinking /Problem solving)　93.1 %

当被问及"你认为哪些技能在未来五年将会越来越重要?"雇主的回应如下:

创意思考（Critical thinking）　　　　　　　　　　　　78 %

信息科技（Information Technology）　　　　　　　　　77 %

健康/心智健全（Health & Wellness）　　　　　　　　76 %

合作能力（Collaboration）　　　　　　　　　　　　　74 %

创新能力（Innovation）　　　　　　　　　　　　　　74 %

我国的基础教育很强,学生的学术表现比其他能力强,这样使得他们在职场能够在"口头交流能力"、"书面交流能力"、"创意思考/解决问题"、"信息科技"以及"创新能力"五方面很快达到要求而进入角色。这是传统优势。而"合作意识/能力"、"适当的职业行为"和"心智健全"三方面则相对显得薄弱。这些与应试教育、注重学生单个表现有关,与教师课间课外不注重个体在群体中的表现有关,与学习过程中没有提供曝光机会锻炼性格有关。西方教育系统中,社区、社会和雇主认为的好学校不仅重视学生的学业成绩（Academic performance）,也培养他们的分析能力（Analytical skills）、动手能力（Hands – on skills）、社交能力（Social skills）、和参与意识（Participation）。在西方的职业场合,雇主对雇员的能力要求源自其管理理念,即1）分析能力和动手能力能够使员工较之只有学业专长会有更出色的表现;2）参与意识是合作精神的源泉,"表现"不仅在于个人能力的发挥,更看个人作为团队一员的角色展示;以及3）企业发展、业务拓展和职责的不断增加,不时出现的新情况以及与各种人打交道需要调整能力和不断学习提升。

鉴于职场对学校产品的新要求的改变,赫内建议学校从"课程/教学"（Curriculum and instruction）,"评估"（Assessment）和"职业发展"（Professional development）三个层面着手,根据社会新要求作相应的调整。"职业发展"是关于教师的职业发展,见本书随后的第八部分。"评估"指的是表25.1中的评估教学模式的改变。关于评估,本书第九部分专门论及,本章仅就职场的新要求谈一谈指导思想。

转换型领导方式

社会对学校的新要求会自然地转为学校领导对教师的新要求。在表述新要求之前,校长要考虑哪种方式更有效。罗宾斯（Robbins,2006）提出一种领导方式,叫"转换型领导"（Transformational leadership）,指的是领导关注新情况下职员的发展需要、工作需要,进而激发他们常态下所未能展现的兴趣高度和工作热情。与之相应的是交换型领导（Transactional leadership）,指的是领导关注常态下职员的表现,根据履行其职责和完成任务的情况决定报酬及赏罚。员工注意的是根据分派的任务所需要的工作能力,为工资而工作。两种领导方式的区别见下表。

表25.2　　　　　　　　　转换型领导与交换型领导的区别

交换型领导行为	转换型领导行为
督促完成分派的任务 关注单位的需要 完成任务量决定报酬及赏罚 领导的影响与结果: ▪ 员工机械式的听从 ▪ 归属感与待遇成正比	促进完成任务所需能力的提升 关注单位发展和个人发展的需要 激发创意灵感 领导的影响与结果: ▪ 员工内化领导要求和发展需要 ▪ 个人发展与单位发展结合

　　在学校领导方面,这两种领导方式也表现出明显的差异,主要在于如何对待教师(见下表)。比如教师的归属感不是要求和管理出来的,而是校长在培养他们的基础上萌发、在栽培他们的过程中形成的。

表 25.3　　　　　　　　　转换型与交换型在学校行政领导方面的区别

交换型校长行为	转换型校长行为
■ 教师资格 　• 学历、证书 ■ 个人表现 　• 业绩评估 　• 提高待遇 　• 强调责任 ■ 把教师当作教书的	■ 教师资格 　• 学历、证书、在职培训 ■ 个人及作为团队成员的表现 　• 业绩评估 　• 提高待遇、职位 　• 强调荣誉感和带头作用 ■ 把教师当作同事

　　从以上两种行为特点来看,校长的"交换型"行为能够在学校行政管理上展示效率,而"转换型"行为能够在教师的工作表现上起催化作用。由内化到主动、催化到发挥是转换型领导方式在教师应对新情况时更有效的校长行为,在校长营造正面的教师工作氛围,建立合作式课程文化(学校文化的一部分)方面更是需要(关于领导方式,参见本书第四章)。

新情况下的课程领导

　　前边第二十四章提到,校长在课程领导中起核心作用。当教师面临新情况,校长发挥课程领导作用时,可加入转换型方式,其行为包括与教师一起找出有效应对复杂情况,尤其是如何满足学生新的学习需求的方法。在信息时代,学生获取知识的渠道和场所比以前多,比教师们的学生时代更多,他们的学习方式和新需求甚至超出教师的想象。因此,领导只是用"加强"、"完善"等指导类词语跟教师讲话只能是"保持距离"。教师们知道,用加强惯常的做法没效果,从普通的角度也分析不了这些新情况。在教师同时面临逐渐失去"学术权威"、学生越来越觉得教室这个学习场所太小的时候,校长要与教师一起关注以下三个方面:

1. 重新设计每单元课的教学目的。教学方式由教师根据对学生的了解来制定。
2. 改变教师的角色。虽然"以教师为中心"早已改为"以学生为中心",但是这已经远远不够。教师由在讲台前的"教",转为在学生中间的"导",起到学生学习机会的提供者(Facilitator)作用。这样对教师是个很大的挑战,因为他们的课前准备会更多,上课进度更难把握。

3. 组织教师分享担当学生学习机会提供者的心得。

从传统的角度定义课程设置,已经使校长的课程领导作用受到限制。根据牡兰(Mullen,2007)的观点,新形势下应当把课程设置定义为"塑造学生成为学校产品的模型和过程"。因此在传统的传授知识、技能和价值观念之上,需要增加对学生的个性、智能和竞争力培养。传统的教和学,对学生的个性不是张扬而是压抑,只看成绩难以估计智力,只会跟同学竞争学习,不会到社会上竞争机会。当校长与教师一起重新拟定了新的教学目的,把教学方式的发挥空间留给教师,那么转换型领导就在起作用,促使教师设计达到新目标的途径。

合作式课程文化

合作式课程文化(Collaborative curriculum culture)指的是校长开创空间,形成教师教研活动和教学环节中的合作机制。这个方面属于学校文化的一部分。关于学校文化建设,前边第十一章已经论述。为了形成教师在教研和教学中的合作机制,牡兰主张校长发挥支持作用,表现在如下十五个侧面:

1. 学校领导重视教师们的主意。
2. 学校领导相信教师们的专业判断。
3. 学校领导创造机会使教师们形成工作团队。
4. 学校领导以身作则,其行为体现学校的价值观。
5. 学校的价值观反映在工作程序中,如"参与型决策"。
6. 工作程序设计合理而且严谨。
7. 教师们明白实现学校使命的重要意义。
8. 当校长把校方的期望明白地表述出来时,教师们了解对他们的期望很高,但并不是仅仅感到有压力,反而觉得有动力。
9. 教师们具有合作意识,在自己所属的团队中讲究作为团队成员的表现。
10. 教师们明白各自的职责以及工作中的灰色地带,在重叠部分互相支持而不是相互推诿。
11. 当同事需要帮助时,教师们主动提供帮助。
12. 当同事提供帮助时,教师们乐意接受。
13. 工作中会出现不同意见和摩擦。这些能够公开地建设性地得以处理。
14. 教师之间以及教师和领导之间的人际关系、工作关系是公开的和坦诚的。
15. 校方开拓信息交流渠道,使学校其他职员也了解教师们对与工作相关的问题的看法。

就以上十五个侧面,校长需要知道,虽然校方在尽力做到并起到正面效果,但是如果把这十五个侧面呈现给教师们,他们之间对其正面效果的看法会有差异,与领导的看法也可能有所不同。差异不仅表现在对某个侧面的程度上,也可能表现在正面或负面的性质上。只有当校长站在教师这一边,才能够洞悉可能存在的制约因素,更贴切地调整自己的领导行为和侧重点,使领导和教师不仅对做事情的出发点一致,而且对事情的看法接近。这是转换型领导方式在校长的课程领导—在此指的是合作型课程文化—方面的具体体现。与学校文化的本质一样,建立合作型课程文化是营造支持型的工作氛围,给工作在第一线的教师们正面的感觉。

针对营造正面的工作氛围,萨乔万尼(Sergiovanni,2006)设计了一个练习(见附录七),目的是帮助学校领导客观地描述教师的工作环境特点,设想如何鼓励教师成为学生学习条件的提供者。这个练习包含二十项,分析其特点,可以归为五类:

一、第 1、6、11 和 15 项:关于参与型决策(Participation in decision – making)。

二、第 2、7、12、16 和 19 项:关于为教师提供更新知识和提高业务能力的学习机会(Opportunity to update and upgrade)。

三、第 5、10、14 和 20 项:关于合作精神或个体表现倾向(Cooperation or isolation)。这一类涉及工作分派和活动安排方面的心理与行为。

四、第 8、9 和 17 项:关于放权与控制(Empowerment vs. controlling)。

五、第 3、4、13 和 18 项:关于工作设计,即职位描述和定期复审(Work design: job descriptions and periodic review)。

这个练习与牡兰主张的十五个侧面相辅相成,都在于转换教师工作环境中的不利因素,最终的目的还是让学生受益。2006 年一行业培训机构在北京大学继续教育学院举办的校长培训课程中,提到许多校长需要关注三个方面:

- 缓解教师压力,应对某些教师的心理问题,
- 教师之间分享学生新的学习方式和辅助学生的方法,
- 与教师一起回应教育环境复杂化、社会多元化等新情况。

信息时代学生不是不需要教师,而是更需要他们的指点。教师不能因势"超脱"不再享有唯一学术权威的困境,而是要配合校长每年进行工作设计的复审,修订怎样更有效地帮助学生学习的内容。

复合型人才素质

前边讲到对课程设置的新定义,是围绕学校产品的设计和塑造学生的实施

过程,也讲到我国学生的强项和弱点,并分析其形成的原因。这里推出一个复合型质量(Integrated quality)模式,旨在针对学生明显的弱点,即相应弱的要素,提出从五个方面拓展增强学校产品的途径。这五个方面是"心理"(Psychology),"思维"(Reasoning),"智力"(Intelligence),"技能"(Skills)和"合适的职场行为"(Work Ethics),叫做 PRISE 复合模式(见图25.1)。

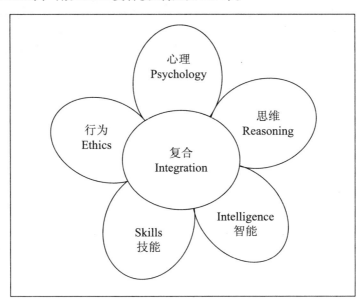

图 25.1　学校产品质量复合模式

如图 25.1 所示,中心的复合,是将五个花瓣分别代表的素质五要素综合(Integration),形成综合能力,即"应用型知识"(Applied knowledge)、"智慧"(Intelligence)、"动手能力"(Hands-on skills)、"适应能力"(Adaptability)以及"竞争力"(Competitiveness)的复合。需要指出的是,这个模式表示一个理想化的素质概念,其功能是激发教育工作者的灵感,找出所在学校学生的突出特点和需要增强的部分,有针对性地设计相应的课程内容以及课外活动形式。新加坡南洋理工大学国立教育学院教育管理硕士课程里有一门课,"教育规划与行政"。来自武汉的研究生(2006 届)曾指出国内培养学生的过程特点:1)注重教法研讨和学生学法指导,个性张扬不够;2)重视知识传授,对技能和态度/价值观关注不够;和3)贴标签式的运用新实践,"照常"教学。如果将这三个过程特点与上边的学校产品质量复合模式图进行参照,我们可以看出,有针对性的课程或课外活动需要包括"张扬个性"、"技能"、"态度"和"价值观"等内容,这些都将与学生就业后的表现尤其是"工作态度/合适的职场行为"有直接关系。

心理（**Psychology**）

心理健康（或心理成熟）对于一个人在职业上的发展和成功有着巨大的支撑作用，因而也是成为领导人必须要具备的素质要素。许多单位领导和雇主发现，新参加工作的在心理成熟方面差别很大；即使是资深的雇员，专业很成熟而心理成熟程度也是有很大差别。这里提一下跟心理有关的"热情"和"比较"。有的对所从事的工作怀有很大的兴趣，对同事和上司很热情。人际关系属于文化和心理范畴。合乎情理的热情（Rationalized enthusiasm）容易被接受，过于热情反而常被误解。东西方虽然文化上差别迥然，但是心理上差别不大，因此超乎寻常的热情在国有或外资企业都会遇到类似的反应。有人喜欢作比较。比较容易引起本来不该有的心情，如"幸喜"或"气愤"；心里不平衡会造成心理扭曲；心理健康受损会引发很多问题，主要表现在处理人际关系上和工作表现上的"一反常态"。

情感成熟（**Emotional Maturity**）

情感成熟的重要性正越来越多地被教育工作者和工作单位领导接受。戈斯灵（Gosling，2004）指出，情感（或情绪）直接影响个人健康；一个组织领导人的情感直接影响到他的领导力。情感是对外界事物通过身体周边机体和末梢神经系统（Peripheral components）如心脏、血液循环和腺体等所产生的感应信号而表现出来的回应形态，正常值范围的感应有利于正常反应，对体能和智能都有促进作用，而过度感应会触发过激回应，对体能和智能发挥起到负面作用。戈斯灵建议从三个方面作自我训练："了解自己"；"聆听自己"；和"作出选择"。

- 了解自己（Awareness）
  - 在人生旅途中，明白自己的自尊心
  - 了解自己的视角，接受别人的视角，不武断。

  对自己的了解是与外界建立联系的出发点，能够帮助自己明白与他人建立联系的重要性。
- 聆听自己（Skill）
  - 听到自己的心声：需要的（Needs），想要的（Wants），并考虑是否合理（合乎情理、道理）。
  - 处于心理平衡状态：不比较、攀比，不嫉妒。
  - 自我克制：欣赏自己，赞赏别人，包容，同情。

  聆听自己的心声是种技能，通过训练可以获得。能够"听出"哪些是客观的（需要），哪些是主观的（想要），可以及时帮助自己调整心态，使外露的情感处在自己和别人都认为的正常范围内。

■ 作出选择(Choice)

• 形成行为指导原则:自己的作为被别人接受,利己也利人。

• 作出正确选择:确定人生哲学,包括个人信念和价值观。

• 调整情绪:表述自己的感觉,开放式地调节,融入不断变化的外界。

"作出正确选择"实际上是个过程,一般在高中阶段趋于定型。学生将来能够成功达到设定的目标,成为组织领导人,或者在新的文化形态里生存发展,都需要个人信念和价值观的选择和确立。

克制是种技能,表述自己的感觉是种能力。虽然情感成熟没有一定的定义,但是自我控制,使用恰当的语言表达自己的感受,调整以至平衡是情感成熟的重要标记,是避免心理失衡的重要手段。

戈斯灵提供了一个聆听、了解自己,捕捉心理成熟信号的练习:

阅读以下各项陈述,然后在右边标出"是"或"否":

1. 通常情况下你精力充沛。

2. 你能够与许多类型的人交往。

3. 你很少与别人作比较。

4. 你有时会发怒,但是能够很快平静下来。

5. 你偶尔情绪低落的时候,行为会有点迟缓。

6. 你有几个长期要好的朋友。

7. 你愿意花点时间与对不起你的人在一起。

8. 当你对某个决定感到后悔时,你会仔细回想当初这个决定是怎么做出的。

9. 当你感到吃惊、害怕、悲伤、厌恶、喜悦时,你会自然想到为什么这样。

10. 当别人提醒你有点气盛时,你能够马上意识到。

11. 在艰难时刻,你告诉自己,你能够从困境中走出。

12. 你清醒地知道你的情绪状态以及该状态对周围人的影响。

根据戈斯灵(Gosling,2004)提供的资料整理。

调整是为了适应新环境,是微调,不失自我地改变行为方式。西方有一套具有领导才能的人可以从中选择的信念、价值体系(有些个人特质也作为价值观念,即认为重要而必须具备的)。鲍亚茨和麦基(Boyatzis and McKee,2005)列出近百个个人信念和价值观(见本章末),不同的人具有其中不同的信念、价值和特质。我国的人文、文化里同样有一套信念和价值,在中国国学里。现有的我们知道的大多源自中国国学,《周易》里边有一百多,如"自强不息"、"诚实"等。"八荣八耻"里边体现有思想情操和最重要的价值观念。我国正在酝酿的要建立社会主义核心价值体系工程,必将体现传统的、反应现代的信念和价值观念,都将是学校设计新形式培养人才的内容,而不是整齐地挂在墙上,让师生背诵而已。

研究发现(如郁柯尔 Yukl,2006)表明,情感成熟与有效的管理和晋升密切相关。情感成熟的人善于不断地自我完善,而不是掩盖自己的弱点,幻想成功。他们的行为特点包括:1)稳定情绪,没有大幅度的浮动或突然发怒;2)关心别人,而不是以自我为中心;3)自我控制,不冲动,能够抵制享乐主义等诱惑;以及4)客观对待批评,从失误中吸取教训,而不是辩解。当这种人担任领导职务时,他们更注意情感成熟的高位发展,与下属、同僚和上司建立并保持健康的人际关系和工作关系。郁柯尔的研究也发现,领导人翻车往往跟他们的情绪不稳(Emotionally unstable)、自我辩护(Defensive)有关。

自恋(Narcissism)是情感不成熟的主要特征之一。自我陶醉者往往有一种性格综合症,其心理状态表现为:1)很强的自尊心,喜欢特权、地位,引起别人注意,让别人羡慕或奉承;2)很强的权利欲,很弱的自制力,对别人冷漠;以及3)有一种错觉,认为别人都不可靠。这样的妄自尊大往往是为了掩盖其内心的孤独感和恐惧感,支持其自欺欺人的想法和说法。这种人的性格和行为特点表现为1)喜欢操纵别人;2)指望别人为他做事而从没想到"礼尚往来";3)自我辩护,把别人的批评当作对自己的否定或不效忠;以及4)对他认为的"挡道"者残酷无情。

《孙膑兵法》中"将败"(第二十五篇)列出 20 种败将个人特点:

一曰不能而自能。二曰骄。三曰贪于位。四曰贪于财。… 六曰轻。
七曰迟。八曰寡勇。九曰勇而弱。十曰寡信。… 十四曰寡决。
十五曰缓。十六曰担。…十八曰贼[注:残暴]。十九曰自私。廿曰自乱。

上世纪 70 年代初山东银雀山出土的孙膑兵法竹简有残缺,因此能认出的只有 15 种。虽然如此,拿这 15 种败将个人特点去对照那些翻车的领导者,无不中的。中国古代兵法家对选将时要注意的性格特点,尤其是负面特点的深刻到位的了解,启发我们在培养学生和学生干部的过程中,要留意、发现并通过系列的活动,而不是一两次的说教,使他们克服性格上的缺点或认识方面的误区。这些是为他们将来在职业生涯的成功要做的实在的事情。

智能与情感智能（**Intelligence and Emotional Intelligence**）

　　智能是通过理性思考明确要采取的行动是否合乎情理的能力。情感智能(EI)是理解自己的情感及其对别人的影响的能力。EI 与智能密切相关，帮助判断、预测自己的行动的后果、怎样影响自己的表现以及对人际关系的作用。EI 使人表现出高度的自知之明，同时要求要辅以有效的交流技能，使用准确的语言和肢体语言表达自己的感受。根据罗宾斯（Robbins，2006）的研究，EI 与一个人的工作表现有正面的相关关系，从基层职员到高层领导均是这样。

　　以前有一种观点，认为情感的表露是心理不成熟的表现。现在的观点是，情感是功能性的（Functional）和可以调节的（Adaptive），比如领导人的情感能够增强或削弱其影响力；当他在处理一种情况时要立刻应对另一种情况，前一场合合适的情绪不能带到另一种场合，需要立刻调整然后才去应对。情感智能能够帮助尽快完成这个调节过程。研究人员和格尔曼（Goleman，2001）发现领导者之所以成为领导者，他们在一个关键的地方有共同点，即 EI 已经在高位发展。因此从上世纪九十年代起，EI 已被认为是有效的组织领导有机的组成部分。

　　情感智能的培养需要有专家指导，既需要小组活动更需要单个训练来进行。学校领导和教师们需要应用心理学和社会心理学的知识，才能参与设计活动或有效地评估活动的进展情况。同时，参加训练的学生或学生干部需要有很强的意愿，想就个人发展和情感智能有大幅度的提升。

理性思考（**Reasoning**）

　　理性思考(推理)指的是从获得的字面信息中理出其含义和意义。没有经过理性思考，信息还没有转化为知识，更谈不上使用。理性思考是个推理过程，依靠清楚的思路（Clear thinking）、逻辑（Logic）和清晰的表达（Articulation）。理性思考能力强的人，能够有效地把相关信息及时转化为应用型的知识。这种能力，加上清晰的表达能力，成为领导人交流能力的必要因素，是应对纷至沓来的信息或各种各样的人的素质要求。

　　春秋时的王诩在其《鬼谷子》中卷权篇里，讲到欲对九种人进行游说并能够达到预期的影响效果，需要做到：

　　　　与智者言，依于博；与博者言，依于辨；与辨者言，依于要；
　　　　与贵者言，依于势；与富者言，依于高；与贫者言，依于利；

与贱者言,依于谦;与勇者言,依于敢;与愚者言,依于锐。

此其术也,而人常反之。

是故与智者言,将以此明之;与不智者言,将以此教之;而甚难为也。

故言多类,事多变。故终日言不失其类,而事不乱;

终日不变,而不失其主。

故智贵不忘。听贵聪,辞贵奇。

上边讲到的九术,如以"博"对"智",以"要"对"辨"[= 辩]等,都是经过理性思考精心调配的,换任何其他应对方式,效果都会大打折扣。对九术的掌握,取决于言者对另一方社会地位的了解、对其心理状态的透析,用悉心聆听,用恰当的词语("不失其类")掌握对话的节奏,选用同类中最有力而出其不意的词汇占据上风。

哈佛大学商学院 MBA 课程里,强调说话时的用语,提醒学生新到一个公司,那里的人会先听你的谈吐,比如一般或高雅,然后决定怎样对待你,比如高看,善待,交朋友或孤立。哈佛大学前任校长德里克?博克(Derik Bok)在其任期二十年间(1971 – 1991),经常提醒学生,要思路清楚,善于表达。

合适的职场行为（**Work Ethics**）

职业行为规范是一个机构为其成员制定的与工作相关的专业行为准则。行业性质不同,对机构成员的要求也不同。共同的特点是,1)成员的工作态度是正面的,工作行为包括与同事相处的行为以及说法方式在机构内被认为是合适的;2)被认为是合适的行为往往以不成文的形式存在,而且只有局内人才能感觉到并主动严格遵守。

《易经·系辞下传》(第五章)讲到:

君子安其身而后动,

易其心而后语,

定其交而后求。

基本意思是,君人者先打理好自己即做好准备,然后再行事(哈佛商学院教授给 MBA 学生也有类似的告诫,"先理好自己再去管别人")。遇事先调整心情,以使说话口气及用语适当。与下属建立了互信之后才向对方提出要求。这可以看作是中国最早期的为朝政人员制定的行为标准。如果这个准则没有被遵从,不适当的行为将形成负面效果,甚至对自己非常不利:

危以动,则民不与;
惧以语,则民不应;
无交而求,则民不与。
莫之与,则伤之者至矣。

最后一句是警钟:因为以上不当的行为而没人听从、没人回应,所以当你处于不利局面时,会有存心不良者不知道从哪里跑出来对你落井下石。西周至今已过三千年,这些话仍有警戒作用。如果学生在就业之前的学习阶段能有机会了解并学到职业行为规范,大概知道什么行为将被接受,什么行为将不被接受,那么可以说学校给他们的职业生涯做了很好的铺垫。

六守、五材

社会上也好,单位里也好,与人相处讲究"德、仁、义"三个字。《六韬·文韬》六守(第六篇)讲人君有六守:

"一曰仁,二曰义,三曰忠,四曰信,五曰勇,六曰谋。"
《六韬·龙韬》论将(第二篇)讲到为将者要有五材:
"所谓五材者:勇、智、仁、信、忠。"
《孙子兵法》里讲"智、信、仁、勇、严。"
《孙膑兵法》里讲"德、信、仁、义、严。"
《尚书·虞书》皋陶谟:"直而温,简而廉,刚而塞,强而义。"
"德、仁、义"各有多种深厚的含义,《六韬·文韬》文师篇从正面提供一种解释:"天有时,地有财,能与人共之者,仁也。
救人之患,济人之急者,德也。
与人同忧同乐,同好同恶,义也。"
《六韬·文韬》六守篇也从负面提供一种解释:
富之而不犯者,仁也;贵之而不骄者,义也;付之而不转者,忠也;
使之而不隐者,信也;危之而不恐者,勇也;事之而不穷者,谋也。

学生就业前通过学当领导,把潜在的当领导需要具备的特质表现出来,是"张扬个性"和学习"合适的职业行为"的很好的途径。领导的核心是影响力,正面影响别人的能力。"德"是一个人(如领导者)在其具有的好心善意的驱动下,做自己和社会都认为好的事情,从而产生正面的感染力量。所以"德"是内在品质的容量(Capacity)表现出来的力量或者能量,因此西方把《道德经》的"德"正确地译为"Power"。《周易》里面有几十种行为,都是"德"的表现,上边提到《六韬》中的"救人之患,济人之急",也是"德"的重要表现形式之一。2008年5月12日四川汶川发生强烈地震,全国上下表现出的"救、济"之德,就是迸发出的能量。骤然而至的山摇地动,灾区学校的许多老师岿然不动,保护他们的学生,都是给社会和下一代巨大感染力的师德。

在新加坡一中学,当被问及"想不想当领导?"时,有百分之八十以上的学生不约而同举手。这所学校的学生认为六个素质要素对领导者很重要:以身作则88%,言词清晰73%,精力旺盛67%,高度自信50%,信念坚定42%,和满腔热情40%。这六个要素包含个人特质、工作态度和价值观念。"以身作则"是儒家价值观,不仅华人社会看重,西方的组织领导人也把它当作建设组织文化过程中领导者必须要体现的一个价值观。"热情"要讲理性,前边(心理部分)提到,过于热情容易被误解,东西方组织行为里在这一点上看法一致。这就解释了为什么"满腔热情"在这个学校的调查结果里只有40%。

宝洁(Proctor and Gamble Company)的CEO约翰·白波(John Pepper),从基层到高层,有他奉行的对生活质量的信条和促使他努力进取的核心价值观念,在宝洁公司历时30多年不断地追求,持之以恒。见图25.2中的具体表述(作图以安中的中译本为基础,略有改动),其中两条虚线表示"核心价值"、"生活质量"和"权力的功能"三个方面不是分割开来而是相互渗透的,是一个整体。

权力的功能	领导	
	服务	成长
生活质量	追求真理	尊重信任
	勇气	
	理性的热情	持之以恒
核心价值	好学	
	正直	关爱

资料来源:白波《至关重要:宝洁公司基业长青之道》,安中译;北京大学出版社,2006。

图25.2 白波的成长基石和追求之路

"正直"是特质之一。在"追求真理"的过程中只要"持之以恒"就能"成长"是个信念。我们的国学中讲到"四贞",以"贞夫一"而"贞胜",见《易经·系辞下传》第一章,其要点整理如下:

表 25.4　　　　　　　　　　　　　　四贞理念

贞胜者	讲得多失少
正直,不屈不挠	在官位,做事为人为己
贞观者	如天地无私
慷慨、光明磊落	当领导,为下属谋福利
贞明者	如日月普照
教诲、醍醐灌顶	讲职责,提携有为之士
贞夫一者	一以贯之
守常、坚持始终	做实事,上下共同进步

国学里"以贞成人"的理念几千年如一日,始终指导人们坚守信条,坚持原则(有具体的信条和原则),一以贯之,专心做自己在行的实在的事情,以图有所成就。这是"贞"的内涵。《吕氏春秋·审分览》依据这个理念论述"守"和"一"对领导者的重要意义,分别见"君守"篇和"执一"篇。学校在校本课程里创造机会使学生表达如何坚守自己认为正确而且与社会标准相一致的信念,提炼自己具有的好的潜质,是学习"六守"、突显"五材"、达到"四贞"的设计形式之一,也是内化"八荣八耻"的可推荐的方式。

评估为了学习 (Assessment for Learning)

根据学校课程是培养学生成为具有所期望的素质的一个模型的新定义,学校所提供的课程和活动方式就是模型的运作程序,运作情况直接关系到学生成才的质量。阶段性的对运作程序的评估和调整、更新是学校领导工作的重要一环。关于评估,参见第二十四章课程发展与创新里的"评估课程"和第三十章,评估的框架。这里主要谈一谈"评估为了学生学习"这种评估目的。

新加坡南洋理工大学国立教育学院校长培训班的学员 2007 年有一组到英国苏格兰进行考察学习。他们从苏格兰教学协会(the Learning and Teaching Scotland)那里学到一个针对 3~14 岁学生学习的三角评估模式(AiFL Triangle Diagram),意在重新审视评估目的,改进现行的评估方式,见图 25.3。

苏格兰的 AiFL 三角评估模式是对"课程设置"、"教学"和"评估手段"三者之间关系的新理解及诠释。每一边的两项表示一种评估目的:

a. 评估反映学习情况(Assessment of Learning)(左边)

目的:通过考试,了解学生如何学知识

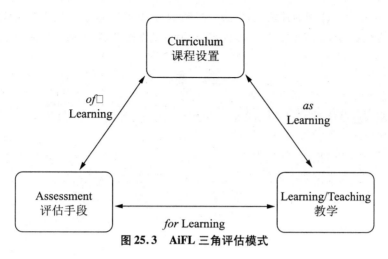

图 25.3 AiFL 三角评估模式

项目:学生的学习

- 全校统一标准
- 依据考试成绩
- 学生进步情况

b. 评估反映教的情况(Assessment as Learning)(右边)

目的:教师如何帮助学生

项目:教师的教和学生的学

- 教师帮定目标
- 师生一起反馈
- 学生自我评估

c. 评估为了学生学习(Assessment for Learning)(下边)

目的:教学生如何成功

项目:教和学的情况、改进课程

- 师生互动,包括提质量高的问题
- 教师、学生和家长都清楚学生需要学什么和成功的标志是什么
- 师生定期互相提供反馈意见
- 学生参与决定 1)下一步学习内容;2)谁能提供最好的帮助。

很明显,左边的"评估反映学习情况"(Assessment of Learning)是许多教育系统传统的评估目的,即通过考试了解学生的进步情况。右边的"评估反映教的情况"(Assessment as Learning)目的是通过了解学生的学习看教师教的效果。这个方式可以借鉴。考试不仅是考学生,也是考教师。下边的"评估为了学生学习"(Assessment for Learning)则真正体现以学生为中心的课程设置目标。校长和老师们考虑的问题之一是,"最合适的评估学生学习的方式是什么?"根据我国学校课程的三级结构特点,即国家、地方和校本课程,这第三种方式可以借鉴,用于对校本课程的评估,学生参与决定学习的内容,也给家长机会明确提出他们的期望和建议。评估决定课程定位,为打造学校产品、创造学校品牌服务。

结　语

在信息时代,学生获得信息和知识的渠道增加,社会和工作单位对学校产品的期望值增高,同时抱怨增多,而学校和教师对学生的影响却在下降。2005年广州市政协调研报告《优化青少年成长环境》中显示上世纪八十年代以来对青少年产生影响的主要因素的排序变化。这个变化反映一种趋势:

- 上世纪八十年代　　家庭、学校、传媒、社会人物、同伴
- 现在　　　　　　　传媒、社会人物、同伴、家庭、学校

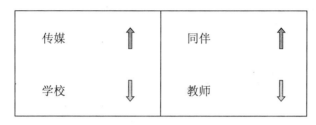

图25.4　影响学生主要因素的变化趋势

这个排序变化着实令人不安。虽然这个趋势难以扭转,但是也不能认可学校和教师的影响一降再降,而要有所作为。鉴于这些变化,本章提出“合作式课程文化”和“学生素质PRISE综合模式”,使用于校本课程,设计并推出训练活动,促进学生、学生干部的个性张扬;心理素质的提高,包括情感成熟和情感智能;动手能力的增强;和明白并学到合适的职场行为。

马歇尔(Marshall,2006)的力量派对观(见下)相信能给教师以启发,在与学生的互动过程中采取主动,为他们开拓开眼的机会——

- 智力的力量与信息的力量(Intellect and information)
- 想象的力量与观察的力量(Imagination and observation)
- 数字的力量与审美的力量(Algorithmic and aesthetic)
- 理性对待主观/实验真理的力量与理性对待客观真理的力量(Rationality in subjective/experiential truth and objective truth)
- 人际关系中独立的力量与相互依存的力量(Independence and interdependence in relationships)
- 惊异的力量与怀疑的力量(Wonder and scepticism)

“人主之车,乘物之理”。《吕氏春秋·审分览》分析“人、马、车、辔”的关系,教人变换形式,转换态势,驾驭情势,变被动为主动,还特意强调,“人主数穷,何以君

人?"学校领导和教师能够从中获得灵感，设计课程、打造和推出有竞争力的产品。

价值观、信念和个人特质
（ Values，Beliefs and Desirable Personal Characteristics）

Accomplishment 成就	Control 控制	Independence 独立	Recognition 被认可
Achievement 成绩	Cooperation 合作	Improving society 社会进步	Reliable 可信任
Courage 勇气	Innovativeness 革新	Religion 宗教	Affection 有情感
Courteousness 谦恭	Integrity 诚实	Respect 尊敬	Creativity 创新
Intellect 智力	Responsibility 负责任	Ambition 雄心	Dependability 可靠
Involvement 参与	Restrained 严于律己	Economic security 经济保障	Discipline 讲原则
Imagination 想象力	Assisting others 帮助他人	Self – reliance 自力更生	Self – control 自制
Authority 权威	Effectiveness 有效率	Self – respect 自尊	Autonomy 自治
Equality 公平	Belonging 归属感	Fame 声望	Loving 有爱心
Sincerity 真挚	Family happiness 家庭幸福	Mature love 成熟的爱	Stability 稳定
Broad – mindedness 思路宽	Family security 家庭安全	Nature 自然	Status 地位
Caring 关心	Forgiving 原谅	Obedience 顺从	Success 成功
Challenge 挑战	Free choice 自由选择	Taking risks 冒险精神	Symbolism 象征主义
Freedom 自由	Order 秩序	Peace 平和	Teamwork 团队合作
Comfortable life 舒适的生活	Friendship 友谊	Competent 有能力	Genuineness 名副其实
Personal development 个人发展	Tenderness 温柔	Competitiveness 竞争力	Happiness 快乐
Politeness 礼貌	Tranquillity 宁静	Health 健康	Power 权力
Wealth 财富	Conformity 遵从	Helpfulness 有助于他人	Pride 自豪
Contentedness 满足感	Honesty 真诚	Rationality 理性	Wisdom 智慧

根据鲍亚茨和麦基（Boyatzis and McKee，2005）提供的资料整理。

第八部分

督导教学、教师的职业发展

第二十六章

教师的职业发展

职业发展中心主任杰佛雷让六位学校校长去他的办公室研究计划一下即将临近的服务日活动。在高中礼堂他先阐述了这一服务日项目将从由全体学校系统人员参加的晨会开始,下午安排学校各自的单独活动,由各学校校长负责互通情报的内容。杰佛雷主任向校长询问:"在晨会上我们能做什么呢?"有一位校长建议邀请一位学者来演讲,好让教师们在每年这个时候来个感情上的激励。另一位校长又说他听过Z博士在去年夏天国家校长级会议上做的题为"教学的震撼"的演讲。这位校长认为Z博士是个厉害的发言人,杰佛雷主任欣赏这些建议并告诉校长们将邀请博士来出席。

在服务日238位教师列队进入礼堂并坐在除前8排空椅之外的所有座位上,杰佛雷主任进行了介绍性的发言,并强调大家今天有幸零距离聆听Z博士的演讲,然后将会议的主持权转给Z博士。这位学者风度十足的大学教授步向麦克风开始做题为"教学的震撼"的演讲。10分钟内,观众席上的烦躁不安、厌倦、抱怨和讥讽的叹息声弥漫整个会场。似乎有12位教师坐着听这篇跟两年前一样的在一个教师集会上逐字逐句地念出的讲话;还有其他15位教师在想着他们为下学期做准备的课堂工作,并询问"我们究竟为什么坐在这儿倾听这个讲话?"另外22位教师已经对Z博士所发现的"教学的震撼"中学术设置的持续论述变得焦躁不安。他自己工作的设置安排是职业性的特殊教育和基础;他们不能联系他们关于中学自我世界的说法。演讲最后,一些教师开始批改试卷、看书或编织;显然有几个已经睡着。另一方面,大约一半观众仍聚精会神,当他结束时,为Z博士的演讲热烈鼓掌;其余一半人员显得有些欣慰,当讲话最后结束时,他们又能回到他们各自的学校去了。在离开礼堂时,有一位教师听到了这样的评论:"这演讲太棒了!"还有人说,"这简直是浪费时间!"

关于服务日的描述是许多学校系统的典型。一些教师发现了它的价值,但许多教师并不这样认为。服务日是校区职业发展中心组织的一项活动。通过对这个服务日效果的描述,可以看出教职工职业发展存在的问题。

本章论述三个关键问题:

1. 为什么需要职业发展?

2. 应该如何计划和处理？

3. 教师是职业发展的对象和代理人吗？

负责职业发展的督导员不可能使每次活动都令教师有兴趣和对其有价值，但他可以期望职业发展总体上对大多数教师即使不是全体成员有价值和令其感兴趣。最终结果应该是为学生改进督导。

为什么需要职业发展？

当一位作家在密西根的一所学校董事会上做演讲，提到为职业发展拨更多的款项的需要时，他以底特律制造的汽车来作譬喻。当一位顾客花了3万多美元购买一辆新车时，每5,000英里他要对新车进行一次预防性保养。这位顾客还要继续增加额外费用用于延长该车的寿命和性能维护。干脆把车报废似乎是一种笨拙保护这样的投资的方式。在教育方面，该校董事会就像位花了3万多美元购买了一辆新车的初期投资的顾客——获得生存和发展的职业！没有保养、调节和重振投资的资源，社区将会把教师们撞到地面。这比一辆车更重要。该社区将会从物质上或精神上失去教师，真正的损失者将会是这些教师们的学生。

职业发展吸引了整个国家研究和资源分配更多的注意力。自从20世纪80年代中期呈递的国家系列报告表明，政府戏剧性地增加了地方社区和学校职业发展的费用。国家工作人员发展委员会在美国已经变成高速增长的教育机构。20世纪90年代以来，成立的研究学会星罗棋布，学校职业发展的研究项目和活动如雨后春笋。现在每年研究学会的数量正在成倍增加。

按照纽约州教师和管理者的研究，职业发展项目的首次批评是"一次性交易"的活动和"没有统一的一项极具说服力的计划来完成学校目标。"现在让我们来看一下如何避免这些批评。

成功职业发展项目的特征

重要的知识基础存在于成功的职业发展。让我们关注一下本文描述的成功职业发展项目的特征。某学者审查了职业发展项目的97项研究和评估报告。下面是他论述的有效的项目特征。

1. 计划和实施该项目的管理者和督导员的参与；

2. 不同教师的不同培训经验；

3. 教师在活动角色的人员配置（生产资料、思想和行为）；

4. 强调演示、管理尝试和反馈、教师分配和相互援助；

5. 活动与总职业发展项目的联系；

6. 教师目标和活动的选择；

7. 教师自我传授和自我管理的培训活动。

我们总结了几年来关于联邦政府设立的教育改革基金的研究，发现学校社区有效的项目具有相互采纳，取长补短的特点。促成相互适应的要素如下：

1. 具体的教师特性和拓展培训计划；

2. 来自课堂的辅助；

3. 教师对其他学区类似项目的观察；

4. 关注实践问题的定期项目会议；

5. 项目决策中的教师参与；

6. 当地资料信息；

7. 培训的校长参与。

对乔治亚州 36 所学校课程改革的研究肯定了上述特点，并发现尤其是职业发展协作计划与项目成功有着强有力的联系。还有一些学者表明技能发展项目运用如课程反馈和训练的介绍、演示和实践比不运用反馈和训练的项目要成功得多。换言之，当教师们进入课堂时，他们获得了使用更有准备的新技能。另一位学者表明 6 至 7 位教师小规模解决问题讨论会进行分享和反馈比大规模的讨论会要好得多。

莫尔曼等学者比较了三种不同的技能发展模式。第一种包括介绍、演示、实践和反馈；第二种包括介绍、演示、实践和反馈，接着由同事观摩；第三种包括介绍、演示、实践和反馈，接着由培训人员"教练"。他发现参与者从附带"教练"的第三种模式获益更多。

加利福尼亚州教育部门使用的该模式纳入了有效技能发展的不同要素，这些要素包括：

1. 三周一次的小规模讨论会；

2. 同事观摩；

3. 分析和讨论；

4. 教室实验和技能的修正。

有的学者总结了一套成功职业发展计划的特点。这些特点如下：

1. 全院一体与合作；

2. 实验与冒险；

3. 合并可利用的知识基础；

4. 适宜地参与目标的制订、实施、评估和决策；

5. 在员工发展上花时间和吸收新知识；

6. 领导和持续的管理支持；

7. 适宜的激励和奖励；

8. 成人教育和改变进程原则上的规划；

9. 个人与学区目标的整合；

10. 在学校和社区组织结构和理念范围内计划的正式实施。

在回顾职业发展调查之后，有学者提出了"成功员工发展的 15 个实验基础的特色"。

1. 论证需要；

2. 明确阐述的目标；

3. 需要各异的不同小组；

4. 合作性计划；

5. 计划的灵活性；

6. 相关的规则；

7. 个人和小组的选择；

8. 训练的强度；

9. 问题解决定位；

10. 校长介入；

11. 具体的行动；

12. 参与者技巧实践；

13. 协助教室转换；

14. 长期发展；

15. 奖励和激励结构。

最后，在调查和最好实践基础上提出一些职业发展的设想后，有两位学者得出结论：设想的职业发展计划具有如下特点：

1. 员工发展的焦点是学校改进目标；

2. 长期、多年的计划；

3. 学校氛围和变革的文化支持；

4. 对社区里所有教育者进行的员工发展；

5. 校长们积极参加员工发展的各个方面；

6. 在为学校选择改进计划时全体的参与；

7. 支持学校和个人职业学习目标；

8. 调查基础上计划的选择；

9. 成人教育原则基础上的员工发展；

10. 继续支持在实践中实施持续变革；

11. 把员工发展作为教育、计划和学校改进系统的一部分。

职业发展的知识基础可以在下面一个员工发展的核对清单上总结出来。当对职业发展复审或发展一项计划时，督导员可以通过查看它来看是否包括这些内容。

职业发展清单：

- 参与者介入制订和实施长期计划；

- 个人和学校改进目标的整合；
- 以成人发展和学习原则为基础；
- 参与者自由支配的时间；
- 激励、支持和奖励；
- 小组学习活动；
- 技能发展条件：具体而细致；
- 技能发展条件：讨论会中的表达、审视和反馈；
- 技能发展条件：讨论会后的教室辅导；
- 实验和鼓励冒险；
- 参与者的解决问题和计划评估常规会议；
- 教育和学校领导参与活动；
- 学校文化的角色。

以教师为本的职业发展

当有的教师划定"纪律"作为他们的最高优先权这一训练的课题时，让教师根据个人情况来考虑就意味不同人群有不同的优先事项。划定了"纪律"为优先的教师们认为，"我想去学习如何对付那些自大、粗暴、可憎、让我打退堂鼓的学生。"另一位 11 年级的教师检查了训练箱后认为，"我想去学习如何更有效地组织课堂讨论。"一位 7 年级教师也检查了训练箱后认为，"我想去鼓励自我训练，对家庭作业认真负责的学生，测验学习，寻求帮助。"关于训练的职业发展项目的选择没有理由为了个别教师而确定对其他人是漫无目的的项目。从总训练期间的内容来看，我们意外地发现，适应一些需要，同时也错过其他一些职业发展机会。一位教学独创行为的咨询专家将真正对受学生威胁的 11 年级的教师有益；同样这位咨询专家也将会对 11 年级想处理课堂讨论的教师有益，但对 7 年级渴望学生发展自我训练的教师却无益。与之相反的是，职业发展需要计划不仅按照优先课题，而且按照基于对这一课题的个人意愿。

研究员吉恩和他的同事们在教师教育研究和发展中心对以参与者个人意愿为基础的职业发展项目计划做出了重要贡献。当有其督导性改变时，他们发现教师们有着不同的兴趣、实行和需求的水准。在收集的训练的例子上，我们发现了个性化督导、熟练学习和团队教学的改革对个性有着不同的意义，教师们都关注着所提议主题的不同方面。

正如吉恩和他的同事们所发现的，最好的方式就是简单地询问。作为询问结果，在学校系统职业发展数据化的优先清单上你会发现，有的教师划定"给予学生更多的自信心和校规"，"共同关注大规模督导"，"更多地专注于小规模研讨会"。当"纪律"出现在优先清单上，那么采纳的形式随后可能会送至教师。

其他职业发展形式

职业发展意味着聘请顾问做一个 60 分钟的演讲或一次性研讨会的时代已经一去不复返了。职业发展新形式多元化在前几年就已经出现了。例子如下。

- **良师益友项目**：一位资深教师选定一个提供个性化、正在发展职业支持意图的初学者。
- **技能发展项目**：包括几个按月召开的研讨会和在日常教学中帮助教师转换新技能的研讨会之间的教室辅导。
- **教师中心**：教师们可以在中心场所会见，从事职业对话、发展技能、计划改革和收集或创建督导资料。
- **教师学会**：教师们几日或几周定期集中参加以个别辅导为主题的经验学习。
- **学校集体支持**：同一学校的教师们从事集体咨询、陈述一般问题、联合实施督导性改革和提供相互支持。
- **网络通讯**：来自于不同学校的教师们共享信息、事物、成就和通过电脑网络、新闻通讯、传真以及临时研讨会和会议从事公共学习。
- **教师领导**：教师们参与领导训练项目和由一个或多个领导角色确定来帮助其他教师（研讨会出席者、合作教师、指导者、专家指导、督导性团队领导、课程设置者）。
- **教师作为作家**：这种逐渐流行的方式包含有教师们的反应和关于他们的学生、教学和职业发展的写作。这样的写作可以是以私人刊物、论文或情况反映的形式与同事们共享，或者是在教育出版刊物上的正式文章。
- **计划个性化的职业发展**：教师们制订个性化目标和方针、计划和实施活动、评估顺序。
- **合伙关系**：学校与大学或企业之间的合伙关系，平等且有相互的权利和职责。这样的合伙关系可以介入一个或多个前述的方式。

作为员工发展者和研究者的自身经验已经让我们总结了许多成功的职业发展项目结合复合性方式。下一步，我们将描述几种职业发展项目，每一种都包括方式的合成。

高效的职业发展项目范例

我们将描述六个职业发展模式，包括两个综合项目、一个教师领导中心、一个自我指导项目、一个教师辅导项目和现场员工发展。

综合职业发展项目

在该项目的第一年期间,18 位志愿督导者组成一个小组,由职业发展领导筹备委员会确定,与所在社区建立合作关系。领导筹备工作陈述如下。

一般教学技能

1. 课堂管理;

2. 课程设计;

3. 学生评估;

4. 教师期望;

5. 提问题技能;

6. 学生鼓励。

授课模式

1. 概念获得;

2. 比较和对照;

3. 合作型学习;

4. 概念图设计;

教导和领导

1. 同事间互相指导;

2. 系统化的课堂观摩;

3. 与教师讨论技能;

4. 职业关系;

5. 与教师关注课题相符的教导。

综合型职业发展项目的不同类型是由校区管辖的。像圣·玛丽一样,这个项目介入了一项大学合伙关系项目。在大学与学校之间建立合伙关系的第一年期间,社区的职业发展计划委员会(与教师大多数)在一项需求评估中的协作,包括书面观察和关注与同初级、中级和高级中学水准的教师的集体会谈。数据分析表明各种项目在督导性战略和技术方面的需求。

在合伙关系的第二年期间,大学教授负责由自愿成为职业发展领导者的 30 多位教师督导员和管理者组成的领导筹备工作项目。所有参与者参加了以互相指导、督导系列观察和讨论技能为主题的一系列核心研讨会。以合作学习,帮助特殊需求的学生和督导技能为主题的专业研讨会只有职业发展小组参加,负责在该主题上的研讨会。领导们为了掌握督导技能和实践,在研讨会上相互切磋。

在该项目的第三年,社区教师被邀请参加由领导团队提供的十项职业发展项目之一,包括督导战略和督导技能。

督导战略项目

1. 交流艺术；

2. 创建一个满足需求的环境；

3. 教授高水平思考技能；

4. 合作学习；

5. 应对各种学习需求。

督导技能项目

1. 电脑操作技能；

2. 电脑软件应用；

3. 图表制作；

4. 多媒体应用；

5. 互动式影像/电讯。

每一项目包括一系列研讨会和研讨会期间的个性化帮助。个性化项目提供以下四项内容：

1. 研讨人员在实际教室课程中职业发展领导者的技能演示；

2. 在教室的研讨人员接受职业发展领导者的专家教导；

3. 一位职业发展领导者和一位研讨人员在教室进行联合教导；

4. 研讨人员在教室内的相互指导。

第三年后学校与大学的合伙关系结束，社区确定由教师新组成的小组实施评价，并对随后的项目负全责。

尽管范围不同，这里全面的职业发展项目都包括了几个前述的员工发展方式，即学校与大学的合伙关系、教师指导关系、技能发展项目和互相指导。

教师领导中心

宾夕法尼亚州教育部门资助的教师领导中心，宗旨是为社区督导和学校教改工作做领导储备，即培养"预备领导"教师。中心的基本原则如下：

1. "预备领导"教师是志愿者；

2. "预备领导"教师在同事之间选出；

3. "预备领导"教师不担任评估角色；

4. 培训活动以团队精神为指导；

5. "预备领导"教师继续从事教学。

教师领导中心做领导筹备的专业角色如下：

1. 指导者；

2. 辅导者；

3. 人力资源；

4. 互相指导；

5. 课堂研究者；

6. 社区教育合作者；

7. 学校革新团队成员。

这个中心已经专注于建立教师网络、课程项目、资助教师研究、大学合伙关系、远程教育和"培训者的培训"。每年为该中心服务的教师和其他教师领导中心在遍及全州的会议上集会，开展活动，来分享他们的心得和成果。这些是教师多元化职业发展方式的另一个范例。

个人有计划的职业发展

在一个校区，个人有计划的职业发展项目包括以下五个阶段。

1. **邀请**。感兴趣的教师被邀请参加会议讨论该项目。自愿参加的教师了解该项目后，提供个人资料。这一传记体信息用于和来自附近一所大学的促进者与教师志愿者相配对，促进者的角色就是辅助志愿者进行职业发展计划。

2. **评估**。促进者录制与志愿者会谈的磁带。采访问题设定为确定教师个人的需求、利益和所涉及的职业发展方式。促进者对采访记录进行熟悉，明确潜在职业发展项目或在教师个人可能受益的情况下的学习活动。

3. **确定**。在与教师个人第二次会谈时，促进者分享了采访数据和以数据为基础的职业发展选择。教师可以从促进者的提供的选择范围中选出自己的职业发展项目，或者进一步探讨。

4. **公布**。在促进者和与会者集会期间，教师们相互分享了他们的个人计划。

5. **实施**。社区管理者赞同这一个人计划会议后，实施开始。教师们有两年时间完成他们的项目。当与会者完成计划时，促进者和与会者把他们的项目收获提供给当地社区，成为社区和社区教师的资源。比如项目中的个人计划，包括发展新课程、学习和使用新督导战略、各学科间的团队教学和收集有关成功教育实践与学校人事部门分享的信息。

这个模式和其他个人有计划的项目为教师个人介入职业发展打开了大门，包括集体员工发展，帮助他们达到个人目标。

新教师辅导项目

有一个校区设立了一个支持新教师开始工作的辅导项目。该项目的计划委员会由学校管理者、督导员、资深教师和顾问组成。顾问志愿者由筛选委员会选出。选择标准包括在学校系统多年的经验、高效率的教学工作、人际关系技能和帮助新教师的意愿。选出的教师参加一项广泛的顾问筹备工作项目，包括以下要素：

1. 介绍以新教师、新教师辅导项目和顾问问题为基础的知识；

2. 社区新教师辅导项目概观；

3. 高效率课堂管理研究；

4. 高效率教学研究；

5. 成人学习原则；

6. 成人和教师发展；

7. 目标设定和行动计划；

8. 教学指导，包括会谈技能和观察技能；

9. 行动研究。

当新教师安排好顾问时要考虑各种不同的数量，包括年级水平和内容地域、教室情况，以及理念、顾问和新教师间的个人相容性。一种尝试就是使顾问和新教师成为全面的"最好的竞争对手"。

在新学年开始之前，新教师的特殊环境是由新手和他们的顾问共同创造的。在这种环境下，新教师了解有关社区、政策和程序及他们将要负责教学的课程的关键信息。之后，他们熟悉学校环境，与管理者和领导会谈。他们的顾问谈论了创建政策和程序，并提供给他们学校、员工、学生和家长的资料。对于每位新教师来说，支持团队的组成包括一位管理者、系主任或督导团队领导和顾问。该团队面对正规基础，继续辅导并以团队讨论为基础。研讨会向新教师提供以课堂管理为主题的高效率教学和与家长一起工作的范例。顾问们有效地给新教师以心理支持，并提供信息和入门辅导。

现场行动计划

芝加哥一所中学有一个现场职业发展项目，目标是在学术学习和支持的基础上的督导性教改，由附近一所大学资助，并安排教授参与。教师们的职业发展活动的周期包括以下四个步骤。

1. 教师们确定了督导性关注，了解当前这一关注的研究，讨论个人的想法，发展课堂实施方案，并列出有计划的教师行为的检查清单。

2. 教师们录制他们自己实施教改措施把录制的实际行为与预料行为进行比较和分析。

3. 教师们互相指导。

4. 教师们总结收获和反馈意见，决定下个月学习的内容和程序。

我们发现这个现场行动计划有很强的学术性，提高了教师的自我分析能力，激励教师们去学习合作观察和讨论相互教学的新方式，以及丰富新教学策略的实验。

职业发展阶段

职业发展有三个典型的阶段:1. 入门,2. 融合,3. 提炼。为了方便起见,我们把这三个典型的阶段放在合作学习的督导模式里加以说明。

在入门阶段,利益、责任和与员工发展所提的介入有着个人的联系。在合作学习范例中,入门主题包括以下七点:

1. 合作、竞争和个人学习的不同;

2. 合作学习和传统小组工作的不同;

3. 合作学习的研究;

4. 合作学习(相互依赖、互动、个人说明能力和小组程序)的基本要素;

5. 组成合作小组;

6. 标准合作学习结构(集思广益、相互交叉、学生团队、团队游戏、小组调查等);

7. 计划合作课程。

在融合阶段,教师们在课堂和学校中应用早先接受辅导时的收获。在合作学习范例中,这就意味着学习能改变合作教学策略来让他们适应不同的学习内容和学生。融合的相关方面是这一新学习方法的正规的和高效率的使用,例如,一位教师增强了在合作学习方法上足够的竞争力和信心。

在提炼阶段,教师们通过继续实验、信息反馈提出从基本竞争到熟练。在合作学习的员工发展的提炼阶段上,教师们在合作学习策略大范围和最理想的学生学习方法的混合与比较上变得专业。在此阶段的教师融合早期学习的不同方式以便于创造新的学习策略。在我们合作学习范例中,有一位教师能够将两种或两种以上的标准化合作学习结构结合起来,创造出一个更加复杂的结构。从另一个范例上来看,在提炼阶段的一位教师也能合成整个语言和合作学习策略来创造一个完整的新教学模式。

与教师特点相匹配的职业发展

顺序

具体活动可以通过适当的顺序来适用于不同特点的教师和他们的职业发展阶段。一种方式是逐步从较低到较高的经验影响而发展来的。特别重要的是使用低影响的活动来帮助具有发展潜力、专业投入的低水平的教师。另一种方式是选择较低与较高水平间的经验影响。例如,低影响活动可能用于允许教师进行学习和"再充电"。无论选择哪种方式,按照经验影响的顺序应该有两方面的平衡:1. 从简单到复杂学习的转换需求;2. 在教师从事行动和信息反馈的继续周期的行为上的活动需求。

我们来看一下如何能选择不同经验影响的有顺序的活动。有计划的职业发展关注各种不同教师小组的三个假定情况。

情况一:小组一包括打算处罚违纪学生的教师。他们没有意识到试着使用其他方式去训练。他们关注的是如何使学生获得"发展"。行为问题被看做是学生问题,而不是教师能共同负担责任的问题。

他们显然需要职业发展既关注新方式的演示,又关注运用新方式和个人利益的讨论。

选择活动的标准是他们应该提供专业的、演示的技能,但不是威胁和低经验影响的。职业发展的计划者考虑经验影响活动的目录。

情况二:小组二由大部分不满意目前课堂训练实践和试图随心所欲做不同事情的教师组成。他们先阅读教师训练方面的论文和一些新实践。他们在选择和整合新实践困难,比如新课堂规则、冲突解决系统等,以接受有经验者的督导。教师们想要改进,愿意继续在教改方面工作的训练,但在组织和改进他们的行动上渴望帮助。

进行这样的督导活动,应该提供课堂实践、专家指导、互相观摩与指导。职业发展关注的是在课堂进行中的应用技能。

情况三:小组三由精通训练的教师们组成,他们对自身的能力很自信,善于处理破坏课堂事件,但是教师们仍然能从互补的训练方式中得到技能的提高。当紧迫的训练状况出现时,他们关注相互帮助的方式,并关注采用相互实践来改进整个学校的训练。

在职业发展提炼阶段,这是一个具有发展、专业和投入高水平的教师能力小组。他们观察对破坏课堂的学生的处理,考虑在高度抽象化方式上多种选择的训练。这些活动的选择应该是帮助教师们反映目前个人实践,想出方法来相互补充,是有高经验影响的实施活动。实施也可能紧跟合作活动来修正和精炼团队实践。

分阶段提高

处在具有发展、专业和投入的低水平的教师,他们的能力需要通过每一阶段转换逐步提高,精深的职业发展在起步阶段就开始,通过这一项目继续进行。这些教师可能从来没有达到过提炼阶段,但是需要为了有意义的学习而转向融合阶段。具有发展、专业和投入的中等水平的教师会快速通过入门阶段而慢速通过融合和提炼阶段。这些教师的精深的职业发展从融合阶段开始,继续通往精炼阶段。具有发展、专业和投入的高水平的教师可以以快速通过入门和融合阶段,以慢速通过提炼阶段。这些教师的精深的职业发展在提炼阶段发生。

我们关注经验影响、结果水平和员工发展顺序活动的讨论,确定员工发展速度的真实性:如果员工发展项目本身引起具有发展、专业和投入的教师增长,因此活动的速度应该也是增长的。

职业发展目标作为"一个置身之外的动机",无论是否被考虑进去,都是一个高效率学校的关键特点。

职业发展研究的警示

职业发展不需要将所有时间都花在有用的教学知识和技能的增长上。参加一个有灵感的演讲、一个富于幽默感的研讨会或一个有氧健身会,应该没有任何问题! 当不再趋于单独指导的职业发展时,它可能产生的利益会是同等价值的最终容纳者——学生。

例如,某位作者曾经在加拿大西部举行了两天的教师和管理者的研讨会。后来,他问那位送他去机场的职业发展主任:"你认为参加者学到了什么?""他们会使用什么?"她回答道:"我相信他们学到了东西,但那不重要。重要的是每人在这两天的活动中度过了一段美好的时光!"该作者的信念动摇了,"它不重要是什么意思?"他嘟囔着,"我跑了 1,500 英里来教学校改进措施!"她平静地回答,"你不明白,每年我们都举行两天的活动! 我们在树林里举行,在那儿每个人都可以放松下来。我们发现一位令人愉快的顾问,他开一些有趣的玩笑,并且或许带来一到两条让我们思考的消息。食物也很棒,晚上大家很热闹,晚会持续到很晚。这些天职业发展的真正目的是告诉这一地区的老师和管理者们,他们是世界上最重要的人! 他们学到的在学校中使用的东西并不如度过一个美好时光那样重要。"该作者听着,想起了一篇关于学校的象征功能的重要性的文章,然后羞怯地笑了起来。

螺栓和螺母

职业发展并不总是需要以小组会议的形式发生,而是让小组在大部分职业发展形式和计划中充当重要组成部分。如果督导员忘记了螺栓和螺母的关系,再好的小组会议的计划都是无用的。如果听众断章取义,那么一个优秀的演说者的价值是什么? 如果由于与其他教师的会议冲突以致很少人来参加,那么进度很快的小班教学好在哪里? 如果参加者没有机会吃饭、放松或在前两个小时使用休息室,那么一个令人激动的角色模仿活动好在哪里? 如果某人在制订职业发展计划上存在困难,那么应该采取特别步骤来确保有一个能让参加者做出反应并感到舒服的环境。

下面是六件重要的需要考虑的事情。

1. 告诉演讲者他们需要做什么。如果一个演讲者被邀请来搞一个活动,确信他明白他的任务。演讲者会像往常那样做,除非有人告诉他做别的。大部分的演讲者有自己的演讲题目,他们自己的经过演练的演讲方式和形式。如果一个演讲者被盼望去演示一个特别的技能(例如,询问较高级别的问题)或包括角色扮演(教室讨论的剧本),就明白告诉他。当演讲者的内容不在与会者的期盼之中,演讲者和与会者都将处在一个尴尬的境地。

2. 检查预订场地,座位安排,媒体和演说者。确定适应于这一活动的场地。例如,把小组讨论放在礼堂给予教师们的感觉是组织者将以强硬的态度进行程序的下一步。看一下所有设备是否能正确地操作,检查一下麦克风、录音设备和高架灯。在房间里走一走,看一下是否每个人能够清晰地看到墙上或屏幕上的显示,准备多余设备以防一台设备出现故障。

3. 提供休息场地。告诉与会者休息室在哪里。提供饮料、快餐。在会议门口向与会者非正式地问候,告诉他们会议何时开始。当正式开始时,通知与会者其他休会时间安排。

4. 检查室内的舒适度。首先,检查室内是否保持一个舒适的温度。发现是否空调加热或制冷系统在会议期间能调节。因此,安排一下系统操作正常运行。当室内空调打开时,估计一下室内温度。当在只有几个人出席的室内你感到舒适时,挤满人时,室内的温度会变得难以忍受。

5. 准备资料。会议前,检查活动的指导者确定所有准备的资料,而且在会议前明确资料的分发系统。在会议入口处放置一张桌子收集资料,让一人负责告诉进入者领取资料。

6. 会议后让与会者填写评价表格。询问与会者的反馈意见,评价会议现存的问题,并在下一会议前予以改进。

在职业发展方面作为对象或代理人的教师

一位校区督学说他出席国家级会议并发表题为"高效率督导要素"的演讲。他决定教师们所需要的是正确的。从结果来说,他的校区三年来大力度投入培训,高薪聘请国家级顾问,人事部门确定高级培训项目和在夏季期间到外地旅游,目的不外乎一个,就是促进校长和教师们的职业发展。

三年之后,学区费用超过了30万美元,而结果如何? 在学生成就上没有明显的收获,接受专业培训者众,同时"不满意"教师不少。督学坚决要求做到"我们目前关注在科学推论原则上的长期职业发展和我们的教学更有效。"

在过去的几年里,教育已经受到"高效率教学"、"高效率学校"、"高效率管理"和"高效率训练"包装的项目炮击。所有要求来源于研究和已经证明了的成功。传统的职业发展项目中缺乏竞争和培训转换程序的运用。这些项目提供了阐述、演示、模式、角色扮演、实践和指导。他们不是一次性项目——他们源自教室，基于课堂。然而强制地来看所有教师们将最后学会如何教好学生，就如同频繁和正确地开药方一样。

这一基本原理强调成人职业发展和动机这一点：一种是选择；另一种是负责制定关于工作的有知识的决策。这就是为什么督学看到在"高效率工作要素"这一项目，这位督学对这一决策负责。然而教师们没有机会负责制定如何培训别人的决策，而且大多数教师和校长不会得到机会负责制定迎合他们的学生和他们自己需求的决策。换言之，他们被作为对象甚至作为职业发展代理人来看待，而他们在学生和教学的兴趣方面制定明智的决策的能力，却没有得到预期的重视。因为没有机会或者对他们工作制定有知识的决策的责任，他们对强加的项目没有什么动机或投入。

如果没有运用有关学习转换顺序的知识安排，没有意识到真实的需求作为职业发展的有用项目，决策制定者和受训者只有"鸡犬之声相闻"，那么任何项目的推展只能是雨过地皮湿。

成人与职业发展

成人职业发展的理论研究有几个明显相关的研究方法。几十年以前，人类主要关注孩子发展的研究。后来研究者在成人职业发展的研究上把成人时期作为有秩序的进程而强调了发展，心理学家所做的大量工作起到了促进作用。研究的重点放在考虑他们与环境交流的个人行为进程的变化。有两种研究方法在传统意义上来说，今天尤为著名。

阶段发展理论代表这一研究轨迹。这一方法探讨的是如何在复杂、有序的职业发展进程中增加成熟度，而且关注组织系统内部个人的跨行业技能的发展。其他研究者研究基于年龄变化或生命周期的发展，倾向于生命运动中全方位发展的说法。许多具有传统思维观念的研究学者关注发生危险生活，迫于压力和扮演主要角色，准备或应付在人生成长和发展方面发生的事物。这些研究在社会角色中似乎占有一席之地，不是强调我们的年龄如何，而是重点放在生活过程中我们担当不同角色的精力与义务程度上的平衡，以及如何担当主动或被动影响的一个角色地位。

职业发展的阶段理论

我们将讨论一下成人职业发展，重点放在发展阶段理论。这一阶段观点特点是：

首先是结构种类。每一阶段都是一个结构整体，代表思维理解的基础组织结构阶段之间性质不同。没有哪一个阶段可以越过。最后阶段是"组织的统一",就是说,进步阶段是逐渐合成的,它包含了早期阶段。每个人总是铭记他们自己走过来的阶段,在通常情况或适当的支持下,人们一般选择运用他们能驾驭的最高阶段。

认知发展

　　一种观点认为,认知发展的四个阶段:感知动机、行动前奏、具体行动、正式行动。前两个阶段更多的是关于孩子的学习。具体行动和正式行动阶段是关于成人的。在具体行动阶段中,每个人都能够从事知识性工作,例如命令撤销、管理和整顿。在正式行动阶段中的人已经超出,原因只是"这里和现在",他能进入相关的时间和地点。正式行动阶段比具体行动阶段更高,在正式行动阶段的人能运用假设理由理解复杂记号和把抽象概念公式化。

　　一些科研人员已经发现正式想法没有被成人论证,在传统的这种观点研究的文化偏见程度上说,其他问题在不同发现中占重要地位,特别是在非西方文化方面可以考虑的成人特点的思维方式的探索已经超出了这一观点的第四阶段,称为正式行动后阶段,一些设定可选认知框架来描述成人思维。从观察成人来看,像辩证思维、整合思维和感性认知术语已经描述出了认知的最高阶段。成人必须关注定义没有肯定答案的问题。使用这样的思维,成人不用固定的所谓的正确答案和标准来评判其他答案。这一方法论可以指导教师在教室和学校所需的想法。

　　有些学者在从事两年的研究生学习的教师教育研究项目中调研了教师的认知发展,重点意图是教成人就业前如何接受培训。职业教师的孩子教育发展也是教师自我发展。教师学习了这一理论和发展理论后,学生教学观念得到改善,他们从简单到复杂的学生行为发展和相互学习的作用来解释。这些教师也从"演示、演讲"教学观念转向创造一种学习环境设法丰富学生知识学习和发展。教师学习观点从被动教授转向主动教授,他们也在不同程度上成为思维的主导,轻松学习胜过传授知识。

概念能力发展

　　概念低水平的人们往往对事务做简单而具体的评价。他们倾向于看"黑与白"这一问题。概念低水平的个人很难定义一个正在进行试验的问题以及对这一问题的反馈信息。在通常的情况下,尽管,事实已经反映出来不能解决问题,他们仍要去看如何解决这一问题。概念中水平的人们设法把他们的思维想法变得更抽象。他们确定问题,确认可能出现的几种有限的解决方法。但是,很难确定一个综合的解决方案。他们仍然需要解决这一复杂问题的辅助办法。概念高水平的人们是抽象的思想家,他们具有独立性、自主性、资源性和灵活性,拥有一个高容量的整体。

　　研究表明,高智商的教师能够使用富有创意的教学法创造有益的教室和学校的氛围。高智商的教师通常考虑更加积极的特征,例如热情、感知、投入、灵活、聪慧、工作效率、平和及行为连贯。相对低智商的教师拘泥于一些消极的特点,例如规范方针、惩罚和忧虑。有人发现,教师概念能力水平与运用学习者对方案和评价的需求之间有着关联,高智商的教师运用大范围的学习环境和教学方法。比起低智商的教师来说,高智商的教师能够更有效率地帮助学生推理和表述,提出正确的问题,鼓励研讨和群体积极地参与。在市区中学教师的研究项目中,有人发现,高智商的教师调动了学生学习的积极性,学生获得成就不受职业压力的影响。从对 52 位教师的调查研究获知,高智商的教师提供更准确的学生的反馈信息,给学生更多的表扬、较少的责备和惩罚。这些教师在督导方面有不同,他们能从学生中得来更有系统的概念反馈。还有人发现,作为获得更高水平的概念能力的教师,他们的间接教学增加了,即较少授课、更多表扬和更多学生思想活动的运用,这些已经对学生成就的获得起着积极的作用。

道德伦理发展

　　有学者把道德伦理分为三大类:前常规水平、常规水平和后常规水平。通过这三个水平,推论从自我洞察力转向一个更多考虑别人的洞察力和权利。在第一水平内的个人从自我适应能力方面做出决定;在第二水平内的个人"做正确的事情",因为是按照社会规范期望的。最后,在第三水平内,道德伦理决定服务于承认社会章程和保证个人权利。某学者认为,较高阶段具有优势,因为能促进发展成为教育的明确目标。

　　在最高阶段,人们处理人际关系时,能够考虑到其他阶段容易忽略的错误,担心干涉别人的权利。例如,当你能够帮助时而迟疑或不去帮助别人,因为在这一最高阶段,道德被看成关于关系问题,好意视同帮助别人。

　　这种与理解和关心能力相联系的道德观念也会在分分合合逐渐增加的系统性前进的过程中得到发展。这一过程证明人类研究从社会利己主义向宇宙道德观念的转变。在"自私"与"责任"方面把道德问题定为所关心之事,基于一个较合适关心的概念理解。

　　几次小规模的研究已经证明了教师的道德观念发展与教学理解之间的关系。在道德推论的测验中低分数的教师把教师看成是一种权利,很少注重学生的洞察力或本质性的推动。在道德发展方面较高分数的教师认为学生的洞察力很重要,认为教师应该鼓励学生表达自己的想法和所需。在相同道德推论的测验中分数低的教师具有一种狭隘的思维观念,在工作中给学生提供安排安静的、独立工作的学习环境。在第二水平内的教师认为较大范围的行为和学习种类更有益,认识到安排好的、安静地工作的学生不会学习好。在道德理论获得高分的教师把依照学生洞察力、综合能力和继续教育自然规律而忍耐各种各样的学生看成工作上或工作以外的责任。

道德伦理高水平的教师能够在个人督导更高些的价值观上建立自己的认知能力。低分数的教师只看到预先的决定和直接的课程。对于高水平的教师来说,比之个人利益,团体利益更要被关注。

自我发展

自我发展有几个阶段。适应共生的、任性的和自我保护行为是出现在早期的阶段。在这些初级阶段中,一个人依靠其他人解决难题。在自我发展的中级阶段,个人展示了常规性行为。在高级阶段,成人变成个体的、自主的和整体的。有些学者发现处在自我发展的高级水平的教师最能分析、解释作为一个复杂过程的教学,考虑到学生洞察力和情感需求,收集和利用教学中的不同数据。教师在不同水平上表现不同角色,在自我发展的初级水平上关注作为消息传播者和关心给予者的教师角色;在高级水平上关注帮助学生相互学习的教师角色。初级水平的教师没有什么资源赖以对付师生关系和复杂的学习进程。高级水平的自我发展能提供经验,帮助教师来获得对学校不同员工和学生的洞察力。

按照前边提到的教师认知发展的四个阶段,第四阶段为"正式行动",心理学上称为成熟的,教育管理学上称为教师职业行为的自主能力,即自我发展的最高阶段。在这一阶段的教师既关心个人的人生历程,又把个人利益置于团体利益之中。因此,本节的关于概念发展、认知发展和自我发展理论应对教师有所启发,学校管理者也需要学习关注怎样把更多教师提升到这一阶段。

第二十七章

督导行为系列

本章研究与每个和每组教师在一起工作的督导员所能涉及的一系列人际行为，即督导行为系列，同时提供关于人际关系处理技巧，帮助督导员们在学校事务上如何与其他员工相处并且决定采取更老练和更有效的行为。

督 导 行 为

督导行为种类到底有多少？通过对督导员们在处理学校事务过程中与教师接触行为的观察和收集，总结出了许多类督导行为。这些督导行为几乎包括所有被观察到的督导员的有目的的行为。一个有目的的行为被定义为对在会议上做决定时起作用的行为。得出的这许多类督导行为包括倾听、解释、鼓励、回应、讲话、解决问题、探讨、指导、标准化和强调。各类行为的定义如下。

倾听：督导员坐着注视着发言人，在听懂意思后点头，或者发出"嗯哼"或"嗯"的声音。

说明：督导员通过提问和陈述来说明发言人的意思。如"你是不是这个意思……""你能进一步解释一下吗？""我对……有点糊涂"或者"我在……没跟上你"。

鼓励：督导员做出听懂的反应来帮助发言人继续阐述他的观点："是的，我在听你讲"，"请继续"或者"噢，我明白了你的意思，能告诉我更多吗？"。

回应：督导员总结并用简单的言辞解释发言人的话从而确认他的观点："我明白你是这个意思……""那么，这个问题是……"或者"我听到你说……"。

讲话：督导员对于所讨论的问题给出自己的观点："我是这样理解的……""可以这样做……""我们可以考虑……"或者"我相信……"。

解决问题：督导员通常在经过对问题进行初步的讨论后，通过抛砖引玉来激发其他有关人员提出自己解决问题的方案。他们通常这样说："让我们先停住，然后每人写下可以怎样做"，"在解决这一问题上我们有什么办法？"或者"让我们考虑可以采取的所有措施"。

探讨：督导员将讨论从也许转移到可能。他们往往探讨每一个措施所带来的后果,探究矛盾或者优先事情并且通过如下提问来缩小选择范围:"我们在哪儿是一致的?""我们如何改变那个措施来使大家都接受?"或者"我们能找到一个大家都能部分接受的折中方案吗?"。

指导:督导员或者告诉参与者选择范围:"如我所知,这些可供选择:你可以选择 A……B……或者 C……这些对你们来说最能够理解,你们愿意选哪一个?";或者告诉参与者将会做什么:"我决定我们这样做……""我想让你们做……""学校政策是……"或者"我们将会采取如下措施"。

标准化:督导员为要实施的决定规定时间和制定期望的标准定下具体目标。期望是通过这样的言辞发出的:"到下星期一,我们想看到……""通过……在这一改变上反馈给我","首先的两个行动已经通过……实施了吗?""我想到下次会议前我们能改进25%"或者"我们都同意所有的工作会在下次碰头前完成"。

强调:督导员通过告诉可能的结果来强调所要求的指导原则和标准。可能的结果可以是正面的,如以表扬的形式:"我知道你能做到","我相信你的能力!""我想让别人知道你的成绩";可能的结果也可以是负面的:"如果不及时完成,我们会失去……的支持""必须明白不能及时完成会导致……"。

上述各类人际督导行为促使参与者朝向一个共同的目标。有些督导行为在决策上赋予教师更多的责任,另外一些赋予督导员更多的责任,还有一些指出了决策上督导员和教师的共同责任。这些行为在随后的反映控制或权力规模的督导行为系列中都会一一列举。

当一个督导员倾听教师的教学,解释他所说的话,鼓励他多说一些大家关心的事情,通过确认他的观点来做出回应,显然是这位教师在起主导作用。督导员的角色对这位教师做出结论来说只是一个积极的探究者或者说是回音板。在实际的结论上教师起主要作用而督导员起次要作用。这就是"非直接型人际方法"。

当一个督导员先用非直接型行为来理解教师的观点,然后通过发表自己的观点来加入到讨论中来,通过让每个人提出自己的方法来解决问题,然后通过探讨来找到一个督导员和教师都满意的措施,这样对决策的控制作用就由督导员和教师共同承担。这就是"合作型人际方法"。

当一个督导员指导教师做出决策选择,然后对时间和预期结果的标准进行标准化,那么督导员就是信息来源的中心,给教师提供有限的选择。这就是"直接信息型人际方法"。

最后,当一个督导员指导教师应该去做什么,对时间和预期结果的标准做出规定,然后强调做与不做的后果,那么督导员承担起了决策的责任。这位督导员显然决定着教师的行为。这类行为就叫做"直接控制型人际方法"。

讨论会结果

另外一个找出不同督导方式之间区别的方法就是寻找讨论会的结果和到底是谁控制着组织改进的最终决定。

在"非直接型人际方法"中,督导员帮助教师在做自我计划中思考;在"合作型人际方法"中,督导员和教师平等地分享信息和可能的措施去制订共同的计划;在"直接信息型人际方法"中,督导员提出可能的措施的中心点和参数,而教师被要求在督导员的建议中做出选择;在"直接控制型人际方法"中,督导员告诉教师去做什么。在讨论会的结果中,非直接型方法给教师提供了最大限度的选择;合作型,共同的选择;直接信息型,决策选择;直接控制型,没有选择。

人际行为方法

现在让我们在工作中回顾并观察我们自己。首先,观察我们在与单个教师和一组教师交往时如何反应。请读一下与单个教师在一起工作时的督导员人际行为问卷,做出你最可能的选择。

督导员人际行为问卷(个人)

在某学校,刚刚下课,当教师坐在课桌上时,你(督导员)出现在门口,教师在问候你时邀请你进来。看着大量需要批改的作业,教师预测许多作业会反映出学生有没有听懂。"这个班级很难教,他们的水平参差不齐",然后教师又提到了另外一个难教的原因,"许多学生纪律散漫,他们的行为显示这个班纪律一塌糊涂。"

经过进一步探讨,教师和你同意在召开一次讨论会后,你对这个班进行听课来发现到底是怎么回事。

几天后,经过听课并对所收集到的信息所仔细分析,你开始计划召开讨论会。讨论会上,你提出一些帮助该教师的方法。

方法 A：

指出你在教室里所看到的一些事情,然后问问该教师的处理方法。互相听听对方的反应。在确定问题后,你们每个人都可以提出处理意见。最后,你会同意最终的处理意见。你们会共同确定目标并且同意共同采取一项计划。这个计划是你们共同制订出的。

方法 B：

倾听教师描述教室里发生的事情。如果问你，针对你所观察到的提出你的看法。鼓励教师进一步分析问题，通过提问使教师清楚自己对该问题的观点。如果教师问你如何进行下一步，你做出回应，但仅仅限于在被问到的情况下。最后，如果你愿意进一步提供帮助，要求教师决定并细化他要采取或找出的措施。这个计划是教师制订的。

方法 C：

与教师一起交流你所看到的事情并且告诉教师你认为的进行改进的关键所在。要求教师接受你的观察和解释。基于你自己的知识和经验，仔细描述你认为可行的改进措施让教师予以考虑和选择。这个将要采取的计划是教师在督导员的建议下做出的选择。

方法 D：

提出你自己的处理目前情况的理念让教师进行确认。在找出问题后，指令教师去做什么以及如何做。你可以到教室里宣布你要教师所做的事情，或者让该教师去观察处理这种问题有一套的教师是如何做的。对该教师遵照执行做出表扬和奖励。这个计划是你督导员制订的。

答案：我通常选择方法＿＿＿＿＿＿。

解释

方法 A：一系列由督导员和教师共同做出改进决定的合作型行为。

方法 B：一系列由督导员帮助教师做出改进决定的非直接型行为。

方法 C：一系列由督导员对教师的改进选择提出框架的指令信息型行为。

方法 D：一系列由督导员替教师做出决定的指令控制型行为。

下面，看一看在与一组教师工作时你的典型人际行为。请对与一组教师工作时督导员人际行为问卷做出回答。

督导员人际行为问卷（分组）

你（督导员）刚刚见了理科老师们来决定一项允许学生课后使用实验室设备的制度。许多学生抱怨课上没有足够的时间来做实验。问题是如何并且何时在合格的老师的监督下给学生提供实验时间（课前、午饭时间、课间或课后）。

你如何与理科老师们共同做出决定。

方法 A：

召集教师们开会说明他们需要决定针对此问题应该怎么做。提出你对该问题的看法请他们做出解释。阐明他们的话，当教师们确认你的总结时要求他们自己决定要做什么。参与讨论，推进讨论，提出问题并阐明观点，但是并不要通过暴露自己的观点或有意识地影响讨论的结果而卷入进去。

方法 B：

召集教师们开会并首先说明你必须做出一个符合学生、教师和督导员要求的决定。通过达成一致，或者表决按多数来做出决定。你倾听、鼓励、阐明并且回应每一个教师的观点。然后，让每一个教师包括你自己提出解决方案。讨论每一个方案，列出优先的单子。如果达不成一致，要求投票。提出你自己的方案，但要与集体一块讨论。

方法 C：

召集教师们开会并向他们说明你想出的几个解决问题的可能方案。你希望他们讨论并同意他们愿意实施的方案。列出可供选择的方案，说明每个方案的优缺点，让他们集体在你的方案中进行讨论，做出选择。

方法 D：

召集教师们开会并告诉他们在你就此问题做出决定之前想听听他们的意见。明确他们的参与是有帮助的。让他们提出建议，倾听、鼓励、说明并且阐明他们的观点。在每个人都有机会发言后，你决定应该做出什么改变。告诉他们你将会做什么，这些改变何时会施行并且你希望他们来实施这一计划。

答案：我通常会选择方法_____。

解释

方法 A：一系列由督导员帮助教师们做出自己的决定的非直接型行为。

方法 B：一系列由督导员作为集体的一部分而做出集体决定的合作型行为。

方法 C：一系列由督导员提出框架方案由教师们进行选择的指令信息型行为。

方法 D：一系列由督导员替教师们做出决定的指令控制型行为。

有效的自我评估

在评估了我们自己对待个人和分组的方法之后,我们需要确信我们如何认知自己和别人如何认知我们的一致性。例如,如果我们在对待个人上使用合作型方法而对待分组上使用非直接型方法,那么我们需要进一步的信息来知道那是不是正确的。如果不是,那么本章后面我们也许会推荐一种连贯的或者非连贯的一系列行为。下面让我们举一个关于个人的错误的自我想法的例子。

有一个被认为是成功地领导一所学校并很容易与教师相处的校长,他的成功可以通过外在的事实来表现——国家和州给予这所学校的承认以及大量的访问者的表扬信,他通过在休息室与教师们的随便的讨论和一个对所有想和他说话的员工开放的办公室来显示他的容易接近。他在这所学校当校长的第三年,校区督学要求学校系统的所有校长让教师来评价他们的表现。评估表上有一项内容是"倾听他人的能力",从1(很少听)到7(几乎总是听)七个层级。在将表发下去之前,他自己也填了这个表,他很自信地在"倾听他人的能力"上选择7。当教师们的答案收上来并统计出结果之后,他很吃惊地发现教师们在这一项上的选择是最低的。令人遗憾的是,尽管该校长了解到自己对自己的表现评价和其他员工对自己的表现评价上有明显的差异,他仍固执己见。

约哈瑞窗户

约哈瑞窗户提供了一个对我们行为进行了解的方法。想象一面有四块玻璃的窗户。在这里,有四块玻璃表示自己(督导员)和其他人(教师们)知道或不知道的自己行为。在第一块玻璃里的行为是督导员们和教师们都知道的督导员使用的行为。这是"公开的自我"。例如,督导员知道当他焦急的时候,他的话语会停顿和迟疑,教师们也知道这种话语意味着什么。

在第二块玻璃里是"隐蔽的自我"——督导员们自己不知道而教师们却很清楚的行为。例如,作为一名校长,他认为自己对教师们的一些行为是倾听行为,但是教师们却把这种行为看做是失败的倾听。当然,当领导者意识到教师们对这种行为的看法的时候,隐蔽的自我成了公开的自我。

在第三块玻璃里是"隐秘的自我"——督导员们知道而教师们不知道的行为。例如,在出现新的情况时,督导员也许会通过问候别人来掩饰自己的不确信。仅仅督导员自己知道这种行为被不安全地掩盖起来。一旦督导员将这种念头流露给别人,隐秘的自我就变成公开的了。

最后,第四块玻璃里是"不知道的自我"——督导员的某些行为连他自己和教师们都没有意识到。督导员有时候说话时会快速移动桌子后面的腿。督导员和教师们都没有注意到这种腿的移动。或许一个督导员在某一个教师说话的时候会感到不舒服。督导员不一定知道为什么他不舒服或者甚至他会这样感觉，该教师也不一定知道。这种不知道的自我谁都不会意识到。它是隐秘的，隐蔽的或者由于产生新的察觉的环境而导致其被公开。

约哈瑞窗户与督导有什么关系呢？除非我们知道我们在做什么，否则我们作为督导员不可能更有效。我们可以在自我判断的情况下，决定使我们部分隐藏起来。然而我们需要知道，把我们大部分隐藏起来并且不和别人分享经验会令我们在与教师们一起工作时产生距离。我们也许会选择拘束和距离并且能够证明这种隐秘会带来某种成果。在另一方面，我们也必须承认我们的隐秘是相互的，员工们也不会轻易探讨那些会影响到教学表现的个人情况。首先，我们必须意识到我们对待员工是如何的隐秘或公开并且愿意教师们同样对待我们。第二，作为督导员，我们不能够对自己的行为以及这些行为对其他人的影响视而不见。我们不能仅仅改进我们所知道的，仅仅相信自己的想法会带来益处或者危害。

前边这位校长关于倾听行为的想法就是一个例子。只要他把自己看做是一个极好的、容易接近的倾听者，似乎教师们就有可能带着问题来接近他。然而，他发现在两种情况下教师们会带着他没有觉察到的问题绕过他去求助于督学。在督学告诉他教师们越过了他之后，他生气地面对教师们的不够"职业"的行为。校长并不认为他有什么错。在员工们的评估之后，他不再对自己感到困惑。许多教师不会告诉他他们所关心的事情因为他们并不相信他会真的倾听他们。校长必须面对教师们并不认为他容易接近这个事实。他可能没有收集到这种信息，而是继续他那种自我感觉良好的陶醉，结果在学校的失败中受到了伤害。

这就告诉我们，需要检查我们自己的想法的合理和客观性，就是说有效性。可以做以下尝试：影印督导理念目录和督导员人际行为问卷，让一位大家信任的教师发给大家填写然后收上来，大家不要写上名字，仅仅写出答案。保守秘密会增强答案的可信度。教师们应该知道仅仅由这位指定的教师准备的总结结果会提供给督导员。那么某位教师的个人回答不可能被认出或被用来针对他本人。督导员可以看到他的何种督导理念和行为是公开的（与他自己和别人的想法相一致），何种是隐蔽的（与他自己和别人的想法不相一致）。有了这种信息，督导员可以决定哪些是有效的想法，哪些是无效的。对于无效的想法，我们可以试图通过行为改变，从隐蔽走向公开。

认知的不一致

根据心理学家列昂·费斯廷格提出的一个模型，无效的想法导致了认知的不一致。这一模型是建立在这样的一个前提上，就是人不可能具有互相矛盾的心理——就是说认为自己是这样的但是其他信息却显示他不是这样。当这位校长关于自己倾听别人的能力的想法与教师们的想法是矛盾的时候，精神上的混乱或认知的不一致就产生了。例如，如果你相信你是一位合作型的督导员然而你从教师们那里得到的反馈却是指令型的，这就会导致认知的不一致。我们必须使不同的观点相统一。否则，这两种不同的信息会困扰我们。这种精神上的痛苦会使我们努力去解决我们到底做了什么这个问题。解决这一问题有三种不同的方法。

第一，我们可以把这种矛盾的现象当成是成见或不真实的。例如，这位校长可以找到理由，"我确实是一个好的倾听者，教师们给我低分是因为他们不喜欢我制订校长责任计划的方式"。督导员或许会认为他确实是合作型的："教师们仅仅不明白什么是合作"。通过把其他的信息当成错误的，我们可以继续相信我们本来的想法，没必要进行进一步的改变。

第二，我们可以改变自己的想法来和其他的信息相一致，从而形成自己的新想法。我们接受他们是对的而我们是错的，这样他们的想法现在变成我们的。例如，"在倾听能力上我确实把自己高估了，现在我认为我是一个不好的倾听者，"或者，"督导员确实不是合作型的而是正如教师们所说的指令型的"。接受别人的信息使不一致消失，因此使进一步改变变得必要。

第三，我们可以把我们原来的想法当作我们的期望目标，把其他的信息来源当成目前我们的想法的指示器，然后改变我们的行为使其更近似于我们的理想想法。换句话说，我们的想法不正确但它代表了我们想要达到的目标。在我们的例子里，该校长认为自己是一个好的倾听者，但其他人认为不是，因此他努力改变他的倾听行为来成为一个好的倾听者。督导员认为他是合作型的但其他人认为他是指令型的，因此他改变自己的行为来使自己更加合作。

第三个解决认知不一致的方法导致了行为的改变。无论何时只要我们付出努力使自己符合别人看待自己的事实的愿望，个人改变的条件就具备了。理想和现实之间的差距刺激我们去改变。我们改变行为并收集别人的反馈意见来判断是否别人在对我们形成新的想法，这样就会有更积极的、正面的结果。

另外一个刺激认知不一致和个人改变的方法是收集我们行为的客观数据，然后与我们的拥护的督导原则和自我猜想的行为做比较。有这样一个研究例子，一位督导员记录了与教师们的讨论会，然后在一位助手的帮助下重新听了一下磁带，在他拥护的原则和实际督导行为之间做比较。在比较过程中该督导员经历了三种不同类型的认知不一致。

该督导员经历的第一类认知不一致是他的行为与他的原则不一致并对他的督导有负面影响。其中的一个例子发生在该督导员赞同非指令型原则，却对一位担任高级成人发展任务的教师做出了指令型行为并抑制了该教师做指导决定的努力。该督导员通过承诺在以后与该教师讨论时使用符合其督导原则的非指令型方法来改变其行为,从而解决这种不一致。

该督导员经历的第二类认知不一致是他的行为与他的原则不一致但在督导过程中有正面影响。其中的一个例子发生在该督导员表现出与他的非指令型原则不一致的指令型行为时,他发现他的指令型行为实际上帮助了教师。这里,在原则和实际行为的不一致之外,在预测的违反自己原则的负面结果和实际结果之间也存在不一致,这种不一致是正面的。督导员通过修正自己的原则,认识到在哪些情况下对哪些教师来说指令型和合作型督导比非指令型督导更有用,从而解决这种不一致。

最后,该督导员经历的第三类认知不一致是他的行为与他的原则一致但对他的督导有负面影响。其中的一个例子发生在当一位教师错误地解释了督导员在听课时收集的数据,而该督导员忠实地遵守他的非指令型原则,并没有改正该教师的错误解释。这样该督导员错过了一个帮助该教师处理问题的机会。这种情况下的不一致发生在符合自己原则的预期正面结果和实际结果之间,这种不一致是负面的。督导员通过拒绝"非指令型督导是好督导"的自己的原有的原则,承诺发展一系列督导方法(指令型、非指令型和合作型)并把督导方法与教师们的发展水平和特殊的教育问题相匹配,从而解决这种不一致。这样,该督导员通过修正原则与承诺改变行为相结合来解决第三类认知不一致。

不管是由意识到别人关于我们督导的想法引起还是由反映的客观信息如我们督导教师的磁带引起,认知不一致是可能的,不会处理将引起混乱。然而,它是一个能刺激我们自己职业发展,对教师和学生都有益的经验。

指令型控制行为系列

督导员:你教学中曾经用过电脑吗? 我在电脑桌旁没有见到一位学生。

教师:哦,我真的认为电脑的使用对于中一学生的数学课并不重要。学生在基础地理课方面需要培训,不需要用电脑玩游戏。

督导员:你是知道的,地理部分课程是有电脑光盘的,它不是游戏。当学生们熟悉操作电脑时,他们可以学习掌握地理知识。

教师:强调电脑的使用真是太滑稽了! 这种教育时尚就是想解决我们所有的问题! 我很难让孩子学习书本上的知识。

督导员:我明白你使用电脑的限定,但我们学校的课程说明电脑要在中一学生的数学课上使用。我们受命于此,尤其是在设备和软件上花费了大量的钱财。

教师:我认为这也太可笑了。

督导员:先不谈这个,我想看一看你的学生们使用电脑的情况。

教师:我不愿意。难道他们在科普课上没学电脑的使用方法吗? 犯得着在我班上看吗?

督导员：不久，我们可能要看一看在这一课程上电脑的使用情况，但到目前为止，我只看了数学课，你没用上。在下周五前，我想看一下至少你课程的三分之一的画图表软件项目的运用情况。

教师：谁要展示电脑如何操作这一项目呢？我不知道如何操作。

督导员：你是去年夏天参加电脑课学习的，知道怎么操作。

教师：我一头雾水。有位教授很讨厌，他正注意那些已经学过电脑的教师。

督导员：喔，我没有意识到你不确定在课上如何使用电脑。我去把传播系主任找来，下周你在课上可以示范一下如何使用电脑。我负责让他在你的课上开始实施这一项目，然后你就可以继续了。

教师：非常感谢你的帮助。

督导员：这是我的职责。我们将从周五开始的一周之内检查至少一组你的学生在图表项目方面如何使用电脑进行操作。

个人指令型控制行为

前面情节展示一位督导员运用指令型控制行为来帮助一位数学教师。这一明显问题是教师可以拒绝读指令性的答复："我不打算与你见面或者跟踪你的计划"。如果督导员有权力授予教师，他就能重述指令性等级分配，让教师去顺从忍耐结果。如果督导员没有这样的权力，比如学校校长们的反对，通常情况下，他就能说服教师来管理正确的建议方案。督导员运用指令型控制行为与否，前提是督导员知识面广，接受新事物，亲自动手解决问题的能力强。换言之，指令型控制行为的背后是督导员更了解教师所需要做的教学改进。

这一情节显示督导员处理了教师的问题。首先，督导员用收集的信息资料通过自我观察和与教师对收集的信息的讨论分析了这一问题。他对所提及的行为和重申教师的期望进行了总结。教师放弃了自身所不愿做或希望做的具体理解。当我们注视典型行为结果的督导型行为图表时，记住行为的频率和结果将会有不同的改变，特别是参数的开始，但是指令型控制方式会因为督导员为教师做出的最后决定而结束。我们集中阐述指令型行为对教师行为的控制。

1. 现状：分辨问题。督导员对需要和困难开始构思，对教师讲解什么是问题的症结所在："我知道问题是……"。

2. 说明：引导教师引入问题。关于优先解决的问题，督导员想要从教师那儿收集直接的信息。利用教师在咨询能力方面进行操作，问教师以下问题："你是如何了解问题的？""你为何认为这些条件存在呢？"

3. 倾听：理解督导员的观点。为了在短时间内收集最大限度的信息，督导员必须学会仔细倾听教师所讲的，他听到的既是表面的信息——"电脑是浪费时间的。"——又是隐含的信息——"我不知道电脑是如何操作的。"——一个完整的问题的明确陈述。

4. **问题的解决**：构思最好的解决方式。督导员分析信息认为，"能做什么呢?"他经过考虑不同的可能性，选择需要的行为。督导员应该在把问题转给教师之前，对确实找到一个好的、易于实施的解决问题的方法有自信。

5. **指令**：告诉教师可能性。督导员告诉教师需要做什么："我想了解你下面……"指令型表达法是重要的，以避免微小的和循环的可能性："喔，也许你可以考虑做……""难道你认为这不是个好主意吗?"督导员没有在向教师询问或请求，而是告知。另一方面，指令型不意味着惩罚、压抑、侮辱或故施恩惠。避免个人琐事或家长作风的介入："我不知道为什么你不能理解需要做什么。""为什么你不能在一开始就做对呢?""现在听着，我打算帮助你用……"。如果督导员这样说，"要是督学了解了这个，他会告诉你去做……"，就意味着督导员隐藏在别人的权利之后。督导员需要在他自己的位置、信誉和权利的基础上进行说明。

6. **说明**：带领教师引入可能性。在教师离开会议前，督导员应该预知其指令型行为可能遇到的困难。在告诉教师所期望的之后——"我想要你三分之一的学生使用电脑"——督导员需要问这样的问题："你需要什么来完成这一计划?""我如何帮助你完成这一计划?"

7. **标准化**：详解和修饰可能性。考虑教师对指令型影响之后，督导员用所需援助、资源、时间和希望成功的标准来建立完善计划。然后告诉教师："我将为你找到那些资料，""我将为你安排参加……""我将时间改为……"。

8. **增强**：重复强调可能性。督导员重新审视了整个计划，在审查过程中制订出行动计划。督导员以确认教师清晰了解这一计划来结束会议："你明白你做的什么吗?""告诉我你现在正打算做什么。"

集体指令型控制行为

这里有一份七位体育系成员与督导员的会谈记录。

督导员：我注意到我们的体育课程没有及时开始。有些课程早取消，还有些晚取消，在校其他教师都很抱怨。他们说我们的草率行为已引起其他问题——学生在大厅里闲逛，看着教室的窗户，迟迟零散地进入教室。我们需要按时开始和结束。为什么发生这一切呢?

甲：与那些正规教师很容易谈! 他们在一天的任何时间都可以送孩子来我们学校。

督导员：对你来说是真的吗? (其他成员点头同意。)还有其他问题吗?

乙：我不会开除我的学生，而且我认为午饭的钟声不会与教室课堂的钟声同时响起。

督导员:我会查一下,还有其他理由吗?

甲:学生在我的课上利用了整个课堂时间,我认为这不是个问题。

督导员:也许不是,我要强调我们上课钟声响起 5 分钟内开始上课,超过 15 分钟的开除。同时,我会查一下,让行政人员听听钟声是否同时响起。在学院会议上,我会提醒对其他教师在错误的时间送学生去你那里的关注。每个人都明白我对你们的期望吗?

丙:我希望我们当中的一些人不会故意让学生早放学。我们必定能够充分利用我们仅有的这点时间。

督导员:我不会暗示我们缩短上课时间。我只是简单地说明从现在起我们打算有一个完整、不少于 40 分钟的时间,保证体育课正常进行。如果需要,我将会再来一见我们在座的。

甲:别这样处理,我们会做好的。现在我们能讨论一下使用新的有氧健身锻炼来选择我们的课程设计吗?

尽管督导员在会议上提出上课开始时间推迟的问题可能对教职员们关系并不重要,但它对于督导员来说还是很重要的。督导员决定遇到问题迎头面对,而不是像其他教师一样让回避问题,冒更大的风险。该督导员认识到教职员们需要了解她所关注的,并且期待他们能遵守她的指令。与此同时,她愿意听取他们的回应,并利用他们的信息去改善窘境。从一开始就清晰地表明,该督导员正在决定教职员们应被用在顾问方面,而不是在决策和能力方面。

在集体会议上,督导员利用指令型控制行为对所期望的变化给出清晰的信息。该督导员阐述对现存问题的自我理解,询问集体成员他们是否要加更多的(说明),听取他们的反应(倾听),然后,精神上再评价问题和可能的解决方法(问题的解决)。她开始着手说去做什么(指令型),要求引入(说明),安排行动(标准化)和监测所期望的项目(增强)。

何时运用指令型控制行为

虽然指令型控制行为提升了能力、尊重、专业技能和地位等问题以及与全体人员的关系,我们还是得关注下面的指南。指令型控制行为应该有以下五个条件。

1. 当教师在低级发展水平上,能力发挥有限时;

2. 当教师没有意识、了解或想要去处理问题,一位有组织地位权力的督导员认为对学生、教师或社会批评重要,指令型控制行为方式应该有可能被运用;

3. 当教师没有介入,督导员将要介入实施这一决定。假如这位督导员积极参与,而教师却不能,那么指令型控制行为应该有可能被运用;

4. 当督导员介入这一问题,而教师没有。当决定不会与教师有关,他们更

喜欢让督导员做出决定,指令型控制行为应该最有可能被使用;

5. 在紧急情况下,督导员没有时间会见教师,而指令型控制行为方式应该被利用。

督导员的督导方法和技能,需要在真正生活实践中提高,逐渐摆脱理论的指导,变成自己凭直觉来选择方法。

从指令型控制行为向直接信息型行为的转变

在长期督导的位置上,督导员应该尽可能从一个指令型控制行为向直接信息型方式转变。在不稳定状态下的相对稳定或给予一个教师或集体的强有力的支持将可能导致有限的职业增长。如此的增长有可能继续,只是督导员开始给教师或集体一定的机会去做出决定来承担一些责任。这样做法的唯一途径就是开始允许教师或这一集体"有限的选择"。例如,督导员可能授权一个督导改进目标,然后允许这一教师或集体去从两三个清楚的定义中选取来面对这一目标。只有这样做,督导员才能向直接信息型督导方面转变,这一方法将在下一节中详细讨论。

指令型行为系列

督导员:那么,作为结论,我发现你们 26 位学生中有 7 位很少参与讨论和问答。

教师:是的,你指的那 7 位学生对课堂不感兴趣。至少,他们很安静,没有干扰别的学生听讲。但是,他们很少参与我很吃惊。如果他们太安静,我会调整他们。

督导员:我相信你以后会主动让这 7 名学生参与进来。

教师:我同意,我的其他学生不会这样。如果我仅仅做这些,那么下次我叫他们的时候,他们会没有反应。当我给这个班级讲一段有争议性的美国历史时,绝大部分学生都踊跃发言,但是那几位毫无反应,只是笑了笑,显得毫不在乎。

督导员:好的。根据我自己做教师的经验和我看到其他教师对待那些反应冷淡的学生的方式,让我告诉你一些可能的处理方法。你考虑一下这些方法,然后决定哪些值得一试。第一,你可以和这 7 名学生中的每一名都订一个协议,如果他们每节课能参与至少两次,那么他们可以在家庭作业上多获得一些分数。第二,你可以在问答时走到教室的后面,绝大部分不积极的学生都坐在那儿。在你的教案中注明你会叫这些学生至少一次。你接近他们或许会有所帮助。第三,当你知道下面的题目是有争议性的时候,你可以让学生用合作型的学习方式来准备学习。让学生三人一组,把每一个不积极的学生和两个积极的学生组成一组,每组都要提出自己的观点,每个人都要准备来阐述它。在他们准备的时候细心观察每一组。在讨论时偶尔叫那些不积极的学生代表小组来阐述。你认为这些方法怎么样?

教师:跟学生们订立个人协议不太可行。其他的学生会认为我厚此薄彼。到教室后面去效果明显,我会注意这样做。最后一个分组方法我还没有想到。我在先进的班级用过,但没有想到在这里分组。我想这是不是有点太复杂了。

督导员:你愿意用哪一个呢?

教师:当然愿意用到教室后面去这个方法。我想小规模地使用合作听讲来看看效果。我怎样才能让这些小组来共同学习并且我如何介绍课题和他们的任务呢?

个人指令型信息行为

上面是一段督导员和教师之间真实的讨论,它展示了一个提出目标信息和改进计划的督导员的确实行为。该督导员通过自己的观察,为教师提出了一个明确的教学目标并要求教师去选择他认为非常可行的计划。大家注意到,在讨论的每一步,督导员都提供信息然后让教师做出反馈。进一步说,督导员提供一系列的方案让教师来选择。最后教师承诺自己会使用其中的一些方法。然后,督导员会详细地告诉教师做什么、何时做以及怎样做,定出改进的标准并确定教师弄明白为止。当我们回顾一系列指令型信息行为时,注意督导员要不时地为教师指出方向提供选择。

1. **提出问题**:指出目标。根据自己的观察和经验,督导员通过听课得出问题是 7 名学生在上课时不积极参与。因此,他把"让所有学生都参与"作为一个目标。

2. **阐明问题**:让教师进入目标。督导员从小心地避免迅速进入计划的阶段直到他确定教师明白了他的意思和目标。教师先是吃惊,然后同意并解释为什么这 7 位学生被忽视。

3. **倾听**:明白教师的观点。督导员倾听以决定教师是否接受这一重要目标或者是否他需要进一步说明。

4. **解决问题**:亲自决定可能的解决方案。督导员给教师提供一些解决方案。当教师解释学生不积极的原因和他已做了些什么时,督导员亲自提出建议和解决方案。

5. **做出指令**:为教师提供选择方案。督导员根据自己的知识和经验仔细地提出可能的选择方案让教师判断、考虑和反馈。

6. **倾听**:让教师提供反馈。督导员让教师对他的建议做出反应。教师有机会提供信息给督导员,令其在最后做出决定前去修正。

7. **做出指令**：提出最后选择的框架。以一种直接的方式，督导员列出了教师可以做什么："因此，经过分析，你可以采取这些措施……"。

8. **阐明问题**：让教师做出选择。督导员让教师决定并说明他会采取哪一项或综合的方案。

9. **提出标准**：详述要采取的行动。在这紧要关头，督导员协助教师制订详细的计划和成功的标准。

10. **确认**：重复并将计划贯彻到底。督导员在最后再一次强调目标、要采取的行动、成功的标准和下一次听课或讨论的时间。

集体指令型信息行为

有六个年级主任和学校的教导主任在开会，议题是大家普遍关心的本学年转学来的新生的分配问题。讨论的结果显示，很明显许多教师认为不考虑学生和教师的特点而简单地将新生分在人数最少的班级里是不明智的。前提是许多教师擅长教一些有特殊需要的学生，如双语的、有天赋的、有学习障碍的和退过学的。在开会之前，教导主任已经和校长、督学助理和招生主任说过此事。问题需要很快解决，因为下星期一有五名转来的学生就要进班上课，离现在只有短短的四天时间了。

督导员（教导主任）：问题很明确，我们如何安排这些转来的学生？在过去，我严格按照学生的注册情况来安排。现在没必要那样做。校务会议的政策只是要求每个班的学生都要多元化。

二年级主任：这是不是说只要在任何一个班里某一水平的学生的人数都差不多，那么转学生都能和有某些特长的教师相匹配？

督导员：可以是这样也可以不是这样。我们有灵活性，但我们不能让一个班里不守纪律的学生多而另一个班里创造性的学生过剩。

二年级主任：我懂了你的意思。我们的标准是相同的，但我们有多元化范围内的灵活性。

督导员：是的。在我看来，我们有几个选择。我们需要很快做出决定，因为明天有五个新生需要安排。我们可以有如下方案：（1）让我继续按照班级注册情况安排；（2）让各年级主任和有关的教师来安排每个新生；（3）让每个教师去分辨哪一类学生他可以教好哪一类学生他无法教好。这些信息可以反馈到我这儿或你们那儿，然后据此安排。

一年级主任：我不喜欢最后一个方案。有些教师会说他们无法教好"粗鲁"的学生。对他们来说会怎么样？这些教师不会要任何有过不好行为记录的学生的。或者如果他们要了，他们会抱怨有些人是如何不理会他们的要求的。

三年级主任：让那些愿意的学生自己选择如何？不愿意自己选择的，你可以安排?

督导员:不,不能那样做。我已经和校长和督学助理说了,我们做事情需要有一致性。我们不能让每个年级自行其是,我们作为一个学校在安排学生上要有一个一致的过程。就我看来,选择是方案(1)我根据班级人数来安排或方案(2)你们根据每个教师的不同情况来安排。

三年级主任:把两个结合起来怎么样?你先临时根据学生的注册情况来安排,然后再和各年级主任确认一下师生之间是否对路。如果不是,那么你和各年级主任之间再进行调整。

督导员:对我来说没问题,只要在明天的教师会议上宣布这个新程序就行了。我们需要说明如果年级主任和我之间有分歧解决不了,会有人做最后的决定。

五年级主任:让别人卷入进来毫无道理。你可以做最后的决定。让我们今年先试一试这个方案,看看新的分配安排效果如何。

督导员:好,我们是不是同意明天开始这样分配……

在这个案例中,教导主任使用一种指令型信息行为来让教师集体在一个清晰的督导选择框架内做出决定。每一个选择都是他可以接受而先提出来的,他可以接受任何一个。在征求意见和讨论后,他拒绝了一些不能接受的建议方案,扔掉他自己的一个不为教师集体所接受的方案然后缩小选择范围。在这一点上,他让教师集体在被重新考虑和修改的方案中做出选择,然后细化要采取的行动(或复合的行动)的每一个细节。

指令型信息行为中的问题

任何使用指令型信息行为的人都需要知道在给其他人提供选择方案时自己的正确程度。因为督导员是把自己放在一个专家的位置上的,这样他的信心和可信度非常关键。督导员自己必须相信自己知道何种方法会对教师有所帮助,因为当教师选择使用督导员的某种或更多的建议的时候,对结果负责的人是督导员而不是教师。毕竟,如果我考虑并从你的建议中做出选择,然后实施但并不管用,当我们注意到目标并没有接近实现时,我很可能在下次开会时说"毕竟我只是按你的要求做的!"

教师在这一点上的预期行为是无可非议的。这样指令型信息行为就存在可信度问题。不仅督导员必须相信他自己的知识和经验要比教师的高,而且教师也必须相信督导员高他一筹。当督导员的信心和可信度与教师共同分享并且该教师对可以采取什么措施要么不知道、没有经验,要么很吃力,那么指令型信息行为就是最可行的方法。当我们开始尝试一条新的方法时,我们可以从以前有过许多这方面成功经验的人身上学到很多东西。这就是为什么指令型信息行为看起来对那些处理某些课堂问题没有经验、困惑甚至不知所措的教师大有裨益。

最后,对指令型信息行为来说,必须记住教师在选择上有一定的发言权,而指令型控制行为就不是这样。你或许会问,万一教师拒绝做出选择呢? 如果这样,那么信心和可信度问题就没有解决,督导员必须做出判断是否改用其他的方法,合作型或指令型控制行为,暂停这个讨论或者继续讨论以使教师相信他的能力。

使用指令型信息行为的时机

指令型信息行为来源于专业知识、信心、可信度和有限的选择。因此它们应该在以下的情况下使用:

1. 当教师的水平较低时;

2. 当教师在此问题上不具有督导员明显具有的知识时;

3. 当教师在此问题上显得困惑、没有经验甚至不知所措,而督导员知道一些成功的经验时;

4. 当督导员愿意对教师选择的尝试负责时;

5. 当教师相信督导员是一个值得信赖的人,具有他所说的话的基础和智慧时;

6. 当时间很紧,有许多限制,需要采取迅速而实际的行动时。

尽管指令型控制行为和指令型信息行为之间有一定的相似之处,它们却需要不同的人际关系技巧。我们建议在使用这两种行为之后花一些时间探讨一下它们的差异。

从指令型信息行为到合作型行为

在指令型信息督导方法上,教师或教师集体被给予一些选择方案,但督导员仍然承担主要的决策责任。在合作型方法上,教师和督导员平等地共同承担决策责任。从指令型信息行为到合作型行为只是一个程度问题。督导员或许这样开始改变:提出一个指导性目标,让教师或教师集体提出一到两个建议,然后提出一个包含一些教师建议的详细的实施计划。如果顺利,督导员最后能与教师建立一个充分合作的关系。这就将我们带入了下一节——合作型行为。

合作型行为系列

教师:我拒绝把斯蒂夫赶出我们班。

督导员:你难道不认为他再次打架斗殴已经令我们难以容忍了吗?

教师：不，我不这样认为。我心里边和思想上都不认为这是斯蒂夫的真实意思。他很生气、很冲动并且不知道他对我做了些什么。

督导员：听着，他自从上学的第一天起就对其他同学挥拳相向，后来几次还造成了严重的伤害，他必须得走。

教师：我知道你关心和我自己的健康，但那孩子在进步。他开始听话并有所改进。打人只是一个意外。

督导员：我认为你错了。让我们把他放到一个特殊的班里。

教师：不，我要让他在我班里。

督导员：你知道发生了什么，我们会达成一致。你不愿意他离开。为了他好，他应该给予特别关注。斯蒂夫对你和其他同学很危险。

教师：我并不反对给予特别关注，这也是目前我们一直在做的，我反对把他与我和我们班级隔离开来。比较而言，在我们班级他有一个更好的成功机会。

督导员：那么你同意他在你的班级接受特殊的关注？

教师：是的，我这样认为。对我来说有一个合格的教师在教室里甚至在教室外部分时间与他在一起没问题。

督导员：这好像很合理，我想这样我们可以……

个人合作型行为

上面是一段强调合作型督导行为的真实对话。督导员希望与教师共同来解决问题。督导员鼓励教师提出自己的观点，并且督导员自己也给出了他的真实的想法。双方知道他们必须在某方面达成一致。实际上，当分歧很明显时督导员强调了分歧并使教师相信他们不得不找到一个共同的解决方法。不同意见被鼓励而不是被压制。当谈话继续，一些达成一致机会变得很明显，督导员引导谈话朝这个方向发展。最后，他们要么达成一致要么结束僵局。僵局意味着进一步的谈判、重新考虑和甚至是第三方的介入调解或仲裁。

根据督导行为系列，下面是十个标准的合作型督导行为。督导员和教师之间的讨论开始于明白互相发现的问题，结束于共同找到最后的解决办法。读者应该把督导行为看成是弹钢琴，音乐家从左边的键弹起，低调开始，然后来回弹，最后达到高潮——谈判。

1. **提出问题**：指出教师所看到的问题。首先，询问教师目前遇到的问题："请告诉我你有什么困难。""告诉我你最关注的是什么。"

2. **倾听**：明白教师的观点。你（督导员）想在考虑采取行动前知道尽可能多的关于存在问题的情况。因此，当教师阐述他的想法时，完整的一系列非指令型行为都被使用（目光接触、进一步阐明、深入提问题和愿意让教师继续谈）："再告诉我一些"，"嗯，我在听你说"，"你是不是这个意思？"

3. **反馈：修正教师的观点**。在教师阐述完问题后，通过总结教师的话来确认总结是否正确："我明白你认为问题是……对不对？"

4. **讲话：督导员提出观点**。到这里，我们看到了一个简短的非指令型讨论。你并没有让教师开始考虑他自己可能的行为，而是自己开始部分进入决策过程。提出你自己关于目前困难的观点，并提供给教师或许没有意识到的关于目前情况的信息："我是这样看这个情况的"，"在我看来，问题是……"。

5. **阐明问题：确认教师理解督导员对该问题的看法**。你以同样的方式来简化教师对该问题的陈述并做出确认，你现在要求教师也这样做："你能重复一下我所说的话吗？"一旦你相信教师已明白你的意思，问题的解决就开始了。

6. **解决问题：交换选择意见**。如果你和教师之间互相熟悉并且以前合作过，你可以简单地让他提出一些建议："让我们都考虑一下怎样来解决这个问题，"然后互相听听对方的意见。如果教师和你不熟悉或者没有合作过，那么他或许会想着去提出一个与你不同的想法。现在最好停止讨论几分钟，让你和教师在说出来之前先写下可能的方案："这样我们不会互相影响对方的意见，让我们花几分钟写下我们会怎么做然后读给对方听。"显而易见，如果写出方案你们就不会互相干扰。那么你就提出一些个人意见来供分享和讨论。

7. **鼓励：接受冲突**。为了避免使讨论变成竞争，你需要使教师相信分歧是可以接受的并且没有输赢："好像我们在解决这个问题上有一些分歧，分歧使我们努力发现最好的解决方法。记住我们的一致——我们都必须在采取行动前达成一致。"你必须真正相信存在于两个专家之间的冲突对找到最好的解决方案是有益的。

8. **解决问题：找到一个可接受的方案**。在分享和探讨之后，问一问双方是否有共同的建议，"我们在哪方面是相同的？"进一步澄清是否有不同的建议，"我们在哪方面不同？"。如果你发现共同点，继续讨论下去。但如果存在很大分歧，那么你可以采取以下四个连续的步骤。第一，你和教师通过互相详细地解释一下你们自己的观点来看一看分歧是否像它们显现的那样大。第二，如果分歧确实存在，那么你们每人是如何相信来选择你的建议："对你来说我们用你的方法是如何重要？"如果一个人的建议比另外一个人的建议重要得多，那么问题就成为一个人能否放弃自己的方法而去使用另一个人的方法。第三，如果达成一致的基础不够，你可以折中一下："如果我放弃我的这部分观点而你放弃……怎么样？"或者看能否发现一个全新的方法："既然我们不能达成一致，让我们扔掉我们的方法看看能否找到另外一个方法。"第四，如果没有进展而陷入僵局，那么你要么提议双方花点时间来回顾一下刚才的问题——"看看，我们毫无进展，让我们先停一下明天接着讨论"，或者请求第三人来调停或仲裁："我们无法达成一致，让我们请其他我们都尊敬的人来帮我们解决这个问题如何？""既然我们不能达成一致，让我们请一个我们都相信的人来为我们解决这个问题好吗?"一个调停人或仲裁人对讨论中的督导员和教师来说是一个极端的选择,应该作为最后的手段。然而,这样能够让教师知道合作型方式使他确信他不必屈从于一个他不同意的计划,还有其他的选择。

9. **提出标准:就计划的细节达成一致。**一旦达成一致,督导员需要注意到具体的时间和地点。何时计划开始实施? 在哪里实施? 谁会提供帮助? 还需要什么? 这些细节需要讨论和同意,这样最终计划就会精确明了。

10. **确认:同意最后的计划。**督导员通过确认双方都同意该计划的细节来结束讨论。督导员或许会这样说——"你能否先重复一下你所理解的这个计划,然后我再重复一下我的理解?"或者这样——"让我们共同把这个计划写下来,这样我们就对我们同意做什么一目了然。"

集体合作型行为

先看一个案例。

在过去的一个月中开四次会之后,大部分的自然科学教材选择委员会成员都已经审阅了所有的新的教材系列,并对他们倾向选择哪一种有了自己的想法。现在是星期三下午5:30,会议进行到了第2个小时,自然科学督导员感到不安,他相信有些人还没有说出他们的观点。他问道:"我们在投票前还要进一步讨论吗?"11个成员中有10个摇了摇头。

督导员看到P没有摇头,就问他:"你认为我们在做决定前还要花时间吗?"P安静地说,"是的,我认为有必要。从其他成员说到的情况来看,我认为他们甚至在开会前就已经拿定主意要保留旧的自然科学教材,然而旧的教材已经明显过时了。既然我们或许不得不改变我们的教材计划和考试问题,没有理由还保留旧的教材。我们得替学生考虑考虑! 关于最新的科技问题他们根本没有学到什么,甚至什么是酸雨都不知道。我们不能为了因触及旧的教材计划很麻烦而不考虑这些真正的自然科学话题!"

督导员在仔细倾听后相信P说得有道理。督导员说:"我同意,我们不应该保留旧的教材,我们至少还有其他三种教材需要改进,我会谈到这三种教材中的任何一个。"

F,作为一个旧教材的坚定的支持者,抢着说:"快,我们同意这是一个集体决策,如果我们不能一致同意,那么我们就会进行投票,保留旧教材也不坏——这方面我们做得不错。(转向P)你为什么不教那些你想教的激进的课题,请不要阻止我们做我们想做的事情。你和督导员是少数。投票吧!"

督导员回道:"好,你是对的! ——我们确实同意这会是一个集体决策。我不想保留旧的教材,或许别人也不想,我们会对此进行投票。(转向大家)多少人想保留旧教材?"大家举手。"多少人想要新教材?"只有督导员和P举手。看着 P，督导员掩饰不住自己的失望，说，"好的，我们保留旧教材。我虽然不赞成，但尊重集体的决定。会议结束。"

督导员试图让集体选择他的方案，然而当最后做选择时，他的投票并没比其他成员的投票更重要。而且，这个集体知道决策的过程，正如第一次会议所说明的，最终的决定将会被遵守。

上面是一个合作型督导员通过投票来决定最后结果的集体会议的例子。一个使用合作型系列行为的督导员引导集体做出最后的决定。在上面的会议中，合作型督导员并没有在结果与他希望不同时否决它。督导员的职责是在做出最后的决定之前确信所有的观点和感觉都被讨论到，包括他自己的。显然，当合作型在与单个教师的讨论中使用的话，最后的决定一定是在达成一致后做出的。督导员和教师有相等的发言权，如果他们有分歧，不可能做出什么决定，进一步的讨论、让步或选择以求找到双方都满意的答案是必要的。

在一个集体会议中可以在达不成一致时通过多数投票来采用同样的原则。合作型督导行为，不管是和单个教师还是与一组教师，都能通过不论地位、头衔或个人权力的一人一票的规则来找到大家接受的决定。

督导员使用的集体合作型行为系列与个人合作型行为类似。主要的差异是集体合作型行为花的时间更多。督导员需要对会议进程很敏感——例如，如果同样的问题反复讨论并且观点并没有改变，督导员就要担当好自己的角色：既是自己观点的倡导者又是让集体做出最后决定的促进者。

下边回顾一下集体合作型督导行为。

督导员在开始讨论前明确会议职责和决策程序。他说明开会讨论的议题（选择下学年的教材）和程序是合作型（一人一票，通过达成一致或多数投票做最后的决定）。通过抛砖引玉，督导员让每一个成员阐明自己目前需要做什么来选择教材。征求了成员们的意见后，督导员阐述了自己对他们观点的理解，然后提出自己的观点。督导员的观点通过集体的简化得到进一步阐明。督导员让大家提问题。下一步是解决问题——让集体提出解决问题的可能方案。这通过允许每个人提出自己的观点来进行。督导员也许会写下来自集体的所有建议。督导员，作为一个平等的成员，提出他自己的任何观点。所有的集体成员被鼓励提出他们的观点，不管如何的不可能或与其他成员有多大分歧。当没有新的建议时，督导员让集体将选择范围减少至两到三个最佳的方案。如果不太可能达成一致，督导员可以让大家考虑所有的观点并高度评价这三个方案。集体在督导员让大家讨论每一个观点的优缺点后进一步削减至最后一个方案。督导员再一次通过在互相冲突的观点中协商和寻求一致来主导讨论。如果达成一致的过程没有出现，督导员寻求综合不同观点的方式。最后，如果集体做出选择显得很遥远并且不能达成一致，那么投票不可避免。胜出的观点由集体根据时间、地点和实施该计划的人员来进一步标准化。这时督导员必须通过对最后标准化的详细的方案达成一致或投票来再一次与集体讨论。

何时运用合作型行为

督导员应该运用合作型行为的情况如下：

1. 当教师在稳健复杂发展水平起作用时；

2. 当教师和督导员在处理问题上大约有同等技术经验时。如果督导员了解部分问题，教师知道其余部分问题，那么合作方式应该可以被使用；

3. 当教师和督导员双方介入实施决定时。如果教师和督导员向别人展示结果说明理由，比如对家长或督学，那么合作方式应该被使用；

4. 当教师和督导员双方都授权委托处理解决问题时。如果教师想介入，如果放弃将导致士气低落、不信任，那么合作方式应该被使用。

上面四点在合作型行为的技能实践方面提供了一个公式。运用合作型方式，你将有可能发现你的实践活动会比你使用指令型方式更加复杂，所用的时间也更长。

发展型督导

基本原理

发展型督导的一个方面是与教师或教师集体的水平、技能相适应的最初的督导方法。在前面我们描述了教师在成人和职业发展不同阶段的一些特点。对于处在较低发展水平的教师，因为认知发展、概念水平和前常规的理性思维还在初级阶段，发展型督导会起明显作用。指令型督导与低发展水平和技能的教师或教师集体显得很匹配。他们很难发现问题，且没有什么方法来处理问题，未必能承担起决策责任。他们显然需要指令型督导所提供的各种帮助。对于需要指令的大多数教师来说，一个指令型信息方法是适当的。对于一个初级发展水平并有严重教学问题的教师来说，一个指令控制型方法或许最需要。

处在中等发展水平的教师在处理认知发展、概念水平和常规的理性思维的正式运作阶段，自我发展是他们最关注的，因此最好使用合作型督导方法。他们可以找到解决问题的一些方法，但仍需要帮助来检查所有的方案并找到系统改进的一个广泛的计划。合作型督导所固有的集体研讨使教师或教师集体分享观点并提供一些解决问题的可能选择，而且从督导员的设想和建议中获益。在合作型督导方法中使用的讨论出来的计划使教师在接受适当指导的过程中满足自己逐渐增强独立性的需要。

　　处在高发展水平的教师在处理认知发展、高概念水平和后常规的理性思维的后正式阶段，自我发展已成为自动的，已经具备了由非指令型督导方法所培养出来的自我指导。他们是独立的、钻研的和创造性的。他们可以从许多方面考虑问题，使用许多方法，在计划的每个阶段思考并将计划进行到底。

多样性的问题

　　选择督导方法的标准有时候会不同，这意味着选择最好的督导方法比我们讨论的指导方针所建议的更加复杂。下面的几种方法可能会有助于考虑：

　　1. 个人或集体的发展、技能和投入各不相同。例如，一个教师可能在高水平的认知、概念和思维发展方面或在中等水平的自我发展、关注和投入方面起作用。另外，一个集体可能包括高、中、低各种水平的教师。一般的指导方针建议当个人或集体的大部分特征显现为较低的决策能力时选择指令型控制方法，在能力相对较低时选择指令型信息督导方法，能力中等时使用合作型方法，决策能力较高时使用非指令型督导方法。当个人或集体特点各异时，合作型方法或许最有效。

　　2. 在某些情况下个人或集体的特征或许会改变。例如，一个成功地教授初中学生自然科学有十年的教师在转到一所高中教物理和化学时或许会表现出较低的发展、技能和投入水平。同样，一个教员在学校从初中改为高中后也有可能表现出低水平。简而言之，发展型的督导员有时候必须改变督导行为来适应教师个人或集体情况的改变。

教师对督导行为的偏好

　　因为大部分教师会在中等或混合发展、技能和承诺水平上起作用，因此合作型方法对大部分有经验的教师或教师集体来说应该是最成功的介入方法。关于教师对督导行为的偏好的调查与这个假设是一致的。当一组210名教师被问及他们的督导行为的偏好时，63名（30%）选择非指令型，147名（67%）选择合作型，仅仅6名（3%）选择指令型。在问有经验的教师他们认为那种督导行为最实际时，与前面的调查一样，有经验的教师大约分成两派。一派认为是合作型督导行为——在提出自己的看法时听听教师的意见。另一派认为是非指令型督导行为——先听，再反馈，最后提问。有经验的教师一般不认为指令型行为最实际。

　　学生或新教师倾向于选择另外的督导方法。种种调查显示大部分的新教师偏好指令型信息督导方法。他们大部分想让督导员精确地告诉他们去做什么。然而，有一个对初级水平的教师的调查却发现他们大部分偏好合作型方法。

从对有经验的教师和新手的调查可以得出三个相对的结论：

1. 有经验的教师有的偏好非指令型,有的偏好合作型。在这两种方法中合作型方法得到大多数教师的喜爱。

2. 指令型督导行为仅仅有一小部分有经验的教师喜欢。

3. 新教师(见习教师)最初喜欢督导员使用指令型信息方法或合作型方法。

对教师选择督导方法的调查,尽管是有益的,但必须小心。有可能一些教师的选择在特定的情况下不一定最好。在与偏好合作型或非指令型的低水平教师一块工作时尤其需要注意。

对成人与教师发展和教师督导偏好的调查可以对决定最好的督导方法提供指导方针。然而每个教师特点的多样性意味着督导员必须在个案的基础上,根据自己对教师特点的了解,对教师或教师集体的观察和对目前情况的分析做出自己的选择。

一个描述发展型督导的方法是说它给教师提供了他们准备好的选择,然后提高教师们的鉴别能力。但是为什么这样关注教师的选择？为什么不简单地训练教师的高效教学方法、制订教室守则、实施成功教学和减少不称职教师？为什么不简单地尽力为学生和社会着想而去控制和指导教师,毕竟学生和社会才是学校的真正主顾。这一问题将会通过探讨下面的动机、选择和信息型环境的控制来得到回答。

两类动机调查

目前的调查对人类的动机说了些什么？有许多关于对个人选择控制的不好影响的调查。有两类调查不仅证实我们讨论过的一些工作的有效性,而且说明理解为什么"选择"的互动是教师进步的关键和决定因素。

第一类调查发现了建立在外在的刺激之上的矛盾的动机理论。在企业和学校最盛行的假说是通过奖励或强迫个人可以改变和增强能力。外部动机理论假定一个人可以通过正面的方式——表扬、奖励和提供工资刺激来激励别人,或者通过负面的方式——威胁工作安全、减少报酬或批评来激励别人。这种动机是建立在行为上的和刺激反应心理上,它认为人类是由外部环境决定的。纯粹的行为主义者一直宣扬正面的加强作用并相信负面的加强作用没有效果。然而在大部分组织里行为心理学者并不这样区别,并当然地把奖励和惩罚混为一谈。该类调查发现行为主张的最基本点,即对恰当、正常行为的正面奖励具有不好的后续影响。实验显示没有受到奖励的学生和教师集体比经常受到正面奖励的表现要好。

另一类调查在此基础上进一步扩大,仔细地观察了与由别人来强迫选择相反的个人自由选择的后果。调查者进行了一系列控制性实验室实验,有不同的小组被关在房间里面对各种困难的活动。其中一组被要求做某种活动并且完成后可以得到奖励，另外一组可以自由选择活动并且只要他们愿意就可以做，对第二组没有什么强制的要求。第一项研究发现被允诺奖励的组比可以自由选择的组花了更少的时间来完成任务但满意度却更低。在第二项研究里，同样的两组都可以自由选择，刚才被奖励的那组却表现得不如以前。被奖励的那组没有选择刚才他们所做的活动，而自由选择的那组却愿意做刚才做过的活动。没有被奖励的那组的态度和投入明显高于被奖励的那组。这样该类调查得出这样的结论，使用外部刺激对人来说没有直接和预想的结果。

选择问题

有调查者相信加强外部的刺激并不是促进知识和个人发展的方法。外部的加强作用在组织里并不一定是必须的。只要一个人具有最低限度的能力，外部的加强作用，即使是正面的，也不一定起多大作用。

任何类型的组织都必须在广大的范围内控制雇员的行为。组织的固有性质限制了雇员的行为。因此，任何组织必须会控制，这是一个行政功能。控制意味着由一些组织管理人员来让雇员服从这些限制。服从不可避免地会带来抵触。尽管一个人在奖励或惩罚的情况下会按要求去做事，控制者明白会有抵触的间接结果。如果抵触并不是不可避免，就没有理由来控制了。雇员会在干活的同时怨恨控制者，干活不卖力甚至在控制者不在的时候消极怠工。

有研究发现，教师们在督导员命令他们按要求做某件事时常常对着干。这种抵触在教师们被要求使用他们不喜欢的某类教材时常常会出现。他们会在督导员或校长在的时候带着，而当控制者不在的时候，他们则会不认真地使用或根本不使用。一个有经验的学校管理者或教师非常明白控制会导致立即的顺从和随后的抵触。

学校里的教师出现的许多问题是控制问题。作为学校组织的一部分，教师必须有一定的行为方式。当控制者命令清楚，教师会熟悉规则和组织的最低要求。但是，不要把控制型行为和改进命令混为一谈。最终教师个人总是会有一个选择，甚至当选择是"照我说的做或者出去"。然而令人感到意外的是，不是选择的逐渐缩小而是选择或者说是决策机会的扩大刺激教师去超常发挥。

控制型环境与信息型环境

有学者对控制型环境和信息型环境中的人们做了比较。控制型环境，如我们已经提到的，限制了个人选择，只能得到顺从和产生抵触。信息型环境扩大了个人的选择，提高自主和鼓励投入。在信息型环境中，个人考虑他的表现的不同回报,思考他的行为的后果和根据自己的兴趣和好奇做自由选择;信息型环境的前提是人们是天生好奇和喜欢做自己所好的事情。有学者把人们这种强有力的、独立的和主动的力量叫做"源",把控制型环境中人们感到无力、依靠和被动叫做"阀"。当专门的环境与个人的需要相匹配时,持续的改进才会发生。

有学者通过督导语言来区分控制型环境和信息型环境。根据他们的研究,两者的区别是:控制型环境中督导员对教师使用一种"必须"的态度,而信息型环境中督导员使用"可以"的态度。"必须"、"应该"和"需要"暗示了督导员的控制和教师缺乏选择,而"可以"、"考虑"和"或许"暗示了督导员的信息和教师的选择。任何处在正式督导地位的人在当控制成为一个首要的问题时或许会考虑使用"必须"字眼,在信息的改进重要时使用"可以"字眼。研究显示教师对督导员使用的控制型和信息型语言的不同特别敏感。在该使用"可以"时使用"必须"或该使用"应该"时使用"考虑",对一个人来说是件悲哀的事。

最后,对人们督导语言中的动机的讨论将我们带回到使用描述过的人际方法——指令控制型、指令信息型、合作型和非指令型。对于要与教师和教师集体相处的督导员来说,在使用各种方法时两种环境都要考虑。这两种环境描述如下。

在信息型环境中,督导员允许教师做出自己的选择。督导员还可以根据教师解决问题的能力来改变信息的来源和数量。指令型信息方法,督导员用它来告诉教师去做什么,比如"我认为如果分组,学生的注意力会提高";合作型信息方法是以督导员和教师能够发现有用的信息为前提,比如"这是你认为应该做的,那是我认为应该做的";非指令型信息方法是以教师的技能和督导员对教师知识的简化为前提,比如"你怎么看你的班级?"当我们转到控制型环境时,后果是使教师开始对自己不自信起来。如果督导员不具有正式的权威,他可以在紧急情况下使用指令型控制方法,如"你必须停止使用体罚,它违反了学校的规定"。合作型控制方法和非指令型控制方法在学校里没有位置。使用合作型技巧让教师做督导员想让他们做的或使用非指令型技巧来让教师屈从督导员的要求是不符合组织伦理的。除对这种行为的道德质疑之外,游戏规则将会令督导员遭到教师的抵触,形成自己不想要的后果。

一名督导员应该在存在对学生潜在伤害的时候和教师能力不够的时候使用指令型控制方法。毕竟,指令型控制方法是一个从雇员那儿获得顺从的方法。在日常工作中督导员应该使用指令信息型、合作信息型和非指令信息型行为。

结　　语

督导发展的长期目标是使教师在督导员的帮助下获得被期望的或自己所期望的职业能力,努力承担起解决问题的职责。除了已经讨论过的激励因素,还有一些其他令我们相信教师的发展是督导职责的关键的原因。首先,教师在高级发展水平阶段的职责是使用广泛的与成功教学相联系的教学行为。第二,达到高度认知、概念、道德和自我发展阶段的教师更容易促使他们的学生在这些领域得到发展。在一个民主的社会里,学生关键是要学会深思熟虑,达到道德思维的高级阶段和能够独立决策。最后,处于高级个人发展、技能和投入阶段的教师最容易拥有"一个超越自己的理由"并参与到全面解决学校问题的集体行动中去。这是在对有效学校的调查中获得的一个重要发现。

第二十八章

人力资源发展模式、诊断型教师评介

人力资源发展（HRD）通过发展型的实践活动带来更高的质量、生产能力和组织成员的更大满意程度。它是多方面努力促成的效果，包括个人的知识、技巧、态度以及管理行为。HRD 的目的是提高员工的工作生活质量，同时为学校提供最高的教学质量。

在学校组织中人力资源的发展是一个复杂的过程，有时甚至是个难以完成的目标。这种努力往往似乎缺乏中心和变成对组织期望值或者是政府立法机关制定相关条例的简单的回应。人力资源管理不应该也不必变成这样，而且也不是一个好的学校的经营方法。

这一章的重点是关于人力资源的最广泛的概念，包括从刚刚开始从事教育事业的人到准备考虑从学校退休的人。我们的前提是每个人都向往成功；没有人故意做出令人不满意的工作。从现实情况来讲，不是每个人都在非常适合自己的工作岗位上，无论从个人性格还是技巧水平上考虑。而且似乎有些人根本就没有学习足够的技术来充分展示自己工作的能力。但是在绝大多数的组织中，无论是公有的还是私有的，都没有给予足够的帮助去提高他们的表现。甚至在帮助有不足的人认识自己的缺点，或者在职业指导方面做得更是不够。

人力资源发展要求更多的训练课程，一个很好的技能训练计划是一个好的 HRD 程序的一部分。当员工与组织的需求、训练、适应性和鼓励保持一致时，整个组织的运行就会进入一个良性循环。为了能够实现这个目标，我们必须认识到，在人的不同的成长阶段内，个人的需求和认识事物的方法都有所不同。

一个人力资源发展的模式

近几年，人们重新认识到"人才因素"对于组织的影响力。许多这方面的著作把注意力放在人力资源开发以及成功组织的经验上。下面我们阐述 HRD 程序的几种类型。我们需要注意四个要素：（1）成人学者的自然特性；（2）不同员工在学习上面有不同的要求；（3）对于行为的改变需要大量的时间；和（4）合适的训练和发展计划可以有效地影响前三个要素。人力资源开发是一个持续性的过程,整个过程取决于发展需要的类型,因此各个组织的反映必然不相同。

当教师和管理者进入一个学校组织中时,他们已经拥有关于本职工作的一些知识和理解。例如,作为一名教师,他们曾经受过专业训练,学习过如何成为好老师,也许曾经作为实习老师工作过一段时间。新教师需要清楚地知道这个组织的要求和相当的业务信息。如果有一个新老师入门指导和一个很好的个人手册,将会对他们融入新环境更有利。

组织社会化

一个明显的需求就是组织社会化过程。这个过程不像其他需求那样迅速或容易完成。在这里,一方面要处理态度、价值和组织优先权,另一方面,启蒙和网络工作也需要合适的科技支持。这些都需要仔细的需求计划、监控和时间控制。

在一些学校中利用人际关系能够满足一些特殊的需要。当校长雇用新教师的时候,实质上就是在进行组织社会化的过程。通过社会化过程培养人才这样的方法,就自然地加强了组织的支持系统,提供了一个互相启发的机制。在许多组织中,这种社会化需求无法得到满足,其结果是不必要的错误和不良的组织与个人关系。

个人行为改变

人力资源发展程序如何帮助在组织中新挑战下的个人反应? 个人如何发展自己的技能? 如何改变组织行为? 知识可以作为一个开端,但知识不是导致或预示行为的全部因素。我们可以从阅读或参加课程来获得知识。只有当一个成熟的个体是自我导向型并有目的地去学习时,这个学习过程才有效。

知识不等于能力和需求。在知道做什么和怎样做之间仍然是有差距的。人力资源发展的最大问题就是行为的改变。这个过程需要严格的审查系统持续地跟踪调查,也许要大量的人力、物力和时间的支持。短期系统化的指数或许有帮助,但仍然需要更多有效的程序。实地指导;就业行为指导框架;在职培训和发展型工作评估;自我展现和工作条件,等等,每一种方法都不能脱离其他方法而独立存在。这要求组织的灵活性和政策在一定时期内延续。一旦正在发展中的个人出现在上述的活动中,如果坚信最终有好的结果的话,当然就需要一个重新的评估,以保持持续性的发展。在任何组织中,新的需求要求不断地更新科技和技术。一种行为的合适性并不能说明在以后的发展形势中仍然合适。

员工发展计划的实施

作为一个校长,经常要考虑的事情是保证学校的员工的素质。近来,教育改革家们越来越关心这个问题。他们将重点转移向老师的提高上。像教育这样复合型的行业，单纯依靠行政命令不可能办好。在一定程度上让政府参与到教育运行上，施加较少的规范和范畴型的建议，对于学校系统以及学校建立的子系统来说，有利于建立良好的人力资源发展计划，开发良好的发展机会。当然，外部的利益和影响也可能来自于个人方面的压力，这就需要一个有说服力的校长和督学。

人力资源发展计划开始于员工个人需求的评估，通过对专业技术知识的说明等，其实施程序要求有配套的岗位培训课程、当地院校培训课程、监督和评估等。

HRD 的初级阶段

在人力资源发展的初级阶段，需要一个检验员工的专业技术和业务精通能力的系统。从管理的角度看，校长在这个评估系统中扮演重要角色。它的责任包括提供员工需求的评估报告、实践监督、帮助员工创建个人发展计划和组织全校范围内的服务程序。

发掘员工需求、爱好和技术

究竟校长对员工的了解程度如何呢？为了建立一个良好的员工发展计划，有必要多考虑一些在个人简历之外存在的信息。正确看待员工的摩擦——由于调动、退休、注册或解雇将会使员工产生这样或那样的困难。而且，在任何组织中产生的困难都会影响到大批的员工，甚至可以影响几年，常常会阻碍员工的正常部署以及组织的其他工作正常进行。而对员工进行资源汇编有助于解决这个问题，这样的调查以教学、组织技巧和知识领域为主，可以发现员工的特殊技能、爱好和其他可利用的才能。一个类似的方法也可以用来发掘没有学历的员工的技术、爱好和需求。

实际工作监督

实际工作监督的责任不是单纯的总结和评估，更多的是判断、指导和形成决策方面的工作。它实际上是一种建立目标的手段，记录教育行为，对过去的教学行为的总结，以及对将来在教育方面的需要加强的部分的预测。

实际工作监督是一个合作性质的程序。它是通过吸收莫利丝·克根（Moris Cogen）的模式而来的。最初，这个模式是为给课堂老师提供改进意见而产生的。它在评估教师的表现水平方面的适用性很快就被人们所认识到。

这个模式有五个步骤。每个步骤都帮助管理者和老师始终关注教和学的整个过程。一个由一节课的优缺点组成的评测和分析能帮助提供改进意见,包括给老师的正式反馈意见。

步骤一:听课前会谈

这个步骤的目的是为测评提供一个中心内容。教师向校长提供个人概况和课程计划情况,这样能够帮助校长确定在测评的时候将注意力集中在什么地方。教师的计划包括学习计划、教育方法和策略、使用的资源以及如何结束一门课。

在课前会谈中,教师将课程讲授过程中的各个环节进行分类,确定听课时关注的主要方面,即测评的重点领域。教师必须充分理解这一步及随后几个步骤的功效。教师需要清楚地知道这个测评将会记录下一些基本情况,并有助于对今后的改进提供一定的参考。在这个步骤结束之前,对进行测评的各个步骤都要有个详细的计划。

步骤二:课堂观察

教师的任务就是按照教学计划把课程展示给学生。而测评的任务就是观测步骤一中商讨的内容是否逐个在课堂中实现。任何与课程有关的活动,包括学生的语言或非语言行为等也应当被记录下来。在记录的过程中要避免任何个人的观点和总结性语言,因为你所记录的情况是供校长对当事老师进行测评的依据。还有重要的环节是,准时在课程开始时到达教室并参与整个课堂的讲授。

步骤三:课后分析

为了准备课后会议,对所有记录的内容都需要进行分析。是否所有的测评目标都完成了?课前准备的教学策略是如何在课堂上运用的?有没有发现什么不寻常的现象?你对教师的语言或非语言行为有什么认识?学生的语言或非语言行为怎样?教师成功的地方在哪里?还需要在哪些方面进行改进?这些问题都是分析过程中需要回答的。

步骤四:课后会谈

这个会谈应当在一个舒适的、不受打扰的地方举行。最好是能够在被评测老师的教室中进行。在这之后,我们应当针对这个老师的表现进行讨论,究竟这个老师的课堂表现好在哪里,哪里需要改进。这个老师也需要回顾课堂活动,探讨到底完成了多少教学目标,完成的质量如何。校长需要按照测评时记录的信息作为参考,来对这个教师进行客观评定。

测评的目的是要在最后达成一定的共识。校长和老师需要在一起共同商榷教学策略的制订和改进。每次这样的会谈都要总结出一些有积极意义的评测结果,尤其是针对不足的地方进行改进的意见。

步骤五:课后会谈分析

这个模式的最后一个步骤是一个总结性评估。需要改进的目标明确了吗? 这个测评结果对老师的帮助有多大? 还有,这个会谈进行得顺利吗? 贯穿这个过程的基调是教师的发展意识和领导的支持态度,两者缺一不可。

教 师 鉴 定

在最近几年里,许多校区都出现了进行教师鉴定的委托机构。这些委托机构间接或直接地对测评老师的标准或程序起到了决定性的作用。我们必须十分小心这种模式化鉴定系统的运行基础。因为越来越多的衡量标准只局限于在某一专业领域的高度的独立思考技巧和学生的创造能力。

研究者建议鉴定系统应该定位在作为一个对学校有帮助的工具上。合适的教师鉴定系统应该是一个合作性质的模式,鉴定者和教师共同合作来改进不同的教育领域。所有的监督程序最终的目标是员工的进步。以共同目标为基础的鉴定有助于年终正式的教师评估,对教师的职业发展起到正面促进作用。

曾经有几位作家建议让情景因素决定校长对每名员工的鉴定过程。这种情景处理模式描述了在不同的系统中和不同情形下的监督,分为如下四个等级。

1. 现场监督。

2. 合作型专业发展:一小组教师共同合作来改进教学质量。

3. 自我引导型。就是与校长助理共同制定一个自我发展计划(IDP)来促进专业质量的提高。

4. 管理监控。由校长来进行直接的质量管理监管活动。

这四个阶段一般都有管理者来掌握,但都不能全面反映一个老师的真正表现。每一阶段的应用在不同的环境下也有不同的结果,最重要的是取决于教师个人的成熟水平和需求。

对于小学校长来说,员工发展和评估将是其主要的管理行为,就像老师通过各种方法来管理学生的学习状况一样。因此校长也会通过各种测评工具来知道员工的发展状况。合适的员工发展和评估,要求校长起到一个主动的引导作用而不是简单地对事物的反应的角色,而且整个评估系统必须有很好的理论解释基础。

　　员工评估有两个基本目标：(1)对于现有的员工的表现的改进，并在将来的改进中起到指导的作用；(2)通过对人员的奖励、升迁、调动和解雇来促进整体机构的良好工作状态。

　　这两个目的通常会使许多管理者处于进退两难的地步，尽管两个决策都对提供教育质量有很大的帮助。如果员工的改进是建立在教师和校长之间的相互信任的基础上，那么这个举措将会带来巨大的效果。因为人事决策通常都会对员工造成直接影响。

员工评估周期

　　员工评估和发展是一个周期性的过程。实践证明员工的评估能够促进员工的发展。改进教育结果的最终目标可以通过七个步骤来实现。这个周期开始于学年初期教师和校长都着手制订本年度的最终目标和任务。这七个步骤如下：

1. 准备一份个人发展计划(IDP)；
2. 选择一个特殊的专业领域或活动作为测评和回顾的目标；
3. 确定测评的方法、实践和地点；
4. 进行测评并收集数据；
5. 分析数据并提供反馈；
6. 总结和解释收集的评估数据；
7. 报告测评结果、完成的目标并为员工个人的发展计划提供建议。

个人发展计划(步骤一)

　　个人发展计划是一份反应某个人的特殊的发展目标的书面报告。它是一种系统化的为提高某种技巧和知识的训练和其他经历的计划。IDP 为员工和管理者提供了一个为共同的目标进行合理有效的策划的机会，并不是随便将时间和金钱投放在一种仅仅是有可能收益的学习上。

　　IDP 是现实的和可行的，因为它的结构包括管理者和员工的观点。员工的个人和专业目标都是在组织的可行性范围之内实现的。员工也可以通过这个目标得到信息和反馈，使共同的目标具有一定的可行性。

　　个人发展是管理者和员工个人共同的责任。它是实践监督和鉴定过程的延伸责任。校长的责任是提供一个能够让员工发挥最大的能力，有效完成既定目标的工作环境。这样做，就要求校长和员工一起发现技术的差异、优点、专业以及组织的目标。而 IDP 的制定就是为了将这些目标清晰化。

　　IDP 首先包括一份自我评估，可以让员工借此机会评估一下自己的专业能力、技术和特长。第二个步骤通过回顾自己的专业生涯从而制订出自己的长期目标。

校长也有总结出员工的优点和缺点的责任。这种分析常常会以学校的利益为前提而做出分析结论。经常出现的情况是员工的自我评价往往会忽略组织的技术和发展需求的重要性。

校长和员工一起分析,这样 IDP 就开始发挥它的作用。在分析时双方交换一些重要的信息。通过讨论与工作有关的期望值,得出一致性结果。在这个时候,校长要注意到员工的个人目标在什么地方是可行的,而在什么地方是与组织的利益不一致的。通过协商,最终得出一个对于组织发展和个人进步都有利的结果。

这样的商讨还有两个目的:1. 为校长提供了指出技术发展的领域和组织与个人目标的共同点的机会。这些期望将会成为 IDP 的一部分;2. 帮助校长指出组织不能帮助个人实现目标的地方。

测评前会谈　测评前的会谈有两个基本目标:(1)为测评选择一个主题和(2)计划出测评的详细步骤。

目标选择(步骤二)

一个教师的工作目标由于种类很多,因此不能考虑一次性进行测评。每次测评或评估只能选择某一个特殊的目标。

计划测评(步骤三)

一旦选择了特定的测评目标,就要制订一个为完成目标进行数据收集的计划。

测评者　测评前会谈应当包括被测评者和执行测评者双方。校长不应该试图去引导测评者或被测评者的行为意图。有时,校长是一个合适的数据收集者,但是学生、其他老师、学生家长和其他主管通常也会被列入考虑人选。调查发现许多有校长参与的调查或测评都会使结果更加准确和可靠。同时,一个完善的数据收集的过程需要花费很多的时间,而这些时间对于校长来说有时是无法完全满足的。

测评工具　针对不同的测评对象,可以使用各种不同的测评工具。在小学,可以通过问卷调查直接获得测评老师的某些行为表现。在正式测评期间,学生在不同程度上可以作为数据的来源。

时间和地点　在测评前的会谈中,另外一个重要的议题就是确定测评的时间和地点。

测评数据收集（步骤四）

数据收集就是将步骤三中的结果收集起来。测评不需要很长的时间,尤其是目标范围有限且非常明确的时候。制订一个测评周期,即通过多次不同的测评来达到检验不同的目标的形式要比通过一次性的测评来评定被测评者的整体能力的形式更为准确和贴近现实。通常情况下 15 分钟对于测评一个特殊项目就足够了,而且测评应当在计划的时间和地点进行,最佳效果是能够不影响正常的教学气氛。

测评后会谈（步骤五）

测评者应当将测评报告和测评结果提供的反馈提交给被测评者。测评后的会谈应当在测评数据收集者的主导下进行。通常是由别的教师来做,一些情况下是校长本人。从学生或家长那里收集的信息要返回到校长或项目设计者的手中。而这些信息的反馈内容通常是保密的。

安排鉴定 以上步骤完成之后,员工继续按照原定的计划完成设计好的目标。

准备年度个人发展计划报告（步骤六）

每个评估年度的最后阶段就是检验协议中规定的目标是否完成的时候,在一个工作周期年中收集的评估信息也要进行总结。每个教师都应当清楚地知道在他们完成任务时评估数据已经收集到评估计划中。准确地对所收集的数据进行分析和评估的工作应当由校长来完成。

每个目标和任务的评估应当以目标完成的程度为基准。但是校长也不能简单地要求教师实现所有的目标任务。如果教师们被要求每年都完成所有的目标,来年他们将会改变设定目标的方法,专注于设定并完成某一特定的任务。当然也有可能设定的目标无法完成,最终决定个人评定的还要包括个人的能力。

每一个工作目标和它完成的程度都需要有一个书面的解释,而且之后要有一个关于下个年度工作目标完成的建议报告。最后测评的结果也应当记录在保存设定目标和举措的表格中。

年度评估会谈（步骤七）

通常年度评估会谈要求每个教师参加,具体内容包括四个性质不同的任务。

1. 回顾一年的 IDP 完成的程度。

2. 校长为每个员工的年度表现做出总结性评估。

3. 基于年度总结进行工作安排和人事建议。

4. 为下个年度的 IDP 提出建议。这是新的评估周期的开始。因此计划的指定最好是在春天来进行,这样可以有 12 个月的时间来完成,比在秋季指定只有几个月的时间来完成更有实际意义。

为员工提供发展计划要包括两种形式。第一种是要区分自己设定的目标和为下一个评估年度准备而提出的建议目标。这种建议已经成为设定新目标的基础。第二个目标就是在全校范围内的员工发展计划。通过收集教师的各方面反馈和目标的建议为学校描绘一个将来对员工进行培训的基本蓝图。例如,如果员工希望有个以学习为中心的发展和改进计划,那么就很有必要组织一个特殊领域的集体改进程序。

一个集体员工发展计划可以在一个校区范围内广泛应用。这个计划涉及的老师越多,那么将来取得的成绩就会越明显。

良 师 益 友

良师益友的核心是校长作为辅导者与一般员工之间的关系。辅助计划是一个同事之间的互助关系,通常互助双方之间在经历和能力方面都有一定的差异。辅助一般用在对新员工的入校教育会上。

良师益友(Mentor)的英文含义来自于希腊神话。当奥德修斯(Udysseus)决定开始他十年远征的时候,他将自己的儿子托付给他的朋友 Mentor。Mentor 担当了一个复杂的角色:他是一个保护者、建议者、老师和朋友。这种关系是建立在信任和感情基础之上的。

在今天的组织背景之下,一个正式的 Mentor 典型反映的是一个有经验的员工和一个刚刚入门的同事之间的关系,即导师、建议者与新入行者的关系。当它成为一个影响到人力资源发展的因素的时候,这个关系的中心将会放在职业咨询和技术发展支持上,还有就是从广泛意义上学习该组织的文化。

良师益友这个角色在实质上可以改进实践督导的程序,而且已经成为一个专业的同事之间的督导程序。但是它必须要专门的领导人才或有经验的员工。

就像任何的相互关系一样,良师益友的双方都有重要的责任。良好的管理者与新手之间的关系可以为组织目标的实现带来最大的利益。良师益友的责任包括如下内容。

- **IDP 辅导**　特殊的指导和建议对于辅导对象的发展经历有极大的帮助。

- **提供反馈**　良师益友必须是一个积极的角色,经常把测评的结果与指定的计划之间的差异的报告不断地递交到管理者手中,以便对这个员工进行最有效的测评。

- **职业策略建议**　良师益友的总体指导能力和洞察力来源于自身丰富的工作经历与人生阅历,只有具备这些素质才可以胜任这个工作。在许多学校系统中,拥有不同的员工策略,工作合约续签机会,员工的素质等级,教师在哪些领域的工作需要加强或改进的认定等。而良师益友可对这些提供很好的建议。
- **辅助或调解**　良师益友的特殊作用对员工在某一领域的发展评估和升迁有很好的帮助。还有一项任务就是在不同意见发生的时候在各个利益团体之间充当调节人的角色。

被发展的对象也有一定责任。任何有效的关系对于双方来说都是相互赞成和需要主动注意的。被指导者需要在以下几个方面起主导作用:通过主动地寻找建议,开放式地接受良师益友的忠告和建议,积极渴望与良师益友共享个人和专业方面的收益和遇到的问题。

建立促进型关系

促进型关系不是自然而然地就可以获得的。在人际交往的过程中会涉及许多已知和未知的因素。尽管从理想的角度考虑,有许多因素可以极大地促进这种关系。管理者在致力于发展促进型关系的同时还要注意建立相应的辅助系统,如健全的入校教育和一个反馈良师益友的系统等。

将个体之间联系起来对于组织的整体计划有着重要的作用。管理者将有潜质成为良师益友的人的名单列举下来以备将来使用。成为一个好的良师益友的重要因素是有愿望成为别人之师,乐于帮助他人发展,对学校承诺负责,具有一定的洞察力和全局观察能力,独特的经历,良好的与系统内部的专业关系和成功的经历。

建立良好的长期关系的基础是从新员工的入校时期开始的,通过学校的良好的系统和基础政策,能够很好地将期望值与现实联系在一起。这个过程初期的运行如何将会关系到最终的成功。建立经常性的反馈和良师益友系统是必不可少的。这些必须有组织机制来鼓励和支持。

组 织 发 展

组织发展(OD)是一个用来改善工作团体的内部相互作用关系和生产能力的设计。这个工作团队或许由教师组成,或者还有其他组织的员工。OD 的工作方法一般都是适用于刚刚组成的团体。

尽管人力资源发展（HRD）和 组织发展（OD）有不同的需求组成并产生

不同的结果,他们还是有关联的。组织发展经常会影响到发展、改进人力资源的程序。同样,一个运行良好的 HRD 程序将会影响到组织的发展和效能的提高。理论家们会争论与之相反的论点,但是对于实践者来说,将两个过程联系在一起考虑将会极大地提高工作效率。

健康的组织会系统化地和经常性地进行内部反省的活动,这样做的目的是为了保持组织的活力,能够持续地满足客户的需求。这样的组织能够回答下面三个问题。

- 我们为什么做在做的事情? 这是一个关于目标的问题。健康的组织经常会有很好理解的目标和目的,必要时对组织内部进行重组和改革。
- 我们在做什么? 这是一个关于达到目的和目标的工具型处理过程。这是关于课程特性的工作,对主题进行规范和优先权排序,是一个包含组织结构的大量信息的系统。
- 我们能做得更好吗? 这是一个评估型的问题。一旦明确了目标,对过程进行了分析和总结,就有必要考虑是否有更好的方法来达到更好的效果。决策制定、内部交流、资源再分配或者额外资源、组织结构的变革和课程的使用、系统、员工招聘以及个人发展都要通过这个过程来检验。

从行为科学角度出发,任何复杂的程序都不会只有一个简单的目标。并且,这些最终的目标都有一定的共性。

组织发展是一个系统化的,能够完全影响组织系统和子系统的程序。整个组织都会被涉及。任何统一的子系统,即学校的一个部门或者学校的分支机构都会被涉及。高级管理层在组织发展中发挥重要的作用。其核心是放在态度、行为和表现特征的改变上,主要是在合作团队方面而不是个人。工作的重心是现实的团队目标设定、系统性计划和问题处理。这些因素对工作团队的影响和团队合作本身一样重要,因为涉及如何更有效地沟通以及如何管理和解决组织内部和外部遇到的争端等技巧。

组织发展是一个持续性的长期过程。当人们真正地面对问题和掌握如何有效地解决问题的技巧的时候,也学会如何在一起有效率地工作。这不是一个快速达到目的的过程;行为的改变需要更多的时间和合理的技巧应用。

一个组织发展过程依赖于调查和学习。最有效的数据就是目前系统运行的数据,它的特征,问题和资源。信息经过收集、分析,帮助进行问题识别、目标设定和系统化问题解决。用调查反馈的方法收集数据和进行分析是促进这一过程的最有效方法。

一旦收集好了数据,用计算机对数据进行分析并对信息进行合适的分类。通常一个担当顾问角色的人会首先将这些信息反馈到高层领导团队,然后送交到组织的各个阶层。这个过程包括组织对数据的讨论,分析所收集信息的含义以及对信息要做出的反应。然后每个管理者都要将自己领导的工作团队召集起来,继续商讨进一步解决问题和纠正型的计划。

然而,就像人力资源发展不仅仅是名单的罗列和学期中的培训一样,组织发展也不仅仅是几个问题的解决过程。理解这两个步骤的复杂性和不同情况下的多变性对于组织能够有效地进行人员发展和部署有着正面的作用。

领导者的含义

在人力资源和组织发展中校长的角色是最重要的。校长要对处在基层水平和各个发展阶段的员工的提升负责。

需求评估

到底员工需要什么?员工想要什么?技术知识在哪里更为有用?合适的方式是正式对员工进行综合调查。但是正式的调查也不足以完全反映员工的需求信息。如果校长能够经常性地参与到实践督导中去,那么他将能够清楚地知道员工到底需要什么。还有,用系统的方法对收集的数据进行分析,像学生的进步情况,社区的人口统计因素,政策的改变,计划课程的改变等等这些信息都会为需求的发展提供实在的建议。但是有一点,校长不能单纯地依靠数据统计得出的结果而忽略员工最紧迫的需求。

使员工注意到水平范围的变化可以测评出员工的需求。另外,如果校长曾经参与了实践督导程序调查后的会谈,就能够更全面地了解到员工的真实需求。研究者伍雷克(Urick)和他的同事共同开发了 ARC 模式。这三个字母代表英文 Awareness(意识),Readiness(就绪),和 Commitment(投入)。他们的解释是,任何成功的发展活动都是建立在有效的意识基础之上的。

发展系统的结构化和监督

无论人力资源发展程序被定位在个人还是工作团队,都需要有管理层的支持,有一个合适的结构和监督系统。管理层的支持开始于需求评估,并且持续到计划的制订。

如果这个过程是一个个人化的程序,那么 IDP 将会是最好的方式。如果这个过程是建立在工作团队的基础之上(学校范围、部门范围、年级范围、教学小组范围等),就要清楚了解这个团队需要知道什么,确信这个团队也希望对这方面有所了解。这时候校长就是一个促进的而非指导型的角色。

周期型的监督过程对于组织的发展是有必要的。以 IDP 为例,经常与良师益友会谈可以有效地实现所制订的计划。这样就保持了这个过程结构的完整性和判断的客观性。在团队发展的程序中,所有的人力资源发展程序都需要经常性的评估。

增　强

学习和发展——无论是成年人,青年或儿童——巩固对他们都有促进作用。在大量的报告中,有效的学校领导的特征为:领导者建立奖励表现出众的学生和老师的系统;领导颁发奖品,激励良好的表现。这些发现也证明了成功的管理与个人因素也有关系:在一些成功的组织中有一个坚定不移的原则就是最大限度地尊重个人,"让人们成为胜利者"、"让他们成为出众的人"、"用成人的方式沟通"。

总而言之,校长要想发挥员工潜能,使他们工作有激情,得做好以下四方面的工作。

- 对员工进行准确的发展需要的分析。自我评估只是一个开端,校长还需要通过各种各样的数据收集来对员工进行分析与评估。
- 高标准的表现必须被肯定和推广。设定表现标准对于组织和员工个人的发展都有积极意义。
- 人力资源发展系统要求仔细的计划和多种方法。IDP 同团体发展一样必须明确需求并进行经常性的监督。
- 巩固技巧需要经常运用。私下鼓励和公开奖励都是很好的巩固手段。

校长与新教师

教师可能永远也忘不了第一年从事教学工作的情形:当作为一名教师迈进课堂,面对一群等待他来改变生活的学生时,心里的渴望、期盼与兴奋。的确,当你将要从事人类文明最高尚的职业时,不免会感到焦虑和不确定。

为什么这所学校的校长会选择我?

校长对我的期望是什么?

我对校长有什么要求?

很多教师都会发出这样的疑问并急切地想知道问题的答案。如果你曾经有过以上相似的困惑的话,我们接下来帮助你寻找答案。如果你不曾有过这种感觉的话,你应该去体验。从校长的角度看待第一年参加工作的新教师,我们希望能认识到新教师的脆弱性以及校长保护和引导他们的责任。

几十年来,教育界一直认为,校长应该是教学的领导者。教师队伍的变化使校长的位置更具挑战性,校长将面对不断增加的新教师队伍。作为教学领导者,校长必须密切关注这些新教师的教学需要和表现,并确保他们在职业发展中得到指导和帮助。校长对新教师的领导作用的重要性众所周知，但是在教育著作或论文中有关这个议题的讨论却并不充分。我们试图说明这个问题的重要性并提出几个校长应该知道的如何去帮助新教师的问题。

当校长承担帮助新教师的任务时将面临何种需求呢？这些教师对知识、指导和支持有何特殊需要呢？校长如何才能判断新教师职业成长需要的帮助得到满足？上述都是我们将要阐述的问题。首先考虑校长教学监督、归纳有关方面文献对校长角色的定义。接下来讲述几位校长对新教师工作的体会，并探讨他们认为新教师所需要的和他们所能做到的之间的不一致之处。最后，我们将初步就新教师工作向校长提出建议。

概念

校长自然渴望知道新教师在课堂的表现。然而，教学监督的主要原则清楚地显示校长经常向其他教学专家委派直接观察、回馈和指导工作。实际上这并没有减轻校长密切注视教师行为和成长的责任，只是从主动收集课堂详细数据转为收集教师在课堂取得进步的综合信息。

有关学校和新教师之间的关系的专业知识的论述散见于很多关于教学和管理的文章。高效的学校、教学领导法、学会教学、归纳、监督和学校文化的书籍都提供了对校长作为新教师职业发展的关键人物如何更好地行动增进理解的概念。

新教师的需要

专业文献提供的对新教师而言关于校长的角色的数据很少；但是，大量的研究已经对新教师的需要进行了探索。调查发现，相当一部分的新教师表示需求道义上的支持和指导。新教师关心的其他问题还包括纪律管理、课程设计、学校日常工作，所有这些都属于非常具体的政策和程序方面的问题。

百分之九十以上的新教师首先希望获得职业上的自主以及和同事的平等地位。另外，虽然新教师和同行也经常交流和沟通，但他们通常都力图避免直接向同行请教，以免被人发现自己的弱点。百分之九十以上的新教师的工作压力源于缺乏经验、技能不足和目标的不明确。因为交流的作用有限，团体感的建立就很有必要，这包括教师们互相依靠、分享共同关注点、共同命运感等。

资深教师担当辅导教师能为新教师提供快捷和有效的帮助，另外针对新教师的帮助课程正如雨后春笋般涌现。然而，常识告诉我们，只有在互相信任和支持的情况下，这样的课程才更有效。

教学领导

过去几年中，关于教学领导能力方面的描述和定义源源不断。针对新教师需要的研究列出了许多变量,如教学支持、表现反应、目标确立和职业发展。因此,我们将集中探讨一下对新教师有益的校长的一些性格和行为。

目标的实现

新教师通常会发出这样的疑问:

1. 一个领导怎样达到组织目标?

2. 成员的个人需要如何影响组织目标的达到?

尽管学校和别的机构不一样,大多数研究仍直接或间接地表明校长对上述两个问题的成功回答带来了学校的有效运转。

人们的态度和行为很难和他们所在的组织分开。这两者互相交织,而且经常很微妙,因而只能从讨论的目的出发把这两者分开。接下来分别论述校长如何满足新教师的特别需要:

1. 教师作为新手的个人需要;

2. 教师作为对组织有贡献的成员的需要。

有效领导的特点

多年来的研究不断列举了关于有效学校领导的不定因素。我们需要注视的是:

- 一个传达学校长远目标的校长;
- 清楚地表达目标;
- 通过特别反馈持续追踪教师做法;
- 全体教员之间的合作;
- 在扩大教师职业提升的同时员工获得发展。

有效教学的调查者尽量避免把学校的高成就归功于校长;然而,研究结论一致表明校长对形成独特学校风格的本质有直接影响。

未来计划

校长号召全校师生为既定目标努力奋斗,并为之提供具体计划。这样的校长鼓励教师和学生接受学校的目标,挖掘他们的未开发资源,在追求共同目标过程中互相信任并期盼成功。校长的未来计划必须清楚地通过行为来表达,并被为实现这个计划而奋斗的人所接受。因此,校长在很大程度上应成为人的发展者,把他的大量时间和精力投入到建立关系、鼓励信任、发挥人的潜力的工作中去。

　　未来计划的概念意味着将计划付诸实践,必须很大程度上依赖人的资源。理解这种依赖的本质和力量的校长将本能地意识到对每个教师进行个人投资的价值和作用。校长的未来计划越简洁,就越应让学校的成员理解和接受形成计划的价值、态度和信念。如果每一个在学校工作的教师在进入学校时有一套清楚的价值观和信念的话,无疑会加强学校的整体未来计划感。因此,在考虑新教师人选时,校长主要关注候选人是否和学校有相同的理念。如果一切顺利的话,在选择过程中就会避免由于校长和教师间的看法不同或因为教师缺乏对学校教育观的认同而引发的问题。

远期目标

　　有三种对新教师特别重要的教学领导方法:
　　1. 暗示和其他人关系(忠诚、承诺和尊重)的领导方法;
　　2. 通过时间来实现的领导方法,即不期望迅速修正或快速改变;
　　3. 在一些社区、团体和组织内实现的领导方法。
　　这三种方法都表明在学校中如何做事情,暗示校长通常对跟随者的成长和发展负主要责任。校长要坚定地为大家建立一个培养互相信任、合作、互相尊重和好学的环境,选择分享这种观念并可能对学校的规划表现忠诚的新教师。同样重要的是,校长认为新教师的培养和发展不可能一蹴而就,而是需要时间。

教 学 监 督

　　下面谈谈一个校长能最大程度地影响教学技能发展的行之有效的方法:对新教师课堂表现的直接监督。教学监督理论的多数流派认为监督对新教师尤其重要。教学的常规过程也反映了对新教师监督的必要性。辅导教师的实践为新教师提供了现场指导,有经验的教师和大学里的专家也帮助评价。然而,这些熟悉的过程暗示另一个潜在的推测:理想情况下,监督最好在一个教师形成干扰有效教学的不良习惯前发生。这种推测多少含有把监督强压在新教师身上的味道,但是不管怎样,这对新教师帮助极大。强调对新教师的监督很有意义;根据监督理论,这个任务通常落在其他教师和人士的身上。

集中和持续

　　无论校长是否直接监督新教师,一些监督教师的推测有助于阐明校长在此过程中的合理角色。第一个推测是为了保证有效性,监督必须是集中的。教师需要一个持续的专业的课程来帮助他放弃不良习惯,这个课程必须能有效帮助他把新学到的能力运用到实际教学中去。

临诊监督的循环圈帮助新教师规划,也为他们不断提供对他们发展教学能力的反馈。理想状况下,临诊监督应每周进行以确保达到目标。这样集中的临诊显然需要花费大量的时间,每个教师每周需要至少两个小时的投入。难怪多数校长根本做不到。

集中监督也需要对新教师的课程和年级的技能和知识有相当程度的了解和掌握。监督者的高超服务为教师提供了专业知识和技能方面的培训。也正是因为这个原因,期盼一个校长来作为新教师的直接监督者是不现实的。

个性化服务

当监督工作针对不同的教师和不同的教学背景对症下药时,效果最为显著。这又是临诊监督的一个基本推测。临诊监督确实为新教师提供了发展课堂技巧的有价值的机会。通过观察一个教师在课堂上特定的教学事件,临诊监督者可收集到这个教师在某种教学情境的具体信息。监督者可以和教师一起根据有关信息来分析教师的做法,讨论以后课堂教学的规划。

一个监督者应通过诊断一个教师的水平和技能,来决定和这位教师是以直接、合作还是间接的方式沟通。

教师监督的个性化对技巧的要求很高。即使是受过一些监督方面培训的校长也经常没有时间和机会如自己所愿发展足够的全部技巧。现实可行的做法是,校长要承认他们虽然能够向新教师提供一些一般教学方面的帮助,如课堂管理,但这远远不够,故需督导员或资深教师来承担新教师需要的具体的诊断和课程帮助。

同事监督

监督者和教师之间最合适的关系应该是同事关系。同事关系的最基本特征是非等级制的。这种关系来源于这样的信念:监督者提供帮助,教师接受帮助。监督者应聪明地处理好和其他教师、管理者的同事关系。

也许同事关系——设法达到或真实的——在监督关系中对直接监督新教师的校长来说是个障碍。校长的领导地位决定了他有绝对的责任和权力来对每位教师的教学能力和职业发展进行评估。毕竟,一个校长不能期盼新教师自觉地暴露知识或技巧的不足。

教学评价

教师的领导是否也应该参加评价一直是个引起争议的话题。拥护者认为领导对教师能力的广泛了解,对能力强的教师的评价有积极意义。其他更现实的看法是,教师不可能充分信任他们的领导对教师自己的教学方法持完全公正和开放的态度。也许对领导作为评价者的讨论可以使人们认识到评价在广义上是解释和决策制定的过程,而不仅仅是衡量教师对特定标准的符合程度。想帮助新教师改进教学习惯的校长,必须清楚地认识到这一点。

入　门

或许有人期待从新专业教师入门书本中得到有关校长在新教师开始职业生涯的时候如何最好地帮助教师的有益信息。这类书涉及了新教师的独特需要。然而,并没有详细论述校长在满足新教师需要方面应做的工作。相反,辅导教师和某些大学教师被认为最适合和新教师一起工作。

这种对校长在新教师入门过程中的明显作用的忽略,在一定程度上反映了对新教师入门教育工作的认识不足。

新教师培训员的分配

把有经验的教师分配给新教师作为新教师培训员,是一种给新教师提供帮助的基本途径。多数情况下校长负责物色和分配新教师培训员(类似于前边提到的"良师益友机制")。成功搭配的要领在于仔细地比较教师培训员和新教师的教学任务的相似点,除此而外,校长必须确认教师培训员愿意并且有能力向新教师提供有益的帮助。新教师培训员经常没有经过充分的训练就开始工作,在这种情况下,校长就不得不更留意新教师培训员的表现。

发挥成人教育特点

在对新教师进行的各阶段培训中,一个好校长应学会考虑成人教育的特点。成人接受再教育通常是因为他们在现实生活中处理问题时经验不足,知识不够,尤其是缺乏新知识。他们想把过去所学的知识运用到今天甚至未来的生活中去。这种观念难免会产生急功近利的效果。成人只对那些他们认为重要和值得学习的知识感兴趣。因此,教师的主要责任应该是掌握主要学习的内容,具体的学习方法(同事、专家、媒体),而且学习时间应由成人学生自己决定。

除了内容合理外,新教师的学习内容应包括培养成人学习者的自尊。心理环境方面的要求包括:

- 互相尊重(尊重学习者的价值);
- 合作(分享而非竞争);

- 开放和真实(教师表达诚实的想法和感受);
- 愉悦(快乐的学习体验);
- 人性(心理的安慰和安全感)。

这个过程本身应让新教师积极参加几个关键事件:

- 共同规划,通过决策过程的主人翁感觉获得成就感;
- 确定他们自己的学习需要,用学校的需要作为标准;
- 形成学习目标;
- 设计学习计划;
- 评价学习。

也许校长在这个过程中的关键作用是帮助新教师切实实施计划并监控整个过程。

职业入门

职业入门教育的重点通常强调发展一般教学技能,如课堂管理、课堂设计等。这样的活动经常直接对教师进行评价。针对新教师的教学能力的教育虽然可以帮助新教师培养基本知识和能力,但还远远不够。

学校应有责任向新教师灌输学校的文化,使他们了解教师这个职业而不仅仅局限于教学活动。在文化传播过程中,校长的作用尤其重要,虽然很少有教学书籍强调这种重要性。但这并不意味着要求校长为新教师提供成功课堂教学所需的实用培训。当然,我们也不应由此否认校长的重要性。如果校长积极参加有关教育项目,新教师会产生一种被接受和获得认可的感觉。

新教师还不能马上投入教学,最多只能是做好进入这个职业的准备或承担一部分教学任务。校长因此而应采取的具体战略包括:

- 新教师不必参加学校政策制定、评价项目或人、向学生和家长提供咨询、决定课程等工作。但新教师可以观察这些过程。实际上,这些过程的观察可以培养新教师的具体技能。
- 新教师所从事的工作只能是在他们有限的背景和经验之内。提前让新教师了解这种要求可以让他们自由参加合作活动,与同事分享他们的才能。
- 校长为新教师仔细定义责任,避免分配会使他们产生失败感的任务。

文 化 领 导

学校文化这个概念正受到广泛的关注,并为分析校长向新教师传达学校使命的行为提供了宽广而丰富的内涵。三种创造显著学生成就的学校文化是:

1. 同事合作精神；
2. 团体感，即所有的成员都有一种归属感；
3. 明确的目标。

最后一点需要不断的监督，使其能够激发和指导教师的能量和注意力。文化领导决定了协商一致比控制更为有效。帮助新教师发展一种成员感并使他们成为协商一致的过程中的参加者，是校长承担的重要任务之一。

协同作用

校长通过确立和加强与学校使命相关的重要价值、信念和社会组织来充当文化领导者。这个过程无论是对学校还是对每一个成员来说都起促进作用。在这个过程中，社会网络促使个人前进，被支持、引导和获得被承认的地位。新教师在进入教师这个行业时也将上述这些元素列为他们最强烈的需要。校长通过直接介入可以或多或少提供一些支持、引导和给予地位承认。然而，要想使新手做出持续的成长努力，学校应提供连续的更有利的环境，其重要意义在于，这种类型的环境对新教师的影响比任何其他因素都持久。

风　险

校长的远见卓识和理解力固然重要，但绝非仅此而已。没有行动的远见等于是一场梦。没有远见的行动无异于消磨时间。付诸行动的远见才能改变现实。校长通常通过鼓励，甚至要求教师建立个人职业发展目标来完成任务。在此过程中，校长公开地、明确地支持学校的革新。可是，多数新教师甚至对传统做法还没有信心。同时，近来研究表明，愿意冒险是新教师成功的主要特点。因此，在冒险前，新教师能得到对革新的明确支持是最为重要的。并且这种信息必须直接来自校长。

发展型的领导者愿意开展实验，迎接变化，容忍一时的混乱。他能理解对学习过程和教学能力来说，失败实际上比依赖于旧技巧收益更多。校长应和有关人士一起分享自己冒险和自我表现改进的个人体验。最重要的是，校长应对包括新教师在内的所有教师一视同仁，认可他们改进教学方法的能力，从而营造一个有利于变化和成长的环境。校长和其他教学带头人应首先表现出对改革的渴望，并在各种会议上与教师们分享他们的成功和失败。校长还应鼓励教师对新鲜事物进行思考和发问。这种在同事中形成的学习氛围对新教师冲破禁锢，放开手脚，大胆尝试新的教学法十分有利。

一个学习的团体

各个学校的文化都有自己的特点,如果全盘照搬,不加批判和分析的话,造成的问题比解决的问题还要多。现在的校长对条条框框的东西渐渐厌烦,而是注重自身的感觉。一所学校并不是校长、教师和学生的简单组合。在学校里,学习、参与和合作比旧习惯、生产和竞争要重要许多。作为学习团体的学校里,所有的参与者,包括教师、校长、家长和学生都从事学习和教学。学校中,学生发现新知识,教师重新发现和认识学习的欢乐、困难和满足感。许多情景可以培养学习的气氛,比如提出自己的问题、冒险、幽默、与别的教师的合作、示范的重要性等。对学校来说,校长本人正在学习比呆板的校长应掌握的知识列表更为重要。

一个团体的领导者对于新教师的推测有:

- 学校的改进依赖于合适的条件;
- 当条件恰当时,成人和学生都学习;
- 学校最大的需要是改进人际关系和学习经历的文化;
- 学校应营造一个促进所有成员连续学习的环境。

总之,校长应是一个带头学习者,学校最重要的事业就是正面经历、展示和庆祝校长和大家都希望和期盼的内容。除此而外,我们再也想不出更好的办法让新教师知道:学习并不是意味着不足(新教师经常害怕的概念),而是提供了通向进步和成功的阳关大道。

校长对新教师的看法

前面我们讲述了一些理论知识。现在来看一下实际情况。我们主要谈一下校长通常觉得新教师应学习的内容以及校长如何促进这种学习。

有一项研究,对象为七名校长(两名高级中学校长,两名小学校长、三名中学校长),主要探讨关于校长对新教师的要求的问题。这项研究展示了校长们在实际工作中遇到的问题。他们普遍认为社会对校长越来越高的要求令其感到有压力,并不断思索如何才能满足额外的要求。当涉及新教师时,这些问题尤其突出。现在我们来具体分析一下校长对新教师的学习该承担的责任。分为两部分:一是校长的心目中,新教师应该学习的内容;二是校长帮助新教师学习的责任。最后我们再做总结。

学习需要的内容

学校环境　校长们一致认为新教师有必要迅速适应他们所在学校的环境。

为了立即适应学校,新教师需要知道详细情况,包括校园的布局(尤其是规模大的中学)、招生和阅读资料、每天的作息时间等。除此而外,还需要尽快熟悉学校的社会和文化组织,包括如何指挥学生排队、怎样使走廊里的交通顺畅、如何与同事相处、怎样和家长交流等。他们也有必要知道一些更细微的内容,如谁是学校真正的领导,哪位同事乐于助人、愿意分享材料和想法等。

校长的期望　受调查的几位校长也谈到了新教师了解校长的重要性。其中一位女校长甚至表示十分渴望新教师理解和欣赏她的高超管理技巧。另一位坚决要求新教师对满足学生需要的承诺。有时候很难判断校长的期望是出于个人目的还是为了学校的整体目标。

学生的背景　校长们普遍认为,无论是新教师还是有经验的教师应更多地了解学生不同的文化背景。学生们来自不同的家庭,有的是富裕的私有企业主家庭,有的在政府部门奉职,有的则来自下岗工人家庭。校长们认为教师通过了解学生不同的家庭背景,包括他们住在什么社区,才能了解学生不同的文化背景。不止一位校长认为教师只有真正走进社区,才能亲身体会到该社区的独特文化。一名校长曾经率领教师对各种社区参观和学习。校长们同时相信,教师如果想让学生家长来参与帮助学生成功,就还应了解学生家庭的具体情况。一位校长的体会是有很多家长工作很忙,根本就没有时间关心孩子,还有的家长虽然有这个愿望,但是往往不得要领。

人际关系　两位小学校长谈到了新教师学习和改进人际关系的重要性。他们认为,人际关系对新教师而言,就是要学会关心学生,唯有如此,新教师才能符合社会的要求。新教师应像关心自己的孩子一样对待学生。新教师应敏锐地觉察到孩子们带到学校的各种学习之外的要求并逐一加以解决。"如果你表现出没有时间,如果你没有给予学生应有的关注的话,学校就像是空荡荡的家。"他们这样说。

学习机会　校长们对新教师能从经验中学习深信不疑。一名校长对这一普遍心理的形象比喻是"临床接近教学法",即新教师学习期间的科目多数在学校和课堂完成。这位校长把这种培训和对医生的培训相类比。医学院的学生在学习怎样为病人诊断时,一般身边都有一名资深医生指导,并发出如下的指令:"把手放这儿,摸一下身体的这个部位。你的手放那儿感觉一下。"新教师实际上也需要这样的学习经验。他们需要亲身体验。除非他们自己去尝试教学经历,否则新教师难以体会到教学的真谛。

校长们对新教师经历价值的评价其实暗含对现行师范教育的批评。一位中学校长在回忆他自己在师范学院的经历时承认,他在学校课堂学到的教学理论和短短的教学实习使他在踏上工作岗位时感到无所适从。另外一个校长更为尖锐地指出,"我们现行的师范教育做法不仅是在截留优秀教师,更是在失去大批的优秀教师苗子。"

个人支持　校长们也提到了许多可促进教师学习和职业进步的机会和方式。对新教师来说,校长们都支持给他们委派教师辅导员或结成对子的做法。多数校长也认为,安排新教师观摩有经验的教师的课堂现场教学有很大帮助。校长们还提到了他们自己看来直接对新教师有益的方法。其中一个便是帮助新教师确立评估教学的过程,包括被列为优秀做法的详细的教学技巧。

集体在职培训　校长们一致认为,在职培训和研讨班无论对新教师还是老教师,都是汲取新知识的大好机会。他们也提到了协作和配合的重要性,认为并不仅仅是新教师将从合作中获益。可以把教师分成不同的团队。教师必须学会和自己团队里的同事讨论和解决他在教学中遇到的问题。

校长们表达了他们能向新教师提供的不同的本质和来源概念。这实际上也从一个侧面集中反映了对校长在帮助新教师过程中的角色和责任的多元看法。部分校长主要依靠自己、教师甚至学校以外的资源,把帮助新教师的主要责任推给教育局的在职培训项目。这种做法不仅妨碍了校长发现教师的需要以及满足这种需要的方法,而且也限制了教师认识学习需要和选择对策的范围。实际上这种做法意味着学校逃避帮助新教师学习和成长的日常责任,并且也在无形中形成了官僚结构:作为需要帮助的新教师不得不服从和听命于有关帮助的执行者的决定。

教师的授权　有证据显示,校长们相信教师应变得越来越有自立能力。然而有趣的是,这些校长们在对待教师们自主做决策的问题上一视同仁,不管是新教师还是老教师,他们也没有意识到随着理解力和经验的增长,教师应逐渐获得这些权力。例如,在一所中学里,校长把教师分为 5 个组,每组 5 个教师,所有的人都给 150 名学生讲课。当校长描述教师、学生和家长对这种分组法的热情时,却没有意识到这种方法对新教师和老教师的不同影响和作用。

小学校长们同样也觉得他们实际上并没有尊重新教师和老教师对独立决策的特别需求。授权过程的努力仍然把全体教师视为一个同样的整体。7 位校长中只有一位提到曾通过提供做决定的机会来帮助教师获得权力。校长忽略了新教师决策能力的培养在某种程度上也导致了教师对校长的过分依赖。一位小学校长尖锐地批评上述现象,希望教师们发挥他们的才能,承担起更多的决策责任,而不是一味只靠校长来做决定。

教学支持和反馈　并不是所有的校长都能直接认识到新教师学习特定教学技巧的需要,但这种需要却在校长们使用的调查表格中得以体现。特定教学需要包括新教师掌握课堂管理技巧的特别需要,而这种需要在中小学都是必需的。

相对而言,小学校长们对新教师需要的技巧的评论最具体。这些校长更热切期盼教学内容和他们手下的教师使用的教学手段。小学一般规模小,教师数目也比中学要少。因而,当中学校长只是泛泛而谈教师的需要,例如课堂上的逻辑思维时,小学校长却可以直接和教师谈工作,例如学习如何掌握教学的进度或者和教师探讨如何给一名缺课 11 天的学生补课。

课堂观摩　校长们承认课堂现场观摩对新教师的帮助比其他任何形式的帮助效果都要明显。校长通过课堂观摩为新教师们提供长期教学生涯积累的示范有效的教学模式，并给新教师指点迷津。同时，校长对课堂观摩的积极作用非常肯定。他们把自己不仅看做是通过课堂提供指导的人，同时也是各种其他观摩经历的推动者。校长们也谈到了他们为新教师安排访问老教师的机会，为在某一方面需要帮助的教师安排观摩一位在这方面经验丰富的教师教学，以及安排教师观摩同时讲授新教材或运用新的课堂技巧的其他教师教学。

校长们也认为各种层次的反馈为新教师提供最明显的学习机会。最受校长推崇的方式是正式的教师评估。他们觉得这种评估为教师指明了好的教学标准。对一些校长来说，观察教师并对他们的教学能力评价，除此而外，没有其他更好的方式。但是，令人诧异的是，校长们在对评价新教师和有经验的教师方面没有什么区别。这种差别的缺乏也产生了一些问题，如期望的水平和观察、反馈的发展使用。

其他形式的反馈　教师的评价并不是构成教师反馈的唯一手段。一位校长提到了另外几种教师应考虑的重要的反馈形式。家长的反馈是其中一种，教师可以从家长口中得知存在的任何问题。同事的反馈是另一种渠道。校长们认为，同事的关心与否对教师事关重大。最后，校长也认为学生在课堂上的表现本身实际上是对教学质量和课堂管理的反应。

校园文化　几位校长承认学校文化对新教师的社会影响。新教师不仅要了解这种文化，同时还要努力去参与。通过与同事的交往，了解所在学校的行为方式——校长希望教师更多地与同事合作还是更希望教师独立自主，等等。这种交往也有助于信息和经验的交流。

学校规模　学校的规模直接影响新教师参与学校文化和学习所需知识的努力。在规模较大的中学，连校长自己都无法掌握学校文化的全部。但是规模较大的中学的好处是通过教同一年级的不同班级，新教师可以获得更深入的教学内容和技巧。

合作　一位小学校长强调了教师需要掌握的和家长打交道的技巧。她希望教师学会与家长不失谨慎地但同时又充分地谈论学生的问题。她也强调新教师应对自己的职业判断建立信心，唯此他们面对家长的时候才能泰然自若。这种期盼也说明了新教师必须学会的一种合作精神——校长和新教师、辅导教师和新教师、新教师和其他同事。在一所学校发生的教学难题需要同事们共同寻找答案。当然，不排除答案来自外部的可能性，但最终还是要由教师自己来决定相关答案的可用性。在这一过程中校长和教师都是学生的角色。这实际上是具有不同知识和经验，同时又尊重他人的成人间的合作关系。出于胆怯心理，新教师对自己的能力不敢肯定，因而往往不会很积极主动。在校长期盼新教师能参与进来时,校长和其他有经验的教师必须明确肯定新教师的意见的价值,并小心处理一些因为经验不足带来的问题。

校长的观点和实际行为的不一致

在讨论新教师需要的过程中,校长们也谈论了表达这种需要的方法。但这实际上只是校长单方面提供他们自己角色的范围。为了全面了解情况,我们必须来研究一下在和新教师交流并促进他们职业发展的过程中校长的行为。这种比较得出的结论是:校长有言行不一的地方,即"信奉理论"和"行动理论"的不一致。就前边所说的内容,我们来看看具体情况。

学习需要的内容

第一个不一致是所有新教师的学习需要和每一个新教师学习具体政策和教学习惯的不同。校长在觉得帮助新教师时间不足时产生焦虑,是因为他们觉得只要有时间,就能真正帮助这些教师。实际情况并非如此。多数校长在课堂监督方面只受过基本培训。并且,他们的评价多是总结性的,对教师理解和改进教学方法帮助很小。

同时令人产生疑问的是,校长是否具有足够的知识来帮助教师。换句话说,校长不可能是所有教师的救世主。但很多校长还没有意识到这一点。校长对自己帮助新教师的能力的估计和实际能提供帮助的不一致的另外一个方面是,教学技巧只有从实践中得到。新教师只有在长时间的个人帮助和回馈的情况下才能不断成长。

学习的机会

另一个不一致是新教师学习的机会。新教师的学习机会包括在职培训和有经验的教师的辅导。非正式的学习机会是教学团队和新教师分享课程材料、新教师和辅导教师之间的谈话等。而这些都不是校长能直接控制的。

为实现他们的承诺,校长们也许应制定一个表达新教师特别需要的活动和会议议程。这些活动集中表达了对新教师的期盼以及教师怎样才能成功回应这些期盼。

教师的授权

在校长授权给教师使他们成为其权限范围内的决策者时,也存在有一定的不一致。例如,校长声称认识到他手下的教师的才华和能力,并希望他们自由表达意见,自主决策。但是这位校长依旧每次开会都占用了百分之九十五的时间。

对新教师的授权特别敏感。校长必须学会谨慎地向新教师提供基本信息和指导以及让新教师独立思索的技巧。

课堂观摩

课堂观摩是帮助新教师改进教学工作的重要手段。校长们通常会随时观摩新教师的教学,但却很少在观摩时系统收集数据。诚然,校长由于时间限制使他们无法完成观摩以及分析的全过程。然而,如果校长了解教师会从观摩的数据分析和讨论中获益的话,他们就会更加重视课堂观摩。

反馈形式

教学的评价并非反馈的唯一手段。一位校长谈及了其他几种教师应当考虑的形式,家长的反馈是其中一种,他们通常在问题出现的时候会通知教师。教师的同事也是这种反馈的来源之一。从同事身上教师往往可以得到重要信息。学生在课堂的表现也被认为是对教师教学质量和课堂管理的反馈。

校园文化

几位校长也承认校园文化对新教师的影响。新教师不仅需要去尝试了解这种文化,并且要努力参与进去。他们从与其他教师接触过程中了解学校的行为方式,如校长是希望教师们花很多的时间在团队合作还是集中在个人努力上,等等。校长们承认这种交流虽然主要是关于学校业务的,但有时也分享信息和经验。

学校规模

校长们深信学校的规模直接影响教师投入学校文化的积极性。在规模较大的中学,校长承认连他本人都不能全面了解学校的所有文化。也有校长认为学校规模大的好处在于通过让教师在同一年级教不同的课来使教师掌握更深的知识。

合　作

有位校长强调教师有效地和家长打交道所应掌握的技能。她希望教师学会充分而敏感地和家长讨论学生的问题。新教师应对自己的判断充满信心,只有这样他们在和家长打交道的时候才能自如。校长们同时也希望新教师学会与学校管理层和同事合作。

校长的上述期望表明,在合作关系中产生帮助。在实践中,一所学校的教学问题通常需要同事们共同解决。即使解决办法有可能来自校外,但学校的教师和管理者还是必须自己决定这种解决办法的有效性。在此过程中,校长和教师都是学习者。上述观点在成人中确定了一种合作关系,每个人都有自己独特的知识和经验背景。新教师由于对自己的能力不敢肯定,多少害怕失败,因此对这样的活动有点羞怯。校长和其他教师必须做到公开表明对新教师意见的肯定,并勇于接纳他们宝贵的意见。

校长的想法和实际行为的不一致

校长们在讨论新教师需要时,也谈到了表达这些需要的方法。虽然他们的评价提供了一些帮助确立校长角色的有益信息,但远远不是全部。他们提供的只是校长自己认识到的观点。我们有必要来看一下在实际中,校长如何帮助新教师提升职业水平。有意思的是,这种比较表明了校长所说和所做的不一致。下面我们来看具体情况。

学习需要的内容

校长们往往错误地以为只要有充裕的时间,就能帮助新教师的学习,因此,在时间不够的情况下,他们焦虑不安的程度也往往加深。但是,这种想法经不起检验。多数校长在诊断监督技能方面的训练是极最基本的。此外,他们课堂监督、分析的能力也很薄弱。校长是否拥有足够的知识面来胜任对新教师的帮助工作同样令人怀疑。换句话说,校长并不能替新教师包办一切。然而,在我们的谈话中,只有一位高级中学的校长承认这一点。另外一个不一致的地方是校长们错误地以为教师的能力只有通过经验获取。

学习的机会

校长们发现的第二个不一致的地方是提供新教师学习的机会固然很重要,但是却很少提供这种机会。正式的培训本来就不多,非正式的培训就更不在校长的掌握范围之内。校长们应对这种培训做出计划,但是参与研究的校长们没有一个做过这种计划。

教师的授权

第三个不一致是在实际做法中,教师们没有被授予应有的权力。例如,一位校长大谈对他的教师能力和才华的认可,并鼓励他们自由表达意见和做出决定,但是也是这位校长参加任何会议都要占去 95% 的时间。对新教师授权的问题实际上相当敏感。校长必须学会在向教师提供信息和让他们独立做出决定之间巧妙地进行平衡。

课堂观摩

第四个不一致体现在对课堂观摩重要性的认识上。校长们经常听教师的课,但却很少系统收集相关数据,也很少听完。诚然,校长时间有限,不可能进行大量的课堂观摩,但是如果校长认识到课堂观摩对新教师帮助很大的话,就会注意尽量听完整堂课程。参与谈话的校长没有一个能做到这一点。

教学支持和反馈

虽然没有必要亲自提供反馈,但校长应对新教师接收和学习反馈的全部过程密切注视。实践中,校长只有在认为新教师有麻烦的时候才会提供意见和帮助。校长们指派的教师辅导者往往没有充足的时间接受训练。

中学校长

不可否认的是,中学校长因为学校规模较大而必须比小学校长付出更多。实际上,如果没有帮助的话,中学校长无法做到这一点。有一所 2,500 人的中学,该学校的校长把教学放在首要位置,每天和教师就学生的学习进行正式和非正式的一对一谈话。这位校长至少委派一位助理来参加所有活动,他本人则是尽力而为。偶尔这位校长会收到批评信,认为他对教学外的内容关注不够,对这种意见他置之不理。事实证明他是成功的。

他怎样做到这一点? 他说得很简单:"我只是把精力放在重点上,而不是面面俱到。"校长必须从令人眼花缭乱的杂务中确定学校的核心任务。

校长们对自己对新教师的责任深信不疑,但无论在理论认识上还是在管理实践中都存在差距。因此,有必要认识以下四种关于校长和新教师角色的提议。

1. 校长和新教师的角色要求校长明白无误地表明对新教师表现的期望。这也许是最重要的,同时也不幸地很少引起人注意。通常校长认为新教师会从经验中学习一切。校长由于没有表明要求,就失去了一个宝贵的直接影响新教师进步的机会。

2. 校长应为新教师的学习需要制订详尽的计划并规定相应的时间:

(1) 要专门给出时间来满足新教师的独特需要;

(2) 校长应与新教师积极合作来安排有关时间;

(3) 所有的学习机会应充分合理。校长应确保安排对新教师而言极其重要的培训。

3. 校长应帮助新教师确立职业发展目标、监督进程并提供必要的帮助。校长应引导新教师作为成人学会自我学习。校长为新教师树立的目标同时也是校长的期望。

校长应为新教师树立合作的榜样。校长和他人的合作是一种典范,这种典范为新教师创造了有利于职业发展的良好氛围。通过合作,新老教师能获取比他们自己单独工作更多的知识。这样也更能引发他们对自己以前做法的反思。在一所洋溢着合作气氛的学校里,教师对变化和革新更容易适应。

观察听讲技巧

观察说起来是件很简单的事。每个具有正常视觉的人用他的视力来观察每一个动作。既然如此,为什么有如此多关于指令型改进的磁带和应用的书籍、方式以及争论呢?事实上,观察是一种注解行为,然后是一种判断行为。在教育环境上的观察问题主要是关注推论的手段和基础的问题。这些问题如下:

1. 需要有一个外部框架手段来实录在教室里发生的事情呢,还是一位督导员选择使用主观的、轶事的观察方式呢?

2. 什么是推理的基础?

3. 该推理需要来源于一定数量的教学活动呢,还是一位督导员能从教室的感觉判断有效的实践活动呢?

这都是些复杂的问题。本章的目的是用达成一致的观察过程回答这些问题,描述督导员所用的观察的不同方式,然后选择合适的观察形式来提供标准。

如果你是这一教室的观察员,你会说发生什么了吗?你能说学生有行为问题、纪律放松、教师不能回应学生的兴趣或是教师在课堂上讲得太多吗?

如果你的观察与这里提到的有相似之处,那么你就会掉入说明的陷阱,也就是帮助人们改进他们的项目的大多数尝试的毁灭。如果你的评估者——比如学校的督导——观察你召开一个教师会议,后来告诉你教师缺乏对你的尊重,你会如何反应呢?你可能给出一个自卫(不是这样!)、困惑(你是什么意思?)和充满平静的敌意(你怎么可以这样说我呢?)相结合的回答。督导可能不经意地让你与他对立起来,极不情愿去服从他。

观察是一个由两部分组成的过程——首先描述所看到，然后理解它们是什么意思。思维几乎同时开始处理视觉印象，把这些印象与以前储存的满意与否的想象结合起来，然后认定该印象的价值或意义。如果一个学生打哈欠，我们的思维给出"厌倦"信号。如果一个教师对着学生叫喊，我们的思维显示"失控"。判断来源于印象或事件的描述。当我们失去对事件的描述而仅保留理解，我们就产生了沟通困难和改进障碍。

让我们回到理解督导的"教师缺乏尊重"这一点上来。如果理解后面的描述这样告诉你"我看到 15 名教师中的 6 名在你的会议上迟到"，你的反应会如何不同。你可以认可，确实有 6 个人迟到了；然而你或许不会同意缺乏尊重这个理解。你可以不仅承认 6 个人迟到了而且可以对此做些什么。你不能对缺乏尊重做些什么因为你不知道需要做些什么。另一方面，你可以纠正迟到来最终改变督导对教师尊重的理解。对事件描述的分享是成功的先兆。不能相互理解会导致抵制。当双方能够在发生的事件上达成一致，他们更容易在需要做什么上达成共识。

记住如果督导目标是提高教师的思维和对改进班级和学校的实践的投入程度，那么观察应该被当作一个在教师和督导员之间进行指导性对话的信息基础。在对教师谈到他的班级时首先使用描述，会产生一个指导性对话。首先提出自己的理解和评价，会使教师产生防卫、斗争和抵触情绪，并让讨论令人窒息。在观察中理解的差异对我们根据班级的原来情况而需要的指导改进非常关键。

描述型观察法

一个用来描述在教室里发生了什么的描述型观察法是职业发展和指导改进的一个工具。因此，描述型观察法的使用是教师同意班级里什么值得学习的先决条件——或许兴趣来源于教师对更加了解自己的欲望、尝试一个特别的指导模式、实验一个新的方法或者努力解决问题或缺陷。另一方面，一个总结型评估法是外加的、无变化地使用的一种方法，它试图以相同的标准评价教师来决定他们的价值、长处和能力。总结型评估法试图总结和评价个人能力。描述型观察法试图向教师提供他们与督导员达成一致的重要的信息，能力不是问题。因此，总结型评估法是核对清单、比例规模或关于教师能力的叙述，而描述型观察法是会发展成进一步的目标和职业收获的描述性发现。描述型观察法被选来在教师和督导员之间使用。总结型评估法对教师和评估者是命令性的。虽然总结型评估法在学校里有它合适的位置，但它不应该和描述型观察法混为一谈。中层管理者和督导应使用描述型观察法，这是因为观察的目的是帮助教师提高专业技能。校长常用总结型评估法，因为学校领导关注的是教师，即被观察者的能力和素质。

描述的方法

在描述上，目标是减少对发生什么事情的任何困惑。一个好的检查是从大街上找一个人来作证。人们可以相信自己关于教室里发生的事情的描述。如果一个路过的行人可以被拉进教室里来，并会看到观察者所看到的一切。如果这个行人将不得不做任何的职业性评价——关于，比如说，讲话的速度、对学习风格的回答或对纪律的宽大——那么这就不是一个描述了。如果这个行人能够描述这些，比如教师与学生之间谈话的次数、打断、教室的安排、教师使用的身体之间的距离和教师与学生在说什么，那么大街上行人的检查就被通过了，你可以把这个行人从你的思维中清除了。

然而研究者与成百上千的管理者、督导员和教师在一起工作后形成了一个关于观察工具的强烈的成见。为了调查目的而发展出来的观察工具通常对实行者太费时间和太累赘。这里并不是在低估某些工具，这些工具对于有效教学的调查帮助很大，并且指导实践者去采取需要强调的教育措施。然而，这些被经过训练的数据收集者使用的工具并不容易被一个有 30 多个教师需要观察的督导员来使用。

第二十九章

激励学习表现欠佳的学生

维持好学生的优异成绩、改善差等生的表现是教育工作者的主要任务。政策制定者和衡量学校投资价值者的评审学校的重要依据通常是学生在量化考试方面的表现。教育工作者必须确保诸如考试成绩、毕业率以及基本技能等达到期望值。只要注意孰轻孰重、有的放矢,自然会出成绩。研究和评估结果,成功实践的历史记载,甚至常识都能对学术方面的成功提供准则。

学校管理者如何分布教学上的时间和精力决定了学生在学校成功与否。校长应该学会帮助教师建立一个有利于有效教学的基础,密切关注有关过程,同时义不容辞地做出课程、人事和组织方面的决定。

本章重点阐述校长在激励学生在学校表现方面所扮演的角色。原因很简单,无论是公众、媒体,还是政策制定者都把学生在学业方面的表现作为衡量一个成功校长的依据。几乎所有学生成绩优秀的学校都离不开一个强有力的校长领导。应该承认,这些校长都拥有理性的、技术方面的以及人际关系的能力来协调和改善领导过程、建立和运用人力资源、为学校建立整体成就目标以及关注学校在迎合学生成就目标方面的进步。这些校长替学校定下基调。作个形象的比喻,他们是学校这台机器成功运作的火花塞。

我们一开始介绍四个防止误解的说明,然后就一些简单事例进行讨论,还有一些成功校长的领导方法,最后是总结和一个案例研究。

四个防止误解的说明

这里讲述几个改善学生成绩的方法。首先是四个防止误解的说明:

1. 情况往往不像看上去那样简单;
2. 变化、模糊和多样性每天都在增加;
3. 校长只是分享教学领导方法的成员之一;
4. 通向改善学生表现的道路并不平坦。

存有疑问是可以理解的,因为事情很少和它们看上去一样。多数教学论方面的作者都保留他们对世界上只有一个单一的一致同意的公共教育标准的看法。学业表现结果可以通过报告卡片、国家教育功效墙报展、委员会报告以及其他形式来评价。

变化、模糊和多样性在当今的教育界蔓延。即使人们评价成功的标准都在变，与学业成就相关的任何事项的讨论都必须考虑到目标、弹药以及猎手位置的可变性。因此，由于学生人数和公众期望值的变更，往年用来取得成功的手段今年可能变得不再那么有效。今天看来，唯一稳定不变的是变化、模糊和多样性的幂式增长。成功校长应该灵活地、创造性地以智慧和幽默来应对。

如今很多人都在辩论校长是否应当作为学校教学的领导者。有学者认为校长应该是一个顾问、工程师、老板和诗人。也有人认为校长应该是一个艺术家和建筑师。部分学者甚至认为，如果校长只集中精力在学术上而忽视其他方面的职责，那么维系学校这架机器运转的润滑剂将不复存在，人们也将不再认为这所学校是成功的。毋庸置疑，学术领导应当属于教师。

虽然截止到目前的研究还不足以表明校长行为和学校成果之间的因果关系，但是大量例子表明校长可以通过他们的教学领导能力来提升学校。困难的是如何定位校长的教学领导力。一些看起来似乎不属于教学领导力的元素，如建立学生成就的明确目标，实际上应该包括进去。另外，非正式地、随意性地与学生和教师在过道相遇以及对课堂的顺便走访都可能被看做是教学领导能力的锻炼。

我们在大量的研究、理论、实例、成功实践以及当代读物的基础上，试图突破囿于改善学生表现的一两个具有战略深度的套路。当然，无论用哪种方式都有它自身的局限性，读者的要求、教育管理的本质决定了一种狐狸式突进的探索方式，而不是刺猬式的闷头前进方式。

理 性 框 架

美国公立学校的宗旨是为所有适龄的年轻人提供教育。学术方面的表现可以被衡量和评估。教育工作者的传统概念中，这种责任涵盖了从学前教育到州立义务教育。

在美国，从幼稚园到高中毕业，每个学生在这13年中，每年的就学期间，每天在学校度过6到8小时。对一些学生来说，这是一个大量参加课内外活动的富有创造性和刺激的经历；许多学生则是被动地上学，得过且过，得到一些好处，希望他们的兼职工作有朝一日能帮助他们毕业后找到全职工作；在另外一些人的眼里，学校的生活单调、令人失望、卑下、乏味。除了死记硬背和反刍那些基本概念，其他内容几乎没有。这些人虚度年华，甚至会辍学，直到超过义务教育年龄。

20世纪90年代，衡量学校、教师甚至一个州的教学质量的标准仅局限于学生在标准化考试中取得的成绩。成功的校长更关注学生的成绩,尤其在那个学历招牌的年代。校长的主要挑战是如何面对那些学习进度慢、成绩欠理想的学生。

所有全校性地对学生成绩的重视源于这样一个不言自明的信念:学生不仅能从学校汲取知识,并且能在安全、营养和激励的环境中取得理想的成绩。如果学生的成绩表现是学校公认的理所当然的成果,并且改善这种表现是合乎逻辑和众人期盼的话,成功的校长花大量的时间、精力、资金、知识和技能来迎合这种期望也就顺理成章了。在瞄准可利用的资源来改进学生成绩的时候,校长就扮演了学术领导者的角色。

很明显,学生成绩能够得到提高有四个前提:
1. 学生在校就读;
2. 学校提供一个安全、诱人和学习气氛浓厚的氛围;
3. 敬业、聪明和专心致志的教师;
4. 教师愿意帮助学生掌握有可能被衡量的知识和技巧。

想要达到改进学生成绩这个中心目标,不可或缺的重要因素有:有益的家庭和社区环境、合理的课程设置、良好的师资力量、得力的领导、明确的学校目标以及良好的学校气氛。说起来容易做起来难,如何充分调节这些资源就看校长的造化了。

基 础 问 题

表面上看来,一些基本要素很不起眼,但是一个校长如果不能保证这些要素被充分考虑的话,学生的成绩就会大受影响。这些要素包括:出勤率、气候或文化、社区参与度、任务交流的清晰度、承认项目的重要但同时顾及到人的因素。

出勤率

校长在提高学生成绩方面最关注的是出勤率。无数研究表明,如果学生不经常上课或不修读科学、英语及数学等基本学术课程的话,他们标准化考试的成绩通常不尽如人意。此外,学生考试成绩如何在很大程度上取决于学生是否按时上课。

在学校信息方面的测试结果表明,按时正常上课的学生表现最出色。教育家们都知道,那些在学校表现最出色、在学校活动中得奖最多和喜欢学校的学生通常最不可能缺课或辍学。因此,针对激励学生的因素的研究可包括逃课、危险学生以及学生参与校内活动程度等方面。一个对学生成绩、学生投入学校程度的调查得出的结论是,影响学生投入学校程度的最大因素即为学校成绩。认为自己学习成功的学生也会留在学校。出勤率和成绩之间的互动关系是显而易见的。

在意识到保障学生的出勤率是一个提高学生成绩的主要和直接的方法后，学校管理者开始采取各种措施来确保学校留住学生。积极和有益地投入学校活动将提高学生对学校的满意度和出勤率，对他们今后的成人生活也将产生深远影响。两种减少学生逃学的方法包括自我改造和参加活动。研究表明，如果学生参加他们认同的和学校有关的活动的话，他们离开学校的可能性就大为减少。自我改造既耗费时间又困难，但是通过改进学校的环境来增加学生参加学校活动机会在实际操作上是可行的。校长也可以组织所有学生都能投入的活动。

投入的形式包括俱乐部、运动、管理甚至学术活动。这些投入活动离不开教师的积极参与，其重要性在于不仅对学生成绩有直接影响，同时通过减少学生逃课的可能性对课程间接产生补益。事实上，如果学校能够举办更多吸引学生兴趣活动的话，更多学生将被"套住"。

一个人不可能既在学校积极投入某些活动，又心不在焉。通过俱乐部、田径运动、课室和社区公益活动对全校性活动进行结构性调整并与教师积极沟通，将使校长在展现领导能力的同时，改进学生表现。

氛　围

心理学表明，对多数人来说，如果可以选择的话，绝不会愿意呆在不受欢迎或不被重视的地方。人们也不愿意每天从事一项不可能干好的工作。人们通常都会极力避免感到威胁、缺乏安全感或有不喜欢的同事的工作环境。学生也不例外，他们很快就会了解他们所在的学校是否喜欢他们或是否愿意教育他们。理想的学校应该拥有安全和有序的校园环境，并有利于学习。在这种环境和氛围下，师生都感到安全。对学校来说，学习是主业，是重要的、兴奋的、有趣的和值得的。但这样一种气氛不会自然而然地存在。校长必须强调这一目标，奖励师生，并通过行为、优先处理、员工提升和投入来实现。

学习的吸引力

当今世界令学校成为受人欢迎的地方的做法通常通过吸引力理论来实现。假设、角度、水平和关心点是吸引力的重要方面。在一个有吸引力的环境里，人们有意识地邀请他人来分享其中的一切。吸引是人与人之间的连续互动价值过程，这个过程提供一些值得考虑的行为。吸引力理论的前提是信任、尊敬、乐观和意图。吸引力理论适用于人类活动的任何领域，和学校工作环境相关的该理论的五个领域，即人、地点、政策、课程和过程值得引起关注。在学校环境中，这五个领域究竟该处在何种水平？

　　学校看起来有吸引力吗？政策和规则公平、令人鼓舞、有帮助和有支持力吗？校长和其他教师喜欢自己的工作、同事、学生、家长吗？师生在学校感到高兴吗？高质量的课程和有效的教学方法能得到实现吗？如果上述这些答案都是肯定的话，师生都会获得成功。"有什么样的校长，必有什么样的学校"。校长可通过设立特别工作组、委员会来分析和检讨学校的政策，提出建议来确保师生、政策、课程和教学过程具有吸引力。采访和审慎地运用问卷调查也有助于改善一个学校的学习环境。

安全和秩序

　　纪律和安全在一定程度上与学生的成绩密不可分。一所学校应该成为学生一天中度过的最安全的地方。校长必须确保有一个激励学习的安全的环境。学生必须在有安全感的前提下才能潜心致学。有心学习的学生必须有一个远离骚扰、暴力和外部影响的环境。教师在教学时应该不受拘束。校长必须保证学生和教师在一起的时候有安全感，并受到很好的对待。这是我们全部能做和必须做到的。我们可能无法保证学生学前和毕业后的生活，但可以确保他们在学校肯定不会被虐待，相反会得到平等对待。他们将受保护以至尊重。学校有义务帮助他们了解什么是人生。

　　教师也许会抱怨花在维持纪律上的时间过多，这是因为他们往往没有看到缺少纪律和安全对学生表现所产生的不良影响。社会公众一直把纪律差和特定纪律问题，如吸毒、逃学、帮派、酗酒列为公立学校面临的最大的挑战。家长认为改进学生的纪律是解决许多教育问题的途径。教师却认为家长无暇问津，缺乏支持、学生缺乏兴趣和逃学所带来的问题比纪律问题更严重。这两种截然不同的感受并不是毫不相干的：学生在学校的纪律表现在很大程度上取决于家长的兴趣和对学校工作的支持。

投　入

　　教育只是社会的一个基本组织，学校教育只是教育的一个方面。在一个平衡和健康的社会里，每一个组织都对社会的发展和良性循环做出贡献。主要组织（家庭、宗教、政府）应该补充和帮助达到社会发展总体目标，但没有任何一个机构能对确保其他机构的核心目标的实现负责任。社会组织之间分享的元素包括合作、家庭和社会的投入、学校和社区的关系。

　　学生跨进校门的时候，每个人起点都不一样：学习和接受能力各异、从其他组织例如家庭得到的支持度也有不同。教育和其他组织的代表应当在广泛意义上的教学功能方面合作。学生成功表现的准备工作甚至在上学前就开始了,这包括营养、身心健康及良好的家庭环境。然而,随着时代的发展,越来越多的学生来到学校的时候在健康或心理上都存在这样那样的问题,有的学生家境贫困或家庭不和。约有三分之一的学龄前学生由于贫穷、被忽视、残疾或缺少家庭关爱的原因而导致他们未来在学校表现的失败。

虽然近年来,有人主张对学生实行全年教育以及课外教育,但在信息时代,学生们花在校外的时间比在课堂多出许多。为了解决这个学习时间问题,两个学校延伸教育,即家庭和社区教育的重要性就不言而喻了。学校教育必须和这两类教育融合,包括:增加公民和机构参加的动员行动、对学生资源的实际分配、帮助学生智力开发及了解社区的规则和价值。对社区的动员有助于建立一个良好的社会氛围。学校通过和社会团体建立合作关系可对学生的表现产生直接或间接的影响。校长的主要任务是寻求支持、召集会议、发表和分发进度报告,并负责联络和支持。

成功的校长善于积累和整合社会资源,并且这种社会资源的分配也体现出学校和社区参与和融合的程度。这种参与有时候可以很简单,比如校长鼓励家长帮助学生分配学习的时间和地点;也可以很复杂。大规模和复杂的参与形式有:某学校毕业生的优先选择工作权、升学率的承诺等。小规模的社会参与可以表现为某公司对学校表现出色的学生给予物质奖励。

直接改进学生表现的另一种表现形式是校长教会家长如何帮助学生阅读,辅导家庭作业或检查功课。学校也可以建立家庭作业热线电话,与高校教师建立家庭辅导关系等。校长应当学会寻求和协调这些形式来帮助达到学校的目标。

在一些国家,法律部门已经开始和学校密切合作,提供援助。例如在一些社区,警察对学生进行远离毒品教育。警察甚至在一些大型社区设立联系点或办公室。同样地,教育者也和社区机构直接密切合作。例如,在一些大型居民区,教育者请房产开发商为学生建造学习室,并对家长直接进行教育。随着社会贫富差距的扩大和学校多样性的发展,这种合作显得更加必要了。当今的学校已经成为一个社会服务的中心,而不仅仅局限于人文价值的传输和培植基地。

研究表明,家长对学生学习的参与对学生在校表现产生积极的影响。事实上,教育的工作光依赖教师是远远不够的,许多学生来到学校以前必须具备的基本知识是无法由教师来传授的。社会对学生学前教育的影响显得尤为重要。

一个清楚的目标:没有秘密

学校目标的实现离不开学生家庭的支持,这个家庭必须对学校的目标有所了解并成为实现这一目标的一分子。教师在学校对学生传授知识的同时,校长应帮助家长、监护人和家庭成员了解学校的目标和使命,也应尽力了解社会的期望并把这些期望转化到教学过程中去。校长可以通过家长教师组织、顾问团、咨询委员会、非正式会议、志愿组织等形式来强调学校的目标和使命。

学校的所有行动都不应该是秘密的。如果所有与学校有关的人士知道什么对学校重要并且了解学校的进程和需要的话,这些人士将更好地成为学校达到目标的良好合作伙伴。例如,教师对每一年级的每一课程所要学习的技巧都附上说明。这些简明而清楚的解释,哪怕每门课程一页,每年送到家长的手中,告诉家长学生具体在校和在家的学习任务、学习材料的选择、方法和顺序,其效应自不待言。

领导者清晰的远景与其实现的可能之间存在积极的关系。知道自己的方向有助于计划和指导旅程。靠发指令当领导的校长应该明白指令的后果。指令的目标应该是学生学成后应该懂得的内容。校长应将这些指示向教师、学生和家长传达,并创造一种全体学生愿意学习的校园文化。

成功的校长善于在建立教育组织的同时尽一切可能促进学生的成绩。校长应该是课程的领导者,对学校的发展有明确的目标,并将这些目标具体化,同时创造有利于达成目标的学校氛围。如果把校长比成陶工的话,校长应该知道他们最终产品的形状和制作材料的特性。

校长应该将学校的目标具体化,转达目标和期望的方式,随学生和教师的不同而变化。在经济状况较差的学生中有效工作的校长在制订具体目标时比那些在富裕学生中工作的校长更为果断。研究表明,背景、形势和目的对校长将指示付诸行动产生的影响不可忽视。

人,而不是科目

虽然课程设置有时候很诱人,并且对某个人群很适用,但是学生成绩表现的关键在于人的因素。成绩的取得依赖于人而不是科目。如果学校想要培养优胜者的话,必须用优胜者来影响学生。"人而不是科目"的理论给校长招聘、选择、教师发展和人际关系技巧增加了负荷。校长义不容辞地负责培养教育的优胜者,并向帮助学生达到目标的教师提供帮助和资源服务。

即使校长和教师向学生推荐和介绍新的或改进的课程来促进学生的学习时,也必须确保课程有效。教师在最大限度地发挥他们的技巧时,应该是自由的,并有权做出正确的决定。由于教师和学生直接接触的缘故,校长应对教师的工作支持,协调师生关系,建立良好氛围。简单地说,教师负责教室,校长负责校园。

人是学生成绩表现的关键因素,但是更为重要的是校长必须设法使人和科目和谐地结合起来,才能激励学生取得成就。解决学生可以想到的问题的科目有很多。教育者可以通过很多方式了解科目：会议、口头表达、专业出版物、法令以及广告等。校长应帮助教师决定科目的需要、与科目相关的重点和费用、通过学习科目要达到的目标以及如何评估科目的成功与否。

在向人们推荐科目时，校长应充分准备，表明有关科目都是经过教师仔细评估并且已经被证明是有效的科目。不同的学生、抱着不同目的的学生对科目的要求都会有所不同。校长可以通过全国性的网络，如教育部的网站来寻找适合的科目。地方性的教育实验室、研究发展中心都有很多这方面的材料。通过充分利用这些资源，校长能有效地帮助教师找到和使用对促进学生成绩有用的科目。

如果教师讲解他们自己挑选的科目的话，科目会非常成功。教师只有在真正了解学生的需要后，才能用正确的方法很好地讲授课程。校长有五项任务：

1. 告知人们科目的来源；

2. 帮助人们挑选最有效的科目；

3. 提供培训和教材等资源，使人们有效使用科目；

4. 指导人们适应课程改变带来的变化过程；

5. 仔细协调新科目的实行和学校主要目标的关系，使新科目不成为附加品或马后炮；

6. 评估结果作为决定的基础。

在做到以上几点以后，新科目才能和学校的任务紧密结合。

教学问题

一般的说，教学领导方法的领域主要包括考虑被教授对象、授课内容、使用资源、教学条件、讲授者人选、以何种方式以及怎样才能确保讲授过的内容确实已经学会。虽然上述这些决定由学校以外的机关如教委等决定，但是校长还是有选择权。校长做出的决定影响学生的学业表现。

授课的对象

今天学校的学生和十年前相比，已经大不相同。许多学生来自于贫困线以下的家庭。社会的发展对学生影响很大。未婚妈妈的比例越来越大。自杀在一些国家已经成为年轻人死亡的第二大因素。酗酒的现象也时有发生，饮酒的年龄呈低龄化趋势。学生在学龄前遭受家庭暴力的现象也屡见不鲜。学生开始学校生活的时候，都有这样那样的健康和社会问题。听力有障碍的学生的比例上升，这无疑是家用电器普及带来的负面效应。母亲怀孕期间抽烟或饮酒对孩子的智力影响不可忽视。中国目前处在社会转型期，经济在发展的同时，不可避免地也造成一些类似的社会问题。教师如何才能同时满足不同学生的需要？或许有人会觉得这是政府和社会的责任。通常进入学校学习的学生是最好的。不会有人把好孩子藏在家里不让上学。诚然，仅凭教师的力量很难消除经济和社会压力对学生的影响，但是，这绝对不能成为不向孩子们提供最好教育机会的借口。"你看这孩子"也不能成为不采取任何行动的借口，相反，这恰恰急需采取另外的行动和创造性地解决问题。

一个学校管理者也许没有办法决定生源的好坏，但完全能选择加大学生成功可能性的行动计划。尤其是，校长应明确建立这样一个信念系统来提高学生的期望值，即让学生相信每个人都能在这所学校学习，并且能学到好的知识。

学校的门应该对每一个应该上学的学生开放。校长不应该成为一个门卫，只接受更有希望成功的学生而拒绝可能表现差强人意的学生。但是，校长对学校的定位以及学校如何运作将对这所学校学生的成绩产生杠杆作用。

授课的内容和手段

课程的内容往往不是由学校决定的。随着我国市场经济的发展，教材的选择呈现多样化。教材的质量参差不齐，有许多概念根本没有解释，上下文背景不明，新的知识点只是简单的堆砌而不利于吸收。教学参考书的质量也良莠不齐。教师常常被承诺帮教师减轻负担的教学手册和辅助工具所诱惑。

许多学校的教材是教委指定的，这些教材的质量不一定是最好的，这也使得教师很难向学生家长做解释。教材的高利润决定了推销教材的方法也灵活多样，可以说是"八仙过海，各显神通"。因此，最终选定的教材（通常附送界面友好的视听软件，笔记本和考试题目）往往并不最适合用于讲授有关课程。

通常情况一本教材教师从9月1日开始讲解第一页，一直要用到7月结束。教师要教书而不是用书来讲解课程，这就使选教材变得很重要了。校长有责任保证课本与课程一致，并且所选课本对学习课程真正有用，而不仅仅是课程的替代品。

对任何一个组织而言，技术是达到相关目标的手段和途径。对学校而言，引导学生学习的手段是课程设置和教学方法。清晰和综合是两个基本方面。

技术清晰标志着教师对教课内容和教课方式理解的程度。为了增加技术清晰的可能性，校长应不遗余力地帮助教师理解学校的课程设置并学会采用协调的方法向全体学生讲解。对两个要学习同样课程的班级来说，授课的题目可能一样，但是授课的方法和次序却不一定拘泥一本一经。

技术综合指课程之间如何互相依赖。教育管理者可以通过课程的衔接来说明学生的技能如何通过不同的课程和以前的教学来得到提高。虽然说一个年级的教师有责任确保向每一个学生介绍一种能力，管理者应该保证这些能力是建立在以前所受教育的基础上的,并且为未来的学习打下坚实的基础。

校长应采取行动来确保课程促进学生成绩。例如,校长应能确定下列事项:

1. 教师了解形成评估学生成绩基础的课程,并清楚被要求讲授的内容;

2. 教师对课程了如指掌;

3. 选择授课的资源恰如其分并得到正确使用。

校长成为一个学校课程的领导者。研究表明,作为有效教学领导人的校长比表现平平的校长更可能在以下几方面下工夫:

- 与教师就教学事宜进行有效的沟通;
- 关注学生的成绩并与教师分析这些成绩和课程以及教学之间的关系;
- 与学生和家长就课程目标掌握程度进行对话;
- 在学校随时出现并巡视。

校长常出现在校园同学生的成绩和新课程的实施息息相关。教师普遍认为,校长在校园出现和巡视是有效的。在学校到处巡视已经成为现代教育管理的一种主要方式。在学校,这种巡视为校长提供了观察教学目标如何达到和达到程度的途径。

在什么条件下

今天的学校和以前没有什么太大的区别。教室的外面通常都是长长的走廊。图书馆虽然改名为媒体中心,但还是行使复印资料供师生翻阅参考的功能。每一学年有两个学期,还有暑假和寒假。一个教室通常是一个教师和40到50个学生。课程设置也和以前大同小异。

但是这并不意味着学校的状况可以一成不变。校长其实有很多发挥创造性的机会。减小班级的规模就是一个选择,虽然这要求资源的重新分配。在某个时段和某个班级难道不能减少学生对教师的比例吗?思维定式使得校长习惯于同样不变的班级规模。学生数量增加的时候,校长只是简单地增加教师和教室,而没有考虑其他可行的替代措施。或许校长可以重新考虑如何分配学生。一些课程如果以小组的形式(如专题讲座)的话效果会更好,而另一些可能适合大组(如演示)和小小组(辅导)。校长应试图努力安排各种可能的变换教学形式。

另一种改善学生成绩的方法是直接减小班级的规模,这种方法至少在小学的低年级特别有效。班级规模的问题比其他学校教育元素所引起的关注和讨论都要集中。比如智障或天才学生通常在小班上课,其他的普通正常学生则在40到50人的大课堂上课。早期减少班级学生人数来提高学生成绩的争论曾经引发很多学校大规模的实验。结果表明,小规模班级对成绩最有效的时候是小学三或以下的年级。研究结果显示,一个教师对15个学生的小规模班级和常规班级相比,在提高学生阅读和数学成绩方面特别有效。实验班结束,小班学生被重新分配到常规班级,结果两年以后发现,这些学生的表现还是比常规班的学生来得出色。我们可以因此得出的结论是,小规模班级在小学早期阶段对提高学生阅读和数学成绩不无裨益。

研究者还把实验班学生的前 10 名分到常规班级中。结果发现,幼儿园里55% 的前 10 名学生来自实验班,而三年级的 78% 的前 10 名学生来自实验班。这从一个侧面表明,小规模班级对学生产生了累积性的影响。实际上,近年在我国一些地区实行的实验也印证了这种结论。

同时,一对一的教学方式固然对提高学生的成绩有积极的影响,但是在我国,办学方式还是以国家为主,所以从经济角度考虑这种做法大规模化是不现实的。实际上,对班级规模的研究并不是简单地减少学生数,而是应在考虑经济和社会背景的情况下,研究相对合理的班级人数规模。

毋庸讳言,组织结构和教学的方法会对学生的成绩或多或少产生影响。一个每天教 50 个学生的教师比一个每天教 150 个学生的教师能更好地了解学生的状况,理解他们存在的问题并找到解决问题的途径。因为随着教学人数的下降,教师将更有可能布置一些需要额外评估时间的家庭作业。但现实是,一些校长甚至让一名高中英语教师每天讲五节课。实际上校长应该考虑如何减少教师的负担,以便使他们有更多的时间来思索如何提高教学质量。

研究表明留级对学生很少产生积极影响,相反因此而产生的辍学比例却一直上升。实际上,留级会使学生和家长有失败感,并因此自暴自弃。很少有教育者研究如何实施一套综合评估系统来减少留级的人数。因而留级的概念大为盛行。学校应该及时对跟不上教学进度的学生主动采取补救措施。学校也应该尽量避免长假对学生的影响。实际上,一个月甚至两个月的假期是教学的真空,仅靠假期作业是远远不够的。长假下来,不仅学生需要一个重新回到学校的适应期,教师也有一个重新掌握讲课技巧的问题。

一些不分年级或连续举行的课程可以用来避免留级的现象。教学方法的变更包括同年龄的辅导、混合互相讨论、合作学习等等。

值得我们反思的是,究竟是什么原因妨碍校长们实行这些措施呢?通常是传统思维在作怪。校长们的文化定势使他们很难突破,跳出圈子来思考问题。必须承认,到现在为止,世界上还没有可能找到一种建立一个排除学生所有障碍的学校的办法。但是,几乎每个月学者们都会发表一些关于设立新学校的尝试、更灵活和对学生更友好的课程和更有效的学习方法的书面报告。仅凭这点理由,校长就应该研究这些文献来真正成为学校的带头人。

第九部分

评 估 模 式

第三十章

评估的框架

评估在领导权力里是很重要的因素。几乎所有的人都承认这一点,但是也有一些持不同意见的人,他们或许是受经验的限制,或许是由于误解,要么就是由于知识的局限。学校董事会、管理中心、组织、受到委屈的员工等都希望能得到有效的评估。要做到这一点,对学校的改革来说是很有压力的,这种压力来自于各个方面。无论怎样看待,必须承认评估对于学校里每个人的发展都是很必要的。

本章给校长介绍一个评估过程的参考框架,以及关于启动和运行这个过程的观点,主要包括决定的方向定位,选定要评估的对象,总结数据,分析数据,评估价值,设定指导规则。这些仅仅是为校长提供一些理解评估概念和实施评估所需技能的参考性的帮助。教育评估的主要目的是协助教育的内容和形式更加适合学生们的需要。评估不能停留在检查是否发生了的水平上,而应该是个以实现学校的目标为中心不断持续的过程。

人们寻求评估结果往往是为了想知道项目、过程和工作表现是否已经实现了预定目标。如果要评估的事情确实是为顾客服务的,仅仅是为了检查实现目标的项目,而这些项目并没有产生所希望的现实结果,主要是因为这个目标是一些人按照自己的想法制订的,或者只是为了项目的所谓成功而制订。评估的过程与最后的决定有很大联系。因为只有通过评估发现问题,然后经过改进,才能提高。改进的方式可以是提高和应用选择更好的技能,决定优先做的事,目标和资源,采纳和放弃一些实现最后目标的方法。在这一点上,学校一定要强调员工完成任务的责任感,不然其他都是空谈。

尽管这些方面的意义经常有重叠,但是"评估"和"评价"还是不同的。评估是通过各种方式收集数据,最后做出行动决定的深思熟虑的过程。评价则是一个决定目标完成的情况的全面的过程。使用各种数据为最后做出合适的决定提供足够的信息是很重要的。一个精心考虑的框架应该为评估计划提供一个关键的结构。

评估是一个展示给学生、老师、学校工作中心的方式。通过评估,检测目标完成的情况。评估过程就是在仔细考虑了目标和分析数据后得到有意义的信息,从而决定下一步的计划。

评估是决定的定位

评估意味着要做出判断。做判断是评估中的有价值的东西。通常,那些实施修正的和补充的行动决定的人做出判断。单独一个人是很难做出评估的。要做出判断的问题,通常是教学方面和适合这种教学的环境的问题,亦即:

数据—分析—信息—确定价值—决定—指导行动

此序列应用于评估决定程序。

由此可以看出,评估的过程不是仅仅提供一个瞬间好与坏的评定。各个人在测得血压数字时,他们并不知道这些数字代表的好与坏。只有当告诉他们具体内容的时候,他们才会明白。同样,在评估中只有文字材料是不行的,一定要分析出来并且形成文字。尽管这样,做出的最后决定也许和预先期望的不一样。

行动的标准

美国从前的教育标准是培养读写能力,学校担负培养学生基本能力的责任。这种最大的标准曾经成为所有学生都要符合的标准。

目前的任务是如何建立一个内容和行为的高标准,使美国能够在全球经济的范围内和其他国家竞争,保证给所有的学生平等的学习机会,为学生在21世纪能够成功做准备。内容标准是指在众多的课程中应该让学生学习些什么。行为标准定义为学生能够展示自己所学的东西并得到认可的学习水平。通过在几个州进行实验和讨论,教育部建议了一个全面的标准和评价系统,此系统可以根据国家政策在各州实行。根据初级教育行动组织的新世纪的目标和要求,国家政策规定,所有的学生都要达到各个州定的同一标准。目前,国家和各州都试图弄清楚这个命令对学生的具体需要的可操作性有多大。一些人批评说,给出一个课程的标准忽视了那些资源缺乏的学校,而且这样不利于学校的改进发展。下面是对于校长和老师们来说很重要的问题:

- 学生必须具有什么样的知识和技能?
- 什么样的内容才算具备了批判式的思考和解决问题的方法,而不仅仅是死学知识?
- 最适合评估学生学习的方式是什么?
- 定一个评价标准有什么作用吗?
- 国家和各州的标准是否应该多样化?

评估的对象

评估应该建立在项目、课题或是指导行为的基础上。要试图完成的项目和结果之间的关系最重要。最开始要注意的就是项目或是行动的目标。最好的情况是，目标应该在项目的开始就已经很明确，这样可以减轻评估者的负担。在某些领域，例如数学，国家的标准是经过此领域的专家、家长、老师和研究者共同研究决定的。超过半数的州将国家标准转化为本州预期的成果的标准，并且通常是可以选择的评价标准。有些课程是没有一个共同的统一的内容标准的，那么这时评估者们就要决定如何评价那些阐明和陈述目标的人。校长的角色是很重要的。他们应协助员工和学校发展清晰的目标。在员工开始回顾自己的目标以前，就已经存在一个项目的评估了。如果评估过程已经有了一个很有价值的发现和建议，那么目标就需要提高了。如果只是为了测定是否已经成功地实现目标，那么评估就不会那么麻烦了。

评估者如何协助确定项目目标呢？对所有的文件和合适的材料进行分析是首先要做的。要特别注意项目中用到的材料的一致性和材料与目标之间的一致性。例如，一些学校的目标是一种个性化的指导，这样学生可以根据自己的需要和兴趣决定自己的课程并且按照自己的进度学习。但是项目和材料的设计却是以学校的进度为主，而不是以学生的兴趣为中心的。学习行动和微软程序是每个人必须完成的，但是可以有不同的进度，就是一个例子。

评估者还可以通过亲自询问学校来确定项目目标和起关键作用。这样也许有助于评估者了解学校的目标，然后他们就能抓住这些目标的重点，从而使工作更有效率。比如，仅仅是学生成果目标会误导甚至不能提供足够的信息。因此校长一定要谨慎，绝不能根据部分的东西来对学校的全局做出决定。

阐明目标和目的

一般来说，目标是一个机构或项目的远期期望，而目的则是近期的有一定时间限制的方向，可以说是实现最后的目标的一些具体的阶段性的小目标。目标是一种战略上的考虑，而目的则是实现目标的战术步骤。

一个团体或许会陷入目的的沼泽里。有一种批评这样说：过于具体的目的会使人的精力集中于琐事上而忽视了最后的大目标。另一种批评说行为的目标把精力都分散到了很狭窄的方面。然而，优秀的目的对于指导项目、员工和评估者都是很重要的。指导目标的表达应该充分注意到教学和对学习效果的评价，同时还不限制老师选择材料和教学方法的自由。

指导目的应该向阅读者或者观察者传达一种明确的关于什么是预期的成果

和怎样知道目标已经达到的概念。这也给指导和设置评价阶段一定的指导作用。同时目的还应该介绍什么情况适合做什么事情的问题。既然重点是行为表现的评价,那么目的就应该是学习方面的具体期望,这个学习方面应该是关于智力、感情和技能方面的学习结果。

管理者和老师们在提高和修改目的方面已经有很久的历史了。以往这些目的大多是关于老师方面的。例如以下的几个目的:

- 教学生历史使他们对今天的社会有所了解。
- 教授诗歌使学生更喜欢诗歌。
- 提高学生理解几何学的基本定律的能力。
- 进行班级建设使学生更有团体荣誉感,表现更好。

很明显,如果评估者的任务只是评估项目是否已经成功,那么一些方法就会变成评价学生的喜好、理解能力和行为、欣赏能力的方法了。检查目标的有效的方式往往是问:"有什么证据?""怎样实现目标具体化?"如果在目的中没有足够的证据,那么就需要重新制订目的或者是做一些补充。例如,最终的目的一定是包含较好的行为的,例如"组织工作使学生课外的时间更多一些"或者"提供更多的学生感兴趣的学习机会,使学生之间的冲突减少"。在一些情况下也许是很合适的目的,在另外一些情况下也许就会失效。因此,评估者们一定要谨慎,不要只以单方面的信息来定目的。

目前,教育的目的更加注意学生和预期学生要展示的行为类型。这些学习结果阐明了要评价学生学习的具体的类型,同时把这些传达给家长、学生、和其他相关的人。教育目的应该以一些表示学生活动的动词开始,例如,"组织"、"提供"、"解释"和"建立"等。

校长不仅要发展正确的目的,而且要帮助他们确定目的的优先顺序。校长应该考虑到学校预备具体的目的所需的时间和精力,同样也要考虑到确定目的优先顺序所需要的这些东西。校长可以鼓励老师们以合作的方式准备目的。老师们可以以年级、系别和兴趣为单位,同时校长为老师提供资源和机会。

建立一系列新目标会使老师们受到一系列限制,也许还会将他们置于一种孤立或自我满足的境地。从某种意义上说,有能力的人可能利用目的作为精彩的表现,并且当标准达到时会完全满意。如果学校里的员工大都正在成长的过程中,那么一个项目或是一个行动是不能保持一个相同的目的很长时间的。当过了那段时间之后,就要注意把目的作为优秀表现的延伸。

需要注意一点:一个人很容易写出可测量的目的。这种方式表面上是容易让每个人开心的。要使容易测量的目的变成有价值的。有一些解决方法中存在着一些个性化的项目,这些项目可以减少那种只重视表面行为而忽视潜在的态度、推动力、品质等非常难于度量的行为的情况。相反,也许会有人很容易发现藏在背后的不容易度量的重要的事情。因此最好就是不度量任何事,尤其是仅用一种标准的方式。

产生的数据

观察、测试、问题、意见调查、自我评估、机械记录分析、成果的历史记录、行为、计划、结果等等都可以产生数据。决定产生哪些数据，首先要知道数据是怎样记录、保存和分析的。在开始的时候还要知道数据是怎样互相联系的，以及数据是怎样与计划或者措施的结果相联系的。

评估中还涉及伦理方面的问题。在一些关于学生评估，计划评估和职员的评估中，如果一个计划经判断是好的，那么即使没有测评，人们也会认为教育和学习结果会是好的。有时也会出现相反的情况。对评估报告负责的人应该意识到一个非常松散的联系存在于子领域的评估和不承认忽视的错误，或者对没有评估的子领域做了错误的假定等。

选择最合适的数据

教育的情况几乎没有完全正确或是完全错误的。评估的过程存在着有效和无效的可能，也存在着合适和不合适的可能。对校长来说，最重要的就是要注意计划结果的数据和评估活动的数据。几乎所有的计划和方案都有正面和负面的特点。评估者应该注意收集的数据应该能显示正负两方面的信息。

偶尔会有涉及主观数据对客观数据的有用性的争论。很多学习的结果用纸笔考试是无法充分评价的。要评价这种考试，老师也许就必须要依靠更多的观察，日常记录和平时学生的表现。不同学生的表现和习惯能反映出同一标准下学生的水平。老师们可以发展行为公平的能力，和持续对各个学生的表现进行评估。

既然教学、学习和评估是非常紧密地联系在一起的，那么校长就要提供一种将课程评价联系在一起的指导手册。在一个充满标准的环境中，就必须使评价、内容标准与课堂教学相匹配。一系列要执行的任务应该与反映学生在各课题领域应该掌握的知识和技能是什么的一套内容标准相联系。

数据来自多种渠道

大部分评估都是很复杂的，除了一些受时间和范围限制的问题。应该从多种渠道收集数据，只从一个渠道收集数据很容易得到片面的不正确的结论。"标准的考试成绩只是体现了很小的一部分，而且每个人都有可能在一次考试中表现得不好"。几个计划或是方案或是教育活动只能影响一部分人或是一种学生。例如,当信息只是从老师或是学生那里得来,一个高中教授新闻学的实验计划也许很优秀。然而应该有很多其他的能够提供利于评估的信息。举两个简单的例子,老师和学生的时间与实验室时间安排不一致,就会产生管理问题;如果是个占用场地的计划,那么就会产生很多责任、安全和保险的问题。因此,校长要确定数据的正确来源。我们并不是建议每次都要花很多工夫去收集数据,而是应该收集到关键数据,从而对随后的决定有帮助。我们建议,学校管理者应该注意以下几个问题:

- 每个信息收集者需要哪些信息?
- 这些信息收集者要怎样处理这些信息?
- 他们是否相信这些信息,是否认为这些信息有价值?

定时产生和收集信息

任何情况下进行评估程序都要注意时间。发生在给定的时间与一个计划的成功与否没有必然的联系。例如,一个人建立了一个关于冰淇淋的销售额和孩子们保持学习的习惯的直接相关性。这两者之间并没有因果关系。而温暖的天气和暑假都会影响到这两者。不幸的是,这种对数据的错误判断总会发生。

对一个计划或是教育行为的一段时期的观察数据也许会为部分和所有的参与者反映不同的情况。事实上,当一些计划或是项目成功时,从开始到结束的时候处境都会有所改善。例如,当一个学校已经成功地帮助家长提高了学生在家里的学习效果,那么家庭和学校的处境就都改进了。评估程序应该收集关于学生学习成果、行为,以及在同样水平上涉及家长人数的情况。然后仔细地考虑合适的希望,建立一个新的方向。

因为在同一时期同种测评方法会产生不同的结果,所以评估者必须注意。此后,就会存在一个比较的问题。研究者提醒我们随机的直线趋势的变化是不可能持续的,除非有外力影响,还提醒我们不要屈服于有史以来的谬误,这些谬误源自于很多神话传说。

收集数据的方法

下面我们介绍一下用于评估的工具的一般要考虑的因素和定义。当选择和发展一项工具的时候,评估者需要考虑它的有效性、真实性、可比性和实用性。

有效性——工具确实能测评要求测评的对象。

真实性——工具的使用反映实际情况。

可比性——当对不同的群体进行测评时都有效和可靠。

实用性——投资的时间、金钱和专门知识对于学校所做的决定给学校带来的回报是值得的。

这里有两个关键问题:质量还是数量? 定性还是定量?

前面提到,限制对于能够定量的事情的评估有时会感觉容易和安全一些。然而,讨论数字是很难的一件事。定性评估和研究是需要很多精力的。考虑定性评估的一个假设就是观察者是产生数据的最重要的工具。行动、结果和预先决定的标准要么有,要么没有。没有人进行评判,因此每个人都觉得安全。把评估限制在没有任何说服力的数据上,也许会导致行动甚至是智力的危机。

商业方法或是本地的方法

很显然,关于是否使用商业或是当地的方法的问题,答案是要根据情况而定。主要是根据以下几个方面的情况,即概括性的意义还是具体的意义,已经存在能用的方法的情况,是否适合当地的情况,目前具备的发展工具手段的专业人员,其他的主要因素,等等。如果支持这些的证据需要和一些约束标准做比较,那么就需要考虑以下几个因素:1)什么样的标准,2)约束标准的有效性,3)产生当地约束标准的实用性。比如说,教育评估的目的中,就要考虑应用的标准量度是否缺乏考试测评内容和课程学习重点之间的一致性。预先定好的方法和老师决定的方法的结合才是最合适的评估方法。

在关于有效力的学校研究中,学校的成功反映在测评结果。测评学生成果的最好的方法通常包含以下内容。

1. 当地学生考试的内容是他们所学的。
2. 国家保证学校之间的课程是互相承认的。
3. 有基本的课程。
4. 对学生的评估是单个进行的。
5. 所设定的标准能够消除老师的主观因素而引起的错误。

国家教育发展评估已经为学校设立了标准。校区可以在州立评价计划的基础上保持可比的区一级水平的结果。校长可以通过进入大学考试或是其他一些争得奖学金的考试的分数得到一些额外的数据。校长当然希望在合适的情况下检测数据并和来自整个校区水平的人员合作。合适的商业方法和当地方法的合并有利于两者很好地互相补充。

问卷调查表

在准备一份调查表的时候,校长和评估者们一定要考虑几个步骤。第一步,经常有轻微的忽略,就是弄清楚要测评的是什么和怎样利用信息做教育计划方面的决定。把这些弄清楚以后,才开始决定要采取的评估方法。

第二步,就是要注意回答者是怎样回答问题的。他们是从一到五中选一个,还是回答"是"或"不是"?是从几栏中选择一个,还是给他们留些空格让他们自己写?问卷表做好以后应该先做局部的调查,再做普遍的调查。很显然,选择出来的群体要尽可能地代表所有回答者。回答者做完问卷以后要尽量地提供反馈。可以让回答者们写在页边距内,或是鼓励他们陈述自己的想法而不用管现有的选择。

测评的结果可以是结构的、语义的和模糊的问题。当每个人的答案都相同时,评估者就要考虑这个问题的存在性。回答者还可以建议一些需要加入问卷的问题。

问卷调查的实施,需要仔细地计划和执行以下几步:(1)定义测评的对象,(2)确定尺度,(3)写下条款,(4)局部测试。最后的修改要以能够给决策者提供最有效的信息为准则。

评价和观察的方法

最常见的产生数据的方法就是观察或是评价。比率方法的不好之处在于有提前决定好的偏见。观察的方法会被认为是误用或是为某种偏见的观念设计的。也许这样的例子很多,但还是有很多人在确保这两种方法的有序进行。校长和评估者们要把数字的结果作为持续判断的重点。数字本身不能说明问题,需要经过评估者的过滤性的分析才能得出判断的重点。

利用外部评估者

如果使用外部评估员,那么一定要在评估开始之前理解他们的作用。澄清对学校、机构、学生和社区或其他潜在的评估使用者的误解是很重要的。不清楚每个人的角色就会导致失去策划的作用甚至伤害到领导者和实施者。

另外需要定义的是责任因素。外部评估者对谁负责任呢?这些实施评估教育活动的人。谁应该负责数据和信息的收集?评估者向谁报告?以何种形式?如果未料到的问题在评估中出现,那么评估者应该得到谁的许可?还要注意不能因为外部评估者可疑而忽略他们。

数 据 分 析

决定分析数据的方法不是最后一步。它和决定测评的对象和选择测评的方法是要同时进行的。评估者要面对的问题还很多,主要是面临有了数据该怎么做的问题。

在评价成果、成长或其他方面改进的时候,评估者要面对以下几个问题:

1. 我希望在一段时期内对一个组织自身进行比较吗?

2. 我要对不同的组织进行比较吗?

3. 这些组织是相似还是不同的?

4. 我只是想描述一下组织目前的情况吗?

5. 有什么外部因素会影响数据(人口流动,计划本身,等等)?

如果对两个或以上的组织进行比较,组织应该相似而具有可比性。要搭配好所有的可能是不现实的。有各种方法供评估者使用,来解决问题和决定组织到底是什么样的。

比较"获利"

在比较改进成果和分数时要注意一些问题。这里有两个学校的初三学生长跑的多次的分数。假定比较的标准是每次的进步是多少。收集每个学期初和学期末的数据,进行比较。假设第一组学期初是一英里八分钟,学期末时是一英里六分钟;第二组则分别是六分钟和四分钟半。很显然,第一组有了更大的进步,就是两分钟的进步和一分半钟的进步比。然而,作为慢跑者都知道,第二组的进步更大,即使它的进步"分数"不是最高的。因为要达到第二组的进步是需要更多的训练和条件的。考虑一下,哪一组应该得到等级呢?或者哪个教练应获得嘉奖?

当然还会产生另外一些问题。提高的速度有什么价值?提高的速度对整个身体素质或者那些对自我形象缺乏信心的人有什么影响?因此"获利分数"不见得是真实的。还有一句警告:"两个易错的测评方法就是一个比另一个更错"。如果存在真正的改进,在两组之间就存在不同的得分。

使用标准

如果一个组织的得分和一些标准相比较,标准的合适性必须经过验证。组织发展的标准应在很多方面和与组织相比较的标准类似。最新的标准应该经过检测。在这样的条件下收集的数据应该是相似的。

还要考虑到平均数向后退的量度现象。例如一个严重偏离的组织,可能是超过平均值也可能是低于平均值。如果对他们进行第二次的度量,紧跟在第一次之后,他们的分数也许会趋于平均值。也就是说,第一次得分低的组织第二次会得到高一些的分数。还有一个例子,一个孩子有两个很高的家长,她的身高也许会接近家长的平均身高,因为没有关于家长的身高和孩子的身高之间确定的联系。这仅仅是度量的可能和趋于平均值的趋势。校长应该意识到在回顾数据或是设计新的评估计划里的这些趋势。

有依据的标准测试虽然是很可靠和很有效的,但并不是没有问题,评估者要意识到这一点。一个问题就是讨论标准测试反映的内容是不是学校里的课程。一个人在学习中认为最重要的也许恰恰被标准测试所忽略。有时,校长需要向那些注意考试成绩的老师和家长阐明这一点。

可以用参考准则测试来代替参考标准测试。通常是老师制定这些测试,这些测试也有弱点。参考准则测试需要花很大的精力建立它所需要的复杂的度量技术。当然,书本上经常提供一些商业预先设定的测试。只要慎重地选择,他们是可以与学校规划的课程重点相匹配的。但是要谨慎地看待改变,同时不能为了具体的测量技能就限制了成功的观点。

以行为表现为依据的评价的新形式应该被看做是日常课堂教学的一部分,是与具体的目标,州政府颁布的标准和国家标准相联系的。要特别强调现实世界的情况和各个学生的需要,这就要求评价必须扮演一个与课程目标相关的教育过程中的新角色。

全方位信息

评估是建立在信息之上的。信息形成一定结构的数据,因此在一定的条件下可以用来进行最后的决定。数据只是反映一定时期的变量或是一系列的变量。例如,在城市里的几个部分的三四个学校里,从四月到学年末旷课率上升得很厉害,这个事实并没有真正的信息。学校里注册的学生 20% 在种稻和收割的季节都在家里干活,这也是个事实而不是信息。研究这些数据是否相关和怎样相关是很必要的,而且还要收集其他很多数据。这些做完以后,调查者就会从这些数据中形成信息而对最后的决定有所帮助。

在很多情况下只有一方面的信息是很难评估的,尤其是在人的变数几乎是无限的并且没有提到社会、政治和经济因素的情况下。任何计划都是由几个因素形成的,同样一个计划会产生几个结果。因此,单方面的信息是无法全面地评估一个计划的。

同样,只依靠单方面的信息做出的决定会与依靠全方面的信息做出的决定相反。例如,老师经常教中年级学生用的方法是乘法表,将乘法表和录音磁带结合在一起。每天早晨十分钟整个班都跟着磁带念。如果只用一方面的信息来评估这个计划,也许会认为这是好方法并推广给其他的老师。如果问"学生是否学到了乘法表?"答案一定是肯定的。然而另外一组数据显示"别的课程使用磁带的机会减少了"。

评估者还面临另一个问题:不可能收集和分析所有的数据。评估者应该有一个很清楚的所需数据的重要性的排序,即建立一个有关数据分析所需数据的选择标准。校长和老师应该与外部评估者一起评估他们的努力。这时候,校长应该和老师一起参与这一过程。如果决定考虑到录音机技术在乘法表方面的应用,那么就应该确定好一个结果和设立另一个目标的结果的顺序。

评定价值

评估的关键是评定价值。已经准备好了分析所需的信息,负责做决定的人要经历一个排序、过滤的过程。这些过程可以让人知道什么事情最重要,什么事情次重要。在决定数据的来源和用什么方法收集数据以及分析数据的过程中,就已经进行了价值的评定。

评估结果的陈述

对评估结果的陈述还不是评估的最后一步,应该和其他各步骤一起计划使得相关的数据能够收集到而且加以交叉分析,从而使产生的信息对接受人有意义。

在评估计划的每一步都要回答的问题是谁需要知道什么,以及能够帮助他决定什么。当这个问题解决以后,收集储存数据的方法就会产生。各种需要的报告的格式就变得脉络清晰。

评估的设计、数据的收集和数据的处理都要在问题前面解决,但是仍有一个必须谨慎的步骤要做到:一定要向相关的人陈述结果。通常不止一个听众,因此需要准备多种演示文稿。不管是什么情况,报告都应该为具体的听众准备。下面是一些给评估者的指导。

1. 一定要考虑评估对人们和计划的影响。事实是评估过的计划会促使实行计划的人更明白外部观察者的期望。这些人都会思考为什么评估是要放在第一位的。例如潜力高的人变为参与者,就会改变他们的期望值。

2. 对不同听众,甚至是一小群老师,在解释现有数据时要有不同的侧重点。要预先处理误解的陷阱。

3. 观众理解数据分析,甚至是原始数据的能力不同,这决定了演示文稿的形式和分析语言的不同。如果文稿中包含不同的分数系统,即使只是一些统计术语,演示者也要问:"你们是否明白这个词的意义?"如果不明白的话,就得给他们一个简短的解释。否则,就会引起疑惑。

4. 写下的信息和原始的信息要保持一种形式,并与新信息有一定的关系。

校长需要特别注意的是一个计划很好的评估可能因为没有好好处理结果而失去其积极的意义。一个很好的关于评估结果陈述的演示文稿可以使听众的误解最小化。但是这并不意味着要把事实和信息掩盖起来而只给听众部分的信息。

一般指导规则

评估和结果陈述要包含关于评价的计划及听众感兴趣的东西相关的评估。以下几点需要注意。

1. 执行评估活动的人应该在评估的设计中有明确的作用。

2. 在设计评估计划时，要注意列一张可能由评估引起的后果的表。

3. 在计划、方案和有目的的教育活动开始之前，就计划好评估的数据类别和分析方法。

4. 由一方面的信息或数据不足以得出评估的结论；从一个渠道得来的数据同样不可能是充分的。

5. 数据的产生、计划和程序、处理方法和方法的种类没有严格的好与坏的标准，可以根据情况选择合适的。

6. 在评估过程中要考虑可能的外部影响。

7. 陈述结果的时候要考虑听众的因素。要确定他们是否接受结果，以及怎样陈述评估的结果能够让他们听明白。

小　　结

评估是关于一个组织内部的人在实现组织目标的过程中效率和持续的问题。在学校里，目标就是学生在各个行为和知识领域的学习掌握程度。评估应是使团体有效地实现学校目标的过程。评估不应该引起任何职能或机能障碍的决定。

如果在评估中涉及一定数量的人，那么就需要让他们清楚地知道数据产生的来龙去脉，分析方法的合理性，这样才会使他们更好地为组织服务。分享评估结果是一个需要考虑听众和接受者应用情况的谨慎的过程。最后，评估不鼓励用指责的方式，而要以能够更好地完成工作为准绳。

第三十一章

校长表现、教师个人表现评估：模式与方法

评估是一个具有挑战性和经常受到挫折的研究课题,因为评估的过程不仅包括测评知识的水平、熟练的程度,还要解释得出的结果,并要在各个方面应用这些信息。

目前对学校里工作的人的行为评估有了重要的变化。只有校长才有选择、发展各种评价方法的领导权力。有很多提高解释和应用传统标准的测试,也有很多提高老师设计的测试。审视以下实现目标的过程,可以看到评价是提高教育和学习质量的很必要的一部分。评估是改进学校发展的一种途径和手段。

学校里时常发生"评估",如学生互相评价,学生评价老师,老师评价老师,等等。这些非正式的主观的评估有时是有负面作用的,只有以数据为基础的评估才是最真实的、反应事实的。同时一些误解会由于详细的个人表现评估而减轻。对学生来说,持续发展高质量的学习环境是很必要的。校长应该让员工在互相评估中进行学习,以保证学校目标的实现。

对评估的要求

在一个人对另外一个人进行评估时,往往会遇到许多问题。其实这就是问题的核心,换句话说,就是由于评估涉及的是个人在组织内部价值的问题,而通常这都会成为与利益相关的参考。在评估的过程中,常常会由于个人性格和人际关系的原因造成评估中许多非正常因素的存在,归根结底是因为评估者往往把评估的重心放在评估对象身上,而其真正的目标应当是评估对象的工作结果的好坏。因此,校长和评估工作的组织者需要让教师理解评估本身是一个改善教育的工具。

学校董事会和管理者有时甚至是媒体,都将各种评估的标准看做是对教师工作表现的限制因素。校长被夹在了中间,却是唯一对教师进行指导的人。评估的每一个步骤都应当是谨慎的,因为学校中整个教和学的过程是一个复杂多变的过程。

有两个评估教师的方法:1)教师的教学表现,和2)其他成功教师的参考意

见。在第一个方法中,已经假定评估对象有了固定的教学方法。如果只是单纯地通过观察他们的教学的过程就去判断教学技术的好坏,会造成许多错误的假象。另外,一个人的行为在短暂的时间内是受控制的。将一个人的思考限制在一定的容易识别或衡量的范围内是可行的。同时,将受评估者的行为限制在一个相对"安全"的范围之内,评估得来的结果或许对受评估者有益。另一方面,评估者可能会被假象所误导,从而做出错误的判断并给出错误的结果。

对教职员工进行评估不仅仅是校长的专业义务,而且也是每个教师的责任,这种责任就是对自己的表现进行评价。考虑到教师行为对于学生的行为和学习的影响,教师和校长之间应当有一个共同的考虑。

评估过程必须与学校的理念一致

表现达不到要求的教师和学生往往忽略学校的理念。一个很普通的哲学观就是"人与人之间是不同的"。因此对于每个人的要求也会不同。一个组织上层的行为和表现可以影响到下一级的行为和表现。但是,我们也不能在评估的时候忽略人的广泛性;老师对学生的评估也应当从这方面进行考虑。

另外一个反映学校理念的例子是"每个学生在成长的过程中都应当认识到自己的潜在能力"。没有人应当被禁止去发展自己潜在的优势。这样的哲学观点也反映了教师评估过程的功能,即应当清楚地描述出评估对象的优势和劣势,以便对以后的工作提出参考意见。

评估过程必须鼓励进步

为了避免对于评估者的负面影响,校长可以规划评估课程,这样就可以鼓励每个人都进行学习和技术改进。整个组织从上到下就会存在积极进取的氛围,管理层促进教职员工不断进步,教师的专业能力不断提高,从而影响到学生,达到最终培养学生的目的。

评估过程本身如果引导适当的话,也是一个促进个人或组织进步的有效手段。评估就是为了检验过去的成果并对将来提出积极的意见。因此,评估不应当仅仅局限于个人或某个团队的行为,每一次评估都应当对整个组织结构有一次改善。

评估的目的应当协作制订

对于评估的目的进行必要的了解,可以有效地减少可能出现的对评估的紧张和恐惧感。通过将教师引入到评估的过程中来,将会有效地改善教师对评估和评估者的看法。的确,评估的目的会影响评估的结果。研究分析表明,如果评估的目的是决定利益分配的,那么人的因素就大一些;如果评估的目的是为了做出去留的决定,那么技术的因素就占优势。

评估的标准应当事先搞清楚

通常学校中的评估都会与学生的学习情况有很大关系。因此在评估过程中,除了要进行合作之外,始终要围绕学生的学习来进行,同时还要参考社区和家长以及学校董事会的建议。

评估应当是一个持续性的过程

专业的成长不会在一朝一夕之间完成,几个小时或几天的评估不能反映更长时间内评估对象的实际表现水平。因此,评估过程要穿插在这个工作年度之内,而且要年复一年地持续下去。

研究教师

校长一般希望将教师看做是一个整体来研究并进行分类。教师个人资料的数据存储最好是电脑文件和其他存储方式并用。随着数据被整理成有意义的信息,校长将会发现这不仅仅是一个评估过程,而且是对于一些特殊的问题进一步调查的过程。

校长在准备进行评估的同时,不能对要进行的提问加入自己的观点。有时不能问一些对调查对象明显不利的问题,因为这样提问不符合专业要求。

研究成绩

许多数据是通过学生的成绩提供的。这个成绩应从六个方面来看待:1)标准化测试成绩;2)教师级别;3)行为描述;4)内部和外部关于学习的反馈;5)与他人的关系;和6)在校外、俱乐部、教室和类似的地方自愿工作的情况。尽管这里列举的不是最全面的关于校长应当提出的问题,但是通过回答这些基本的问题,可以形成一个基本的关于教和学的目标,包括学校和学生个人的情况。

评估的含义和涵盖范围

如前边所提到的,组织和社会的各个阶层都接受和利用评估的结果。

要使评估结果具有真实性和值得信赖,在评估之前很重要的一项就是要有足够的背景资料,包括已经建立的数据库的东西,以前的评估系统等。校长在评估之前应当已经有了足够的数据,其中一些是关于学习的情况,而大部分的学校收集的数据是有关个人、学生的成绩和以前的评估结果。通常评估背景资料也包括年度的第三方调查报告。

教和学形式的评估

有大量的评估形式、范围和其他评估工具可以供我们选择。这些工具都期望达到两个目的:1)记录关于教和学的数据,和2)对其进行价值评定。

教师评估已经有悠久的历史了,一般都是通过收集案例来进行的。教师采取的对策有多种形式,包括事先对课程进行演练而期望得到好的评估结果。通过对教师进行教育评估目的的沟通,就可以避免这种不必要的行为。另外,在评估行为中客观地、真实地和有效地收集数据进行分析,才能反映评估的价值,即是去改进一些东西,而不是去证明一些东西。当然,在评估双方需要做判断的时候,产生的数据可以作为参考。

校长意识到使用外部的评估者会对评估对象,即学生和教师都产生一定的影响。最好的办法是在评估之前就与参与评估的员工通告这些情况,以有效地减少这些不必要的负面影响。

形式化的调查手段

评估工具对于记录选择的学生和教师的行为和反映是有帮助的。他们的范围可以从相对狭窄的范围,经常是简单的工具到十分复杂、昂贵的手段,这些都需要经过训练的评估者。在没有被仔细地告知如何收集、分析和使用评估工具之前,对于任何技术的使用都应当十分小心。这些限制不是不鼓励读者使用评估手段,而是要理解各种手段的特性以及用途,免得努力与目的不符。

测评的形式已经沿用了很长的一段时期,而且这个时间足够长,可以迷惑评估者的头脑。尽管记录实现设计好的评估项目能够帮助评估者完成一些重要的测评项目并提供及时的信息,但在使用设计好的测评项目时仍然要十分小心。

评估方法

校长希望对正在使用的评估方法进行分析以确定他们是否根据重要的行为产生数据,避免非语言的行为。评估方法可以有本部的员工制订,但是在这个产生过程中应当给予适当的指导。

通过对评估的过程进行模拟训练，可以有效地避免一些评估过程中可能会遇到的麻烦。例如，校长和教师可以共同协商在评估过程中可能用到的赞美或指责的陈述。在这个问题上可以进行多次讨论。教师或许发现同样数量的赞美的陈述来自于两个学生而指责的陈述却来自于一个学生。将这种数据进行多次长时间的收集，对于教师来说是有指导意义的。校长、部门主管或有经验的评估者或许可以用这样的评估方法来提高教师的表现。这个建议可以由教师或管理者持续地进行。一段教学过程的影音资料片段对于校长和教师用来分析和讨论会有不同凡响的效果。

校长应当尝试参与所有的关于教师的表现和学生的行为的评估或教学成果的评估。在一个评估中应当有一份关于教师的准确的描述报告，原因是我们应当质疑那些一年中进行一次或两次评估的行为。这个描述应当尽量地自由发挥。除非这个数据用来对教师的特殊行为进行对比。如果评估过程是用来改进教师的能力，那么这个教师应当参与到教学任务的计划指定中去，区分哪些数据是有用的，哪些没有用。比如老师可以在一些科目让学生得到很高的考试成绩，但是学生却只能得到相对平均的结果。

评估者的局限

我们都知道，评估的过程是有陷阱的。有多个证据表明在同样的教和学的形式的评估判断之间，几乎没有或者很少有联系。部分的原因是由于真正的评估工具和评估者本身的局限。

评估者往往忽略他们自己的缺陷，即评估方面的知识和分析技能，而且他们对自己看好的评估对象的评价要大大高于自己不看好的评估对象。一次意外的事件足以从正反两面来影响评估者对评估对象的观点，甚至有可能将评估者的视线从教学能力转移到其他方面。

测评尺度

测评尺度可以通过衡量工具来进行制订。

1. 客观性——生成的数据并不是测评者的功能体现和复制其他的来源的。

2. 可靠性——同样的评估在同样的条件下应该有相同的结果。

3. 敏感性——数据应当是有必然的区分的，正如对于不同的测评对象会有不同的结果一样。

4. 有效性——结果的记录是对评估对象的精确反映。

5. 实用性——对于改进的影响应当在希望的时间内和个人承诺之间有一个平衡点。

收集的数据可以用以下分类方法标注：

专业形象	5
风格严谨	3
精神面貌	4
专业改进	5
教学效果	2
培训	1

注:5 = 很好　　4 = 好　　3 = 一般　　2 = 差　　1 = 很差

自我评估

　　校长的评估目的之一就是为了帮助被评估者拥有自我评估的能力。有经验的教师可以通过自我评估而受益匪浅。教师应当受到鼓励来建立自己的自我评估结构。校长通过鼓励每个员工对自我进行评估从而达到提升教育水平的目的。实际上,校长可以通过协同合作对于一些学生和教师的自我评估提供反馈性意见。一些学校甚至是通过观察同事之间的教学录像来进行自我评估。分享教学方法和交流心得其实是自我评估的核心,因此这样的评估实际上是一个双向学习的过程。

　　在正式的评估过程中引入自我评估对于校长和老师都有帮助。自我评估可以帮助主观理解一些教学形式及为什么需要采用这样的教学手段。包括自我评估结果在内的整个处理过程,应当是在评估之前会议讨论的内容。

　　一些员工也发现,使用学校使用的评估方法作为自我评估的工具也是可行的,由教师和校长各自独立地完成一个相同的评估程序比单独使用任何一个都有用。这为在员工和主管之间通过比较这两份测评结果来完成一个更为有效的建设性的讨论创造了机会。教师可以用一个具体的形式来展现他们已经实现的目标。当然,使用不考虑自我评估程序的方式,对于创造让员工和主管之间进行开放型讨论的机会也是有相当促进作用的。

学生参与评估过程

　　学生参与到教和学评估的过程中来,多少会加入一些情绪化的反映,因此有许多人反对将学生作为参考因素。我们要指出的是,学生比较重视一个人对另外一个人个人价值的判断。在一个时间段内前后一致的反馈将会有利于区分优点和劣势,但是为了得到真实有效的结果,必须看到表面现象背后的内容。一个学生喜欢的老师可能每年都会被选为最受欢迎的老师,为此会得到一些荣誉等,但是当学生在几年之后回顾一下哪个老师对自己的成长最有帮助时，最受欢迎的老师不一定会出现在这个名单中。

学生的判断真正可以反映出教学的情况吗？许多研究者都认为学生们看起来能够做到这一点。当考虑到一些特殊的情况时，学生应当被看做是一个整体来考虑，这样才有助于专业评估和最终的改进。

数据和信息分析

随着评估过程的结束，紧接着要开始的是对数据的分析。对于重要的评估要做出客观的判断。一旦收集到数据，就要立即做出分析。

使用评估技术、测评尺度和自我测评进行收集并进行有价值的分析，是这个评估过程中最重要的一个步骤。但是，如果确实需要对数据进行修正也是可以考虑的。同样，被测评者在整个评估过程中要起到一个积极主动的作用。校长可以在测评过程中起到辅助、支持和加强的功能。

对有关教师数据和信息进行分析之后得出的主要结论是，教师在自我评估过程中对自己的表现十分自信。如果校长直接在教室中一起上课的话，该教师可能会被指出应如何提问题，或者被指责其自我评估有欠真实。如果学校的规模或部门比较庞大，校长会发现更有效的是直接与部门主管和年级主管进行交流，这样就不仅可以提高这些主管自身的业务素质，而且对于整个部门都是有益的。

书面准则

在整个美国有成千上万的学校在运营中，每个区域都有自己的权利。他们根据自己的基本权利和不同的需求去建立自己的信仰和准则。人人都有自己基本的权利，做事、穿着、行为等，尤其是体现在教学行为中。

教师不能够因为展示自己的基本权利而被解雇。但是如果他们在专业行为方面没有满足相应的标准和期望的时候，就有可能会被解雇。造成解雇的最主要的原因可能是职位要求能力不足、违抗命令和有不道德言行。当然，这些原因由于过于笼统因而需要对于各个细节都有准确的具体行为的解释，这就是校长、其他管理部门和学校董事会的责任。

书面管理方法

对于解雇和停职要建立特殊的方法，需要在工作合同和其他相关的法律条文中予以表述。一个学校应当将这些作为依据，当超越了这些，就需要用更为具体的处理方法来进行处理。

下面提供的是一个基本的解雇老师的过程的例子:(1)早期的诊断,(2)表现改进计划,(3)对于改正的行为要进行书面通知,(4)履行终结。教师应当在被解雇之前给予充分的进行改正的机会。

开除或暂时停职

不幸的是,有时候经过思考,唯一的解决劣势的方法就只剩下开除员工了。如果必要的话,解雇员工应当做到尽量简单、公平和有效,最好没有公众的讨论。这样可能在职业上减少对这个员工的伤害,避免动摇学校在公众面前的自信。经过分析大量的法庭案例,由于停职、解雇、或尝试解雇,发生争端或上升到法律诉讼的原因是没有对这个过程进行合适的处理,尤其是涉及董事会和学校领导的时候。

校长表现的评估

在许多的案例中,校长的评估报告被描述得非常肤浅,间或有来自主管或校董事会成员的非正式的反馈。校长或许在寻找一个评估过程,它可以提供有效的信息并能适应不断的变化。这些变化应当是旨在让学校理解自身的目标。这样的过程不仅仅是对于校长的发展有极大的帮助。最重要的是,一个有效的评估过程会促使校长引领学校不断走向成功。

最常见的评估过程是一些对于管理任务的变相利用。教育领导能力是校长评估的最核心部分。但是,评估应当包括整个过程中校长不同阶段的表现。由于许多学校的评估系统不能促进校长的专业成长,因此必须要开发新的评估工具。我们鼓励校长能够识别出一些自己需要改进的方面,这里可以参考自我评估的使用。

校长也可能会希望在评估过程中加入学生对其工作成绩的看法,如校长是否看起来有点冷酷,平常没有接近学生等。如果评估是用来作为一个自我成长的工具,校长应该也能够从一个有效的评估过程中获益。

关于校长领导行为和管理效率的自我评估,详见附录部分。

学生进步的评估

一个人如果试着去对学生的进步进行有效地评估的话,那么他将面对许多明显的局限和隐藏的困难。一个例子就是评估一个学生只看他的作业。还有对考试成绩的变相解释,报告方法,或者是缺乏在评估和课程任务之间的联系。

评估应当对学生有帮助

一个单独的评估过程不能反映学生的整体水平。校长应当帮助教师或评估者在对学生的评估过程中理解这个概念。无论何时，只要行得通，学生应当知道他的作业或表现被评估的标准。如果评估过程没有公开进行标准制订，或事先就对学生进行了三六九等的区分，那么这个评估过程基本上没有什么积极意义，反而极有可能带来负面的效果。

纵向学习成长记录

评估应当提供一个关于学生纵向的学习成长的记录。正如前文提到的那样，教和学的过程本身就是一个长期的持续性的行为，所以单凭一次或两次的评估基本上不能反映评估对象具体的表现和真实的内涵。只有在进行长期的持续性的调查和记录，并对收集的信息进行综合分析和总结以后，才能真正看得出学生的认知能力和个人素质。同时，只有这样的评估才体现了评估本身的意义。

评估作为教师的诊断工具

对于学生表现的评估，无论对于长期的还是短期的发展都有积极意义。如果运用得当，评估的工具应当提供一些信息包括帮助确定理论的充分性和材料的实用性。在小范围基础上，评估可以提供一个有积极意义的建议。

无论是学生的还是教师的评估，信息的产生都应当作为一个整体的行为。

小　结

评估是一个要求知识、技能和智慧的复杂的过程。一个人要想被认为是有效力的行为者，一个特别的角色，那么他就要很好地为实现学校的目标而努力。这些行为者包括学生、老师和校长。校长应该清楚地知道当地所有的政策和政府教育部门制定的规则以及被认可的人才评估标准。同时也要注意，密切关注某些行为者和结果，例如测验分数，也许会忽视很多其他重要的与成功相关的因素。给个人为实现目标的努力的过程做评判，能够帮助处理责任和整体计划评估的问题。

谨慎地对待要接受的结果是很重要的。当评估工具与成长、发展和实现学校目标密切相关时，才最能体现评估的价值。

第三十二章

讲解的清晰程度

　　教师在讲课过程中,清晰度是一个易说难做的变量。它既是研究的重要课题,同时也是提高学生标准化考试水平相关研究的九大要素之一。长期以来一直困扰的问题是人们并不了解清晰度对研究人员来说的真正含义,就连研究人员也不十分清楚。对教师讲解高清晰度的判断并不能使人们了解什么是低清晰度。人们不禁要问,为什么有些人比他人擅长讲解问题? 他们为了讲解清楚,究竟又做了什么?

　　在教学过程中,讲解清晰度的重要参数是清楚的表达指示。通常要注意的场合是:介绍新的教材、解释概念、发出必要的指令或有需要解释指令、重新解释旧教材、帮学生解惑等。在本章中,将对这些问题全面展开论述。

认知移情作用

　　一名优秀的教师必须了解学生的心理,知道他们来到课堂时已经掌握的知识、他们的目标以及感受。这也许对普遍意义上的好的教学中的讲解清晰度的参数做了一些说明。也就是说,讲解的清晰度包含了认知移情作用,这种包括情感在内的作用可以让教师更好地了解学生什么时候不理解,并具体知道不理解的部分或章节。

　　了解学生什么时候不理解和判定学生不理解的部分是两种截然不同的技巧。了解学生什么时候不理解。就意味着教师必须在讲解中有检查理解度的手段。判定学生不理解的部分,要求教师学会确认学生误解点以及清理混淆的方法。这两种技巧对清晰的讲解来说都非常重要,下面我们将分别阐述。

检查理解度

　　我们在描述教师试图了解学生是否对有关部门知识点混淆时,喜欢用"检查"这个词。教师所做的是在课堂上让学生自己做出是或否的决定。教师怎样能真正了解呢?以下是六种形象的方法。

- 强迫讲解;
- 阅读提示表现;
- "量杆";
- 使用回忆性问题;
- 使用综合问题;
- 期待混淆。

我们对上述六类方法将分别加以分析。必须知道的是,这六个层次的方法绝不是互相孤立的。在同一堂课中教师会在不同时候用到几种方法。

第一层次。教师对学生的不理解不予理睬。在讲述过程中,教师不管学生理解与否,一直强行讲解下去。或者是,教师并没有意识到潜在的混淆,对所布置的需要解释的任务没有做出任何指示。没有检查和强行讲解在快速复习以前教过的材料时偶尔适用,并且这种情况必须是以前在讲解时已经检查过,复习的目的也只是过一下重点概念而已。在这种情况下,即使几乎不花费什么时间,检查还是必要的。

第二层次。教师通过学生在阅读时的身体语言或面部表情来了解学生的理解程度。教师在讲解过程中只有注意到这种提示才会暂停。但是纯粹依靠学生的这种表情来做出决定是不可靠的。也许学生根本跟不上教师的讲解,无任何反应。下面举例说明学生是如何迷惑和误导教师的。

某学生对回忆性问题的回答表明她根本就没有跟上教师讲解的步伐(虽然教师从她的表情看不出有什么问题),相反花很多的时间担忧她自己的表现和不及格的可能性。比如说,在看完第一段录像带后,被问及她有何感想时,她说:"因为我只是刚刚开始,我感到紧张,我想也许我不知道该怎么表达。"待看完第二段后,她说:"我想某某肯定没问题,因为她是数学组里最棒的。"看完第三段后,她的反应是:"大部分的时间我在想之前我们之间的谈话,我刚才是自己欺骗自己。"最后,看完第四段后,她说:"也许走神了,我刚才在想我的钩针编织品会,因为我想把它干完。"

第三层次。教师会用阶段性的提问来直接衡量学生对讲解的认知度。他们以此来了解学生是否还能跟上,并理解他们的讲述。一些教师教学生用手势(手指向上、手指向下、手指向左或右)来向教师发出信号,表达他们对课堂教学的理解与否。教师用衡量的方法来了解学生的理解度还有其他很多形式。比如,教学生"如果你还能听懂我的讲解就点头",或者要求全班一致反应,这两种办法都可以让教师对讲解的清晰度有大致的了解。一些教师在课堂中间停顿下来,做一轮小测试,然后在学生做题的时候观察他们的表现如何。这种方法只需要花上一两分钟的时间,就可迅速得知学生对教材的理解程度。

良好的表现衡量法贯穿于教师教学的全部过程。教师在讲授过程中必须不停地给课堂上的学生做解释来确保他们能融会贯通。解释的数量和频率最为重要。衡量的有效运用在于为学生不厌其烦地解释问题。通过对大量的学生提问大量的问题，教师可以获知学生对知识的掌握程度。在这种方法中要注意区分第四层次的回忆性问题和第五层次的综合性问题。回忆性问题的答案可以通过简单地回忆教材的表面内容就可以得出。例如，"一个直角三角形的面积方程式是什么？"答案很简单，书本上有现成的：底和高乘积的二分之一。但是，综合性问题就没有这么简单，只有真正掌握了方程式的含义才能作答。例如，"这个直角三角形的面积是多少？"（三角形的各边长度已经给出，但没有标明底和高）回答这个答案就需要不但回忆方程式，同时还要理解什么是底，什么是高。可以看出，综合性问题的解答需要学生真正掌握有关概念。

在这里，我们并不是在介绍分类法，而是在讨论由于教师所提问题的层次引发的学生思考问题的层次。通过上述例子，我们试图说明在现实教学中，教师往往以为通过检查，认为学生已经理解课堂上的内容，而实际上，学生只知其一，不知其二。这样的例子在实际教学中层出不穷，在这里就不再赘述了。

最后一个层次。 在这个层次，教师通常会通过提问了解学生的知识面（难以掌握的、容易搞混的、包含在已学知识中的术语）来确定学生对将要学习的知识的混淆程度。通过"期盼混淆"，教师可以提前了解学生可能听不懂的地方，从而可以在这些地方多花时间来讲解。通常说来，混淆期盼是最微妙、最难以运用的检查学生理解程度的方法。因为事实上，教师通常会因为在潜意识里认识到学生有可能遇到困难的地方而主动跳过不讲。这个原因也表明了检查学生理解程度的复杂性。

教师在弄明白学生容易混淆和产生困难的地方的时候，其中一种表现值得我们特别注意，那就是，如何对待学生原有的错误观点。这些错误观点严重影响理解。在一系列的调查中，教育家们发现了许多学生对自然和世界的错误观念：例如，"空气是指空的空间"，"人的眼睛能看得见东西是自然存在的，而不是因为对反射光线的反应"。学生通常把这些错误观点带到课堂上，并用这些错误观点来理解教师所讲授的内容。这就要求教师在教学前就要发现学生的错误观点，并加以解释和纠正。学生的这些错误观点在大脑中形成一种思维定式，逻辑上看起来似乎没有什么问题，但往往严重影响学习。在这种情况下，因为忽略了学生这些错误概念的存在，教师的讲解再清楚也没有用，都是徒劳。作为教师，不能想当然地以为学生来到课堂前大脑是白纸一张。他们大脑中业已存在的知识对我们的讲解的接受程度所产生的影响不容忽视。

问题在于：一个教师如何才能最大限度地检查学生对所授知识的掌握度呢？答案就是看教师能否钻进学生的大脑中去，这是最根本的。擅长清晰讲解的教师会尝试去了解学生的掌握程度，当然他们有各种各样的渠道。他们有一种"移情"的能力，也就是说能进行角色转换，在教学的全部过程能设身处地地替学生着想。

答疑解惑

当教师确实发现学生开始产生疑惑的时候,清晰讲解的下一步就应该是发现学生的不明白之处,并尝试重新讲解的相应方法。我们称之为"答疑解惑"。当学生表示或者教师发现他们对讲授内容不理解、教师开始试图重新讲述知识点的时候,需要遵循以下五个不同层次的方法:

- 置之不理;
- 重新讲解;
- 用详细的问题定位疑难点;
- 坚持下去后再返回;
- 让学生陈述自己的想法。

第一种可能是教师对学生表达出来的疑惑置之不理。第二种可能是教师把所讲解过的内容重新复述一遍,讲述速度可以慢一点,也可以比第一遍更详细一点,但基本上是炒冷饭。

下一种方法是教师通过采用重点提问的方法来找到学生产生不解的地方。找到问题所在后,教师可以深入讲解,从而避免在学生已经理解的问题上再浪费时间。

另一种方法是发现学生的疑惑后,教师继续讲解下去。教师或许会跟学生在他们不懂的问题上简单沟通一下,但通常情况下,都是把讲授内容完成后再回到学生仍然不懂的地方。在实际教学中我们会发现,没有充裕的时间为所有的学生进行所有问题的讲解。可取的办法是教师把不理解的学生名字和知识点记下来。如果课堂上没有时间,可以在课后针对部分学生和特定的知识点进行讲授。

最后一种办法是教师请学生阐述他们自己对问题的看法,从而发现症结所在。教师应努力弄明白学生参考的框架和思路。教师可以问一些这样的问题,如,"你怎样得出这个答案?""你怎样试图解答这个问题,可以告诉我你对问题怎么看,采取了什么解决的方法?""你第一步是怎样做的,为什么要这样做?""你认为这是什么意思?"。通过这种方式,我们有时候发现,如果从学生思考的角度和逻辑出发的话,一些看似错误的答案其实是对的。教师如果能从这个角度来帮助学生的话,学生能自己更快地解决问题。实际上最可怕的是,发现学生想的和要解决的是截然不同的两个问题。

关于在教学中理解学生思维的重要性的著述甚丰。学者们发现,通过参与学生的搭积木、写作和讨论,教师能被启发,理解学生如何通过自己的方法来解释问题。课堂上教师和学生的沟通交流表明,如果从学生的立足点出发,他们的所谓"错误"在逻辑上完全是站得住脚的。有人通过让教师研究学生含义不明的语言或行动发现,教师能从中领悟到理解学生所说和所做的方式,有助于指导教师帮助学生解决问题。

研究表明,成人和孩童对话的方式有利于我们对教学的理解。作为了解孩子的一种方式,成人必须与孩子进行对话交流,在这种过程中,孩子的理解能力也得到提高。为了了解孩子想法,成人必须问一些问题,这些问题也迫使孩子更深入地思考。"你这样做有什么目的?""你怎样做的?""我不明白,你能再讲一遍吗?""能给我举例吗?"等等。这些问题基本上都是谈话者试图了解另一方的途径,但同时也促进另一方的深入思考。

解释方法和手段

查看和答疑解惑对清晰地讲解和表达至关重要,甚至可以说是核心。但还有其他一些值得注意的方法,比如说教师全部帮助讲解的解释方法和手段。这些方法和手段包括:类比、强调要点、想象法、物质模型、视听、图表或板报说明、译成简单语言、例证思考、简单提示、渐进式小暗示等。这些方法多数都很好理解,下面对部分方法展开论述。

想象法

想象法是指在大脑中形成画面。教师可以让学生闭上眼睛来想象一些场景。很显然,这种技巧首先要求教师筛选可以想象的内容:很难想象如何运用想象法来解二元方程式。但是在理解诸如光合作用时植物细胞发生的变化以及回想1972年周恩来总理和尼克松总统实现历史性握手的场景时,想象法是行之有效的。

成功的想象法通常要求学生分享他们看图说话中的图画。通过问诸如"你看见了什么"之类的问题,学生理解、领悟、回忆或推断的能力大大加强。

例证思考

对于喜欢让学生自己思考的教师来说,毫无疑问,例证思考正中下怀。当教师进行演示时,学生的思路将跟着一起走。这同时也是一个从困惑、犯错到自我纠正和检查的过程。例证思考法对任何需要多步解决的问题都十分合适。通过讲解解题思考的过程,教师有机会让学生了解哪里是陷阱、怎样越过障碍以及正确的步骤。

例证思考由老师在课堂上来完成。这是一个对话过程。这个技巧可以用来教会学生许多综合性策略。例如,在遇到一个难以理解的词汇时,教师可以说:

"嗯,这是什么意思……最好把句子重读一遍……还是不明白。往下继续读,看是否能理解……嗯,还是不知道。我想想看,是不是还认识这个词的任何构成部分?"这样一来,教师可以向学生演示许多指导方式:重读、往前和往后读来看上下文是否提供任何线索、寻找你知道的部分,比如说词根、前缀、后缀等,以及具体运用。

例证思考是解释性手段中最为有效的,在解决解答型问题或步骤型问题时特别有用。

用　　语

在清晰表达中另一个参量就是教师的用语。教师用语必须符合一些最基本的用词风格、发音、预防、句法、词汇的选择等方面的要求,这样才能更好地被学生理解。学者们专门对用语方式的有效和无效进行过研究,结果一致表明,当教师在授课时使用模糊或混乱的术语时,学生的理解和接受度受到严重冲击。让我们来看例子。

模糊术语(画线部分)

这堂数学课对你们来说,或许可以有一点帮助理解我们通常所称的数字式。也许在我们可能开始这节课前,你们应该复习一些必要的前提概念。事实上,你们需要复习的第一个概念是正整数。正如你们所知道的,一个正整数是任何比零大的数。

混乱(画线部分)

这堂数学课将加强……将让你们了解数字,嗯,数字的方式。在我们开始讲述主要概念前,你们应该复习四个概……四个前提概念。第一个概念是正数。一个正数……整数是任何整数,嗯,比零大的数字。

很显然,混乱的词汇是指错误的开始或停顿,以及多余和纠缠的词。模糊的术语有很多形式(见"模糊术语种类一览表")。研究表明,通常演说者陈述本身无法回忆或根本不知道的信息时,模糊术语就派上用场了。另外,当教师不希望给人造成对有关信息的权威性的印象以及为了建立个人关系时,也会采用模糊术语。当然,当教师渴望被学生认为是乐于倾听意见、作为"推进者"而不是信息提供者的时候,模糊也会引发困惑。这样给人造成的印象是一个使用模糊术语的"建设性"的教师。

在可以接受的用语以外,还有一些不易为人所关注的地方。我们注意到一些教师用不同的方法对不同的学生进行讲解,也许根据场合的不同来变换他们授课的方法。区别在于使用词汇的范围、音调、俚语的使用、语调、语速、韵律,等等。我们不禁会思索,教师能否用最为有效的方式,以他们自己的语言形式来向学生讲解?

在分析教师行为时,对于一个在不同场合对不同学生采用不同方式的教师来说,旁观者会在"用词"这一栏内写上"多样化"。如果有证据表明,这种特定场合的特定表达方式对特定群体有效,那么,结论就是"适合"。

模糊术语种类一览表

例子模糊:其他、以某种方式、有时、某地

近似:大约、几乎、差不多、多数、大部分、几乎、相当

"吓唬":事实上、等等、无论如何、换句话说、老实说

错误承认:对不起、请原谅、我猜、我不能肯定

不确定的量词:一些、许多、一点

几个多倍词:许多种、很多类、好些方面

否定加强:一点都不、不很多、不非常可能、可能、或许、也许、似乎

明　晰

明晰是指对以下五点明确地讲解:

- 暗示的意义;
- 问题明确;
- 指令的必要步骤;
- 引用的含义;
- 明确活动的理由。

上述五方面是在做到明晰这一点时必须要遵循的。前面我们提到,教师不总是通过解释来授课,他们也不一定打算采取这种方式。他们会采用诱导式或苏格拉底式的问答法。但是当要求直接解释或已经找到学生的困惑点的时候,教师不得不注意明晰。

暗示的意义

善于讲解的教师会给学生明确的暗示。这种暗示方式在逻辑上无懈可击。没有发出明确暗示的教师往往想当然地高估了学生理解暗示的能力。这时候教师的错误在于使学生产生"老师究竟在想什么"的疑问,从而把学生难住。例如,在解释"凹地"这个概念之前,教师会问这样一个问题:"熊睡在哪里?"教师以为学生会在脑海中出现一个洞穴,从而帮助他们理解凹地的概念。但事实上学生往往虽然听懂了这个问题,也知道这个问题是用来帮助学习"凹地"这个概念的,但却没有意识到这两者之间的关联。

问题明确

有时候教师提问的中心不明确,学生只能猜测教师究竟在想表达什么。比如数学老师让一个学生读练习题中的一道题,然后问他:"这是一道什么题目"。这个学生毫无反应。其他同学也是面面相觑,不明白老师的意思。实际上教师的意思是:这道题目属于昨天教的六种题目中的哪一种? 他以为学生领会了他的意图,而事实并非如此。在这个例子中,教师的错误在于他没有意识到"什么"并不能很好地提示学生想起昨天所学的题目。学生寻求答案的范围不确定,因此他们茫然的表现也就不足为奇了。

我们继续上面的例子。看到学生毫无反应,教师会让学生翻到昨天讲过的六种题目,让他读第一道题目。学生读完后,教师说:"读下一道题。"下一道题实际上就是练习题归属的类型。学生读完后又停了下来。教师瞪大眼睛看学生:"嗯?""哦!"学生这才意识到他刚才念的题目就是和练习题同一类型的题目。

教师如果明确让学生知道应该怎样进行思考,上面这个例子中学生的困惑实际上完全可以避免。他应该这样说:"我说的'什么'是指属于昨天我们学过的六种题目中的哪一种。你可以把你刚才读过的题目和昨天学过的题目做一下比较。其他的同学也可以看一下。"

以上是一个学生猜测教师究竟在想表达什么的典型例子。反之,如果教师能够明确指导学生应该怎样去想、如何去做的话,对学生理解学习的目标不无裨益。

通过寻找明确的表达方式,教师实际上可以找到帮助学生理解为什么问题这样问以及例子又如何与所要学的东西有关的方法。我们经常可以听到学生对不能明确提问的教师的抱怨:"他总是问一些我们无法回答的问题。"这些学生之所以无法回答问题,很大程度上是因为教师没有能够界定问题的症结所在。比如在语文课上,教师问:"什么是好的写作?"在发问时,教师心中已经准备好写在黑板上教给学生好的写作的标准。但他提问的方式会让学生做出各种各样的回答,并不能真正达到他教学的目的。如果教师想要收集学生所有的意见来进行讨论,然后和教师自己的答案进行比较的话,这种提问方式还可以接受。但是事实上教师会回答说:"不,答案不对。"这样无形之中挫败了许多学生的思考。教师的本来用意是要表达"什么是我认可的好的写作",也就是要学生跟上教师的思维,而不是"你们认为什么是好的写作"。

另外一个教师容易掉进去的陷阱是连续提问。在世界历史课上讨论 1812 年战争时,教师问学生:"我们为什么要卷入战争? 作为一个商人你会怎样想? 拿破仑战争对我们的贸易损害有多大?"教师本来的用意是想通过后两个问题来让学生明白经济因素对战争的影响,但这样做反而使学生不得要领。

通常教师在课堂上向学生提问后如果没有反应的话,就会采用连问的办法。教师想通过后面问题的提示来让学生理解第一个提问的含义。但不幸的是,这样做往往会使学生一头雾水。

指令的必要步骤

在课堂上教师发出指令时,容易在不经意间疏忽一些必要的步骤。这种疏忽往往发生在教师臆断学生理解如何去完成任务时。例如,教师说:"第四组和第五组一起开动脑筋,想一下这个故事可能的结尾。"教师在提问的时候忽略了让两个小组选一个记录员,于是这两个小组什么记录也没有做。

在教学中教师需要知道的是必须发出完整的指令,不能想当然地跳过一些必要的步骤。

引用的意义

通常教师为了让学生更好地理解一些学习的内容而引用一些名人、名言、著作或典故。如果学生对这些引用的东西一无所知的话,这样做反而会南辕北辙。学生在对引用的内容感到无所适从和猜测的时候,他们往往错过了下面的授课内容。

"读这本书会让人感觉像西西弗斯推石上山,尤其是第 25 章。"如果学生不知道西西弗斯(一古希腊暴君,死后堕入地狱,被罚推石上山,但石在近山顶时又滚下,于是重新再推)的背景故事的话,教师的这句解释的话不起任何作用,学生也就无法理解教师原本的意思是想要说读这本书感到总是读不完。

明晰的要求并不妨碍教师在授课时引用一些背景知识,而是要求教师对引用的内容及时讲解,这样才能使学生受益。

明确活动的理由

这种方式要求教师告诉学生参加某个特定活动的目的。也就是说,必须向学生解释清楚这类活动对帮助他们消化吸收所学内容的重要性。"做这个实验的目的是让你们体会到同时记录信息和提取数据的困难程度,也就是说你们几乎做不到这一点,所以像所有的科学家一样,我们只能用外推法。"另一个例子是:"我们练习把这些句子连起来的目的是下次你们在写探险故事的时候可以运用这种技巧。"

上述这些明确活动原因的做法在这些活动自身之间以及这些活动和最终目

的之间建立起了桥梁式的联系。

终极目标

前面讨论了教师怎样通过实际行动来让学生明白教学目的。这确实是明晰、直白教学法的一种形式。然而，首先必须让学生知道真正的教学目的，否则，其他都无从谈起。在思考如何使学生明白教学目的前，教师首先要确保学生知道教学的目的。关于这个问题，我们在下边的"大格局"中阐述。

大　格　局

教学清晰度的最后一个参量我们称之为"大格局"，主要帮助学生将已有的信息放置于一个更大框架的意义中去考虑。这些教学技巧包括：

- 在指令结束前告诉学生将要知道或能够做的事；
- 给学生计划表，以及他们将要做的活动表；
- 激发学生对新概念或新课程的固有知识；
- 表明新旧知识的相似，将信息融合到旧知识中去；
- 提供信息或想法之间的过渡；
- 预示未来，或预想现有信息与未来工作的相关点；
- 总结。

在未来教学园地，这些技巧都将占有一席之地。现有的研究表明，虽然我们还不能确切地指出其中的因果关系，这些技巧的运用确实和学生表现的改善不无关联。有一点我们可以肯定，那就是我们可以找到很多办法，实践也证明了这一点。教师和科研工作者之间的合作有助于教师把专门技巧运用到实际教学中去。

给学生计划表

计划表是指对一个活动或一段课程的列表和描绘。计划表相当于日程表或公路图。它可以说明事情如何进展以及顺序如何。例如，经常听见教师这样说："今天早上我们复习一下昨天作业的答案，看一下新的章节的材料。然后，我们做一些集体练习。"这种指令对学生非常有用。学生大致可以有一个轮廓，知道下一步该怎样做。

告诉学生将要知道或者要去做的事（目标）

给学生一个计划表并不同于表明所要达到的目标。给学生计划表没有错，但是计划表还不是目标。同样,向学生发出明确指令并描述将要采用的程序和陈述目标截然不同。下面是一个教师在发完指示后让学生明白目标的例子:

"我们今天要学习怎样表达二分之一、三分之一和四分之三。有一种特别的方式,这堂课结束后你们就会明白怎样表达。"

多数教师知道怎样把教学目标口述和书面表达出来。这是一种办法,但不是一直管用。目标或许根本不是一个详细的行为。上述例子碰巧是一个用语言表达的目标。但其他方式也行之有效。例如,"我们接下来看一下幻灯片,不知我们能从海明威的人格魅力中学到什么。"这样,学生就朝向课堂结束时他们应该知道的内容方向去努力。这样的陈述设定了一个"大格局",给出一个大的追随的方向。这个框架也帮助学生明了随后的活动。

另一个值得我们注意的领域是必须让学生明白教学目标的重要性。有人可能会问:"谁还在乎这个?"例如,虽然美国学生在历史课结束后会知道越南战争这回事,但并没有想到学习越战这一课的重要性。对部分学生来说,了解教学目标对他们自身的重要性关系重大。事实上,每一个学生都需要知道继续学习的理由。勤于思考的学生就会问这样的问题。教师们很少给出讲授相关知识的重要性,他们往往认为教师讲授的东西,学生就会认为都很重要,事实并非如此。学生需要学习的动力。即使在成人教育中,虽然每一个学员都是出于个人目的前来上课,教师还是需要讲解有关课程的重要性。美国学生需要了解学习越南战争的重要性。学生应当知道:越南战争和美国历史上其他战争都有同样的起因。并且如果美国现在卷入另一场战争,上课的学生就不得不投入战争。作为一名美国公民,学生必须了解时事,理解政府领导人的决定。并不是每一堂课都需要给出学习的理由。多数课只是同一门课程的加深。正确的做法是在一个新的话题开始前讲述有关重要性。

为学生讲解有关课程的重要性实际上对教师本身也是一种有益的锻炼。如果教师不能给出所授课程的重要性的话,或许这门课根本不值得学。

激活学生对某概念的已有知识

激活学生旧知识的方法很多。教师往往问学生:"你对 X 知道什么?"然后记下学生的回答。随着概念或话题的展开,教师可以回过头来比较一下学生在开始和现在知识点的不同。有时候,学生会把新掌握的知识融进旧知识中去,也会发现部分内容前后有出入。但无论如何,在学生学习之前,在他们的脑海中构造一张图,让他们明了哪部分是已经掌握的知识非常有用。我们通常也通过这种方式来达到"大格局"。

人们有很多技巧来激活已有的知识。语义地图是其中一种。当学生第一次听到某个词汇的时候可以问学生的感觉和想法,并且鼓励自由联想。教师可以在黑板上把所有的联想记下来并力图分类。例如,对"钱"这个字的反应可能会有这么几种:钱的用途、赚钱的办法、钱的进位、有钱的结果,等等。教师可以通过将这些联想分类来加深学生对"钱"的认识,教师也可以鼓励学生说出他们希望学到的东西。如果最后再回答开始的问题,学生自然就会将学到的知识加入进去。

这种语义地图还可以用在实验、观看电影或采访客人之前。问题在于教师通过语义地图,不但提醒学生要学习的新知识,同时也激活了他们已经掌握的知识。这样一来,学生就成为主动的听者、观众和读者。

还有其他多种类似的方法值得各个层次的教师研读。它们的共同点是取得使学生主动投入到学习新知识中去的效果。

表明新旧知识的相似

在教学实践中,教师向学生讲明他们已经掌握的知识和将要学习的内容的相似性非常有用。方法有很多,下面举几个例子(括号中是学生的回答)。

教师提问:"当我们运算乘法的时候,大家都知道它和什么样的相加有关?"(重复相加。)"对,是什么意思呢?"(乘就是把相同的数字重复相加,相加的次数等于倍数。)"对,非常好。今天这节课我们要学的内容很像乘法,只是所做的运算不是加,是什么呢?"(减。)"对,大家都听懂了吗?"

课堂上新旧知识的结合在知识点之间建立了一种联系,这种关联使得学生深入思考,在脑海中慢慢形成锁链。当学生接触到新的知识面时,他们自然会联想起旧的知识链。这种链有时不可避免地会断开,就像网络也会掉线一样,但清晰的讲解可以将新知识和更大的已知的画面联系起来。

上述原则和"激活学生已有知识"之间的区别在于:"激活"意味着向前看。学生已经掌握的知识出现在屏幕上时,他们大脑被活跃起来,因为他们会把这些知识和新的知识做比较。他们"在线"的知识或许正确,或许错误,或许完整,或许残缺。"翻出"旧知识是为了让学生把它们和新知识比较。他们也许会这样问自己:我们现在学的化学是我们曾经认为和想象的化学吗?

表明新旧知识的相似的另一个目的是向后看。教师希望学生体会新的知识其实并不是完全陌生的,或者说有多么的困难。教师也期盼学生明白原来新学到的东西和旧的知识有着千丝万缕的联系,其实在他们自己的脑海中和潜意识里早已存在有关的结构和类型。

提供认知过渡

我们这里所谈的是指简单的、一堂课之间的过渡,而且多数情况下教师可以直接发出指令。教师如果不发出明确的指令，就没有可能指导过渡。就这种指令和清晰的关系来说，这些动词性的指令可以帮助学生紧跟教师的思路，左转、右转或者回到起点。例如这句话："好，刚才的题目要求用乘法。接下来我们看下一道题，看是否也一样。"

注意，如果教师只是简单地说："好，我们看下一道题"，差别就大了。这句话只是让学生继续下去，而没有提供过渡。清晰的过渡会把已经完成的任务和接下来将要去做的事迅速连接起来。这种过渡不仅提供了知识点的融合，而且把将要做的事情清楚地表达出来。

一个很好的例子是："刚才我们学的是商业银行如何通过吸收存款和发放贷款来赚钱。另一种赚钱的方式是信用卡。我们接下来就认识这些塑料卡片是如何为银行创造更多的财富的。"

预　示

我们来看两个例子。

"这个方程式的一边不可能有两个盐酸分子，否则无法平衡。你现在不用担心盐酸分子的平衡这个概念，以后我们会专门学。我们提到平衡等式的时候，会遇到在化学反应中不同的化学元素的比例问题。"

"如果你们以为小王总是努力帮助小马收拾屋子的话，等着瞧他帮小李晒干草的时候吧！"（"晒干草是什么意思？"一个学生问道。）"哦，是指收获干草的季节，也是农活的一个很重要的部分。不过，接下来的几章里我们会学习晒干草的知识，我想你们会喜欢上的。"

这些预示的例子都对突然发生和出现的新名词和新概念做出了解释，这样做的效果是学生开始学习这些新名词或新概念时，不至于感到太陌生。"哦，我想起来了，上周六老师跟我们说起过这个。"学生有可能会这样反应，并开始将其纳入认知的框架中去。预示指令的举动往往是偶然和无计划的。在上述第二个例子中，如果学生没有提到小王的努力的话，教师就不会想起"晒干草"的事情。教师知道晒干草会在以后的章节中出现，所以就趁机提出这个概念。

在课堂结束时，教师通常会告诉学生下一节课的内容，这只是预示的一种，我们称之为"认知过渡"。区别在于，"认知过渡"把已经完成的任务和即将要面临的任务直接联系起来。"预示"只是对将要遇到的知识点做个标记，而这个知识点往往不会下次马上碰到。

总　　结

总结对清晰地讲解的重要性不言而喻。教师不总是自己做总结，有时候他们让一个学生来做。总结的方式并不重要,关键是这种总结只有把所有的知识点都过滤了一遍才算发生,才能被学生认可。

当一个学生或全部学生做总结的时候,另外两个重要因素无形之中已经包含在其中了。首先,主动参与的学习原则得到了体现。其次,学生不得不主动处理材料,因为他们这时候领悟到,只有经过重新消化吸收所学的知识这个过程,才能用自己的语言来做总结。让学生做总结的过程其实也是让学生学会用自己的语言来复述所学知识的过程。这也是检查他们学习的正确性和完整性的重要途径。"用自己的语言"使得学生不得不自己筛选、重组和组织相关知识。他们不能简单地让所学的知识像书闲置在书架上一样存在于他们的记忆之中。总结本身也能强化学习。

有许多办法可以使所有的学生完成这种总结。记事簿是其中的一种。通常,学生会在最后5分钟写下类似这样的问题:我今天学了什么? 什么还没有弄明白? 我是怎样学的? 乐于学的是什么? 我表现如何? 等等。

教师可以让学生成对地在课堂结束时或可以暂停的时候做口头总结。研究表明,如果每隔10分钟让学生做一次2分钟的总结,学生的记忆内容将大大增加。这种"10~2"规则实际上也为学生提供了用自己的语言来熟悉学习内容的机会。科学学习法也表明学生需要时间来处理和汲取信息密度大的课程,特别是理科知识。

总结性的问题可以很具体,甚至直接针对某个内容:"根据我们的讨论,请你告诉你的伙伴内战的主要起因。然后再让你的合作者复述给你。"如果课堂上已经就战争的起因达成一致,这只是有关信息的总结。如果课堂还没有达成一致的话,这就不仅仅是总结了,因为还需要各方用具体的材料来支持自己的观点。教师也可以让学生在笔记本上总结每一段落的大意。学生在写每段总结时,不得不停下来思索,这样无疑提高了学生学习的主动性,效果自然大为提高,研究也表明了这种方式对提高理解能力是很有效的。

结　语

在这一章中,我们描述了两种和教师对学生的移情作用相关的行为,我们称之为"检查"(查看学生何时掉队)和"解惑"(发现疑惑的地方并及时处理)。接下来我们又列出了许多教师使用的解释性工具,并且分析了教师陈述的方式和清晰讲解的行为。最后,我们帮助学生达到"大格局"的六个教学行为:给学生计划表、表明目标、激活学生已有知识、陈述新旧知识的相似、提供认知过渡,以及预示。刚才我们所做的也是一种总结——对清晰讲解很重要的方式之一。亲爱的读者,你能对你自己读本章的收获做一个总结吗?

清晰度是教师课堂教学过程中表现讲解能力的一个重要侧面。本章对这一侧面的深入分析,从概念上和具体方法上可帮助教师进行自我分析和提高。同时,行政管理人员在进行教学评估时也有一个权威性的依据。有关教师素质评价和评估程序,请详见附录部分。

第十部分

学校商务、服务系统管理

第三十三章

成本—效益分析

　　成本—效益分析的目的是帮助决策者选择花费最少而效果最好的切实可行的方法。如果说成本带来的益处是事先设定的话,成本有效性将是一个微观分析的工具。这种分析得出的信息对教育管理者有很大价值。通过分析,应回答下列问题:我们的课程有效性如何? 怎样才能做得更好? 我们失败在什么地方? 以下是两个推荐的比率式。

　　1. 有效比率 = 实际产出/计划产出(一段特定时间)

　　这个方程清晰表明任务和目标是否达到。普遍认为,课程的有效性应由分析比较实际产出和预定产出来做出判断。

　　2. 效益比率 = 标准成本/实际成本(单位产出)

　　如果我们需要合理的明智规划的话,我们必须考虑变量。这个等式其实是一个变量的总的表达。很多以前的分析过程集中在教育的成本上,即以前和将要赚取的利润。考虑钱的数量是此类分析的主要着眼点。获得教育投入的成本、税收、售出债券和社会赞助的数据很容易掌握。短期和长期的教育经济效益和成果也很容易得出结论。困难的是如何衡量个人和社会成果,学科的发展和对社会总体的贡献。

管理信息系统

　　管理信息系统的基本功能是为决策者开发、储存、退出、编辑和散发信息。传统上,完成这些任务的技术包括档案系统、打字机和复印设备。然而,未来管理信息系统将越来越多地依赖于先进科技:1. 文字处理,包括自动文字编辑设备、听写系统和电脑图表;2. 自动数据处理,主要通过微电脑集成电路和微处理器系统;3. 集数字传送系统、软件控制系统和卫星通讯于一体的电信设施。这些先进技术今天还没有完全得到广泛运用,但是提高生产力的迫切需要将会刺激它们在民营或国有部门的使用。成本的迅速下降无疑也加速了它们的使用。

　　管理信息系统除了意味着更有效地管理信息以外,其他可预见的结果还有很多。例如,文员的工作将从日常相对简单的工作转为更广泛和激励性的工作。学校必须雇佣受过更多教育和薪水更高的职员。办公设备也应不断更新。办公室人员的培训课程内容也应不断地充实。中层经理也应根据他们的喜好来运用先进技术。在过去传统的办公室,他们花费大量的时间从事交流、协调和监视,而不是做决定。他们日常耗费时间的工作任务应该自动化,从而能有时间来解决更棘手的问题。

新的技术将导致管理信息系统某些方面的集中化。储存和计算过程将由中央单位来完成。分散的管理将降低大容量计算机的用途。然而,获得存储在电脑中的信息和数据的途径将贯穿于组织的全部。

分析前提

信息和存货一样必须正确分类,按要求的时间和频率来存放在合适的地点。太滥的信息和过少的信息一样既花钱又有害。信息也必须确保不被盗用并远离火灾、水灾或电力故障的威胁。一个信息系统的组成部分包括输入、处理、控制和输出。下面是一个信息管理系统的流程图,通过这个图可以大体了解信息系统。

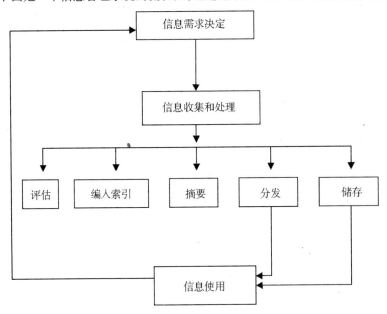

图 33.1　管理信息中心功能图

开发信息系统

开发信息系统的第一步是一个可行性研究。这个阶段分四个时期:1. 组织研究工作；2. 寻找替代解决方案；3. 分析可行性替代解决方案的相关价值；4. 选择替代解决方案。每一个替代方案必须提供下列信息：1. 开发需要的资源，包括设备、人力和空间；2. 预期结果，包括组织、信息变化及预期问题；3. 局限性；4. 经济、组织等方面的好处；5. 时间一览表。

从用户的角度决定总体规划后，有必要从建设系统本身来细化设计的细节问题。在实际系统设计中，主要的任务在于信息系统的分析。所需的步骤包括：1. 决定处理信息的操作规程；2. 决定硬件要求；3. 设计输入和输出形式；4. 决定项目需要、人事要求和测试程序。

不同管理决策类型的信息要求

信息的资源和种类因组织水平而变。可分为计划信息、控制信息和操作信息。

计划信息。计划信息涉及管理高层替组织制订的目标任务、实现目标所必需的资源的种类和数量、使用管理的政策。此类信息很大部分来自外部资源并与当前和未来经济状况、资源可获取性（物质和人）及政治和管理环境息息相关。这些信息输入形成组织中非程序性的决策种类。

控制信息。控制信息帮助管理者做出与组织目标一致的决定，同时也有助于观察资源利用的有效性。它能帮助中层经理分析实际成绩是否与预期目标一致。此类信息主要来源于内部信息，包括预算和师生的表现。这个水平层次的问题本质将影响程序性或非程序性决策。

操作信息。操作信息与组织的日常运作有关。它主要包括日常和必要种类的信息，诸如经济核算、存货控制和学生安排。由于和特定任务有关，操作信息经常从内部产生并与某个指定部门有关。一线的管理者和校长是此类信息的主要使用者。由于此类水平的决策问题通常是结构类的问题，许多操作水平的问题可以表述为数学关系。

管理者对信息开发的态度

许多学校人士对电脑信息系统的客观性和收集、处理信息的中立性深信不疑。然而，事实上任何系统都受到开发设计系统人士好恶的影响。正是由于电脑系统更善于处理可数数据信息，信息系统偏向于量化数据。大多系统开发的前提是经理人需要更多的信息。然而，管理者经常饱受泛滥的无关信息之苦。质量标准或许被数量标准取代。提供经理需要的办法，他们的决策才会得到改善。

电脑信息系统的影响

电脑信息系统对一个组织运行机制带来了深刻的变化，教育组织也不例外。

产生的影响主要有三个方面。

1. 教育部门运用电脑信息系统使成本降低。电脑信息系统影响教育管理者的行为。

2. 改变管理技巧以适应数据组织环境。教育部门处理数据的速度对决策过程至关重要,因此信息系统发展更加成为必要。

3. 教育部门的管理者比他们的前辈需要更高的技巧。很明显,正如外科医生和他们的支持系统的关系一样,教育者和他们的模型、系统及电脑技术密不可分。

人口统计预测

教育规划在无法确切掌握现在和未来学生数字的情况下,严重依赖人口统计预测。推断是指连续、系统和逐步地改变现有组织目标来适应浮现目标需求的过程。一般的说,推断人数假设的种类和数量主要依赖以下三个因素:1. 细节需求的水平;2. 现在和过去规划的时间差;3. 要求的精确度。

预测中假设的使用

为推断一段特定时间的人数,有必要假定过去的一些变量在未来保持不变,并且即使变化的话,也可以推算出来。以下是人口统计预测中的六个基本假设:

1. 任何年龄组的死亡率保持不变,或者变化情况可以推测;
2. 出生率没有显著变化,任何变化将可以推测;
3. 当地经济状况稳定或者以可推测的水平发展;
4. 行政区域没有变化,或者有关变化包括在分析中;
5. 在一段时期管理政策不变,或者这种变化可推测;
6. 没有重大灾难发生。

使用招生数据

在人口统计指数相对稳定的情况下,历史招生数据可用来作为预测招生数的依据。影响学校学生人数的主要因素是出生、移民等。推测学生人数的最好手段应考虑下列因素:

1. 出生的增加或减少;
2. 净移民(移进和移出);
3. 私立学校的增多或减少。

使用调查数据

对学校招生人数的调查与国家人口普查的方法类似。调查数据从每户家庭收集并且按地理区域组织进行。可提供和收集到的数据有：每个孩子的年龄、居住的年限、住所的类型、房屋的年龄、家长的职业。通过正确地处理数据，每个年龄组都能得出一个相应的结论。未来的招生人数由此可以推算。

规划/评估/决策模式

学校管理者要求能对教育成果检验（如收支分析、替代支出方案等）。在规划教育成果鉴定时，评估模式非常有用。目前评估的重点包括教育成本的上升、学生表现的下降、高辍学率、公众对责任的要求。下面介绍一种非常实用的评估模型。这种模型提供了做决定时需要的信息并指明需要做决定的地方。这种模型的信息从基层收集并反馈到省或国家一级，适合地方和中央的需要。这种评估模式的策略可见表33.1。

表33.1　　　　　　　　　　　　评估模式的策略

	目　标	方　法	决策相关领域
背景评估	定义行动背景，评价背景需求，描述需求带来的潜在问题	对背景的分系统分别描述；比较分系统实际和预计的投入和产出；分析现实和计划不一致的可能起因	决定被服务的环境，会议需求的目的，解决问题的目标，计划需要的目标，如计划需要的变化
投入评价	评估系统能力、可用投入策略，设计实施战略	描述和分析可用人力和物质资源、解决战略以及实施行动中相关性、可行性和经济性的程序设计	选择支持资源、解决方法战略和程序性设计，例如改变科目的活动
过程评估	确认或推测过程设计或实施过程中的缺陷，记录过程事件和活动	监测活动潜在的程序性障碍，并对无法预料的障碍作心理准备	贯彻和推敲科目设计和程序，如有效过程控制
成果评价	叙述目标、背景、投入和过程的成果信息	衡量与操作中目标相关的标准，与事先设定的比较基础作对比，用记录的投入和过程信息解释成果	决定继续、停止或重新聚焦一个转变的活动，如发展转变活动

背景评估

　　背景评估帮助使用者确认问题、重点和首要性。背景评估对特定环境的需要、问题、资产和机会进行评价。结果信息帮助服务提供者确定首要目标。这种目标应表达受益者的需要和问题、利用资源和机会。需要是指达到一个可辩护目的的必要和有用的事物。问题是达到和继续迎合目标需要的障碍物。资产包括被用来达到目标的当地易接近的专才和服务。机会特别包括可以选择用来支持需要和解决相关问题的融资项目。

投入评估

　　投入评估的目的是决定如何最好地解决在背景评估中发现的问题。包括检查替代的策略和设计，并从中选择符合要求的正确方案。目标必须细化才能做出程序方面的决定。必须评估可得到和潜在可得到的资源，并对它们的用途做出决定。

　　投入评估对建议项目、工程、服务战略和相关工作计划和运作的预算进行评价。为了帮助选择服务策略，投入评价必须对两个或以上的竞争策略的潜在成功和成本收益进行定位和分析。通过寻找相关文献，评估相同项目中运用的战略或征集建议等途径，可以找到对手。评估竞争策略的关键标准是完成项目的潜在成功和积极地留意需求、问题、地区资产和机会。选定和阐述一项服务策略后，计划者可以请求后续行动，即通过详细的投入评估来密切评价工作计划和预算的潜在有效性和活力。

过程评估

　　过程评估是在项目实施过程中进行监控，并向决策者提供为改进效果而做出决定或调整所需的信息。在过程评估中，评估者密切留意项目进展以便于立即而不是在项目结束以后采取正确措施。评价信息反馈给项目管理者以后，能控制、细化和重新导向项目的进展。过程评估可包括日报、周报或月报。这种评估有时候也包括偶然性事件的预测。

　　过程评估在项目一旦实施以后就开始实行。它监控计划活动的实施，并评估项目是否按照既定的方向，在所能承受的预算范围内开展。过程评估也收集实际过程的记录，包括计划的改变、关键的省略和某些过程的执行不力。服务提供者通常使用临时过程评估报告来回顾进展并采取相应措施。

成果评价

成果评价在项目完成后用来对项目的有效性做出决定。成果评价可以通过借助以前制订的标准来比较成果和分析结果来完成。信息回馈的循环是决定是否继续、修饰或终止项目的基础。评价过程结束后,信息的分发是合理的。

成果评价包括短期和长期成果的确认。服务提供者采用临时成果评估报告来判断预期目标是否达到,并检查所有重要的积极和负面的影响。服务提供者、资金赞助人和其他股份所有者使用最终成果评估报告来判断积极和消极的结果,并衡量整体努力的成果。

管理者和规划、评估、决策

如果学校系统要在计划和分发项目中取得成功,计划、评价和决策模式必不可少。学校管理者因为要向花钱的项目提供正确数据而不得不深深地卷入其中。

根据表32.1的模式,相关评估应为组织和个人提供帮助他们发展高质量需求产品和服务的信息;帮助他们评估替代改进方法;证实产品和服务的有效性;忠实报告失败的努力;对一个项目的实施进行记载;帮助澄清导致项目成功或失败的因素。

目标管理

目标管理不止是一个评估行为。它通常是一个总体动机项目、计划技巧、组织变化和发展项目的一部分。然而,目标管理这个概念在本文是作为一种表现评价方法。目标管理表现评价项目集中在雇员的表现。一个典型管理目标项目的关键特征主要是:

1. 管理者和下属就一段特定时期(半年或一年)内下属的目标一起讨论和联合制订;

2. 管理者和下属共同试图建立具有现实性、挑战性、明确性、综合性的目标。目标应与组织和下属的需要密切相关;

3. 衡量和评估目标的标准达成一致;

4. 管理者和下属确定一些需要重新检查目标的中间回顾日期;

5. 管理者更多地扮演指导、咨询和支持性的角色;

6. 整个过程集中在结果和对下属的咨询,而不是活动、错误和组织的要求。

使　命

使用管理目标的主要问题是缺乏清晰、简洁的任务陈述。机构如果想要有效运作管理目标，本身必须有一个总体任务陈述。如果管理目标在现场实施的话，现场的任务陈述即必不可少。其他与目标管理有关的问题包括实施不当、缺乏高层管理承诺、繁文缛节、未能使用最适合组织需要的系统和雇员、设立目标的雇员的准备不充分等。

基本目标

基本目标是指组织的整体目标，如教学、研究、奖学金及公共服务。这些目标应来自整个组织陈述、目标和目的。组织中的每一个基点都应设立反映特定背景下的个体项目目标。每一个教员都应发展他自己的管理目标来对个人的工作计划作出指导。

支持目标

所有系统中支持教员的分支发展管理目标陈述（这类陈述往往反映组织的支持和操作目标）。这对学校管理者不断回想他们自己本身的目标具有支持功能。

教师评估

可能有五方可作为评估者：

1. 主管或评估主管；
2. 同一层次的人；
3. 受评估者；
4. 受评估者的下属；
5. 工作环境以外的个体。

多数情况下，评估者应该是直接的主管并应对雇员表现最熟悉。另外，许多组织把表现评估列为直接主管工作职责的一个不可分割的部分。更高的管理层经常审视主观的评估，从而形成控制。支持这种行为的主要主张认为它能改善雇员对工作表现的理解，通过参与评估过程使雇员增加个人投入，减少主管和雇员就评级而产生的敌意。

增加使用多重评估者的做法获得了一些支持。使用高层、同级和自我评估的主要优势在于为受评估者提供了大量信息。对雇主而言,在做促销、培训、员工开发和职业规划的决定时,信息越多越好,从而才有可能显示最佳替代行动路线。职员评估的四个基本标准是:1. 首要标准,2. 使用标准,3. 可行性标准,4. 准确性标准。

通过目标管理进行奖励——一个限制因素

许多系统把目标管理评估与薪金增长挂钩。这对目标管理系统形成太大的压力。这并不意味着物质奖励不能与目标管理挂钩,而是说,当目标(因)和薪金(果)关系得以维系的话,这种做法与雇员职业发展的本意南辕北辙。

资本计划与管理

随着科学技术的日新月异,21 世纪的社会在许多方面都发生了很大的变化,其中许多我们都闻所未闻。这些变化未必是不好的。作为规划者,我们正在和将要面临新的机遇和挑战。传统规划办法被放在一边,以迎合规划过程中更广泛介入的需要。

为提供一个适宜的学习环境来满足现有的和不断浮现的教育需要,规划过程应包括教育者、规划者、管理机关、学生、社区代表和机构的参加。这种参加同时具备教育和规划功能。规划过程应遵循一个时间上的先后顺序,从组织准备到信息的收集处理再到确定重点,然后再做项目和设备需要陈述,探询方法,直至最后采取行动。规划对一个学校系统的资本花费项目的执行和教育设施的建设非常重要。商业管理行为将扮演主要角色。

综合战略规划

综合战略规划可被视为一个连续的过程,主要包括:

1. 程序的发展;
2. 共享眼光的建立;
3. 目标的形成;
4. 数据的收集;
5. 发展和评估替代目标评价手段;
6. 确立主要计划;
7. 评估目标成就;
8. 评价和调整主要计划;
9. 重新评价目标。

综合战略规划应面向未来,同时一并考虑短期和长期替代方案。

主要的参与者

今天对更广泛的参与的需要比过去任何时候都要显而易见。随着学校压力的增加，对参与的需要也变得越发紧迫。设备规划尤其需要家长、市民、学生、学院、教师和主管当局的投入。只有以下所有的组群都牵涉进去时，规划才能得以改善。

1. **主要管理者**：这个人对整体规划负有主要责任。他负责建立决定不同组群的参数。必须提醒所有的组别管理当局将因为法律上的责任而有最终决定权。

2. **设备规划者**：这个人可以是中央办公室的职员或来自私营部门、大学或教育当局的顾问。由于规划者的角色非常重要，对申请者的能力和其对工程的耐性的仔细审查就显得极其重要。这个人将与商业管理者密切合作。

3. **教师和职员**：如果设备将被完全接受的话，教师和职工必须参与进去，尤其是那些将要搬进新设备的员工。参加规划不仅将建立一个好设备，也将有利于接受规划的过程和对完成设备的支持。教育的计划书是教师和职员最关心的问题，特别是当它与教育目标和科目相关时。

4. **社区**：一个由整个社区代表组成的委员会应反映该社区人口统计、社会、经济、宗教和种族的组成。委员会应包括社区的市民、家长和领袖。这种委员会在帮助教师将目标转化为期望的项目和课程时特别有效。这样的委员会能帮助判定每一个可供选择方案的生命力。

5. **主管委员会**：这些机构将对未来建造的设施做出最终决定。对许多部门而言，这将是他们参与活动的极限所在。如果某个委员会成员想参与更多的话，他们可以以社区成员而不是委员会成员的身份来为社区委员会服务。他们应积极避免主导该委员会。

6. **学生**：学生通常被认为是社区组群的一部分。必须特别注意并保证学生的正确参与和投入。如果存在问题的话，学生或许需要单独分组。在对学生的参与提出要求时，必须充分考虑到年龄和经验。

7. **其他**：如果其他机构想要定期或不定期分享设施的话，他们将被包括进来。随着招生的下降和变化，必须考虑到可供选择的使用设备的方法。除此以外，教育部门或其他政府机构的专家，例如消防队长、设计师、工程师、城市规划师、房地产经纪人和律师等，将成为规划过程中不可或缺的重要部分。

项目分析

设施规划的主要目标是发展可能的设想教育项目的最好环境。在这种意义下,一个项目不仅包括将要学习的东西,同时也涉及将要提供的全部补充物。项目分析应充分关注学校和项目详细说明书的最重要的目标、目的和宗旨。需要评价应成为分析的重要部分。所有的规划应面向未来,将要容纳的项目必须是未来而不是过时的项目。项目的所有方面都应进行分析,包括课程设置、教学计划、支持设备和执行政策。

情境分析

情境分析的目标是获取一个观点,即理解项目本质所提供的基础。情境分析能直接从下列问题中得出。这些问题的设计都没有限制性或彻底性。情境分析的目标是提供一个审视项目的基础。

人口统计分析　这个社区的人口统计特征是什么?

1. 社区内年龄的分布如何?
2. 人口的民族组成如何?
3. 民族组成如何变化?
4. 在人群中存在少数民族吗?
5. 每一个少数民族占总人群的比例多大?
6. 少数民族方式如何改变?
7. 移进和移出的基本方式如何?
8. 社区的教育水平如何?

经济和就业　这个社区的经济和就业特征是什么?

1. 社区最好能被描述成城市、郊区、乡村还是这些的结合体?
2. 就经济意义而言,社区在成长、稳定还是下降?
3. 谁是最大的雇主?
4. 社区存在主导的工业或职业吗?
5. 现在的失业率是多少?
6. 母亲在家庭以外工作的比例是多少?
7. 最低家庭收入是多少?

住房　这个社区住房的本质和特点如何?

1. 这个社区一套房子的平均价值是多少?
2. 住在经济适用房或政府补贴房屋中的家庭比例是多大?
3. 住房是根据籍贯、经济来分层还是其他可辨认的方式呢?

娱乐　可得到的娱乐的机会是什么?

1. 这个社区内有公共娱乐设施吗?
2. 所提供娱乐的种类是什么?
3. 存在的私人娱乐机会是什么?

4. 如果有的话,什么娱乐设施还不具备?

合作教育 这个组织以外存在什么样的教育机会?

1. 学前教育机会是什么?

2. 学生在学前教育部门学习的程度如何?

3. 从小学到高中,有什么样的特别学校?

4. 从小学到高中,有什么样的私立学校?

5. 从小学到高中,有什么样的公共课程?

6. 在社区或附近的职业教育的特征如何?

7. 有什么样的学院或大学经验可以获取?

8. 社区中提供什么成人提升活动吗?

9. 存在什么没有满足的教育需要吗?

10. 这些教育机会有可能有什么改变吗?

教 育 目 标

目标决定过程中的广泛参与是诱人的。一个常见的做法是参照一个有代表性的总体社区的样例,包括教师和学生在内。社区的支持将被用来发展关键的、面向未来的目标。在教育机构中,主要目标必须与学习相关。因为组织的目标发展相当耗时,使用一些以前的目标陈述很有帮助,特别是在时间有限的情况下。下面是一个研究得出的目标列表。这些目标对一个特定学校的目标发展无疑是一个非常好的起点。这个过程需要普遍的社区参与。

1. 普通教育的获得;

2. 阅读、写作、表达和听力技能的发展;

3. 检查和使用信息技能的发展;

4. 现在和未来学习欲望的发展;

5. 对外界发生的变化的认知和理解;

6. 工作自豪感和自我价值感的发展;

7. 良好品行和自尊的发展;

8. 对文化和美的审视;

9. 闲暇时间的使用;

10. 做出工作选择的能力;

11. 尊敬他人并能与其共事和生活;

12. 合格公民的认可;

13. 与和自己思维、穿着和行为不同的人共处的能力;

14. 对健康和安全概念的理解和实践;

15. 准备进入工作状态;

16. 对家庭生活能力的理解和实践；

17. 时间、金钱和财产的管理技能的开发。

无论具体做法怎样，最终产品必须是组织的目标表，并且集体一致认为这个表包括系统的基本目标。因为通常目标的重要性不同，必须开发一个系统来决定优先和重点。参加者能列出重要目标，并对目标根据重要性从一到五（"五"代表最重要）来排列，以达到合意。这种方法每一组成员都能采用，在进入到组织中的下一层次前达成一致。

资源投入包括学生、课程、教师、职员、服务、时间和材料。每一个资源投入的本质首先是分析，然后描述分别如何被组织和使用，以便项目得以实施。这种分析和描述主要是一项专业任务，因此应该主要是专业职员的职责和任务。与此同时，学校其他人士、学生和市民也能带来有益的启示。

资源输入如何被组织和使用将决定容纳预期项目的教学和服务空间的不同种类。项目也将界定活动的列表、时间的分配、小组的规模和其他决定规划招生数量的事项。空间决定指数是一个决定建筑运行能力和容纳规划招生数的教学点或房间数目的直接工具。指数能被用来评价现有设备的充分程度和能力，或可用来确定在新建筑或重建中需要的空间的种类和数量。

需要的定量

影响未来招生数量因素的多样性使得招生的预测往往不确定，因为估计错误的变化量可能会很大。如果招生的预测数量太低的话，可能需要额外花上三到五年的时间来得到充足的设备。如果预测数量过高的话，有价值的设备将会由于闲置而浪费。

未来招生

出生、死亡和移民是三个影响人口变化的重要因素。如我国由于西部大开发政策的实施，西部人口会经历一个高速增长的过程。另外，在上世纪 90 年代，由于东部经济的快速发展，外部移民进来的人口也不少。科学技术的发展和社会的变化对出生率的下降产生了重大影响。先进的避孕措施和对家庭规模态度的变化的作用也不容忽视。家庭人口多在当今社会已经不再是一种资本，而是负担。入学年龄、行政区域变化、私立学校也影响未来的招生。

预测招生数量的方法

每个教育规划者需要的一些记录包括：

- 学校调查,包括移民数据的总结和分析;
- 年度居民出生数;
- 新居民社区的建设;
- 私立学校招生数量的研究;
- 到公立学校就读的居民比例;
- 按年龄段和年纪对年度公立学校招生数变化进行分析;
- 学校设备使用指数;
- 国家统计数据。

如果人口统计数据相对稳定,历史招生数可以被用来作为预测下一年度招生数量的依据。在这里,我们只探讨部分预测技巧。这些方法在地方也可以使用。表33.2是关于某地区对学生招生数量预测的例子。

表33.2　某地区对1992、1996、2000、2004和2008年公立和私立学校招生数的预测

年　　份	1992	1996	2000	2004	2008
总学生数(人)					
小学三年级	48,198	51,484	53,465	54,250	54,323
初中三年级	32,317	34,212	35,277	35,032	34,617
高中三年级	15,881	17,272	18,188	19,218	19,706
公办学校学生总数					
小学三年级	42,823	45,700	47,467	48,180	48,262
初中三年级	28,105	29,721	30,646	30,400	30,050
高中三年级	14,718	15,979	16,821	17,780	18,212
私立学校学生总数					
小学三年级	5,375	5,784	5,998	6,070	6,061
初中三年级	4,212	4,491	4,631	4,623	4,567
高中三年级	1,163	1,293	1,367	1,438	1,494

再来看美国的例子。2000年初的时候,美国调查局公布了美国到2100年时人口预测的惊人数据。他们的预测是美国总人口在2100年时总人口将达到5.4亿,其中高加索人群到2050年将成为少数民族。西班牙裔人口将继续成为美国增长速度最快的族群,并将在21世纪初超过非裔美国人口数量。到2020年时,美国公立学校招生数量将主要由少数民族人口组成,而西班牙裔招生数将是增幅最大的。研究表明美国不同民族的分布地域极不平衡。即使今天,仍然

如此。比如说10个州就占了西班牙裔增长幅度的百分之九十。

现有设备的评价

为规划而进行的设备评估基本上是一个决策的数据收集过程,并不是讨论过程。规划者只有在所有基本数据收集完以后才能做出决定。评价将寻求与设备有关的五个基本方面的建筑和场地数据:位置、健康和安全、环境、项目充分性和数字充分性。设备评估在招生数量下降、财务紧张和高利息的时候特别需要。对多数设施来说,画一条线、蓝图或轮廓已经可以了。只要比例正确,这比建设图纸要好许多。每个设施的基本数据必须都要收集,例如建设日期、地址、平方数以及建造的房间列表。教师、监护人和有关职员可以帮助学校管理者确认主要的保养需要。

健康和安全

对一个设施健康和安全的评估应该公正而独立。如果近来没有做检查的话,有关部门应该执行国家标准的措施。防火安全需要考虑的要点包括针对听力障碍人士设计的火警系统,足够数量的疏散口,考虑窒息因素在内的建设的种类,危险区域的安全,如厨房、锅炉房、商店、实验室,灭火器的状况,以及电力服务的条件。结构工程师将对结构的成熟性进行检查。规划者核对明显损坏的地方,如挤压、斜靠、墙体膨胀、木头的腐烂和砖石的松动等。

在评价卫生状况时,必须对供水质量、饮水机数量和厕所的位置、条件和数量进行检查。建筑的总体干净状况应引起注意,例如对害虫等的控制。设施也不应该给残疾人士设置障碍。总体应优先考虑人而不是建筑本身。设施必须保证所有居住者的健康和安全,包括学生、教师、职员和参观人士。

环　境

环境通常被定义为改变人类行为的周围的条件和影响,包括他们身心的放松、看和听的能力。建造校舍的基本理由是创造一个可以控制物理因素的工作环境。为使学习过程有效维持,必须保证有一个能控制冷热、干湿和空气流通的环境。可以得出的结论是人的行为在相对狭窄的舒适区上下波动时容易迅速变坏。只要教室温度偏离舒适温度时,学生的学习吸收能力就会略微下降。另一方面,教育领导者认为学生在一个温度适宜的环境中学习的量可以增加大约40%。温度控制的另一个好处是建筑成本,这个成本比安装空调的成本要高出许多。地板上铺上地毯后,温度的控制就比较容易了。必须对温度环境仔细评估。

恰当的教室照明指导原则已经建立起来：一个更为舒适、高效和令人愉悦的环境。大约80％的学习离不开照明。因此，合理和恰当的照明对视力卫生非常必要。正确的照明应直接为任务服务而不是刺眼的灯光。照在眼睛上的灯光永远不能比照在作业上的灯光多。在中心区域和边缘区域的照明亮度应有所区别。当规划者发现这方面的问题时，建议请照明工程技术人员来解决问题。

在设计学校建筑或对旧建筑进行改建时，建筑设计师和管理者需要注意颜色的心理效应和使用正确的灯光。心理学家的规划试验表明，现代色彩原则应用到学校，对学生成绩表现影响很大，尤其是在学生低年级的时候。一个精心设计的环境不仅促进学习新的课程，也减少了行为问题。在对旧建筑改造和新建筑评估时，规划者应尽量使用最新色彩研究成果。

项目充分性

具体地说，衡量一个运营项目的容量和功能性措施可按照如下标准：

- 与项目相关的建筑的功能用途应被研究；
- 容量问题应由项目的用途决定，而不是通过状况研究；
- 利用的因素应有助于客观评估；
- 用途应是普遍性的；
- 主观标准应避免；
- 用途应相对容易；
- 结果应容易解释。

数据充分性

数据充分性标准的前提是容量和教育项目整体相关并且考虑学校系统的政策。容量分析与下列因素相关：

- 教学点的数量和类型；
- 房间的质量；
- 房间的面积大小和学生点的数量；
- 房间分配政策；
- 预期平均班级规模；
- 教育项目本质；
- 课堂的数量和时间长度；
- 可选择的课程表；
- 房间的特定用途；

- 课程选择的多样化。

对设施进行评价时,不仅要发现存在的问题或缺点,而且还要开始寻找可能的解决办法。

财政资源的分析

资产预算包含建立、改进和维持主要设施的所有花销。资本开支通常被认为是长期存在的问题,而运营开支,即使是反复发生的,也是短期的。完全由地方自己来承担学校的建设既不合理又不现实:财力雄厚的地区有充足的资金来建造豪华的设施;经济状况一般的地区在经过努力之后能建造一般的设施;贫穷地区则连改进设施都没有可能。国家应对一些地区的教育开支提供财政补贴。我国教育发展还需要很大的资金投入。

地方政府对资金筹集的责任

除了制定资金筹集的必要的政策和指导原则外,地方教育部门的主要责任还包括:

- 帮助地方学校系统规划和有效使用资金,以便改进它们的教育项目、教学环境和设施。
- 帮助安排阶段性的研究来决定项目的优势和不足之处,包括不充分的地方,并认识到需要改进的地方。
- 与其他机构就他们关心的方面进行合作,如地点的选定、交通、安全标准、能源保护技术、联合使用设备,等等。

部分地区已经建立起特别机构来制定条款,协调和监督资助学校设备的建设。这些机构虽然主要关心资金问题,但也往往影响债券问题和支持影响教育计划的政策。这种现象不应该发生。所有与学校建设相关的地方权力应集中在教育部门。需要的决定、项目的发展、教育详情、资金来源、建筑师的选择、施工、健康、安全、能源问题及工程后续行动等应完全置于地方教育部门的直接指导下。

虽然教育是地方政府的责任,但是许多地区对教育经费的落实没有引起足够的重视。一些地方对学校建设的资金只是临时和紧急援助。许多地区对学校教育资金的投入还是持向前看的态度。公平资金决策不断表明地方教育部门有责任对该地区的学生保证平等对待,资金问题已经成为学校预算中一个日益重要的部分,越来越多的地方也不断认识到为学校提供资金的必要性。

资金筹集的其他渠道

学校的资金筹集除了依靠中央和地方政府的拨款外,还有其他几种可以采用的办法。最有效和最容易的办法是政府出租学校设施给学校系统。通常的做法是,学校在这些设施租期满后对这些设施拥有所有权。

建设当局有权利规划和建设学校设施。有关部门以成本价出租学校设施给学校系统,通常规定在租金抵消建设这些设施的成本后,即有关部门收回建设这些教育设施的成本后,这些设施就归学校所有了。在中国的贫困地区这种做法很有实际意义。教育部门实际上替学校承担了建设的风险,好处是学校省去了贷款建设施的过程。实际上,很多大学也采用了由有关部门承担建设学生公寓,然后将其出租给学生,最后收回成本的做法。

其他不同于传统的做法是:

1. 设施的租借。某些学校对校舍有很大需求,但估计这种需求只是暂时的,几年以后就会恢复原状,这种情况下采用租借设施的办法特别有效。在实际操作中,许多学校也通过这种方法解决了增加临时校舍的问题。

2. 与其他机构共用设施。许多地方部门为学校、卫生、社会服务和其他有需要的单位在本地区范围内提供空间。通常情况下,早期儿童项目需要的空间可以集中使用,并提供方便和洁净的环境。

3. 民营企业提供设施。随着民营经济在我国的迅猛发展,越来越多的民营企业可为公立学校提供设施。学校回报的做法是为这些民营企业的员工提供培训和发展教育,或为员工的孩子提供日托和早期儿童教育。

计划建设的顺序和步骤

计划资金预算包括几个具体的步骤。商业管理者可监督这些步骤或做大量的协调工作。采取的步骤包括:

1. 发展教育规格;

2. 发展设计计划和规格;

3. 审视设计计划和规格;

4. 征求有竞争力的标的;

5. 奖励合同;

6. 完成建设;

7. 选择和购买家具和其他设备;

8. 对教师、学生进行培训;

9. 使用设施;

10. 进行使用设施后的评估。

商业管理者投入和参与的程度取决于系统的规模。如果办公室很大,商业管理者属下的专家小组负责具体事项的处理。如果规模较小的话,商业管理者可以亲自参与多数步骤的监管。

教育计划书

教育计划书是一份总结操作规划的书面报告,并且是教育规划者和建筑设计规划队伍之间的交流工具。教育规划书是对建筑设计队伍要解决的设计方面问题的书面陈述。新工程的建造、改建和翻新旧工程都应提供计划书。理想的情况下,教育规划组应由行政职员、受雇的顾问和工程建成后的使用者组成。如果这支队伍还没有组建的话,应该从正在从事相同或类似工程的人员中进行选择。对这个规划组而言,很重要的一点是应使职员对工程完工后的所有职能熟悉,无论是教学还是服务配套设施。所有参加小组的人员都应学有所长,活跃在他们各自的专业领域,因为他们将要建立的设施在他们自己退休后还在继续使用中。由于规划参与者需要时间对工程规划进行讨论、分析、反映和调查,一个重大工程从设计规划到正式开工通常需要 6 到 18 个月的时间。

某项工程如果和整体规划格格不入的话,不仅隐含着巨大风险,而且在金钱和功能有效性方面都将付出重大代价。分析的对象通常包含广义上的整体项目,既有主要项目,也包括所有辅助项目。分析涵盖的主要内容有:室内和室外活动、上班时间和业余时间、专业使用者和业余使用者。好的教育说明书能节约时间,使建筑师在不耽误时间的情况下完成工作。设施规划者和建筑设计师之间需要通过不间断地沟通和交流来避免误解。教育规划书的制订需要以下主要步骤:

1. 设施规划的审视;
2. 基本项目规划的制定;
3. 质量要求的制定;
4. 数量的要求;
5. 书面报告的准备。

数量方面

数量方面的要求是一张列表,包括:(1)教学和服务功能需要的房间和空间;(2)每种类型空间的数量;(3)容量。这个清单应涵盖的对象是:所有教学用的空间,为学生、行政人员而设的服务设施、公共设施、维修设施和室外空地。

质量要求

需要的房间和空间的清单确定下来后,精力就要转移到质量要求上来。位置、期望活动、家具设备及对空地的特别安排等问题需要重点考虑。在规划空地的时候,和空地有关的人员是最好的专家。建设地区的规划委员会绝对有必要理解规划的首要任务和决定,以便解决一些已经存在的棘手问题。靠近或远离空间的关系应该研究。对每个空间将要摆放的家具和设备也要列出清单。在对教师和职员进行在职培训时,教育规划书可以用来作为背景知识。

建筑设计规划

在战略规划和教育规划书的制订过程中,教育设施规划组扮演主要角色,建筑设计只是顾问和咨询。教育规划书完成后,直到工程结束,建筑设计就成为主要角色。

建 筑 管 理

家具和装备的采购

家具和装备对教育的结果有影响,因此应该在设施运行的早期阶段受到重视。选择过程涉及许多人,包括普通职员、设施规划者、建筑师、设备顾问和设备供应商。建筑师、系统管理者或设备顾问之间可以协商。

选 择

选择是首要任务,包括编写所有将要采购的家具和设备的清单。确立并尽可能减少采购物项的数目和种类非常重要。应尽量在不严重影响基本功能的情况下,统一家具和设备。为适应项目的需要,也可以采取灵活变通的办法。

采 购

标书的准备是一项技术工作,应由精通设备的人员来完成。标书应尽量简单,但必须准确,以免引起歧义。若使用商品品牌名称的话,应加上"或其他"的字样来招徕其他竞标者。招标说明中包含招标的地点、时间、接受投标的时间、所需的宣誓书、要求等信息。按照国家法律要求,招标广告的地点和时间必须符合规定。公告和正式开始招标之间的时间应充足,以保证投标者充分准备。招标开始时不得有任何暗示。评估的过程既繁琐又耗时。投标必须符合说明书的要求。

一旦做出决定,必须对收到的货品仔细检查,要保证:(1)货品是所要订购的;(2)数量准确;(3)状况良好。送货和安装必须与工程进度协调,不可忽视,抱有侥幸心理。

培训项目

设施建设一旦结束,参与规划和建设的商业管理者和建设队伍就把有关设施移交给教学人员。这些人有责任确保设施按照设计要求来使用。应该鼓励社区的市民来参观新设施。经过培训,学生可以成为出色的向导。在施工的早期阶段,就应该充分注意到公共关系的培养。

学校应鼓励媒体对下列活动报道:

1. 学校领导层建设新工程的决定;
2. 现场参观;
3. 选择建筑师;
4. 对图纸的审阅;
5. 招标;
6. 奠基仪式;
7. 公共招待会;
8. 开放日。

教师和学生应有机会来了解和适应新的设施。举办关于新大楼讲座和幻灯演示是一个很好的开端。接下来可以组织对新设施进行参观。应留出时间允许师生对设施进行深入了解,并针对各自的疑问提出问题。除了对教育项目操作的在职培训外,应对教师讲解操作程序。以下是建议采纳的内容:

1. 特定开放日计划和日程安排;
2. 学生注册;
3. 学生日程;
4. 新生教育;
5. 订货程序;
6. 设备修理和服务程序;
7. 内部信息通讯系统和公告系统的使用;
8. 与家长的交流;
9. 教学辅助工具的准备;

10. 专业设备的使用；

11. 和负责热力控制、清洁、聚餐程序和其他后勤事务职员的关系。

附加规划考虑

在规划建设中，学校管理者还要考虑一些表面看起来属于边缘性质的因素，这些因素往往有利于营造学习的良好气氛。其中包括对破坏公共财产的行为的控制。下边从建筑规划角度来说明安全和能源管理。

对控制破坏公共财产行为的规划

很不幸，破坏公共财产的行为虽然恶劣，但是在现实生活中到处可见。这种行为并不局限于内陆、郊区或其他背景的教育类型。这种广泛存在的行为使教育设施规划者不得不引起高度重视，如果他们想保证设施功能正常发挥和具备吸引力的话。规划可以有效地遏制破坏公共财产的行为。为了公众和财产的安全，必须考虑如下几点：

1. 在重要位置提供一个紧急电话系统；

2. 紧急通道口照明充足；

3. 在建筑的外部和里面尽量避免凹进处；

4. 在夜间常用地点建立紧急照明系统；

5. 为建筑照明。照明是有效防范犯罪和破坏行为的手段；

6. 避免将职员办公室安排在的孤立的建筑内；

7. 避免修建大的灌木丛；

8. 在常用道路旁建自行车道；

9. 内门设计自动反锁功能；

10. 主要活动中心和停车场之间的行人道路照明充足。

恰当地对设施进行设计，可以帮助控制破坏公共财产的行为。比如说，如果犯罪分子无法到达屋顶，他们就不能破坏屋顶或屋顶的设备，或通过天窗进入。

入口必须具有吸引力，但同时又是安全的。应该安装不容易击碎的玻璃。机器应该是高质量的，能抵抗破坏。如果公众可以进入部分区域，必须分组，并且在通向其他部分的入口处设置障碍。游戏区域从主要街道都应能看到。设施应该坚固。学校提供的聚会场所也应该保证安全。许多墙体很容易被破坏。名字、信件和标记都应远离可以触及之处。墙体应该容易保洁。如果不对涂鸦的行为加以制止的话，这种活动只会越来越猖獗。

所有内部机器应摆放在隐蔽的地方，受到保护。应尽量使用防撬锁、耐用塑料、玻璃纤维、乙烯基。

市场上的安全报警系统琳琅满目。规划者有必要挑选最合适的系统。各种系统的风格不一样:有的在建筑外部鸣叫,有的向系统的安全办公室发出警报通知,有的则直接将报警信号传递给当地警方。安全报警系统的种类是如此的繁多,只有经过仔细的比较才能找到最适合特定地点和设施的报警系统。

高科技的规划

为适应日新月异的科技发展,有必要对所有新建和翻新的设施装备纤维光学光缆。一所现代的学校应有能力部署许多新技术,如电脑网络、光盘教学材料、互动电视和新一代电脑。新的教学手段的运用,如电子邮件、网络和其他刚运用的技术,要求每一所新建和翻新的学校有能力允许并鼓励在教学中使用越来越多的科技手段。

能　源

尽管很多年前许多科学家已经发出警告,能源危机的现实还是令人震惊。通常,我们总是呼吁要求有更多、更大和不同来源的能源。有史以来第一次人类开始积极探索热能、风能、水力、地暖和原子能释放的能量,这些都是可利用的、可延续和无限的。

在所有设施规划中,商业管理者必须牢记:(1)今天的建筑浪费能源;(2)通过合理的设计,能节省能源;(3)能源改变建筑;(4)建筑对人生活、工作和娱乐产生影响;(5)能源节省可以不牺牲人类价值观。

从更积极的角度看,高超的设计可以为新的建筑节省大量的能源,翻新工程也是一样。尤其是:

1. 选择建筑的正确朝向。据统计,合理的朝向可以节省20%的能源。

2. 减少房屋的容量。通过最大限度地提高房屋的使用率,可以减少不必要的房屋容量。

3. 使用户外空间来节省能源。庭院、林阴道、门廊等可以遮阳避寒,从而节省能源。

4. 提供日光。如果建筑的户外走廊可以被日光照到,白天可以不开灯。

5. 用风来乘凉。设计户外的空间时,可以利用微风,帮助凉快。

6. 避阳光。内飘窗和带有遮阳罩的窗户能至少减少25%的阳光照射。

7. 阻止热量转移。绝缘性能良好的房屋能比一般的房屋节省一半的能源。

8. 埋藏建筑。泥土是很好的绝缘体。

9. 设计有效的机械系统。新的机械系统当然比旧的机械系统更为有效。

10. 使用正确的玻璃。四分之一英寸厚的玻璃能被太阳光的80%有效穿透。

11. 为特别任务设计采光。正确的固定装置和反射颜色在不增加能源消耗的情况下,可以增加室内30%的采光。

12. 因地制宜。充分尊重当地的气候状况。

13. 使用电脑帮助管理系统。单个房屋照明和取暖都能被电脑控制。

14. 使用太阳能装置。所有的水都能被太阳能加热。

节约能源是一项复杂的综合工程。必须进行仔细的规划并充分考虑所有可能的不确定因素,这其中的许多工作需要由建筑师和工程师来完成。对现场规划者和商业管理者来说,遵循下列原则将有助于更好地控制能源的消耗。

1. 利用当地气候。

2. 尽量使建筑外观干净,墙和屋顶的面积越大,消耗的能量越大。

3. 依据人体平均承受度设计。人们可以根据自身情况添加或减少衣服的穿着。

4. 对冷气和暖气系统、电力、墙体、屋顶和窗户使用节能系统。

5. 准备自动或开关装置,当空调不使用的时候可以关闭以节省能源。

随着社会经济的发展,公众对教育的关注空前集中,教育的各个方面,包括目的、内容、方法、材料和财务状况都不可避免地随着市场经济的深化而改变。每一个教育者越来越意识到国家和社会的未来在很大程度上取决于教育。

人们情不自禁地会感受到我们教育的飞速发展。生物的最大特点是变化。一个从来不改变的学校意味着这所学校没有活力,否则就是早已死亡。因此,为了提供一个充满活力的有效的教育项目,必须有一个灵活的教学领域。教育内容必须改动。教育设施因而也必须做出改变。教育策略的酝酿对学校的每个特点产生影响。因为建筑本身是永久性的,并对教育过程产生直接和明显的影响,教育规划者不得不关注建筑规划,以符合新时代教育的要求。

维持和运作

学校管理者在规划中的重要作用是对设备和公共设施的维持和运行。建设和装备一所新学校的花费无疑是惊人的,但翻新学校的钱的数目也相当可观。为迎合新形势下教育的需求,学校需要添加许多设备,比如视听设施、职业教育设备等。为节能和环境安全起见,学校也有必要提供更舒适的、实用安全的供热、电力和声控系统。所有这些价格不菲的设备需要不断保养,保证如常运行。

对学校管理者来说,所谓的保养是指监督所有学校设施的修理、更换。所谓的运行是指确保学校的正常运转和安全。保养的目的是使这些设备正常运转。作为管理队伍的一分子,学校管理者应和其他成员一道,确定保养和运行的宗旨和原则。有关宗旨和原则应允许政策的变动并提供执行这些政策的措施框架。

现代教育对学校的有效保养和运行提出了很高的要求。在经费有限的情况下,使用教育设施面临新的问题和挑战。学校预算的下降首先体现在保养和运行费用的减少。通货膨胀对保养和运行带来的影响和对其他领域带来的影响一样。纸张、培训材料、燃料、工资和其他开支的增加使预算进一步紧张。建筑惯例的改进和更有效的节能系统的普及有助于降低成本,但这并不足以抵消其他方面开支的上升。

预算减少的第一结果是造成许多项目的延迟实施,如新的屋顶、锅炉设备,减少保养次数,如油漆的次数。因为多数教育机构的费用的85%用于支付薪水,减少预算只能用在减少保养和运行上。短期的节省费用造成的后果是未来由于保养不力替换设备所需要的巨额负担。

随着节能设施的流行,学校包括大学的保养和运行变得越发重要。学校教育管理者可通过能源审计系统来决定能源保护的重点。在处理与能源相关的问题以及所有其他涉及保养和运行的问题时,校长和现场工作人员都需要帮助。

教育管理者,尤其是城市中的学校管理者,应清楚地意识到哪些领域需要保养,哪些需要运行。当规划学校系统的时候,就应该首先明确哪些设备可以由操作人员来保养,哪些必须由专业人士来维修。学校的日常运作会因为校长在保养和运行问题上的成功或失败决策而受到影响。

保 养

保养是学校为了保证有关设施、设备的连续使用而进行的修理和替换工作。保证连续使用是任何维修保养项目的首要任务,也说明了在学校管理方面对此进行规划的必要性。系统保养原则和具体政策的制定对于有效地开展日常保养项目非常重要。

除了当地制定的保养规定外,学校管理者还必须遵守国家和地方的建筑法规规定的法律条款。

当地的建筑管理者应对保养和运作负主要责任。这些责任还包括资金用途、安排的活动及人事管理。现场为基础的保养和运营的预算执行的程度与当地政策和立场有关。

近年来,中国的学校大力推进后勤社会化。设备的保养推向市场就是一个例子。之所以这样做,原因有二:首先,保养并不是任何一所公立学校的核心任务。其次,多年来的实践表明,保养的事宜由学校自己来完成,效果并不好。许多学校的设施得不到及时维护,损失惨重。但是在推进这项工作的过程中阻力也不小,很多学校领导,特别是后勤方面的领导,出于部门或个人利益考虑,拒绝或拖延把学校班车、午餐供应和办公室设备维护推向社会。

随着学校集中力量进行核心任务——教学工作的压力的加大,维修等后勤工作市场化的步伐不断迈进。许多地方教育局对学校的维修工作统一管理,把后勤部门逐渐与学校脱钩,建立公正透明的招标制度。但是必须注意的一点是,后勤工作的工人对他们的前途担忧,对未来有不确定感。以下几点是学校必须要注意的。

1. 公开、坦诚地与工人沟通。

2. 让雇员一起加入到决策过程。

3. 考虑让新的承包商雇佣学校的工人。

保养项目的有效进行对学校日常成功运行非常重要。例如,通过保养工作,校车准点接送,暖气运行正常。建筑的低成本往往不是一个好的解决办法,如果考虑到一所学校通常要使用50年以上。建筑的实际成本通常与维修保养成本成反比例。研究表明,一所高质量的学校所需要的维修保养费用比例只占2%~3%,但是如果这所学校质量很差或建筑不当的话,比例就要高出许多,通常会高达7%~10%。建设学校时的决定对以后发生的维修保养费用产生很大的影响。

学校管理者同时还必须考虑到教育过时和建筑过时的关系。21世纪先进的教育手段使得许多校舍无法满足使用要求。这时候,校舍保养得再好,也无济于事。做出废弃保养很好的校舍的决定很难,但是教育发展的事实让人不得不得出这样的结论。

通常节省保养维修的费用是错误的,因为事实上这种费用比不保养造成的建筑损坏的损失要小得多。偶尔,预算确实要求保养经费缩减甚至部分项目停止,但是关键还要看时间和项目的选择。

维修的通盘考虑非常重要,社会安定,公众很难相信一所保养不善的学校会有高质量的教育项目。一些教育界人士认为,学术项目的成功很难一眼看出,但是学校设施的外观很容易引起注意。通过良好的保养来建立公共关系是一种常识。搬走废纸、保持出口和入口的畅通、内部装饰干净、清洗水龙头、制服的清洁、工人穿着的整齐,凡此种种,无一不影响学校的形象。公共关系对学校很有意义,而物理外观是最容易改进公共关系的部分。

翻　新

每个地区都必须就如何对待旧校舍做出决定。学校管理者和其他决策人必须考虑本校的教育需求,所在社区对翻新或替代任何设施的反响以及有关资金来源。涉及电、水、安全等方面的翻新最优先的因素是技术。新的建筑方法、节能新材料等的运用将大大节省开支。不过采用这些技术的时候,同时要考虑到招生的趋势以及翻新和盖新建筑的成本对比。成本和项目需求是决定性因素,因为往往不断对旧校舍翻修的成本往往和盖新楼差不多。

维修保养组织

所有的保养维修项目都对安全性、服务性、能源和经济使用提出了要求。一般说来,有以下三种保养学校的计划:(1)本校的维修队伍;(2)校外的合同维修队伍;(3)上述两种队伍的结合。例如,有些学校自己负责对办公室电脑和其他机器定期维修,也有一些学校和校外维修队伍签订合同。在所有的保养项目中,究竟采用何种方式,经济因素无疑是首要的。

正如前文提到的,能源的保养在整个保养工作中是最重要的。比如交通、室内温度变化、设备和材料的初选等。好的能源保护包括对相关人士的培训。同样,由于天气原因关闭的学校重新对外开放时,需要考虑恢复室内温度到可接受的温度时所需要的能源。

在选择学校保养方式时,有很多因素需要考虑。如果学校有自己的保养队伍,保养的耽搁就可以避免,另外,也省去了招标、开标和就服务和材料进行的谈判等繁琐程序。这样做的另外一个优势是在工作量大或高峰工作期,能更有效地分配资源,而且本校的维修队伍由于不以赢利为目标,因而也就能提供质量更高的工艺水平。

然而,选用本校的施工队伍保养也不可避免地带来另外一些问题。许多保养工作对专业性要求很高,并且这种保养不是经常进行,有可能一年只有一次,而能胜任这种工作的熟练工人一般的学校队伍是没有的,也不可能雇佣得起。另外,如果学校的队伍没有相关的专业设备的话,也有可能造成麻烦。另外一个因素是保养时间表的问题。例如,一些学校的保养工作在某些气候条件下将无法进行。使用校外合同队伍的另一个好处是,虽然本校的维修队伍可以节省招标造成的时间和金钱,但是设备的磨损、贬值、专门保险、病假开支等都给预算造成了负担。季节性保养的工作,如暑假维修,也决定了学校更适合雇佣校外保养队伍。所有这些服务的选择最终取决工作量和当地假期安排。

除了学校所在地方的维修保养项目外,每所学校都应有针对性的项目。校车的更换、屋顶的保养、每年油漆的计划等都应在每年的计划中安排进去,以更好地使用和分配有限的资源。

开支分析

一个胜任的教育工作者应该能够在一个可接受的范围内推测一年中保养的费用。每一年都应做出总决算表,并列出每一项目的明细单。最近几年的保养记录也应该妥善保管,以利于长远规划。当出现类似所购买材料超出预算的情况时,就会发生账目问题。所以学校管理者应在制作计划时考虑这些因素,同时,保养的资金分配应根据实际情况进行,这样一来就可以避免省略一些必要的服务或凑合应付现象的出现。

保养的种类

任何保养项目的关键元素不是项目的复杂性、成本或组织方案,而恰恰是项目的有效性。这种有效性在许多地方每天都得到考验,从中央办公室到田径室、实验室。保养的种类主要有四个:(1)预防性;(2)定期性;(3)连续性;(4)紧急性。这四种类型或多或少会重复,但每个都有自己的独特功能。为确保服务到位,经常需要两种或两种以上的操作结合起来进行。

预防性

预防性保养通过对机器、系统和结构的保养来有效地防止整个系统或其中一部分的瘫痪。例如,对车间的带锯或车床的关键部位进行彻底检查,以防将来可能出现的故障。对皮带和弹簧的张力不断调整也是预防性保养的一个例子。预防性保养的目的就是要延长一个设备、结构或操作系统的使用寿命,并排除或拖延隐患的发生。就成本回报来说,学校预算中最有经济效益的成本就是一个适当计划的预防性保养项目。

由于人力紧张,许多学校还没有实行预防性保养措施。准确的记录和时间安排表也是保障这一制度顺利实施的因素。随着国家安全法规要求的严格、保险费用的上升和设备价格的上涨,许多学校越来越重视预防性设施。预防性保养措施作为一个广义上的系统管理项目的重要性,也已经日益受到重视。一般的说,一个良好的预防性保养系统应达到如下的效果:
- 编制完整和准确的建筑部件和设备存货报表;
- 减少紧急修理的频率和数量;
- 提供成本收集和分析工具以帮助准备预算;
- 增强设施保养的有效性;
- 实施灵活和容易操作的系统。

预防性保养系统的主要目标是在某样东西需要紧急修理之前修理好。紧急修理不仅费用昂贵,耗费时间,而且还干扰了学校的教学工作。

定期维修

定期维修是指根据事先安排的时间表对有关物项进行保养。通常说来,时间表上会规定具体的日期和时间。定期保养的进行通常包括学校办公设备、电脑教学领域、商业教育、家庭经济学和工贸项目等。但是,部分建筑保养工作,如油漆工作也可以定期进行。

反复维修

反复维修更多的和设施的日常运作及设备的使用有关。预防性保养没有进行或在一段短时间内需要修理的话,反复维修就派上用场了。这种维修要求反复维修后,保持设备的充分运作。

紧急维修

紧急维修当然是指对停止运转的设备或系统的抢修工作。

保养执行措施

无论保养工作通过内部人员还是外部人员,保养经理可通过下列措施来对保养质量进行评估。

- 管理:干净状况;设备清洁程度;清洗设备的质量;雇员培训度。
- 保养:设备瘫痪;对紧急维修需要的反应;预防性保养的效果;保养工作顺序信息的恰当性;雇员培训度。
- 地面:地面工作质量;除草、修理草坪的频率。
- 员工培训。
- 成本核算:超出或低于预算;超出的时间;每平方米的保养费用;每个清洁人员每平方米的工作量。

人员的选择和培训

同学校其他的任一项目一样,保养项目的成功与否关键在于其工作人员的选择和培训。学校的规模和地理位置不同,人员的选择和培训方法也有所区别。学校规模达到一定程度的时候,就有必要雇佣一个主管来指导和负责这项工作。主管直接对校长或总务处长负责。主管的主要职责包括推荐人选、评估、培训所有保养工人。主管同时也有权安排职员、提供材料和储备物资的数据。在小学校,校长就得亲自规划保养工作,直接扮演主管的角色。小学校选择保养人员的问题可能因为当地缺乏胜任的人选而变得不那么简单。在这种情况下,对人选必须进行大量的培训工作。然而,成本、时间和人员轮换将使进行大量的培训变得不实际,不可行。

在使用学生担任保养任务的时候必须谨慎。保险条款、国家法律都有严格规定。

保养记录

任何保养项目的最重要部分是准确而完整的记录。一所学校的所有保养记录必须完整保持,以便能向有关部门随时提供有关信息。只有准确地选择保养方式,并很好地完成保养工作,才能判断一项保养工作的有效性。这些数据应包括每幢建筑的日常保养记录以及所使用的材料。工作安排表对将来安排使用工人有帮助,并能反映在某一特定时期完成的工作量。所有这些记录对成本效益分析和保养资金的平衡很重要,同时也有利于下一步规划。

保养记录的准确和完整已经成为学校管理者重点关注的问题。随着保养资金、材料、存货的减少,雇佣工人的灵活度降低,准确而完整的记录对可利用资金的有效使用的重要性就不言而喻了。准确的管理存货记录可以避免过多重复的采购。保养记录的改进可以通过采用有效的管理信息系统来实现。

设备运作

设备的运作包括清洁、采暖和地面保养等日常活动。通常"设备运作"这个术语仅指一个地点的一个或一组的特定建筑。

正如在保养部分所指出的,一所学校的运行哲学是任何项目成功的前提。学校管理层应为建筑的运行提供必要的经费。现代学校的建筑成本通常都在七位数以上,装修和设备的费用也相当可观,相应地,日常开支费用应能提供高质量的服务。资金越充足,运行的质量就越高,每座建筑的有效使用周期就越长。

教育工作者的目标是使学生能学习到有益的知识。为促进良好学习气氛,必须提供相关设施。校长们必须时刻思考以下五个问题:

- 现有设施能为现在和将来的学习节目提供帮助吗?
- 现有设施放置在学生所在的地方吗?
- 建筑安全吗?
- 建筑老化了吗? 设备需要更新吗?
- 卖掉旧楼盖新楼,成本划算吗?

能源和资源的节省

所有学校管理者都清楚能源开支在所有学校运行中的重要性了。这些成本已经翻了好几倍,并且还在以惊人的速度增长。因此,学校管理者必须找到解决办法。实际上,节省能源的机会到处都是,只是应该通盘考虑,统筹安排。

能　源

对消耗品应进行循环使用。校长通常了解能源、交通等的开支情况,理论上义不容辞地成为所有能源节省领域的领导者。这并不是一次行为,而应该是一个所有职员和使用者的不间断的、随时进行的过程。比如说,有可能在一所学校减少四分之一的能源消耗量。学校应尽量寻找合适的可替代能源资源。比如,在阳光充足的南方学校,建新建筑的时候,可以考虑使用太阳能来取暖。

能源决算是决定能源用途、需要和规划节省潜力的主要依据。应对现有设施进行全面的调查,从而做出使现有用途、状况和成本最大限度地符合能源节省要求的决定。这种调查往往能找到问题症结所在。当然,一些设施的调查工作量比原先设想的要大许多,但这种工作总是能提供一个合理的向导。这种工作也可以分段进行。

能源决算工作应由专业人士来完成。详细的计划表的制订是关键。现有成本记录及其他相关数据应随时提供,以便能对项目进行初步估算。

能源管理

通常学校管理者会很在意许多日常的重要工作,如项目实施、数据分析、文字处理和预算应用等。枯燥和不起眼的能源管理方面的工作却经常被忽视。实际上,能源管理工作的好坏对预算资源和设施的使用影响非常大。学校管理者往往不能真正了解这一点。能源管理的最有效途径之一是电脑化管理和控制。

能源管理的底线是当能源需求和电脑技术结合在一起的时候,费用节省的潜力很大。基本管理系统通过能源控制终端、电脑、可视端口、打印机和电力交流系统来控制所有的节能设备。通常所有的控制设备都设有一个参数值。电脑通过对参数的监控来判断系统是否在参数规定的范围内正常运行。

操 作 计 划

任何管理系统的参数都可以改变以符合实际需要。例如,学校供暖或降温的起始时间可灵活变动。学校上课时间的变化、冷热的期望值、假日等因素都对供暖或降温的时间参数产生影响。

成本下降

能源管理系统的成本因素为学校管理者所重视。一些供应商提供"为节省开支而付钱"的项目,即学校通过购买、保养能源管理系统实现开支的节省。回报的程度取决于学校如何使用这些设备,如恒温器等。安装能源管理系统时必须做出两个决定,要么对现有结构进行翻新,要么彻底重装。

管理部门组织结构

一所建筑的运行是一个整体项目的一部分,或者是独立的,这取决于学校的规模和运行理念。由教育局或学校自己管理是两种基本模式。支持教育局统一管理的人士认为能更好安排职员,反对者坚持认为这样一来侵犯了学校管理者的权力。实际上两种做法都各有优缺点,应根据实际需要结合进行。

维持和运行密不可分。出于这一考虑,学校负责保养和运行的负责人应该是同一个人,这样一来可以最大限度地优化资源。这个人应该向校长或总务处长负责和报告。有一点必须强调的是,服务、材料、采购和人员挑选必须集中进行,这对学校的有效运行意义重大。

维修组可以分成几个专门小组,每个组设一个组长。这些组可分别负责预防保养、管道工、电力、木工和安全等。小组长负责自己小组的工作,管理组员。两个小组长对一个领班负责。而两个领班又对设施经理负责。

挑　选

学校管理层应制订候选人的标准。选择过程应保证公平合理。身体健康、技能、性格和敬业精神都应成为选择时需要考虑的因素。表 33.3 对主管职责、工作要求、工作范例、需求知识、技能和能力等做了说明。

表 33.3　　　　　　　　　　　　主管职责

一般任务陈述
负责日常清洁和普通的保养任务。
工作范例(仅供参考)
清扫和擦洗地板和楼梯;
除去课桌、木器、家具和其他设备的灰尘;
擦洗窗户、墙壁、黑板、洗涤槽;
擦亮家具和金属设备;
倒垃圾桶,收集和处理垃圾;
清理过道和路上的雪或冰;
除草,修建灌木丛;
操作煤或油的低压加热系统,包括生火和除灰;
分发包裹和文件;

续表

> 检查时钟和校铃的状况；
> 摆放和收回交通安全标志；
> 安排学校建筑特别用途的桌椅板凳；
> 修理窗帘，更换灯泡、肥皂和毛巾；
> 油漆房间和设备，修理家具，从事简单的管道、电和木器修理工作；
> 准备和保持各种记录和报告。
>   要求（仅供参考）
> 建筑清洁、后勤供应和设备常识；加热装备和操作技能和简单管道、电、木器和机械
> 修理工作能力；服从口头和书面指示；愿意从事其他劳动；身体健康。
>   需要的经验和培训
> 一年维修保养经验，或相当的培训。

校长在选择人选时应遵循有关规定，并注意隐私保密和避免性别歧视。在任何情况下录用保养主管都不应认为是一种恩赐。保养主管应常年雇佣，因为建筑需要 1 年 12 个月地照顾。常年雇佣的方式可以吸引合格的人来报名。合理的福利待遇也是吸引人的重要因素。这种层次员工的流动和教师的流动一样花费高。如果涉及关键技能的话，可能更昂贵。

培 训

虽然雇佣的员工都有一定的技能，但是为了使员工更能胜任工作，学习新技能，向更多的员工推广知识，在职培训还是非常重要的。集体培训和演示是提供必要和有用信息的最有效的方法。在这种培训班上，可以回顾全面的操作计划，提问介绍新的技巧或对老计划的改进。

任 务

保养职员的任务应由学校各自的规定来决定。任务的标准由总务处推荐给校长。根据学校有关规定，每栋楼应分配合理数量的员工以确保任务的完成。正如前文指出的，建筑竣工后不对其进行合理保养显然是不合适的。应达到的保养水准也决定了学校相关设备的分配。通过这些活动，可以确立人员、材料的采购和保养时间表。任务的分配可以有很多办法，最普遍的一种是按场地大小来决定。当然这也不是绝对的。功能不同，保养的要求也不尽相同。实验室、视听讲堂、体操馆和田径室都有特别的清洁要求，在这种情况下，仅凭场地大小来分配任务显然是不合理的。

监　督

对保养员的监督机制因学校而异,可以按系统,也可以按建筑进行。如果校长亲自负责设施的保养的话,保养员应直接对校长负责。如果教育系统统一管理的话,保养员应向学校的运行经理负责。如果一个设施中有多个保养员,他们中间应该设立一个负责人。只要有可能,就应该鼓励每个保养员对自己的工作表现评估。这有助于工作期望值的提高,增加保养员工作成就感。对每个保养员,应每年由其直接上司提出书面评估报告。评估报告应作为辞退、继续聘用和加薪的依据。

安排保管和保养服务

日常保养工作通常在学校教学的时候进行。杂务、小型修理项目和有选择地替换可以在不干扰教学工作的时候进行。如果能够达到安全标准,控制噪音以免影响学生学习的话,大的主要工程也可以在这时候开展。当然,紧急修理随时都可以发生,即使这种工作会影响教学。

在特殊情况下,比如教室内修理天花板或修改电路的话,重新安排课程或停课一天是可以接受的。因为这些工作往往在假期时无法完成,或者是成本更高。另外一个原因是全日雇佣的员工应该尽量连续使用。假期中进行的工程往往是大的项目或者是需要清场进行的工程,例如卫生设备的更换、水系统的更换、全面油漆或铺路等。

视　察

安全视察应是学校保养和运行工作不可或缺的一部分。每个学校的每栋建筑都应制订详细的安全检查计划。检查队伍最好包括制造商代表、政府代表和社区代表。

环境威胁

学校的地点应由教育的需求来决定。对现有需要和未来需要的规划很有必要。卫生和环境教育者指出学校所在地的化学、生物和自然环境危险是学校管理者必须认识和考虑的。在对学校选址时候,基本的环境健康所关注的内容包括是否接近空气、噪音和水污染源头,以及学校所在地是否可能发生飓风、地震和水灾等。

环境因素可能不是学校选址的决定因素,但是对在学校要度过时间的人来说,意识到环境的作用很有必要。实验室的保养就是一个提供合适的健康安全系统的例子。室内空气污染是学校面临的又一问题。

石棉的处理

在我国许多学校,石棉仍作为一种建筑材料广泛使用。替换石棉不仅费钱,同时也产生很多干扰。除去石棉的初衷是为了改善环境。

防火标准

很多时候,火灾演习被认为是浪费时间,是无稽之谈。当学生回到教室的时候往往分心,教师的宝贵时间也被浪费。但是预防性的措施能使学校远离灾难。

最常见的违反安全法令的行为包括:
- 墙上安装易燃物。
- 楼梯间堆放易燃物品。
- 紧急出口全部或部分被易燃物挡住。

为使学校避免发生火灾,学校应:
- 每月检查。学生堆放书籍、笔记本和其他易燃物的柜子是一种危险,特别是这种柜子靠墙摆放的时候。
- 墙上粘贴纸张的范围不超过五分之一。
- 可燃性液体和气体应专门存放。

最新环境危险

学校管理者掌握一些基本知识不仅可使学校遵守有关规定,同时也最大可能减少学校的环境威胁。最新的环境威胁是血原性病原体和铅。

对房屋的收拾清扫是减少危险的重要措施。有血迹的表面或休息室应被视为可能的威胁而加以清扫。清扫血迹的员工的工作危险性比其他员工要来得高。对这种员工应加强管理保护,以防染上艾滋病。

焦虑、无力、头痛和过度疲劳是铅中毒的最初症状。然而,这些症状也是许多学生每天由于其他原因向校医反映的内容,必须小心判断。铅中毒是怎样造成的呢?许多人误以为是学生吃了含铅的碎片,实际上大量的铅中毒的是通过日常手和嘴的接触来实现的。学校中铅的来源是含铅的画、老化油漆、被污染的水、粉笔等。

害虫控制

保养服务经常容易忽视的一个方面是害虫控制。在城市,这种服务通常通过合同进行,在农村则由当地人自己做。每栋楼通常在夏天进行除虫。餐厅、卧室等地方每月都杀虫,其他地方则是根据需要进行。化学杀虫剂的使用也引起了争议,因为这种杀虫剂不容易控制。因此,学校尽量不使用化学杀虫剂,甚至估算可以忍受的害虫数量。例如使用鼠夹。

很重要的一点是,害虫控制的一部分是害虫预防。通过防范教育和对学校卫生工作的重视,可以大大减少害虫的种类和数量。害虫管理工作的主要内容是监控害虫的种类和数量,以及研究如何使用非毒性害虫控制法。

设施安全

设施的安全不仅受到学校的关注,社会大众也很重视。近年来学校建筑伤害的事件时有发生。玻璃窗破碎、墙壁涂鸦、卫生间设施的破坏等在报纸上经常看到,也成为校长聚会时候谈论的焦点话题。每幢楼房都应制订重点区域保护计划以及相应措施。合适的锁装置、警报系统和监控系统必须安装在重点防范地区。

今天的学校安全需要比以往要复杂许多。除了屡见不鲜的盗窃现象外,对设施、教师和学生的攻击也呈上升趋势。这些威胁有的来自学校内部,比如学生破坏设施或学生之间斗殴,有的来自外部,比如校外人员进入学校推销毒品或拐骗学生。学校的锁和中央监控系统是一种安全措施,但是事实表明,仅有这些还不够。

基本安全是学校所有人员的担忧。然而有时候学校人员的反应过度。尽管发生这样那样的袭击事件,学校和社会相比,还是安全许多。当然,这种结论并不意味着可以放松对学校安全的警惕。

学校保卫处人员应知道如何使学校远离犯罪分子的魔掌。他们应确保学校的门窗锁好,安全设备正常运转,并对所有进出学校的来访者和师生乃至车辆登记。他们还应了解法律规定的在学校内可以采取的搜捕措施和武力的使用、急救常识等。

很显然,学校的规模、地理位置和人口分布影响安全问题。学校和便民市场、加油站、酒店等一样容易受到攻击。学校可以有针对性地加强照明,提高围墙高度,以及加大巡逻力度。加大对安全的投入固然要花很多钱,但是忽视安全造成的后果可能是付出更大的代价。

第三十四章

会计、审计与报告

　　自从会计、审计和报告的概念诞生以来,它们就和学校管理联系在一起。然而,在过去的几年中,这些概念的涵义和功能已经起了很大的变化。在发展的最初阶段,会计的首要任务是控制,即确保财政拨款用于合理的项目,并且数量也合理。

　　近年来,会计任务已经和当代其他概念紧密结合起来。会计、审计、报告被用来提供必要的数据来决定教育机构的收入和开支。学校管理者使用会计技巧来描述:(1)收入的性质、来源和数量;(2)各个项目的拨款;(3)这些项目的实际开销。这些数据和项目产出紧密相连。通过这种方法,学校可以取信于公众,公众也可以获取信息来决定财政政策。

　　鉴于近年来对项目预算可信度种类的重视,会计、审计和报告的另一个含义是建立综合规划的内部责任。管理队伍中的专家投入呈互动性。例如,人事管理者的项目和财政方面的建议对教学管理者的提议将产生影响。规划队伍内部必须保证有效信息的充分交流。每一个成员都对队伍负责,以便使得个人的计划和特定建议能和教育项目结合起来,而有关项目又要等待公众的评价。

　　学校政策制定者和管理者对公众在责任方面的要求的反应是:执行项目责任系统、教育政策制定及管理权力的分散。实现分散管理的主要方式是现场管理。这就要求会计系统中建筑或管理单位提供预算、收入、开支和会计数据。这些数据不仅有助于有效规划项目的启动,且有利于职员和管理者对他们做出的决定负责任。

　　学校会计学在学校系统的多个地方得到体现。它是一种提供基本信息的重要手段。其在控制有关机构和个人,并要求他们对所做出的决定负责方面提供了一种模式。学校的会计学也使得社会可以根据相关信息来形成基本政策。

学校会计学

定　义

　　学校会计学是指对影响管理单位和项目的人、设施、材料或资金的活动和事件进行记录和报告。它指的是决定保存何种会计账目、怎样保存以及使用的程序、方法和形式;对活动或事件记录、总结和分类;对有关数据进行分析和解释;准备和发表某一日期、某一阶段的特定报告;就预期目标对计划的状况和结果进行评价。

上述概念中有几个需要重点说明一下。首先,会计账目涉及的活动影响计划投入和学校项目。其次,会计过程包括对数据的记录、分类、分析和解释。另外,从定义的最后一句可以很容易得出这样一个结论:会计功能是教育队伍规划过程的重要部分。

学校会计账目的目的

学校会计学的定义表明会计学在学校有几种不同的功能。最主要的有:

- 保持学校重大交易的重要细节的记录;
- 为地方和国家教育政策制定提供依据;
- 提供一个控制模式,确保资源在教育领域的合理分配;
- 加速确立首要任务的进程;在预算过程中建立、分析和选择替代方案;建立学校行动计划蓝图;
- 提供向有关部门和个人报告学校财务状况的基础。主要目的是便于规划、政策制定、控制和比较研究;
- 提供基本收入信息并计算预算数字、税收、国家补助金等。

学校会计系统的形成

学校会计起源于普通会计学。普通会计学的一些基本原则可应用于学校会计学。学校会计学和商业会计学的主要区别(除了商业利润动机之外)在于法律限制学校获得利润的资源和程序,对消费的目的和过程也进行控制。对学校的财政控制使学校的收入限于税收减免、礼物、学费、罚款和杂费以及国家拨款。严格的开支控制也很常见。例如,如果一个教师没有教师证书(上岗证),将不能领取工资。通常说来,一个地区的教育局对所在地的学校统一管理,要求使用相同的基金、账户、定义和程序。每一个特定目的都有自己的账户。例如,更换打印机的账户是同一账户,即设备更新账目。购买新的打印机则属于设备账目。

学校会计系统的基本概念

会计学由一系列专门知识和应用程序组成。学校会计学主要有三个基本概念。学校负责制定财务政策和执行财务政策的人士必须熟悉这三个概念。

会计平衡

这个概念描述一段特定时间内的财务状况。学校系统的实际价值等于学校的总资产(会计术语,指所拥有的财产)减去学校的负债。基本会计平衡方程表示如下:

$$总资产 - 负债 ＝ 净价值$$

学校商务管理者的个人技能

近年来,越来越多的学校管理者开始认识到年级活动对学生学习帮助的重要性。研究表明学生的学术成就和所在年级教师的水准甚至校长的能力有直接关系。

不断有研究证实许多教育家曾经发出的告诫:一幢教学楼(往往是一个年级或一个系)的负责人决定了这幢楼提供的教学课程的优劣。历史上,无数杰出的校长已经树立了良好的榜样并证明所有的学生都能学好。这些校长在处理完繁忙的杂务包括办公室的文字工作后,还有条不紊地搞好教学领导工作。还有一些校长虽然有潜力领导教学工作,但是他们陷于琐事,花大量的时间写报告、搞接待而无暇顾及其他。另外一些校长干脆以公务繁忙为借口,逃避对学校的教学管理。实际上,多数校长在经过适当的培训后,能成为有效的现场管理者。参加培训课程能使校长们抽出时间来思考,这种思考的作用不容忽视。

随着现场管理教育的重要性的增加,校长必须承担的责任也越来越大,包括许多由他人行使的职能。财务预算必须小心进行,并努力使财务部门和学校管理者都满意。学校管理者应在如下方面向教学楼负责人提供帮助:预算控制、购买、物资分配、人事管理、学校运作和楼宇管理等。实际上这些都是常规的技能,胜任的学校管理者都能很快吸收和消化这些基本常识。另外,学校管理者手下的财务、总务、人事助手所能提供的帮助也使校长更能承担责任。

现场管理中需要的支持服务

从校长办公室的角度看,许多支持或辅助服务对现场管理非常关键。这些服务主要有:财务、非教学活动、报告、审计等。

财务/预算

对学校来说,提供教学楼为单位的财务资源和相关数据是重要而又艰巨的任务。不管学校有几栋还是几百栋楼,向以教学楼为单位的管理模式的转变要求改变有关程序。

实际上,以教学楼为单位就相当于在预算和报告过程中把每个教学楼都看成是迷你学校系统。例如,教师分配到所在教学楼后,如何使用由教学楼来决定。这样,如果有 20 个教师名额的话,教学楼就可以根据本楼的教学计划来分配这些教师。分配的依据包括师生比例、需要、年级、课程或专长。这种决定是现场教学楼管理的一部分,并且因楼而异。设备和人员的分配公平进行。这种分配模式的确大大改变了以前的习惯做法并要求改进财务过程。但是要改变现有的数据处理模式需要克服的困难有很多,包括经济上的和人力方面的。最困难的是改变态度,重新认识教学楼管理模式的重要性。

如果学校管理者想要成功管理学校的资源的话,他们必须有权得到学校服务的学生的信息以及可以使用的资金系统的特点。

非教学活动

与教学楼管理模式紧密相关的非教学活动包括维修保养、食品供应、采购和分配、交通、安全等。上述活动的全部或大部分都是学校管理的领域。谨慎是必须注意的一点。非教学活动在高度集中管理的时候最有效,但是必须灵活地考虑到各个单位的实际需要。举例说,保养和维修服务最好在非教学时间进行,但是教学时间的紧急维修还是很有必要的。因此,如果一幢教学楼的使用时间是从早上八点到晚上九点的话,在这段时间内必须保证有一些员工,清洁的安排也必须和教学楼的使用安排相协调。另外,所有的员工应维护校长的绝对权威并对教学楼的紧急和独特需要做出及时反应。

在采购方面,大规模的采购可以节省开支。教学楼所需的基本设备和物资可以集中统一采购,这样不仅可以满足各个楼的需要,同时可以取得经济效益。其他非教学活动也应尽量变通,以符合实际需要。

会计/报告

数据、尤其是财务数据的报告变得越来越复杂和重要。定期(每周、双周或每月)向每个单位或系发送财务报表非常必要。出于灵活性的需要,这种报告系统应根据实际需要允许资源在单位之间转移。由于分配的模式很大部分属于大宗分配,对总量的控制比对每个单位的具体数字的控制更重要。在需要的时候,校长和预算中心负责人必须能得到数据。

今天数据处理能力已经大大加强,会计的工作也轻松许多。主要的问题是选择合适的软件系统和员工是否或多大程度接受新的教学楼教育管理模式。

审　计

审计的过程越来越复杂,原因很简单,随着教学楼管理模式的实施,增加了许多额外的预算决策中心。包括内部和外部的审计工作越来越多、越来越复杂、越来越重要。在教学楼必须有审计,学校整体也需要审计,这样一来审计任务无形之中增加许多。

学校资金的使用是件很严肃的事情,学校必须对教学楼的职员在程序方面进行培训,并努力通过讲座等一系列的活动使他们明白审计过程的真正含义。包括表格样式的规定和怎样进入各种活动,帮助回顾交易以及如何列入正确的账户,明确记账种类的系统等。

其他辅助服务

学校管理者提供给教学楼管理者的其他重要辅助服务包括事务程序的理解和事务科学的介绍。对不熟悉事务的人来说,这些程序似乎很吓人,因此有必要逐步让他们熟悉这些程序。需要向他们说明的是其实并不存在什么秘密和诀窍,只是作为学校工作人员,应遵循合理的程序。实际上,这对员工也是一种自我保护。

学校管理者的个人技能

对学校管理者的个人要求近年来不断更新。许多属于增加或改变,但总的说来,学校管理者的角色在扩大。近年来对学校管理者的需要、学校管理者培训的性质、学校管理者在教育结构中的位置等话题的争论越来越激烈。在学校改革的浪潮中,首当其冲受到影响的就是学校管理者的角色和观念。社会对学生的责任感要求越来越高。进行特殊教育和培养具有风险意识的学生的要求也不断加强。

成功学校的经验和质量管理要求都拥护集体管理的概念。但是改革的结构是财务大权落在了校长手中,这就要求其他管理者加强责任感。这种变化也对教学楼或部门管理者制定和监督预算的信息和技能提出了更高的要求。学校管理者是最关键的提供信息和技能的个人。

以下是一些经过实践证明必须具备的重要技能:

1. 人际沟通技巧;

2. 一般管理技巧;

3. 口头表达能力;

4. 书面写作能力；

5. 随机应变能力；

6. 预算和教学目标的结合能力；

7. 推广管理建议的能力；

8. 领导学校管理层的能力；

9. 说服能力；

10. 适应不同领导风格的能力；

11. 处理劳资关系；

12. 员工福利待遇管理；

13. 保险和风险管理知识；

14. 设备、学校建设和建筑事宜；

15. 会计常识；

16. 公关技能；

17. 电脑知识。

学校教育管理者的管理职能包括组织、分配、影响、控制、决策、评价和规划。结论是：

1. 与财务有关的能力在所有技能要求中排名第一；

2. 主要的学校管理者不一定需要掌握所有技能。有很多技能由他人分担；

3. 学校的规模不同，对学校管理者能力的要求也不全然一律。大学校的管理者更多的是指挥工作，而小学校的管理者则亲力亲为，需要掌握更多的实际能力。

所有学校管理者必须至少在三个层次活动：决策高层、管理层和技术层。理想的学校管理者应该在这三个层次都具备理想的知识和能力。针对教学管理者的重要性的研究层出不穷，然而，很少有人研究学校管理者的工作性质。因而，一个学校管理者为管理学校而应具备的个人性格、能力、经验和培训项目鲜为人知。

如果对学校管理者应该掌握的技能从绝对必要排到不需要的话，如表 33.1 所示。

表 34.1　　　　　　　　　学校管理者必要技能一览表

	绝对必要（％）	非常重要（％）	一般重要（％）	不重要（％）	不需要（％）
会计学	57	23	6	5	10
财产管理	8	33	45	12	1
风险管理	17	45	24	10	3

	绝对必要 （％）	非常重要 （％）	一般重要 （％）	不重要 （％）	不需要 （％）
采购	29	39	19	9	4
数据处理	22	42	23	12	2
审计	23	35	25	12	4
工资管理	20	39	27	10	4
财政	57	20	8	3	12
国家项目	11	38	36	13	2
特殊教育	11	30	41	10	2
现金管理	42	13	11	9	7
预算规划	71	43	1	2	13
设施	12	43	33	11	1
辅助服务	10	43	26	9	2
集体交易	18	42	23	12	5
战略规划	16	38	30	14	3

我们从上面这个表格的数据不难得出这么一个结论：和钱打交道的能力最重要，比如会计、财政和现金管理。重要但不是完全必不可少的领域包括：财产管理、风险管理、数据处理、特殊教育、设施和集体交易。对财政能力的看法则大相径庭，12％的人认为不需要，57％的人认为绝对必要，而20％的人则认为非常重要。

规划能力

作为一名成功的校长，应该拥有规划的观点和能力。在迅速变化和持续发展的今天，这种能力格外重要。

组织的变化、人口居住方式的变化引起的改变、教育重点的调整以及世界经济发展往往使以前的计划不合时宜。技术的发展也使其他选择成为可能。面对新的形势，学校的管理者不得不采用规划的观点，并学会调整。

在当今社会，长远规划的时间段已经缩短到三至五年，每年人口流动达到了20％，传统的职位慢慢消失，人口不断迁徙，科学技术的发展促进了生产和生活方式的改变，传统价值观正经历新的考验，教育的需要不断变化。在这样的社会背景下，学校管理者只有具备规划意识和调整能力才能生存下去。

财务技能

学校主要管理者必须具备财务方面的技能。学校的财务本来就复杂，再加上受国家政策的影响，财务方面的敏锐洞察力就越发显得重要了。从某种意义上说，教育属于劳动密集型产业。80%～85%的教育预算被用在支付工资和与工资相关的开支上。另外6%～9%的经费是固定开支，包括能源、保险等。剩下的6%～12%的预算不定，一般用于采购等开支。学校管理者应不断提高自己的财务技能，以使有限的经费尽量满足多方面的需求。

在银行利息走低，教育经费紧张的形势下，学校管理者更应学会通过各种渠道来使学校的投资获益。减少不必要的开支，在高回报领域投资能极大地带来可观的经济效益。当然，现金管理、早付款可享受的折扣、控制职员的轮换和交接时间都无疑是更有效使用有限经费的途径。通过仔细而谨慎的财务管理，学校管理者可以对组织的质量和学生享受的服务施加影响。

管理技能

任何一个在当地服务上千人、雇佣员工数目最多、花费几百万国家经费的组织中，管理技能对上层职员的生存非常重要。学校管理者面对的是不同的活动和几百个从事不同非教学工作的员工。管理人、预算和时间表的能力极其重要。不同的管理能力，如劳资谈判、人力管理、合同订立和预算控制等都包括在管理技能要求当中。

领导学和管理学经常是同义词。他们都要求找到问题并公正、合理以及最大程度代表学校的利益来解决问题。学校系统中所有领导和管理的核心含义是教育服务的实现。学校管理者应尽最大能力来有力指导教育目标和学校目标。对非教学领域的有效管理能极大地促进教育系统的整体有效运转。

人力技能

教育是和人打交道的企业。学会和学校不同的客户交流是学校管理者的必备技能。学校管理者不仅要和银行家、公司总裁、政府官员等专业人士交流，也要面对工人、失业的家长等。学会与不同层次的人相处是一门学问。另一方面，理解人对住宿、饮食和衣着的需求也相当重要。学校中的人来自各个阶层，需求不同，每个人都有自己独特的渴望、能力和兴趣。

精力和投入

学校管理者也应认识到精力的重要性。学校是一个大的企业,通常是所在社区中最大的,也是一个公共事业。学校的行为实际上时时处于社会的监督之下,校长对社会的需求应及时反应。时间和压力的负担使校长的角色越发困难。

学校管理者每天必须提供很多服务,做出无数决定,除了要求有技术和个人能力外,幽默感和满足感也很重要。合格的学校管理者应学会欢笑,学会享受,并找到每种情况下的轻松之处。这种能力能减缓压力,并使人在压力极大和工作负担过重的情况下保持旺盛的精力和很强的投入感,以便渡过难关。每一个有志于从事学校教育管理工作的人都应认识到这种工作本身具有的乐趣和回报。

几 点 关 注

经济发展的不平衡导致了教育经费的不平衡。虽然国家规定为每个学生提供充分、一致和平等的教育,但事实并非如此。中国正处在经济发展的时期,教育经费有限。经济发达的沿海地区地方财政可对教育补贴,另外,学生家长的经济承受能力相对较强,因此这些地区的教育经费相对充裕。而在广大的西部地区,温饱问题解决之后,教育经费不足的问题才能得到真正解决。

教师的积极性如何? 怎样才能提供更好的教学环境呢? 这也是值得我们思考的问题。学校教师的学历很高,但是多数学校在对他们提出教学要求的同时,忽略了培训工作。另外,师范学校的教材相对落后,经济的发展和社会的进步对教育心理学等也提出了新的要求。应试教育向素质教育的转变使教师在废除填鸭式教学的同时,努力扩大自身的知识面。

上述两点只是围绕教育开展的讨论的冰山一角。我们当然还需要讨论诸如怎样利用信息技术、如何更好地利用学习论的研究成果等话题。但是鉴于篇幅有限,这里就不一一赘述了。

结　　语

对于未来跨入学校管理行业的人来说,前途是光明的。这种工作将变得更具挑战性和刺激性。随着教育地位的提高,校长的工资大大增加,社会地位提高,受人尊敬。国家对教育领域的重视使学校管理者这种职业更具吸引力和回报性。学校的专业人士,如会计、数据师、工程师的数量不断扩大,校长就变成一个通才,学会理解和沟通不同领域的需求。在学校管理结构中,校长占据最敏感和最重要的职位。

第三十五章

服务系统的管理

学校办公室：信息和交流中心

办公室作为学校管理中枢，是一个数据产生中心、信息交换中心和公共关系的中心。随着教育和课程的决策制定朝着基层方向发展，学校的办公室成了信息、沟通、资源再分配和控制的中心。学校的办公室如何对如此多的关于校长和学校的信息进行处理和管理呢？一个有效高能的学校办公室对于建立教育目标有重大的作用。

通过办公室的行为，公众可以真实地了解到学校，甚至从教师的行为也可以了解到类似的信息。同样地，学校员工对事件的反应速度也是学校办公室具体操作能力的指标。如果供给需求，如计算机和打印设备的强烈要求，都已经预算好并且正常供给，而且能够及时地在问题发生前就将危害降到了最低的话，校长的威信就会大大提高。如果秘书亲切地回答没完没了的大量问题并且仍能主动进行进一步的帮助，那么公众就更愿意听取学校的信息。一个人很容易掉进"如果没有坏掉就不要去修它"的陷阱中。今天的世界除了要求跟上科技的发展之外，还需要学校教育课程的服务理念。

一个办公室的管理包括：(1)组织，(2)人才，(3)设施，(4)政策和方法，(5)信息，(6)交流和(7)控制。这些都需要平衡并有效地运作。细心地分析每个办公室的运作和日常的预先规划对于协调各部门的工作是重要的。就像对空间的安排、紧急事件处理和新的需求一样，这些都可能来自各个方面。

每个行动如何支持或影响其他行动，这应当进行系统化的分析，使一些不可避免的紧急情况不至于对整个办公室的正常工作产生影响。

信息交流

日常工作中，通过邮件、电话、网络、传真、办公室之间的备忘录，面对面与家长、教师和学生进行沟通等等，学校的办公室收到和发送大量的沟通信息。在这个过程中,最重要的是准确理解收到的信息。如果是发给他人的信息,那么传递必须是准确的。反之亦然——沟通的渠道应当是准确和有效的。同样说一些话,将他们记在纸上或者将他们通过电子邮件发出并不能确保所要传递的信息的准确性。

在本书的第二部分我们有专门章节讲到交流形式、渠道和效果。这里强调的是,频繁发生的沟通偶尔容易与好的沟通发生混淆。频繁性没有信息的明确性和准确性那么重要。但也不是说频繁涉及的话题就不是好的,尤其是新的想法或概念更不是这样。信息的接受者应当就信息为什么是直接给他们的有足够的了解,这样他们才会更好地接受并理解它。

沟通必须从语义上是信息接受者明白信息的意义。但是在常用的 500 个英文单词中每个大约都有 28 个左右的不同含义(合计一共算是 14,000 常用单词),那么信息的传送者就需要对错误理解的含义十分警觉。假设在许多学校中语言的分类不断地增加,那么我们必须给予极大的关注,以免忽视他们接受沟通的需求。

学校社区交流

社区对学校都有特殊的期望。学校简况、学生成绩和课程评估结果等信息都是社区团体和家长们所关注的。这些信息传输的质量和信息本身一样的重要。校长希望看到的是办公室员工和教师都对书面信息材料进行准确性检查,修改语法和拼写,甚至对格式和印制的清晰度都有明确的要求。

所有的沟通都需要与政策导向配套,才可以避免一些窘迫或破坏性的情况的出现。为了加快信息传递速度,通过电脑进行信息沟通是有必要的。毫无疑问,这样可以节省大量的纸张从而降低成本。一次易懂、准确和有用的关于学生学习的信息可以带来有用的效果。沟通的目的就是为了产生一定的影响。

校长站在科技前沿,领导员工有效使用科技型工具进行交流,越来越变得有重要意义。

内部沟通

有效的决策制定要求准确性和完整性。电脑提高了数据生成和分析的能力,尤其有用的是可以通过电子邮件收集每天甚至是每个小时的信息,这就极大地提高了人际沟通的效率。一个例子就是学校可以直接通过网络由教室中的老师收集学生的出勤情况。

内部沟通形式特点是简明和清晰。为了让教职员工在正常的工作日以一种固定的形式都收到相应的信息,学校需要安排做一定量的调查来收集足够的数据。信息表达的顺序最好是按照固定的格式,包括:日程改变、会议行程、专业信息和人物等。

邮件和消息

　　处理邮件等信息要求零错误的操作以避免错放、延误或丢失。这些信息应当有指定的工作处理过程。日常的学校邮件应当是公开的,按事件性质和轻重缓急分类的,并且标识出直接要送达的对象。信笺送达的日期和时间也应该有详细的记录以备将来的参考。有关校长的邮件和消息应当由其秘书用特殊的标记来进行分类和优先排列,这些内容包括下划线或适当的注释,或者附加一定的文件进行解释。有些校长发现如果秘书将分类的文件用不同颜色的文件夹来表示会有很大的帮助。

学校网站

　　为了提供关于学校、课程、特殊内容和其他的交流方式,建立一个互联网网站将会有很大的用处。服务商将会帮助学校建立自己的互联网上的主页,但是绝大多数的学校都使用在这方面有特长的员工和学生。为了增加对公众信息的投放量,事先建立自己的网站可以帮助社区和学校更紧密地联系起来。在这方面,校长至少要考虑以下问题:

　　1. 建立网站的特殊目的何在?
　　2. 建立网站的前期和后续费用如何?
　　3. 设计网站的费用?
　　4. 什么样的资源是值得使用这些花费的?
　　5. 谁将会来管理这个网站?
　　6. 如何升级和维护这个网站?
　　7. 谁将拥有自己的主页?(教师、年级或小组)

　　建立网站的确是一个机会,但它是一个对于时间和金钱都有延续性要求的潜在花费。在需要解决的问题列出之后,重要的就是建立一个有用的工具并与有可能访问网站的对象进行沟通,无论是来自当地社区或海外。

信息服务

　　准确、及时、易获取而且能够影响决定的信息才是有用的信息。目前许多学校内部收集的信息都不能满足上述的要求。实际上,大多数的信息都只是满足准确性的要求。还有更多的信息或许只是对将来有用,因此进行恰当的分类与存储也十分必要。

信息服务应当包括一个最新的,容易查阅的参考结构。这个结构应当包括教育部的公告、学校董事会的政策指导、管理规定、人事政策、总体预算和相关财务文件、工作备忘录和手册、学校的校历、地方法律和重要的教育法规,等等。能够进入教育部的数据库和网络以及公告栏的能力是必须的。一个好的秘书可以通过主要的信息渠道为校长办公室做好更多的工作。

一个关系数据库程序对于学生管理、日程制定、图书馆管理和财务会计管理会十分有用。许多可利用资源可以给校长提供丰富的信息,用来设计特定的学校和制定正确的决策。学生、教师、员工和学校的其他物理特性,建筑物,设施等相关信息都要随时提供给校长使用。

准确、最新的关于职业和高等教育的信息对于咨询程序十分有用。互联网、光盘或其他形式的信息给学生提供了更多的选择。

计划在办公室中包含的信息对于回答下面的问题或许有帮助。

1. 日常运行问题和总体要求的报告需要回答些什么?
2. 谁需要用到这些信息? 同等重要的情况下,谁不需要获取信息?
3. 信息的储存、检索和分析的最好形式是什么?
4. 这个信息是其他资源的副本吗? 为什么?
5. 这个系统的灵活性如何?
6. 对于稳定的运行和升级有固定的预算么?

在教育管理的每个方面,只有校长有权指定要计划的事情。校长像上述的那样完全地回答问题,将能够避免武断地得出答案或误导别人。

办公室科技

建立一个有用的,与中央办公室和教育部或其他相关资源联网的信息系统对于 21 世纪的学校来说是一个基本的要求。这个信息系统可以有效地帮助解决与校长的选择,尤其对于分散的预算来说是有帮助的。尽管这个信息系统大多数情况下只是回答"如果"之类的问题,它仍然能够帮助回答一些基础性的问题,例如:处理日程安排,人事安排,学生的安置和改革等。与政府信息系统的连接可以帮助也应该帮助学校的日常工作。预算、出勤和登记变更等,但是很少有通过网络来进行信息传递的。通过电脑网络,教育部的公告栏和课程可以为学校的相关内容提供帮助。学生、教职员工和管理者应当能够进入这个系统自由地获取相关有用的信息。

学校和社区之间的连接应当使学生和老师进行交流。一些软件程序允许文件在超过两百个程序中互相传递。如果学校在很早就已经实行电脑化办公,并且建立了不同的操作系统,那么什么都不会丢失。通过仔细的计划所节省的时间可以用来安排更为直接的教育服务程序。随着信息价值的不断提高,即使是用同样的时间来收集和组织信息也会产生更高的回报。

如果可能的话,最好是使用光纤,至少是在系统内部。不断出现的应用程序和媒体公司可以实现这些技术要求,但是又会增加一笔预算。曾有学校管理实践者警告说"如果已经发展一个科技计划,那么就要严格按照计划执行,尤其是预算方面"。实行一个有效的科技信息系统对于所有的学习者和决策者要求长期的财政支持和时间上的持续性要求。如果只是将它作为一种摆设的话,对于学生和社会都是一种莫大的浪费。

学校的秘书部门

在许多办公室中,通过邮件、电话或面对面的交流足够提醒一个员工的帮助在一个办公室中的作用。一个恭谦的词,令人喜欢的习惯和表现出愿意帮助人的意愿可以在办公室中起到意想不到的作用。通过信息的传递清晰地表达出一切都在控制之下和无论遇到什么困难都可以进行协商解决的表现,办公室秘书是完全应该和可以做到的。许多校长把自己的成功都归于秘书的极大帮助。

重要的第一次接触

秘书的声音经常是家长或其他机构对一个学校的第一印象。他们的工作代表着学校的一种形象。在接受者眼中,他们所收到的报告的印象就是对于这个学校的印象。秘书是在学校中教师、学生、家长或其他要会见校长的人所见到的第一个人。在见校长之前,对于学生和教师造成的坏心情的原因是面对校长办公室的员工。办公室员工不应当在有人要约见校长时,给人一种门卫的感觉或守门人的印象。但是,一个得体的接待员在有人以任何形式访问时仔细地询问访问者以确认来者的目的,可以立即做出给校长的提示,从而更容易地解决可能会出现的问题。

秘书不应该拘束于共同的政策,把自己困在那些关于什么工作该干,为谁而干或者谁对这个任务负责等办公室的日常工作中。这些政策的制定由校长来完成,而校长应该让每个人都清晰地理解这些。

如果接待员使用"我不知道他在那里?"或"我不知道他什么时间能够回来?"会让人迅速了解到该学校管理的落后。一个更为专业的回答应该类似与"校长正在开会"或"校长正在会见学生"等,而且应该补充道"他将会在两点钟回来,我能捎个口信吗?""我能让他给你打过去吗?""还有别的我可以为您效劳吗?"。

下面的指导原则对于校长避免多余的问题会有一些帮助。

1. 一个清晰的指令对于正常的工作是重要的,而校长还可以根据紧急情况进行修改。

2. 办公室的服务和办公室的责任应当让每个人都清楚。

3. 办公室程序应当定期让所有员工进行回顾和改进。

4. 办公室中对专业员工的指令应当来自于校长而不是秘书。

5. 校内的决定应当由秘书来制定。如果校长不在学校时,应当制定一些计划来弥补无法预测的情形。至于其他非日常的工作,如果有新的情况发生,秘书应当去参考第三者的意见。

6. 根据学校规模,必要的话,在学校中成立专门的秘书机构。

持续的培训和发展

学校系统的中央办公室制定出对于办公室员工的在职培训,这已经被广泛认同。在熟悉了这个培训课程之后,校长应当根据需要开始实施培训计划。大部分的校长都会保留上任的员工,而秘书却看着校长的不断轮换。但是,校长不能假设所有的期望都可以变成现实。如果校长期望每个工作都能做得很好的话,那么唯一的机会就是不断寻求改变的自由。

学校办公室的员工对细节给予适当的关注,对于学校的有效运行至关重要,并且也帮助确立学校在社区中的形象。如果没有系统化的计划去应对重要的投资和人力资源的话,校长将会受到极大的压力。

工作分析

评估工作量和办公室员工的活动性对于判断他们的时间和经历是否被有效地利用是至关重要的。不仅要求避免打扰、打断和其他影响校长的举动,还要求提高员工的工作效率。员工或秘书或许会做相同的工作,或优先做一个而使另外一个无法完成。

办公室员工可以对未来两周内要做的事情进行一个记录。这可以列表或总结出每天或每周任务的类型或任何项目的综合。这样可以帮助校长随时过问学校正常运行的情况。

如果校长不确定对一个员工工作量的期望值,就可以通过与商务经理或其他人员进行回顾与分析最终得出提供工作量的标准。

办公室环境

工作环境不仅影响到来访者对你的看法,同时也影响到你自己的看法。校长应当对办公室环境给予特殊的思考,包括设计和布局,其目的就是为了在适宜的工作环境中更好地完成任务。例如,把边缘锋利的桌子放在办公室中人们走动最频繁的地方,从人体工程学的角度来说是不合逻辑的,因为他们可能会造成不必要的伤害。但是除了这些,工作间还应当有足够的自己的空间。相关的工作应当考虑因人进行分配。将文件、设备和相关数据放在与任务相关的地方将会节省时间和精力。办公室中的走动路线可以通过仔细摆放办公桌椅设计出来,将每个人有机地联系在一起,可以避免不必要的走动并减少不必要的对话。应当提供一个特殊的接待区域来让访客短暂停留,并确保有足够的空间来进行一些不应被打扰的事情。

物理环境

有这么一个实例。

琼丝走进办公室,靠近像中国长城一样的柜台,等候接待员从他的桌子后面穿越过来。打印机和复印机的声音像断音的乐曲,还有墙上的空调发出的嗡嗡的声音。他告诉接待员他和校长约好两点半见面,但是他必须多次重复自己的名字,因为不断的电话铃声像交响乐一样打断他们的谈话。而校长办公室的门是关闭的。

接待员要求他等一下,因为校长正在接听一个电话。他指了指门后两个办公位,紧挨着教师的信箱和工作篮。教师看起来挺友好,但是却和半米远的同事在进行似乎志趣相投的交谈。

一个内部通话器的声音响了,然后接待员又出现在长城之后,说校长有空了。校长办公室的门开了,校长走出来热情地接待琼丝。校长接着关上了门,并解释是为了避免机器嘈杂的声音。琼丝非常奇怪,他竟然也发现了这一点。

物质环境对于访问者来说是十分重要的。对于环境的影响可能是下意识的,有时是有意识的,帮助或阻碍任务的完成都有可能。在上边的情况中,噪音就是他对这个办公室的看法。在平均 40 到 50 分贝之间的噪音是可以接受的。而将噪音控制在这一水平之内对于工作效率是关键的。隔音材料可以适当地使用在某些地方,这样至少可以减低噪音。

我们不应该让人把注意力都集中到办公室摆放的机器上。但是如果这些是人们第一眼看到的东西,他们就会认为是高科技控制中心,至少认为是学生毕业年鉴管理室。在校长办公室内外都形成柔和的环境,不但会建立舒适的工作环境,而且可以引导共享重要的想法。灯光如果经过特殊的利用,也可以造成特殊的正面效果。

办公室的可接近性是最重要的。办公室不仅仅是成人而且也是学生要去的地方。中学生或许不会遭遇到办公室中迷失的问题,但是他们也会认为办公区也是满足他们需求的地方。

程序手册

许多学校办公室的任务通常是在程序、时间、过程三方面做日常性安排。支出程序、出勤数据,日常主要要求等都是由中央办公室指定的。这些程序经常地以备忘录的形式保存下来,表明改变、增加等。偶尔,中央办公室会制定出程序手册来规范业务程序。而校长或许会考虑一下这个手册制定的可行性。

一个散装的手册对于秘书和其他办公室员工来说都是有帮助的。这个手册可以根据需要不断地进行细分以方便查询,包括出勤、报表、支出、紧急药品和沟通形式等。手册可以用插入式文件夹进行保存,这样既保护了文件又方便校长万一要对这个手册进行修改的话可以随时进行变换。所有的手册的原稿都应当保存在电子版中以备以后修改和参考用。这些条件的优越性是:(1)汇编这样的手册经常可以区分许多程序;(2)新员工可以有一个很好的工作参考;(3)可以保持信息的更新性;(4)可以帮助校长减少一些固定程序化的管理任务。

包括在手册中的应当有办公室的主要日程安排,列举出的日常的职责和任务交付日期。随着一些日期的固定,包括预算交付最后期限,课程安排等,它们可以时常提醒员工时间的紧迫性。一些校长表示电脑上的日历提醒十分有用。

总而言之,学校办公室对于组织的正常运作是至关重要的。它是沟通的枢纽,信息的资源库,出入程序的联系。办公室的人员、环境和程序可以与学校中的员工进行沟通。学校办公室的沟通产品和信息的收集、分析以及发布,都可以给予内部和外部的帮助。重要的是办公室同它的运作一样必须包含一个意义,而不只是过程本身。

设 施 管 理

校长是规划和运行学校设施的主要角色。学校的设施本身是一个沟通的媒介。它的外表、设计和使用的自由度对于学生、员工和社区有极大的帮助。社区将会使用教育设施作为自己与到访者沟通的媒介。如果设施的使用在基层的话,就会影响到校长发展课程、员工和社会关系的任务。

设施评估

校长将会从设施、学生和主要员工得到大量的关于学校的有效性的评价。如果社区群体频繁地用到规则,那么不久也会得到建议的。这些建议伴随而来的是校长对其工作要求的期望,如果没有上升到决策的地步,那么这个改变就是有效的。为了"设施评估"带来的反映将校长变为一个反映型的角色,最好提供一个正式的评估程序从而可以将社会团体的信息进行整合。

在大型的校区,对现有的设施进行持续性的评估经常由设施的筹划者或业务管理者组成的小组共同完成。通常情况下,这些评估考虑安全性、维护和办公场所场地设施的能源消耗等。它需要回答的主要问题如下。

1. 是否提供了最基础的健康维护设施如紧急治疗设施,供餐区域,休息室,淋浴,储藏柜,供暖设备,空调以及生产原料?

2. 这些区域的安全标准是否合格,包括商店、健身房、户外场地以及灾难庇护所?

3. 灯光、取暖和声音是否达到舒服和健康的水平?

4. 建筑物是否满足健康和安全标准,是否舒适?

5. 在当地天气条件下能源的供给是否正常?

设施评估的核心是设施是否适合教学活动。特殊的评估提问必须涉及满足社区和社会的最大要求。而问题的答案必须进行结构性整理,使之可以与系统内部的规划程序和政策发展相适应。下面是几个问题的例子。

1. 在一个教学日中,房间或场地的提供是否满足教育形式的改变? 他们能否适应进行小组活动?

2. 所有的这些设施都有利于残疾人的使用吗?

3. 在建筑物里或场地中有没有毫无用处的地方?

4. 这个设计是否有足够的灵活性可以满足教育模式的突然改变? 例如,是否各个教室之间可以进行沟通? 网络是否建设完善?

5. 学生的时间和员工的时间可以有效地利用吗?

6. 是否在一个领域的教育或非教育活动会影响到其他领域的教学活动?

7. 设备和空间的比例是否适合于教学用途?

8. 水管和电路能否在需要的地方被使用?

如我们所知,校长将主要精力投入在建筑物和教学课程以及服务对象身上。一旦建立优先权的过程完成并且员工理解了评估的过程,那么这个评估机制就可以有效地运行。评估沟通的结果应当以拟订好的形式和日程进行处理。如果使用新的设施,或者错误的结果,那么仔细评估的努力就白费了。

寻找可供选择的用途

大多数的设施都没有分配足够的存储空间、空余空间或者利用不足的空间,尤其是一些学校甚至改变了原来使用目的。到目前为止,在大多数的建筑物中仍然存在额外可利用的空间。走廊可以用来展示学生的作品。简单的木头框架可以提供几乎无限的展示空间。如果不鼓励使用木头的话,防火板或者围墙都可以起到相同的功效,并且为那些单调、枯燥的走廊提供了一些生气。地方火灾或安全法规是在这些变化实行之前的必要参考依据。

专有的地方只有休息、午间活动和体育教学活动,或者它们可以变成每个班级都使用的地方。科学、艺术、历史、文学和数学都可以成为学校中设计范围最小的领域。将地方的使用作为活动的跳板可以提供几乎无限的可能性。如果学校的设施足够的话,让学生有机会接触到大自然或附近的区域是一个对自然科学了解的过程,学生、教师和其他社区的成员都可以从中受益。

社区和内部机构的使用

建筑物是让社区团体和机构来使用的,当然,由教育政策董事会和管理程序来控制。如果程序不够清楚的话,校长将会尽最大的努力阐述并证明。下面可以供校长使用的对照表或者说是服务参考,将会帮助校长在面对社区团体尝试使用更多的设施的时候处理遇到的情况。

1. 对于学校设施的使用有哪些书面的政策?

2. 谁是最后的决策者? 要经过哪些手续?

3. 提出必要要求的步骤有哪些? 以什么形式?

4. 改变是如何被确定的?

5. 完成服务需要哪些必要的安排?

6. 应当通告那些社区服务(例如:警察、保安等)? 这个过程合适的程序是什么?

7. 在要求提出的过程中,每个步骤要用多少时间?

8. 用什么样的衡量尺度来判断社区团体使用设施的程度?

9. 如果设施的使用不是由校长、服务协调员和行政助理在安排日程,那么怎样调节以避免日程安排上的冲突?

通过持续的教育和新技术,将时间和资源进行有效的调配,可以很好地增加学校的经济和社会关系。校长对学校周围存在人群的敏感性可以帮助学校很好地与所在社区的团体和个人进行持续性的合作。

与保管员的关系

对于校长来说,很重要的一点就是要考虑与学校的保管员、学校植物的看护者和保管主管的关系。如果校长没有与这三个职位的人员进行很好的相互了解,就会造成许多不必要的麻烦。学校的这个管理领域不应该是神秘的部分。当然彼此相互的理解、尊重和合作将需要不断的发展和时间支持。

校长或许会发现自己在一个传统的地位上,要对在学校中发生的所有事情负责。严格意义上讲,这会使校长直接给所有的看护人员直接的方向指导。问题是:为什么有些校长对保管工作几乎没有了解?另一方面,如果学校的管理层让校长单纯地负责教育管理工作,那么,校长的一个助手就会主要负责学校的各个方面的运行是否正常和安全。

一个保管服务的监督者可以对一个区的运行职能方面进行监督。因此监督者能够决定要做什么工作,根据时间表建立一个如何完成工作的标准,提供工作所需的设备,并且通过合适的渠道检查和通报工作的进展。

在任务或时间表中为校长和监督者提供了一些辅助措施来评价工作表现和监督工作完成情况。准备一些关于每天、每星期、每月的时间表的活页册子有助于监督工作。有了这个工具,校长和协调员就可以很好地把握何时何地做何种工作。

传统情况下,校长总被作为直接的管理者,否则,一个服务协调员或是指定的监督者会为一个具体的建筑行使这个权力。明确地指出学校建设过程的监督者的职责可以很好地澄清这种关系。当一个校长、服务协调员或是中心办公室的人员负责整个建筑的保管服务时,他有以下的责任:

- 要负责管理所有的保管人员;
- 做出判定,与监督者合作,长期和紧急状况下需要的人才;
- 与保管员商议工作地点和时间表;
- 检查建筑,比较时间表完成的情况,提出一些改善的建议;
- 对偏离计划的紧急事情和计划之外的事情进行指导;
- 与教学楼的管理员面谈并给予一定的肯定;
- 给行动的规则和纠正提供建议;
- 根据保管人对学校的发展所做的贡献对其进行评估(通常这是校长的职责)。

校长也许希望和中心管理机构一起研究出能够带来稳定的保管服务的契约的可能性。契约不仅可以避免雇佣问题,而且也不用为特殊需要提供培训计划。

接受了管理者的责任,校长和协调员就要对保管员的福利和普遍的工作表现负责任。不能让保管员独自一人工作也不能使他们的工作在校长的严密的控制之下,因为保管员也是为教育服务的团队的重要组成部分。

能量守恒

在支撑消耗能源的活动和设备方面,学校不能忽视能量守恒。不管能源资源如何,据估计只要在能源的使用过程中贯彻能源守恒的思想和监督其使用过程,那么能源消耗会减少30%。如果教学楼管理者们正为很多不清楚的花销苦恼,那么这个解决方法对于单独的教学楼花销预算特别重要。

有一个关于通过检测目前的实践活动而获得多方面利益的例子。在马萨诸塞州一个学校里,外部的灯全部换成了低消耗的钠灯泡。新灯泡很亮,不仅对安全和维修活动都有好处,而且节省了能源,同时减少了破坏艺术品的行为的发生。能源审计表明了怎样能够减少能源耗费到 50%。学校每年都要做一个年历,记录热天、冷天和下雪的日子。很多学校已经改为四天工作日来帮助减少能源、维修和交通的耗费。

无障碍的设计

如果学校要为每个人都提供一个尽可能少受限制的环境,管理者必须注意那些会给有身体缺陷的人带来不便的地方。通常要考虑入口处和活动场所各方面的物理状况。既然这些事情很必要,校长就要在更多方面协助整个学校建立一个无障碍的环境。例如,在教室和一般教育场所,是否限制了学生的受教育形式。教材是不是已经达到了个性化的水平?学生是否能使用实验室、多媒体中心和娱乐场所等。学校是不是最大程度地满足了身体有缺陷的学生的需要,却排除了在教学楼里工作的有缺陷的成年人?教学楼的设计是不是影响了有缺陷的家长来学校参观?还要考虑到出现紧急情况的时候。在紧急情况下需要人员很快撤离教学楼,那么就必须有一个预先排练好的专门针对身体有缺陷的学生和老师撤离的计划。还有很多问题在正常人身上都是不会发生的,如火警和电话的高度,地板上的带格子的地毯,门的宽度,等等。把这些全记下来,你会发现很多事情。

革新或是补充

很多地方的教育设施非常不好并且不能满足今天学生的需要。全美审计办公室估计过,需要 1,160 亿美元用来再造教学楼和好的条件来满足目前教学的需要。学校的革新已经远远不是刷漆、打扫、修理等,而是对内部设施进行升级来适应科技的发展,教学队伍的变化,团体的新需求等问题。

在投资资金进行教学楼的革新之前,要先注意以下几个问题:

1. 经过革新的教学楼应该至少有 75% 是有用的。
2. 学生的重新分配是不是符合学校实际?
3. 长期计划是不是需要革新的设备?
4. 结构和地点是不是需要符合当地或是州的规则标准?
5. 改变后的教学楼是不是足够课程和组织以后 10 至 15 年的使用?
6. 与新结构的实用性相比革新的花费是多大?

这些应该记在文档里而不仅仅是一些抱怨。在上报校区管理中心这些问题和计划以及提供可以促进教育计划设施这两个过程中,校长的作用很重要。

重新定位的设施

暂时的结构也许可以适应一些记录在案的突然的变化,而自然灾害和其他一些挑战就得引起重新定位。然而重新定位的建筑是不能作为计划的代替品的。当传统的结构在短期内变得不实际,暂时的结构也许可以为某些目的服务。一般来说教室的重新定位应该是常规建筑花费的一半甚至更少。当然,暂时是要变为永久的。

计划新的设施

计划一个新的设施为校长提供行使领导权力的无限的机会。计划的过程是为促进教育事业提供一个机会,而不是可有可无的或者是负担。计划一个新的设施和一个主要的革新需要清楚学校的目标和目的以及确定达到目的的方法。不仅仅是为了增建教学楼而是为了以后的发展。哪里有需要和教学技术的变化,哪里就存在挑战。

教育团体的各个部分应该是互相作用的,然后寻找一个最佳的解决方法。教育董事会、团体、中心管理、教学楼管理、老师、家长、学生和大学专家都应该参与进去。校长应该有检查是否每个职员都参与进去的责任。尽管完善计划过程不是本章的范围,校长应该对此很熟悉而且能够施加影响。下面是此过程的简洁的概述。

有远见的计划

计划建一座教学楼不应该是建立在这个新教学楼也许需要的想法上。学校的专业人员必须考虑计划一个完整的学校本身的责任。计划阶段要考虑系统性、长期性和评估。校长和职员需要是区域内的长期计划的一部分。校长应该注意以下几步。

- 对现存的设施进行持续的评价,评价是否适合教育的需要。
- 意识到会对现存的设施影响的新课程和组织模式。
- 持续对出入区域方面的人口变动的评价,并记录下这些变动的含义。
- 注意出入区域边界的土地使用的变化。
- 与边界处的居民保持有意义的交流。

新设施的定位

下面为校长提供几点有助于定位的想法和规则。

1. 学校成员应该知道教学楼的所有物理特点。

2. 学校成员应该能够解释他们所在场地的设计原因。

3. 学校应该知道教学楼的真正经济状况,例如能量守恒、时间和空间利用、低维修的材料、低损耗和多用途,等等。尽管有些最初损耗较大,但是长远来说还是经济的。

4. 定位应该以学生为中心。定位的过程给学生实践领导能力,与团体和成年人合作,加强学生组织凝聚力的机会。

5. 使用教学楼的所有人,例如童子军,俱乐部成员,图书馆使用者等都应该了解所有的设施和它们的基本原理。

6. 团体应该认识教学楼的使用方案,它的花费和它怎样协助团体目标。职员、学生和家长都应该参与这个定位的过程。

在空间关系方面,教育者们总是试图让建筑师们设计具体的图纸。其实与其画出细节,最好的空间关系的表述就是用画圈来表示,同时用一些确定等级的方法。

评估新设施

评估新设施是整个计划中很重要的部分。应该给中心管理机构和建筑师提供必要的评估反馈。校长的职责就是鉴定新设施计划的可行性。

有很多评估的形式,但要选择一个职员和校长期望的他们自己制订的计划。这个过程要很清楚地写出目标和他们对于学习环境的意义,并包括分数系统、重量、应用到环境的具体特点等。例如,最高的目标是提高学生的交流水平,那么以分数高低为目的和以发展个人研究水平为目的的结果在两个学校的设施相同时是完全不同的。总之,对设施的评估要谨慎地进行。校长一定要和职员和中心管理人员一起工作,减少以至避免误解。

学校的目标和目的不是静止的而是永远在变化的,而且变化频率也越来越快。计划一个结构要考虑能够为团体使用 40 到 50 年或者更多。因此校长一定不能只是计划和使用一个只适合目前情况的设施。他们必须为以后还不能预料的事计划。这样就能概括出以后若干年的预先安排。

第三十六章

酬劳制度

在开始做任何事情之前,几乎每个人都会有意无意地问同样一个问题:"我将从中获得什么?"心理学家们早就认识到,满足需要是人们从事所有活动的激励因素。收获或者满足的形式可以多种多样,诸如金钱,晋升,认可,接受,接收信息,或者因为工作做好了而有那份心满意足的感受。

这种自利的动机固然常常带有负面的意味,却是生活中的现实。人们往往以是否能够迎合其最大兴趣和利益为出发点来选定行事的最佳方式。然而,仅仅看一件事情是否真正迎合最大兴趣和利益还不够,还要知道从事者个人的看法。

期望模式

从学校行政管理的立场来看,如果管理者能够洞悉什么是属下所认为的最大利益,那么管理者就可以制定出一套独特的酬劳制度。然而,并不是人人都看重同一样酬劳,所以一套酬劳制度必须灵活多样,以迎合单个员工的个人期望。同时,一套酬劳制度的建立应该使员工们觉得他们的工作既是为自己的最大利益,也是为所在机构的最大利益。这一概念反映在"期望模式"里——这个模式把几件事情交代得一清二楚。

1. 酬劳必须与学校确认的行为联系起来;
2. 员工应该认识到好的工作表现与个人利益是可以契合的;
3. 员工应该认识到酬劳制度将会满足个人需要;
4. 行政管理人员必须解析员工的需要。

上边四项里头最后一项不容易。关键问题是:行政管理人员怎样分析、解释员工的需要? 一个显而易见的了解员工需求的方法是直截了当地问员工。不过,有些员工不一定明确自己的真正需求和最大利益是什么,还有的员工觉得难以明白地表达出来。最可信手拈来的办法是观察员工的行为。比之言词,行为通常被看做是更直白的显示计。可是,要学会这个观察技巧需要时间和实践。工作中留意观察是必要的,花时间分析也是值得的。这方面的工作做好了,管理者就能更深切体会什么叫事半功倍。

影响酬劳体制的参数

建立酬劳体制的主要目的是吸引和留住合格的员工,他们提供的服务是领导和机构成员所期望的。同时员工也需要明白酬劳体制的结构,相信其制定和实施的客观性。在制定酬劳体制之前,有五个参数需要考虑进去,即表现、功夫、资历、技能和工作要求。

表　现

评估员工表现涉及一个基本问题:"工作完成了吗?"酬劳员工要求有能够鉴定表现的标准,而标准应该可行可靠。所有行之有效的酬劳制度都把表现当作回报员工的基本考虑参数。

工　夫

学校要求老师们在评估学生表现的时候把学生的努力程度包括进去,即使下功夫大小并不能与成绩直接挂钩。同样,员工在工作中所下的工夫也要成为酬劳结构的成分。很多情况下,很难以结果判断工夫,并依此定酬劳。用金钱奖励好的表现,一直还没有最好的方式。不过,奖励机制若包括以下成分才能使有素质而且肯下工夫的员工心悦诚服。

1. 有效的教师评估程序;
2. 落实酬劳体制的管理层所需要参加的培训课程;
3. 员工参与制定;
4. 教师接受而且满意;
5. 资金到位;
6. 凡达到要求者都予以奖励;
7. 合理、公平、平等的表现标准;
8. 可信、可靠的测定结果尺度;
9. 客观、连贯的评估措施;
10. 班上学生成绩不断上升。

资　历

一个职位上工作时间的长短在分配酬劳时起着重要作用,公共服务系统里尤其是这样。美国校区使用的薪水制度表，主要包括资格、学历和资历，薪水的递增与服务年限挂钩。在私有企业和商界，资历有一定影响，主要是工会组织在撬杠；对管理层的酬劳，资历则不起作用。

学校组织之所以把资历纳入酬劳体制以确定薪金，是因为这项制度简单易行。一个校长也许可以评定一个教师的表现高于或低于另一个教师的表现，但是如果这两位教师的表现均在满意范围内，而且两者的学校服务年限一样，那么他们的年薪增加额将是一样的。这就避免了表现旗鼓相当而加薪有所不同引起的不必要的麻烦。

不过，资历作为一个参数置于酬劳体制之中，其基本目的是吸引和留住合格的员工。当资历作为唯一的酬劳员工的标准的时候，这种体制就没有效力了。另一个保留资历为一参数的必要性是与众所周知的"职业生涯阶梯"有关。有些校区制定学校职业生涯发展计划，鼓励教师把他们的职业发展定向于技能精益求精、职责更上一层楼。例如一个实习教师投身教育职业，他必须达到如下要求：

1. 在一所正规的学院或大学完成教师教育课程；
2. 持有学士学位；
3. 成功完成见习生阶段；
4. 成功通过全国教师考试。

实习教师接下来有几个进步台阶，即"职业教师"，"高级教师"，最后到"特级教师"。沿着这条晋升的道路走上去，要求进修和承担更多责任，比如一个特级教师要做课程专家，在员工发展项目中办讲座，或者指导实习教师。每升到一个台阶，都会有相应的增薪报酬；连续晋升上去，还会伴随有花红。表36.1是一个州的教师职业生涯路线图。

技　能

组织机构中，尤其是在私有企业里，一个惯常的做法是把酬劳与员工的技能挂钩。技能最高者拿钱最多。当一个员工被雇用时，他的技术水平决定了他的起薪级别。争相雇用拥有一定技能的员工已成为定级不可或缺的一项，至于什么构成所想要的技能，其标准因机构而异，有的按人力资源要求，有的按工作性质来定。

工作要求

工作的复杂性和责任区往往是决定酬劳的标准。如果一份工作因为压力大而难以胜任，工作条件或职责层级不适宜，那么酬劳就得定高一点以吸引有能力

表 36.1   **教师职业生涯路线图**

实习教师

条件：
- 在一所被认可的大学完成教师训练课程并被推荐
- 面试并认为达到标准

资格与要求：
- 见习
- 成功通过全国教师考试
- 拥有学士学位
- 满足受雇条件

证书：
- 三年
- 不可更新

合同/薪水
- 正常工作
- 基于训练和经历的政府薪水制

职业教师

条件：
- 三年实习期
- 持有教师证书并拥有三年工作经历

资格与要求：
- 专业知识
- 所教学生的成绩可以被接受
- 参加职业发展活动
- 评估组/教师听课、会谈

证书：
- 五年
- 可更新

合同/薪水
- 正常工作
- 基于训练和经历的政府薪水制，外加政府津贴

高级教师

条件：
- 三至五年职业教师
- 持有教师证书并拥有八年以上相关工作经历

资格与要求：
- 所教学生的成绩可以被接受
- 参加职业发展活动
- 评估组/教师听课、会谈

续表

- 优异的课堂教学实践

证书：

- 五年
- 可更新

合同/薪水

- 基于训练和经历的政府薪水制,外加更高政府津贴

特级教师

条件：

- 五年高级教师
- 持有教师证书并拥有 12 年以上相关工作经历

资格与要求：

- 所教学生的成绩可以被接受
- 参加职业发展活动
- 评估组/教师听课、会谈
- 有效的课堂教学
- 承担更多责任的能力和意愿
- 学校领导与督导官的评价
- 具有督导、评估及提升其他教师工作表现的技能

证书：

- 五年
- 可更新

合同/薪水

- 基于训练和经历的政府薪水制,外加更高政府津贴

的人。工作难做的主要标志是这份工作在多大程度上可以由从事者自行处理。越是需要凭自我掌控来工作,比如校长职位,就越需要有更好的判断能力,因而就越需要一份高的薪水予以支持。

任何一个酬劳制度都必须承认功夫、资历、技能和工作要求。不过,工作表现必须是首要强调的。拥有奖励表现机制的学校才能吸引有素质的人来任教,这样才会使得教学质量水涨船高。

酬劳种类

既然行政管理把酬劳当作激励表现的机制,那么就得让员工认清表现与酬劳之间的关系。大多数校区仍然沿用传统的与表现不相关的标准,如仅以资历为依据来定年薪,教师和员工中怨声四起就不足为奇了。酬劳与表现挂钩这个概念如果实施得当,有助于提高教育质量,因为合理的酬劳机制承认好的表现,

弥补惯常使用方式的不足,因而能够消弭部分员工的不满情绪。

一个真正有效的酬劳系统必须是多方位的,既包涵内在的实质内容,又反映外在的等级形式。目前学校的职业分类已经比以前繁杂许多,可是现行的很多酬劳方式还只能对部分职位适用,比如,教师、行政人员、校车司机和勤杂工是拿薪水的。勤杂工工作超时有超时费,而行政人员在工作中有一定的自主处理空间,却反映不出来。图36.1列出许多可能的酬劳类别。

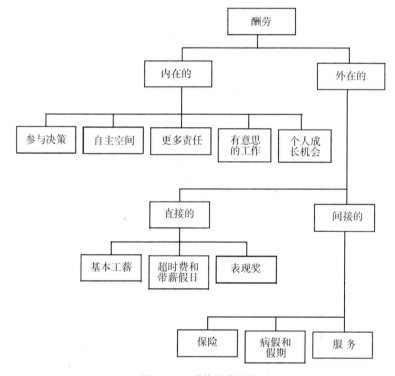

图 35.1　酬劳种类结构

内在奖励是员工从所做的工作中获得的。员工如果能够参与决策程序,有更多的工作自主权,更大的责任区,更富有挑战的任务,个人成长的机会,多样化的活动,他们的满意度势必会提高。

外在的奖励分为直接和间接两种。最常用的直接报酬形式是薪水,超时费,有薪假日和表现奖。薪水高低不是对工作满意的决定因素,但毕竟是酬劳体制中不可或缺的部分。在这一点上职业心理学家们都有同感。间接酬劳通常包括劳保、服务项目。不少行政人员认为,间接酬劳仅仅用以留住员工而不是鼓励他们有更好的表现,这种看法有失偏颇。

非物质的奖励已经在部分校区出现。这些奖励有助于留住员工或者能够鼓励他们有更好的表现。然而,这类奖励的使用及其局限掌握在制定者的手中,就看他们的创意了。值得注意的是,这类奖励只是对特定的员工才有效;对一些人有吸引力而另外一些人则不屑一顾。比如对讲究身份地位的人来说,给一个职务名称,固定的停车位,私人秘书,或铺有地毯的办公室,他们会感到鼓舞;而另一类人把不再受到密切监督当成奖励,其效果是更好的表现,不再见异思迁。总之,学校可以使用多方面的非物质奖励手段作为酬劳体制的一部分,比之直接、间接的奖励,员工会更赞赏。

附　　录

附录一

申请校长职位

中学校长职位申请表

填写日期_____

个人资料

    姓　名_____

    现职位_____

    学校/单位名称_____

    工作地址_____

    住宅地址_____

专业资格

    最高学历_____获得年份_____

    专业_____

    大学_____

    地址_____

经历

按倒数顺序列出自己的经历,学校的或其他行业的:

单位及地址	职　位	起／止（月/年）
_____	_____	_____
_____	_____	_____
_____	_____	_____
_____	_____	_____

所持专业/行政管理资格证书类别_____

_____

问题

下列问题有助于让面试者对你个人和专业有所了解。简明扼要、坦诚地回答非常重要：

1. 为什么想成为一名中学校长？

2. 作为行政管理者，你的主要强项是什么？

3. 在你以前的经历中，你曾以何种方式对你的学校/单位形成重要影响？

4. 你用什么方法或基本原则来对待和处理学校事务中出现的问题？

5. 你用什么策略来改变学校的现状？

6. 你怎样把分内工作委派给别人去做？

7. 作为校长，什么样的交流方式或系统对你来说最为有效？

8. 作为校长，与校区行政中心建立什么样的关系能使你有效地工作？

9. 若担任中学校长，哪些方面会使你觉得有成就感？

签名_____

附录二

中学校长职责描述

工作概述 中学校长有责任维持整个学校的良好状况,持续不断地进行教学管理。主要包括领导和交流技能,与教师、辅导员、行政管理人员之间保持畅通的沟通渠道,共同创建一个实施素质教育的健康的工作、教学和学习环境。

组织关系 中学校长的上级领导是校区督学。校长就该校事务直接向校区督学负责。校长与所在学校的正式教师、辅导员、行政管理人员等的关系属于正式的上下级关系。

组织任务 中学校长的职责是在所领导的学校内建立一套行之有效的行政管理体系和程序。具体任务范围包括:课程规划,课堂教学,校务活动安排,制订预算,设施、设备的维持和维修,教师和员工的在职培训课程,问题学生的辅导,与教师、员工的会谈,会见家长,以及校区督学布置的其他工作任务。校长直接督导行政管理人员、教师、辅导员、图书管理员、秘书和工勤人员的工作。

校长资格 中学校长须拥有以下教育和职业资格:

- 教育行政管理硕士学位
- 州政府颁发的中学校长资格证书
- 至少五年的教学经验
- 至少两年的助理校长经历

附录三

校 长 面 试

职业态度

1. 你会给你的教师和员工什么样的职业责任?

　(1) 你觉得有必要把你的部分工作委派给下属去做吗?

　(2) 你觉得校务工作中出现的问题,有一部分你必须一个人解决吗?

　　① 你会使用什么样的资源来解决问题?

　　② 关于重要问题,你怎样通知教师、家长和学生?

人际关系

1. 你认为你容易和别人打交道吗?

2. 你认为你在和别人交往时,能够流利地、清楚地表达自己的意思吗?

3. 你觉得你能够以你的热情和令人信服的能力来说服你要领导的下属吗?

4. 你对学生家长的期望是什么?

5. 你对校董事会的期望是什么?

6. 在跟下列人员沟通时,你有什么好的方法?

　(1) 教师

　(2) 学生

　(3) 家长

　(4) 校董事会

　(5) 工勤

　(6) 社区

接受责任

1. 描述一下你曾经担当过的领导职务及其工作环境。

2. 当你做出决定,你用什么方法去贯彻执行?

3. 在下列事项中,你有哪些切身经历的感受,用以说明你的组织能力?

(1) 项目管理

(2) 课程管理

(3) 行政管理

教学评估

1. 对于好的教学,你怎样表示认可?

2. 对于不好的教学,你怎样表示不予认可?

3. 你用什么样的模式来评估你的教师的教学?

4. 你用什么样的方式进行教师的在职培训?

(1) 资深教师

(2) 新教师

5. 选择教师时,你的着重点是什么?

自我评价

1. 你怎样评价你自己的工作表现?

2. 你允许你的教师评估你的工作表现吗? 如果是,如何让他们评估?

3. 你如何期待校董事会评估你的工作表现?

4. 你认为评估的目的是什么?

职业资格

1. 职业训练

(1) 你获得的最高学历?

(2) 你的专业是什么?

(3) 你教了多少年书?

① 哪一年级

② 什么课目

(4) 你在学术和专业方面的强项是什么?

(5) 什么动力驱使你从事教育行政工作?

(6) 你曾担当过哪些行政职务?

(7) 你曾经接受过哪些特别的训练?

(8) 你有什么样的计划继续提高你的学历和职业水平?

（9）你是哪些专业团体的成员？

2. 课程方面的知识

（1）在课程发展方面,你修过什么课？

（2）你是否曾经参加过课程改革或者主持过课程改革？

（3）在未来的几年里,你打算给学校的教学带来哪些变化？

（4）你对教育的发展趋势和长远规划怎么看？

　　① 你认为有必要制订长远规划吗？

　　② 实现长远规划的必要步骤是什么？

　　③ 在你的首要任务里会包括长远规划吗？

　　④ 在落实近期计划的同时,你怎样实施长远规划？

3. 理解教育心理学

（1）你是否曾经接受过教育心理学训练？

（2）你对问题学生和学生纪律持什么态度？

（3）你认为教师的首要工作是什么？

附录四

评 估 格 式

A　教师素质评估程序

关于教师的专业评估

一、理念与政策

所有持教师证书的教师都要接受定期的专业评估。评估要全面、客观、合理。评估的设计和程序旨在改进教学,有助于专业人员的技能和职业发展,同时能够明确其优缺点,以便在以后的工作中有所进步。

二、目的

1. 改进工作;

2. 确保继续雇用决定的客观性;

3. 促进与社区的良好关系;

4. 改进员工督导工作;

5. 为教学质量的提高提供帮助;

6. 鼓励通过不断的自我评估促进专业发展。

三、程序规定

1. 校长担负评估教师的责任,并将评估、鉴定报告和推荐意见呈交校区督学。

2. 教师有责任通过与校长交谈,就其本专业进行不断的自我提高。

3. 评估应是持续的、不间断的,形式不拘一格,如教师与校长交谈,到教室听课,教务会,非正式场合的交际等。无论采用何种形式,评估的结果都不能对教师与校长的工作关系造成负面影响。教师自己不需要在评估过程中因为面对校长讲实际情况而绷紧神经。教师得知道,评估是校长要履行的行政责任,必须要走的过程,是基于教师的真实自我,也是要了解教师对工作现实的感受。作为一个专业人士,教师知道他在做什么,为什么要做,因此不仅欢迎评估,还会要求接受评估,以找出客观的评估与自己做的自我评估有什么出入。果真有不同点的话,对教师来说,评估过程就是缩小表现与要求的差距、进行自我完善的最好契机。

4. 评估范围的确定:校长和教师会谈时,首先应就评估范围和项目进行讨论和确定,比如有哪些教学环节、工作部分可以不包括进评估内容就从鉴定栏目中删除。与此相关的解释条文应附在鉴定报告后边。

5. 正式教师的正式评估应该一年一次。

  (1) 评估应至少包括听课,一年数次,并有记录,建立评估档案。

  (2) 所有对教师的评语和推荐给督学的意见都要给教师本人一份。评估人员和相关教师均在报告上签字。

  (3) 教师要主动要求校长到教室,或就自己担负的工作、学校事务发表意见,给校长提供了解自己的机会。

  (4) 校长收集关于每个教师的资料应按时间顺序排列,按工作类别分档,应让教师本人核对并使用。

  (5) 在正式评估报告写好前,校长应安排时间与每位教师进行一对一的正式会谈。

  (6) 会谈过程中,校长和教师应就课堂听课记录进行认真的讨论,如存在不同看法,应讨论彻底,尽可能解决分歧。

  (7) 正式评估报告应包含"是否继续雇用"或"定为终身教师"的推荐意见。

  (8) 如果当事教师对鉴定持有异议,教师本人可以书面形式向校区督学陈述。督学会建立异议档案,关注此事。当事教师的有关陈述将复印一份给校长。督学随后安排时间与当事教师会谈,讨论对评估的看法。

  (9) 对教师的鉴定不能公开,只能对教师个人、行政管理人员以及在校务委员会开会时作评议之用。

6. 综合评语及相关解释应附在鉴定报告中。

7. 评估人员的培训:依照教师评估程序规定,学校人事部门有责任保存教师的必要资料和记录。每年应开办培训课程,安排参与评估的人事部门人员参加。

8. 校区人事部门要及时向学校通报关于学习的新理论,改进教学的新方法等。

9. 督学每年通知校长所在校区有关教师鉴定的新政策和相关规定。

10. 资料保管:所有教师鉴定资料均为保密文件,须妥善保管。

个人性格特点

  ● 保持充沛的体力;

- 守时；
- 注意仪表；
- 情绪稳定；
- 尽职尽责；
- 务实；
- 讲究策略；
- 自觉自发；
- 自信；
- 合作；
- 有团队精神；
- 接受建设性意见和批评；
- 合理自我评价；
- 互相尊重、讲礼貌。

做事、教室管理技能

- 必要的书面材料准备应及时、恰到好处；
- 材料准备充分以应付随时之需；
- 能够按课程目标对材料分类；
- 对学生能够因人施教；
- 能够负起执行纪律的责任；
- 跟领导谈话态度端正；
- 带着热情传授专业知识；
- 批改学生作业认真负责；
- 保持教室整洁、创造有益的学习环境；
- 虚心向同事学习；
- 学生学习、教室秩序一直在掌控之中。

教学能力

- 根据教学大纲制订具体的教学目标；迎合学生的需要、兴趣以及认知能力，合理选择、组织教材；
- 根据每一单元的特定目的准备教案；
- 明了适当鼓励学生学习的重要性；
- 利用学生学习经历来充实学习内容使之丰富多彩；
- 使用多样化的教学手段来创新，达到期望的教学目标；

- 教学相长,把学生的回应融入讲授内容;
- 把改进工作态度、工作习惯和提升技能当作自己的责任;
- 语言简明、语法正确;
- 讲课、发言时音量适中;
- 避免讲话"单调",该强调的地方使用重复或加重音调;
- 定期评估教学效果,必要时重复讲解;
- 选择补充材料时能根据学生情况、发挥想象力;
- 激发学生学习兴趣;
- 表达清楚、方式妥当。

专业职责

- 建立专业的、激发灵感的师生关系;
- 遵守校区制定的教师专业操守准则;
- 以教师职业为荣并显示这种荣誉感;
- 支持教师职业,积极参与教师职业的改进,使之臻于完善;
- 发挥主观能动性,不断进取,提升个人专业技能;
- 积极参加工作行动小组、委员会,为学校发展、教育事业做贡献;
- 理解并执行学校政策,按程序办事;
- 尊重集体决定;
- 不在校外议论同事是非或说本学校的不好;
- 妥善使用专业信息;
- 能够清楚地、有说服力地解释与教育有关的观点;
- 在师生关系、同事关系、与校长关系、与家长关系中保持相互尊重的精神。

学术造诣

- 专业上精益求精;
- 保持不断更新、不断进取的学习精神;
- 懂得"学习心理学"、"学习理论",并了解这方面的新趋势;
- 积极参加学校指定的或自行安排的学术活动;
- 阅读教育期刊,获得与自己工作相关的信息。

与校区和社区的关系

- 了解当地学校存在的问题;

- 知道自己所在学校的优势和存在的问题；
- 在校区、社区交往场合,促进人们对学校教育项目、课程的理解、尊重与支持;能够区分个人意见和校区政策。

关于给专业人员综合评语的解释

校长的评估报告的最后一栏是在"优异,良好,一般,不满意,没数据资料"这五项中选定一项作为给接受评估教师的综合评语。

综合评语的解释如下——

优异:接受评估者真正地出类拔萃。每一评估项目中的标准都能完全达到。接受评估者是学校重要的人力资源。大部分评估项目中的标准都能完全达到。能够接受指出的不足之处,并以发挥其长处来弥补。能够改正工作中的缺点,把失误减到最少。

一般:接受评估者能够完成分配的任务,达到满意程度。大部分评估项目中的标准都能基本达到。在评估过程中对指出的明显的缺点有正确认识,并表示在工作中加以改进。

不满意:接受评估者不能够完成分配的任务。大部分评估项目中的标准作为学校职员应该达到却都不能达到。

无数据:没有信息,或信息不能用于鉴定。

B　教师素质鉴定报告

教师表现评估指标

教师鉴定报告

教师姓名_____　　学校_____　　年份_____
年级_____　　专业/课目_____　　工作年限_____(年)

理念:评估是提高教学质量的手段之一。

目的:

1. 提高教学和服务学生的质量;
2. 使教师更清楚认识到他在整个学校课程中的角色;
3. 协助教师实现既定课程目标;
4. 帮助教师明确自己的优缺点,引导其改进工作;
5. 提供具体支持,帮助教师克服存在的缺点;

---

6. 肯定教师的强项,提供支持使之有用武之地;

7. 给领导层提供依据,确定该教师是否继续雇用、晋升、定为终身教师、停职、离职等;

8. 保护教师不被无缘无故地解聘;

9. 维护教师职业形象不受害群之马破坏。

实施:

评估可由校长、助理校长或代校长执行。

如果教师不同意评估结果,该教师可提出要求并指定另外一名评估人员重新进行评估。

鉴定评语解释:

1. **优异**:一贯表现出色。

2. **良好**:通常表现超过学校所定标准。

3. **一般**:能够达到学校所定标准。

4. **需要改进**:有时不能达到学校所定标准。

5. **不满意**:达不到学校所定标准

注:

在表格最后标有"校长评语"留出的空白处,校长可记录其对该教师的特别表现或记录校长对教师改进工作的建议。

在表格最后标有"教师评语"留出的空白处,接受评估的教师可记录其对评估的任何意见。

一、教学表现

	优异	良好	一般	需改进	不满意
	1	2	3	4	5
(一)认真计划与组织					
1. 备课周详					
2. 目标明确					
3. 作业布置具体					
4. 符合教学大纲要求					
5. 照顾到不同学生					
(二)提问、解释技巧娴熟					
1. 提刺激思考的问题					
2. 解答问题清楚					
3. 鼓励学生发表不同意见					
4. 肯定或否定学生意见时,能够正确使用口头和肢体语言					

续表

	优异	良好	一般	需改进	不满意
	1	2	3	4	5
(三)利用创新活动激发学习 1.组织小组讨论、学生演示 2.使用多样辅助教具					
(四)热情传授知识 1. 传授知识 2. 富有热情					
(五)创造有益的学习环境 1.课堂气氛对学习有益 2.小心、妥善使用教具					
(六)资料充分,保存完整 质量上、数量上备有充分、准确的数据,用于学生报告					
(七)与学生关系融洽 1.了解每个学生 2.友善对待学生,互相尊重 3.使用肯定语言,避免讥讽					
(八)维持班级秩序 1.纪律严明 2.认真执行学生安全措施					

二、专业素质

	优异	良好	一般	需改进	不满意
	1	2	3	4	5
(一)履行教学以外职责 1.参加一般的和必要的学校活动 2.有时自愿承担义务工作 3.参加委员会工作					

续表

	优异	良好	一般	需改进	不满意
	1	2	3	4	5
（二）工作关系融洽 与同事合作愉快,包括教师,行政人员和非专业人员					
（三）公共关系 1. 与家长合作愉快 2. 与校区和社区建立良好关系					
（四）专业进步 1. 接受建设性的批评意见 2. 参加研讨会,工作坊,进修 3. 使用新材料和教学方法					
（五）掌握学生学习进步进程 满意地处理各发展阶段情况					
（六）使用资源 恰当使用现有资源					
（七）职业伦理行为 1. 专业地妥善使用保密资料 2. 支持教师职业					

三、个人素质

	满意	需要改进
（一）健康与精力 1. 良好的合理的出勤记录 2. 精神饱满 3. 富有幽默感		
（二）口头表达能力 1. 讲话清楚 2. 使用学生接受能力范围内的语言 3. 教室里所有学生都听得见并明白		

	满意	需要改进
（三）**衣着得体** 平素注意习惯,穿着合乎时宜		
（四）**守时,尽职** 1. 准时进教室		
2. 按时完成任务		
3. 及时呈交报告		

个人素质用语定义

满意:达到并超过校区制定的标准

需要改进:没有达到校区制定的标准

校长听课后按照以上格式准备评估,在跟教师谈话前给教师本人一份。最终的评估报告由校长保留,副本给教师本人一份。如果受评估教师认为评估不够完全、确切,有失公正,该教师可以书面形式写出,附在报告后面,并保存进个人档案。教师的签字表示会谈已经进行过。

听课日期和时间 _____

听课持续时间 _____

评　估　日　期 _____

校　长　签　字 _____

教　师　签　字 _____

校长评语:

教师评语:

工作表现指标

工作表现指标指的是教师在教学过程中使用的教学手段,是评估人员关注的对象。每位教师被期望使用这些教学手段。最后评估结果基于教师使用这些教学手段的技巧和娴熟程度。

一、教学表现

（一）**认真计划与组织**

1. 备课周详

（1）认真准备教案,并按教案上课。

（2）上课环节包括预习内容,本节课目的和复习。

（3）上课时间掌握得当。

（4）上课节奏适宜。

（5）授课内容照顾到不同类型学生。

（6）近期目标和长期目标清楚。

（7）讲解既有指示性语言又包含有概念分析。

（8）进程有弹性,允许带有随机部分。

（9）讲课有步骤。

（10）材料和教具一应俱全。

2. 目标明确

（1）近期目标和长期目标定向清楚。

（2）适当时候让学生参与目标制订过程。

3. 作业布置具体

（1）以书面形式给学生布置清楚、合理的作业。

（2）有充分时间给学生解释、讨论作业。

4. 符合教学大纲要求

（1）上课内容与教学大纲规定相一致。

（2）上课内容与总体目标相吻合。

5. 照顾到不同学生

（1）单个学生照顾到。

（2）分组学生也照顾到。

（3）授课方式与内容搭配得当。

（二）提问、解释技巧娴熟

1. 提能够刺激思考的问题

（1）避免提问只需简短答案的问题。

（2）所提问题诱导批判和多向型思考。

（3）书面问题能激发学生认真思考。

（4）所提问题能激发学生踊跃回答。

2. 解答问题清楚

（1）回应学生的回答之前,先表示理解他们的见解。

（2）要点的陈列合乎逻辑顺序。

（3）一贯使用语法正确的语言,词汇适合学生。

（4）演示的内容和信息确切、完整。

3. 鼓励学生发表不同意见

（1）在演示各种观点之前,先就单元题目介绍相关背景知识。

（2）所演示的不同观点不超出课程涵盖范围。

（3）引发学生思考并引导他们发表意见。

4. 肯定或否定学生意见时，能够正确使用口头和肢体语言

（1）不管使用口头或者肢体语言，都不回绝学生。

（2）也不允许同学之间互相否定。

（3）进行下一个问题前，提出表扬，鼓励提问并回答问题。

（三）利用创新活动激发学习

1. 组织小组讨论、学生演示

（1）耐心听学生的陈述，问题和回答。

（2）所提问题不明显超出学生的能力。

（3）给每个学生发言的机会。

2. 使用多样化的辅助教具

（1）尽可能使用模型、图表、数据，援引资料、电影，邀请校外人士演讲等。

（2）所引用材料和资源与课程内容相适应。

（3）援引资料的演示符合课程要求。

（四）热情传授知识

1. 传授知识

（1）讲解课本内容时能够揭示其知识内涵。

（2）讲解内容时表现出自信和对相关知识的熟悉。

（3）相关知识全面，使用贴切。

（4）及时、透彻地回答学生的问题。

（5）探索课程内容涉及的相关知识，鼓励学生积极思考。

（6）不照本宣科，拘泥于课本，而是附加使用多样化的辅助教具(如前所述)。

2. 富有热情

（1）学生正面回应教师(注意点:学生是否有兴趣? 他们是否在认真听讲? 有没有打瞌睡的? 有没有交头接耳的? 他们是否觉得乏味?)。

（2）讲解过程中看得出教师带有热情和兴趣。

（3）以口头等方式正面回应学生。

（4）激发学生对问题和答案的兴趣。

（5）教态方面表现出对学生的兴趣(进度的变化、音调的起伏以及在教室中来回走动,以拉近与学生的距离)。

（五）创造有益的学习环境

1. 课堂气氛对学习有益

（1）所定基调使学生不感到害怕，没有心理压力，而是自由自发的提问或回答问题。

（2）有效控制课堂气氛，但不是只由教师一人操纵。学生与学习环境的

鱼水关系清晰。

（3）允许讨论不同的看法和价值观。

（4）正面的人际关系显而易见。

（5）适当使用幽默。

（6）安排有时间讲评学生作业。

2. 小心、妥善使用教具

（1）学生使用器材过程中教师留意看护。

（2）暂时没有使用的器材得到妥善放置。

（3）及时通知办公室维修器材。

（4）确保没有人在课桌上乱涂乱写。

（5）提倡爱护公物、教具。

（六）资料充分，保存完整

质量上、数量上备有充分、准确的数据，用于学生报告

（1）成绩册中保存书面作业、小考成绩，测验分数和考试成绩，标明每个学生的表现。

（2）数据显示成绩与目标的关系。

（3）正确地记录学生每天的出勤率。

（七）与学生关系融洽

1. 了解每个学生

（1）每个学生的优缺点都清楚标明。

（2）知道每个学生并能叫出他们的名字。

（3）仔细地、礼貌地听学生说话。

（4）鼓励学生发言并专心听他们发表意见。

（5）学生会毫不迟疑地让教师澄清疑点。

（6）学生在教室积极地参与课堂活动。

（7）鼓励富有创意的见解。

2. 友善对待学生，互相尊重

（1）严于律己，鼓励正面行为。

（2）说话、行动均是正面的。

（3）真诚地关怀学生。

（4）鼓励与学生双向交流。

（5）在尊重别人方面能够以身作则。

（6）敏锐地觉察学生的情绪变化。

（7）对学生和各种情况保持连贯的行为。

（8）面对行为不端的学生，纠正其行为而不是跟学生本人过不去。

（9）要求学生课堂上专心，并以专心听学生来实行言传身教。

3. 使用肯定语言,避免讥讽

（1）表扬学生的回应。

（2）不使用带有嘲讽意味的字眼。

（3）行动和语气上给学生以正面的印象和感觉。

（4）语调中和,使人感到舒适。

（八）维持班级秩序

1. 纪律严明

（1）及时处理课堂事故,不至于影响到整堂课的进行。

（2）学生知晓规章制度。

（3）没有教师在场时,学生明白教室秩序。

（4）激励学生学有所成。

（5）对学生表达的期望连贯而且不是高不可攀。

（6）学生安静地进教室,各就各位。

（7）学生活动或交换位置前先经教师允许。

2. 认真执行学生安全措施

（1）教室行为显示出安全意识。

（2）安全措施得以恰当实施。

（3）决不允许嬉戏打闹。

（4）在大厅、教室、餐厅、集合、课前课后扮演活跃的、正面的监督角色。

（5）教室不受任何形式的骚扰。

二、专业素质

（一）履行教学以外职责

1. 参加一般的和必要的学校活动

（1）一贯履行职责。

（2）按学校的时间表行事。

（3）到场并参与学校组织的活动。

（4）参加指定的学校会议。

2. 有时自愿承担义务工作

（1）接受额外责任。

（2）主动自愿为学校项目服务。

3. 参加委员会工作

（1）在校区或学校的工作委员会/小组服务。

（2）参加校区或学校的工作委员会会议。

（3）参与校区或学校的工作委员会/小组活动。

（二）工作关系融洽

与同事合作愉快,包括教师,行政人员和非专业人员

（1）跟同事交往过程中能够接受不同观点和价值观。

（2）与同事的关系建立在互相尊重和友好的基础上。

（3）好的主意、材料和方法与同事同享。

（4）通过合适渠道汇报与学校有关的事情。

（5）有合作精神，与学校所有员工和睦相处。

（6）能够与同事在专业层面上进行有效的沟通。

（三）公共关系

1. 与家长合作愉快

（1）与家长进行有效的沟通。

（2）保持对学生的好感。

（3）建立并保持开放的教师——家长沟通方式。

2. 与校区和社区建立良好关系

（1）增进学校跟社区的交往。

（2）鼓励社区参与学校活动。

（四）专业进步

1. 接受建设性的批评意见

（1）正面提问。

（2）乐于接受批评。

2. 参加研讨会，工作坊，进修

（1）积极从事促进职业发展的学术活动。

（2）有些学术活动，即使没有要求也会参加。

3. 使用新材料和教学方法

（1）在适当的时候使用新材料和教学法。

（2）必要时适当删改所选材料。

（3）先搞清楚新技术再使用。

（五）掌握学生学习进步进程

满意地处理各发展阶段情况

（1）使用多样教学法，达到需要的技能要求，并能根据学生的年龄和接受能力进行调整。

（2）不期望学生的行为整齐划一，而允许富有个性的不同行为。

（3）对学生学习和行为的个别困难表现出理解和同情。

（六）使用资源

恰当使用现有资源

（1）与校区服务机构配合，恰当使用所提供的设施，包括图书馆，咨询服务等。

（2）需要时能向学生推荐能够提供帮助的服务机构。

（七）职业伦理行为

1. 专业地妥善使用保密资料

（1）不在教师休息室、餐厅或教师谈论有关学生、家长及员工的需要保密的信息。

（2）重视和尊重需要保密的信息。

2. 支持教师职业

（1）对教师职业态度端正。

（2）使用正面的语言描述教书、学生、学校和教师职业。

三、个人素质

（一）健康与精力

1. 良好的合理的出勤记录

（1）极少旷工，即使有也随后告知正当理由。

（2）对交给的工作尽心尽力去完成。

（3）除非有重病，坚持正常到校，保持工作状态。

2. 精神饱满

（1）不介意不期而至的幽默或善意打扰。

（2）同学生相处轻松活泼。

（3）不取笑别人，而是与人同乐。

3. 富有幽默感

（1）常面带微笑。

（2）态度友好。

（二）口头表达能力

1. 讲话清楚

（1）一贯使用正确语法。

（2）交流时表达清楚。

2. 使用学生接受能力范围内的语言

（1）一贯使用适中的语调和嗓门。

（2）让人听得到而且不费解。

3. 教室里所有学生都听得见并明白

（1）根据学生的接受能力，使用合适的词汇和恰当的例子。

（三）衣着得体

平素注意习惯，穿着合乎时宜

（1）服装整洁。

（2）衣服款式与工作相称。

（3）穿戴有利于而不是有碍于课堂教学活动。

（四）守时，尽职

1. 准时进教室

（1）比学生先进教室。

（2）教室门敞开，学生进来前教师准备就绪。

（3）教室布局与课内活动不冲突。

（4）按规定的时间到达上课地点。

2.按时完成任务

（1）照规定时间期限完成指定的任务。

（2）做事一丝不苟,符合任务要求。

3.及时呈交报告

（1）不需要提醒呈交报告的日期。

（2）根据行政管理人员的要求完成报告。

校长到教室听课记录表

此表由校长填写。目的是将所提供的信息用于教师的工作表现评估。此表将和教师评估报告表格一起使用。

听课记录
教师＿＿＿＿＿＿＿＿＿＿　日期＿＿＿＿＿＿＿＿＿＿ 科目＿＿＿＿＿＿＿＿＿　　第＿＿＿＿＿＿节
1.这节课是否经过认真准备?　　　　　　　＿＿＿＿＿＿＿ 　　正在讨论的话题:　　　　　　　　　＿＿＿＿＿＿＿ 2.教师讲课是否带着兴趣和热情?　　　　　＿＿＿＿＿＿＿ 3.学生反应,听讲状况: 　　是否对所讲内容有兴趣? ＿＿＿＿＿　是否参与? ＿＿＿＿＿ 4.教师与学生的互动方式:　　　　　　　　＿＿＿＿＿＿＿ 　　学生与学生的互动方式:　　　　　　　＿＿＿＿＿＿＿ 5.有没有不同寻常的课堂活动?　　　　　　＿＿＿＿＿＿＿ 6.教室布局是否与讲课内容和方式协调?　　＿＿＿＿＿＿＿ 7.教师给人的直观印象: 　　演讲＿＿＿＿＿　　穿着＿＿＿＿＿　精神状态＿＿＿＿＿
校长评语、建议: 　　　　　　　　　　校长签字＿＿＿＿＿＿＿

C　教师素质评价

　　请就以下各项对 _____ 老师进行评价。所有提供的信息将严格保密。

请在右边五栏的一栏中适当的方格内打叉	很差		低于一般		一般		高于一般		优秀	
1. 教学方法										
2. 与学生相处										
3. 与同事关系										
4. 与家长关系										
5. 与行政人员关系										
6. 性格										
7. 健康情况										
8. 职业态度										
9. 遵守规章制度										
10. 鼓励学生的技能										
11. 专业知识										
12. 回应快速										
13. 做事彻底										
14. 形象										
15. 讲究策略										
16. 自制能力										
17. 忠诚										
18. 人生观										
19. 总评分										
20. 请具体描述你对该教师的印象,包括他/她的优/缺点:										

签名 _____　　　职位 _____

例:一位校长对吉姆·杰弗逊(非真实名字)老师的评价

请在右边五栏的一栏中适当的方格内打叉	很差	低于一般	一般	高于一般	优秀
1. 教学方法			×		
2. 与学生相处			×		
3. 与同事关系				×	
4. 与家长关系			×		
5. 与行政人员关系			×		
6. 性格			×		
7. 健康情况					×
8. 职业态度				×	
9. 遵守规章制度			×		
10. 鼓励学生的技能			×		
11. 专业知识				×	
12. 回应快速				×	
13. 做事彻底				×	
14. 形象				×	
15. 讲究策略				×	
16. 自制能力		×			
17. 忠诚			×		
18. 人生观				×	
19. 总评分				×	

20. 请具体描述你对该教师的印象,包括他/她的优/缺点:

　　略

签名＿＿＿＿＿＿＿＿＿＿＿＿　　　　职位:校长

D　行政领导人员素质鉴定报告

鉴定范围包括六个方面:行政管理技能,教学管理技能,督导技能,学校与社区,个人素质和确定轻重缓急任务。

行政人员鉴定报告

姓名＿＿＿＿＿＿＿＿＿＿　　学校＿＿＿＿＿＿＿＿＿＿　年份＿＿＿＿＿＿

职位＿＿＿＿＿＿＿＿＿＿　　　　　　　工作年限＿＿＿＿＿＿（年）

目的:

　　评估是要确保行政人员在服务学生、工作人员和社区事务中展示所要求的管理技能。评估过程要明确受评估人员所定的工作目标与其职责范围、等级和学校的整体目标相一致。这样的过程方能帮助该行政人员改进工作,并以其绩效为依据确定是否加薪或加薪的幅度。

实施:

1. 校区督学评估校长。

2. 校长评估助理校长和代校长。校区督学审查初步评估,在正式评估前与校长会谈。

3. 评估者一定要从校务办公室获得佐证信息,然后才能做最后鉴定。

4. 评估者要以受评估者所在学校的表现标准来进行评定。

5. 评估的各个方面都要在绩效等级上,即从"需要改进"到"优异"的适当方格内打勾。

6. 标有"不适合用于评估"的项目,不管多少,不能对整个评估结果造成负面影响。

7. 正式评估于学年结束时进行。

行政管理技能

　　　　9 = 优异　　　　1 = 需要改进　　　　NA = 不适合用于评估

	9	8	7	6	5	4	3	2	1	NA
1. 按照预算程序准备预算,并用正确的会计方式监控预算。										
2. 实施计划保持设备整洁良好。										
3. 实施学校资产入库登记、添置、更新程序。										
4. 实施安全和能源节约程序。										
5. 建立、收集并使用学生、教师和家长反馈意见的程序。										
6. 制订并执行行政工作日程和报告程序。										
7. 准确无误地进行书面交流,并按计划完成。										

总分：
NA 共_____项

教学管理技能

9 = 优异　　　1 = 需要改进　　　NA = 不适合用于评估

	9	8	7	6	5	4	3	2	1	NA
1. 熟悉课程和每门科目及其存在的问题。										
2. 帮助任课教师实施课程计划。										
3. 评估课程规划并用其结果制订改进计划。										
4. 熟悉好的教学模式，帮助教师提高分析技巧、改进教学。										
5. 建立并保持有益的学习环境。										
总分：										
NA 共_____项										

督导技能

9 = 优异　　　1 = 需要改进　　　NA = 不适合用于评估

	9	8	7	6	5	4	3	2	1	NA
1. 协调各部门的工作。										
2. 建立并向教师和职员讲解督导程序及内容，包括听课、会谈和评估。										
3. 有既定程序帮助、指导新教师和职员。										
4. 制订并执行维持学校良好秩序的措施。										
5. 有效监督放学后的活动。										
总分：										
NA 共_____项										

学校与社区

9 ＝ 优异　　　1 ＝ 需要改进　　　NA ＝ 不适合用于评估

	9	8	7	6	5	4	3	2	1	NA
1. 通过正确解释和实行校区政策,保持与社区的良好关系。										
2. 建立健全的与在校学生的交流渠道。										
3. 建立健全的与学生家长的交流渠道。										
4. 协调学校的自愿活动。										
5. 参加各项服务项目、社区活动以促进社区对学校课程的了解。										
6. 对各类家长组织提供支持。										
总分:										
NA 共＿＿＿＿＿项										

个人素质

9 ＝ 优异　　　1 ＝ 需要改进　　　NA ＝ 不适合用于评估

	9	8	7	6	5	4	3	2	1	NA
1. 通过实际工作、研讨会、参加专业组织及进修,提升业务。										
2. 展示审定事实、分析问题、决策、实施决策的技能。										
3. 与行政管理人员、教师、职员、学生和家长保持良好关系。										
4. 在所有工作及个人关系中展示正面的个人及职业伦理。										
5. 无论在数量上还是质量上,都能显示出坚持不懈的努力和工作热情。										
总分:										
NA 共＿＿＿＿＿项										

确定轻重缓急任务

首要任务的确定

以下标准用来判定首要任务的确定质量：

1. 首要任务的确定充分考虑教师、学生和/或家长意见。

2. 以书面形式列出首要任务的设计、实施步骤及时间表。

3. 阶段性检查每项首要任务的实施进度，以及必要的调整。

4. 确定首要任务时请教师及可能受影响的人或部门参加。

5. 每项首要任务能够按照已定的书面形式、步骤及时间表实施、完成。若有出入或调整，能够提供充分的解释。

	9	8	7	6	5	4	3	2	1	NA
第一重要任务										
第二重要任务										
第三重要任务										
第四重要任务										
第五重要任务										

总分：

NA 共_____项

评分系统

1. 平均分数乘以该范围的加权百分比。

2. 加权分数相加，总分在 1 至 9 数值内，保留两位小数点。

3. 总分即为评估绩效结果。

	平均分		加权百分比		加权分数
行政管理技能	_____	x	.10	=	_____
教学管理技能	_____	x	.20	=	_____
督导技能	_____	x	.20	=	_____
学校与社区	_____	x	.10	=	_____
个人素质	_____	x	.10	=	_____
首要任务的确定	_____	x	.30	=	_____
				总分：	_____

评估者意见：

受评估者意见：

评估者签字 _____　　日期_____

受评估者签字_____　　日期_____

行政领导人员表现评分表

说明:在每一项右边的适当格子内打叉。如果你对某一项不能确定,可留空。

	负面				正面		
	1	2	3	4	5	6	7
1. 与下列人员保持正面的工作关系:							
A. 家长							
B. 职员							
C. 学生							
D. 非教学人员							
E. 其他员工							
2. 对教师及教学活动支持							
3. 理解教师的个人需求							
4. 帮助教师专业上的提高							
5. 客观地评估教师							
6. 及时表扬表现出色的教师							
7. 听取意见、采纳建议							
8. 允许教师进行新的尝试							
9. 鼓励提出新的主意							
10. 对持有不同见解的职员能够从中调解							
11. 计划并执行员工在职学习							
12. 对课程设置熟悉							
13. 对新的课程和教法熟悉							
14. 熟悉学校商务程序							
15. 向适当的人员委派工作							
16. 帮助建立相互促进的工作环境							
17. 帮助提高并保持员工士气							
18. 处理事情方式灵活							
19. 了解这一年龄段的学生							
20. 了解学生的整体情况							
21. 尊重学生							
22. 帮助学生管理、维持秩序							
23. 对周围发生的情况了如指掌							
24. 对教育理念和使命有投入感							
25. 受职员尊重							
26. 受学生尊敬							
27. 需要时能到场							
28. 性格温存							
29. 形象良好							
30. 能被看到							

在此格内填写你认为有助于该行政人员改进工作的建议,他的强项和需要提高的地方:

E　工勤人员表现评定

评估范围包括九个方面:工作质量,工作知识,工作量,可靠性,主动性,合作精神,学习能力,出勤率和形象。

工勤人员鉴定报告

姓名 _____　　学校 _____　　年份 _____

职位 _____　　工作年限_____(年)

说明:

　　督导人员(部门负责人)在以下每一项的右边从1(不能接受)到5(出色)给出分数。当该项分数在1至2时,需要在"评论"处写明需要改进的地方。评估是为了改进工勤人员的工作表现,并以其绩效为依据确定是否加薪或加薪的幅度。表格完成后,一式两份,一份交由人事部门归档,另一份给接受评估的员工本人。

一、工作质量　　　　　　　　　　　　　　　　分数_____

　　指标:整洁,准确,质量达标有连贯性

　　5.非常整洁和准确,没有差错

　　4.大多数情况下整洁和准确。基本不需要检查

　　3.工作质量可以接受。有时犯错,需要监督

　　2.在监督之下,工作质量才能保证

　　1.不断出现差错。不能接受

　　评论:_____

二、工作知识　　　　　　　　　　　　　　　　分数_____

　　指标:经验,特别训练,教育程度

　　5.熟悉工作每一环节

　　4.无需辅助可以完成任务

　　3.对工作基本了解

　　2.经常需要指点

　　1.对工作知识欠缺

　　评论:_____

三、工作量　　　　　　　　　　　　　　　　　分数_____

　　指标:正常情况下所要求的工作数量

　　5.快速麻利。超额完成任务

　　4.愿意干超出份额的事

　3.只做分内的事

　2.不能完成规定的工作量

　1.动作太慢。经常完不成任务

　评论：_____

四、可靠性　　　　　　　　　　　　　分数_____

　指标：按时完成任务

　5.任何事情都能按时完成

　4.大多数事情能按时完成

　3.基本能按时完成工作

　2.只有在监督之下才能完成工作

　1.很少按时完成工作

　评论：_____

五、主动性　　　　　　　　　　　　　分数_____

　指标：出点子,用新方法,自动,必要时能独当一面

　5.常出新点子。无需告知,主动做分内分外的事

　4.能够独当一面。不时会尝试新方法。即使是小事也主动去干

　3.能干好事情。叫到时,能去干别的事情

　2.很少自愿去干分外的事。平常只是等着指示

　1.需要经常监督。没有干劲,推推动动。对改进没有兴趣

　评论：_____

六、合作精神　　　　　　　　　　　　分数_____

　指标：与管工、工友等的合作态度和程度

　5.全力与一起工作的人配合。工作态度一贯积极。发出/接受指示

　4.与一起工作的人能够融洽相处。不向别人抱怨同事。态度端正

　3.与一起工作的人的合作令人满意。偶尔发点牢骚

　2.经常发牢骚。不情愿与别人合作

　1.缺乏合作精神。不服从分配。牢骚层出不穷

　评论：_____

七、学习能力　　　　　　　　　　　　分数_____

　指标：理解新工作程序的速度,学习新事务的能力,

　理解解释的能力,落实指令

　5.学习新事务的能力强。适应新工作环境／条件

　4.学习速度快。接受能力强。能够正确理解指示

　3.平常能够理解上司发出的指示。对新事务接受一般

　2.需要额外指示。需要上司重复指示

　1.理解上司指示特别慢。不能够牢记指示。接受新事务非常慢

　评论：_____

续表

八、出勤率　　　　　　　　　　　　　　　　分数 _____

　　指标:缺勤天数,迟到次数(是否有理由)

　　5. 全年缺勤少于三天;迟到少于三次

　　4. 全年缺勤三、四天;迟到三、四次

3. 全年缺勤五、六天;迟到少于五次

　　2. 全年缺勤七、八天;迟到少于七次

　　1. 全年缺勤九天以上;迟到多于六次

　　评论:_____

九、形象　　　　　　　　　　　　　　　　　分数 _____

　　指标:干净、得体(适当场合工作服)

　　5. 总是衣装整洁、得体

　　4. 经常衣装整洁、得体

　　3. 时常衣装整洁、得体

　　2. 时常衣装整洁,但有时不得体

　　1. 经常穿着不整洁,甚至邋遢

　　评论:_____

总评:　　　　　　　　　　　　　　　　　分数 _____

　　1. 全部九项分数之和除以9,平均分数:

　　　　　　　　　　　　　　　　　　　　　 _____

　　2. 圈定下边相应数值:

　　　　4.6～5.0 表现出色　3.6～4.5 表现良好　2.6～3.5 表现满意　1.6～2.5 需
　　要改进

　　　　1.0～1.5 不能接受

接受评估员工的意见:

督导者签字:_____　　　员工签字:_____

日期:　　　　　　　　　　　　　　　　日期:

　　注:接受评估者的签名仅表示他已看过这份评估表,并不表示他同意或者接受。
员工可以向督导者的上一级领导反映意见。最后鉴定权在校长。

附录五

校长领导与管理行为的效率

目的阐述：

　　以下三个表格*可由现任学校校长、副校长和从事学校管理的行政人员进行自我鉴定时用。目的是通过练习，反思自己的领导行为以及对学校管理的看法。

　　通过这样的自我鉴定练习，校长们可以积极思考：1）在学校管理实践中，哪类管理活动做得令自己满意；2）哪些领导特质是自己拥有的，而且在发挥正面作用；3）在管理学校的九个层面中，能够明确自己理想的时间分配和实际时间分配的差距，辨析影响自己发挥功能的内在制动和外在制约因素，从而思考和调整自己的时间投入比例。通过分析主观看法和客观要求，达到调整、改进和更有效地管理学校的目的。

A　学校管理实践

说明：练习者就 14 类管理行为进行自我评定。

在每一类实践中，圈定自己的确切管理行为。数值含义：

4　经常

3　有时

2　不经常

1　从无

NA：　不适用

在圈定前需要认真思考，尽量准确。

---

　　* 本部分三个表格如作为研究的调查问卷，须先征得北京传世文化发展中心董事长李胜兵和张延明教授的同意，才能使用。

一、互通信息

1. 凡是会受到决定影响的人员,我一旦做出决定,就马上通知他们。 4 3 2 1 NA

2. 跟同事交换意见后,我会把有用的信息传递给相关的人员。 4 3 2 1 NA

3. 我会把备忘录、报告及其他书面材料传给相关的人员,不然他们无法从别的渠道获得。 4 3 2 1 NA

4. 我把我的计划和活动的相关部分通报给相关人员。 4 3 2 1 NA

二、制订计划

5. 就一项重要工作或项目我制订详细计划,即列出必要的步骤和程序,然后表明让谁来做,什么时候完成。 4 3 2 1 NA

6. 我列出要完成一项任务或项目所需的资源。 4 3 2 1 NA

7. 我把事情按轻重缓急列出,然后分配现有的资源。 4 3 2 1 NA

8. 缩减不必要的事情、活动或程序以提高效率,更好地使用现有资源。 4 3 2 1 NA

9. 我计划怎样避免出现潜在的问题或麻烦,不然会影响运作或使重要项目停滞。 4 3 2 1 NA

10. 我制订学校发展的长期计划,标明接下来几年要达到的目标和要运用的策略。 4 3 2 1 NA

三、澄清、解释

11. 下属在为我做每一件事之前,我都解释清楚他们的责任。 4 3 2 1 NA

12. 就每项任务或项目,我事先说明我所期望的结果。 4 3 2 1 NA

13. 当一个员工给我做某项工作时,我会说明这件事需要多少时间或多少天。 4 3 2 1 NA

14. 当一个员工给我从事一个项目或任务时,我会跟他一起谈该任务具体的目标是什么。 4 3 2 1 NA

15. 我把工作或任务的目标清楚地写出来(如数量指标,要完成的确切日期等)。 4 3 2 1 NA

16. 我向员工解释工作目标中哪些对我最重要。 4 3 2 1 NA

四、咨询

17. 我鼓励员工提出改进工作的建议、建设性意见(比如更好的工作方法、新的服务方式等)。 4 3 2 1 NA

18. 做出改变之前,我会征求这些改变会影响到的人员的意见,看他们的反应如何。 4 3 2 1 NA

19. 针对一项正在考虑要进行的项目,我鼓励人们表达
　　他们的看法或疑虑。　　　　　　　　　　　　　　4　　3　　2　　1　　NA

20. 我认真听取他们表达的看法或疑虑,而不是驳回他们。　4　　3　　2　　1　　NA

21. 在听取他们的意见之后我认真考虑并采纳建议,修
　　订原来的方案。　　　　　　　　　　　　　　　　4　　3　　2　　1　　NA

五、启发

22. 我用富于说服力的方式跟员工谈关于提高工作效
　　率、工作质量和生产力的重要意义。　　　　　　　4　　3　　2　　1　　NA

23. 对于一项富有挑战性的工作或以前从未做过的事
　　情,我在交代下属做时,尽量激发他们的兴趣和信
　　心,唤起他们的自豪感。　　　　　　　　　　　　4　　3　　2　　1　　NA

24. 我向下属描述,如果他们充分合作和支持的话,学校
　　会达到一个什么样的令人振奋的远景。　　　　　　4　　3　　2　　1　　NA

25. 我提出既富于挑战又现实的目标。　　　　　　　　4　　3　　2　　1　　NA

26. 关于一项要做的项目,要实行的政策或计划,我尽量
　　说服下属以得到他们的支持。　　　　　　　　　　4　　3　　2　　1　　NA

27. 我身体力行,表现出投入感、勇气和自我牺牲精神,
　　以激发下属更下工夫地工作。　　　　　　　　　　4　　3　　2　　1　　NA

六、认可

28. 对员工表现出来的勤奋、创意、主动和超常技能,我
　　及时提出赞扬。　　　　　　　　　　　　　　　　4　　3　　2　　1　　NA

29. 对员工的有益的建议和主意,我提出表扬。　　　　4　　3　　2　　1　　NA

30. 当一个员工花特别工夫做好某件事情时,我会对他
　　表达赞赏。　　　　　　　　　　　　　　　　　　4　　3　　2　　1　　NA

31. 对员工的贡献和成就我会在会议上或学校举行的特
　　定的仪式上给予嘉奖。　　　　　　　　　　　　　4　　3　　2　　1　　NA

32. 我会解释为什么我认为一种表现是好的(如说出员工
　　的一种有效行为,达到目标所克服的具体困难等)。　4　　3　　2　　1　　NA

33. 我对员工工作中的进步提出表扬。　　　　　　　　4　　3　　2　　1　　NA

七、监督

34. 我针对一项工作提出要求之后会跟进查询。　　　　4　　3　　2　　1　　NA

35. 我巡视工作情况。　　　　　　　　　　　　　　　4　　3　　2　　1　　NA

36. 我检查工作质量(如现场查看,阅读工作报告,听取
　　教师和学生的反映)。　　　　　　　　　　　　　　4　　3　　2　　1　　NA

37. 针对一项任务或工作进展情况,我和工作人员一起交谈。　　　　　　　　　　　4　3　2　1　NA

38. 我把工作进度与计划核对,看是否如期进行。　　　　　　　　　　　4　3　2　1　NA

39. 我评估一项重要活动或项目完成的质量(如分析成本、效益;让教师们参与评定,问他们同类工作下次如何做得更好等)。　　　　　　　　　　　4　3　2　1　NA

八、解决问题

40. 我主动找出与工作有关的、需要解决的问题。　　　　　　　　　　　4　3　2　1　NA

41. 我迅速而且系统地分析问题发生的原因,然后采取解决办法。　　　　　　　　　　　4　3　2　1　NA

42. 我自信地、果断地解决与工作有关的问题。　　　　　　　　　　　4　3　2　1　NA

43. 我找出影响解决问题的制约因素,想办法先消除或减少这些因素。　　　　　　　　　　　4　3　2　1　NA

44. 针对严重的难以解决的问题,我提出新的富有创意的解决办法和途径。　　　　　　　　　　　4　3　2　1　NA

45. 当一个决定或计划不能操作时,我正面对待,找出问题出在哪里,怎样能够纠正,而不是找借口或把责任推给别人。　　　　　　　　　　　4　3　2　1　NA

九、报告

46. 当有员工对某项工作表现出担忧时,我能够同情并支持。　　　　　　　　　　　4　3　2　1　NA

47. 当有员工遇到困难时,我用实际行动支持他们。　　　　　　　　　　　4　3　2　1　NA

48. 当有员工在从事一项艰巨任务,承担重大责任时,我鼓励他支持他。　　　　　　　　　　　4　3　2　1　NA

49. 当有员工在从事一项难做的事时,我给出主意,从中协助。　　　　　　　　　　　4　3　2　1　NA

50. 当给员工交代一项复杂的事情或解释概念时,我富有耐心。　　　　　　　　　　　4　3　2　1　NA

十、团队精神

51. 当一项工作需要互助合作时,我鼓励员工的团队精神。　　　　　　　　　　　4　3　2　1　NA

52. 对于不同意见,我鼓励坦诚的、公开的讨论。　　　　　　　　　　　4　3　2　1　NA

53. 我尝试用富有建设性的方式处理分歧(如一起讨论解决问题的方法,避免不必要的争执等)。　　　　　　　　　　　4　3　2　1　NA

54. 当出现不同意见时,我尽量理解另一方的观点(如认真听,提问,不在另一方阐述时打断或驳回,复述或总结另一方的意见以确定我听明白了)。　　　4　3　2　1　NA

55. 我提出合乎情理的让步以解决分歧。　　　4　3　2　1　NA

十一、关系网络

56. 我与各部门的教师、员工保持联系,他们给我提供有用的信息、资源和支持。　　　4　3　2　1　NA

57. 我与校外的能够提供关于重要事件的、信息的人保持联系。　　　4　3　2　1　NA

58. 为了保持一个良好的工作关系,也因为他们的支持和合作非常重要,我主动为他们做些事情(如提供信息、资源、帮助、道义上的支持)。　　　4　3　2　1　NA

59. 我与各种教育团体建立固定的联系(如社区、家长等),目的在于互惠互利。　　　4　3　2　1　NA

60. 我定期与教师和学生交谈,提供帮助以满足他们的需要。　　　4　3　2　1　NA

十二、委派

61. 我下放权利,让下属做事时在一定权限内做决定,不用事先征求我的意见。　　　4　3　2　1　NA

62. 我就一项政策或策略做出一般概括性的描述,然后让下属讨论具体的落实步骤。　　　4　3　2　1　NA

63. 我鼓励下属发挥主观能动性去寻找最佳方法完成指定的任务。　　　4　3　2　1　NA

十三、良师益友

64. 我指点下属怎样发展他们的职业生涯(如参加哪些活动,争取担任哪个职位,工作哪个环节需要注意,哪些地方可能有陷阱等。)　　　4　3　2　1　NA

65. 我给下属提供机会来提高他们的技能或展示他们的才干(如分派富有挑战的工作或特殊任务)。　　　4　3　2　1　NA

66. 我鼓励人们参加有关的培训课程,工作坊或业余课程,以提高技能和专业知识。　　　4　3　2　1　NA

67. 我具体辅导人们提高工作技能或学习新的技能。　　　4　3　2　1　NA

十四、奖励

68. 对好的表现我给予适当奖励。　　　4　3　2　1　NA

69. 对表现好的员工,我向校方建议给予奖赏。	4	3	2	1	NA
70. 对公认的有出色表现的员工,我支持给他晋升。	4	3	2	1	NA

B 领导特质

说明:通过练习,学校行政管理人员可以对自己的有关领导特质的观念进行重新审视。目的是使练习者更明确自己所认为的特质中哪些对有效的领导更有正面的作用。

练习方法:在你的工作经历中,你也许碰到过或一起工作过你认为具有领导特质的几个人。从中选定一个你心目中最有领导特质的人,然后就下边各项给他/她打分,即从6到1圈定其中一个最能反映你的印象的一个数字。

6 有明显特点

5 有特点

4 稍有特点

3 不太明显的特点

2 不具特点

1 根本没有特点

1. 以互相尊重和喜欢一起工作来影响别人	6	5	4	3	2	1
2. 坦然承认所在机构里有制约自己发挥才干的因素	6	5	4	3	2	1
3. 采用非常规方式以达到组织订立的目标	6	5	4	3	2	1
4. 有企业家精神:抓住机会,充分利用,以达到组织订立的目标	6	5	4	3	2	1
5. 对组织成员的需要和感受很敏感,而且表现出来,使成员明白领导知道自己的需要和感受	6	5	4	3	2	1
6. 为了达到组织订立的目标,能够采用非传统的领导方法	6	5	4	3	2	1
7. 在为实现组织目标所做的努力中,表现出自我牺牲精神	6	5	4	3	2	1
8. 坦然承认所在工作环境中存在着影响达到组织目标的制约因素(如资源,科技条件等)	6	5	4	3	2	1
9. 倡导按审慎规划的步骤行事,以达到组织订立的目标	6	5	4	3	2	1
10. 在讲述组织发展方向和目标时,有唤起和点燃别人激情的能力	6	5	4	3	2	1
11. 坦然承认所在工作环境中存在着影响达到组织目标的社会和文化因素(如不利的不成文规定,缺乏社区基层组织的支持等)	6	5	4	3	2	1
12. 为了组织愿意承担个人风险	6	5	4	3	2	1

13. 通过明白讲述别人正从事的工作的重要性,能够启 发别人的灵感	6	5	4	3	2	1
14. 考虑组织的未来时,不断有新主意涌现	6	5	4	3	2	1
15. 公开演讲时,是个令人兴奋的演讲者	6	5	4	3	2	1
16. 当了解到组织成员的需要和感受时,能够表达自己 的关注和关心	6	5	4	3	2	1
17. 如果现状良好,就尽力维持	6	5	4	3	2	1
18. 经常有不同寻常的领导行为使组织成员感到吃惊	6	5	4	3	2	1
19. 充分认可组织成员的能力和技能	6	5	4	3	2	1
20. 经常为了组织付出个人代价	6	5	4	3	2	1
21. 在团队中表现出很强的团队意识和凝聚力	6	5	4	3	2	1
22. 有远见,憧憬组织的未来时经常有前瞻性的思路和 主意	6	5	4	3	2	1
23. 能够即刻认识到工作环境内外新出现的对实现组织远 景有利的机会(如新设施,可资利用的新社会资源等)	6	5	4	3	2	1
24. 能够认识到组织成员的能力局限	6	5	4	3	2	1
25. 在为达到组织目标所进行的活动中,减少别人压力, 勇于个人承担风险	6	5	4	3	2	1

C 校长的时间分配

说明:这份表就校长工作中典型的九大任务,来审视校长的时间分配。

在"实际所用时间"栏下,就每项任务,根据你每周实际工作中所花的时间,从1到9填上一个数字。然后在"理想中想用时间"栏下,就每项任务,根据你考虑的理想的时间分配,从1到9写上一个数字。

第一步:假如你认为在"课程发展"这一项你实际花的时间最少,就在"实际所用时间"栏的"课程发展"线上填9。在实际所花时间最多的那一项上填1。如果你觉得在"课程发展"这一项你想花最多时间,就在"理想中想用时间"栏的"课程发展"线上填1。依此类推。请认真思考后再填,一项一个数字,避免重复。

第二步:完成两栏后,做横向比较,你就会看出"实际"和"理想"有无差距。差别3左右为明显,5以上为严重。

第三步:从九项任务中圈定四项你认为最重要的,再横向察看每项的"时间差"。如果有差别绝对值在3以上者,就需要考虑调整时间分配。

校长任务	实际 所用时间	理想中 想用时间
课程发展 （课程实施,领导教学）	_____	_____
人事管理 （评估,咨询,会谈,招聘）	_____	_____
学校管理 （周例会,办公室工作,预算,联络,备忘录等）	_____	_____
学生活动 （开会,参与,督导,计划）	_____	_____
政府教育部门 （会议,座谈会,报告等）	_____	_____
社区关系 （家长组织,咨询团等）	_____	_____
制订计划 （周、月计划,年度计划,长期规划）	_____	_____
专业发展 （阅读,学术讨论会,工作坊,培养未来领导）	_____	_____
学生行为 （纪律,参会等）	_____	_____

附录六

健康学校的七个侧面

组织健康状况的尺度

	描述	举例
	组织水平	
1. 组织完整性	指一个学校教育计划的完整性,可从容面对社区和家长繁多的要求;可成功处理来自于外部的各种危机。	教师在面对不合理的社区和家长的要求时受到保护。学校对外界压力的敏感性。部分市民对校董事会产生影响。
	管理水平	
2. 校长的威信	指校长对上层人物的影响能力。有威信的校长具有说服力,与校区督学工作配合默契,同时又能独立思考和工作。	校长可以得到上层领导的支持。校长与督学工作配合默契。校长的工作被上层领导肯定。
3. 亲和力	指校长的行为表现得友好,平易近人,公开和善于接受意见。	校长表现得友好,易于接近。校长善于接受意见并付诸实施。校长关心员工的福利。
4. 决策力	指校长完成任务,实现目标的行为。校长将他的态度或期望清楚地表达给员工,并且坚持行为准则。	校长表达对员工的期望。校长坚持行为准则。校长规划发展计划。
5. 资源支持	指校内设备的提供和外来资源的获取。	所需外来资源的获得。教师可以得到上课时的必需物资。教师可获取所需的参考资料。
6. 士气	指在教师之间的一种信任,自信,热情和友好的氛围。教师之间相处融洽,且有成就感。	教师之间相处融洽。教师对自己的工作充满热情。教师士气高涨。
	技术水平	
7. 专业水平	指学校的学术氛围。为学生制订的虽然高但可达到的学习目标;学习氛围严肃而有秩序;教师相信学生的能力;学生学习努力且尊师敬长。	学校制定高标准的学术要求。学生尊重他人所得。学生努力进取。

附录七

练习:学校工作环境质量测评

目的:客观描述教师的工作环境,考虑需要改进的地方。

说明:想象你的老师们或局外人会怎么回答这些问题,然后在你认为最接近真实情况的正确字母上划圈。

| A:一直 | M:大部分时间 | P:部分时间 | N:从来没有 |

1. 教师可以做一些决定,但大部分关于工作的决定必须遵照主管的指示,或者依据规章制度、课程要求而定。　　　A　M　P　N

2. 教师们通常有优异的表现,因为工作给他们提供了机会。　　　A　M　P　N

3. 每天或每周教师要完成具体的工作量。　　　A　M　P　N

4. 教师们要做的工作本质上来说多是重复的。　　　A　M　P　N

5. 教师们相互之间要经常配合。　　　A　M　P　N

6. 教师们对他们的工作内容有很大的控制权。　　　A　M　P　N

7. 在工作期间,教师们有学习新技能的机会。　　　A　M　P　N

8. 教师必须依据固定的时间表工作,没有机动性。　　　A　M　P　N

9. 教师工作必须遵循既定的程序,若自行安排的话,他们往往不会选择这些程序。　　　A　M　P　N

10. 教师们独立工作,在教学中很少或从不与其他老师接触。　　　A　M　P　N

11. 当教师在工作中遇到问题,他们不能自作主张,必须向上一级主管反映。　　　A　M　P　N

12. 教学工作要求教师学习新方法,以适应新的发展和变化。　　　A　M　P　N

13. 教师工作是快节奏的。　　　A　M　P　N

14. 教师们能够在学科范围内相互帮助,解决困难。　　　A　M　P　N

15. 校长能在工作中采纳教师的某些建议。　　　A　M　P　N

16. 校方鼓励教师们尝试新方法进行教学。　　　A　M　P　N

17. 教师在工作进度的安排上有很大的自主性。　　　A　M　P　N

18. 工作设计太简单,所以无法激发教师的最佳潜能。   A   M   P   N

19. 教师有机会了解其他年级或者学科的教学。   A   M   P   N

20. 教师们受到鼓励就某些单元进行同台教学。   A   M   P   N

根据萨乔万尼（Sergiovanni, 2006）资料来源整理。

附录八

督学的职责

校区董事会是政策制定机构，最重要的责任之一就是为所有学校任命一位有能力的督学，作为学校系统的执行官。由于董事会包括对学校事务外行的人，因此，他们有责任让专业人士来正确行使学校职能。董事会通常把他们的很多合法权利分配给督学和他的部下，尽管督学的政策要经过董事会批准。

督学的工作

督学的一个主要职能是收集并提供资料，这样董事会成员可以做出明智的政策决定。随着校区规模的扩大，董事会对督学以及他的部下也越来越依赖。督学为董事会提出建议，并使成员了解问题。总的来说，没有督学的建议，董事会就会拒绝颁布法规或制定政策。但是，如果董事会和督学对政策无法达成共识或有明显冲突，通常督学会被撤换。

根据调查资料显示，督学的平均任期大约为六年。全国性的资料建议督学的平均任期短一些，为四年。尽管大部分督学隔几年就要去找更好的工作这一事实司空见惯，但是很奇怪的是，在 1990 年的调查中发现，最大的 100 个校区中的督学有 24% 是新手。13,800 个督学中，有 50% 在 1993 到 2003 年间退休，这样，在 90 年代及之后，成为学校执行官的机会就会增加。

虽然关于如何成为有力校长的资料很多，但是关于怎样使督学有力和在什么情况下有力的信息却很少，而督学对教师的效力和学生的表现有很大影响。这种信息的缺乏可能由于人们认为督学是整个校区的管理者，而不是课程、教育或教学的直接领导者。

督学的权力很古怪，有很多不同的责任。除了做董事会顾问外，他通常要履行以下职能：

1. 作为专业和非教学人员的督导者和组织者；
2. 提出关于人事雇用、提升和解雇的建议；
3. 保证服从上级的领导；
4. 为董事会提供学校预算，并管理预算的落实；

5. 作为长远计划的主导者；

6. 发展并评估课程和教育计划；

7. 决定校区内部组织结构；

8. 提出关于校舍需要和维护的建议。

此外，督学负责校区内学校的日常运行，并担当学校主要公众发言人的角色。

督学通常承受着来自社区各种团体的强大压力，而督学的很大一部分效力要依赖他应对这些压力团体的能力。比如说，在大型城市校区中，可能会要求为残疾或有学习障碍的学生提供更好的设施、更多双语课程、改良的职业教育和更少歧视。在中等的市郊校区，家长可能对学生的分数非常敏感，如果他们觉得教育不能提供学生要学的内容，就会要求学习更多更高的知识。这样的学生通常都承担过重的课业负担，自信的学校领导者需要平衡家长的要求和期望与学生的社会心理需要。在小型的或农村社区，入学率相对较低，督学的压力一方面来自于关闭的学校节约的需要，另一方面要保持所有学校开放，以保持社区的自尊和身份。

沿着职业阶梯向上

虽然向上发展需要努力工作、运气和政治头脑等很多因素，最快的一条路通常是从一个校区到另一个校区，尤其是当校区很小，而你的目标是成为管理者的时候。否则，你可能会在同一个位置上待很多年，等着其他人退休等，但是这样你可能会被董事会的新当权者忽略掉。当然，在大校区有更多的机会，在最近的报告中显示，在超过 25,000 学生的校区中的 43% 新督学说他们是在校区内部成长起来的，而在小点的校区里，这一比率只有 30%。

通往管理层的道路通常包含两条：38% 是教师——校长——中心办公室路线，而 36% 是教师——校长路线。其他的道路是次要的（如下表显示），虽然54% 的人在成为督学之前，在中心办公室停留了一段时间。大部分督学在 30 岁之前开始从事他们的第一项管理工作（主席或校长），而且，大部分人在做校长的时候就决定要成为督学。

成为管理者的途径

38%	教师,校长,中心办公室
36%	教师,校长
10%	教师,中心办公室
6%	只是教师
4%	校长,中心办公室

4%　　　　只是校长

2%　　　　只是中心办公室

第一份管理工作是最难的。它包括许多工作探索、交流能力，并与个人经历及风格与校区需要和期望结合在一起，这些都弥补成为督学所缺乏的经验。一个人的灵活性越大，机会就越好。

有博士学位很重要。美国41%的督学都有博士学位，而且，现在更多注册学习教育管理博士课程的女士比男士多。由于有经验的督学退休等问题，对新督学的需求会增加。而且由于打破了管理学博士学位学习的年龄界线，我们期待会有更多的女督学。

每个校区都是独特的，督学也是这样。但是，一旦你开始从事这项工作，你的问题就开始了！彼得·内格罗尼，马萨诸塞州斯普林非尔德校区公立学校的督学提出了几条工作策略：

1. **注意你的形象**。注意董事会和公众怎样看待你。在最初三到六个月你创造的形象最可能成为别人对你的印象。

2. **找出与前任有关信息**。前任督学的态度和行为在办公室里留下痕迹。找出人们不喜欢的地方，切记不要重复那些错误。

3. **别想一口吃个胖子**。如果你发现工作压力太大或充满你无法操纵的政治危险，就不要接受它。

4. **保持专注**。在通往目标的轨道上前进。

5. **与董事会建立良好关系**。这需要不断的注意和沟通、对变化的政策和隐含的议程的了解和对董事会成员性格的熟知。

6. **加强与公众和媒体的联系**。地方媒体可以诽谤或支持你的事业。学会在公众面前用30秒或更短的时间来说明一个问题。

7. **不要成为孤独者**。你不可能锁在办公室里运行一座校区。到学校和社区当中去。

马萨诸塞州新贝利的一个董事会成员将督学的成功与学校预算联系在一起。尽管政府的资助有所增加，哪儿的董事会成员都面临着费用上升，对流水作业和员工的需要等问题。作为督学，你必须处理财政问题，并提出对基本的教育计划没有太大损害的削减建议。削减体育课程是个敏感的问题，如果可能，一定要避免。减少交通和维护预算更容易，也更普遍。像选修课、课外活动和特殊服务等非基础课程比起那些基础课程来说更容易被接受。相对于减少或冻结教师工资来说，这些做法可能更好：缩短教师见习时间、教室助手和职业旅行或在职培训；把学生——教师比率增加1到2个百分点；让教师自然退休，但不雇用新的教师。最重要的，让社区优先参与制订预算，并筹款来弥补一些空缺。

如果你的董事会正陷在冲突的漩涡中，最终你会被卷进去。根据一个管理老手的经验，带着不同意见到公众面前是不能达到预期目标的。当表决持续分化为4:3或5:4,强势群体会不理会弱势群体而推行他们的政策,这会导致更深的裂痕。当董事会中存在两派的时候,新督学不应当想成为和事佬,至少在受到董事会尊重之前不要这样做。新人不应该讨论的问题包括种族、性别、平等或任何导致冲突根源的东西。安全的做法是找来一个局外人或中立的观察员。董事会还可以从内部成员中选出一个认为公平的人来作为促进者,以保证董事会正常履行职能。督学的目标是在解决问题前推动董事会的进程。

大校区中督学的脱轨是屡见不鲜的,主要与政治和种族争端有关。最大的100个校区中的督学,61%工作少于五年,而48%工作不足三年。督学不仅要有管理经验,还必须有应付董事会、公众和不同压力团体的政治头脑。你必须认识到环境,并在政治关系中处理大部分教育问题。

前任密尔沃基督学罗博特·彼得金说:"城市督学需要学习的最重要一课是与权力有关的。"为了使校区运转正常,督学需要了解"周围环境对教育问题尤其敏感,而且会对董事会成员产生相当大的压力。"你选择的权力必须是分享的。为了获得忠诚,你需要"了解怎样分散权力。"

可能这个工作的唯一可取之处就是,在做出最关键的决定之前,督学有大量时间和选择机会来与其他人协商。这与校长的情况有很大不同,校长总是在一线,必须立刻做决定,通常不会与下级进行协商。

华盛顿的前任督学富兰克林·史密斯说,工作落实到"学校的管理"、"学习其他人的经验并找出不同选择"和将新想法和管理系统结合上来。"我们必须注意到社区的广泛资源"——人、商业和协会——来为我们的学生服务。学校不能单独工作。所有督学,不管是新手还是有经验的,都需要重新思考教育,并寻求外界对教育有投资兴趣的团体的帮助和合作。

汤姆·布朗在6个校区做了32年督学。他依靠"常识、与人一起,并通过人工作,还有允许灵活性并相信他们"的理念来工作。他的风格是分担决定并"让人成为真正的"。他用种植和培养庄稼来比喻他如何在校区中执行改革,这样,当督学离开,好的思想和计划依然存在。

督学和董事会

如今,督学必须不仅与员工一起工作,而且必须与公众和董事会保持良好的关系,因为公众比以往任何时候都更了解教育事务,董事会对督学的表现和结果更关注。董事会成员、家长、社区和专业员工知道很多关于改革的事情,并有他们自己的一些期望(通常较高)、政治议程(有时隐藏起来)和如何教育学生的想法,通常是推行对他们孩子有利的特殊计划或科目,有时会损害到他人利益。当今的督学必须学会兜售,忍受公众的观察,并在没有增加资金的条件下提供更多服务。

虽然近年来公众更加有教养,而且更加苛刻,但是督学真正焦虑和关心的是与学校董事会成员有关的问题,这些成员经常不了解复杂的系统如何管理,而且,不管督学如何奉献和努力工作,他们通常受政治利益的驱使,有时候使出浑身解数也顾得了东顾不了西。有的董事会状况是健康的,但是,当董事会不能共同行动或对督学发送混乱信息时,就给督学缠上了乱麻。当董事会和督学不同步时,督学通常陷入是否讨好董事会或保护决定的困境,这样,就不能领导。内部分化或不断挑战督学的董事会导致督学的辞职和任期缩短。当董事会——督学的权力总是这样表现时,殃及的是学校、员工和学生。

创造督学和董事长间的有效关系

大部分的督学只能对保持董事长好的一面提出一点建议。可以确定的是,董事长可以是督学最好的支持者,在需要帮助时是最值得信任的人。必须要培养这种关系,下面的办法会对督学获得董事长的支持有很大帮助。

- 有规律地沟通。督学必须注意可能引起争论或问题的决定,这样董事长可以提高警惕。定期与董事长会面是重要的。
- 共同计划日程。督学应该与董事长共同计划董事会议。督学可以在会议上提建议,但是由董事长定夺。
- 与董事长进行会后分析。董事会一结束,或第二天,督学和董事长应该回顾发生的事情怎样能更好处理。
- 让董事长管理董事会。这是他的权力,而不是督学的。
- 让董事长处理争论或难以对付的成员。这是董事长,而不是督学的工作。督学可以私人讨论有关这些事情的细节。
- 公开表扬董事长。人喜欢被承认。由于董事会成员通常没有薪水,对完成好的工作,可以给他们赞誉。对董事长可以给双倍的表扬。
- 邀请董事长和你一起出席国家、州和地方活动或意义重大的会议。督学应该让别人看到并赞赏有董事长紧密的支持。(这个建议可能有点冒险:要考虑性格因素。)
- 紧急情况下先通知董事长。没人喜欢感到惊讶,或第一个听到重要的事情。在缺乏明确政策或紧急情况下,督学可能必须要采取行动。但是,如果可能,必须要立即与董事长协商。
- 如果你要离开校区超过一天,让董事长知道。董事长应该了解督学何时要离开办公室,谁会在此期间负责,在紧急情况下找谁联系。
- 认识到,你是为董事会,而不只是为董事长服务。督学是按照整个董事会的意愿工作。虽然董事长影响力大,并且能帮助督学成功,但是这个人只有一票的权力。与整个董事会一起工作的最好办法是认识所有成员,并平等对待每个人。

但是,在很大程度上,董事会与督学的关系比评论家想的要好。在全国,学校董事会(2,166 个回答者)对督学感到满意。虽然董事会成员中会有怨言,但是 53% 对他们的督学感到非常满意,另外 30% 感到满意。只有 12% 不满意或非常不满意。

特别是关于督学与董事会的相互影响,董事会成员的行为呈现出从被动的默许到积极的支持到过分的警惕的连续性。被动默许的董事会成员主要依赖督学提供的信息和解释,指望督学解决问题,并做出专业判断或推荐。与之相对比的是,过分警惕的董事会成员会亲自参观学校和中心办公室、寻找广泛的信息来源、积极参与地方和州教育委员会,检查并挑战督学。积极支持的董事会成员对学校事务的积极参与与过分警惕的成员相似,但是在支持督学而不是监视或挑战督学这一点上来说,又与被动默许的成员相似。

以六个亚利桑那校区中的 26 个董事会成员为例,董事会成员的性别、职业和政治观点与三个确认的方式有关。女性成员和那些没有工作的成员(退休者或家庭主妇)是过分警惕或积极支持的。男性的、非退休的和非主妇的成员更加被动。积极和被动的董事会成员遵从议会民主和政府执行领导作用的说法。过分警惕的董事会成员提出参与民主、基层控制和人权的概念。在大部分情况下,尤其是传统形式下,对于大部分督学来说,他们会把过分警惕的董事会成员看做是一种麻烦,并可能拒绝与董事会沟通。

督学的问题和表现

督学失去工作的最主要原因中,有三个是职业弱点。

1. **缺乏与董事会的和谐相处**。这是最严重的问题,通常与管理者拒绝接受批评、与董事会成员一起工作、支持董事会政策或遵守成文的法律、指导或命令有关。

2. **缺乏员工的尊重或支持**。督学需要专业员工的支持,尤其是在中心办公室中。没有支持和尊重,由于缺乏凝聚力和命令链的断裂,他也时日无多。

3. **较差的上下沟通**。不能清楚沟通并保持董事会成员、社区居民或学校人员了解一切事务使督学处于不稳定的位置上。当发生错误或争论时,批评者通常会抱怨、惊讶或愤怒,因为他们不知情。

虽然这三个问题可能发生在任何督学身上,但是第二个问题经常出现在大校区中外来的督学身上,这些校区中存在着老套的官僚主义和来自保守势力的中央集权的员工。如果督学持续被认为是外来者或要改革或变化系统,那些普通管理者可能就会团结起来反对这个新人。这就是一些督学辞职的原因。

督学最后被攻击或被迫辞职的主要原因如下:

1. 过多董事会成员想操纵;就是说,太多人认为他们是"董事长"。
2. 预算裁减。
3. 为了满足政府或法律要求持续增加的报告和书面工作。
4. 董事会成员之间的纠纷。
5. 减少的入学率和增加的支出。
6. 纳税人拒绝支持教育。
7. 教师罢工和斗争。
8. 特殊利益团体坚持推动他们自己的事业。
9. 学生犯罪、破坏和纪律问题。
10. 新闻媒体不正确的报道。

虽然只有两个原因(1 和 4)直接与董事会有关,但是其他两个与社区因素(2 和 6)有关的原因对董事会成员也有重要影响,因为董事会成员代表社区。

在离开工作的督学中,17% 是因为与董事会的冲突,12% 是被强迫离开的。督学和董事会成员的典型冲突通常包括政治议程和不同观念或价值观。当督学的两个或更多职责受到挑战或失去资格时,就意味着社区的不满,而督学很容易就会知道。新董事会成员是在单方决定或特殊利益团体的基础上选出来的,这可能就导致了与督学间的麻烦。当社区人员迅速变化,并且伴随着新的拥护者,或最糟糕的情况,伴随着更敏感或更符合新需要的督学的变化的需要时,就到寻求其他选择的时候了。形势与政治有关,而与表现或能力无关。

一种想法是控制督学离开的状况,而不是打一场你死我活的战争或试图谋取特殊利益团体的支持来分裂社区。当督学确实与董事会争斗得很僵的时候,学生、学校和社区会因挫折、情绪和负荷的积累增加而迷失方向。当督学离开校区,不管是自己放弃还是被解雇,学校和社区、学生、教师和员工随之会失去对可进行的改革的努力。

尽管董事会说明了评估督学的程序,但是,通常这些程序在技术上都是没价值、不可信和没用的,结果可能导致由董事会成员决定评估程序。理论上讲,督学的评估并不复杂,应该在明确的标准和评估方法的基础上进行。

与督学一起或不一起工作的董事会成员决定他们要强调的优先权、行为或责任。下表显示九个主要职责,每个比重相等,首先由美国学校董事会管理者协会(AASA)在 1980 年采纳,到 1990 年,AASA 依然推荐这些标准。而实际上,学校董事会成员和督学对评估工具的要求更高,因此,必须要考虑。

评估督学:责任标准

1. 与董事会关系

（1）为董事会准备报告和材料

  （2）向董事会呈现报告

  （3）对董事会提出建议

  （4）回答董事会的要求

2. **社区——公众关系**

  （1）与媒体联系

  （2）向社区和公众解释校区的问题和利害关系

  （3）向社区解释教育计划

  （4）对社区的利益做出反应

3. **员工——人力管理**

  （1）人员聘用

  （2）对聘用人员的利用

  （3）人力资源管理的政策和程序

  （4）薪酬福利管理程序

4. **业务和财务管理**

  （1）决定校区的教育需求

  （2）预告财务需求

  （3）准备预算

  （4）预算分配的管理

5. **设施管理**

  （1）计划并提供自然设施

  （2）校舍和操场维护的管理

  （3）提供人身和财产的安全和保障

  （4）计划并管理设施的修改、革新、扩大或停止

6. **课程和教育管理**

  （1）与课程和教育的趋势和发展保持同步

  （2）开始新课程、修改现存的课程,并终止其他一些课程

  （3）教育督导的方向

  （4）对教育计划效果的监控

7. **对学生服务的管理**

  （1）提供综合学生个人服务

  （2）注册和出勤政策和程序的管理

  （3）学生行为和纪律的管理

  （4）提供学生的健康和安全保障

8. **综合计划**

  （1）发展并落实短期和长期计划

  （2）发展管理系统

（3）为管理者和督导者提供的计划方面的培训

（4）承担责任程序

9. 专业和个人发展

（1）保持自我专业能力

（2）在地方、州和国家教育会议上代表校区

（3）通过写和说来为职业做贡献

（4）参加地方、州和国家专业组织

近来，校区采用了下面这些评估系统：（1）州提高学生成绩的标准，（2）董事会的方向和目标，（3）督学该年度的个人/职业目标，（4）督学和董事会的共同目标，和（5）业绩奖励。

与督学评估有关的问题包括：（1）评估督学的频率是什么？（2）会使用何种评估手段？（3）督学会参与决定评估手段吗？（4）评估怎样与督学的工作相联系？（5）谁会评估督学，是董事会、协商团、社区还是他们的结合体？（6）产生的结果会对督学合同的更新有什么影响？

评估过程的关键是从几个来源收集资料，包括校区中的主要客户群体：董事会成员、中心管理者、社区领导者和家长。以客户为基础的评估的优势是它有董事会成员、员工和社区成员的关系价值，因为他们都参与了这个过程。不仅它的开放和包容性阻止了潜在的问题，而且由于更多人参与判断评估结果，使持反对意见的董事会不能轻易做出解雇的决定。

当然，合同终止在即，评估手段最可能被用来作为加速解雇程序的书面记录。如今，被强迫离开督学岗位很少再带来耻辱或者宣告职业生涯的终止，尽管解雇对另谋高就是不利的。但是，在警钟敲响前，自愿离开也要谨慎：到更大或资金更雄厚的校区去会有更多挑战、更高的薪水和更好的利益。

督学认为董事会评估他们的原因依次为责任，建立表现目标，评估表现，发现需要改进的地方，并服从董事会政策。督学必须学会做CEO。他们必须表现出勇气，并代表学生、员工和社区去冒险。在实施计划和组织关键人物实行教育目标时，他们必须成为"梦想家、战略家和外交家。"

视点已经彻底能够成为教育领域中的一个重要词汇：观察、预见和想象的行为。只反映领导者观点的视点是注定要失败的，因为他缺少人们觉得可以吸引人的动机。教师、管理者、董事会和社区居民必须接受这个视点。理想的是，校区，甚至是学校应该由这个视点来说明，校区的表现应该反映这个视点。

督学必须做到下面这些来获得预期结果：

1. 想象组织可以变成什么样；说明任务；制订目标。

2. 激发人们实现组织目标的能力。

3. 将任务与组织常规和行为联系起来。

4. 推动赋予组织独有特点的价值观。

　　大部分督学采用由上到下的方式。督学的领导风格从中心办公室传递给校长,影响下一层管理者的行为。根据这种由上到下的方式,如果督学是以任务为中心的,低层管理者接受这些线索,并依此修正自己的行为。但是如果督学是以人为中心的,管理者就会朝另外的方向修正自己的行为。事实上,大部分学校管理者都有足够的常识不去激怒上级。

　　专家发现以下六个对督学适用的领导者特点。

　　1. **长远思考**。超越今天的危机、下一次会议或报告而进行思考。这包括负责服务或产品、鼓励试验和愿意支持失败和失败后卷土重来的能力而不是因失败而一蹶不振。

　　2. **关注外界**。抓住组织与外部环境的关系。建立注意影响组织的趋势的程序或方向。

　　3. **卓越管理**。设定轻重缓急,并依此进行组织。包括系统运行正常、做决定、安排日程而不是随大流,并注意机会。

　　4. **强调无形的东西**。注意视点、价值观和动机,并直观了解与领导者和群众关系有关的因素。一个重要的因素是激励别人、将成员组织成团队和使他们感到自己是胜利者的能力。

　　5. **政治和沟通能力**。发展这些能力来解决不同人需求的冲突。意思是,应付员工和来自劳动、政府、商业和出版等部门的外来代表(还有董事会、社区和家长)。

　　6. **根据更新来思考**。修改或改变组织的结构和进程。订立高目标或建立可以经营组织的管理或专业团队,因为领导者不能做所有的事,至少在复杂的组织中做不到。

督学的能力范围

　　AASA 与得克萨斯大学共同发现了 22 个对督学来说最重要的能力范围,按照对督学有力表现的重要性程度,前面 10 个为:(1)领导,(2)组织管理,(3)财务能力,(4)学校——社区关系,(5)教师评估,(6)成本效益预算,(7)能动技巧,(8)冲突调解,(9)检验并评估学生表现,和(10)课程发展和教育计划。近来,100 位商业执行官、州教育官员、督学和教育管理学教授又建议了三个其他的能力范围:(1)政策和管理,(2)教育管理,和(3)价值观和道德观。这 13 个能力范围被认为是有力督学所必须具有的。

　　约翰·莫菲和他的同事们研究了经过 3 年控制学生的社会经济地位,学生成绩超过预期和其他校区的 12 个校区。他们发现,九个督学的能力与校区的高水平表现有关:

　　1. **选择**。这 12 个校区中的 10 个有后备校长社会化的管理实习计划。当聘用校长时,五个督学强调课程、教育和教学技术能力,而四个强调人际关系技巧和推动其他人的能力。

2. **督导**。在 12 个校区中的 10 个,督学自己负责对校长的督导和评估。在两个现存的最大校区中,有一个督学助理执行这项权力。督学平均每年用 21 个工作日在校区现场办公,这是他们每年工作时间的 8% 到 10%。

3. **评估**。所有校区的校长每年被评估一次;评估程序很详细;事先了解评估标准和方法。所有校长都会受到正式的评估,在会议中进行回顾。

4. **员工发展**。在所有 12 个校区中,强制员工参与管理发展,虽然在同一校区中,很多教师是自愿的。重点是改进课程、教育、教学和教师评估。所有的督学都为校长做出了教育领导的好榜样。

5. **奖励和认可**。这 12 个校区中,没有一个有对校长的业绩奖,工资也不与评估结果挂钩。只有最大的校区按学生人数发不同工资。很多督学说,当在中心办公室工作时,他们经常提升自己,但是他们受到的唯一正式奖励就是继续被聘用。

6. **目标**。所有督学都说,校区有书面的目标;所有的督学都用校区目标来影响预算分配,和所有的校区都有与学校目标相符的综合测验程序。

7. **资源分配**。所有 12 个校区的资源分配都由中心办公室决定,并用来控制和限制学校活动和支出。

8. **监控**。督学很大程度上依靠对校长的督导和评估。经常参观学校和定期回顾学校目标进程是督学采取的主要监控活动。测验分数被用来监控学校的目标。平均每个月校长与督学举行 3.3 次会议;会上,督学用三分之二的时间来讨论技术问题;剩下的时间用来交流期望和讨论即时问题。

9. **技术说明**。所有督学都试图影响与课程、教育和评估有关的技术活动。9 个督学有首选的教学或教育方法,他们希望校长在学校中强调这些方法。督学提出了保证教学或教育模式在学校中被使用的控制技巧,包括校区或学校管理者的常规教室参观,校区拜访,教师、校长和员工发展计划等。

有一位督学,他为学校系统订立方向和基调。他有观念或使命,甚至是首选的教学或教育模式,根植在校区或学校中。这位督学善于控制、协调并与校区和学校员工沟通运行情况。他按照规定的目标和程序来监控、回顾并把握普通员工管理者的责任。他对校区和学校中发生的一切都很关注。主要强调与课程、教育、教学和评估有关的事情。

在这儿,大家可能会对此提出疑问:一个大型校区的督学是否有那么多时间用在技术性事务上,而不把这些事情指派给职务稍低的管理者并让校长做出更多判断来决定这些事情? 大家还会得出结论,在大校区中,督学对学校的参观和监控都是有限的。

事实上,这类督学更像我们熟悉的经理的定义,而不是领导者。这样的督学似乎更关心控制和协调活动,并以他的方式做事。也就是说,他关心的是组织运行的技术方面。

根据我们先前的定义,领导还是被这位督学所证明:他有自己的视点和价值观,并能为校区和学校的成员订立方向和意义。但是,在学校中出现的领导风格不是压倒性的以人为中心,提供极少的专业自治。

要记住的一点是,学校是民主的机构,人们可以推翻冠军和将军。如今,强调的是共同工作,在合作、共同掌权和一致同意的基础上与人沟通。过去的操纵、监控或推着人按某种方式行动的想法可能会让人做事,但是并不能达到预期的目标,并导致极差的表现。大校区或者小校区的督学,不管是有经验的或者新上任的,不可不察。

后　记

　　中国的市场经济和社会的发展，要求教育系统培育和输送与之匹配的新型人才。同时，学校从校长、部门主管到教师也都清楚地认识到：只有不断改进，才能满足这样的要求。教育改革的目的就在于此。如果说，引进外资是中国对外开放建设社会主义市场经济的成功谋略，那么教育领域引进外"智"，改进学校的管理方式，无疑是异曲同工之举。在知识经济、信息时代和国际化的潮流中，尤其需要这样。

　　基于此，我们组织专家精选美国教育领导学、教育管理学等领域的相关论述，编译出版此书，作为学校高层领导者、中层管理人员和教师的案头手册。其目的就是要把提高领导和管理能力、促进教师自身的职业发展当作建设卓越学校的先遣行动。

　　鉴于本书的学术价值和实用功能，北京传世文化发展中心将其作为培训学校管理者的指定教材。今后，我们将继续为广大读者提供更多更优秀的读物，为中国的教育事业尽绵薄之力。

　　衷心感谢北京传世文化发展中心李胜兵董事长、北京大学出版社王明舟社长以及杨利民、张馨、陈伟、郭延军、乔小民等编译者，感谢他们为本书的出版给予的热情帮助。

张延明